SUPERBUR
BIBLIOTECA UNIVERSALE RIZZOLI

Robert Ludlum

UN NOME SENZA VOLTO

traduzione di MARCO AMANTE

Biblioteca Universale Rizzoli

ISBN 88-17-11355-7

Titolo originale dell'opera:
THE BOURNE IDENTITY

prima edizione Superbur: aprile 1989

A Glynis e al suo fulgore
che tutti noi adoriamo.
Con amore e profondo rispetto.

Premessa

THE NEW YORK TIMES
VENERDÌ 11 LUGLIO 1975

Legami tra diplomatici e il terrorista ricercato Carlos

PARIGI, 10 luglio - Tre alti diplomatici cubani sono stati espulsi oggi dalla Francia nel quadro delle ricerche, condotte in tutto il mondo, di un uomo che pare risponda al nome di Carlos e che è ritenuto elemento di spicco di una rete terroristica internazionale. Il ricercato, che si ritiene chiamarsi in realtà Ilich Ramirez Sanchez, sarebbe responsabile dell'assassinio di due agenti del controspionaggio francese e di un informatore libanese, avvenuto il 27 giugno scorso in un appartamento del Quartiere Latino.
I tre omicidi hanno convinto le polizie francese e britannica di essere sulle tracce di un'importante rete terroristica internazionale. Durante le indagini su Carlos, relative ai tre omicidi, sono stati scoperti importanti depositi di armi che mettono il ricercato in relazione con i gruppi terroristici della Germania Occidentale, portando gli investigatori a sospettare anche l'esistenza di un legame tra vari episodi di terrorismo avvenuti in Europa.

Forse visto a Londra

Dopo il 27 giugno pare che Carlos sia stato visto a Londra e a Beirut, nel Libano...

ASSOCIATED PRESS
LUNEDÌ 7 LUGLIO 1975
DISPACCIO D'AGENZIA

Profilo di un assassino

LONDRA (AP) - Donne e pistole, bombe a mano e abiti di lusso, portafogli gonfio, biglietti aerei per destinazioni romantiche e un bel-

l'appartamento in una mezza dozzina di capitali sparse in tutto il mondo. Questo è il ritratto che emerge di un assassino dell'èra dei jet oggetto di una caccia all'uomo internazionale.
La caccia è cominciata quando l'uomo in questione ha ucciso a colpi di pistola due agenti del controspionaggio francese e un informatore libanese che avevano suonato il campanello di casa sua. Nel corso delle indagini quattro donne, in due diverse capitali, sono state incarcerate perché accusate di vari reati connessi al triplice omicidio. L'assassino invece è scomparso. La polizia francese ritiene che attualmente si trovi in Libano.
A Londra, nei giorni scorsi, alcune persone che lo conoscevano hanno riferito ai giornalisti che era un uomo di bell'aspetto, educato, dotato di ottima istruzione, ricco ed elegante. I suoi complici però sono ritenuti tra i più pericolosi al mondo. Si dice che l'uomo abbia legami con l'Esercito Rosso giapponese, l'Organizzazione per la lotta armata araba, il Fronte popolare di liberazione turco, i separatisti francesi e spagnoli e l'ala « Provisional » dell'IRA.
Ogni volta che l'assassino si metteva in viaggio — diretto a Praga, all'Aia, a Berlino Ovest — bombe esplodevano, pistole sparavano, avvenivano rapimenti.
La prima avvisaglia si è avuta a Parigi, quando un informatore libanese ha condotto due agenti del controspionaggio al domicilio dell'assassino. Questo avveniva il 27 giugno. Il ricercato li ha uccisi tutti e tre ed è poi fuggito. La polizia ha ritrovato le sue pistole e appunti contenenti « liste nere » di importanti personaggi.
Sull'*Observer* di ieri si afferma che la polizia ricerca il figlio di un avvocato venezuelano comunista per interrogarlo in merito al triplice omicidio. « Non smentiamo la notizia » dice Scotland Yard, aggiungendo però che contro quest'uomo non vi sono accuse specifiche. Sempre secondo l'*Observer*, il ricercato si chiamerebbe Ilich Ramirez Sanchez, di Caracas. Si dice anche che questo nome è scritto su uno dei quattro passaporti trovati dalla polizia francese durante le perquisizioni effettuate nell'appartamento parigino dove i tre uomini sono stati uccisi. Il quotidiano afferma inoltre che a Ramirez Sanchez è stato dato il nome di Ilich in onore di Vladimir Ilych Lenin, fondatore dello Stato sovietico, che è stato educato a Mosca e che parla fluentemente il russo.
A Caracas un portavoce del Partito comunista venezuelano ha affermato che Ilich è figlio di un avvocato marxista settantenne abitante quattrocento miglia ad ovest di Caracas precisando però che « né il padre né il figlio appartengono al nostro partito ». Ai giornalisti il portavoce ha detto di non sapere dove ora si trovi Ilich.

Un nome senza volto

Parte prima

1

Il peschereccio si tuffava nel buio, tra le onde rabbiose sollevate dal mare cupo e infuriato, come un goffo animale che cercasse disperatamente di liberarsi dal fango di una palude impenetrabile. Le ondate montavano ad altezze gigantesche, schiantandosi contro il fasciame con la forza di tonnellate; gli spruzzi bianchi salivano nel cielo notturno per ricadere sul ponte, spinti dalla forza del vento. Dappertutto si sentivano i cigolii, simili a grida di sofferenza di un oggetto inanimato, del legno che premeva contro il legno, del sartiame teso al punto di rottura. L'animale stava morendo.

Due improvvise esplosioni lacerarono l'urlo del mare e del vento e i gemiti dell'imbarcazione. Provenivano dalla cabina debolmente illuminata che saliva e scendeva insieme allo scafo. Un uomo si precipitò fuori dalla porta tenendosi aggrappato con una mano al mancorrente, e premendosi lo stomaco con l'altra.

Un secondo uomo gli stava dietro, cauto nell'inseguimento, feroce nelle intenzioni. Si fermò sulla porta della cabina, puntò una pistola e sparò ancora due, tre volte...

L'uomo aggrappato alla murata portò le mani alla testa e si inarcò sotto l'impatto del quarto proiettile. La prua del peschereccio si tuffò all'improvviso nell'avvallamento tra due ondate gigantesche e il ferito si trovò sollevato in aria. Con una contorsione si piegò a sinistra, incapace di staccare le mani dal capo. L'imbarcazione risalì con la prua e le murate semisommerse ricacciando nella cabina il secondo uomo. Echeggiò un quinto sparo. Il ferito urlò, cercando disperatamente di afferrare qualcosa, gli occhi accecati dal sangue e dagli incessanti spruzzi d'acqua marina. Non c'era nulla cui potesse afferrarsi: le gambe gli cedettero mentre il corpo cadeva in avanti. Il peschereccio si piegò con violenza nella direzione del vento e l'uomo che aveva il cranio aperto cadde dalla murata nella follia dell'oscurità sottostante.

Sentì l'acqua gelida avvolgerlo, afferrarlo, risucchiarlo in basso, facendolo girare su se stesso per poi spingerlo alla superficie, appena in tempo per inghiottire una boccata d'aria. Una sola boccata, poi tornava giù.

Provava una sensazione di calore, una strana sensazione di bagnato alla tempia che tagliava l'acqua gelida che lo teneva sotto, una sensazione di fuoco dove nessun fuoco avrebbe dovuto bruciare. Poi una sensazione di gelo, così acuta da provocargli sussulti che gli scuotevano lo stomaco, le gambe e il torace, stranamente riscaldati dall'acqua fredda. Sentiva tutto questo e, nello stesso tempo, sentiva anche il panico che l'aveva preso. Vedeva il proprio corpo girare e contorcersi mentre agitava freneticamente braccia e gambe per resistere al gorgo. Sentiva, pensava, vedeva, percepiva una sensazione di panico e di lotta... ma, stranamente, anche una sensazione di pace. Era la calma di chi osserva, rimanendo estraneo, staccato dagli avvenimenti, riconoscendoli ma senza esserne coinvolto.

Poi un'altra forma di panico lo assalì, un panico che nasceva dal calore e dal gelo e da questa consapevolezza distaccata. Non poteva abbandonarsi alla pace! Non ancora! Poteva accadere da un momento all'altro; non sapeva bene di che cosa si trattasse, ma sarebbe accaduto. Doveva esserci anche lui!

Scalciò furiosamente, aggrappandosi quasi alla greve parete d'acqua sopra di lui, con i polmoni che gli bruciavano. Sbucò all'aria, agitandosi per rimanere alla superficie delle ondate nere. Risali! *Risali!*

Un maroso gigantesco lo accolse; era sulla cresta, circondato dall'oscurità e da chiazze di schiuma. Niente. Vòltati! *Vòltati!*

Capitò all'improvviso. Uno schianto tremendo; lo udì nonostante il vento e il mugghio dell'acqua. La luce e l'esplosione erano in un certo senso la porta oltre la quale c'era la pace. Il cielo s'illuminò come un diadema di fuoco e all'interno della corona oggetti di tutte le forme e di tutte le dimensioni vennero proiettati dalla luce nell'oscurità circostante.

Aveva vinto. Di qualunque cosa si trattasse, aveva vinto.

All'improvviso si trovò di nuovo proiettato verso il basso, di nuovo in un abisso. Sentiva una cascata d'acqua passargli sopra le spalle, raffreddando il calore lancinante alla tempia, riscaldando le ferite gelide allo stomaco e alle gambe e...

Il torace. Un dolore terribile al torace! Era stato colpito... un urto lacerante, dall'impatto improvviso e intollerabile. Ancora una volta! *Lasciatemi stare. Lasciatemi in pace.*

Di nuovo!

Annaspò ancora, scalciò ancora... finché non lo toccò. Un oggetto spesso e unto che si muoveva seguendo i movimenti del mare. Non sapeva che cosa fosse, ma era lì e lo toccava, gli si teneva aggrappato.

Tienilo! Ti porta verso la pace. Verso il *silenzio dell'oscurità... e della pace.*

I primi raggi del sole trapassarono le brume a oriente, gettando barbagli sulle acque calme del Mediterraneo. Il timoniere della barca da pesca, gli occhi arrossati, le mani segnate dalle escoriazioni delle gomene, sedeva a poppa sulla murata fumandosi una Gauloise, felice alla vista della superficie calma del mare. Lanciò un'occhiata oltre la timoneria aperta. Suo fratello minore spingeva avanti la leva dell'acceleratore per far girare più rotondo il motore, mentre il terzo componente dell'equipaggio a un paio di metri di distanza controllava una rete. Ridevano di qualcosa di divertente; durante la notte non si era riso per niente. Da dov'era arrivato il fortunale? Il bollettino meteorologico di Marsiglia non aveva segnalato nulla; altrimenti sarebbero rimasti al riparo sottocosta. Volevano raggiungere i banchi di pesca a ottanta chilometri a sud di La-Seyne-sur-Mer all'alba, ma non a prezzo di riparazioni costose, e al giorno d'oggi quali riparazioni non lo erano?

Oppure a prezzo della vita: c'erano stati momenti la notte prima in cui si era presentata questa precisa possibilità.

« *Tu es fatigué, hein, mon frère?* » gridò il fratello, scoprendo i denti in un sorriso. « *Va te coucher maintenant. Laisse-moi faire.* »

« *D'accord* » rispose il fratello gettando in acqua la sigaretta e scivolando su una rete ammucchiata sul tavolato. « Un po' di sonno non mi fa male. »

Era una buona cosa avere un fratello al timone. Una barca di famiglia avrebbe sempre dovuto venir pilotata da uno della famiglia. Gli occhi rimanevano più aperti, la vista era più acuta. Persino un fratello che parlava nella lingua dotta dei letterati e non usava le parole rozze che invece usava lui. Che pazzia! Un solo anno all'università e già suo fratello voleva mettere in piedi una *compagnie*. Con una sola barca che, ormai molti anni prima, aveva conosciuto giorni migliori. Che pazzia! A cosa gli erano serviti i suoi libri, la notte precedente, quando la sua *compagnie* era stata sul punto di rovesciarsi?

Chiuse gli occhi lasciando che l'acqua che passava sul ponte gli bagnasse le mani. La salsedine avrebbe fatto bene alle bruciature provocate dalle gomene. Bruciature che si era fatto assicurando l'attrezzatura che la tempesta minacciava di portar via.

« Guarda! Laggiù! »

Era il fratello; evidentemente la vista acuta di famiglia doveva impedirgli di dormire.

« Cosa c'è? » gridò.

« A sinistra! Un uomo in acqua! È aggrappato a qualcosa! Un relitto, una specie di tavola. »

Il timoniere prese la barra facendo passare la barca a destra della sagoma nell'acqua, riducendo i giri del motore per non fare onde. Pareva che il minimo movimento avrebbe potuto far staccare l'uomo dal frammento di legno al quale si aggrappava; le mani erano livide, strette al bordo dell'asse come tenaglie, ma il resto del corpo era completamente rilasciato... come quello di un uomo annegato, finito all'altro mondo.

« Prendete le corde e fate dei cappi! » gridò il timoniere al fratello e all'altro marinaio. « Passategliele intorno alle gambe. Piano adesso! Fatele salire su, intorno al torace. Tirate piano. »

« Non vuole staccare le mani dalla tavola! »

« Prendigliele! Fa' leva! Forse è la stretta della morte. »

« No. È vivo... ma per un filo, mi sa. Muove le labbra ma non ce la fa a parlare. Muove anche gli occhi, ma non credo che ci veda. »

« Le mani si sono staccate! »

« Tiralo su. Prendilo sotto le spalle e tirarlo a bordo. Piano, ora! »

« Madonna, guardagli la testa! » gridò il marinaio. « Ce l'ha spaccata! »

« Dev'essersela rotta contro la tavola, durante il fortunale » disse il fratello.

« No » obiettò il timoniere, osservando la ferita. « È un taglio netto, come quello di un rasoio. Gliel'ha fatto una pallottola. Gli hanno sparato. »

« Come fai a saperlo? »

« Ha altre ferite in diversi punti » aggiunse il timoniere, osservando il corpo del naufrago. « Puntiamo verso Ile de Port Noir; è l'isola più vicina. C'è un dottore che sta sul porto. »

« L'inglese? »

« Be', la gente la cura... »

« Quando può » obiettò il fratello. « Quando non è sbronzo. Ha più successo con gli animali che con i suoi pazienti. »

« Non importa. Tanto questo muore prima che arriviamo. Se per caso ce la fa, gli faccio pagare la nafta e quello che non abbiamo pescato. Prendi la cassetta del pronto soccorso: gli bendiamo la testa, anche se non serve a niente. »

« Guarda! » gridò il marinaio. « Guardagli gli occhi! »

« Cos'hanno? » chiese il fratello.

« Un momento fa erano grigi... grigi come un cavo d'acciaio. Adesso sono azzurri! »

« Il sole fa più luce » disse il timoniere, scrollando le spalle. « Oppure ti ha fatto andare insieme la vista. Non fa niente, non ci sono colori nella tomba. »

I fischi intermittenti dei pescherecci si scontravano con gli stridi incessanti dei gabbiani; inseme, davano origine a quei rumori universali tipici di tutti i porti. Era pomeriggio inoltrato, il sole era una palla di fuoco a occidente, l'aria immobile e troppo umida, troppo calda. Oltre le banchine, di fronte alla rada, c'era una strada acciottolata e svariate casette bianche dall'intonaco macchiato, separate da alte erbacce che crescevano sul terreno sabbioso e asciutto. Di alcune verande rimanevano solo i telai delle finestre a rombo e l'intonaco cadente tenuto in piedi da pali sistemati alla bell'e meglio. Le ville avevano visto tempi migliori alcuni decenni prima, quando gli abitanti dell'isola avevano creduto, erroneamente, che Ile de Port Noir sarebbe diventata una stazione turistica sul Mediterraneo. Non lo era mai diventata.

Tutte le ville avevano un vialetto che le congiungeva alla strada; quello dell'ultima della fila era il più trascurato. Apparteneva a un inglese venuto a Port Noir otto anni prima per circostanze che nessuno capiva o si curava di capire; era medico e al porto c'era bisogno di un medico. Ami, aghi e coltelli servivano per guadagnarsi da vivere, ma erano anche un pericolo. Se si trovava *le docteur* in buona giornata, le suture non erano troppo malfatte. D'altra parte, se la puzza di vino e di whisky era troppo pronunciata, si correvano dei rischi.

Tant pis! Meglio che niente.

Non quel giorno però. Quel giorno nessuno era passato sul vialetto. Era domenica e tutti sapevano che ogni sabato sera il dottore si aggirava ubriaco per il villaggio concludendo la serata con la prima puttana disponibile. Naturalmente, era anche risaputo che da qualche sabato la routine del dottore era cambiata; nel villaggio non lo si vedeva. Non c'erano però stati cambiamenti radicali; al dottore continuavano ad arrivare regolarmente casse di scotch. Se ne stava semplicemente in casa; si comportava così da quando il peschereccio arrivato da La Ciotat gli aveva portato, più morto che vivo, lo sconosciuto.

Il dottor Geoffrey Washburn si svegliò con un sussulto. Il mento gli si era appoggiato al pomo d'Adamo e il sapore che aveva in bocca gli era entrato nelle narici; non era un sapore piacevole. Ammiccò, cercando di orientarsi, e lanciò una occhiata alla porta aperta della camera da letto. Un altro monologo incoerente del paziente l'aveva svegliato dal pisolino? No, nessun rumore. Persino i gabbiani, fuori, erano silenziosi. A Ile de Port Noir era giorno di riposo e nessun peschereccio approdava attirando con il pescato gli uccelli.

Washburn guardò il bicchiere vuoto e la bottiglia di whisky mezza vuota sul tavolo, accanto alla sedia. Era un miglioramento. In una domenica normale ormai sarebbero stati vuoti tutti e due, e le sofferenze della notte precedente sarebbero state scacciate dallo scotch. Sorrise tra sé, benedicendo ancora una volta la sorella più anziana a Coventry che, con il suo stipendio mensile, gli permetteva di bersi lo scotch. Era una brava ragazza, Bess, e Dio sapeva se non avrebbe potuto mandargli molto di più di quel che gli mandava; comunque, le era riconoscente per quel che faceva per lui. Poi un giorno avrebbe smesso, i soldi non sarebbero più arrivati, e a questo punto l'oblio l'avrebbe ottenuto con del vinaccio finché le sofferenze non fossero cessate. Per sempre.

Era giunto ad accettare questa eventualità... fino a tre settimane e cinque giorni prima, quando dei pescatori, che non si erano curati di lasciar detto chi erano, avevano tirato fuori dall'acqua e portato alla sua porta uno sconosciuto in condizioni disperate. Erano venuti per pietà, non per essere coinvolti. Dio avrebbe capito; all'uomo avevano sparato.

Quel che i pescatori non sapevano era che nel corpo dell'uomo, e nella mente, non erano penetrati solo dei proiettili.

Il dottore sollevò la sua sagoma sparuta dalla sedia e si diresse con passi malfermi alla finestra che dava sul porto. Abbassò la persiana, socchiudendo gli occhi per escludere il sole, e scrutò tra le assicelle per osservare un carretto trainato da un cavallo: la famiglia di un pescatore partiva per la passeggiata domenicale. Dove diavolo si poteva vedere una scena del genere se non qui? Poi ricordò le carrozze e le pariglie ben curate che, nei mesi estivi, attraversavano il Regent Park, portando a spasso i turisti; il confronto lo fece scoppiare in una risata. Ma la risata durò poco, sostituita da qualcosa che tre settimane prima sarebbe stato impensabile. Aveva abbandonato la speranza di tornare a rivedere l'Inghilterra. Forse ora le cose sarebbero cambiate. Lo sconosciuto poteva cambiarle.

A meno che la sua prognosi non fosse sbagliata, questo avrebbe potuto succedere in qualunque momento, da un'ora all'altra, da un minuto all'altro. Le ferite alle gambe, allo stomaco e al torace erano così gravi e profonde che con ogni probabilità sarebbero state fatali, ma i proiettili erano rimasti nel corpo cauterizzando lo squarcio, poi disinfettato dall'acqua marina. Estrarli non era stato pericoloso come di solito era: i tessuti erano ammorbiditi, sterilizzati e pronti per il bisturi. Il vero problema era la ferita al cranio. Non solo il proiettile era penetrato nella regione sottocutanea, ma doveva aver toccato le regioni fibrose del talamo e dell'ippocampo. Se avesse colpito solo qualche millimetro a destra o a sinistra le funzioni vitali si sarebbero interrotte. Invece non erano state impedite e Washburn aveva preso una decisione. Era rimasto senza bere per trentasei ore, mangiando tutto l'amido e bevendo tutta l'acqua che aveva potuto. Poi aveva portato a termine l'impresa più delicata che avesse mai tentato da quando lo avevano licenziato dal Macleans Hospital, a Londra. Millimetro dopo millimetro aveva ripulito le zone fibrose, poi aveva tirato e suturato la pelle sulla ferita consapevole che il minimo errore con la spazzolina, l'ago o il tampone avrebbe provocato la morte del paziente.

Per un certo numero di motivi, e per uno in particolare, non voleva che questo suo paziente sconosciuto morisse.

Quando tutto fu finito senza alterazioni nei segni vitali del paziente, Geoffrey Washburn era tornato al suo complemento chimico e psicologico. La bottiglia. Si era ubriacato, senza però superare certi limiti. In ogni momento sapeva esattamente chi era e che cosa faceva. Decisamente, era un miglioramento.

E ora, da un giorno all'altro, da un'ora all'altra, lo sconosciuto avrebbe aperto e messo a fuoco gli occhi e dalle sue labbra sarebbero uscite delle parole intelligibili.

Forse persino da un momento all'altro.

Furono le parole le prime ad arrivare. Fluttuarono nell'aria del primo mattino mentre la brezza marina rinfrescava la stanza.

« Chi c'è lì? Chi c'è in questa stanza? »

Washburn si rizzò a sedere sulla branda, posò silenziosamente i piedi per terra e si alzò lentamente. Era molto importante non fare rumori stridenti, non produrre nessun suono improvviso, nessun movimento fisico che potesse spaventare il paziente respingendolo in uno stato di regressione psicologica. I prossimi minuti erano delicati quanto l'operazione chirurgica che aveva portato a termine; il medico che c'era in lui era pronto ad affrontare questo momento.

« Un amico » disse a bassa voce.

« Amico? »

« Lei parla inglese. Lo pensavo. Sospettavo che lei fosse americano o canadese. Gli interventi sui suoi denti non sono stati fatti né in Gran Bretagna né a Parigi. Come si sente? »

« Non so bene. »

« Ci vorrà un pochino. Ha bisogno di scaricarsi gli intestini? »

« Cosa? »

« Di andare al cesso, vecchio mio. La padella che c'è vicino a lei serve proprio a questo. Quella bianca, alla sua sinistra. Be', se si arriva in tempo, naturalmente. »

« Mi spiace. »

« Non c'è motivo. Sono funzioni assolutamente naturali. Sono dottore, il suo dottore. Mi chiamo Geoffrey Washburn. Lei come si chiama? »

« Cosa? »

« Le ho chiesto come si chiama. »

Lo sconosciuto mosse il capo e rimase a fissare le strisce di luce mattutina sulla parete bianca. Poi si voltò puntando gli occhi azzurri in quelli del medico. « Non lo so. »

« Oh, mio Dio. »

« Te l'ho detto e ridetto. Ci vuole tempo. Più ti sforzi, più ti metti in croce, peggio è. »

« Sei ubriaco. »

« Di solito sì. Ma non è importante. Ti posso dare delle indicazioni, se vuoi starmi a sentire. »

« Ti sono stato a sentire. »

« No, invece; ti volti dall'altra parte. Te ne stai lì, chiuso nel tuo bozzolo, e ti tiri una coperta sulla mente. Ascoltami ancora una volta. »

« Sto ascoltando. »

« Durante il coma – coma prolungato – hai parlato in tre lingue diverse. Inglese, francese e una lingua maledetta che presumo sia orientale. Questo vuol dire che sei poliglotta. Che hai vissuto in diverse parti del mondo. Prova a pensare in termini geografici. Qual è la lingua in cui ti senti più a tuo agio? »

« L'inglese, ovviamente. »

« Su questo eravamo già d'accordo. E qual è quella che ti è più difficile? »

« Non so. »

« Hai gli occhi rotondi, non a mandorla. Secondo me dovrebbe essere la lingua orientale. »

« Evidentemente. »

« E allora perché la parli? Ora, prova a fare delle associazioni. Ho scritto le parole; ascoltale. Te le ripeto foneticamente. *Ma-kua. Tam-kuan. Kee-sah.* Di' la prima cosa che ti viene in mente. »

« Niente. »

« Ottima recitazione. »

« Che diavolo vuoi? »

« Qualcosa. Qualunque cosa. »

« Sei ubriaco. »

« Su questo eravamo già d'accordo. Da cima a fondo. Ho anche salvato quella tua vita schifosa. Ubriaco o no, sono un medico. Una volta era un ottimo medico. »

« E che cosa è successo? »

« Il paziente fa domande al medico? »

« Perché no? »

Washburn tacque, guardando fuori dalla finestra, verso il porto. « Ero ubriaco » disse. « Hanno detto che ho ammazzato due pazienti sul tavolo operatorio perché ero ubriaco. Con uno l'avrei fatta franca. Con due, no. Quando c'è uno schema, riescono a vederlo molto in fretta, che Dio li benedica. A un uomo come me non va più dato un coltello in mano, avvolgendo la cosa in un'aura di rispettabilità. »

« Era necessario? »

« Cosa era necessario? »

« Bere. »

« Sì, maledizione » disse Washburn a bassa voce, voltando le spalle alla finestra. « Lo era e lo è. E al paziente è vietato esprimere dei giudizi sul conto dei medici. »

« Mi spiace. »

« Hai l'abitudine scocciante di chiedere scusa. È una dichiarazione logora e per niente naturale. Non mi sogno neanche di pensare che sei un individuo sottomesso. »

« Allora sai qualcosa che io non so. »

« Sul tuo conto, sì. Molte cose. E solo pochissime hanno un senso. »

L'uomo, seduto in poltrona, si piegò in avanti. La camicia aperta gli si scostò dal corpo emaciato, mettendo in mostra le bende al torace e allo stomaco. Incrociò le braccia, facendo apparire le vene sulle braccia sottili e muscolose. « Cose che non sono quelle di cui abbiamo parlato? »

« Sì. »

« Cose che ho detto mentre ero in coma? »

« No, non proprio. Ne abbiamo già discusso, di quelle fregnacce. Le lingue, la tua conoscenza della geografia — città che non ho mai sentito o che ho sentito appena — la tua ossessione di evitare di usare nomi, nomi che vuoi dire ma che non riesci a dire; la tua propensione alle situazioni di confronto — attaccare, ritirarsi, nascondersi, scappare — tutte cose piuttosto violente, aggiungerei. Spesso, per proteggerti le ferite ho dovuto legarti le braccia. Ma di questo abbiamo già parlato. Ci sono altre cose. »

« Cosa vuoi dire? Di quali altre cose si tratta? Perché non me ne hai mai parlato? »

« Perché riguardano il tuo fisico. L'involucro esterno per così dire. Non ero sicuro che fossi pronto a sentirle. E non ne sono sicuro neanche adesso. »

L'uomo si rilassò contro lo schienale della poltrona, le sopracciglia scure sotto i capelli castano scuri aggrottate per l'irritazione. « Questa volta nessuno ha chiesto il parere del medico. Sono pronto. Di che cosa stai parlando? »

« Dobbiamo cominciare da quella tua testa di aspetto piuttosto piacevole? Il viso, in particolare. »

« Cos'ha il mio viso? »

« Non è quello con cui sei venuto al mondo. »

« Cosa vuoi dire? »

« La chirurgia plastica lascia sempre dei segni: con una lente d'ingrandimento si notano. Ti hanno cambiato i connotati, vecchio mio. »

« Cambiato? »

« Hai il mento pronunciato; azzardo a dire che avevi una fossetta sul mento. È stata tolta. Lo zigomo sinistro — hai anche gli zigomi pronunciati, con ogni probabilità i tuoi antenati erano slavi — presenta minuscole tracce di chirurgia plastica. La mia ipotesi è che ti sia stato tolto un neo. Hai un naso inglese. Che una volta doveva essere più deciso di adesso. È stato reso leggermente più sottile. Dovevi avere lineamenti molto netti, se ti sono stati ammorbiditi, se ti è stato nascosto il carattere. Capisci cosa sto dicendo? »

« No. »

« Sei un uomo piuttosto attraente, ma il tuo viso si distingue più per la categoria alla quale appartieni che per se stesso. »

« Categoria? »

« Sì. Sei il prototipo dell'anglosassone che si può vedere ogni giorno sui migliori campi di cricket, sui campi da tennis. Da Mirabel's, al bar. Sono facce che non si riesce a distinguere l'una dall'altra, no? Lineamenti regolari, denti regolari, orecchie aderenti al capo... niente di stonato, ogni particolare al posto giusto, solo un po' troppo molle. »

« Molle? »

« Be', forse "viziato" è un termine migliore. Decisamente sicuro di se stesso, persino arrogante, abituato a non trovare ostacoli sulla propria strada. »

« Non sono sicuro di capire quello che stai cercando di dire. »

« Allora prova a vederla così. Se cambi il colore dei capelli, cambi la faccia. Sì, ci sono tracce di ossigenazione, di fragilità, di tintura. Se ti metti gli occhiali e i baffi, sei un uomo diverso. Penso che devi essere sui trentacinque o poco più, ma potresti avere dieci anni di più o cinque di meno. » Washburn tacque, osservando le reazioni dell'uomo come se stesse chiedendosi se era il caso di proseguire. « E già che parliamo di occhiali, ricordi gli esercizi, i test, che abbiamo fatto una settimana fa? »

« Naturale. »

« Hai una vista assolutamente normale; non hai bisogno di occhiali. »

« Non pensavo di averne bisogno. »

« E perché allora quelle tracce di uso prolungato di lenti a contatto sull'iride e sulle palpebre? »

« Non so. Non ha senso. »

« Posso suggerire una probabile spiegazione? »

« Mi piacerebbe sentirla. »

« Forse no. » Il dottore tornò alla finestra e scrutò distrattamente fuori. « Ci sono lenti a contatto apposta per cambiare il colore degli occhi. E certi tipi di occhi si prestano più facilmente di altri, sotto questo aspetto. Di solito quelli che hanno toni grigi o azzurri; i tuoi occhi sono un misto. Castano grigiastro sotto una certa luce, azzurri sotto un'altra. A questo riguardo, la natura ti ha favorito; non era possibile né necessario fare nessuna alterazione. »

« Necessario per che cosa? »

« Per cambiare d'aspetto. In modo molto professionale, direi. Visti, passaporto, patente... cambiati a volontà. Capelli: castani, biondi, rossi. Occhi — quelli non li puoi alterare — verdi, grigi, azzurri? Una vasta gamma di possibilità, non ti pare? E tutto all'interno di quella categoria riconoscibile in cui le facce si confondono l'una con l'altra, tanto si ripetono. »

L'uomo si alzò con difficoltà, aiutandosi con le braccia, trattenendo il respiro. « Può anche darsi che le tue siano pure ipotesi. Potresti essere completamente fuori strada. »

« Ci sono i segni, le tracce. Questi sono dati di fatto. »

« Interpretati da te, con una notevole dose di cinismo. E se avessi avuto un incidente e mi avessero rammendato? Questo spiegherebbe la chirurgia plastica. »

« Non di quel tipo. Tingere i capelli e togliere nèi e fossette non fanno parte di un processo di ricostruzione. »

« Non puoi esserne sicuro! » disse irritato l'uomo. « Ci sono diversi tipi di incidenti, diversi modi di procedere. Tu non eri presente, non puoi esserne sicuro. »

« Benone! Arrabbiati con me. Non ti arrabbi nemmeno la metà di quanto dovresti. E mentre sei infuriato, pensa. Cos'eri? Cosa sei? »

« Un venditore... il dirigente di una multinazionale, specializzato nell'Estremo Oriente. Potrebbe darsi benissimo. Oppure potrei essere un insegnante... di lingue. In qualche università. Anche questo è possibile. »

« Bene. Scegli un'ipotesi. Subito! »

« Non... non posso. » Lo sguardo dell'uomo era quasi disperato.

« Perché non credi a nessuna di queste possibilità. »

L'uomo scosse il capo. « No. E tu ci credi? »

« No » rispose Washburn. « Per una ragione precisa. Quelle sono occupazioni relativamente sedentarie e tu hai il fisico di un uomo che è stato sottoposto a stress fisici. Oh, non voglio dire un atleta o roba del genere; non sei uno sportivo di professione. Ma hai un ottimo tono muscolare, e le braccia e le mani sono molto robuste e abituate alla fatica. In altre circostanze avrei detto che eri un operaio, abituato a portare oggetti pesanti, o magari un pescatore, obbligato a tirare reti tutto il giorno. Ma il tuo livello di istruzione e oserei dire le tue capacità intellettuali mi fanno scartare l'ipotesi. »

« Perché mi viene l'idea che hai in mente qualcos'altro? »

« Perché ormai da qualche settimana lavoriamo insieme, a stretto contatto. Hai identificato i contorni della cosa. »

« Ho ragione, allora? »

« Sì. Dovevo vedere in che modo accettavi quel che ti ho appena detto. La chirurgia plastica, i capelli, le lenti a contatto. »

« Esame superato? »

« Con un equilibrio irritante. È venuto il momento; non c'è nessun motivo di tirar le cose per le lunghe. E, francamente, non ne ho la pazienza. Vieni con me. » Washburn precedette l'uomo nel soggiorno, dirigendosi verso la porta che si apriva sull'ambulatorio. Una volta nell'ambulatorio andò in un angolo e prese un proiettore di diapositive di modello antiquato; la montatura dell'obiettivo era arrugginita e graffiata. « Me lo sono fatto arrivare con i rifornimenti da Marsiglia » disse, posandolo sulla piccola scrivania e inserendo la spina nella presa alla parete. « Non si può dire che sia di ottima qualità, ma serve allo scopo. Ti dispiace chiudere le persiane? »

L'uomo senza nome e senza ricordi si avvicinò alla finestra e la stanza cadde nell'oscurità. Washburn accese il proiettore; sulla parete bianca apparve un riquadro luminoso. Quindi inserì un pezzettino di celluloide dietro l'obiettivo.

Di colpo nel riquadro apparvero delle lettere ingrandite.

GEMEINSCHAFT BANK
BAHNHOFSTRASSE. ZURICH.
ZERO-SETTE-DICIASSETTE-DODICI-ZERO-
QUATTORDICI-VENTISEI-ZERO

« Cos'è? » chiese l'uomo senza nome.

« Guardalo. Studialo. *Pensa.* »

« È il numero di un conto corrente bancario. »

« Esatto. Ci sono l'intestazione e l'indirizzo della banca, mentre le cifre scritte a mano sostituiscono il nome. Siccome sono scritte per esteso, rappresentano la firma dell'intestatario. Una procedura normale. »

« Dove li hai presi? »

« Addosso a te. È un negativo molto piccolo, probabilmente mezzo fotogramma di un film a trentacinque millimetri. Era stato impiantato – chirurgicamente – sotto la pelle, all'altezza del fianco destro. Le cifre sono scritte con la tua calligrafia; sono la tua firma. Con quei numeri puoi aprire una cassetta di sicurezza a Zurigo. »

2

Come nome scelsero Jean-Pierre. Non stupiva né offendeva nessuno, e a Port Noir era molto comune.

E da Marsiglia arrivarono sei libri, di dimensioni e spessore vari, quattro in inglese, due in francese. Erano testi di medicina, trattavano di ferite al capo e alla mente. C'erano sezioni del cervello e centinaia di parole poco consuete da assorbire e da cercare di capire. *Lobus occipitalis* e *temporalis*, la *cortex* e i tessuti connettivi del *corpus callosum*; il *sistema limbico* e più particolarmente l'*hippocampus* e i *corpi mammillari* i quali, insieme al *fornix*, erano indispensabili per la memoria, per ricordare. Conseguenza di un loro danneggiamento era l'amnesia.

C'erano saggi di psicologia riguardanti gli stress emotivi che producevano l'*isteria* e l'*afasia mentale*: anch'essi determinavano una perdita parziale o totale della memoria.

Amnesia.

« Non ci sono regole » disse l'uomo dai capelli scuri, strofinandosi gli occhi affaticati dalla luce troppo fioca della lampada da tavolo. « È un puzzle geometrico; si può verificare in una qualunque combinazione di modi. Fisicamente o psicologicamente... oppure un po' di una cosa un po' dell'altra. Può essere permanente o temporanea, in tutto o in parte. Non ci sono *regole*! »

« Sono d'accordo » disse Washburn, sorseggiando il whisky nella poltrona dall'altra parte della stanza. « Ma credo che ci stiamo avvicinando a ciò che è successo. A ciò che penso sia successo. »

« E cioè? » chiese l'uomo, con un tono di preoccupazione.

« L'hai appena detto: "Un po' di una cosa un po' dell'altra". Anche se invece di "un po'" bisognerebbe dire "un bel po'". Si è trattato di un forte shock. »

« Un forte shock provocato da che cosa? »

« Da una situazione fisica e da una situazione psicologica. Due situazioni connesse, intrecciate: due tipi di esperienza o di stimolo che si sono annodati. »

« Quanto carburante ti sei fatto? »

« Meno di quello che credi; comunque è irrilevante. » Il dottore prese una cartelletta piena di fogli trattenuti da una clip. « Questa è la tua storia — la tua nuova storia — cominciata il giorno che ti hanno portato qui. Te la riassumo. Le ferite fisiche lasciano intendere che la situazione in cui ti sei trovato psicologicamente doveva essere molto stressante e che la crisi determinata da nove ore trascorse in acqua ha consolidato i danni psichici. L'oscurità, i movimenti violenti, i polmoni che riuscivano a malapena a respirare; sono queste le cause che hanno scatenato la crisi. Tutto ciò che le aveva precedute doveva venire cancellato per permetterti di sopravvivere. Mi segui? »

« Credo di sì. La testa proteggeva se stessa. »

« Non la testa, la mente. Devi distinguere tra le due: è importante. Alla testa ci ritorneremo, ma le daremo un'etichetta. Il cervello. »

« D'accordo. La mente, non la testa... che in realtà è il cervello. »

« Ottimo. » Washburn fece passare le pagine con il pollice. « Ho trascritto diverse centinaia di osservazioni. Ci sono anche i soliti dati che si trovano in tutte le cartelle cliniche — dosaggi, tempi, reazioni, roba del genere — ma in gran parte si tratta di osservazioni che riguardano te, la tua personalità. Le parole che usi, quelle a cui reagisci; le frasi che impieghi — quando riesco a scriverle — sia quando razionalizzi che quando parli nel sonno, oppure quelle che ti sono venute fuori quando eri in coma. Persino il modo che hai di camminare, di parlare o di atteggiare il corpo quando sei sconcertato o vedi qualcosa che ti interessa. Pare che tu sia un cumulo di contraddizioni; sotto la superficie c'è una violenza quasi sempre controllata, ma molto attiva. C'è anche un certo atteggiamento riflessivo che sembra ti sia doloroso; però solo raramente manifesti la rabbia che questa sofferenza ti deve provocare. »

« Sei tu che mi stai provocando adesso » lo interruppe l'uomo. « Non abbiamo fatto che parlare e riparlare delle mie frasi e delle mie parole... »

« E continueremo a farlo, » riprese Washburn « finché otterremo progressi. »

« A me non pare che ce ne siano stati. »

« Per quanto riguarda la tua identità e la tua occupazione, no. Ma stiamo scoprendo dove ti senti più a tuo agio, quali sono le cose che riesci meglio ad affrontare. È una cosa che fa un pochino paura. »

« In che senso? »

« Ti faccio un esempio. » Il dottore posò la cartella e si alzò. Si diresse verso uno scrittoio piuttosto rudimentale appoggiato alla parete, aprì un cassetto e ne tirò fuori una grossa automatica. L'uomo senza memoria si irrigidì; Washburn sapeva quale sarebbe stata la sua reazione. « Non l'ho mai usata, e non so nemmeno se saprei usarla, ma dato che vivo qui nella zona del porto... » Sorrise, poi all'improvviso, la gettò all'uomo. L'arma venne afferrata a mezz'aria, con un gesto sciolto, rapido e sicuro. « Smontala; credo che l'ordine venga dato così. »

« Cosa? »

« Smontala. *Immediatamente.* »

L'uomo guardò la pistola. Poi in silenzio le sue dita cominciarono a maneggiare l'arma con abilità. In meno di trenta secondi la pistola venne smontata completamente. L'uomo sollevò gli occhi verso il dottore.

« Hai capito cosa voglio dire? » chiese Washburn. « Tra le tue capacità c'è una conoscenza straordinaria delle armi da fuoco. »

« L'esercito? » chiese l'uomo, con un tono di voce intenso, di nuovo pieno d'apprensione.

« Molto difficile » rispose il dottore. « Quando sei uscito dal coma, ti ho accennato agli interventi che ti sono stati fatti sui denti. Ti assicuro che non è tecnica dei dentisti dell'esercito. E, naturalmente, gli interventi di plastica tolgono di mezzo qualunque associazione militare. »

« E allora? »

« Lasciamo perdere, per ora; torniamo a quello che ti è successo. Parlavamo di mente, ti ricordi? Lo stress psicologico, l'isteria. Non riguarda la struttura anatomica del cervello, ma le sollecitazioni mentali che hai subìto. Sono chiaro? »

« Va' avanti. »

« Man mano lo shock recede, recedono anche le sollecitazioni, sino a che scompare la necessità di proteggere la psiche. Durante questo processo, le tue capacità riaffiorano. Cominci a ricordare certi modelli di comportamento e li utilizzi in tutta naturalezza, le tue reazioni superficiali si fanno istintive. Rimane però un solco, e tutto quello che c'è in quella cartella mi dice che è incolmabile, irreversibile. » Washburn tornò alla sedia e al bicchiere. Sedette e bevve, chiudendo gli occhi, affaticato.

« Prosegui » sussurrò l'uomo.

Il dottore riaprì gli occhi, puntandoli addosso al paziente. « Torniamo alla testa, quella che abbiamo chiamato cervello. Il cervello fisico con i suoi miliardi e miliardi di cellule e di collegamenti. I libri li hai letti; il fornice e il sistema limbico, le fibre dell'ippocampo, il talamo; il corpo calloso e specialmente le tecniche chirurgiche di lobotomia. La minima modificazione può produrre cambiamenti notevolissimi. È quello che è capitato a te. Il danno è stato anatomico. È come se dei cubi fossero stati sistemati secondo un nuovo ordine: la struttura anatomica non è più quella che era. » Tacque nuovamente.

« E... » lo incalzò l'uomo.

« La cessazione delle pressioni psicologiche permetterà — permette — il ritorno delle tue capacità. Ma non credo che sarai mai in grado di collegarle al tuo passato. »

« Perché? Perché no? »

« Perché le connessioni anatomiche che consentono e trasmettono i ricordi sono cambiate. Sono cambiate — anatomicamente — al punto che non funzionano più come una volta. Praticamente sono state distrutte. »

L'uomo rimase immobile. « La risposta è a Zurigo. »

« Non ancora. Non sei pronto, non sei abbastanza in forze. »

« Lo sarò. »

« Senz'altro. »

Passarono le settimane; gli esercizi verbali continuarono mentre lo spessore della cartella cresceva e le forze del paziente ritornavano. Era metà mattina di un giorno della diciannovesima settimana, una giornata luminosa con il Mediterraneo calmo e luccicante. Come al solito, l'uomo da più di un'ora correva lungo la costa e su per le alture; aveva man mano aumentato il percorso quotidiano ed ora faceva più o meno venti chilometri al giorno, a ritmo sempre più rapido, con pause di riposo sempre meno frequenti. Sedeva nella poltrona accanto alla finestra della camera da letto, ansando. Era entrato dal corridoio buio a fianco del soggiorno. Era più semplice; il soggiorno serviva da sala d'attesa a Washburn e in quel momento ospitava alcuni pazienti con tagli e lacerazioni ancora da ricucire. Se ne stavano seduti con un'aria spaventata, chiedendosi in che condizioni avrebbero trovato il medico, quella mattina. In realtà le condizioni non erano pessime. Geoffrey Washburn beveva sempre come un cosacco, ma in questi giorni era capace di rimanere in senno. Era come se avesse trovato nei recessi del suo fatalismo autodistruttivo una certa riserva di speranze. L'uomo senza ricordi lo capiva; la speranza era legata a una banca della Bahnhofstrasse di Zurigo. Come mai ricordava con tanta facilità questo nome?

La porta si aprì ed entrò sorridendo il dottore, la vestaglia bianca macchiata dal sangue dei pazienti.

« Ce l'ho fatta! » disse con un tono di voce trionfante. « Dovrei aprire un'agenzia di collocamento e vivere di commissioni. Gli introiti sarebbero più regolari. »

« Di cosa stai parlando? »

« Come avevamo detto, è ciò di cui hai bisogno. Devi fare qualcosa all'aria aperta, e da due minuti monsieur Jean-Pierre Senzanome ha trovato un lavoro! Per una settimana, almeno. »

« Come hai fatto? Credevo che non ci fossero possibilità. »

« La possibilità è venuta con l'infezione alla gamba di Claude Lamouche. Gli ho spiegato che avevo poco anestetico, proprio poco. Abbiamo negoziato: tu sei stato l'oggetto di scambio. »

« Una settimana? »

« Se ci sai fare potrebbe continuare a tenerti. » Washburn tacque. « Anche se non è tremendamente importante, non è vero? »

« Non ne sono sicuro. Un mese fa forse, adesso no. Te l'ho detto. Sono pronto a partire. Credo che sia quello che vuoi. Ho un appuntamento a Zurigo. »

« Preferirei che a quell'appuntamento tu ti presentassi in perfette condizioni. È un interesse del tutto egoistico il mio: non puoi fare sbagli. »

« Sono pronto. »

« In apparenza, sì. Ma, dammi retta, è di importanza vitale che tu passi molto tempo in mare, e un po' di questo tempo devi passarlo di notte. Non in condizioni di favore, non come passeggero, ma soggetto a condizioni ragionevolmente dure... in realtà più dure sono meglio è. »

« Un altro test? »

« Tutti quelli che riesco a immaginare in un posto primitivo come Port Noir. Se riuscissi a mettere in piedi una tempesta e un piccolo naufragio, lo farei. D'altra parte, Lamouche si potrebbe definire una tempesta; è un tipo difficile. Quando gli si sarà sgonfiata la gamba comincerà a prendersela con te. E anche il resto dell'equipaggio: tu prenderai il posto di qualcuno. »

« Grazie tante. »

« Non è il caso. Combiniamo due tipi di stress. Per lo meno un paio di notti in mare, se Lamouche rispetta i patti – e l'ambiente ostile che ha contribuito a scatenarti l'isteria – oltre a trovarti di fronte al risentimento e ai sospetti dell'equipaggio: una riproduzione simbolica della situazione di stress iniziale. »

« Grazie ancora. E se decidessero di buttarmi in mare? Sarebbe il test definitivo, immagino. Ma non so a quanto servirebbe, se finissi annegato. »

« Oh, non ti capiterà niente del genere » disse Washburn sbuffando.

« Mi fa piacere tanta fiducia. Vorrei avercela anch'io. »

« Puoi averla. Sei protetto dalla mia presenza. Può darsi che io non sia Christian Barnard o Michael De Bakey, ma sono tutto quello che questa gente ha. Hanno bisogno di me, non possono rischiare di perdermi. »

« Ma tu vuoi andartene. Io sono il tuo passaporto. »

« E in un modo imprevedibile, caro il mio paziente. Andiamo, adesso. Lamouche vuole che tu vada giù al porto per familiarizzarti con l'attrezzatura. Cominci domani mattina alle quattro. Considera quanto bene ti farà una settimana in mare. Vedila come una crociera. »

Non si era mai vista una crociera come quella. Il timoniere del lurido peschereccio era una versione sboccata e insignificante del capitano Bligh, l'equipaggio, un quartetto di sbandati, senza dubbio gli unici disposti ad andare per mare con Claude Lamouche. Il quinto membro regolare dell'equipaggio era fratello dell'addetto alle reti, un fatto che l'uomo chiamato Jean-Pierre venne a sapere pochi minuti dopo essere salpato, alle quattro del mattino.

« Tu togli il pane di bocca a mio fratello! » sibilò rabbioso l'addetto alle reti tirando rapide boccate da una sigaretta immobile. « Dalla bocca dei suoi bambini! »

« È solo per una settimana » protestò Jean-Pierre.

Sarebbe stato più facile – molto più facile – offrire un rimborso al disoccupato prendendo i soldi dallo stipendio di Washburn, ma medico e paziente si erano trovati d'accordo nel respingere compromessi del genere.

« Spero che ci sai fare con le reti! »

Non ci sapeva fare.

Nelle settantadue ore successive l'uomo chiamato Jean-Pierre pensò che l'alternativa di un indennizzo finanziario fosse inevitabile. Non smetteva un attimo di faticare, nemmeno di notte – specialmente di notte. Era come se tutti gli occhi gli fossero puntati addosso; specie quando si distendeva sul materasso infestato, nell'attesa di chiudere gli occhi per il sonno.

« Ehi tu! Fuori di guardia! Il secondo sta male. Sostituiscilo! »

« In piedi! Philippe sta scrivendo le sue memorie! Non bisogna disturbarlo! »

« In piedi! Oggi pomeriggio hai rotto una rete. Non vogliamo rimetterci per le tue fesserie. Eravamo d'accordo. Adesso aggiustala. »

Le reti.

Se servivano due uomini alla murata, le sue braccia facevano il lavoro di quattro. Se lavorava insieme a un altro uomo dell'equipaggio, all'improvviso questo mollava la presa lasciandolo a reggere da solo tutto il carico, oppure una spallata improvvisa lo scagliava sul ponte con il rischio di finire fuori bordo.

Poi c'era Lamouche. Un pazzo zoppo che misurava i chilometri di mare in base al pesce che aveva perduto. Aveva una voce che sembrava uscire da un altoparlante raschiante, pieno di scariche. Si rivolgeva a tutti facendo precedere il nome da appellativi osceni, un'abitudine che il paziente trovava con il passar delle ore sempre più irritante. Lamouche però non si azzardava a toccarlo; stava semplicemente inviando un messaggio al medico: *Non farmi più una cosa del genere. Perlomeno quando ci vanno di mezzo la mia barca e il mio pesce.*

Il ritorno a Port Noir era previsto all'alba del terzo giorno. Una volta scaricato il pesce, l'equipaggio era in libertà fino alle quattro del mattino dopo. Potevano dormire, fornicare, sbronzarsi o, con un po' di fortuna, fare tutte e tre le cose. Quando arrivarono in vista della costa accadde il guaio.

L'addetto alle reti e il suo aiutante stavano riordinandole al centro del peschereccio. Il membro dell'equipaggio, che chiamavano « Jean-Pierre Sangsue » (Sanguisuga), ripuliva il ponte con uno spazzolone. Gli altri due membri dell'equipaggio rovesciavano secchi d'acqua marina davanti allo spazzolone ma, più spesso che no, miravano non tanto al ponte quanto a Sanguisuga.

A un certo punto il lancio finì troppo in alto, accecando per un attimo il paziente di Washburn e facendogli perdere l'equilibrio. Lo spazzolone gli sfuggì di mano e le dure setole metalliche punsero la coscia dell'addetto alle reti, che lavorava inginocchiato.

« *Merde alors!* »

« *Désolé* » si scusò il responsabile, in tono casuale, scuotendo il capo per togliersi dagli occhi l'acqua che lo accecava.

« Ma va' all'inferno! » urlò l'uomo delle reti.

« Ho detto che mi spiace » replicò l'uomo chiamato Jean-Pierre. « Di' ai tuoi amici di buttar l'acqua sul ponte, non addosso a me. »

« I miei amici, le loro stupidaggini non le fanno scontare a me! »

« L'hanno fatta fare a me, la stupidaggine. »

L'uomo delle reti afferrò il manico dello spazzolone, si alzò in piedi e lo puntò davanti a sé come una baionetta. « Vuoi divertirti, Sanguisuga? »

« Suvvia, dammelo. »

« Con piacere, Sanguisuga. Eccolo! » Il marinaio allungò lo spazzolone e lo spinse verso il basso. Le setole di ferro graffiarono il torace e lo stomaco del paziente, passando sotto il tessuto della camicia.

Non seppe mai se la colpa fosse dovuta al contatto delle setole con le cicatrici delle ferite o alla rabbia e alle frustrazioni accumulate in tre giorni di angherie. Sapeva solo di dover reagire. E la sua reazione fu la cosa più allarmante che poté immaginare.

Afferrò il manico con la destra e lo affondò nello stomaco dell'addetto alle reti; nello stesso momento portò in alto il piede sinistro, colpendolo alla gola.

« *Tao!* » Il mugolio gutturale gli salì involontariamente alle labbra; non sapeva cosa volesse dire.

Prima ancora che se ne rendesse conto, aveva girato su se stesso, mentre il piede destro, come una mazza, si schiantava sul rene sinistro dell'avversario.

« *Che-sah!* » sibilò tra i denti.

L'uomo delle reti arretrò poi gli si buttò addosso infuriato, con le mani allungate come artigli. « Puzzone! »

Il paziente si chinò, allungò rapidissimo la mano destra afferrando l'avambraccio sinistro del marinaio, tirò verso il basso, si alzò trascinando il braccio della vittima, dandogli di nuovo uno strattone e, finalmente, mollandolo nel momento in cui con il calcagno lo colpiva in fondo alla schiena. Il francese cadde a braccia e a gambe aperte sulle reti, urtando con la testa la murata.

« *Mee-sah!* » Anche questa volta non sapeva il significato di questo suo grido.

Un marinaio da dietro le spalle lo prese per il collo. Il paziente con il pugno sinistro gli mollò un colpo nella pelvi, poi si chinò in avanti, afferrando il gomito a destra della gola. Si piegò a sinistra;

i piedi dell'aggressore si staccarono dal ponte e le gambe descrissero una parabola nell'aria; il corpo venne scagliato sul lato opposto della barca. Il marinaio finì con il collo tra le ruote di un argano.

Gli altri due membri dell'equipaggio saltarono addosso a Jean-Pierre colpendolo a pugni e ginocchiate, mentre il capitano del peschereccio urlava.

« *Le docteur! Rappelons le docteur! Va doucement!* »

Un avvertimento sbagliato, proprio come la valutazione che il capitano dava della situazione. Il paziente afferrò un marinaio per il polso, lo spinse in basso, torcendolo poi verso sinistra con un unico violento movimento; l'uomo lanciò un urlo soffocato di dolore. Aveva il polso spezzato.

A questo punto il paziente di Washburn intrecciò le dita delle mani, e lasciò partire una mazzata verso l'alto, colpendo il marinaio in piena gola. L'uomo si staccò dal ponte poi si accasciò.

« *Kwa-sah!* »

Il quarto marinaio arretrò fissando ad occhi spalancati il pazzo furioso che si limitava a guardarlo inespressivo.

Ero tutto finito. Tre degli uomini di Lamouche erano svenuti, severamente puniti per quel che avevano fatto. Molto difficilmente avrebbero potuto ripresentarsi in banchina alle quattro del giorno dopo.

« Non so da dove vieni, ma da questa barca te ne vai. » Le parole di Lamouche erano un misto in parti uguali di disprezzo e di stupore.

L'uomo senza memoria avvertì l'ironia involontaria nella frase del capitano. *Neanch'io so da dove vengo.*

« In quest'isola ormai non puoi più stare » disse Geoffrey Washburn, entrando nella camera da letto immersa nella semioscurità. « Ero onestamente convinto che avrei potuto impedire qualunque grave aggressione nei tuoi confronti. Ma non posso proteggerti quando sei tu a combinare guai. »

« Sono stato provocato. »

« Tanto da reagire in quel modo? Un uomo con un polso rotto e ferite che hanno richiesto suture alla faccia e al collo. Un altro al quale ho dovuto dare dei punti al cuoio capelluto. Una grave commozione cerebrale e una lesione di gravità non accertata a un rene? Trascurando la botta al basso ventre che ha provocato un'infiammazione ai testicoli? Secondo me il termine giusto è tentato omicidio plurimo. »

« Avrebbe potuto essere un vero "omicidio" e sarei stato io la vittima, se le cose andavano nell'altro modo. » Il paziente tacque, ma riprese a parlare prima che il medico riuscisse ad interromperlo. « Penso che dovremmo discutere di questa faccenda. Sono successe diverse cose, mi sono venute fuori delle altre parole. Dovremmo proprio discutere. »

« Dovremmo, ma non possiamo. Non c'è tempo. Devi andartene subito. Ho già preso degli accordi. »

« Subito? »

« Sì. Ho detto che sei andato in paese, probabilmente a sbronzarti. I familiari ti cercheranno. Tutti: fratelli, cugini, parenti acquisiti. Si porteranno dietro coltelli, uncini, e magari un paio di pistole. Se non ti trovano, torneranno qui. Non la smetteranno finché non ti avranno trovato. »

« E tutto per una lite che non è partita da me? »

« Per le ferite che hai inflitto a tre uomini, i quali, tra l'altro, perderanno almeno un mese di stipendio. E poi per una questione infinitamente più importante. »

« E qual è? »

« L'insulto. Uno straniero ha steso non uno ma tre rispettati pescatori di Port Noir. »

« Rispettati? »

« In senso fisico. Quelli di Lamouche sono considerati i più duri di tutto il porto. »

« Ridicolo. »

« Non per loro. C'è la loro fama in gioco... Adesso muoviti: raccogli le tue cose. È arrivata una barca da Marsiglia, il capitano ha accettato di prenderti a bordo e di sbarcarti a nord di La Ciotat. »

L'uomo senza memoria trattenne il fiato. « Allora il momento è venuto » disse a bassa voce.

« Il momento è venuto » ripeté Washburn. « Credo di sapere che cosa sta succedendo nella tua mente. Un senso di impotenza, la sensazione di andare alla deriva senza timone. Io sono stato il tuo timone e non ti sarò più accanto; non ci posso far niente. Ma, credimi quando te lo dico, tu non sei impotente. La troverai, la tua strada. »

« Per Zurigo » aggiunse il paziente.

« Per Zurigo » gli fece eco il dottore. « Ecco. Ti ho messo qualche cosa in questa tela cerata. Legatela intorno alla vita. »

« Cosa c'è dentro? »

« Tutti i soldi che ho, più o meno duemila franchi. Non sono tanti, ma ti serviranno a cominciare. C'è anche il mio passaporto, per quel che ti può servire. Abbiamo più o meno la stessa età e la foto è vecchia di otto anni; la gente cambia aspetto. Non devi lasciare che qualcuno lo controlli con cura. È semplicemente un documento ufficiale. »

« E tu come farai, senza? »

« Se non avrò tue notizie, non ne avrò più bisogno. »

« Sei una brava persona. »

« Penso che lo sia anche tu.. da quel che conosco di te. Però non ti conoscevo, prima. Così non posso garantire per l'uomo che c'era prima. Vorrei farlo, ma non posso proprio. »

L'uomo si appoggiò alla murata osservando le luci di Ile de Port Noir affievolirsi in lontananza. Il peschereccio puntava verso l'oscurità, proprio come circa cinque mesi prima un altro peschereccio aveva puntato verso l'oscurità.

Lo stesso valeva per lui.

3

Nessuna luce sulla costa francese, bagnata solo dalla luna al tramonto che delineava la spiaggia rocciosa. Il peschereccio era a duecento metri da terra e le correnti della baia lo facevano dondolare dolcemente. Il capitano indicò un punto oltre la murata.

« C'è una spiaggetta tra quei due gruppi di scogli. È piccola, ma ci arrivi, se nuoti tenendoti sulla destra. Possiamo avvicinarci ancore una trentina, una quarantina di metri al massimo. Ci metti solo pochi minuti. »

« Stai facendo più di quello che mi aspettavo. Ti ringrazio. »

« Non ce n'è bisogno. I miei debiti io li pago. »

« E io sono un debito? »

« E un debito grosso. Il dottore di Port Noir ha ricucito tre dei miei uomini dopo quella buriana di cinque mesi fa. Mica sei stato l'unico che hanno portato da lui, quella volta. »

« La tempesta? Mi conosci? »

« Eri lì disteso sul lettino, bianco come gesso, ma non ti conosco e non voglio conoscerti. Ero senza soldi, non avevo pescato niente; il dottore ha detto che potevo pagarlo quando le cose mi andavano meglio. Tu sei il pagamento. »

« Ho bisogno di documenti » disse l'uomo, sentendo la possibilità di un aiuto. « Ho bisogno di un passaporto falso. »

« E lo dici a me? » chiese il capitano. « Ho detto che avrei buttato un pacco in mare a nord di La Ciotat. Solo questo. »

« Non l'avresti detto se non fossi stato capace di fare anche altre cose. »

« Non ti porto a Marsiglia. Non voglio rischiare di incontrare la guardia costiera. La Sûreté tiene squadre di poliziotti in tutto il porto; quelli della narcotici sono dei fanatici. O li paghi o ti fai venti anni di galera. »

« Il che vuol dire che a Marsiglia i documenti posso trovarli. E che mi puoi dare una mano. »

« Non ho detto questo. »

« Sì, l'hai detto. Io ho bisogno di un servizio e la persona che me lo può fare la si può trovare in un posto dove non vuoi portarmi... Però quella persona c'è. L'hai detto. »

« Cosa ho detto? »

« Che sei disposto a dirmi come stanno le cose a Marsiglia... se ci arrivo senza di te. Dimmi solo dove. »

Il capitano del peschereccio studiò il volto dell'uomo che aveva davanti: non fu una decisione facile, ma venne presa. « C'è un *café* in rue Sarrasin, nella zona sud del vecchio porto. Si chiama Le Bouc de Mer. Sono lì stasera tra le nove e le undici. Dovrai avere dei soldi. Dare un anticipo. »

« Quanto? »

« Questa è una faccenda che riguarda te e quello con cui parli. »

« Un'idea devo averla. »

« Costa meno se hai già un documento da falsificare: altrimenti bisogna rubarlo. »

« Te l'ho detto. Ne ho uno. »

Il capitano scrollò le spalle. « Millecinque, duemila franchi. T'interessa lo stesso? »

Il paziente pensò al pacchetto di tela cerata legato in vita. A Marsiglia sarebbe rimasto al verde, ma con un passaporto falso, un passaporto per Zurigo. « Me la caverò » disse, non sapendo come mai era così fiducioso. « Allora a stasera. »

Il capitano scrutò la riva debolmente illuminata. « Non possiamo avvicinarci più di così. Adesso devi contare solo su te stesso. Ricorda, se non ci troviamo a Marsiglia, tu non mi hai mai visto e io non ti ho mai visto. E non ti ha mai visto nessuno dei miei uomini. »

« Ci sarò. Le Bouc de Mer, rue Sarassin, zona sud del vecchio porto. »

« Sei nelle mani di Dio » disse il capitano facendo un gesto all'uomo che reggeva il timone; i motori brontolarono. « A proposito, la clientela del Le Bouc non è abituata all'accento di Parigi. Al tuo posto lo sporcherei un po'. »

« Grazie del consiglio » disse il paziente portandosi oltre la murata e calandosi in mare. Tenne lo zaino alto sopra la superficie dell'acqua, muovendo le gambe a forbice per rimanere a galla. « Ci vediamo stasera » aggiunse ad alta voce guardando su, verso lo scafo nero del peschereccio.

Non c'era nessuno, il capitano si era allontanato dalla murata. Gli unici rumori erano quelli delle onde che schiaffeggiavano il legno dello scafo e l'accelerazione soffocata dei motori.

Devi contare solo su te stesso.

Rabbrividì nell'acqua fredda, girò su se stesso e prese a nuotare verso la spiaggia, ricordandosi di deviare verso destra, di dirigersi verso il gruppo di rocce sulla destra. Se il capitano sapeva il suo mestiere, la corrente lo avrebbe spinto sulla spiaggia nascosta.

Il capitano il suo mestiere lo sapeva. Sentiva le alghe trattenergli i piedi. Gli ultimi trenta metri furono i più difficili. Comunque lo zaino di tela era rimasto abbastanza asciutto, anche dopo essere passato sopra i frangenti.

Qualche minuto dopo se ne stava seduto su una duna coperta di erbe selvatiche; le alte canne si piegavano sotto la brezza che veniva dal mare, i primi raggi del mattino bucavano il cielo notturno. Di lì a un'ora sarebbe sorto il sole; si sarebbe messo in cammino con il chiaro.

Aprì lo zaino e ne estrasse un paio di stivali e delle calze pesanti, insieme a un paio di calzoni e una ruvida camicia di tessuto jeans. Chissà quando in passato aveva imparato a sistemare la roba facendole occupare il minimo spazio; nello zaino ce n'era molto di più di quanto si potesse pensare guardandolo. Dove aveva imparato una cosa del genere? Perché? Le domande non cessavano mai.

Si alzò e si tolse i calzoni corti inglesi che Washburn gli aveva dato. Li distese sui giunchi ad asciugare; non poteva gettare nulla. Si tolse la maglietta e mise anche quella ad asciugare.

In piedi, nudo, sulla duna sentì uno strano senso di ilarità che si mescolava a un nodo alla bocca dello stomaco. Quel nodo era paura, lo sapeva. Ma capiva anche il motivo dell'ilarità.

Aveva superato la prima prova. Aveva dato retta a un istinto — forse irresistibile — e aveva saputo che cosa dire e che cosa rispondere. Un'ora prima non sapeva quale sarebbe stato il primo posto dove sarebbe andato, sapeva solo che il suo obiettivo era Zurigo, ma anche che avrebbe dovuto attraversare un confine, che avrebbe dovuto soddisfare gli occhi di qualche funzionario.

Era talmente evidente che il passaporto, vecchio di otto anni, non era il suo che se ne sarebbe accorto anche il doganiere più rimbambito. E anche se con quello fosse riuscito ad entrare in Svizzera, poi avrebbe dovuto uscirne; ad ogni mossa le probabilità di finire dentro si moltiplicavano. Non poteva assolutamente permetterselo. Non ora, non fino a quando non avesse saputo qualche cosa di più. Le risposte stavano a Zurigo, doveva essere in grado di viaggiare liberamente, e per ottenere questo aveva pietito con il capitano di un peschereccio.

Tu non sei impotente. Ritroverai la tua strada.

Prima che la giornata fosse finita avrebbe contattato un professionista per far falsificare il passaporto di Washburn, per trasformarlo in una licenza di viaggio. Era il primo passo concreto, ma prima bisognava trovare i soldi. I duemila franchi che il dottore gli aveva dato non bastavano; forse non sarebbero bastati nemmeno per il passaporto. A cosa poteva servire una licenza di viaggio senza i soldi per viaggiare? Soldi, doveva trovare soldi. Doveva pensare come.

Scosse i vestiti che aveva preso dallo zaino, li indossò e infilò i piedi negli stivali. Quindi si distese sulla sabbia, fissando il cielo che diventava sempre più luminoso. Il giorno era nato, proprio come lui.

Bighellonò per le viuzze acciottolate di La Ciotat, più per scambiare qualche parola con i commessi dei negozi che per altro. Era una strana sensazione quella di far parte della folla, di non essere più un derelitto sconosciuto, strappato al mare. Ricordava il consiglio del capitano e parlava francese con accento gutturale, facendosi passare per uno dei tanti stranieri che passavano per il villaggio.

I soldi.

C'era un settore di La Ciotat evidentemente frequentato da gente ricca. I negozi erano più puliti, le merci esposte più costose, il pesce più fresco e la carne molto migliore che nella zona del mercato. Persino la frutta e la verdura, in gran parte esotica, importate dal Nordafrica o dal Medio Oriente luccicavano. C'era un che di Parigi o di Nizza calato nella routine borghese di un paese marino. Un piccolo caffè al quale si arrivava lungo un vialetto di lastre di pietra era separato dai negozi a fianco da un praticello ben curato.

I soldi.

Entrò in una macelleria e si rese conto che il proprietario non aveva dato di lui una valutazione positiva. E non lo guardava amichevolmente. L'uomo stava servendo una coppia di mezza età: dal modo di fare e di parlare dovevano essere i domestici di una proprietà delle vicinanze. Erano precisi, bruschi ed esigenti.

« Il vitello della settimana scorsa era appena appena passabile » disse la donna. « Lo voglio migliore questa volta, altrimenti sarò costretta a ordinarlo a Marsiglia. »

« E l'altra sera, » aggiunse l'uomo « il marchese mi ha fatto notare che le costolette d'agnello erano troppo sottili. Ripeto, devono essere alte tre centimetri almeno. »

Il macellaio sospirò e si strinse nelle spalle, scusandosi ossequiosamente e rassicurandoli. La donna si rivolse all'accompagnatore con una voce autoritaria come quella che usava con il macellaio.

« Resta qui ad aspettare la roba e mettila in macchina. Io vado dal droghiere; ci vediamo lì. »

« Naturalmente, cara. »

La donna uscì, simile a un piccione in cerca di altri semi di rissa. Appena uscita il marito si rivolse al macellaio. L'atteggiamento era completamente diverso. Scomparsa l'arroganza apparve un sorriso.

« Proprio una bella giornata, eh, Marcel? » disse, estraendo un pacchetto di sigarette.

« A volte se ne vede di peggio, a volte di meglio. Erano proprio troppo basse, le costolette? »

« Santo cielo, no. Non l'hai ancora capito? Lei sta meglio se mi lamento, lo sai. »

« E dov'è il marchese del Monte di Letame in questo momento? »

« Qui vicino, ciucco tradito, che aspetta la troia di Tolone. Torno giù questo pomeriggio, lo carico e lo faccio passare nelle scuderie, di nascosto dalla marchesa. A quell'ora non ce la farà più nemmeno a guidare. Usa la stanza sopra la cucina di Jean-Pierre, sai. »

« Ho sentito dire. »

Sentendo il nome di Jean-Pierre il paziente di Washburn si voltò, distogliendo lo sguardo dal banco del pollame. Un riflesso automatico, ma il movimento ricordò al macellaio la sua presenza.

« Cosa c'è? Cosa vuole? »

Era il momento di lasciar perdere l'accento gutturale. « Mi raccomandano a lei degli amici di Nizza » disse il paziente, ora con un accento più adatto al Quai D'Orsay che al Le Bouc de Mer.

« Ah! » Il negoziante rivalutò immediatamente il nuovo venuto. Tra la sua clientela, specie tra i più giovani, c'era chi preferiva vestirsi in completo contrasto con la sua posizione sociale. Di questi tempi era di moda persino la tipica camicia basca. « Lei è nuovo, qui, signore? »

« Ho portato in porto la barca per riparazioni; non riusciremo ad arrivare a Marsiglia questo pomeriggio. »

« Posso esserle utile? »

Il paziente scoppiò in una risata. « Potrebbe esserlo allo chef; ma non ne ho la minima idea. Farò un giro da queste parti più tardi e devo dire che ho una certa influenza su di lui. »

Il macellaio e l'amico risero. « Lo credo proprio, signore » disse il negoziante.

« Mi serviranno una dozzina di anitroccole e, diciamo, diciotto chateaubriand. »

« Ma certo. »

« Bene. Manderò direttamente da lei il comandante del galeone. » Il paziente si rivolse all'uomo di mezza età. « A proposito, non ho potuto fare a meno di ascoltare... no, la prego non si preoccupi. Il marchese non sarà per caso quel fesso di d'Ambois? Mi pare che mi abbiano detto che vive da queste parti. »

« Oh no, signore » rispose il domestico. « Non lo conosco, il marchese d'Ambois. Mi riferivo al marchese di Chamford. Un vero gentiluomo, signore, ma ha dei problemi. Un matrimonio difficile, signore, molto difficile. Non è un segreto. »

« Chamford? Sì, credo che ci siamo incontrati. Un tipo piuttosto bassotto, vero? »

« No, signore. Anzi, piuttosto alto. Più o meno come lei, direi. »

« Ma non mi dica! »

Il paziente identificò in fretta tutti gli ingressi e le sale interne del caffè a due piani, fingendo di essere l'autista di un grossista di alimentari di Roquevaire in dubbio sulla strada da prendere. Due scale portavano al primo piano, una dalla cucina, l'altra che saliva subito dopo l'ingresso principale, e che veniva usata dai clienti per andare alla toilette, al piano di sopra. C'era anche una finestra che permetteva da fuori di vedere chi si serviva della seconda. Il paziente era sicuro che, prima o poi avrebbe visto passare una coppia. Sarebbero senz'altro saliti separatamente e non sarebbero andati alla toilette ma piuttosto nella camera da letto sopra la cucina. Si chiedeva quale, tra le lussuose automobili parcheggiate nella stradina tranquilla, fosse quella del marchese di Chamford. In ogni caso, il domestico di mezza età incontrato dal macellaio non doveva preoccuparsi: non avrebbe guidato la sua macchina sulla via del ritorno a casa.

Soldi.

La donna arrivò poco prima dell'una. Era una bionda coi capelli schiariti dal sole, i grossi seni che tendevano la seta blu della camicetta, un paio di lunghe gambe abbronzate che si muovevano con grazia su un paio di sandali dai tacchi alti, cosce e fianchi armoniosi delineati dalla gonna bianca aderente. Chamford forse aveva dei problemi, ma senz'altro aveva buon gusto.

Venti minuti dopo vide la sottana bianca passare davanti alla finestra; la ragazza stava salendo al piano di sopra. Meno di sessanta secondi dopo un'altra figura venne incorniciata dal riquadro della finestra: un paio di calzoni scuri e un blazer blu sotto un viso pallido salirono cautamente i gradini. Il paziente lasciò passare alcuni minuti. Sperava che il marchese di Chamford avesse un orologio.

Reggendo con quanta più naturalezza possibile lo zaino di tela percorse il vialetto di lastre di pietra fino all'ingresso del ristorante. Entrò, girò a sinistra nel foyer, superò scusandosi un uomo anziano che arrancava su per la scala, arrivò al primo piano e girò di nuovo a sinistra passando per un lungo corridoio che portava verso il retro della casa, sopra la cucina. Passò accanto alle toilette e si trovò davanti a una porta chiusa, che dava su una piccola anticamera. Rimase immobile, appoggiando la schiena al muro. Girò il capo e attese che l'uomo anziano fosse giunto alla porta della toilette. Lo vide aprirla e contemporaneamente calare la lampo dei calzoni.

Il paziente – d'istinto – sollevò lo zaino e lo appoggiò al centro della porta. Lo tenne contro con le braccia tese, arretrò e con un unico rapido movimento, picchiò la spalla sinistra contro il tessuto, calando immediatamente la destra nel momento in cui la porta si apriva, afferrando il bordo ed evitando così di farla sbattere contro la parete. Sotto, nel ristorante, nessuno poteva aver udito.

« *Nom de Dieu!* » strillò la donna. « *Qui-est ce!...* »

« *Silence!* »

Il marchese di Chamford si staccò di scatto dal corpo nudo della bionda, cadde dal letto e finì a terra. Era una scena da farsa: indossava ancora la camicia inamidata, la cravatta annodata e, ai piedi, un paio di calze nere di seta, lunghe fino al ginocchio; mancava tutto il resto. La donna afferrò le coperte, facendo del suo meglio per alleviare la situazione imbarazzante.

Il paziente impartì rapidamente gli ordini. « Non alzate la voce. Se farete esattamente quello che vi dico non vi farò nessun male. »

« Lei è pagato da mia moglie! » gridò Chamford, con la voce impastata, gli occhi a malapena a fuoco. « Io le do di più! »

« È un buon inizio » rispose il paziente di Washburn. « Si tolga la camicia e la cravatta. Anche le calze. » Vide il cinturino d'oro luccicante al polso del marchese. « E l'orologio. »

Qualche minuto dopo la trasformazione era completa. Gli abiti del marchese non gli andavano a pennello, ma nessuno avrebbe potuto negare l'eccellenza del tessuto e del taglio. Inoltre l'orologio era un Girard Perregaux e nel portafogli di Chamford c'erano più di milleseicento franchi. Anche le chiavi della macchina erano d'effetto: l'impugnatura monogrammata era d'argento.

« Per l'amor del cielo, mi dia i suoi vestiti! » disse il marchese.

L'assurdità della situazione in cui si trovava penetrava ormai attraverso i fumi dell'alcool.

« Spiacente, non posso » replicò l'intruso, raccogliendo sia i suoi vestiti che quelli della bionda.

« I miei non li può prendere! » strillò la donna.

« Le ho detto di non alzare la voce. »

« D'accordo, d'accordo, » riprese la bionda « ma non può... »

« Certo che posso. » Il paziente si guardò in giro: c'era un telefono su uno scrittoio accanto alla finestra. Lo prese e strappò il cavo dal muro. « Nessuno vi disturberà » aggiunse, raccogliendo lo zaino.

« Lei non la farà franca! » scattò Chamford. « Non se la caverà! La polizia la troverà! »

« La polizia? » chiese l'intruso. « Pensa davvero di chiamare la polizia? Dovrà fare denuncia, raccontare come si sono svolti i fatti. Non mi pare un'idea eccellente. Secondo me è meglio che lei aspetti quel tipo che deve venirla a prendere nel pomeriggio. L'ho sentito dire che l'avrebbe portata nelle scuderie, di nascosto dalla marchesa. Tutto considerato, sono dell'idea che è proprio quello che dovrebbe fare. Sono sicuro che riuscirà a inventare una storia migliore di quella che in realtà le è capitata qui. Io non la smentirò. »

Il ladro sconosciuto uscì dalla stanza, chiudendo alle sue spalle la porta scardinata.

Tu non sei impotente. Ritroverai la tua strada.

Finora l'aveva trovata e la cosa gli metteva un po' paura. Che cos'aveva detto Washburn? Che le sue capacità e il suo talento sarebbero ritornati... *Ma non credo che sarai mai in grado di ricollegarli al tuo passato.* Il passato. Da che tipo di passato emergevano le doti che aveva manifestato nelle ventiquattro ore precedenti? Dove aveva imparato a storpiare e ad abbattere la gente con i piedi, con le dita intrecciate a martello? Come faceva a sapere con precisione dove mollare i colpi? Chi gli aveva insegnato a giocare con la psicologia di un criminale, costringendolo con riluttanza ad assumersi un impegno? Come aveva potuto arrivare subito al punto, sulla base di semplici implicazioni, convinto al di là di ogni dubbio che il suo istinto avesse ragione? Dove aveva imparato a vedere immediatamente la possibilità di un'estorsione in una conversazione ascoltata per caso in una macelleria? Ancora più significativa, forse, era la semplice decisione di passare subito ai fatti. Mio Dio, come aveva potuto?

Più combatti, più ti metti in croce, peggio sarà.

Si concentrò sulla strada e sul cruscotto di mogano della Jaguar del marchese di Chamford. La strumentazione non gli era familiare;

in passato non doveva aver avuto molte occasioni di guidare auto di questo tipo. Probabilmente la cosa aveva un suo significato.

Meno di un'ora dopo attraversava un ponte gettato su un ampio canale e seppe di essere arrivato a Marsiglia. Piccole case quadrate di pietra che salivano come scogli dall'acqua, stradine strette e muri dappertutto: era vicino al vecchio porto. Conosceva bene la zona e nello stesso tempo non la conosceva. In lontananza, contro una delle colline che circondano la città, appariva il profilo di una cattedrale, sul pinnacolo della quale si stagliava chiaramente una statua della Vergine. Notre-Dame de la Garde. Il nome gli venne in mente; l'aveva già vista eppure non l'aveva vista.

Oh Cristo! *Piantala!*

Pochi minuti dopo si trovava nel centro animato della città e correva lungo la Canebière affollata, tra una proliferazione di negozi di lusso. I raggi del sole pomeridiano si riflettevano sulle vetrine di cristallo fumé ai due lati della strada che si aprivano tra gli enormi caffè all'aperto. Girò a sinistra in direzione della rada, passando accanto a depositi, a fabbrichette, a spiazzi circondati da reti metalliche dove erano parcheggiate le automobili pronte per venire trasportate a nord, nelle vetrine d'esposizione di Saint Etienne, Lione e Parigi, oppure nei paesi dell'altra sponda del Mediterraneo.

L'istinto. Segui l'istinto. Non si poteva trascurare nulla. Ogni cosa poteva avere un valore immediato; un sasso aveva valore se lo si poteva scagliare, anche un'automobile aveva valore se qualcuno la voleva. Scelse uno spiazzo dove si trovavano vetture sia nuove che usate, ma tutte di lusso; parcheggiò accanto al marciapiedi e scese. Oltre la rete metallica c'era la piccola caverna di un garage; meccanici in tuta si muovevano silenziosi, portando attrezzi e utensili. Entrò, girellò qua e là, finché l'istinto non gli suggerì di avvicinare un uomo con un gessato aderente.

Gli ci vollero meno di dieci minuti. Pochissime, le spiegazioni. La Jaguar sarebbe scomparsa in Nordafrica e il numero di matricola sarebbe stato cambiato.

Le chiavi d'argento con il monogramma della Jaguar passarono di mano per seimila franchi, approssimativamente un quinto del suo valore. Poi il paziente di Washburn prese un taxi e chiese all'autista di portarlo in un negozio di credito su pegno, di quelli dove non facevano troppe domande. Il messaggio era chiaro: questa era Marsiglia. Una mezz'ora dopo non aveva più al polso il Girard Perregaux d'oro, sostituito da un cronometro Seiko, più ottocento franchi. Ogni cosa aveva un valore relativo alla sua praticità. Il cronometro era antiurto.

La fermata successiva fu in un grande magazzino di medie dimensioni nel settore sud-orientale di La Canebière. Scelse alcuni capi dagli scaffali e dalle rastrelliere, li indossò in un camerino di prova e abbandonò blazer e calzoni.

Dall'esposizione sul pavimento prese una valigia di cuoio morbido e la riempì con altri vestiti e con lo zaino. Guardò il suo nuovo orologio: quasi le cinque: era venuto il momento di cercare un albergo comodo. Da diversi giorni ormai non dormiva quasi; aveva bisogno di riposare prima dell'appuntamento in rue Sarrasin, in un caffè che si chiamava Le Bouc de Mer, dove avrebbe trovato la combinazione che gli avrebbe permesso di arrivare a un appuntamento più importante, a Zurigo.

Si distese sul letto e fissò il soffitto. I lampioni stradali, sotto, gettavano chiazze irregolari di luce che danzavano sull'intonaco liscio. L'oscurità era scesa rapidamente, portando con sé un certo senso di libertà. Era come se il buio fosse una coperta gigantesca che lo schermava dalla luce accecante del giorno, luce che rivelava troppe cose, e troppo in fretta. Stava imparando una cosa nuova sul proprio conto: si sentiva più a suo agio di notte. Come un gatto affamato, di notte trovava più facilmente nutrimento. E tuttavia c'era qualcosa di contraddittorio di cui si era reso conto. Nei mesi trascorsi a Ile de Port Noir aveva desiderato la luce del sole con tutte le sue forze: ogni giorno aspettava l'alba, non facendo che augurarsi che l'oscurità se ne andasse.

Gli stavano succedendo diverse cose; stava cambiando.

Erano successe diverse cose. Fatti che avvaloravano il concetto che era più facile trovare cibo di notte. Dodici ore prima si trovava su un peschereccio nel Mediterraneo, con un obiettivo fisso in mente e duemila franchi legati intorno alla vita. Duemila franchi, qualcosa meno di cinquecento dollari americani; secondo il tasso di cambio esposto nell'atrio dell'albergo. Ora possedeva alcuni vestiti di discreta qualità e si trovava disteso sul letto di un hotel ragionevolmente costoso con poco più di ventitré mila franchi nel portafogli di Louis Vuitton, appartenuto al marchese di Chamford. Ventitré mila franchi... quasi seimila dollari.

Come mai era stato capace di fare le cose che aveva fatto?

Piantala!

Rue Sarrasin era così antica che, in un'altra città, avrebbe potuto diventare una via caratteristica. Era un vicolo piuttosto largo dal fondo di mattoni che collegava due strade costruite secoli dopo. Ma questa era Marsiglia: l'antico coesisteva con il vecchio e ambedue non legavano con il nuovo. Rue Sarrasin era lunga al massimo una sessantina di metri e rimaneva raggelata nel tempo, tra i muri di pietra delle costruzioni che fronteggiavano il porto. Nessuna luce la illuminava, disperdendo la bruma che saliva dalla rada. Era una di quelle vie secondarie che assecondano rapidi incontri tra persone che preferiscono passare inosservate.

Le uniche luci e gli unici rumori venivano dal Bouc de Mer. Il caffè era situato più o meno a metà del vicolo, in un edificio che nel XIX secolo che doveva essere stato un palazzo per uffici. Le pareti di un certo numero di cubicoli erano state abbattute per formare un grande salone pieno di tavoli, mentre altre erano rimaste in piedi per gli incontri privati. Erano simili alle stanzette private che si potevano trovare nei ristoranti sulla Canebière e, vista la differenza di livello, erano chiusi da tende, non da porte.

Il paziente si fece strada tra i tavoli affollati, superando fitti banchi di fumo, scusandosi con i pescatori attenti, i soldati ubriachi e le puttane dal viso acceso, in cerca di un letto per riposare e di un po' di soldi. Scrutò in una serie di cubicoli, con l'aria di un marinaio in cerca di compagnia, finché non trovò il capitano del peschereccio. Era con un altro uomo, smilzo, pallido, con un paio di occhi socchiusi che lo scrutavano dal basso in alto come quelli di un furetto.

« Siediti » disse ruvido il capitano. « Pensavo che saresti arrivato prima. »

« Hai detto tra le nove e le undici. Sono le undici meno un quarto. »

« Chi fa aspettare paga da bere. »

« Con piacere. Ordina qualcosa di decente, se ce l'hanno. »

L'uomo smilzo dal viso pallido sorrise. Le cose stavano andando per il verso giusto.

E infatti fu proprio così. Naturalmente il passaporto in questione era uno dei più difficili al mondo da falsificare... ma con grande cura, con le attrezzature adeguate, e con senso artistico, ci si poteva riuscire.

« Quanto ci vuole? »

« L'abilità necessaria — e l'attrezzatura — costano soldi. Duemilacinquecento franchi. »

« Quando posso averlo? »

« Un lavoro ben fatto, il senso artistico, hanno bisogno di tempo. Tre o quattro giorni. E oltre tutto questo vuole dire far fretta all'artista che protesterà. »

« Mille franchi in più se posso averlo domani mattina. »

« Per le dieci » disse l'uomo pallido rapidamente. « Le proteste me le caricherò addosso io. »

« E anche i mille franchi » interruppe il capitano, corrucciato. « Con cosa sei partito da Port Noir? Diamanti? »

« Talento » rispose il paziente, sincero ma senza capire il perché.

« Mi serve una foto » disse l'intermediario.

« Me la sono fatta fare » rispose il paziente, estraendo dalla tasca della camicia una foto formato tessera. « Con tutte quelle attrezzature sarete in grado di farla sembrare migliore. »

« Bei vestiti » osservò il capitano, passandola all'uomo pallido.

« Ottimo taglio » confermò il paziente.

Venne stabilito il luogo dell'appuntamento per il giorno dopo. Venne pagato da bere, e il capitano ricevette cinquecento franchi sotto la tavola. La riunione era terminata; il cliente uscì dal cubicolo per attraversare il salone affollato, rumoroso e pieno di fumo.

Accadde così rapidamente, così all'improvviso, in un modo così inaspettato, che non ci fu il tempo di pensare. Solo di *reagire*.

Lo scontro fu improvviso, casuale, ma gli occhi che lo fissavano non avevano un'espressione casuale; sembravano voler uscire dalle orbite, erano spalancati nell'incredulità, al limite dell'attacco isterico.

« No! Cristo, no! Non può... » L'uomo, stretto dalla massa degli avventori, girò su se stesso; il paziente balzò in avanti afferrandolo per una spalla.

« Aspetta un minuto! »

L'uomo girò di nuovo su se stesso, afferrando il polso del paziente tra l'indice e il pollice aperti a V e liberandosi. « *Tu!* Tu sei *morto!* Non puoi essere *sopravvissuto!* »

« Invece sono sopravvissuto. Ma tu cosa ne *sai*? »

Ora il volto dell'altro era contorto, sconvolto da un'espressione infuriata, gli occhi socchiusi, le labbra aperte che scoprivano la dentatura gialla simile alle zanne di un animale. All'improvviso estrasse un coltello. Lo scatto della lama si udì malgrado il chiasso circostante. Il braccio scattò in avanti come se la lama fosse un'estensione della mano, diretta allo stomaco del paziente. « Così almeno la facciamo finita! » sibilò l'uomo.

Il paziente calò con forza l'avambraccio destro scostando tutti gli oggetti sulla sua traiettoria. Roteò su se stesso, sollevò rapidissimo il piede sinistro piantando il calcagno nel basso ventre dell'aggressore.

« *Che-sah!* » Nelle sue orecchie l'eco era assordante.

L'uomo cadde all'indietro urtando un terzetto di avventori; il coltello cadde sul pavimento. L'arma fu notata; qualcuno urlò, altri si gettarono sui due contendenti separandoli con le mani, con i pugni.

« Fuori di qui! »

« Andatevene a litigare da qualche altra parte! »

« Non la vogliamo la polizia qui, bastardi ubriachi! »

Insulti rabbiosi nel rude accento marsigliese coprirono la cacofonia all'interno del locale. Il paziente venne bloccato. Vide l'uomo che aveva tentato di ucciderlo farsi strada tra la folla, tenendosi il basso ventre, in direzione dell'uscita. La porta massiccia si aprì, l'uomo scomparve correndo nell'oscurità di rue Sarrasin.

Qualcuno che lo pensava morto — che lo voleva morto — sapeva che invece era vivo.

4

La classe turistica del Caravelle dell'Air France diretto a Zurigo era completamente piena; gli stretti sedili erano resi ancora più scomodi dalle turbolenze dell'aria che facevano ballare l'aereo. Un bambino strillava, tra le braccia della madre; altri piccoli gemevano, trattenendo le grida di paura, mentre i genitori sorridevano tentando di dar loro una sicurezza che loro stessi non sentivano. La maggioranza dei passeggeri erano silenziosi; alcuni bevevano whisky più in fretta del normale. Altri, ma pochi, si sforzavano di ridere con la gola serrata, con falsi sfoggi di coraggio che sottolineavano la loro insicurezza più che nasconderla. Un brutto volo provocava reazioni diversissime nei singoli, ma nessuno era libero da pensieri elementari di terrore. Un uomo che si inscatola in un tubo di metallo a diecimila metri d'altezza è vulnerabile. Un lungo tuffo, pieno di urla, può portarlo a schiantarsi a terra. E al terrore primitivo si accompagnano questioni di fondo. Che cosa si pensa in un caso del genere? Come si reagirebbe?

Il paziente cercò di scoprirlo; per lui la risposta era importante. Sedeva accanto al finestrino, gli occhi fissi sull'ala dell'aereo, osservando il piano di metallo che si piegava e vibrava sotto l'impatto brutale dei venti. Le correnti aeree si urtavano, sottomettendo in un certo senso il fuso costruito dall'uomo, ammonendo i microscopici sfidanti che non avevano nessuna possibilità di vincere gli imprevisti naturali. Una pressione di pochi grammi superiore al limite di resistenza e l'ala si sarebbe schiantata, l'arto che sosteneva la fusoliera si sarebbe staccato, volando via nel vento; allo schianto delle chiodature sarebbe seguito un'esplosione poi un'interminabile caduta urlante.

Come si sarebbe comportato? Cos'avrebbe pensato? A parte la paura incontrollabile di morire, di scomparire, avrebbe avuto altri pensieri? Ecco su che cosa doveva concentrarsi; era questa la *proiezione* di cui Washburn non faceva che parlare. Gli tornarono in mente le parole del dottore.

Ogni volta che ti trovi in una situazione difficile e — ovviamente se ne hai il tempo — fa' il possibile per proiettartici dentro... Cerca di non esercitare alcun controllo mentale... Lasciati riempire la testa di parole e immagini... Potrebbero riaffiorare elementi particolari e certi circuiti bloccati potrebbero mettersi a funzionare... Ritroverai la tua strada...

Il paziente continuò a fissare fuori dal finestrino, cercando di far salire l'inconscio alla superficie, riempiendosi gli occhi con la violenza della natura dall'altra parte del vetro, distillando i movimenti, cercando silenziosamente di « fare tutto il possibile » per trasformare le reazioni in parole ed immagini.

E lentamente parole ed immagini arrivarono. Di nuovo l'oscurità, il rumore del vento, un rumore assordante, incessante, che aumentava di volume finché non gli parve che la testa gli sarebbe scoppiata. La testa... il vento gli schiaffeggiava il lato sinistro del viso, bruciandogli la pelle, costringendolo a sollevare la spalla per proteggersi... la spalla sinistra. Il *braccio* sinistro. Il braccio era teso verso l'alto, le dita protette da un guanto si tenevano aggrappate a un bordo metallico, liscio, la destra stringeva una... maniglia. Aveva una maniglia in mano, aspettava qualcosa. Un segnale... una luce, un colpo su una spalla, oppure tutti e due. Un segnale. *Eccolo*. Si tuffò. Nell'oscurità, nel vuoto, con il corpo che roteava perduto nel cielo notturno. Si era gettato... con il paracadute!

« *Êtes-vous malade?* »

Il ricordo svanì; il passeggero innervosito che sedeva accanto a lui gli aveva toccato il braccio sinistro... lo teneva sollevato, a dita aperte, come se volesse opporsi a qualcosa. L'avambraccio destro era premuto contro il tessuto della giacca, la mano stretta al bavero. La fronte era bagnata di sudore; era successo. Qualcosa era salito per un attimo alla superficie.

« *Pardon* » disse, abbassando le braccia. « *Un mauvais rêve* » aggiunse senza convinzione.

Superate le zone di turbolenza, il Caravelle si stabilizzò. Il sorriso sui volti delle hostess ritornò a essere genuino. Il servizio riprese e i passeggeri, imbarazzati, si osservavano l'un l'altro.

Il paziente si guardò intorno senza riuscire a trarre conclusioni. Si sentiva esausto dalle immagini e dai rumori che con tanta precisione gli erano apparsi negli occhi, e nelle orecchie, nella mente. Si era gettato da un aereo... di notte... i segnali, il bordo di metallo, la maniglia riguardavano il lancio. Si era paracadutato. *Dove? Perché?*

Piantala di metterti in croce!

Forse con il solo scopo di allontanare i pensieri dalla follia, infilò una mano nella tasca della giacca, estrasse il passaporto falsificato e lo aprì. Come si poteva aspettare, il cognome — *Washburn* — era rimasto; era piuttosto comune e chi lo portava aveva detto che nessuno lo ricercava. Il *Geoffrey R.* invece era stato cambiato in *George P.* La trasformazione era stata fatta a regola d'arte. E a regola d'arte era anche stata sostituita la fotografia, che non assomigliava più all'istantanea fatta con una macchinetta in una sala giochi.

Naturalmente i numeri del passaporto erano stati completamente alterati: erano garantiti per non allarmare i computer delle autorità di immigrazione. Per lo meno fino a quando il titolare l'avesse presentato la prima volta: dopo la responsabilità era tutta sua. Nel prezzo, oltre le capacità tecniche e le attrezzature, era compreso anche questo: erano necessari contatti all'interno dell'Interpol e delle autorità di frontiera. I funzionari dell'immigrazione, gli specialisti dei computer e altri addetti a tutte le frontiere d'Europa venivano regolarmente pagati per ottenere queste informazioni vitali; raramente commettevano errori. Se, e quando, errori si verificavano, poteva capitare loro di perdere un occhio o un braccio; così funzionava il traffico di documenti falsi.

George P. Washburn. Non se lo sentiva bene addosso; il vero proprietario del nome l'aveva istruito minuziosamente sui meccanismi fondamentali di proiezione e di associazione. *George P.* non era molto diverso da Geoffrey R., un uomo roso da un impulso incontrollabile radicato nel desiderio di fuga... di fuga dalla propria identità. Questa era l'ultima cosa che il paziente voleva; più della sua stessa vita desiderava sapere chi era.

Ma era proprio vero?

La risposta si trovava a Zurigo. A Zurigo c'era...

« *Mesdames et messieurs. Nous commençons notre descente pour l'aéroport de Zurich.* »

Conosceva il nome dell'albergo: Carillon du Lac. L'aveva detto automaticamente al conducente del taxi. L'aveva forse letto in qualche posto? Era uno di quelli elencati nel dépliant Welcome-to-Zurich sistemato nella tasca che aveva davanti sull'aereo?

No. L'atrio lo conosceva; i pannelli di legno scuro lucido gli erano familiari... in un certo qual modo. E gli erano familiari anche le enormi vetrate che davano sul lago di Zurigo. Era già stato qui;

si era fermato dov'era fermo ora – di fronte al piano di marmo del portiere – molto tempo prima.

La conferma venne dall'impiegato dall'altra parte del banco. Le sue parole ebbero l'impatto di un'esplosione.

« È un piacere rivederla, signore. È passato molto tempo dalla sua ultima visita. »

Davvero? Quanto tempo? Perché non mi chiama per nome? Per l'amor del cielo. Io non ti conosco! Non mi conosco! Aiutami! Ti prego, aiutami!

« Credo proprio di sì » disse. « Le dispiace farmi un piacere? Mi son fatto male alla mano; mi è difficile scrivere. Può compilare lei il registro? Io farò del mio meglio per firmare. » Trattenne il respiro. E se quell'uomo compito gli avesse chiesto di ripetere il suo nome o di compilarlo?

« Ma naturalmente. » Il portiere girò il cartellino e prese a scrivere. « Vuol farsi visitare dal medico dell'albergo? »

« Più tardi, forse. Non ora. » L'impiegato continuò a scrivere poi girò il cartellino per la firma del cliente.

Mr. J. Bourne. New York, N.Y., Usa.

Fissò il nome paralizzato, ipnotizzato dalle lettere. Aveva un nome, un pezzo di nome. E una nazionalità oltre che una località di residenza.

J. Bourne. *John? James? Joseph?* Che cosa indicava la J.?

« C'è qualcosa che non va, Herr Bourne? » chiese il portiere.

« Qualcosa che non va? No, niente affatto. » Prese la penna, ricordando di fingere di farlo con difficoltà. Doveva scrivere anche il nome? No; avrebbe firmato esattamente nello stesso modo.

Mr. J. Bourne.

Scrisse il nome quanto più naturalmente gli fu possibile, lasciando vagare la mente, cercando di far salire in superficie eventuali immagini o pensieri. Niente; aveva semplicemente firmato con un nome che non gli era familiare. Non sentiva nulla.

« Mi ha preoccupato, mein Herr » disse l'impiegato. « Temevo di essermi sbagliato. Ho avuto molto lavoro questa settimana e oggi ne ho avuto ancora di più. D'altra parte, ne ero sicuro. »

E se si fosse sbagliato? Mr. J. Bourne di New York City, Usa, non si preoccupò di pensarci. « Non dubitavo affatto della sua memoria... Herr Stossel » replicò, dando un'occhiata al cartellino del personale in servizio sulla sinistra del banco; l'uomo che aveva di fronte era il vicedirettore del Carillon du Lac.

« Molto gentile da parte sua. » Il vicedirettore si chinò verso di lui. « Immagino che le sue istruzioni siano sempre le stesse. »

« Potrebbero essere leggermente cambiate » disse J. Bourne. « In che termini le erano state date le volte precedenti? »

« A chiunque le telefoni o chieda di lei va risposto che lei è fuori, quindi lei dovrà essere informato immediatamente. L'unica eccezione è la sua ditta a New York. La Treadstone Seventy-One Corporation, se ricordo bene. »

Un altro nome! Un nome che si potrebbe rintracciare con una telefonata intercontinentale. I frammenti cominciavano ad andare a posto. L'euforia cominciava a ritornare.

« Bene. Non cambia nulla. Mi ricorderò della sua efficienza. »

« Siamo a Zurigo » rispose educatamente il vicedirettore, alzando le spalle. « Lei è sempre stato fin troppo generoso, Herr Bourne. *Page!... hierher, bitte!* »

Mentre il paziente seguiva il fattorino nell'ascensore, diverse cose cominciavano ad apparirgli più chiare. Aveva un nome e capiva come mai il vicedirettore del Carillon du Lac l'aveva ricordato con tanta facilità. Aveva una nazionalità, una città in cui risiedeva e una ditta di cui era dipendente... o comunque di cui era stato dipendente. E ogni volta che arrivava a Zurigo venivano adottate certe precauzioni per proteggerlo da visitatori inattesi o sgraditi. Era questo che non capiva. O ci si proteggeva del tutto o tanto valeva non proteggersi affatto. Quali vantaggi poteva avere un processo di filtro così facile da superare? Gli parve una cosa dilettantesca, inutile, come un bambino che giocasse a nascondino. *Dove sono? Prova a cercarmi. Dico qualcosa ad alta voce così ti fai un'idea.*

Non era una cosa professionale, e se aveva imparato qualcosa sul conto di se stesso nelle quarantotto ore precedenti era che lui era un professionista. Professionista di che, non lo immaginava, ma il suo livello era indiscutibile.

La voce della telefonista di New York saliva e scendeva a tratti. Le sue informazioni invece erano chiare, di una chiarezza irritante. E definitive.

« Nessuna ditta con questo nome si trova sull'elenco, signore. Ho controllato sia sull'elenco che sui numeri riservati. Non esiste nessuna Treadstone Corporation... e nemmeno un nome che assomigli a Treadstone seguito da dei numeri. »

« Forse sono stati tralasciati per abbreviare... »

« Non esiste nessuna ditta o nessuna compagnia con questo nome, signore. Ripeto, se lei ha altri dati, o se potesse dirmi in che settore agisce, potrei esserle di aiuto. »

« Non so dirle nient'altro. Solo il nome, Treadstone Seventy-One, New York City. »

« È un nome strano, signore. Sono sicura che se fosse in elenco sarebbe semplice trovarla. Spiacente. »

« La ringrazio molto, per tutto quello che ha fatto » disse J. Bourne, posando la cornetta. Inutile proseguire; il nome doveva essere una sorta di codice. Parole che permettevano a chi chiamava di mettersi in contatto con un ospite dell'albergo altrimenti inaccessibile. E la parola d'ordine poteva essere usata da chiunque, da dovunque telefonasse; di conseguenza anche l'indicazione New York non aveva significato. Ed era appunto senza significato, a quanto diceva una telefonista a ottomila chilometri di distanza.

Il paziente si diresse verso il mobile sul quale aveva posato il portafogli Louis Vuitton e il cronometro Seiko. Infilò l'uno in tasca e allacciò l'altro al polso; si guardò nello specchio e parlò a bassa voce.

« Sei J. Bourne, cittadino americano, residente a New York City, ed è estremamente probabile che i numeri "07-7, 17-12, 0-14, 26-0" siano le cose più importanti della tua vita. »

Il sole luminoso filtrava tra il fogliame degli alberi dell'elegante Bahnhofstrasse, riflettendosi nelle vetrine dei negozi, creando settori d'ombra dove i grandi palazzi delle banche ne ostacolavano il percorso. Era una strada in cui coesistevano, insieme, solidità e denaro, sicurezza e arroganza, decisione e un tocco di frivolezza. E il paziente di Washburn l'aveva percorsa altre volte.

Passeggiò nella Burkli Platz, la piazza che dava sul Zurichsee, con le numerose banchine che si protendevano nell'acqua, contornate da giardini che nel pieno dell'estate si coprivano di fiori. Riusciva a vederli con gli occhi della mente; le immagini riaffioravano. Nessun pensiero, nessun ricordo li accompagnava.

Ripercorse la Bahnhofstrasse, sapendo per istinto che la Gemeinschaft Bank era il palazzo vicino di pietra bianchissimo; era situata sul lato opposto della strada, le era passato accanto un attimo prima. Si diresse verso le spesse porte di vetro e spinse la placca al centro. Il battente di destra si aprì immediatamente e si trovò sul pavimento di marmo marrone. Non era la prima volta che posava i piedi su quel pavimento, ma l'immagine non aveva la stessa forza delle altre. Aveva la sgradevole sensazione che la Gemeinschaft andasse evitata.

Adesso non era il caso di evitarla.

« *Bonjour, monsieur. Dèsirez-vous?* » L'uomo che gli aveva rivolto questa domanda indossava una finanziera; la *boutonnière* simboleggiava la sua autorità. L'uso del francese era giustificato dagli abiti del cliente; anche gli gnomi di Zurigo in posizione subordinata avevano spirito di osservazione.

« Devo discutere di questioni personali e confidenziali » rispose J. Bourne in inglese, ancora una volta leggermente sorpreso dalla naturalezza con cui gli uscivano le parole. Aveva parlato in inglese per due motivi. Voleva vedere la reazione dello gnomo al proprio errore, e voleva che ciò che sarebbe stato detto nell'ora successiva non venisse assolutamente frainteso.

« Pardon, signore » disse l'uomo, inarcando leggermente le sopracciglia e studiando la giacca del cliente. « L'ascensore è alla sua sinistra, l'incaricato dell'accoglienza verrà in suo aiuto. »

L'incaricato in questione era un uomo di mezza età dal cranio rapato a zero e dagli occhiali di tartaruga. L'espressione era controllata, gli occhi severi e curiosi. « Lei è solito intrattenere rapporti personali e confidenziali con noi, signore? » chiese, ripetendo le parole dell'uomo che aveva di fronte.

« Sì. »

« Firmi qui, per favore » disse, allungando un foglio di carta intestata con due righe vuote nel mezzo della pagina.

Il cliente capì; non era necessario fare nomi. I numeri scritti a mano sostituiscono un nome... *costituiscono la firma del detentore del conto. Procedura standard. Washburn.*

Il paziente scrisse i numeri, rilassando la mano. Porse il foglio all'incaricato, che lo esaminò, si alzò e indicò con un gesto una fila di porte dai pannelli di vetro smerigliato. « Se vuole attendere nella quarta stanza, signore, tra poco verrà qualcuno da lei. »

« La quarta stanza? »

« La quarta porta da sinistra. Si chiuderà automaticamente. »

« È necessario? »

L'incaricato dell'accoglienza lo guardò sconcertato. « È in linea con le sue richieste, signore » disse educatamente, con una sfumatura di sorpresa sotto la cortesia. « È un conto corrente tre-zero. Solitamente i detentori di conti di questo tipo telefonano in anticipo per avere a disposizione un ingresso privato. »

« Questo lo so » mentì il paziente di Washburn con una naturalezza che non sentiva. « Solo che ho fretta. »

« Passo il foglio alla verifica, signore. »

« Verifica? » Mr. J. Bourne di New York City, Usa, non riuscì a controllarsi del tutto; c'era una nota d'allarme nella sua voce.

« Verifica della firma, signore. » L'uomo si aggiustò gli occhiali; il movimento servì a mascherare l'altra mano che si avvicinava a un pannello. « Le suggerirei di attendere nella stanza numero quattro, signore. » Il suggerimento non era tanto una richiesta, quanto un ordine, accompagnato da un'espressione autoritaria, da pretoriano, negli occhi di chi l'aveva impartito.

« Certo. Dica solo che si sbrighino, le dispiace? » Il paziente attraversò il corridoio in direzione della quarta porta, la aprì ed entrò. La porta si chiuse automaticamente; aveva sentito lo scatto della serratura. J. Bourne guardò il pannello di vetro opaco; non era una semplice lastra di vetro: sotto la superficie si intravedeva una rete di sottili fili metallici. Indubbiamente, se qualcuno li avesse rotti l'allarme sarebbe scattato. Si trovava in una cella, in attesa di essere convocato.

La stanzetta aveva le pareti ricoperte di pannelli ed era arredata con gusto: due poltrone di cuoio una accanto all'altra di fronte a un divanetto fiancheggiato da tavolini antichi. Sulla parete opposta si apriva una seconda porta, che contrastava nettamente con l'arredamento: era di acciaio grigio. Sui tavoli erano posati giornali e riviste in tre lingue. Il paziente sedette e prese l'edizione parigina dell'*Herald Tribune*. Lesse le parole ma senza assorbirne il senso. Potevano chiamarlo da un momento all'altro; non faceva che pensare alla tattica di manovra. Doveva agire senza memoria, solo d'istinto.

Finalmente la porta di acciaio si aprì e apparve un uomo alto e snello dai lineamenti aquilini e dai capelli grigi pettinati con cura meticolosa. Il volto era quello di un patrizio, ben disposto a servire un suo pari bisognoso della sua competenza. Tese la mano. Parlava un inglese raffinato, mellifluo, sotto la cadenza svizzera.

« Felice di vederla. Perdoni il ritardo; in realtà sotto c'è una cosa alquanto umoristica. »

« In che senso? »

« Temo che lei abbia lasciato piuttosto sconcertato Herr Koenig. Non capita spesso che un conto tre-zero si presenti senza preavviso. Sa, è una persona piuttosto metodica, l'imprevisto gli rovina la giornata. D'altra parte, generalmente gli imprevisti rendono più piacevole la mia. Sono Walther Apfel. La prego, venga. »

Il funzionario allentò la stretta di mano e indicò la porta d'acciaio. Di là si apriva una stanza trapezoidale che era un'estensione della cella. Pannelli scuri alle pareti, mobili pesanti e comodi e un'ampia scrivania situata di fronte a una finestra ancor più ampia che dava sulla Bahnhofstrasse.

« Mi spiace di averlo inquietato » disse J. Bourne. « È solo che ho pochissimo tempo. »

« Sì, me l'ha riferito. » Apfel passò dall'altra parte della scrivania, indicando la poltrona di pelle di fronte. « Si sieda. Ancora un paio di formalità poi potremo parlare di affari. » Sedettero contemporaneamente; il funzionario di banca prese una cartelletta bianca e la allungò al cliente della Gemeinschaft Bank. Fissato alla cartella c'era un altro foglio di carta intestata. A differenza di prima le righe vuote questa volta erano dieci: partivano sotto l'intestazione e terminavano a un paio di centimetri dal fondo del foglio. « La sua firma, prego. Un minimo di cinque volte sarà sufficiente. »

« Non capisco. Ho appena firmato. »

« E con molto successo. La verifica l'ha confermato. »

« E allora perché devo firmare di nuovo? »

« Si può imparare ad imitare una firma in modo da renderla accettabile. Tuttavia ripetendola diverse volte emergono piccole differenze, nel caso non sia autentica. Un analizzatore grafologico è in grado di rilevarlo immediatamente; d'altra parte non penso che lei debba preoccuparsi. » Apfel sorrise posando una penna vicino al bordo della scrivania. « Come non mi preoccupo io, del resto. Però, in tutta franchezza, Koenig insiste. »

« È una persona prudente » disse il paziente, prendendo la penna e cominciando a scrivere. Aveva appena iniziato la terza riga quando il banchiere lo fermò.

« Basta così; di più sarebbe tempo sprecato. » Apfel allungò una mano per prendere il foglio. « La verifica ha detto che lei non era nemmeno un caso dubbio. Non appena riceveranno questo, il conto sarà a sua disposizione. » Inserì un foglio di carta nella fessura di una scatola metallica posata sulla destra della scrivania e premette un bottone; ci fu un lampo luminoso che scomparve subito. « Questo apparecchio trasmette le firme direttamente all'analizzatore » proseguì il banchiere. « Naturalmente l'analizzatore è programmato. Di nuovo, in tutta franchezza, il tutto è un po' sciocco. Nessuno che conosca le precauzioni che prendiamo acconsentirebbe a firmare diverse volte, se fosse un impostore. »

« Perché no? Arrivato a questo punto, perché non dovrebbe rischiare? »

« C'è solo un ingresso in quest'ufficio, e quindi una sola uscita. Senza dubbio avrà sentito la serratura scattare nel salottino d'attesa. »

« E ho visto la rete metallica nel vetro » aggiunse il paziente.

« Quindi avrà capito. Un impostore smascherato si troverebbe in trappola. »

« E se io avessi una pistola? »

« Ma lei non ce l'ha. »

« Nessuno mi ha perquisito. »

« L'ha perquisito l'ascensore. Da quattro angoli diversi. Se lei fosse stato armato, la cabina si sarebbe fermata tra il primo e il secondo piano. »

« Siete prudentissimi. »

« Cerchiamo di essere utili. » Squillò il telefono. Apfel rispose. « Sì?... Entri pure. » Il banchiere guardò il suo cliente. « Sta arrivando la sua pratica. »

« Avete fatto in fretta. »

« Herr Koenig ha già fatto la richiesta diversi minuti fa; aspettava solamente il benestare dell'analizzatore. » Apfel aprì un cassetto e ne estrasse un mazzo di chiavi. « Sono sicuro che dev'essere deluso. Era assolutamente certo che ci fosse qualcosa fuori posto. »

La porta d'acciaio si aprì e Herr Koenig entrò reggendo una scatola di metallo nera, che posò sulla scrivania vicino a un vassoio sul quale c'erano una bottiglia di Perrier e due bicchieri.

« Si trova bene qui a Zurigo? » chiese il banchiere, evidentemente per colmare il silenzio.

« Moltissimo. Ho una stanza che dà sul lago. Una bella vista, tranquilla, silenziosa. »

« Splendido » disse Apfel, versando un bicchiere di Perrier al suo cliente. Herr Koenig uscì; la porta si chiuse e il banchiere tornò in argomento.

« Il suo conto corrente, signore » disse scegliendo una chiave dal mazzo. « Devo aprire io la cassetta o preferisce farlo lei? »

« Faccia pure. La apra. »

Il banchiere sollevò lo sguardo. « Posso solo aprire la serratura, non la cassetta. Non ho questa facoltà, e non vorrei nemmeno assumermene la responsabilità. »

« Come mai? »

« Nel caso sia indicata la sua identità, non sono autorizzato a conoscerla. »

« E se io volessi fare delle operazioni? Trasferire soldi, inviarli a un'altra persona? »

« Lo può fare firmando un ordine di trasferimento con la sua firma numerica. »

« E se volessi trasferire dei fondi in un'altra banca all'estero? A me personalmente. »

« In questo caso un nome sarebbe necessario. In queste circostanze sarebbe mio dovere e mia responsabilità conoscere la sua identità. »

« La apra pure. »

Il funzionario di banca eseguì. Il paziente di Washburn trattenne il respiro; avvertiva un nodo alla bocca dello stomaco. Apfel tirò fuori un fascio di fogli tenuti insieme da un fermaglio enorme. Gli occhi scivolarono sulla colonna di destra dei primi fogli; l'espressione impassibile – da banchiere – cambiò impercettibilmente. Il labbro inferiore si tese leggermente, gli angoli della bocca si curvarono. Si sporse in avanti e tese i fogli al proprietario.

Sotto l'intestazione della Gemeinschaft c'erano alcune parole scritte in inglese, la lingua del cliente:

Conto corrente: Zero-Sette-Diciassette-Dodici-Zero-Quattordici-Ventisei-Zero.
Nome: Riservato, in base a Disposizioni Legali e a Ordini dell'Intestatario.
Accesso: Sigillato in Plico Separato.
Attivo estratto conto: 7.500.000 franchi.

Il paziente esalò lentamente il respiro, fissando la cifra. Qualunque cosa avesse pensato, non era affatto preparato a una cosa del genere. Era l'esperienza più terrorizzante che avesse provato negli ultimi cinque mesi. Approssimativamente, l'attivo del conto ammontava a più di cinque milioni di dollari Usa.

Cinque milioni di dollari!

Come? Perché?

Controllando il tremito alle mani, fece passare le distinte di versamento. Erano numerose, per somme enormi: nessuna inferiore ai 300.000 franchi. I versamenti si susseguivano a intervalli di cinque-otto settimane e risalivano fino a ventitré mesi prima. Guardò l'attestato in fondo, il primo. Era un trasferimento da una banca di Singapore ed era di un'entità enorme: 2.700.000 dollari malesi, convertiti in 5.175.000 franchi svizzeri.

Sotto l'attestato sentì una busta, molto più piccola del foglio. La scoprì: era bordata di nero e vi erano riportate delle indicazioni scritte a macchina.

Identità: Riservata al proprietario.
Restrizioni legali: Accesso – Funzionario Autorizzato, Treadstone Seventy-One Corporation. Necessaria Delega Scritta dell'Intestatario. Soggetto a Verifica.

« Vorrei controllare il contenuto » disse il cliente.

« È di sua proprietà » rispose Apfel. « Posso assicurarle che il sigillo è intatto. »

Il paziente staccò la busta e la voltò. Sui margini del risvolto era stato impresso il timbro a secco della Gemeinschaft. Le lettere a rilievo erano intatte. Lacerò il risvolto, estrasse un cartoncino e lesse:

Intestatario: Jason Charles Bourne
Indirizzo: Non indicato
Nazionalità: USA

Jason Charles Bourne.

Jason.

La J. stava per Jason! Si chiamava *Jason Bourne*. Il *Bourne* per lui non aveva nessun significato e altrettanto insignificante era stata la J., ma la combinazione di Jason *e* di Bourne aveva rimesso insieme dei brandelli. Poteva accettarlo; lo accettava. Era Jason Charles Bourne, americano. Eppure il cuore gli batteva all'impazzata, il rombo nelle orecchie era assordante, la fitta allo stomaco più intensa che mai. *Di che cosa si trattava? Perché aveva la sensazione di essere sul punto di tuffarsi di nuovo nell'oscurità, di nuovo nell'acqua nera?*

« C'è qualcosa che non va? » chiese Walther Apfel.

Qualcosa non va Herr Bourne?

« No. Tutto a posto. Mi chiamo Bourne. Jason Bourne. »

Stava urlando? Stava sussurrando? Non lo sapeva.

« Ho il privilegio di aver fatto la sua conoscenza, Mr. Bourne, la sua identità rimarrà confidenziale. Ha la parola di un funzionario della Bank Gemeinschaft. »

« La ringrazio. Ora temo di dover trasferire gran parte di questi fondi. Avrò bisogno del suo aiuto. »

« Anche questo è un privilegio. Sarò felice di assisterla e di consigliarla in qualunque modo. »

Bourne prese il bicchiere di Perrier.

La porta d'acciaio dell'ufficio di Apfel si chiuse alle sue spalle; pochi secondi ancora e sarebbe uscito dalla cella anticamera arredata con gusto passando nel salone della reception per poi entrare nell'ascensore. Pochi minuti ancora e si sarebbe trovato sulla Bahnhofstrasse con un nome, un sacco di soldi e nient'altro, salvo la paura e la confusione.

Ce l'aveva fatta. Il dottor Geoffrey Washburn era stato ben ripagato per il valore della vita che aveva salvato. A una banca di Marsiglia era stato inviato con un telex un accredito di 1.500.000 franchi svizzeri, depositati in un conto corrente numerato della cui esistenza sarebbe stato informato l'unico dottore di Ile de Port Noir. Il nome di Washburn non sarebbe mai comparso. Washburn doveva semplicemente andare a Marsiglia, dire il numero di codice e i soldi sarebbero stati suoi. Quel medico eccentrico ed alcolizzato sarebbe stato più che felice se gli fossero arrivate dieci o quindicimila sterline. Invece ora aveva più di un milione di dollari. Sarebbero stati la sua salvezza o la sua distruzione; l'una o l'altra cosa dipendevano da lui.

A Parigi, in una barca di rue Madaleine, venne inviato un secondo accredito di 4.500.000 franchi, depositati a nome di Jason C. Bourne. Il trasferimento sarebbe avvenuto con il corriere bisettimanale della Gemeinschaft per Parigi, con documenti d'accompagnamento firmati in triplice copia. Herr Koenig aveva assicurato sia il suo superiore che il cliente che le carte sarebbero state a Parigi entro tre giorni.

L'ultima operazione era meno importante, rispetto alle altre due. Centomila franchi in banconote di grosso taglio vennero portate nell'ufficio di Apfel. E il prelievo venne annotato sull'estratto conto accompagnato dai numeri che rappresentavano la firma dell'intestatario.

Rimanevano in deposito 1.400.000 franchi svizzeri, somma in ogni caso notevole.

Come? Perché? Da dove?

Il tutto aveva richiesto un'ora e venti minuti; un'unica nota discordante si era inserita nella procedura che, per il resto, si era svolta senza intoppi. In carattere con il personaggio, era stata introdotta da Koenig, che sfoggiava un'espressione solenne e vagamente trionfante. Aveva telefonato ad Apfel, era stato fatto entrare, e aveva portato al superiore una piccola busta bordata di nero.

« *Une fiche* » aveva detto, in francese.

Il banchiere aveva aperto la busta, ne aveva estratto un cartoncino, aveva studiato quel che c'era scritto, per poi restituire busta e contenuto a Koenig.

« Seguiremo le solite procedure » aveva detto.

Koenig se n'era andato.

« La cosa riguarda me? » aveva chiesto Bourne.

« Solo per quanto riguarda il trasferimento di somme così ingenti. È la politica della ditta. » Il banchiere gli aveva rivolto un sorriso rassicurante.

La serratura scattò. Bourne aprì la porta di vetro opaco ed entrò nel feudo personale di Herr Koenig. Erano arrivate altre due persone, che sedevano ai due lati dell'ufficio. Dato che non erano rinchiusi in celle separate dietro porte di vetro opaco, Bourne immaginò che non fossero intestatari di contri tre-zero. Si chiese se anche loro avessero firmato con il loro nome o con una serie di numeri, ma smise di domandarselo nell'istante in cui premette il bottone dell'ascensore.

Notò un movimento con la coda dell'occhio. Con un leggero movimento del capo Koenig aveva fatto un cenno ai due. Si alzarono nel momento in cui la porta dell'ascensore si apriva. Bourne si voltò; l'uomo alla sua destra aveva estratto una piccola radio dalla tasca del cappotto. Parlò al microfono: poche parole, rapide.

L'uomo alla sinistra teneva la destra infilata nella tasca dell'impermeabile. Quando la estrasse impugnava una pistola, un'automatica nera calibro 38 con un cilindro forato infilato sulla canna. Un silenziatore.

Ambedue gli uomini puntarono su Bourne che si riparò nell'ascensore vuoto.

Si scatenò l'inferno.

5

La porta dell'ascensore cominciò a chiudersi; l'uomo con la trasmittente portatile era già dentro, le spalle del suo compagno, quello armato, si erano inserite tra i battenti a chiusura automatica. L'arma era puntata alla testa di Bourne.

Jason si chinò sulla sua destra — un movimento automatico di paura — poi improvvisamente, senza preavviso, fece balzare in alto il piede sinistro, roteando su se stesso. La caviglia urtò la mano dell'uomo armato, scagliando la pistola in alto e gettandola all'indietro. Due spari soffocati, poi la porta si chiuse. I proiettili si conficcarono nello spesso pannello di legno del soffitto. Bourne terminò la piroetta piantando la spalla nello stomaco dell'altro, colpendolo al torace con la destra, mentre la sinistra afferrava la mano che stringeva la radio. Scagliò l'uomo contro la parete dell'ascensore. La trasmittente cadde nell'angolo opposto. Dall'altoparlante uscì una voce.

« *Henri? Ça va? Qu'est-ce qui se passe?* »

Nella mente di Jason apparve l'immagine di un altro francese. Un uomo al limite dell'isteria, con un'espressione incredula negli occhi; un uomo che aveva tentato di assassinarlo e che meno di ventiquattro ore prima era scomparso nell'oscurità di rue Sarrasin. *Quell'*uomo non aveva perso tempo a inviare un messaggio a Zurigo. L'individuo che pensavano fosse morto era vivo. Vivo e vegeto. *Uccidetelo!*

Bourne afferrò il francese, che ora gli stava di fronte, strinse il braccio sinistro intorno alla gola, mentre con la destra gli lacerava l'orecchio sinistro. « Quanti? » chiese in francese. « Quanti mi aspettano giù? Dove sono? »

« Lo vedrai da solo, maiale! »

L'ascensore era quasi arrivato all'atrio del pianterreno.

Jason spinse la testa dell'uomo in basso, lacerandogli a metà l'orecchio, facendogli sbattere la testa contro la parete dell'ascensore. Il francese urlò e cadde sul pavimento. Bourne gli piantò una ginocchiata nel petto. Sotto, sentì la fondina. Aprì il cappotto, infilò una mano, e ne estrasse un revolver a canna corta. Capì immediatamente che qualcuno aveva disattivato il rivelatore nell'ascensore. *Koenig*. Se ne sarebbe ricordato; nessuna amnesia quando c'era di mezzo Koenig. Piantò il revolver nella bocca aperta del francese. « Dimmelo o ti faccio scoppiare il cranio! » L'uomo emise un lamento rauco. L'arma venne ritirata, la canna puntata contro la guancia.

« Due. Uno vicino agli ascensori, uno fuori sul marciapiedi, vicino alla macchina. »

« Che marca? »

« Peugeot. »

« Colore? » L'ascensore stava rallentando, pronto a fermarsi.

« Marrone. »

« Quello nell'atrio. Com'è vestito? »

« Non so... »

Jason colpì l'uomo alla tempia con la canna del revolver. « Ti conviene ricordarlo! »

« Cappotto nero! »

L'ascensore si fermò; Bourne tirò il francese in piedi, le porte si aprirono. Dalla sinistra, un uomo in un impermeabile scuro con un buffo paio di occhiali dalla montatura d'oro, si fece avanti. Dietro alle lenti gli occhi valutarono la situazione; sulla guancia del francese scendeva un rivolo di sangue. Mosse una mano nascosta nell'ampia tasca dell'impermeabile: un'altra automatica con silenziatore puntata sul bersaglio venuto da Marsiglia.

Jason spinse il francese davanti a sé, oltre la porta. Si udirono tre schiocchi in rapida successione; il francese urlò e alzò le braccia in un'ultima protesta rauca, poi inarcò la schiena e si accasciò sul pavimento di marmo. Una donna alla destra dell'uomo che aveva sparato si mise a strillare, imitata da diverse altre persone che, a tutti e a nessuno, gridavano: « *Hilfe! Polizei!* ».

Bourne si rendeva conto di non poter usare il revolver sottratto al francese. Era senza silenziatore. Il rumore dello sparo lo avrebbe identificato. Lo infilò nella tasca della giacca, passò accanto alla donna urlante e afferrò per le spalle dell'uniforme l'addetto agli ascensori, gettandolo addosso al killer dall'impermeabile scuro.

Il panico nell'atrio aumentò mentre Jason correva verso le porte a vetri dell'ingresso. L'uomo con la *boutonnière* che lo aveva accolto, quello che un'ora e mezza prima l'aveva preso per francese, stava urlando in un telefono a parete. Accanto a lui un guardiano in uniforme, con la pistola spianata bloccava l'uscita, attento alla baraonda nell'atrio. Di colpo portò l'attenzione su di *lui*. All'improvviso uscire dalla banca era diventato problematico. Bourne evitò gli occhi del guardiano, rivolgendosi all'uomo che parlava al telefono.

« L'uomo con gli occhiali dalla montatura d'oro! » urlò. « È lui. L'ho visto! »

« *Cosa?* Lei chi è? »

« Sono un amico di Walther Apfel! Mi ascolti! L'uomo con gli occhiali d'oro, e l'impermeabile nero. Laggiù. »

La mentalità burocratica è sempre la stessa da diversi millenni. Quando si sente il nome di un superiore, si eseguono gli ordini.

« Herr Apfel! » L'addetto all'accoglienza della Gemeinschaft si rivolse al guardiano. « L'ha sentito! L'uomo con gli occhiali, occhiali d'oro! »

« Sissignore! » Il guardiano corse via.

Jason aggirò l'addetto, puntando verso la porta a vetri. Spinse il battente di destra, lanciò un'occhiata alle sue spalle. Sapeva di doversi rimettere a correre, ma non sapeva se l'uomo che lo aspettava fuori a bordo di una Peugeot marrone l'avrebbe riconosciuto e gli avrebbe piantato una pallottola in testa.

La guardia aveva rincorso un uomo con l'impermeabile nero, che camminava più lentamente delle altre figure in preda al panico intorno a lui: non portava occhiali. Ora il guardiano stava tornando a passo di corsa all'ingresso verso Bourne.

Sul marciapiedi la confusione non faceva che aumentare: una protezione per Jason. La notizia dell'incidente aveva superato i muri della banca. Il sibilo delle sirene della polizia che accorreva lungo la Bahnhofstrasse diventava sempre più forte. Jason si spostò qualche metro a destra, tra i pedoni, poi di colpo si mise a correre, facendosi strada tra la folla dei curiosi rifugiati nella rientranza di un negozio di fronte, attento alle auto parcheggiate accanto al marciapiedi. Notò la Peugeot, notò l'uomo in piedi accanto all'automobile, con le mani infilate minacciosamente nella tasca del cappotto. Nemmeno quindici secondi dopo venne raggiunto dall'uomo con l'impermeabile nero, che si tolse gli occhiali d'oro e strinse gli occhi per rimettere a fuoco la vista. I due scambiarono rapidamente qualche parola, pur continuando ad osservare attentamente tutta la Bahnhofstrasse.

Bourne capiva il loro stato di confusione. Era uscito senza lasciarsi prendere dal panico dalla porta a vetri della Gemeinschaft mescolandosi alla folla. Era pronto a mettersi a correre, ma non l'aveva fatto temendo di venir fermato prima di essere riuscito ad allontanarsi dall'ingresso. A nessun altro era stato permesso di uscire e il conducente della Peugeot non aveva collegato il fatto. Non aveva riconosciuto il bersaglio che a Marsiglia era stato condannato a morte.

La prima auto della polizia arrivò sul posto proprio nel momento in cui l'uomo dagli occhiali d'oro si toglieva il cappotto gettandolo attraverso il finestrino aperto della Peugeot. Rivolse un cenno del capo all'autista che si mise al volante e accese il motore. Il killer si tolse gli occhiali e fece una cosa che Jason non si aspettava assolutamente. Tornò frettolosamente verso la banca unendosi ai poliziotti che correvano dentro.

Bourne attese finché la Peugeot non si staccò dal marciapiedi per filar via lungo la Bahnhofstrasse. La folla che si accalcava nel negozio di fronte cominciò a disperdersi; molti si avvicinarono alla porta a vetri della banca allungando il collo, rizzandosi sulla punta dei piedi, cercando di scrutare all'interno. Uscì un poliziotto che fece allontanare i curiosi. Un'ambulanza girò l'angolo, suonando il clacson che si univa al sibilo lacerante della sirena, intimando a tutti di fare strada; il conducente infilò il veicolo nello spazio lasciato libero dalla Peugeot. Jason non poteva perdere altro tempo. Doveva correre al Carillon du Lac, raccogliere le sue cose, partire da Zurigo, dalla Svizzera. Diretto a Parigi.

Perché Parigi? Perché aveva chiesto di far trasferire i suoi soldi proprio a Parigi? La cosa gli era venuta in mente solo nell'ufficio di Walther Apfel, quando era rimasto annientato dalla cifra straordinaria che si era trovato sotto gli occhi. Superava del tutto qualunque cosa avesse immaginato... tanto che aveva potuto solo reagire oscuramente, istintivamente. E l'istinto aveva evocato Parigi. Come se in qualche modo la città fosse vitale per lui. *Perché?*

Comunque, non aveva tempo... vide gli infermieri dell'ambulanza uscire dalla banca con una barella sulla quale era disteso un corpo, con il volto coperto, il che significava che era morto. Se non fosse stato per quelle sue capacità al di fuori della sua comprensione, ci sarebbe stato il suo cadavere, sulla barella.

Da Marsiglia era stato spedito un messaggio, ma l'uomo che doveva venire ucciso era ancora vivo. Jason Bourne era vivo. L'ordine era di ucciderlo. Uccidete Jason Bourne!

Ma perché, Dio del cielo?

Corse verso un taxi che aveva visto fermo all'angolo. Doveva allontanarsi da Zurigo.

Sperava di vedere il vicedirettore del Carillon du Lac dietro il banco del portiere, ma non lo trovò. Poi si rese conto che sarebbe bastato lasciargli poche righe – come si chiamava? Stossel? Sì, Stossel. Non era necessario spiegare il perché della sua partenza precipitosa e cinquecento franchi sarebbero bastati per le poche ore di ospitalità del Carillon du Lac... e per il piacere che doveva chiedere a Herr Stossel.

Salì in camera sua, gettò il necessario per la barba nella valigia ancora intatta, controllò la pistola presa al francese infilandola poi nella tasca della giacca e sedette per scrivere un biglietto indirizzato a Herr Stossel, vicedirettore. Una frase gli venne facilmente... troppo facilmente.

...Mi metterò in contatto con lei tra breve relativamente a certi messaggi che mi verranno inviati. Sono sicuro che non mancherà di prestare attenzione alla cosa, e che li accetterà per mio conto.

Se fossero arrivate comunicazioni dalla fantomatica Treadstone Seventy-One, voleva saperlo. Se era a Zurigo, lo avrebbe saputo.

Infilò una banconota da cinquecento franchi nel foglio e chiuse la busta. Poi prese la valigia, uscì e percorse il corridoio in direzione degli ascensori. Gli ascensori erano quattro. Premette il pulsante e si guardò alle spalle, ricordando quel che era successo alla Gemeinschaft. Non c'era nessuno; udì lo squillo di un campanello e sopra il terzo ascensore si accese una luce rossa. Era in discesa. Ottimo. Doveva arrivare il più in fretta possibile all'aeroporto per scappare da Zurigo, dalla Svizzera. Un messaggio era arrivato a destinazione.

Le porte dell'ascensore si aprirono. Dentro c'erano due uomini e, in mezzo, una donna dai capelli rosso-castani; interruppero la conversazione, rivolsero un cenno al nuovo venuto – notando la valigia e facendo posto – poi, mentre le porte si chiudevano, ripresero a parlare. Erano sui trentacinque anni e parlavano rapidamente in francese; la donna passava lo sguardo dall'uno all'altro, sorridendo o con un'espressione pensosa negli occhi. C'erano da decidere cose di scarsa importanza. Le risate erano inframmezzate da domande semiserie.

« Domani, dopo le conclusioni, torni a casa? » chiese l'uomo a sinistra.

« Non ne sono sicura. Aspetto una comunicazione da Ottawa » rispose la donna. « Ho dei parenti a Lione; mi farebbe piacere vederli. »

« È impossibile, » disse l'uomo a destra « che il comitato trovi dieci persone disposte a trarre le conclusioni di questa conferenza dimenticata da Dio in un giorno solo. Resteremo qui ancora una settimana. »

« A Bruxelles non approverebbero » disse il primo, scoprendo i denti in un sorriso. « L'albergo costa troppo. »

« E allora ci trasferiremo in un altro » disse il secondo, sorridendo alla donna. « Stiamo aspettando che tu ti decida, vero? »

« Sei completamente pazzo » disse la donna. « Tutti e due siete pazzi. Questa è la mia conclusione. »

« Tu invece no, Marie » intervenne il primo. « Pazza, voglio dire. La tua presentazione, ieri, è stata brillante. »

« Proprio per niente » disse la donna. « Roba di routine, e anche piuttosto noiosa. »

« No, no! » disse il secondo. « Era superba; non poteva non esserlo. Non ho capito una parola. D'altra parte, il mio cervello era altrove. »

« Sei pazzo... »

L'ascensore stava fermandosi; il primo uomo riprese la parola. « Sediamoci nella fila in fondo. Siamo in ritardo e sta parlando Bertinelli... secondo me con scarso successo. Le sue teorie delle situazioni cicliche forzate sono scomparse insieme alle finanze dei Borgia. »

« Ancora prima » disse la donna dai capelli castani ridendo. « Al tempo delle tasse di Cesare. » Tacque, quindi aggiunse: « Se non con le Guerre Puniche ».

« Allora, ultima fila » disse il secondo uomo, offrendo il braccio alla ragazza. « Possiamo dormire. Usa il proiettore, ci sarà buio. »

« No, andate avanti voi due. Vi raggiungo tra qualche minuto. Devo spedire dei telegrammi e ho paura che i centralinisti sbaglino a trasmetterli. »

Le porte si aprirono e i tre uscirono dall'ascensore. I due uomini attraversarono in diagonale l'atrio, la donna puntò verso il banco del portiere. Bourne le stava dietro, leggendo distrattamente un cartello attaccato a un treppiedi, a qualche metro da lui.

BENVENUTO
AI PARTECIPANTI ALLA SESTA CONFERENZA ECONOMICA MONDIALE
PROGRAMMA ODIERNO:
13,00: THE HON. JAMES FRAZIER, M.P. GRAN BRETAGNA
SUITE 12
18,00: DR. EUGENIO BERTINELLI, UNIV. DI MILANO, ITALIA
SUITE 7
21,00: CENA DI COMMIATO OFFERTA DALLA PRESIDENZA
SALA RISTORANTE

« Camera 507. Il centralinista ha detto che c'è un telegramma per me. »

La donna dai capelli castani accanto a lui parlava inglese. Però aveva detto che « attendeva comunicazioni da Ottawa ». Era canadese.

L'impiegato controllò le caselle e tornò con il telegramma. « La dottoressa Saint Jacques? » chiese porgendo la busta.

« Sì. Molte grazie. »

La donna si voltò, e aprì il telegramma mentre l'impiegato passava a Bourne. « Desidera, signore? »

« Vorrei lasciare questo biglietto per Herr Stossel. » Posò la busta intestata del Carillon du Lac sul ripiano.

« Herr Stossel riprenderà servizio solo domani mattina alle sei, signore. Il pomeriggio smonta alle quattro. Posso esserle utile? »

« No, grazie. Si assicuri che la riceva, per favore. » Poi ricordò: questa era Zurigo. « Non è nulla di urgente, » aggiunse « ma devo avere una risposta. Lo chiamerò io domani mattina. »

« Ma certo, signore. »

Bourne raccolse la valigia e attraversò l'atrio in direzione dell'ingresso, una fila di ampie porte di vetro che davano sul viale circolare di fronte al lago. Vedeva diversi taxi in fila sotto il tendone dell'ingresso. Il sole era tramontato; a Zurigo era notte. Però fin dopo mezzanotte c'erano voli per tutti i punti d'Europa...

Si arrestò, a fiato sospeso, sentendosi prendere da una specie di paralisi. I suoi occhi non credevano a quel che vedeva al di là delle porte. Una Peugeot marrone si era fermata davanti al primo taxi. La portiera si aprì e ne uscì un uomo: il killer dall'impermeabile nero, con gli occhiali montati in oro. Dall'altro sportello uscì un'altra figura; non era però il conducente fermo accanto al marciapiedi della Bahnhofstrasse in attesa di un bersaglio che non era in grado di riconoscere. Era invece un altro killer, con un altro impermeabile, le cui ampie tasche nascondevano armi micidiali. Era l'uomo seduto nella sala d'attesa del secondo piano della Gemeinschaft Bank, quello che aveva estratto la calibro 38 dalla fondina sotto la giacca. Una pistola con silenziatore che avrebbe attutito l'esplosione dei due proiettili che avrebbero dovuto piantarsi nel suo cranio.

Come avevano fatto a trovarlo? Poi ricordò e avvertì quasi un senso di nausea. Una cosa così innocente, così banale!

Si trova bene qui a Zurigo? Gli aveva chiesto Walther Apfel mentre attendevano che Koenig se ne andasse e li lasciasse soli.

Moltissimo. Ho una stanza che dà sul lago, una bella vista, tranquilla, silenziosa.

Koenig! Lo aveva sentito dire che la sua stanza dava sul lago.

Quanti erano gli alberghi con vista sul lago? E specialmente gli alberghi dove poteva scendere un personaggio con un conto tre-zero? Due? Tre?... Dalla memoria riaffiorarono dei nomi: *Carillon du Lac, Baur au Lac, Eden au Lac*. Ce n'erano altri? Nessun nome gli venne in mente. Come doveva essere stato facile trovarli! Come era stato ingenuo lui a pronunciare quelle parole!

Non c'era più tempo. Troppo tardi. Se lui vedeva attraverso le porte a vetri, anche i killer potevano vedere lui. Il secondo l'aveva identificato. I due scambiarono qualche parola sopra il cofano della Peugeot, l'uomo dagli occhiali d'oro si aggiustò le lenti, infilò le mani nelle tasche enormi, impugnò le armi nascoste. Puntarono insieme verso l'ingresso, separandosi all'ultimo momento e sistemandosi ai lati della fila di porte. La trappola era pronta. Bourne non poteva più correre fuori.

Pensavano di entrare nell'atrio affollato dell'albergo e di uccidere un uomo?

Certo che potevano. Folla e rumore rappresentavano per loro una copertura. Due, tre, quattro spari con il silenziatore, a breve distanza, sarebbero risultati efficaci come un'imboscata in una piazza affollata in pieno giorno: il caos che ne sarebbe seguito avrebbe agevolato la fuga.

Non poteva lasciarli avvicinare! Arretrò, sentendosi prendere da una grande rabbia. Come osavano? Come potevano credere che non avrebbe chiesto protezione, che non si sarebbe messo a urlare chiamando la polizia? E in quel momento ebbe un'altra risposta chiara in mente, una risposta sconcertante come la domanda. I killer erano sicuri che lui non poteva rivolgersi alla polizia: non poteva chiedere la protezione delle autorità. Perché Jason Bourne doveva evitare qualunque autorità... Perché? Era ricercato?

Cristo, perché?

Due mani aprirono le porte laterali; le altre due mani nascoste stringevano dell'acciaio. Bourne si voltò; c'erano gli ascensori, le porte, i corridoi... il terrazzo sopra il tetto e le cantine; doveva esserci una dozzina di uscite.

Ma c'erano davvero? I killer che si facevano strada tra la gente sapevano qualcosa che lui sospettava soltanto? Il Carillon du Lac aveva solo due o tre uscite? In questo caso era facile farle sorvegliare, era facile usarle come trappola per abbattere una sagoma solitaria e in fuga.

Un uomo solo; un uomo solo era un bersaglio facile. Ma se non fosse stato solo? Se con lui ci fosse stato qualcuno? Due persone non erano un uomo solo, mentre per un uomo solo una seconda persona rappresentava un camuffamento... specialmente tra la gente, specialmente di notte. E adesso era notte. Due killer decisi evitavano di sbagliare bersaglio non per compassione ma per senso pratico; nel panico, il bersaglio vero sarebbe riuscito facilmente a fuggire.

Sentì il peso della pistola che aveva in tasca, ma la cosa non lo confortò più di tanto. Proprio com'era successo alla banca, usarla — o semplicemente farla vedere — significava farsi identificare. Comunque, l'aveva. Si portò al centro dell'atrio, spostandosi poi sulla destra, dove c'era più gente. Per i partecipanti alla conferenza il pomeriggio era quasi terminato: si stavano elaborando mille progetti per la serata, occhiate d'approvazione o di rimprovero passavano tra personaggi importanti e personaggi sconosciuti, dappertutto capannelli strani.

Contro la parete c'era un banco dal piano di marmo. Dietro, un impiegato faceva passare dei fogli gialli tenendo una matita in mano come un pennello. *Telegrammi.* Di fronte al banco c'erano due persone, un uomo anziano obeso e una donna con un abito rosso scuro di seta che si accordava con le sfumature tizianesche dei capelli. Era la donna dell'ascensore, quella che aveva fatto le battute sulle tasse di Cesare e sulle Guerre Puniche, la dottoressa che si era trovato accanto al banco del portiere, quella che aveva chiesto il suo telegramma.

Bourne si guardò alle spalle. I killer approfittavano abilmente della folla, che fendevano scusandosi educatamente ma con decisione. Uno si teneva sulla sinistra, l'altro sulla destra, serrando al centro come le due ganasce di una tenaglia. Finché l'avevano sotto gli occhi potevano costringerlo a scappare alla cieca, senza direzione, senza sapere se la via di fuga l'avrebbe portato in un vicolo cieco, bloccandolo. E a questo punto ci sarebbero stati gli spari attutiti, e la fiammata dell'esplosione avrebbe bruciato, annerito, le tasche dell'impermeabile...

Rimanere in vista?

Allora, ultima fila... Possiamo dormire. Usa il proiettore, ci sarà buio.

Jason si voltò nuovamente e guardò la donna dai capelli rossocastani. Aveva terminato di scrivere il telegramma e ringraziava l'addetto, togliendosi un paio di occhiali di tartaruga dalle lenti colorate e infilandoli nella borsetta. Era a meno di due metri da lui.

Sta parlando Bertinelli, secondo me con scarso successo.

Non aveva tempo, poteva solo reagire d'istinto. Bourne portò la valigia nella sinistra, si avvicinò rapidamente alla donna, e le toccò delicatamente il gomito, con la massima calma.

« Dottoressa?... »

« Scusi? »

« Lei è la dottoressa?... » La lasciò, con un'espressione sconcertata.

« Saint Jacques » completò lei, pronunciando il Saint alla francese. « L'ho vista in ascensore. »

« Non mi ero reso conto che fosse lei » disse Bourne. « Mi hanno detto che lei sapeva dove parlava Bertinelli. »

« È scritto sul cartello. Suite n. 7. »

« Purtroppo non so dove sia. Le dispiace indicarmela? Sono in ritardo e devo prendere appunti sulla sua relazione. »

« Di Bertinelli? Come mai? Lei scrive per un giornale marxista? »

« Per un gruppo di giornali indipendenti » disse Jason chiedendosi da dove venisse la risposta. « Non pensano che ne valga la pena. »

« Forse no, ma bisognerebbe ascoltarlo. Ci sono alcune verità brutali in ciò che dice. »

« Mi sono perduto e devo trovarlo. Forse lei me lo potrà indicare. »

« Temo di no. Le faccio vedere dov'è la sala, ma devo fare una telefonata. » Chiuse di scatto la borsetta.

« Per favore. *In fretta!* »

« Cosa? » Lo fissò, gelida.

« Spiacente, ma ho proprio fretta. » Lanciò un'occhiata a destra; i due erano a meno di sei metri da loro.

« Ed è anche maleducato » osservò la dottoressa Saint Jacques.

« *Per favore!* » Controllò l'impulso di spingerla in avanti, lontano dalla trappola che si stava chiudendo su di lui.

« Da questa parte. » Si diresse verso un ampio corridoio che si apriva sul fondo dell'atrio a sinistra. Qui la gente era meno fitta, che nella zona centrale. Giunsero a quella che sembrava una galleria foderata di velluto rosso scuro, con porte che si aprivano ai lati. Sopra, a lettere illuminate, si leggeva: Sala Conferenza n. 1; Sala Conferenza n. 2. In fondo, una porta doppia. Un cartello a lettere d'oro sulla destra proclamava che quello era l'ingresso della Suite n. 7.

« È arrivato » disse Marie Saint Jacques. « Faccia attenzione quando entra. Probabilmente c'è buio. Bertinelli usa delle diapositive per le sue relazioni. »

« Come al cinema » commentò Bourne, guardandosi indietro, verso la folla all'inizio del corridoio. Eccolo: l'uomo dagli occhiali d'oro aveva superato, scusandosi, un terzetto animato fermo nell'atrio. Avanzava nel corridoio seguito a breve distanza dal secondo killer.

« ...molta differenza. Se ne sta seduto sotto il palco a pontificare. » La dottoressa aveva detto qualcosa e si stava allontanando da lui.

« Cos'ha detto? Un palco? »

« Be', una piattaforma. Di solito, serve per le esposizioni di prodotti. »

« Devono portarli dentro » disse lui.

« Che cosa devono portare dentro? »

« I prodotti da esporre. C'è un'uscita? Un'altra porta? »

« Non ne ho idea, e adesso devo proprio andar a fare quella telefonata. Si diverta, con il professore. » Si voltò per andarsene.

Bourne lasciò cadere la valigia e l'afferrò per un braccio. Sentendosi toccare lei lo fissò, irritata. « Mi tolga le mani di dosso, prego. »

« Non voglio spaventarla, ma non ho scelta. » Parlava a bassa voce, guardando alle sue spalle; i killer avevano rallentato il passo: la trappola era sicura e stava per chiudersi. « Deve venire con me. »

« Non dica sciocchezze. »

Jason serrò con più forza il braccio, tirandola davanti a sé. Estrasse la pistola, assicurandosi che il corpo della donna la nascondesse ai due killer, ora a quindici metri da loro. « Non voglio usarla. Non voglio farle male, ma se sono costretto farò tutte e due le cose. »

« Mio Dio... »

« Stia calma. Se fa quello che dico non le succederà niente. Devo uscire da questo albergo e lei mi darà una mano. Quando sarò fuori la lascerò andare. Non prima. Andiamo. Entriamo in sala. »

« Lei *non può*... »

« Sì che posso. » Le spinse la canna della pistola nello stomaco, contro il tessuto di seta scuro che si lacerò sotto la pressione. La donna, terrorizzata, tacque, ridotta alla sottomissione. « Andiamo. »

Passò alla sua sinistra, sempre tenendola per il braccio, puntandole la pistola all'altezza del busto. La donna lo fissava, le labbra semiaperte, il respiro irregolare. Bourne aprì la porta e la spinse dentro. Riuscì a sentire una sola parola alle sue spalle, nel corridoio.

« *Schnell!* »

Si trovarono nell'oscurità, ma per pochi istanti; un fascio di luce attraversò il salone, passando sopra le poltrone, illuminando le teste degli spettatori. Sullo schermo in fondo apparve un grafico numerato, con una spezzata nera che partiva da sinistra e procedeva zigzagando verso destra. Una voce in un inglese dal pesante accento italiano, amplificata dall'impianto, commentava il diagramma.

« Noterete che negli anni 1970 e 1971, quando venne accettato il blocco degli aumenti di produzione in settori specifici – ripeto: quando venne *accettato* il blocco – da questi stessi capitani di industria, la recessione economica risultante fu molto meno grave che nel caso di – diapositiva 12, per favore – nel caso di una cosiddetta regolamentazione paternalistica del mercato operata da autorità governative interventiste. La prossima diapositiva, prego. »

La sala tornò nell'oscurità. C'erano difficoltà con il proiettore; non ci fu un secondo fascio di luce.

« Diapositiva numero 12, per favore! »

Jason spinse la donna in avanti, verso le figure in piedi contro la parete posteriore, dietro l'ultima fila di poltrone. Cercò di valutare le dimensioni della sala conferenze, cercando qualche luce rossa, che avrebbe potuto indicare una via di fuga. Eccola! Un debole bagliore rosso in fondo. Sul palco dietro allo schermo: nessun'altra via d'uscita, nessun'altra porta, salvo quella d'ingresso. Doveva arrivarci; dovevano arrivarci tutti e due a quell'uscita. Sul palco.

« *Marie... par ici!* » Il sussurro veniva da sinistra, da una poltrona dell'ultima fila.

« *Non, chéri. Reste avec moi.* » Il secondo sussurro veniva dalla sagoma di un uomo fermo di fronte a Marie Saint Jacques. Si era staccato dalla parete, intercettandola. « *On nous à séparé. Il n'y à plus de chaises.* »

Bourne premette con forza la canna della pistola contro le costole della donna. Il messaggio era inequivocabile. Marie sussurrò qualche parola, senza fiato. Jason fu contento che non la si potesse vedere in viso. « Per favore, facci passare » disse in francese. « Per favore! »

« Che c'è? È lui il tuo telegramma, tesoro? »

« Un vecchio amico » sussurrò Bourne.

Un grido si alzò sopra il brusio del pubblico. « Potete proiettare la diapositiva 12! Per favore! »

« Dobbiamo parlare con uno in fondo alla fila » proseguì Jason, lanciando un'occhiata all'indietro. Il battente di destra della porta si aprì. Un paio di occhiali dalla montatura d'oro rifletterono la debole luce del corridoio. Bourne spinse la ragazza oltre l'amico sconcertato, facendolo arretrare contro il muro, e scusandosi in un sussurro.

« Spiacente, ma siamo di fretta! »

« Ed è anche un gran cafone! »

« Sì, lo so. »

« La diapositiva 12! Ma insomma! »

Dal proiettore uscì un fascio di luce, tremolante sotto le mani nervose dell'operatore. Sullo schermo apparve un altro grafico, proprio nel momento in cui Jason e la donna arrivavano sulla parete di fondo, lungo lo stretto passaggio che portava al palco. Bourne la spinse in un angolo premendo il corpo contro il suo, faccia a faccia.

« Mi metto a gridare » sussurrò lei.

« Mi metto a sparare » disse Jason. Guardò le figure che si stagliavano contro la parete; i due killer erano entrati e scrutavano nell'oscurità, muovendo nervosamente il capo come roditori spaventati, cercando di identificare il loro bersaglio tra il pubblico.

La voce del conferenziere salì nell'aria come il suono di una campana fessa. Parole brevi ma stridule. « Ecco! Per gli scettici che questa sera mi ascoltano – cioè per la maggioranza – ecco la dimostrazione statistica di ciò che dico! È sostanzialmente identica a centinaia di altre analisi da me preparate. Lasciate il mercato a chi ci vive dentro. Squilibri di scarsa importanza si verificheranno sempre. Sono un piccolo prestito da pagare per il bene generale. »

Scoppiarono applausi sparsi, l'approvazione di una minoranza ben delimitata. Il tono di voce di Bertinelli ritornò normale mentre la lunga bacchetta continuava a picchiettare contro lo schermo, sottolineando cose ovvie, ovvie per lui. Jason si guardò di nuovo indietro; gli occhiali d'oro luccicavano sotto la luce che sfuggiva lateralmente dal proiettore. Il killer che li portava toccò un braccio al compagno e con un cenno del capo gli ordinò di continuare la ricerca sulla sinistra della sala: lui sarebbe andato a destra. Cominciò ad esaminare uno per uno gli spettatori; il riflesso degli occhiali era sempre più intenso mentre l'uomo si faceva strada tra gli astanti in piedi. Di lì a pochi secondi sarebbe arrivato nell'angolo, li avrebbe raggiunti. L'unica cosa che rimaneva da fare era fermarlo sparandogli; e se qualcuno di quelli in piedi nel corridoio si fosse mosso, o se la donna che aveva schiacciato contro il muro si fosse lasciata prendere dal panico e gli avesse dato uno spintone... o se per una qualunque ragione l'avesse mancato, era in trappola. Del resto, anche se l'avesse colpito, c'era un altro uomo all'altra estremità della sala che doveva avere senz'altro una mira perfetta.

« Diapositiva 13, se non vi spiace. »

Ecco. Adesso!

Il fascio di luce si spense. Nell'oscurità, Bourne strappò la donna dal muro la fece roteare su se stessa. « Se solo apri la bocca, ti ammazzo! » disse con il volto contro il suo.

« Ti credo » sussurrò lei, terrorizzata. « Tu sei pazzo. »

« Andiamo! » La spinse lungo lo stretto corridoio che portava al palco, a una quindicina di metri di distanza. Il proiettore si riaccese. Jason l'afferrò per il collo, costringendola ad inginocchiarsi e inginocchiandosi a sua volta. Le file degli spettatori seduti li nascondevano ai killer. Le premette le dita nella carne, segnalandole di continuare a muoversi carponi... lentamente, tenendosi defilata, ma sempre in movimento. La ragazza capì, si mosse sulle ginocchia, scossa da un tremito.

« Le conclusioni di questa fase sono irrefutabili » esclamò il conferenziere. « La motivazione del profitto è inseparabile dagli incentivi alla produttività, ma i poli opposti della contraddizione non si troveranno mai su un piano di eguaglianza. Come già Socrate aveva capito, vi è una costante disparità di valori. L'oro non potrà mai essere ottone o ferro; chi tra voi potrebbe negarlo? Diapositiva quattordici, per favore! »

Tornò l'oscurità. *Adesso.*

Con uno strattone tirò in piedi la donna, spingendola verso il palco. Erano a meno di un metro dal bordo.

« Che succede? Diapositiva 14! »

Di nuovo! Il proiettore si era incantato per la seconda volta; sempre buio in sala. E lì, davanti a loro, sul palco, c'era la luce rossa che indicava l'uscita. Jason strinse spietatamente il braccio della ragazza. « Salta sul palco e corri verso l'uscita! Ti vengo dietro; se ti fermi o gridi, sparo. »

« Per l'amor del cielo, lasciami andare. »

« Non ancora. » C'era un'altra uscita da qualche parte e, fuori, altri uomini che aspettavano il bersaglio di Marsiglia. « Avanti! *Adesso!* »

La dottoressa Saint Jacques si alzò e corse verso il palco. Bourne la sollevò di peso e nello stesso momento balzò a sua volta sulla piattaforma, tirandola poi di nuovo in piedi.

La luce accecante del proiettore inondò lo schermo, rischiarando tutto il palco. Grida di sorpresa e di derisione salirono dal pubblico alla vista delle due figure. Sopra il brusio si sentì il grido indignato di Bertinelli.

« Ma è insopportabile! Ci sono dei comunisti qui! »

Tre schiocchi: letali, secchi, improvvisi. Un'arma col silenziatore... anzi due. Schegge di legno si staccarono dalla modanatura del proscenio. Jason spinse a terra la ragazza e si tuffò nell'ombra dello stretto passaggio laterale, tirandosela dietro.

« *Da ist er! Da oben!* »

« *Schnell! Der projektor!* »

Un grido salì dal corridoio centrale, mentre la luce del proiettore girava bruscamente verso destra, illuminando le ali... non del tutto però. Il raggio veniva intercettato dai piani verticali che nascondevano le quinte del palco; *luce, ombra, luce, ombra.* E in fondo, alla fine del palcoscenico, l'uscita. Una grossa porta metallica bloccata da una sbarra.

Ci fu uno schianto di vetri rotti; la luce rossa esplose: un proiettile l'aveva centrata alla perfezione. Non importava; Jason intravedeva bene il luccichio dell'ottone della sbarra.

Nella sala c'era ormai il pandemonio. Bourne afferrò la ragazza per la camicetta spingendola dietro le alzate, verso la porta. La donna resistette per un attimo; Jason le affibbiò uno schiaffo e la trascinò accanto a sé, finché non ebbero la sbarra sopra la testa.

Alcuni proiettili si schiacciarono contro il muro della parete alla loro destra; i killer avanzavano correndo lungo i corridoi laterali per metterli sotto tiro. Di lì a pochi secondi li avrebbero raggiunti, e di lì a pochi secondi altri proiettili, o magari uno solo, avrebbero trovato il bersaglio. Sapeva che non avevano esaurito i colpi. Non aveva la minima idea di come poteva saperlo, ma lo *sapeva*. Riusciva a visualizzare le armi, a estrarre il caricatore, a contare le cartucce rimaste.

Colpì la sbarra della porta con l'avambraccio. La porta si aprì di colpo. Si gettò nell'apertura trascinando con sé la dottoressa Saint Jacques, scalciante.

« Basta! » urlò la donna. « Non faccio più un passo! Tu sei matto! Erano spari quelli! »

Jason chiuse la porta metallica con un calcio. « Tirati su! »

« No! »

Le rifilò un manrovescio. « Spiacente, ma devi venire con me. Tirati su! Quando siamo fuori, hai la mia parola che ti lascio andare. »

E adesso dove doveva andare? Si trovava in un'altra galleria, ma senza moquette, senza porta di legno lucido con segnali illuminati sopra lo stipite. Era una specie di magazzino deserto con il pavimento di cemento; c'erano due carrelli elevatori contro la parete. Non si era sbagliato: i prodotti esposti sul palco della Suite n. 7 venivano portati dentro con il camion; la porta d'uscita era abbastanza grande da far passare anche oggetti di grosse dimensioni.

La porta! Doveva bloccare la porta! Marie Saint Jacques si era alzata in piedi. La tenne con una mano, afferrando nel contempo il primo carrello e spingendolo di fronte all'uscita con una spalla e con il ginocchio finché non fu contro la paratia di metallo. Guardò in basso; le ruote, sotto lo spesso pianale di legno, potevano venire bloccate. Premette con il calcagno il blocco anteriore, poi quello posteriore.

La ragazza girò su se stessa, cercando di liberarsi dalla stretta proprio mentre Jason, premendo il secondo blocco, urtava con la gamba contro il bordo del carrello. Fece scivolare la mano lungo il braccio, afferrò il polso e lo torse all'indietro. Marie urlò, con le lacrime agli occhi, le labbra tremanti. La spinse di lato, costringendola a muoversi verso sinistra, a correre, pensando di puntare verso il retro del Carillon du Lac, nella speranza di trovare l'uscita. Lì, e solo lì, aveva bisogno di lei; pochi secondi, per far vedere che usciva una coppia, non un uomo solo in fuga.

Dalla porta di metallo arrivò una serie di schianti; i killer stavano cercando di aprirla, ma il carrello bloccato era un ostacolo insuperabile.

Jason trascinò la ragazza sul pavimento di cemento; lei cercò di staccarsi, prendendolo a calci, contorcendosi; stava per venirle un attacco isterico. Non aveva scelta: la afferrò per il gomito, tenendo i pollici nell'incavo e premette con tutte le sue forze. La ragazza ansimò colpita da un dolore improvviso e insopportabile; mollò il respiro in un singhiozzo e si fece trascinar via.

Si trovavano di fronte a una scala di cemento, con gli spigoli dei quattro gradini protetti da un profilato d'acciaio che conduceva a due porte metalliche, in basso. Era il piano di caricamento; fuori c'era il parcheggio che si apriva dietro il Carillon du Lac. Ce l'aveva quasi fatta: ora era solo questione di darsi un contegno.

« Ascoltami » disse alla donna, irrigidita e spaventata. « Vuoi che ti lasci andare? »

« Oh Dio, sì! *Ti prego!* »

« Allora fai esattamente quello che ti dico. Adesso scenderemo per questa scala e usciremo da quella porta proprio come due persone normali che hanno finito una giornata di lavoro. Tu mi terrai a braccetto. Usciremo camminando piano, chiacchierando, e andremo alle auto in fondo al parcheggio. E poi dobbiamo ridere tutti e due – non ad alta voce: normalmente – come se ci fosse venuto in mente qualcosa di divertente che ci è capitato sul lavoro. Hai capito? »

« Non mi è successo proprio niente di divertente negli ultimi quindici minuti » rispose Marie con una voce monocorde che quasi non si sentiva.

« Fingi che sia successo. Forse sono in trappola; se è così me ne frego di quello che succede. Capisci cosa voglio dire? »

« Penso che mi hai rotto il polso. »

« Non è rotto. »

« Il braccio, la spalla. Non posso muoverli; sento delle scosse. »

« Ti è stata premuta una terminazione nervosa; tra qualche minuto ti passa. Starai come prima. »

« Sei un animale. »

« Voglio vivere » replicò Jason. « Andiamo. Ricorda, quando apro la porta, guardami e sorridi, alza un po' la testa, fai una risatina. »

« Sarà la cosa più difficile che mi è capitato di fare in vita mia. »

« Più facile che morire. »

Marie infilò il braccio paralizzato sotto quello di lui e scesero i pochi gradini che li separavano dal piano di carico. Jason aprì la porta e, insieme, uscirono. Teneva una mano nella tasca della giacca, stretta intorno alla pistola, scrutando attentamente la piattaforma di carico. C'era un'unica lampadina chiusa in una gabbia di rete metallica sopra la porta, che illuminava i gradini di cemento che portavano allo spiazzo del parcheggio. Guidò il suo ostaggio verso i gradini.

Marie recitò come le era stato ordinato. L'effetto fu macabro. Mentre scendevano, alzò il viso verso di lui e la lampadina illuminò la sua espressione terrorizzata. Le labbra erano aperte, tese sulla dentatura bianca in un sorriso rigido, fasullo; gli occhi, grandi, erano simili a due orbite scure e riflettevano una paura primordiale, le guance macchiate di lacrime erano irrigidite e ceree, segnate da chiazze rossastre dove lui l'aveva colpita. Jason aveva davanti agli occhi un viso di pietra, una maschera incorniciata da capelli rossocastani che le scendevano sulle spalle, mossi dal venticello notturno: l'unica cosa che si muoveva nel quadro.

Dalla gola le uscì un riso strozzato, le vene del collo affusolato si delinearono. Stava per perdere le forze, ma Jason non aveva tempo per pensarci. Doveva concentrarsi su ciò che gli stava intorno, su qualunque movimento, per quanto leggero, riuscisse a distinguere nell'ampio parcheggio. Era evidente che la zona posteriore, non illuminata, veniva usata dai dipendenti del Carillon du Lac; erano le sei e mezzo circa del pomeriggio e il turno di notte aveva ormai preso servizio. Tutto era immobile, un liscio campo nero, interrotto da file di automobili silenziose, simili a plotoni di enormi insetti. I vetri offuscati dei fari erano cento occhi che fissavano il nulla.

Uno stridore. Metallo contro metallo. Veniva da destra, da una fila di auto. Quale fila? Quale auto? Rovesciò all'indietro la testa come se stesse ridendo alla battuta della compagna lasciando correre lo sguardo sui finestrini delle auto più vicine. Niente.

Oppure qualcosa? Era lì, ma era così piccola, quasi invisibile... così sconcertante. Un cerchiolino verde, un'infinitesimale luce verde. Si muoveva... seguiva i loro movimenti.

Verde. Una piccola... *luce*? Di colpo, dal passato dimenticato riemerse l'immagine. Stava guardando due sottili linee ad angolo retto! Un mirino! Un mirino telescopico... di un fucile a raggi infrarossi.

Come avevano fatto a saperlo, i killer? Le risposte erano infinite. Alla Gemeinschaft avevano usato una trasmittente portatile; forse la usavano anche adesso. Lui portava solo la giacca, il suo ostaggio un abito di seta. Fuori faceva freddo: nessuna donna sarebbe uscita vestita così.

Balzò a sinistra accucciandosi e gettando a terra Marie Saint Jacques. La colpì con una spallata allo stomaco, scagliandola verso i gradini. Le esplosioni soffocate si susseguirono a intervalli distinti; intorno a loro pietre e asfalto schizzarono via. Si tuffò sulla destra, rotolando più volte su se stesso nell'istante in cui toccava il terreno ed estraeva la pistola. Poi balzò di nuovo in piedi gettandosi in avanti, serrando con la sinistra il polso destro, puntando la pistola contro il mirino telescopico del fucile. Lasciò partire tre colpi.

Dalla sagoma buia dell'auto in sosta venne un urlo che si trasformò in un rantolo e poi si spense. Bourne rimase disteso immobile, in attesa. Ascoltava, osservando attento, pronto a sparare di nuovo. Silenzio. Fece per alzarsi, ma non ci riuscì. Gli era successo qualcosa. A malapena poteva muoversi. Poi sentì il dolore diffondersi in tutto il torace, con fitte così violente che fu costretto a chinarsi, sostenendosi con ambedue le mani, scuotendo la testa, cercando di mettere a fuoco la vista, cercando di respingere la sofferenza. La spalla sinistra, la parte bassa del torace sotto le costole... la coscia destra sopra il ginocchio, sotto l'anca; dov'era stato già ferito, dove poco più di un mese prima gli erano state tolte dozzine di punti. Si era fatto male di nuovo, aveva stirato tendini e muscoli non ancora completamente guariti. Oh Cristo! Doveva alzarsi, doveva raggiungere l'auto di quello che aveva tentato di ucciderlo, tirarlo giù e tagliare la corda.

Raddrizzò la testa di scatto, con una smorfia di dolore e guardò verso Marie Saint Jacques che si stava rialzando lentamente, prima appoggiandosi su un ginocchio poi su un piede, sostenendosi al muro dell'albergo. Un attimo ancora e sarebbe stata in piedi, sarebbe scappata via.

Non poteva lasciarla andare! Sarebbe entrata urlando nel Carillon du Lac; sarebbe arrivata gente, alcuni per prenderlo... altri per ucciderlo. Doveva bloccarla!

Si lasciò cadere in avanti e si mise a rotolare verso sinistra, girando su se stesso come un manichino privo di controllo, finché non fu a un metro da lei. Sollevò la pistola puntandogliela alla testa.

« Aiutami ad alzarmi » disse, avvertendo la tensione nella propria voce.

« Cosa? »

« Mi hai sentito! Aiutami ad alzarmi. »

« Hai detto che potevo andarmene! Mi hai dato la tua parola! »

« Devo riprendermela. »

« No, ti prego. »

« Hai la pistola puntata in faccia, dottoressa. Vieni qui e aiutami ad alzarmi o te la faccio scoppiare. »

Tirò giù il morto dalla macchina e ordinò a Marie di mettersi alla guida. Quindi aprì lo sportello posteriore e si trascinò sul sedile, fuori vista.

« Parti » disse. « Ti dirò dove andare. »

6

Ogni volta che ti trovi in una situazione difficile — e ovviamente se ne hai il tempo — fa' il possibile per proiettartici dentro. Lascia vagare liberamente la mente, lascia salire alla superficie qualunque pensiero e qualunque immagine. Cerca di non esercitare alcun controllo mentale. Devi essere come una spugna. Devi concentrarti su tutto e su niente. Potrebbero riaffiorare elementi particolari, e certi circuiti bloccati potrebbero mettersi a funzionare.

Bourne ripensò alle istruzioni di Washburn mentre si sistemava nell'angolo del sedile, cercando di riprendere almeno parzialmente il controllo di sé. Si massaggiò il torace, strofinando delicatamente i muscoli indolenziti intorno alla ferita. Dolevano ancora, ma non come qualche minuto prima.

« Non puoi dirmi di guidare e basta! » gridò la dottoressa Saint Jacques. « Non so dove sto andando! »

« Neanch'io » disse Jason. Le aveva detto di tenersi sul lungolago; era buio e aveva tempo per pensare. Se solo fosse riuscito a essere come una spugna.

« Mi cercheranno » esclamò lei.

« Cercano anche me. »

« Mi hai coinvolta contro la mia volontà. Mi hai picchiata. Più di una volta. » Il tono di voce era più basso ora, si era imposta di controllarsi. « Si tratta di rapimento, aggressione... sono crimini gravi. Dall'hotel sei uscito; hai detto che era quello che volevi. Lasciami andare e non dirò niente. Prometto! »

« Vuoi dire che mi dai la tua parola? »

« Sì! »

« Io ti ho dato la mia e me la sono ripresa. Potresti farlo anche tu. »

« Tu sei diverso. Io non lo farò. Nessuno cerca di uccidere me! Oh Dio! Ti prego! »

« Continua a guidare. »

Una cosa era chiara. I killer lo avevano visto lasciar cadere la valigia e abbandonarla prima di fuggire. Il significato della valigia era evidente: intendeva andarsene da Zurigo e senza dubbio lasciare la Svizzera. Avrebbero sorvegliato aeroporto e stazione. E avrebbero tentato di ritrovare l'auto dell'uomo che aveva ucciso — che aveva tentato di ucciderlo.

Quindi non poteva andare né all'aeroporto né alla stazione ferroviaria e doveva anche sbarazzarsi della macchina e trovarne un'altra. Comunque non era privo di risorse. Aveva addosso 100.000 franchi svizzeri e più di 16.000 franchi francesi; le banconote svizzere nel passaporto, quelle francesi nel portafogli rubato al marchese di Chamford. Più che sufficienti per arrivare in segreto a Parigi.

Come mai Parigi? Era come se la città fosse un magnete che lo attirava inspiegabilmente.

Non sei impotente. Ritroverai la tua strada... Segui il tuo istinto, ragionevolmente, è ovvio.

A Parigi.

« Sei già stata altre volte a Zurigo? » chiese al suo ostaggio.

« Mai. »

« Non menti, vero? »

« Non ho motivo per farlo! Ti prego. Fammi fermare. Lasciami andare! »

« Da quanto sei a Zurigo? »

« Una settimana. La conferenza doveva durare una settimana. »

« Allora hai avuto il tempo di andare in giro, di visitare la città. »

« Sono stata quasi sempre in albergo. Non avevo tempo. »

« Il programma che ho visto sul cartellone non mi è sembrato molto fitto. Solo due conferenze in tutta una giornata. »

« Ce n'erano due al giorno, al massimo. La maggior parte del lavoro l'abbiamo svolta all'interno dei seminari... seminari ristretti. Da dieci a quindici persone di paesi diversi con diversi interessi. »

« Sei canadese? »

« Lavoro per il ministero del Tesoro del Governo canadese, Dipartimento imposte dirette. »

« Allora non sei dottoressa in medicina. »

« In economia. McGill University. Pembroke College, Oxford. »

« Complimenti. »

All'improvviso, controllando le note stridenti nella voce, Marie aggiunse: « I miei superiori vogliono che mi tenga in contatto con loro. Stasera. Se non li chiamo, si allarmeranno. Faranno indagini, si metteranno in contatto con la polizia di Zurigo ».

« Capisco » disse Bourne. « È una cosa che dà da pensare, non è vero? » Gli venne in mente che, malgrado gli shock e le prove violente subite nella mezz'ora precedente, Marie Saint Jacques non aveva mai mollato la borsetta. Si chinò in avanti con una smorfia di sofferenza; il dolore al torace si era riacutizzato. « Dammi la borsetta. »

« Cosa? » Staccò rapidamente la mano al volante nel futile tentativo di impedirgli di prenderla.

Bourne allungò la mano sul sedile, afferrando la pelle della borsetta. « Continua a guidare, dottoressa » disse prendendola e lasciandosi andare sul sedile.

« Non hai il diritto... » Tacque, conscia della futilità di ciò che stava per dire.

« Lo so » rispose Bourne, aprendo la borsetta e accendendo la luce interna della berlina. Come ben si addiceva alla proprietaria, la borsetta era ben organizzata. Passaporto, portafogli, un borsellino per la moneta, chiavi, appunti e messaggi vari nelle tasche laterali. Bourne cercava un messaggio particolare; era nella busta gialla che l'impiegato del Carillon du Lac le aveva consegnato. La trovò, la aprì ed estrasse un foglio ripiegato. Un cablogramma da Ottawa.

PRIORITARI RAPPORTI GIORNALIERI. PROSEGUIMENTO PERMANENZA CONCESSO. ATTENDOTI AEROPORTO MERCOLEDI 26. COMUNICA TELEFONICAMENTE O TELEGRAFICAMENTE NUMERO VOLO. A LIONE NON MANCARE BELLE MEUNIERE. CUCINA SUPERBA. CON AFFETTO PETER.

Jason rimise il telegramma nella borsetta. Notò una bustina di fiammiferi dall'involucro di un bianco lucente, con una scritta sulla parte anteriore. La estrasse e lesse. Kronenhalle. Un ristorante... un ristorante. Qualcosa lo preoccupava; non sapeva di cosa si trattasse, ma comunque la preoccupazione c'era. Qualcosa relativo a un ristorante. Tenne i fiammiferi, richiuse la borsetta e la lasciò cadere sul sedile anteriore. « Era tutto quello che volevo vedere » disse, riaccomodandosi nell'angolo del sedile posteriore, sempre fissando la bustina. « Mi pare di averti sentito dire che dovevi ricevere "comunicazioni da Ottawa". Le hai ricevute. Manca più di una settimana al 26. »

« Ti prego... »

La supplica era un grido d'aiuto; lo udì per quel che era, ma non poteva soddisfarlo. Per un'altra ora almeno avrebbe avuto bisogno di lei, proprio come uno storpio ha bisogno di una stampella o, con più precisione, come chi non è in grado di mettersi al volante ha bisogno di un guidatore. Non in questa macchina però.

« Torna indietro » ordinò. « Va' al Carillon. »

« Vuoi andare... all'albergo? »

« Sì » disse sempre fissando la bustina e continuando a girarla da una parte e dall'altra sotto la luce di lettura. « Ci serve un'altra macchina. »

« *Ci* serve? No, non puoi! Io non farò più... » Di nuovo tacque prima di completare la frase, prima di completare il pensiero. Evidentemente ne era subentrato un altro; divenne improvvisamente silenziosa mentre invertiva la direzione di marcia sul lungolago buio. Premette l'acceleratore con tale forza che l'auto balzò in avanti e i pneumatici stridettero. Mollò subito il pedale stringendo il volante e cercando di controllarsi.

Bourne sollevò lo sguardo dalla bustina fissando i lunghi capelli rosso-scuri che rilucevano sotto la luce. Estrasse la pistola e si piegò verso di lei. Sollevò l'arma facendole strisciare una mano sulla spalla e premendole la canna contro la guancia.

« Devi avere una cosa chiara in testa. Devi fare esattamente quello che ti dico. Tu mi starai accanto e io terrò questa pistola in tasca. Te la terrò puntata contro lo stomaco, proprio come adesso l'hai puntata alla testa. Come hai visto, scappo per salvare la pelle e non esiterò a premere il grilletto. Voglio che tu capisca. »

« Capisco. » La risposta fu un sussurro. Respirava a labbra semiaperte, in preda a un incoercibile terrore. Jason allontanò la canna della pistola; era soddisfatto.

Soddisfatto e disgustato.

Lascia vagare liberamente la mente... I fiammiferi. Cosa c'era d'importante nei fiammiferi? Ma non erano quelli, era il ristorante... Non il Kronenhalle, ma un altro ristorante. Decorazioni pesanti, candele, nero... triangoli neri fuori. Pietra bianca e triangoli neri. Tre... tre triangoli neri.

C'era qualcuno in quel ristorante... un ristorante con tre triangoli sull'insegna. L'immagine era chiarissima, vivida... inquietante. Di cosa si trattava? Esisteva un posto del genere?

Potrebbero riaffiorare elementi particolari... certi circuiti bloccati... potrebbero rimettersi a funzionare.

Cosa gli stava succedendo, adesso? *Oh Cristo, non reggo più!*

Qualche centinaio di metri davanti a loro brillavano le luci del Carillon du Lac. Non aveva ancora pensato bene alle mosse da fare, ma agiva in base a due ipotesi. La prima era che i killer non fossero più all'albergo. D'altra parte, Bourne non era disposto a mettersi in una trappola che si era costruito da sé. Due dei killer li conosceva; se invece ne avessero lasciati altri a sorvegliare l'albergo non li avrebbe riconosciuti.

Il parcheggio principale era oltre il viale circolare d'accesso, sulla sinistra dell'albergo. « Rallenta » ordinò. « Entra nel primo vialetto a sinistra. »

« È quello di uscita » protestò la donna, a voce tesa. « È senso vietato. »

« Non viene nessuno. Avanti! Entra nel parcheggio, fermati dopo le luci. »

La scena che si svolgeva sotto il tendone all'ingresso dell'albergo spiegava perché nessuno prestasse loro attenzione. C'erano quattro auto della polizia in fila lungo il viale, circondate da numerosi ospiti dell'albergo eccitati; i poliziotti facevano loro delle domande, controllavano i nomi di chi se ne andava in automobile.

Marie Saint Jacques attraversò il parcheggio, superò le luci e si fermò in uno spazio vuoto sulla destra. Spense il motore e rimase seduta immobile, fissando davanti a sé.

« Fai molta attenzione » disse Bourne, abbassando il finestrino. « Muoviti lentamente. Apri la portiera e scendi, poi mettiti accanto a me e aiutami. Ricorda, il finestrino è aperto e ho la pistola puntata. Sei a mezzo metro da me: se sparo non sbaglio. »

Marie eseguì, come un automa. Jason si sostenne appoggiando una mano al telaio del finestrino e scese. Passò il peso del corpo da un piede all'altro; era di nuovo in grado di camminare. Non bene, zoppicando, ma comunque ci riusciva.

« Cosa vuoi fare? » chiese Marie Saint Jacques, come se temesse di sentire la risposta.

« Aspettare. Prima o poi qualcuno verrà qui a parcheggiare. Qualunque cosa possa essere successa è sempre l'ora di cena. La gente ha prenotato dei tavoli, si è data appuntamento; non cambierà programma. »

« E quando arriva una macchina, come fai a prenderla? » Tacque, poi diede lei stessa la risposta. « Oh mio Dio, vuoi ammazzare chi c'è al volante, chiunque sia. »

Le strinse il braccio attirando a sé il volto di lei, bianco come gesso. Doveva dominarla con la paura, ma non fino al punto di farle venire un attacco isterico. « Se ci sarò costretto lo farò, ma non credo che sarà necessario. Gli addetti al parcheggio portano qui le macchine. Di solito lasciano la chiave nel cruscotto o sotto il sedile. È più semplice. »

Dal bivio del vialetto arrivò la luce di un paio di fari. Una piccola coupé entrò nel parcheggio e accelerò, indicando che chi la guidava era uno degli addetti. L'auto puntò direttamente su di loro, mettendo Bourne in allarme finché non notò che accanto a loro c'era un posto libero. Tuttavia erano stati illuminati dai fari; li avevano visti.

Prenotazioni per la sala ristorante... un ristorante. Jason decise: avrebbe approfittato dell'occasione.

L'addetto scese e mise le chiavi sotto il sedile. Fece due o tre passi verso la parte posteriore dell'auto, e rivolse loro un cenno, vagamente incuriosito. Bourne si rivolse a lui in francese.

« Ehi, giovanotto! Forse ci puoi dare una mano. »

« Dica signore? » L'addetto s'avvicinò incerto, cauto; evidentemente aveva ancora in testa quanto era successo all'albergo.

« Non mi sento tanto bene; ho bevuto troppo del vostro eccellente vino svizzero. »

« Capita, signore. » Il giovanotto sorrise, sollevato.

« Mia moglie ha pensato che fosse una buona idea prendere una boccata d'aria prima di andare in città. »

« Buona idea, signore. »

« Sono ancora tutti impazziti, là dentro? Credevo che il poliziotto non ci avrebbe fatto uscire, ma poi ha visto che avrei potuto rovesciargli tutto sull'uniforme. »

« Tutti pazzi, signore. Sono dappertutto... Ci hanno detto di non parlarne. »

« Naturalmente. Ma ho un problema. Oggi in aereo è arrivato il mio socio e abbiamo detto che ci saremmo trovati in un ristorante, solo che non me ne ricordo più il nome. Ci sono stato, ma non riesco a ricordare dov'è e come si chiama. Ricordo che sull'insegna ci sono tre strane cose... una specie di marchio, credo. Triangoli. »

« È il Drei Alpenhäuser, signore. Le tre baite. È in una traversa della Falkenstrasse. »

« Sì, certo, proprio quello! E per arrivarci... » Bourne s'interruppe, proprio come un ubriaco che cercasse di concentrarsi.

« Giri a sinistra appena dopo l'uscita, signore. Si tenga sull'Uto Quai per circa cento metri, fino a quando vede un grande pontile, poi giri a destra. Arriverà alla Falkenstrasse. Quando ha passato Seefeld lo vedrà subito. C'è un'insegna all'angolo. »

« Grazie. La ritrovo qui tra qualche ora, quando ritorno? »

« Sono di servizio fino alle due, signore. »

« Bene. La cercherò e le esprimerò più concretamente la mia gratitudine. »

« Grazie, signore. Vuole che le porti la macchina? »

« Ha già fatto abbastanza, grazie lo stesso. Meglio se camminiamo ancora un po'. » L'addetto li salutò e si diresse verso l'ingresso principale dell'hotel. Jason condusse Marie verso il coupé, zoppicando. « Svelta! Le chiavi sono sotto il sedile. »

« Se ci bloccano cosa fai? L'addetto vedrà uscire la macchina. Capirà che l'hai rubata tu. »

« Ne dubito. Non se filiamo subito, appena si è mescolato alla folla. »

« E se invece se ne accorge? »

« Allora spero che tu sia una brava guidatrice » disse Bourne, spingendola verso lo sportello. « Sali. » L'addetto aveva girato l'angolo accelerando immediatamente il passo. Jason estrasse la pistola e zoppicando girò in fretta intorno al cofano tenendovisi appoggiato, con la pistola puntata contro il parabrezza. Aprì lo sportello e salì accanto a lei. « Maledizione! Ti ho detto di prendere le chiavi! »

« D'accordo... non riesco a pensare. »

« Sforzati! »

« Oh, Dio... » Allungò una mano sotto il sedile, tastando la moquette finché non trovò il minuscolo portachiavi di pelle.

« Metti in moto, ma aspetta a partire quando te lo dico io. » Attese per vedere se per caso i fari di una macchina in arrivo non illuminassero il viale d'accesso: l'addetto al parcheggio sarebbe arrivato di corsa per sistemarla. Nessuna macchina in arrivo. Poteva esserci un altro motivo per tornare di corsa. Due sconosciuti nel parcheggio. « Avanti, in fretta. Voglio filare di qui. » Marie innestò la retromarcia; alcuni secondi dopo erano all'altezza dell'ingresso che dava sul lungolago. « Rallenta » ordinò. Un taxi affrontava la curva davanti a loro.

Bourne trattenne il respiro e dal finestrino posteriore guardò verso l'ingresso del Carillon du Lac; la scena che si stava svolgendo sotto il tendone spiegava come mai l'addetto si fosse messo all'improvviso a correre. Tra la polizia e un gruppo di ospiti dell'albergo era sorta una discussione. I poliziotti avevano formato un cordone e controllavano i nomi di chi usciva dall'albergo: gli inevitabili ritardi avevano irritato gli ospiti innocenti.

« Andiamo » disse Jason con una smorfia di dolore, colto da una nuova fitta al torace. « Tutto a posto. »

Era una sensazione paralizzante, misteriosa e inquietante. I tre triangoli erano proprio come se li era immaginati: un solido bassorilievo scuro in legno su una base di pietra bianca. Tre triangoli equilateri, simboli astratti del tetto di uno chalet in una valle talmente coperta di neve che la parte inferiore degli chalet scompariva. Sopra i tre vertici spiccava il nome del ristorante in caratteri gotici: DREI ALPENHÄUSER. Sotto la base del triangolo centrale si apriva l'ingresso, due battenti che, insieme, formavano l'arco di una cattedrale, con due grossi anelli di ferro battuto, da castello alpino.

Gli edifici circostanti nello stretto vicolo erano strutture restaurate, appartenenti a un passato lontano sia per Zurigo che per l'Europa. Non era una strada per le automobili; era più facile immaginarla percorsa da carrozze dalla struttura elaborata trainate da pariglie di cavalli, con i cocchieri in alto sul seggiolino in cappello a cilindro e copriorecchie, e lampade a gas dappertutto. Una strada piena di immagini e di rumori ormai dimenticati, pensò l'uomo che non aveva più ricordi.

Eppure uno ne aveva, vivido e inquietante. Tre triangoli scuri, grosse travi e candele accese. Aveva avuto ragione; il ricordo apparteneva a Zurigo, ma anche ad un'altra vita.

« Ci siamo » disse la donna.

« Lo so. »

« Dimmi cosa devo fare! » gridò lei. « Stiamo andando oltre. »

« All'angolo gira a sinistra. Fa' il giro dell'isolato, poi torna qui. »

« Perché? »

« Vorrei saperlo. »

« Cosa? »

« Perché te lo dico io. » *C'era qualcuno... al ristorante. Perché non affioravano altre immagini? Un'altra immagine. Un viso.*

Per due volte fecero il giro dell'isolato passando davanti al ristorante. Videro entrare due coppie separatamente e una compagnia di quattro persone; uscì un uomo solo, che si diresse verso la Falkenstrasse. A giudicare dalle auto parcheggiate il Drei Alpenhäuser doveva essere pieno a metà. Sarebbe andato riempiendosi nel corso delle prossime due ore, dato che la maggior parte degli zurighesi preferisce cenare più verso le dieci e mezza che verso le otto. Non c'era nessun motivo di aspettare ancora; nessun ricordo affiorava. Poteva solo starsene seduto e aspettare nella speranza che succedesse qualcosa. *Qualcosa.* E infatti qualcosa era successo: una bustina di fiammiferi aveva evocato un'immagine reale. In quella realtà c'era una verità che avrebbe dovuto scoprire.

« Fermati a destra, davanti all'ultima macchina. Torniamo indietro a piedi. »

In silenzio, senza osservazioni né proteste, Marie Saint Jacques obbedì. Jason la osservò; reagiva troppo docilmente, diversamente da come si era comportata in precedenza. Capì. Doveva impartirle una lezione. Qualunque cosa accadesse nel ristorante, aveva bisogno di un ultimo aiuto, da lei. Doveva accompagnarlo in macchina fuori da Zurigo.

L'auto si fermò, strisciando i pneumatici contro il bordo del marciapiedi. Marie spense il motore e fece per estrarre le chiavi, con movimenti lenti, troppo lenti. Bourne allungò una mano e le strinse il polso; lei lo fissò nell'ombra, trattenendo il respiro. Bourne le tastò le dita finché non sentì il portachiavi.

« Queste le prendo io » disse.

« Naturalmente » rispose lei. Teneva la sinistra rilassata, in modo nient'affatto naturale, appoggiata al pannello interno dello sportello.

« Adesso scendi e mettiti vicino al cofano » proseguì lui. « Non fare stupidaggini. »

« E perché dovrei? Mi uccideresti. »

« Bene. » Afferrò la maniglia, fingendo di muoversi con difficoltà. Le voltava le spalle; premette la maniglia.

Sentì all'improvviso il fruscio del tessuto, e ancor più improvviso il movimento d'aria. Lo sportello di Marie Saint Jacques si spalancò e la donna riuscì quasi a saltare giù. Bourne però era pronto. Girò su se stesso, facendo scattare il braccio sinistro come una molla, la mano ad artiglio, afferrando la seta del vestito all'altezza delle scapole. Con uno strattone la tirò di nuovo dentro, e, afferrandola per i capelli, le portò il viso all'altezza del suo, tirandole il collo.

« Non lo faccio più! » gridò lei, con gli occhi gonfi di lacrime. « Giuro che non lo faccio più! »

Allungò l'altro braccio e chiuse lo sportello, poi la scrutò attentamente, cercando di capire qualcosa dentro se stesso. Mezz'ora prima, in un'altra macchina, si era sentito nauseato quando le aveva puntato la pistola contro la guancia, minacciando di ammazzarla se non gli avesse obbedito. Ora, invece, non si sentiva più rivoltato; il suo gesto l'aveva trasformata in un nemico, in una minaccia; avrebbe potuto ucciderla, se avesse dovuto, l'avrebbe uccisa senza provare la minima emozione perché era una soluzione pratica.

« Di' qualcosa! » sussurrò lei. Il corpo fu scosso da un breve spasmo, i seni premettero contro la seta scura del vestito, salendo e scendendo con i sussulti che la agitavano. Si afferrò un polso tentando di riprendere il controllo; ci riuscì parzialmente. Riprese a parlare. Il sussurro si era trasformato in un tono neutro, monotono. « Ho detto che non ci avrei più provato e non ci riproverò. »

« Ci riproverai » replicò Jason calmo. « Verrà il momento in cui penserai di potercela fare, e ci riproverai. Credimi quando ti dico che non ce la farai, ma se ci riprovi sono costretto a ucciderti. Non ho nessuna voglia di farlo, non ho motivo, nessun motivo. Se non diventi pericolosa per me. E lo diventi se scappi prima che io ti lasci andare. Non posso permetterlo. »

Aveva detto la verità, quella che per lui era la verità. La semplicità con cui aveva preso la decisione era stupefacente quanto la decisione stessa. Uccidere era una questione pratica, nient'altro.

« Hai detto che mi avresti lasciato andare » disse lei. « Quando? »

« Quando sarò al sicuro » rispose. « Quando anche se parlerai non avrà più importanza. »

« E questo quando sarà? »

« Più o meno tra un'ora. Quando avremo lasciato Zurigo ed io starò andando in qualche altro posto. Non dovrai sapere dove né come. »

« Perché dovrei crederti? »

« Non me ne importa se mi credi o no. » La lasciò andare. « Rimettiti a posto. Asciugati gli occhi e pettinati. Entriamo nel ristorante. »

« Cosa c'è, dentro? »

« Vorrei saperlo » rispose Jason, guardando attraverso il vetro posteriore la porta del Drei Alpenhäuser.

« È la seconda volta che lo dici. »

La guardò, fissò i grandi occhi castani che cercavano i suoi. Lo cercavano terrorizzati, sconcertati. « Già. Lo so. Muoviamoci. »

Il soffitto in stile alpino del ristorante era sostenuto da grosse travi; tavole e sedie erano di legno massiccio, c'erano separé appartati e candele dappertutto. Un fisarmonicista passava fra i tavoli, suonando motivi bavaresi.

Quel grande locale l'aveva già visto; le travi e la luce delle candele le aveva stampate nella mente, e aveva registrato anche i suoni. Qui c'era già stato, in un'altra vita. Si fermarono nell'atrio vuoto davanti al maître. L'uomo, in smoking, li salutò.

« *Haben Sie einen Tisch schon reserviert, mein Herr?* »

« Se intende sapere se ho prenotato, temo di no. Ma il suo locale mi è stato molto raccomandato. Spero che riesca a trovarci un tavolo. Un separé, se possibile. »

« Certamente, signore. È presto; non c'è ancora folla. Da questa parte, prego. »

Vennero condotti a un separé nell'angolo più vicino; al centro del tavolo baluginava una candela. L'andatura zoppicante di Bourne e il fatto che si sostenesse alla compagna, avevano suggerito al maître di dar loro il posto più vicino. Jason rivolse un cenno del capo a Marie; la donna sedette e lui si infilò nel separé, di fronte a lei.

« Spostati contro la parete » le disse quando il maître si fu allontanato. « Ricordati che ho la pistola in tasca e che mi basta alzare una gamba per bloccarti. »

« Te l'ho detto che non ci avrei riprovato. »

« Lo spero. Ordina da bere. Non abbiamo tempo per mangiare. »

« Non ci riuscirei nemmeno. » Si afferrò di nuovo il polso; le tremavano visibilmente le mani. « Perché non abbiamo tempo? Cosa stai aspettando? »

« Non lo so. »

« Perché continui a dire: "Non lo so" e "Vorrei saperlo"? Perché sei venuto qui? »

« Perché ci sono già venuto. »

« Questa non è una risposta. »

« Non ho nessun motivo di darti una risposta. »

Arrivò un cameriere. Marie chiese del vino. Bourne ordinò dello scotch: aveva bisogno di qualcosa di forte. Si guardò in giro, cercando di concentrarsi *su tutto e su niente. Essere come una spugna.* Ma c'era solo il niente. Nessuna immagine gli riempì la mente; nessun pensiero si inserì nell'assenza di pensieri. *Niente.*

Poi vide un volto dall'altra parte del locale. Un volto pieno su una grossa testa, piantato su un corpo obeso appoggiato alla parete di un separé, accanto a una porta chiusa. Il grassone si teneva nell'ombra, come se questa fosse la sua protezione, il settore buio del suo rifugio. Teneva gli occhi puntati addosso a Jason, metà impaurito metà incredulo. Bourne non riconosceva quel volto, ma il volto aveva riconosciuto lui. L'uomo portò le dita alle labbra e si pulì gli angoli della bocca, poi guardò altrove, osservando uno per uno tutti gli avventori. Solo a questo punto iniziò quello che evidentemente era un viaggio sgradevole attraverso il locale, verso di loro.

« Sta arrivando un uomo » disse Jason sopra la fiammella della candela. « Un uomo grasso. È impaurito. Non dire niente. Qualunque cosa dica, tieni la bocca chiusa. E non guardarlo; alza una mano, posa il mento sul palmo. Guarda la parete, non guardare lui. »

La donna si accigliò, coprendosi il viso con la mano destra. Le dita tremavano. Una domanda le salì alle labbra, ma non venne pronunciata. Jason le rispose ugualmente.

« È per il tuo bene » disse. « Non c'è ragione che poi debba poterti identificare. »

Il grassone girò intorno all'angolo del separé. Bourne soffiò sulla candela spegnendola e gettando la tavola nella semioscurità. L'uomo lo fissò dall'alto in basso e parlò a voce bassa, tesa.

« *Du, Lieber Gott!* Ma perché sei venuto qui? Che cosa ho fatto per meritarmi una cosa del genere? »

« Mi piace come si mangia qui, lo sai. »

« Ma non hai nessun *sentimento*? Ho famiglia, una moglie e dei bambini. Ho fatto solo quello che mi è stato detto di fare. Ti ho dato la busta; non ci ho guardato dentro, non so niente! »

« Ma sei stato pagato, no? » chiese Jason istintivamente.

« Sì, ma non ho detto niente. Non ci siamo mai incontrati; non ho mai detto che aspetto hai. Non ho parlato a nessuno! »

« E allora di che cosa hai paura? Sono un cliente come tanti che sta per cenare. »

« Ti scongiuro. Vattene via. »

« Adesso mi fai arrabbiare. Meglio che mi spieghi perché devo andarmene. »

Il grassone si portò di nuovo una mano alle labbra, asciugando di nuovo la saliva che si era formata agli angoli. Piegò la testa, lanciando un'occhiata alla porta, poi si rivolse nuovamente a Bourne. « Può darsi che siano stati degli altri a parlare, può darsi che degli altri sappiano chi sei. Io ho già avuto la mia dose di guai con la polizia; verrebbero direttamente da me. »

Marie Saint Jacques non riuscì a controllarsi; guardò Jason. « La polizia... quelli erano della *polizia* » si lasciò sfuggire.

Bourne le lanciò un'occhiataccia, poi tornò al grassone innervosito. « Mi stai dicendo che la polizia potrebbe far del male a tua moglie e ai bambini? »

« Non direttamente loro... lo sai benissimo. Ma se si interessassero a me arriverebbero degli altri. E quelli si interesserebbero alla mia famiglia. Quanti ce ne sono qui che ti guardano, mein Herr? E che cosa farebbero? Non c'è bisogno che ti risponda; non si fermano davanti a niente: uccidere una moglie e un bambino per loro non è niente. *Ti prego.* Te lo giuro sulla mia vita, non ho detto niente. *Vattene via.* »

« Esageri. » Jason portò il whisky alle labbra come per suggerire che la conversazione era conclusa.

« Nel nome di Dio, questo non devi farlo! » L'uomo si chinò, stringendo il bordo del tavolo. « Se vuoi la prova che non ho parlato, te la do. La voce si è diffusa in tutto il *Verbrecherwelt*. Chiunque abbia una qualunque informazione deve telefonare a un numero indicato dalla polizia di Zurigo. La cosa rimarrà strettamente confidenziale; in queste faccende con il *Verbrecherwelt* mantengono la parola. La ricompensa è elevata, la polizia di diversi paesi ha mandato soldi attraverso l'Interpol. Le incomprensioni del passato potrebbero venir viste sotto una nuova luce, dal punto di vista giudiziario. » L'uomo si raddrizzò, pulendosi ancora una volta la bocca. La sua grossa sagoma torreggiava sulla tavola. « Un uomo come me potrebbe trovare dei vantaggi in un rapporto più sciolto con la polizia. E invece non ho fatto niente. Malgrado abbiano garantito il segreto, non ho detto una sola parola! »

« L'ha per caso detto qualcun altro? Dimmi la verità! Se menti me ne accorgo. »

« Conosco solo Chernak. È l'unico con cui ho parlato che ammette di averti visto. Ma lo sai, la busta è passata da lui a me. Non direbbe niente. »

« E adesso dov'è Chernak? »

« Dov'è sempre. Nel suo appartamento di Löwenstrasse. »

« Non ci sono mai stato. A che numero? »

« Non ci sei mai stato?... » Il grassone tacque, stringendo le labbra, una luce allarmata negli occhi. « Stai cercando di mettermi alla prova? »

« Rispondi alla domanda. »

« Numero 37. Lo sai benissimo, come me. »

« Allora ti sto mettendo alla prova. Chi ha dato la busta a Chernak? »

L'uomo si bloccò, immobile, di fronte alla sfida alla sua integrità, peraltro dubbia. « Non ho modo di saperlo. E non l'ho nemmeno chiesto. »

« Non hai neanche avuto la curiosità di saperlo? »

« No certo. Una capra non entra volentieri nella tana del lupo. »

« Le capre sono sicure sulle zampe; e hanno l'odorato fino. »

« E sono prudenti, mein Herr. Perché il lupo è più veloce e infinitamente più aggressivo. Ci sarebbe un solo inseguimento, una sola fuga. L'ultima, per la capra. »

« Cosa c'era nella busta? »

« Te l'ho detto, non l'ho aperta. »

« Ma sai cosa c'era dentro? »

« Soldi, immagino. »

« *Immagini?* »

« Benissimo. Soldi. Tantissimi soldi. Se ne sono mancati, io non c'entro. Adesso per favore, ti imploro. Vattene di qui! »

« Un'ultima domanda. »

« *Qualunque cosa,* basta che poi tu te ne vada! »

« A cosa servivano i soldi? »

Il grassone fissò Bourne a occhi spalancati, respirando pesantemente, con il sudore che gli luccicava sul mento. « Mi metti alla ruota, mein Herr, ma non ti abbandono. Puoi dire che è il coraggio di una capra insignificante, che è riuscita a sopravvivere. Leggo i giornali tutti i giorni. In tre lingue. Sei mesi fa un uomo è stato ucciso. La sua morte è stata annunciata su tutti e tre i giornali, in prima pagina. »

7

Fecero il giro dell'isolato immettendosi sulla Falkenstrasse, poi girarono a destra sul Limmat Quai verso la cattedrale di Grossmünster. La Löwenstrasse era dall'altra parte del fiume, nel settore occidentale della città. La via più breve per arrivarci passava sul ponte di Münster, verso la Bahnhofstrasse, per poi percorrere la Nüschelerstrasse; le strade s'incrociavano, secondo quanto aveva detto una coppia che stava per entrare al Drei Alpenhäuser.

Marie Saint Jacques taceva, aggrappata al volante proprio come si era tenuta aggrappata alla borsetta durante la folle fuga dal Carillon du Lac. In un certo qual modo si teneva salda al proprio equilibrio mentale. Bourne la guardò di sfuggita e capì.

...Un uomo è stato ucciso. La sua morte è stata annunciata su tutti e tre i giornali, in prima pagina.

Jason Bourne era stato pagato per uccidere e le polizie di diversi paesi, attraverso l'Interpol, avevano inviato denaro per convincere dei confidenti riluttanti a fornire informazioni che ne facilitassero la cattura. Il che significava che anche altri uomini erano stati uccisi...

Quanti ce ne sono qui che ti tengono d'occhio, mein Herr? E che cosa farebbero?... Non si fermano davanti a niente: uccidere una moglie o un bambino per loro non è niente!

Non la polizia. Degli altri.

I campanili gemelli della cattedrale di Grossmünster si stagliavano contro il cielo notturno illuminati da riflettori che creavano ombre inquietanti. Jason guardò l'antica costruzione. Gli pareva di sapere molte altre cose ma non le sapeva. L'aveva già vista, eppure la vedeva per la prima volta.

Conosco solo Chernak... La busta è passata da lui a me... Löwenstrasse. Numero 37. Lo sai benissimo, come me.

Lo sapeva davvero? L'avrebbe mai saputo?

Attraversarono il ponte in mezzo al traffico del settore nuovo della città. Le strade erano affollate, automobili e pedoni lottavano per superarsi ad ogni incrocio, le luci rosse e verdi si accendevano come per caso, le soste erano interminabili. Bourne cercò di concentrarsi sul nulla... e su ogni cosa. Aveva davanti i tratti che delimitavano la verità, forme enigmatiche che si susseguivano, ciascuna più sconcertante dell'altra. Non era del tutto sicuro di essere in grado — *mentalmente* in grado — di assorbire molte cose ancora.

« *Halt! Die Dame da! Die Scheinwerfer sind aus und Sie haben links signaliziert. Das ist eine Einbahnstrasse!* »

Jason sollevò lo sguardo sentendo una fitta torcergli lo stomaco. Un'auto della polizia si era affiancata a loro, e un poliziotto gridava dal finestrino aperto. Immediatamente ogni cosa fu chiara... così chiara da renderlo furioso. Marie Saint Jacques aveva visto l'auto della polizia nel retrovisore laterale; aveva spento le luci di posizione e fatto scattare la levetta delle frecce segnalando la svolta a sinistra. Svolta a sinistra in una strada a senso unico con cartelli ad ogni incrocio che segnalavano il senso obbligatorio. Se avesse girato sotto gli occhi dei poliziotti sarebbe stata fermata per svariate infrazioni: mancanza delle luci di posizione, forse persino un incidente voluto; li avrebbero fermati; lei sarebbe stata libera di gridare.

Bourne riaccese le luci, si piegò verso il finestrino, passandole davanti e togliendo la freccia, mentre con l'altra mano le stringeva il braccio dove già gliel'aveva stretto.

« Ti ammazzo, dottoressa » sibilò a bassa voce, poi rivolto al poliziotto disse: « Spiacente! Siamo un po' confusi! Turisti! Dobbiamo arrivare al prossimo isolato ».

Il poliziotto era a poco più di mezzo metro da Marie. La fissava, evidentemente sconcertato non vedendola reagire.

Il semaforo passò al verde. « Avanti. Non fare stupidaggini » disse Jason. Agitò la mano al poliziotto attraverso il vetro. « Spiacentissimo! » gridò. Il poliziotto scrollò le spalle, rivolgendosi al collega per riprendere la conversazione interrotta.

« Ero davvero confusa » disse la ragazza, con un tremito nella voce. « Tutto questo traffico... oh Dio, mi hai rotto il braccio!... Sei proprio un bastardo. »

Bourne la lasciò andare, disturbato dalla rabbia di lei; preferiva la paura. « Non ti aspetterai che ti creda? »

« Per il braccio? »

« No, per la confusione. »

« Hai detto che tra poco avremmo girato a sinistra; pensavo solo a questo. »

« La prossima volta sta' attenta ai segnali. » Si scostò da lei senza toglierle gli occhi di dosso.

« Sei proprio un animale » sussurrò lei, chiudendo un attimo gli occhi e riaprendoli con un'espressione terrorizzata. Era tornata la paura.

Raggiunsero la Löwenstrasse, un viale ampio con casette basse di mattoni schiacciate tra lisci edifici alti di cemento e di vetro. L'architettura degli edifici del XIX secolo lottava contro il razionalismo neutro contemporaneo; e non veniva sconfitta. Jason guardò i numeri; erano sull'ottantina e man mano calavano; ad ogni isolato le case vecchie aumentavano e diminuivano i palazzoni, finché la strada non tornò completamente a un'epoca passata. C'era una fila di casette ordinate, a quattro piani, dai tetti e dalle finestre di legno, con i gradini di pietra e i corrimano che portavano a porte incassate nella facciata, illuminate da lampioncini all'ingresso. Bourne riconobbe quello che non riusciva a ricordare. Il fatto di ricordarlo non era sconcertante: lo era invece qualche altra cosa. La fila di case evocava un'altra immagine, un'immagine precisissima di un'altra fila di case, simili ma stranamente diverse. Più vecchie, segnate dalle intemperie, per nulla linde e curate come queste... vetri rotti, gradini sbocconcellati, ringhiere cadenti ridotte a rottami arrugginiti. Più avanti, in un'altra zona di... Zurigo, sì, si trovavano a Zurigo. In un piccolo quartiere quasi sconosciuto a chi non ci viveva, un settore della città abbandonato e trascurato.

« Steppdeckstrasse » disse a se stesso, concentrandosi sull'immagine che aveva in testa. Vedeva una porta, verniciata di un rosso sbiadito, ma originariamente scura come l'abito di seta che indossava la donna accanto a lui. « Una pensione... sulla Steppdeckstrasse. »

« Cosa? » disse Marie sconcertata. Le sue parole l'avevano messa in allarme; evidentemente pensava che si riferissero a lei e si era lasciata prendere dal terrore.

« Niente. » Distolse lo sguardo e lo portò verso l'esterno. « Ecco il numero 37 » disse indicando la quinta casa della fila. « Ferma. »

Scese per primo, ordinandole di cambiare sedile e di uscire dalla sua parte. Saggiò la saldezza delle gambe e le prese le chiavi.

« A camminare ce la fai » disse lei. « Se cammini, puoi anche guidare. »

« Forse sì. »

« E allora lasciami andare! Ho fatto tutto quello che volevi. »

« E anche qualcosa di più » aggiunse lui.

« Non dirò niente, riesci a capirlo? Sei l'ultima persona al mondo che mi auguro di rivedere... di averci qualcosa a che fare. Non voglio fare la testimone, impegolarmi con la polizia; non voglio deporre, non voglio fare niente! Non voglio affatto essere implicata nelle faccende in cui sei implicato tu! Sono spaventata a morte... non capisci che questa è la tua protezione? Lasciami andare, *ti prego.* »

« Non posso. »

« Non mi credi. »

« Non è questo. Ho bisogno di te. »

« Per che cosa? »

« Per una cosa molto sciocca. Non ho la patente. Non si può noleggiare una macchina senza patente e io devo noleggiarne una. »

« Ma se hai questa... »

« Tra un'ora non andrà più bene. Qualcuno uscirà dal Carillon du Lac e chiederà che gliela portino. Comunicheranno i dati per radio a tutte le autopattuglie di Zurigo. »

Marie lo guardò, con una luce di terrore sconfinato negli occhi. « Non voglio salire su quell'altra macchina con te. Ho sentito quello che ti ha detto l'uomo al ristorante. Se vengo a sapere qualcosa di più, mi ammazzi. »

« Quello che hai sentito è incomprensibile per te proprio come lo è per me. Forse ne capisco ancora meno di te. Andiamo. » La prese per il braccio, e appoggiò la mano libera al corrimano per salire i gradini senza sentire troppo male.

Marie lo fissò, sconcertata e impaurita insieme.

La seconda cassetta delle lettere portava il nome di M. Chernak. In mezzo c'era il campanello. Jason non lo premette, premendo invece gli altri quattro pulsanti. Pochi secondi dopo dal piccolo altoparlante uscì una cacofonia di voci che, in dialetto svizzero, chiedevano chi era. Qualcuno invece non rispose, si limitò a premere lo scatto della serratura. Jason aprì la porta spingendo davanti a sé Marie. L'accompagnò contro la parete e attese. Dall'alto arrivavano rumori di porte che si aprivano, di passi sul ballatoio.

« *Wer ist da?* »

« Johann? »

« *Wo bist du denn?* »

Silenzio. Seguirono alcune esclamazioni d'irritazione. Altri passi sul ballatoio; le porte si chiusero.

M. Chernak abitava al secondo piano, appartamento 2C. Bourne prese la ragazza per il braccio, si diresse zoppicando verso la scala e iniziò la salita. Marie aveva ragione, naturalmente. Sarebbe stato molto meglio se fosse stato solo, ma non ci poteva fare nulla: aveva bisogno di lei.

Durante le settimane trascorse a Port Noir aveva studiato una carta stradale della Svizzera. Lucerna era ad un'ora al massimo, Berna a due ore e mezzo, forse tre. Poteva puntare verso una qualunque delle due città, facendola scendere in un punto deserto lungo la strada, per poi scomparire. Era una questione di scelta di tempi; i soldi per comprarsi almeno un centinaio di complici li aveva. Gli serviva solo una persona che lo portasse fuori da Zurigo e questa persona era lei.

Ma prima di abbandonare Zurigo doveva sapere; doveva parlare ad un uomo che si chiamava...

M. Chernak. Il nome era a destra del campanello. Si allontanò dal riquadro della porta, tirandosi dietro la donna.

« Parli tedesco? » chiese.

« No. »

« Non dire balle. »

« Non lo parlo. »

Bourne si fermò a riflettere, lanciando di quando in quando occhiate sui due lati del ballatoio. Poi: « Suona il campanello. Se aprono la porta stattene lì ferma. Se qualcuno risponde da dentro, di' che hai un messaggio — un messaggio urgente — da parte di un amico del Drei Alpenhäuser ».

« E se lui, o lei, dice di infilarlo sotto la porta? »

Jason la osservò. « Ottima obiezione. »

« È solo che non voglio più violenza. Non voglio più sapere né vedere niente. Voglio solo... »

« Lo so » la interruppe. « Vuoi tornartene alle tasse di Cesare e alle Guerre Puniche. Se lui, o lei, dovesse dire una cosa del genere, spiega in poche parole che si tratta di un messaggio verbale e che lo puoi dire solo alla persona che ti è stata descritta. »

« E se mi chiede di descriverla? » insistette Marie, gelida. Le sue capacità analitiche avevano messo la paura in secondo piano.

« Hai un buon cervello, dottoressa » disse lui.

« Sono precisa. E spaventata. Te l'ho detto. E allora, cosa faccio? »

« Digli che non se ne fa niente, il messaggio lo riferirà qualcun altro. Poi fa' per andartene. »

Marie si avvicinò alla porta e premette il campanello. Da dentro arrivò un rumore strano, continuo, come di un oggetto trascinato. Il rumore cessò e si sentì una voce profonda.

« *Ja?* »

« Mi spiace, non parlo tedesco. »

« *Englisch*. Cosa c'è? Lei chi è? »

« Ho un messaggio urgente da parte di un amico del Drei Alpenhäuser. »

« Lo faccia passare sotto la porta. »

« Impossibile. Non è per iscritto. Devo riferirlo direttamente a una persona di cui ho la descrizione. »

« Be', non dovrebbe essere difficile riconoscerla » disse la voce. La serratura scattò e la porta si aprì.

Bourne fece un passo, entrando nel riquadro della porta.

« Ma tu sei *matto*! » gridò un uomo su una sedia a rotelle con due moncherini al posto delle gambe. « *Fuori!* Fuori di qui! »

« Sono stufo di sentirla, questa frase » disse Jason, spingendo dentro la ragazza e chiudendo la porta alle sue spalle.

Non fu necessario insistere per convincere Marie Saint Jacques ad appartarsi nella minuscola camera da letto, mentre Bourne parlava: lo fece di buon grado. Chernak era preso dal panico; il volto tutto segnato era bianco come cera. I capelli grigi, maltenuti, gli si incollavano al collo e alla fronte.

« Ma che cosa vuoi da me? » chiese. « Mi hai giurato che dopo l'ultima transazione non ce ne sarebbero state altre! Non posso fare di più, non posso correre il rischio. Sono venuti degli emissari. Per quanto io sia stato prudente, malgrado io sia lontanissimo dalle tue fonti, sono *stati qui*! Se qualcuno lascia cadere un indirizzo nell'ambiente sbagliato, sono un uomo morto! »

« Hai guadagnato piuttosto bene per i rischi che hai corso » disse

Bourne in piedi davanti alla carrozzella. Pensava intensamente, chiedendosi quale potesse essere la parola o la frase — se c'era — capace di aprire un flusso di informazioni. Poi ricordò la busta. *Se ne sono mancati, io non c'entro.* Il grassone del Drei Alpenhäuser.

« Mica tanto, tenendo presente il rischio. » Chernak scosse il capo; sollevò la parte superiore del torace; i moncherini che si protendevano dalla sedia si agitavano oscenamente. « Ero contento prima che tu entrassi nella mia vita, mein Herr, perché ero un minorato. Un vecchio soldato finito a Zurigo: scoppiato, storpio, inutile, salvo per certi fatti conservati nella memoria. Gli ex camerati mi pagavano — da spilorci — per rimanere nascosti. Era una vita decente, non un granché, ma non mi lamentavo. E poi mi hai trovato *tu*... »

« Sono commosso » lo interruppe Jason. « Parliamo della busta... quella che hai passato a un nostro comune amico del Drei Alpenhäuser. A te chi l'ha data? »

« Un emissario. Chi altri? »

« Da dove arrivava? »

« Come faccio a saperlo? È arrivata in una scatola, proprio come le altre. Io ho aperto la scatola e l'ho fatta proseguire. Eri tu che volevi così. Hai detto che non saresti più venuto. »

« Ma tu l'hai aperta. » Era un'affermazione.

« Nemmeno per sogno! »

« E se io ti dicessi che mancavano dei soldi? »

« Allora non sono stati pagati; nella busta non ce n'erano! » La voce dell'uomo salì di tono. « Ad ogni modo non ti credo. Se fosse stato così, non avresti accettato l'incarico. E invece l'hai accettato. E allora perché sei venuto qui, adesso? »

Perché devo sapere. Perché sto impazzendo. Vedo e sento cose che non capisco. Sono abile, pieno di risorse... ma sono un vegetale! Aiutami!

Bourne si allontanò dalla carrozzella e si diresse senza scopo apparente verso lo scaffale al quale erano appoggiate svariate fotografie. Spiegavano chi era l'uomo alle sue spalle. Gruppi di soldati tedeschi, alcuni con un cane lupo al guinzaglio, in posa davanti a baracche e reticolati... e di fronte a un alto cancello di rete metallica sul quale si vedeva parte di un nome. DACH...

Dachau.

L'uomo alle sue spalle. Stava muovendosi! Jason si voltò; Chernak aveva infilato una mano nella borsa di tela attaccata alla carrozzella. Gli occhi erano in fiamme, il viso sconvolto dalla rabbia. La mano uscì rapida, stringendo un revolver a canna corta. Sparò prima che Bourne riuscisse a prendere la sua. Colpi in rapida successione, una fitta gelida di sofferenza alla spalla sinistra, poi al capo... Oh

Dio! Si tuffò verso destra, roteando sul tappeto, gettando una grossa lampada a stelo addosso al mutilato, continuando a roteare finché non si trovò dietro la carrozzella. Si raccolse e si lanciò in avanti, urtando con la spalla destra la schiena di Chernak e facendolo cadere dalla carrozzella, mentre infilava una mano in tasca afferrando la pistola.

« Pagheranno per avere il tuo cadavere! » urlò l'uomo senza gambe contorcendosi sul pavimento, cercando di raddrizzarsi per mirare di nuovo. « Non mi metterai in una bara! Ci finirai tu! Carlos pagherà! Cristo se pagherà! »

Jason balzò a sinistra e sparò. La testa di Chernak scattò all'indietro, dalla gola sgorgò un fiotto di sangue. Era morto.

Un urlo arrivò dalla camera da letto. Un urlo sempre più forte, cupo, una specie di lamento continuo, un intreccio di paura e di disgusto. Il grido di una donna... ma certo, c'era anche una donna! Il suo ostaggio, la persona che l'avrebbe portato fuori da Zurigo! Oh, Gesù, aveva la vista annebbiata! Un dolore terribile alla tempia!

Rimise a fuoco gli occhi, rifiutandosi di avvertire la sofferenza. Vide un bagno, la porta aperta, asciugamani, un lavandino e... un armadietto con lo specchio. Corse dentro, tirò lo sportello a specchio con tanta forza da strapparlo dai cardini. Lo specchio si schiantò sul pavimento e andò in frantumi. *I ripiani.* Rotoli di garza e cerotto... era tutto quello che poteva prendere. Doveva scappare... *spari;* avrebbero dato l'allarme; doveva scappare, prendere l'ostaggio e tagliare la corda! La camera da letto, *la camera da letto.* Dov'era?

Il grido, il lamento... seguilo! Aprì la porta con un calcio. La donna... il suo ostaggio — come diavolo si chiamava — si teneva schiacciata contro il muro, con le lacrime che le scendevano lungo le guance, a labbra aperte. Corse dentro, la afferrò per il polso, tirandola fuori.

« Mio Dio, l'hai ucciso! » urlò lei. « Un vecchio senza... »

« Zitta! » La spinse verso la porta, aprì e, con uno spintone, la fece finire sul ballatoio. Vedeva delle figure indistinte negli spazi vuoti, accanto alle ringhiere, nelle stanze. Cominciarono a correre e scomparirono. Sentì porte chiudersi, gente gridare. Afferrò la donna per il braccio con la sinistra, avvertì una fitta di dolore alla spalla. La spinse verso la scala costringendola a scendere con lui, usandola per appoggiarsi, sempre impugnando la pistola con la destra.

Si trovarono nell'atrio, davanti al portone massiccio. « Aprilo! » ordinò; lei obbedì. Passarono davanti alle cassette della posta diretti verso l'ingresso. La mollò per un attimo, aprì il portone, sbirciò nella strada, attento a eventuali sibili di sirene. Niente. « Avanti » disse, spingendola verso i gradini, verso il marciapiedi. Infilò una mano in tasca con una smorfia, estrasse le chiavi della macchina. « Sali! »

In macchina svolse la benda, premendola contro il capo, arrestando il filo di sangue che ne usciva. Dentro di sé, nel profondo della coscienza, avvertiva una strana sensazione di sollievo. La ferita era superficiale; il fatto che fosse alla testa, l'aveva gettato nel panico, ma il proiettile non aveva trapassato il cranio, non era penetrato. Le terribili sofferenze di Port Noir non si sarebbero ripetute.

« Metti in moto, maledizione! Tagliamo la corda da qui. »

« Dove? Non mi hai detto dove. » La donna non gridava, appariva calma piuttosto. Ragionevolmente calma. Lo guardava... lo stava guardando?

Si sentiva di nuovo in preda alle vertigini, la vista era di nuovo annebbiata. « Steppdeckstrasse... » Sentì la parola mentre la pronunciava; non era sicuro che fosse sua la voce. Riusciva però a raffigurarsi la porta. Vernice rosso scura sbiadita. Vetri rotti... Ruggine. « Steppdeckstrasse » ripeté.

Cosa c'era che non andava? Perché il motore non si era avviato? Perché l'automobile non era partita? Non lo aveva sentito?

Aveva chiuso gli occhi; li riaprì. La pistola. L'aveva sulle gambe; l'aveva posata per sistemare la benda... La donna la stava spingendo via, la spingeva via! L'arma cadde sul pavimento; allungò una mano in basso ma lei lo spinse facendogli sbattere la testa contro il finestrino. Aprì lo sportello dal lato guida e balzò fuori, mettendosi poi a correre. Stava scappando! Il suo ostaggio, la sua via d'uscita, scappava lungo la Löwenstrasse!

Non poteva rimanere in quella macchina; non poteva rischiare di mettersi al volante. Era una trappola d'acciaio. Infilò la pistola in tasca insieme al rotolo di cerotto e afferrò la garza, stringendola nella sinistra, pronto a premerla di nuovo sulla tempia se l'emorragia fosse ricominciata. Scese e zoppicando si avviò il più in fretta possibile lungo il marciapiedi.

Da qualche parte avrebbe trovato un incrocio, un taxi. *Steppdeckstrasse.*

Marie Saint Jacques continuava a correre nel mezzo del viale deserto, entrando e uscendo dai coni d'ombra gettati dai lampioni, agitando le braccia verso le auto che percorrevano la Löwenstrasse. Le passavano accanto in velocità, senza rallentare. Si voltò verso i fari alle sue spalle, facendo gesti, chiedendo attenzione; le auto acceleravano, superandola. Era Zurigo, la Löwenstrasse di notte era troppo larga, troppo buia, troppo vicina al porto deserto e al fiume Sihl.

Due uomini a bordo di un'automobile, invece, le diedero retta.

L'auto procedeva a fari spenti, e l'uomo al volante l'aveva vista da lontano. Si rivolse al compagno in dialetto svizzero.

« Potrebbe essere lei. Questo Chernak abita a un isolato da qui, più o meno. »

« Fermati e falla avvicinare. Dovrebbe avere addosso un vestito di seta... è *lei*! »

« Accertiamocene, prima di chiamare gli altri via radio. »

Scesero insieme dall'auto. Il secondo girò cauto intorno alla macchina per unirsi al guidatore. Indossavano completi scuri, avevano un volto piacevole, ma un'espressione seria, metodica. La donna venne verso di loro; si spostarono rapidamente al centro del viale.

« *Was ist passiert, Fräulein?* »

« Aiutatemi! » urlò la donna. « Io non parlo tedesco. *Nicht sprechen*. Chiamate la polizia! La... *Polizei*! »

Il secondo uomo le si rivolse in tono autoritario, calmandola con la voce. « Noi siamo della polizia » disse in inglese. « Zurich Sicherheitpolizei. Non eravamo sicuri, signorina. È lei la donna del Carillon du Lac? »

« *Sì!* » gridò Marie. « Non mi voleva lasciar andare! Non ha fatto che picchiarmi, che minacciarmi con la pistola! È stato orribile! »

« Dov'è, adesso? »

« È ferito. Gli hanno sparato. Sono scappata dalla macchina... era in macchina quando sono scappata! » Indicò un punto giù sulla Löwenstrasse. « Laggiù. A due isolati da qui, credo. A metà dell'isolato. Un coupé, un coupé grigio! Ha la pistola. »

« Anche noi, signorina » disse il conducente. « Venga con noi, salga dietro. Non correrà nessun pericolo; saremo molto prudenti. Presto. »

Si avvicinarono al coupé grigio, a bassa velocità, a fari spenti. La macchina era vuota. C'erano invece alcune persone che discutevano eccitate sul marciapiedi e sui gradini del numero 37. Il secondo occupante della macchina si voltò, rivolgendosi alla donna spaventata che si stringeva in un angolo del sedile posteriore.

« Qui abita un certo Chernak. Gliene ha parlato? Ha detto per caso che voleva vederlo? »

« L'ha visto; mi ha obbligato ad andare con lui! Lo ha ucciso! Ha ucciso quel vecchio minorato! »

« *Der Sender... schnell* » disse l'uomo al conducente, afferrando un microfono sul cruscotto. « *Wir sind zwei Strassen von da.* » L'auto balzò in avanti; la donna si aggrappò allo schienale del sedile anteriore.

« Cosa state facendo? Hanno ammazzato un uomo là dentro! »

« E dobbiamo trovare l'assassino » disse l'uomo al volante. « Come ha detto lei, era ferito; dovrebbe essere ancora da queste parti. Questa è un'auto senza contrassegni, forse riusciamo a trovarlo. Naturalmente aspettiamo che arrivi la squadra omicidi, ma i nostri compiti sono diversi. » L'auto rallentò, accostando al marciapiedi a diverse centinaia di metri dal numero 37.

Il secondo uomo aveva parlato al microfono, mentre il conducente dava spiegazioni a Marie Saint Jacques. Delle scariche uscirono dall'altoparlante del cruscotto, seguite dalle parole « *Wir kommen binnen zwanzig Minuten. Wartet* ».

« Il nostro capo arriva tra poco » disse il secondo agente. « Dobbiamo aspettarlo. Vuole parlare con lei. »

Marie si rilassò sul sedile, chiudendo gli occhi ed emettendo un grosso sospiro. « Oh, Dio... vorrei aver qualcosa da bere! »

L'uomo al volante sorrise e rivolse un cenno al collega. Questi estrasse una bottiglietta dallo scomparto del cruscotto e, con un sorriso, la mostrò alla donna. « Non è una cosa molto chic, signorina, non abbiamo né bicchieri né tazze, ma il brandy c'è. A scopo medicinale, naturalmente, per casi d'emergenza. Penso che questo sia proprio il caso. Prego, si serva pure. »

Marie restituì il sorriso e prese la bottiglia. « Siete molto gentili, non immaginate nemmeno quanto vi sono riconoscente. Se vi capita di venire in Canada, vi preparerò il miglior pasto francese di tutto l'Ontario. »

« La ringrazio, signorina » disse l'uomo al volante.

Bourne esaminò la benda che gli stringeva la spalla, socchiudendo gli occhi per vedere l'immagine riflessa nello specchio sporco, tutto segnato, cercando di abituare la vista alla debole luce che illuminava la stanzetta lurida. Non si era sbagliato per quanto riguardava la Steppdeckstrasse: l'immagine della porta dalla vernice rossa sbiadita era precisa; c'erano anche i vetri rotti e i corrimano arrugginiti. Nessuno gli aveva fatto domande quando aveva affittato la stanza, malgrado fosse palesemente ferito. Comunque, il gestore, quando Bourne aveva pagato, aveva detto qualcosa.

« Se le dovesse servire, si può trovare un dottore che tenga la bocca chiusa. »

« Le farò sapere. »

La ferita non era molto grave; il cerotto avrebbe resistito finché non avesse trovato un medico che desse più fiducia di quello che praticava di nascosto nella Steppdeckstrasse.

Se esci ferito da una situazione di stress, devi sapere che il danno, oltre che fisico, può essere anche psicologico. È possibile che tu provi una vera e propria revulsione verso il dolore, le ferite. Non correre rischi ma, se hai tempo, assicurati di ritornare in uno stato di equilibrio. Non lasciarti prendere dal panico...

E invece si era lasciato prendere dal panico; certe parti del suo corpo erano rimaste come raggelate. La ferita alla spalla e l'escoriazione alla tempia erano sì reali e dolorose, ma nessuna delle due era tanto grave da immobilizzarlo. Non poteva muoversi in fretta, come avrebbe voluto, o con l'energia che sapeva di avere, ma era in grado di muoversi. Il cervello inviava messaggi che muscoli e membra ricevevano; riusciva a funzionare.

E avrebbe funzionato meglio quando fosse stato riposato. Non aveva più l'ostaggio, la sua via d'uscita; doveva essere in piedi molto prima dell'alba, per trovare un altro sistema per lasciare Zurigo. Al gestore, che stava al primo piano, i soldi piacevano; tra un'ora, più o meno, l'avrebbe svegliato.

Si distese sul letto appoggiando il capo al cuscino e fissando la lampadina nuda che pendeva dal soffitto, cercando di non sentire nessuna parola, per riuscire a riposare. Ma le parole arrivavano ugualmente, assordandogli le orecchie come tamburi.

Un uomo è stato ucciso...

Ma tu l'incarico l'hai accettato...

Si girò verso la parete, chiudendo gli occhi, escludendo le parole. Poi altre parole arrivarono. Si rizzò a sedere con la fonte coperta di sudore.

Pagheranno per avere il tuo cadavere!... Carlos pagherà! Cristo se pagherà!

Carlos.

Una grossa berlina si fermò di fronte al coupé parcheggiato accostato al marciapiedi. Dietro di loro, al numero 37, un quarto d'ora prima erano arrivate le auto della polizia, seguite dopo una decina di minuti dall'ambulanza. Gli inquilini delle case vicine affollavano il marciapiedi vicino alla scala, ma in uno stato d'eccitazione di tipo diverso. C'era stato un morto, un uomo era stato ucciso in questa zona tranquilla. L'ansia era al massimo; quel che era successo al 37 poteva benissimo capitare al 40 o al 53. Il mondo stava impazzendo, e Zurigo lo seguiva.

« Il nostro capo è arrivato, signorina. Le dispiace se la portiamo da lui? » Il secondo agente scese dall'auto e aprì lo sportello a Marie Saint Jacques.

« Senz'altro. » Scese sul marciapiedi e sentì la mano dell'uomo sul braccio; era un contatto molto più delicato della stretta dell'animale che le aveva puntato la pistola alla guancia. Il ricordo la fece rabbrividire. Si avvicinarono alla porta posteriore della berlina e Marie salì. Guardò l'uomo accanto a sé e le si bloccò il respiro. Era improvvisamente paralizzata, incapace di respirare: l'uomo le aveva riportato alla mente un'immagine terrorizzante.

La luce dei lampioni si rifletteva nella montatura d'oro degli occhiali.

« *Lei!...* lei era all'albergo! Era uno di loro! »

L'uomo annuì con aria stanca; era evidente quanto fosse affaticato. « Vero. Noi siamo un reparto speciale della polizia di Zurigo. E, prima di continuare, voglio che sia chiaro che in nessun momento, durante i fatti che si sono svolti al Carillon du Lac, lei ha corso il pericolo di venire ferita da noi. Siamo tiratori scelti; non abbiamo sparato quando c'era pericolo di colpirla. Anzi, certe volte abbiamo evitato di farlo perché lei era troppo vicina all'uomo che volevamo prendere. »

Lo shock passò. La tranquilla autorità dell'uomo aveva rassicurato Marie. « Le sono grata. »

« È una delle piccole cose che sappiamo fare » disse il funzionario. « Ora, a quanto ho capito, lei l'ha visto per l'ultima volta sul sedile dell'auto lì dietro. »

« Sì. Era ferito. »

« Gravemente? »

« Tanto da avere un comportamento incoerente. Si premeva una benda contro la testa e aveva una spalla insanguinata... meglio: c'era sangue sulla giacca. Chi è? »

« Non ha senso dirle come si chiama; ha molti nomi. Ma, come lei ha potuto vedere, è un killer. Un killer brutale e va trovato prima che uccida ancora. Sono diversi anni che gli diamo la caccia. È ricercato dalla polizia di molti paesi. Ora abbiamo un'opportunità che non si è mai presentata prima. Sappiamo che si trova a Zurigo e che è ferito. Non rimarrà in questa zona, ma non potrà andare molto lontano. Le ha detto come intendeva uscire dalla città? »

« Voleva noleggiare una macchina. A mio nome, penso. Non ha la patente. »

« Mentiva. Viaggia con documenti falsi di ogni genere. Lei era un ostaggio di cui poteva benissimo disfarsi. Ora, mi dica tutto quello che le ha detto, dall'inizio. Dove siete andati, come vi siete incontrati, tutto quello che le viene in mente. »

« C'è un ristorante, il Drei Alpenhäuser, e un uomo grasso che era spaventato a morte... » Marie Saint Jacques riferì tutto quello che ricordava. Di quando in quando il funzionario di polizia la interrompeva chiedendole di precisare una frase, una certa reazione, una improvvisa decisione del killer. Di tanto in tanto, si toglieva gli occhiali d'oro per pulirli distrattamente, stringendoli come per controllare la propria irritazione. L'interrogatorio durò circa venticinque minuti; poi il funzionario prese una decisione.

« Drei Alpenhäuser. *Schnell!* » disse all'autista. Si rivolse a Marie. « Metteremo quell'uomo di fronte alle sue stesse parole. La sua incoerenza era del tutto voluta. Sa molto di più di ciò che ha detto al tavolo. »

« Incoerenza... » Pronunciò la parola a bassa voce, ricordando in che modo lei l'aveva usata. « Steppdeck... Steppdeckstrasse. Vetri rotti, stanze. »

« Cosa? »

« "Una pensione sulla Steppdeckstrasse." Ecco che cosa ha detto. Le cose si sono svolte così in fretta, ma è proprio questo che ha detto. E un attimo prima che io saltassi giù dalla macchina, l'ha ripetuta. *Steppdeckstrasse.* »

« *Ich kenne diese Strasse. Früher gab es Textilfabriken da* » intervenne l'autista.

« Non ho capito » disse Marie.

« È un quartiere in rovina che non si è tenuto al passo con i tempi » spiegò il funzionario. « Una volta c'erano delle filande. Adesso ci abitano i diseredati... e altra gente. *Los!* » ordinò.

L'auto schizzò via.

8

Un leggero rumore. Fuori dalla porta. Una specie di schiocco la cui eco scomparve quasi subito, affievolendosi nella distanza. Bourne spalancò gli occhi.

La scala. La scala sull'atrio sporco, fuori dalla porta. Qualcuno stava salendo e si era fermato, rendendosi conto del rumore che aveva prodotto sulle assi sconnesse. Un inquilino della pensione non se ne sarebbe preoccupato.

Silenzio.

Crac. Più vicino. L'uomo aveva corso il rischio, per correre al coperto. Jason balzò dal letto, afferrando la pistola che aveva deposto accanto alla testa e si gettò contro la parete accanto alla porta. Si accoccolò e udì il rumore dei passi — un uomo. Correva, non cercava più di non far rumore: voleva solo arrivare dove si era prefisso. Bourne non dubitava di che cosa si trattasse e aveva ragione.

La porta si aprì di schianto; la respinse con violenza, poi vi si appoggiò con tutto il peso del corpo, bloccando l'intruso, colpendolo allo stomaco, al torace e al braccio. Riaprì la porta, piantò l'alluce del piede destro nella gola dell'uomo, poi allungò la sinistra, afferrò dei capelli biondi e lo tirò dietro. La mano dell'uomo si abbandonò. La pistola che reggeva cadde sul pavimento. Era un revolver a canna lunga con silenziatore.

Jason chiuse la porta cercando di sentire se dalla scala arrivavano altri rumori. Niente. Guardò l'uomo svenuto. Un ladro? Un killer? Chi era?

La polizia? Il direttore della pensione aveva deciso di non rispettare il codice della Steppdeckstrasse per avere una ricompensa? Bourne rovesciò l'intruso sulla schiena e gli prese il portafogli. Automaticamente s'impadronì dei soldi, sapendo che la cosa era ridicola. Addosso aveva già una piccola fortuna. Guardò le varie carte di credito e la patente; sorrise, ma il sorriso scomparve subito. Non c'era nulla di divertente; le carte di credito portavano nomi uno diverso dall'altro, e ancora diverso era quello sulla patente. L'uomo svenuto non era un poliziotto.

Era un professionista, venuto per uccidere un altro uomo ferito che si era rifugiato nella Steppdeckstrasse. Qualcuno l'aveva incaricato. Chi? Chi poteva sapere che lui si trovava lì?

La donna? Aveva accennato alla Steppdeckstrasse, quando aveva visto la fila di casette ordinate, cercando il numero 37? No, non lei; forse aveva detto qualcosa, ma lei non poteva aver capito. D'altra parte, se avesse capito, ora lui non si sarebbe trovato davanti un killer professionista: la pensione sarebbe stata circondata dalla polizia.

Gli si ripresentò davanti agli occhi l'immagine di un grassone sudato in piedi accanto a un tavolo. Era l'uomo che si asciugava la saliva dalle labbra gonfie, che aveva parlato del coraggio di una capra insignificante... che era sopravvissuta. Questo era un esempio della sua tecnica di sopravvivenza? Sapeva della Steppdeckstrasse? Conosceva le abitudini del cliente la cui vista l'aveva terrorizzato? Era stato in questa lurida pensione? Aveva inviato una busta?

Jason premette una mano sulla fronte, serrando gli occhi. *Perché non riesco a ricordare? Quando si diraderà la nebbia? Si diraderà mai?*

Non metterti in croce...

Riaprì gli occhi e guardò il biondo svenuto. Per un attimo fu sul punto di scoppiare a ridere; aveva ricevuto in regalo il visto d'uscita da Zurigo e, invece di rendersene conto, aveva perso tempo a tormentarsi. Infilò il portafogli in tasca accanto a quello del marchese di Chamford, prese la pistola, la infilò alla cintura, poi trascinò l'uomo svenuto sul letto.

Un minuto dopo l'uomo era legato al materasso, imbavagliato da una striscia di lenzuolo. Sarebbe rimasto lì per ore, ma Jason ormai sarebbe stato lontano da Zurigo, con i complimenti di un grassone sudato.

Aveva dormito vestito. Il suo unico bagaglio era rappresentato dal soprabito. Lo indossò, provò a vedere come lo reggevano le gambe; un po' troppo tardi, rifletté tra sé. L'animazione dei minuti precedenti gli aveva fatto dimenticare il dolore; lo sentiva ancora, zoppicava, ma non era immobilizzato. La spalla non era in ottima forma. Sentiva diffondersi lentamente uno stato di paralisi; doveva trovare un medico. La testa... preferiva non pensarci.

Uscì nell'atrio malamente illuminato, chiuse la porta e rimase immobile in ascolto. Sentì uno scoppio di risa provenire dal piano di sopra; appoggiò la schiena alla parete, con la pistola puntata. La risata cessò; era quella di un ubriaco – incoerente, vacua.

Andò zoppicando alla scala, tenendosi al corrimano e cominciò a scendere. La pensione aveva quattro piani e lui si trovava al terzo. Istintivamente aveva chiesto la stanza più in alto. *Come mai? Cosa voleva dire, se si trattava solo di farsi dare una stamberga per una sola notte? Un rifugio?*

Piantala!

Raggiunse il ballatoio del secondo piano, accompagnato dallo scricchiolio dei gradini. Se il gestore fosse uscito dalla sua camera al secondo piano per soddisfare la propria curiosità, sarebbe stata l'ultima cosa che avrebbe soddisfatto per alcune ore.

Un rumore. Un tessuto morbido che strisciava contro una superficie ruvida. Tessuto contro legno. Qualcuno era nascosto nello slargo del ballatoio, tra due rampe di scale. Senza interrompere il ritmo dei passi, Jason scrutò nell'ombra: c'erano le rientranze di tre porte, sulla parete di destra, proprio come al piano di sopra. In una di queste...

Fece ancora un passo, avvicinandosi. La prima era vuota. E non poteva essere nemmeno l'ultima, alla fine del corridoio: non ci sarebbe stato spazio per muoversi. Doveva essere la seconda, sì, la seconda. Da quella si poteva saltar fuori, sia verso destra che verso sinistra, oppure piantare una spallata contro una vittima inconsapevole, gettandola oltre la ringhiera, giù dalla tromba delle scale.

Bourne si spostò verso destra, portando la pistola nella sinistra e infilando la mano nella cintura per prendere la pistola con il silenziatore. A mezzo metro dalla rientranza, sollevò l'automatica che aveva nella sinistra, nell'ombra, e si gettò contro la parete.

« *Was ist?...* » Apparve un braccio; Jason sparò, maciullando la mano. « *Ahh!* » Una sagoma umana uscì dalla rientranza della porta, in stato di shock, incapace di puntare la pistola. Bourne sparò di nuovo colpendo l'uomo alla coscia. L'uomo cadde sul pavimento, contorcendosi. Jason gli andò vicino si chinò premendogli un ginocchio sul torace, puntando la pistola alla testa.

« C'è qualcun altro giù? » chiese in un sussurro.

« *Nein!* » disse l'uomo, con una smorfia di sofferenza. « *Zwei*... eravamo due soli. Ci hanno pagato. »

« Chi vi ha pagato? »

« Lo sai. »

« Un certo Carlos? »

« A questo non rispondo. Uccidimi piuttosto. »

« Come sapevi che ero qua? »

« Chernak. »

« È morto. »

« Adesso sì. Non ieri. A Zurigo è arrivata la voce che eri vivo. Abbiamo controllato tutti... Dappertutto. Chernak era al corrente. »

Bourne giocò d'azzardo. « Balle! ». Piantò la pistola alla gola dell'uomo. « Non ho mai parlato a Chernak della Steppdeckstrasse. »

L'uomo fece di nuovo una smorfia, inarcando il collo. « Forse non ce n'era bisogno. Quel porco nazista aveva informatori dappertutto. Perché non doveva averli qui? La tua descrizione l'aveva. Chi può essere stato? »

« Un uomo del Drei Alpenhäuser. »

« Non abbiamo mai sentito parlare di lui. »

« "Noi" chi? »

L'uomo deglutì, la bocca contorta dal dolore. « Uomini d'affari... semplicemente uomini d'affari. »

« E i vostri affari sono uccidere. »

« Strano che sia tu a dirlo. Comunque, *nein*. Dovevamo portarti in un certo posto, non ucciderti. »

« Dove? »

« Ce l'avrebbero detto per radio. Sulla frequenza dell'auto. »

« Splendido » disse Jason, calmo. « Non solo non ci sai fare, sei anche accomodante. Dove hai la macchina? »

« Fuori. »

« Dammi le chiavi. » Dall'antenna della radio avrebbe capito qual era.

L'uomo cercò di resistere. Respinse Bourne e rotolò contro la parete. « *Nein!* »

« Non hai scelta. » Jason calò il calcio della pistola sul cranio dell'uomo. Lo svizzero rimase immobile.

Trovò le chiavi – erano tre, in una custodia di pelle – prese la pistola dell'uomo e se la infilò in tasca. Era più piccola di quella che impugnava e non aveva il silenziatore: rendeva credibile l'affermazione che dovevano solo prenderlo, non ucciderlo. Il biondo al piano di sopra era quello che doveva portare a termine l'azione: quindi gli serviva un silenziatore, se avesse dovuto ferire Bourne. Lo svizzero del secondo piano invece doveva far da palo, la sua pistola serviva per minacciare.

Ma perché si trovava al secondo piano? Perché non aveva seguito il collega sulla scala? C'era qualcosa di strano, ma non sempre una tattica era evidente e non aveva tempo di valutarla. Giù in strada c'era una macchina e lui ne aveva le chiavi.

Non bisogna scartare nulla. La terza pistola.

Si rizzò faticosamente e prese il revolver che aveva sottratto al francese nell'ascensore della Gemeinschaft Bank. Sollevò il pantalone sulla gamba sinistra e la infilò nell'elastico delle calze. Non si muoveva.

Si arrestò un attimo per riprendere il fiato e recuperare l'equilibrio, poi si avvicinò alla scala, rendendosi conto che, all'improvviso, il dolore alla spalla sinistra si era fatto più acuto, la paralisi si estendeva più rapidamente. I messaggi che il cervello inviava agli arti erano meno netti. Sperava di riuscire a guidare.

Giunto al quinto gradino si fermò di colpo, per ascoltare, come aveva fatto poco più di un minuto prima. Non sentì nulla; forse l'uomo che aveva ferito aveva detto la verità. Scese più in fretta lungo la scala. Avrebbe abbandonato in qualche modo Zurigo in macchina e, in qualche posto, avrebbe trovato un medico.

Riconobbe l'auto senza difficoltà. Era una berlina di grosse dimensioni, ben tenuta, con un'antenna che sporgeva dal baule. Si accostò allo sportello sul lato del guidatore e fece passare una mano sul pannello e sul deflettore; nessun dispositivo d'allarme.

Girò la chiave nella serratura e aprì la portiera, a fiato sospeso temendo di essersi sbagliato per quanto riguardava l'allarme; nessuno sbaglio. Si mise al volante, cercando di mettersi comodo, contento che ci fosse il cambio automatico. La grossa pistola infilata nella cintura gli dava fastidio. La posò sul sedile accanto, poi infilò la chiave nell'accensione, pensando che fosse la stessa chiave che apriva la macchina.

Non era quella. Provò con la seconda che però non entrava. Doveva essere quella del baule.

Cercò di spingere la terza nella fessura. Rifiutava di entrare. Riprovò con la seconda: lo stesso. Di nuovo la prima. Nessuna delle chiavi andava bene. O, magari, dal cervello arrivavano alle dita messaggi confusi, non riusciva a coordinare bene i movimenti! Maledizione! Riprova!

Dalla sinistra venne una luce intensissima, bruciandogli gli occhi, accecandolo. Fece per afferrare la pistola, ma un secondo raggio lo illuminò da destra; lo sportello si spalancò e una pesante torcia elettrica gli calò sulla mano, mentre un'altra mano afferrava la pistola sul sedile.

« Scendi! » L'ordine veniva da sinistra; sentiva la canna di una pistola premergli sul collo.

Uscì dalla macchina, con mille cerchi bianchi negli occhi. Recuperò lentamente la vista e la prima cosa che vide fu il contorno di due cerchi. Due cerchi d'oro; gli occhiali del killer che per tutta la notte gli aveva dato la caccia. L'uomo parlò.

« Una legge fisica afferma che ad ogni azione corrisponde una reazione uguale e contraria. Analogamente, il comportamento di certi uomini in certe situazioni è prevedibile. Quando si ha a che fare con un tipo come te, si organizza una trappola: a ciascun combattente viene detto cosa dire, se cade. Se non cade, sei preso. Se invece cade, vieni messo su una strada sbagliata, ti si dà la falsa sensazione di procedere. »

« Il rischio è elevato » disse Jason. « Per chi fa parte della trappola. »

« Sono pagati bene. E c'è un'altra cosa: non è una garanzia, naturalmente, ma c'è. L'enigmatico Bourne non uccide indiscriminatamente. Non per pietà, è ovvio, ma per motivi molto più pratici. Gli uomini che sono stati risparmiati se ne ricordano; in questo modo lui si infiltra nell'esercito avversario. Tattiche raffinate di guerriglia applicate a un campo di battaglia sofisticato. Mi congratulo. »

« Sei uno stronzo. » Fu tutto quello che a Jason venne in mente. « Comunque i tuoi due uomini sono ancora vivi, se è questo che vuoi sapere. »

Apparve un'altra figura che uscì dall'ombra dell'edificio accompagnata da un uomo basso e tarchiato. Era la donna. Marie Saint Jacques.

« È lui » disse a voce bassa, guardandolo direttamente in faccia.

« Oh, mio Dio... » Bourne scosse il capo, incredulo. « Come hai fatto, dottoressa? » le chiese, a voce più alta. « Qualcuno sorvegliava la mia stanza al Carillon du Lac? L'ascensore è stato fatto arrivare al momento giusto, bloccando gli altri? Eri molto convincente. E avevo addirittura pensato che ti saresti buttata addosso a un'auto della polizia. »

« Da come poi sono andate le cose, » rispose lei « non è stato necessario. Questi sono della polizia. »

Jason guardò il killer che aveva di fronte; stava aggiustandosi gli occhiali d'oro. « Mi congratulo » disse.

« Una delle piccole cose che so fare » rispose il killer. « C'erano le condizioni giuste. Sei stato tu a fornircele. »

« E adesso cosa succede? Il tipo dentro ha detto che bisognava prendermi, non uccidermi. »

« Dimentichi. Gli era stato detto cosa doveva dire. » Una pausa. « Così questo è il tuo aspetto. Negli ultimi due o tre anni molti di noi si sono domandati quale fosse. Quante ipotesi! Quante contraddizioni! Sapete, è alto; no, è di statura media. È biondo; no, ha i capelli neri. Occhi azzurri, naturalmente; no, è certo che sono castani. Lineamenti pronunciati; no, comunissimi, non lo si distingue tra mille. Ma non c'era niente di comune. Era tutto straordinario. »

I tuoi lineamenti sono stati ammorbiditi, ti è stato nascosto il carattere. Se cambi il colore dei capelli, cambi la faccia... Ci sono delle lenti a contatto fatte apposta per cambiare il colore degli occhi... se ti metti gli occhiali, sei un uomo diverso. Visti, passaporti... cambiati a volontà.

Ecco come stavano le cose. Tutto quadrava. Non aveva tutte le risposte, ma più verità di quante non ne volesse sentire.

« Vorrei concluderla, questa faccenda » disse Marie Saint Jacques facendo un passo in avanti. « Firmerò tutto quello che c'è da firmare; nel suo ufficio, immagino. Ma poi voglio proprio tornarmene in albergo. Non c'è bisogno che le dica che cosa ho passato stanotte. »

Lo svizzero le lanciò un'occhiata da dietro le lenti. L'uomo tarchiato che l'aveva accompagnata l'afferrò per un braccio. Marie fissò prima l'uno poi l'altro, infine la mano che la teneva ferma.

Poi guardò Bourne. Le si bloccò il respiro: si era resa conto di una realtà terribile. Spalancò gli occhi.

« Lasciatela andare » disse Jason. « Deve tornare in Canada. Non la rivedrete mai più. »

« Sii pratico, Bourne. Ci ha visti. Siamo professionisti, noi due; ci sono certe regole. » Sollevò il mento di Jason con la canna della pistola, poi gliela premette contro la gola. Fece passare la sinistra sugli abiti di Bourne, sentì la pistola nella tasca e la prese. « L'avevo pensato » disse. « Caricala sull'altra macchina. Nel Limmat » disse rivolgendosi all'uomo tarchiato.

Bourne rimase raggelato. Marie Saint Jacques stava per essere uccisa. Avrebbero gettato il suo corpo nel fiume Limmat.

« Aspetta un minuto! » Jason fece un passo in avanti; l'uomo dagli occhiali d'oro gli piantò la canna nel collo, sospingendolo contro il cofano della macchina. « Stai facendo una stupidaggine! Lavora per il governo canadese. Arriveranno a Zurigo in forze. »

« Perché dovresti preoccupartene? Non ci sarai più. »

« Perché è inutile! » replicò Jason. « Siamo professionisti, non ti ricordi? »

« Mi hai scocciato. » Il killer si rivolse all'uomo tarchiato. « *Geh! Schnell. Guisan Quai!* »

« Urla con tutto il fiato che hai! » gridò Jason a Marie. « Grida! Non smettere! »

Marie ci provò, ma il suo grido venne bloccato da un colpo alla gola che la paralizzò. Cadde sul marciapiedi. L'uomo che l'avrebbe uccisa la trascinò verso una piccola berlina.

« È stata una stupidaggine » disse il killer, scrutando Bourne attraverso le lenti. « Non hai fatto che affrettare una cosa inevitabile. D'altra parte, così le cose sono più semplici. Ho un uomo libero per recuperare i feriti. Molto militare, non ti pare? È proprio un campo di battaglia. » Si rivolse all'uomo della torcia elettrica. « Segnala a Johann di andare dentro. Torniamo indietro a prenderli. »

La torcia elettrica lampeggiò due volte. Il quarto uomo, che aveva aperto la porta della piccola berlina per trascinare dentro Marie Saint Jacques, fece un cenno d'assenso. La donna venne spinta sul sedile posteriore, lo sportello si chiuse con un tonfo. L'uomo che si chiamava Johann cominciò a salire i gradini di cemento, dopo aver rivolto un cenno al boia.

Jason si sentì male quando sentì il motore della berlina avviarsi e vide l'auto allontanarsi sobbalzando lungo la Steppdeckstrasse. Vide scomparire nel buio il cromo del paraurti posteriore, tutto contorto. Dentro quella macchina c'era una donna che aveva visto per la prima volta in vita sua tre ore prima. E l'aveva assassinata. « Non te ne mancano, di soldati » disse.

« Se ci fossero cento uomini di cui mi potessi fidare, li avrei pagati volentieri. Come dicono, la tua reputazione ti precede. »

« Prova a supporre che sia io a pagare te. C'eri, alla banca; lo sai che di soldi ne ho. »

« A milioni, probabilmente, ma non toccherei un solo franco. »

« Perché? Hai paura? »

« Sicuro. La ricchezza è relativa al tempo che uno ha per godersela. Io avrei cinque minuti al massimo. » Il killer si rivolse al sottoposto. « Mettilo dentro. Legalo. Voglio che venga fotografato nudo: prima e dopo. Gli troverai addosso un sacco di soldi; lasciaglieli. Guido io. » Lanciò una nuova occhiata a Bourne. « La prima copia è per Carlos. E non dubito che riuscirò a vendere le altre ad un ottimo prezzo sul mercato. Le riviste pagano cifre incredibili. »

« E perché "Carlos" dovrebbe crederti? C'è qualcuno che ti può credere? L'hai detto tu: nessuno sa che aspetto ho. »

« Avrò una copertura » spiegò lo svizzero. « Per il momento è sufficiente. Due banchieri di Zurigo si faranno avanti per identificarti come Jason Bourne. Lo stesso Jason Bourne che ha soddisfatto le regole rigidissime che la legge svizzera prevede per i conti numerati. Sarà sufficiente. » Si rivolse all'altro uomo. « *Muoviti!* Devo spedire dei telegrammi. Fammi pagare dei debiti. »

Un braccio robustissimo passò sopra la spalla di Bourne, stringendogli il collo in una morsa. Sentì la canna di una pistola premere contro la spina dorsale, il dolore diffondersi in tutto il torace, mentre l'uomo lo trascinava nella berlina. Era un professionista: se anche non fosse stato ferito gli sarebbe stato impossibile liberarsi. Le doti professionali dell'uomo che lo teneva stretto, comunque, non bastavano a quello che aveva guidato la caccia. Si mise al volante e impartì un altro ordine.

« Spezzagli le dita » disse.

La stretta aumentò brevemente, soffocandolo, la canna della pistola gli calò ripetutamente su una mano, su tutte e due le mani. Istintivamente, Bourne aveva coperto la destra con la sinistra, proteggendola. Mentre il sangue sgorgava dal dorso della sinistra, intrecciò le dita, facendolo spandere anche sull'altra mano finché non furono tutte e due coperte di sangue. Soffocò la voglia di gridare; la stretta al collo si allentò.

« Le mie mani! Sono rotte! » urlò.

Ma non erano rotte; la sinistra era inservibile, la destra no. Provò a muovere le dita nell'oscurità: era intatta.

La berlina filò via lungo la Steppdeckstrasse, girò in una via laterale, diretta a sud. Jason cadde all'indietro sul sedile, ansimando. Il suo guardiano gli strappò i vestiti, lacerò la camicia, tirandogli la cintura. Ancora pochi secondi e l'avrebbe denudato fino alla vita; passaporto, documenti, carte di credito, soldi non sarebbero più stati suoi: avrebbe perso tutto ciò che gli serviva per la fuga da Zurigo. Adesso o mai più. Lanciò un urlo.

« La mia *gamba*! La mia maledetta gamba! » Si piegò in avanti, frugando furiosamente con la destra nel buio, sotto la gamba dei calzoni. Toccò il calcio dell'automatica.

« *Nein!* » ruggì il professionista al volante. « Controllalo! » Il suo istinto lo metteva in allarme.

Troppo tardi. Bourne aveva già impugnato la pistola; il suo robusto guardiano lo rovesciò sul sedile, ma il revolver, che ora teneva all'altezza della vita, era puntato contro il torace dell'uomo.

Sparò due volte; il guardiano s'inarcò all'indietro. Jason sparò di nuovo, mirando con sicurezza, trapassandogli il cuore; l'altro si accasciò.

« Mettila giù! » urlò Bourne, passando il revolver sopra lo

schienale del sedile anteriore, premendo la canna alla base del cranio dell'uomo al volante. « Lasciala cadere! »

Con il respiro incerto, il killer mollò la pistola. « Parliamo » disse aggrappandosi al volante. « Siamo professionisti. Parliamo. » La grossa automobile balzò in avanti acquistando velocità: la pressione sull'acceleratore aumentava.

« Rallenta! »

« Allora, cosa rispondi? » L'auto andava sempre più forte. Davanti a loro le luci del traffico si facevano più numerose; stavano uscendo dal quartiere di Steppdeckstrasse per immettersi nelle strade cittadine fitte di traffico. « Tu vuoi uscire da Zurigo, io posso portarti fuori. Senza di me, non ce la fai. Basta che giri il volante e mi butti sul marciapiedi. Non ho più nulla da perdere, Herr Bourne. Lì avanti è pieno di poliziotti. Non credo che vuoi averci a che fare. »

« Parliamo » mentì Jason. Era tutta questione di scelta di tempo, sul filo delle frazioni di secondo. Due assassini in un'auto che filava a gran velocità e che di per se stessa era una trappola. Nessuno dei due meritava fiducia e tutte e due lo sapevano. Uno dei due doveva approfittare di quel mezzo secondo che l'altro avrebbe perduto. Una questione da professionisti. « Frena » disse Bourne.

« Lascia cadere la pistola sul sedile accanto al mio » fece l'altro.

Jason lasciò l'arma. Cadde su quella del killer con un clangore metallico. « Fatto. »

Il killer levò il piede dall'acceleratore, passandolo sul freno. Premette piano, dando poi brevi colpetti e facendo rallentare la macchina a singhiozzo. Bourne capì che i colpi di freno si sarebbero fatti più decisi. Faceva parte della strategia dell'uomo al volante; un equilibrio di fattori di vita e di morte.

Erano quasi fermi; ecco il momento di far entrare in gioco quella frazione di secondo: di spostare un fattore, l'equilibrio tra la vita e la morte.

Jason afferrò l'uomo per il collo, artigliandogli la gola, staccandolo dal sedile. Poi sollevò la sinistra ferita e gliela portò davanti al viso, sporcandogli gli occhi di sangue. Mollò la stretta, tuffò la destra verso la pistola sul sedile. Afferrò un'impugnatura, scostando con forza la mano del killer. L'uomo urlò, la vista confusa, la pistola perduta. Jason gli si gettò addosso, spingendolo contro lo sportello, mollandogli una gomitata alla gola, afferrando il volante con il palmo della mano coperto di sangue. Guardò fuori dal parabrezza e girò violentemente il volante a destra, scagliando la macchina contro una piramide di sacchi di spazzatura ammucchiati sul marciapiedi.

L'auto piombò tra i rifiuti come un enorme torpido insetto che portasse nascosta sotto la corazza la violenza di ciò che avveniva all'interno.

L'uomo schiacciato sotto il peso di Bourne cercò di raddrizzarsi rotolando sul sedile. Ma Bourne aveva ormai l'automatica in mano, e cercava di infilare il dito davanti al grilletto. Ci riuscì. Piegò il polso e sparò.

L'uomo che intendeva ucciderlo si afflosciò con un foro rosso in fronte.

I passanti accorsero verso quello che doveva sembrare un pericoloso incidente dovuto a una distrazione. Jason spinse il cadavere del killer sull'altro sedile e si mise al volante. Innestò la marcia indietro; la berlina uscì faticosamente dalla spazzatura, scese dal marciapiedi. Abbassò il finestrino.

« Spiacente! Tutto a posto; abbiamo bevuto un po' troppo! » urlò ai soccorritori.

Il gruppetto di cittadini preoccupati si disperse subito, alcuni con gesti d'ammonizione, altri tornando in fretta dalle persone che avevano lasciato. Bourne trasse un profondo respiro, cercando di controllare il tremito involontario che lo scuoteva tutto. Innestò la marcia, l'auto balzò in avanti. Cercò di raffigurarsi le strade di Zurigo a memoria, una memoria che rifiutava di venirgli in aiuto.

Sapeva vagamente dove si trovava — dove si era trovato — e, cosa questa più importante, sapeva con più precisione dove si trovava il Guisan Quai rispetto al fiume Limmat.

Geh! Schnell! Guisan Quai!

Sul Guisan Quai Marie Saint Jacques stava per essere uccisa, il suo corpo sarebbe finito nel fiume. C'era solo un breve tratto dove s'incontravano il Guisan Quai e il Limmat. Alla foce di quest'ultimo nel lago di Zurigo, all'inizio della sponda occidentale. Da qualche parte, in un parcheggio vuoto o in un parco deserto che dava sul lago, un uomo piccolo e tarchiato stava per portare a termine un'esecuzione ordinata da un morto. Forse ormai le aveva sparato, oppure le aveva piantato un coltello nel corpo. Non c'era modo di saperlo ma Jason doveva scoprire che cos'era successo.

Il professionista che era in lui tuttavia lo obbligò a svoltare in un'ampia via laterale buia. Nell'auto c'erano due cadaveri: un rischio incalcolabile. I secondi preziosi persi per scaricarli avrebbero evitato ulteriori pericoli se qualche poliziotto addetto al traffico avesse guardato nell'abitacolo.

Gli ci volle meno di un minuto per scaricare quelli che avrebbero dovuto essere i suoi boia. Li lasciò oscenamente rannicchiati uno accanto all'altro contro un muro di mattoni sporchi. Al buio.

Salì al volante e uscì a marcia indietro dal vicolo.
Geh! Schnell! Guisan Quai!

9

Giunse a un incrocio, arrestandosi alle luci rosse del semaforo. Sulla sinistra, a diversi isolati in direzione est, vedeva un armonioso arco di luci che si stagliava sopra il cielo notturno. Un ponte! Il Limmat! Il semaforo passò al verde; girò a sinistra.

Si trovava di nuovo sulla Bahnhofstrasse. Era a pochi metri di distanza. Il largo viale curvava seguendo la sponda, dove lago e fiume si univano. Pochi secondi dopo alla sua sinistra apparve il contorno di un parco, molto frequentato d'estate, ma ora buio e desolato. Superò l'ingresso per i veicoli; attraverso la bianca strada era tesa una catena fra due paracarri di pietra. Arrivò a un secondo accesso, anche questo sbarrato da una catena. C'era qualcosa di diverso, però, qualcosa di strano. Fermò la macchina e osservò con attenzione, afferrando la torcia elettrica posata sul sedile di destra, tolta all'uomo che avrebbe dovuto giustiziarlo. La accese e puntò il raggio verso la catena. Cosa c'era?

Sotto la catena, sul fondo stradale bianco tenuto perfettamente pulito dagli addetti alla cura del parco, c'erano tracce di pneumatici che contrastavano con la pulizia dell'insieme. D'estate sarebbero passate inosservate; in questa stagione no. Era come se lo sporco della Steppdeckstrasse fosse arrivato fin qui.

Spense la torcia e la posò sul sedile. Il dolore alla mano sinistra massacrata si fuse all'improvviso con le fitte alla spalla e al braccio; doveva respingere il dolore dalla mente; doveva bloccare meglio che poteva l'emorragia. Gli era stata strappata la camicia. Infilò una mano sotto la giacca e terminò l'opera, afferrando una striscia di tessuto che avvolse sulla sinistra, annodando i lembi con i denti. Per quel che poteva fare, era pronto.

Raccolse la pistola – quella dell'uomo che doveva ucciderlo – e controllò il caricatore: pieno. Attese fino a quando due auto non lo ebbero superato, poi spense i fari e fece una conversione di marcia, parcheggiando accanto alla catena. Scese, saggiò istintivamente la tenuta della gamba, poi zoppicò verso il paletto più vicino e staccò il gancio dall'anello metallico fissato alla pietra del paracarro. Abbassò la catena cercando di non far rumore, risalì in macchina.

Innestò la marcia, premette delicatamente l'acceleratore poi staccò il piede. Stava percorrendo l'ampia spianata di un parcheggio privo di illuminazione. In fondo, a circa duecento metri, si notava la linea diritta dell'argine, quello che incanalava le acque del fiume Limmat nel lago di Zurigo. Più lontano ancora apparivano le luci delle barche, che ballonzolavano solitarie. Oltre ancora le luci immobili della vecchia città, i lampioni annebbiati dei pontili bui. Gli occhi di Jason assorbirono ogni cosa, le luci distanti gli venivano in appoggio. Cercava una sagoma che si stagliasse contro di esse.

Sulla destra. A destra. Un profilo nero, più scuro dell'argine, una macchia nera contro un nero meno definito: incerta, debole, pressochè invisibile, ma c'era. A cento metri di distanza... novanta, ottantacinque; spense il motore e fermò la macchina. Rimase seduto immobile, guardando nel buio dal finestrino aperto, cercando di distinguere ulteriori particolari. Sentiva il soffio della brezza che veniva dal lago; copriva i rumori dell'auto.

Un rumore. Un grido. Basso, strozzato... un grido di paura. Poi il rumore di uno schiaffo secco, seguito da un altro, da un altro ancora. Ci fu un grido che si ruppe subito, spegnendosi nel silenzio.

Scese cautamente dall'auto, la pistola nella destra, tenendo con difficoltà la torcia elettrica con l'altra mano, coperta di sangue. Si diresse verso la sagoma scura, studiando ogni passo, per non far rumore.

La prima cosa che vide fu l'ultima che aveva visto quando la piccola berlina era scomparsa nell'ombra della Steppdeckstrasse. Il luccichio metallico del paraurti contorto riluceva nella debole luce notturna.

Quattro sberle in rapida successione, affibbiate con una violenza furiosa, ricevute con sorde grida di terrore. Grida soffocate, ansiti, movimenti scomposti. Nella macchina!

Jason si accucciò come gli fu possibile, passando intorno al baule, verso il finestrino posteriore destro. Si alzò lentamente, poi, di colpo, usando la voce come un'arma di shock, urlò nell'attimo in cui accendeva la torcia elettrica.

« Se ti muovi sei morto! »

Quel che vide nella macchina lo riempì di furia e di repulsione. Marie Saint Jacques aveva gli abiti strappati, ridotti a brandelli. Due mani le artigliavano il corpo seminudo, serrandole i seni, allargandole le gambe. L'organo del suo boia usciva dal tessuto dei calzoni. Stava infliggendole l'umiliazione definitiva, prima di eseguire la condanna a morte.

« *Fuori, figlio di puttana!* »

Ci fu uno schianto di vetri; l'uomo che stava violentando Marie capì che Bourne non poteva sparare per il timore di uccidere la donna, per cui si era staccato da lei, piantando il tacco della scarpa nel finestrino dell'auto. Frammenti di vetro taglienti inondarono il viso di Jason. Chiuse gli occhi arretrando per evitare lo scroscio.

La porta si spalancò; un lampo accecante accompagnò lo sparo. Un dolore bruciante, lacerante, si diffuse nel fianco di Bourne. Il tessuto della giacca si lacerò, il sangue macchiò quel che restava della camicia. Premette il grilletto, con una visione incerta dell'uomo che rotolava al suolo; sparò di nuovo e il proiettile rimbalzò con uno schiocco sull'asfalto. Il boia si era riparato nell'ombra, si era reso invisibile.

Jason si rese conto di non poter rimanere dov'era; altrimenti voleva dire una condanna a morte, per lui. Si lanciò, trascinando la gamba, dietro il riparo dello sportello aperto.

« Resta dentro! » gridò a Marie che presa dal panico si era mossa. « Stattene dentro, maledizione! »

Uno sparo: il proiettile si piantò nella lamiera dello sportello. In alto, sopra l'argine, correva una sagoma umana. Bourne sparò due volte e con soddisfazione sentì il bersaglio buttar fuori il fiato. L'aveva ferito, ma non l'aveva ucciso. Comunque il boia ora era meno efficiente che un minuto prima.

Luci. Luci appena visibili... un riquadro illuminato. Cos'era? Guardò verso sinistra e vide ciò che prima non era riuscito a vedere. Una piccola struttura di mattoni, il cubicolo del sorvegliante dell'argine. All'interno si era accesa una luce. Dentro qualcuno aveva udito gli spari.

« *Was ist los? Wer ist da?* » Le grida provenivano da una figura umana – un uomo vecchio, curvo – in piedi nel riquadro illuminato della porta. Poi il raggio di una torcia perforò le tenebre. Bourne lo seguì con lo sguardo, nella speranza che avrebbe illuminato il boia.

Infatti. Era curvo ai piedi dell'argine. Jason si alzò e sparò; lo sparo attirò su di lui il raggio della torcia. Adesso era *lui* il bersaglio. Dalle tenebre giunsero due spari, un proiettile rimbalzò sul metallo della portiera. Qualcosa gli trapassò il collo; sgorgò del sangue.

Una serie di rapidi passi. Il boia correva verso la luce.

« *Nein!* »

L'aveva raggiunto; la sagoma nel riquadro della porta venne abbattuta e bloccata da un braccio. La torcia si spense. Alla luce delle finestre, Jason vide il killer tirarsi dietro il guardiano, usandolo come scudo, trascinandolo nelle tenebre.

Attese finché non vide più nulla, con la pistola inutilmente puntata. Era impotente, perdeva sangue.

Ci fu un ultimo sparo, seguito da un grido gutturale e, di nuovo, dei passi di un uomo in corsa. Il boia aveva eseguito la condanna a morte, non su una donna, su un vecchio. Adesso correva; era riuscito a scappare.

Bourne non era più in grado di correre; il dolore lo immobilizzava, la vista era appannata, l'istinto di sopravvivenza si era esaurito. Si lasciò cadere sull'asfalto. Non c'era più nulla; non gli importava più di nulla.

Chiunque lui fosse, così erano andate le cose. Così.

Marie Saint Jacques si trascinò fuori dall'auto, tenendosi i vestiti, in stato di shock. Rimase a fissare Jason incredula. L'orrore e la confusione le si mescolavano nello sguardo.

« Va' via » sussurrò Jason, sperando che lei lo sentisse. « C'è una macchina là in fondo, le chiavi sono dentro. Fila via di qui. Potrebbe tornare con degli altri, non so. »

« Tu sei venuto per me » disse lei, con la voce che pareva echeggiare in un tunnel di stupore.

« Va' via! Sali su quella macchina e fila a tutta velocità, dottoressa. Se qualcuno tenta di fermarti, tiralo sotto. Trova la polizia... Quella vera, in uniforme, maledetta scema. » La gola gli ardeva, lo stomaco era gelato. Fuoco e ghiaccio; li aveva già sentiti. Insieme. Dov'era successo?

« Mi hai salvato la vita » proseguì lei con una voce vacua; le parole sembravano galleggiare nell'aria. « Sei venuto per me. Sei tornato indietro per me, e mi... hai salvato... la vita. »

« Non farti delle illusioni. » *Sei un caso incidentale, dottoressa. Un riflesso, un istinto sorto da ricordi scomparsi, da connessioni attivate elettricamente dallo stress. Hai visto, le parole le conosco... non me ne importa più. Sento male, mio Dio, che male.*

« Eri riuscito a liberarti. Avresti potuto scappare e non l'hai fatto. Sei tornato indietro per me. »

La udì in una nebbia di dolore. La vedeva, e quel che vedeva era irragionevole... irragionevole come la sofferenza. Si era inginocchiata accanto a lui, gli toccava il viso, la testa. *Smettila! Non toccarmi la testa! Lasciami.*

« Perché l'hai fatto? » Era la voce di Marie, non la sua.

Gli aveva fatto una domanda. Non capiva? Non poteva risponderle.

E adesso che cosa stava facendo? Aveva strappato un pezzo di tessuto e glielo metteva intorno al collo... e adesso un altro, più grande, strappato dal vestito. Gli aveva aperto la cintura e infilava il tessuto morbido sulla pelle ardente, sul fianco destro.

« Non era per te. » Riuscì a trovare le parole e le buttò fuori in fretta. Voleva la pace delle tenebre — proprio come l'aveva voluta un'altra volta, anche se non ricordava quando. L'avrebbe trovata, se lei se ne fosse andata. « Quell'uomo... mi aveva visto. Poteva identificarmi. Era lui. Era lui che volevo. Adesso fila! »

« Lo stesso vale per un'altra dozzina di persone » rispose lei, con una nota diversa nella voce. « Non ci credo. »

« Credimi! »

Ora gli era in piedi accanto. Poi non ci fu più. Se n'era andata. L'aveva abbandonato. Ora la pace sarebbe arrivata in fretta... sarebbe stato inghiottito dalle acque cupe e scroscianti e trascinato via. Si abbandonò all'indietro, contro la macchina, lasciandosi trascinare dalle correnti e dai suoi pensieri.

Un rumore s'intromise. Un motore, che distruggeva la pace. Non gliene importava; disturbava la pace di quel suo mare particolare; poi una mano gli toccò il braccio, seguita da un'altra che lo spingeva delicatamente a rialzarsi.

« Avanti, » disse la voce « aiutami. »

« Lasciami perdere! » l'ordine venne gridato. Era lui che l'aveva gridato. Ma non venne obbedito. Era stupefatto; bisogna obbedire agli ordini. Non sempre, però; qualcosa glielo diceva. C'era di nuovo il vento, ma non era il vento di Zurigo. Era in un altro posto, in alto, nel cielo notturno. Giunse un segnale, lampeggiò una luce, e lui balzò verso l'alto, frustato da furiose correnti d'aria.

« Va bene. Stai bene » disse quella voce che non obbediva ai suoi ordini. « Tira su il piede. Tiralo su!... bene così. Ce l'hai fatta. E adesso dentro la macchina. Appoggiati... piano. Così va bene. »

Stava cadendo... precipitava nel cielo nero come la pece. Poi la caduta si fermò, tutto si fermò, tutto rimase immobile; sentiva il proprio respiro. E dei passi, riusciva a udire dei passi... e il tonfo di una porta che si chiudeva, seguito da un rumore continuo, dirompente, sotto di sé, davanti, chissà dove.

Una sensazione di morte che si allargava in cerchi. Aveva perduto l'equilibrio e stava di nuovo cadendo, ma per venire fermato. Un altro corpo contro il suo, una mano che lo tratteneva, che sorreggeva il suo peso. Una sensazione di freddo al viso, poi più nulla. Andava di nuovo alla deriva trascinato dalla corrente, una corrente più dolce, nell'oscurità completa.

C'erano delle voci sopra di lui, distanti, non troppo però. I contorni delle cose presero lentamente forma, illuminati dalle luci di una o più lampade da tavolo. Era in una stanza piuttosto grande, disteso su un lettino stretto, avvolto in coperte. Dall'altra parte della stanza c'erano due persone, un uomo con un soprabito e una donna con una sottana color rosso scuro e una camicetta bianca. Rosso scuro, come i capelli...

La dottoressa Saint Jacques? Era lei, e parlava, accanto alla porta, a un uomo che reggeva una borsa di pelle nella sinistra. Parlavano francese.

« La cosa più importante è il riposo » diceva l'uomo. « Se non potessi venire io, chiunque è in grado di togliere le suture. Lo si potrà fare tra una settimana, a mio avviso. »

« La ringrazio, dottore. »

« Io ringrazio lei. È stata davvero generosa. Adesso vado. Se vuole, mi faccia sapere qualcosa. »

Il dottore aprì la porta e uscì. Quando se ne fu andato la donna allungò una mano e fece scattare il chiavistello. Si voltò e vide che Bourne la guardava. Si avvicinò, lentamente, con prudenza, al letto.

« Riesci a sentirmi? » chiese.

Bourne annuì.

« Sei ferito piuttosto gravemente » disse « ma se stai tranquillo non sarà necessario ricoverarti. Quello che è uscito era un dottore... L'ho pagato con i soldi che ti ho trovato addosso; un bel po' più di una parcella normale, ma mi è stato detto che ci si poteva fidare di lui. Incidentalmente l'idea è stata tua. Mentre andavamo in giro in macchina non facevi che dire che dovevi trovare un dottore, uno che stesse zitto se lo pagavano. Avevi ragione. Non è stato difficile. »

« Dove siamo? » Sentiva la propria voce; era debole ma la sentiva.

« In un paesino che si chiama Lenzburg, a una trentina di chilometri da Zurigo. Il dottore viene da Wohlen; è un paese qui vicino. Se sei ancora qui, torna a visitarti. »

« Come...? » Cercò di sollevarsi, ma non aveva forze. Marie gli toccò la spalla: l'ordine di rimettersi disteso.

« Ti dirò cosa è successo, forse così risponderò alla tua domanda. Per lo meno lo spero, perché altrimenti non so proprio se posso. » Rimase immobile, guardandolo, controllando la voce. « C'era un animale che mi stava violentando... e dopo aveva l'ordine di uccidermi. Non sarei affatto riuscita a sopravvivere. Tu nella Steppdeckstrasse hai cercato di fermarli, e quando non ci sei riuscito mi hai detto di gridare, di gridare senza smettere. Era tutto quello che potevi fare e dicendomelo hai rischiato di farti ammazzare sul posto. In seguito, in qualche modo, sei riuscito a scappare — non so come, so solo che ti hanno ferito molto gravemente — e sei venuto a cercarmi. »

« Lui, » la interruppe Jason « era lui che cercavo. »

« Me l'hai già detto, e ti ripeto quello che ti ho detto allora. Non ci credo. Non perché sei un bugiardo, ma perché non concorda con i fatti. Io mi occupo di statistiche, mister Washburn, o mister

Bourne, o comunque ti chiami. Osservo i dati e riesco a individuare quelli falsi; è il mio lavoro. In quella pensione sono entrate due persone e ti ho sentito dire che erano vive tutte e due. Quindi potevano identificarti. Lo stesso vale per il proprietario del Drei Alpenhäuser. Questi sono i fatti, e lo sai bene quanto me. No, tu sei venuto a cercare me. Sei tornato indietro e mi hai salvato la vita. »

« Continua » disse, con forza nella voce. « Cosa è successo? »

« Ho preso una decisione. La più difficile in vita mia. Credo che si possa prendere una decisione così solo se, per violenza, si è rischiato di perdere la vita, e se un altro questa vita l'ha salvata. Ho deciso di aiutarti. Solo per un po' – magari solo per qualche ora – ma ho deciso di aiutarti a scappare. »

« Perché non sei andata dalla polizia? »

« Sono stata lì lì per farlo, e non so dirti bene perché ho deciso per il no. Forse è stata la violenza carnale, non so. Sono sincera con te. Mi è sempre stato detto che è l'esperienza più terribile che una donna possa subire. Adesso ci credo. E ho sentito la rabbia, il disgusto nella tua voce quando gli hai gridato di venir fuori. Non dimenticherò mai quel momento, per quanto vorrei. »

« La polizia? » ripeté.

« Quell'uomo, al Drei Alpenhäuser, diceva che la polizia ti cercava. Che avevano riservato un numero telefonico a Zurigo. » Una pausa. « Non potevo consegnarti alla polizia. Proprio non potevo, dopo quello che hai fatto. »

« Sapendo chi sono? » chiese lui.

« So solo quel che ho sentito, e quel che ho sentito non si adegua all'uomo ferito che è tornato a cercarmi e che ha messo in gioco la sua vita per la mia. »

« Non è molto intelligente, questo. »

« È l'unica dote che ho, mister Bourne... suppongo che ti chiami Bourne: così almeno ti chiamava quel tipo. Sono molto intelligente. »

« Ti ho picchiata. Ho minacciato di ucciderti. »

« Fossi stata al tuo posto, e se ci fossero stati degli uomini che tentavano di uccidermi, probabilmente avrei fatto lo stesso... se ne fossi stata capace. »

« E così hai preso la macchina e sei scappata da Zurigo? »

« Non subito, c'è voluta più o meno mezz'ora. Dovevo calmarmi, decidere. Sono metodica. »

« Comincio a rendermene conto. »

« Ero malconcia, distrutta; avevo bisogno di vestiti, di pettinarmi, di truccarmi. Non potevo andare in nessun posto. Ho trovato una cabina telefonica sul lungofiume; non c'era nessuno in giro, sono scesa e ho telefonato a una persona all'albergo... »

« Il francese? Il belga? » la interruppe Jason.

« No. Quelli erano alla conferenza di Bertinelli, e ho immaginato che se mi avessero riconosciuta sul palco con te, avrebbero dato il mio nome alla polizia. Ho chiamato invece una donna che fa parte della nostra delegazione; non sopporta Bertinelli ed era rimasta in camera sua. Abbiamo lavorato insieme qualche anno, siamo amiche. Le ho detto che, se avesse sentito dire qualcosa sul mio conto, non doveva crederci; stavo benissimo. Anzi, se avessero chiesto di me, doveva dire che passavo la serata con un amico e, se insistevano, che ci passavo la notte. Ecco perché me n'ero andata prima della fine della conferenza di Bertinelli. »

« Metodica » disse Bourne.

« Già. » Marie ebbe un sorriso incerto. « Le ho chiesto di andare in camera mia. Stiamo a due porte di distanza e la cameriera sa che siamo amiche. Se non trovava nessuno doveva mettere nella mia valigia qualche vestito e il necessario per il trucco e tornare in camera sua. L'avrei richiamata dopo cinque minuti. »

« E ha accettato? Così, semplicemente? »

« Te l'ho detto, siamo amiche. Sapeva che stavo bene: eccitata magari, ma stavo bene. E che volevo che facesse quel che le avevo chiesto. » Marie tacque di nuovo. « Forse ha pensato che le dicevo la verità. »

« Continua. »

« L'ho richiamata: aveva preparato le mie cose. »

« Il che vuol dire che gli altri due delegati non hanno dato il tuo nome alla polizia. Altrimenti la tua stanza sarebbe stata sorvegliata, le avrebbero impedito di entrare. »

« Questo non lo so. Se però l'hanno fatto, probabilmente la mia amica l'hanno già interrogata. Avrà riferito soltanto quel che le ho detto di dire. »

« Ma lei era al Carillon, tu sul lungofiume. Come hai fatto a farti portare la roba? »

« Semplice. Un po' alla carlona, ma semplice. Lei si è rivolta alla cameriera e le ha detto che volevo evitare di vedere un tipo che stava in albergo, e che mi incontravo con un altro fuori. Mi serviva il necessaire del trucco: forse lei riusciva a immaginare un sistema per farmelo avere. Bisognava portarlo a un'automobile... giù al fiume. Me l'ha portato un cameriere fuori servizio. »

« E non si è stupito nel vedere com'eri ridotta? »

« Non ha avuto la possibilità di vedere un bel niente. Ho aperto il bagagliaio, sono rimasta in macchina, e gli ho detto di mettere la roba dietro. Avevo lasciato un biglietto da dieci franchi sulla gomma di scorta. »

« Non sei metodica, sei eccezionale. »

« Metodica mi basta. »

« E il dottore come l'hai trovato? »

« Da qui. Per mezzo del *concierge,* o come lo chiamano qui in Svizzera. Devi tener presente che ti avevo bendato come meglio avevo potuto, e che ero quasi riuscita a bloccare l'emorragia. Come molta gente, ho qualche conoscenza di pronto soccorso, il che vuol dire che avevo dovuto toglierti in parte i vestiti. Ho trovato i soldi e allora ho capito cosa intendevi quando dicevi di trovare un dottore disposto a farsi pagare. Avevi addosso migliaia e migliaia di dollari; lo so qual è il rapporto di cambio. »

« Ed è solo l'inizio. »

« Cosa? »

« Lascia perdere. » Cercò di nuovo di sollevarsi; troppo difficile. « Non hai paura di me? Non hai paura di quello che hai fatto? »

« Certo che sì. Ma so quello che tu hai fatto per me. »

« Sei più fiduciosa di quanto non sarei io, in queste circostanze. »

« E allora forse non le conosci bene, le circostanze. Tu sei ancora molto debole e io ho la pistola. A parte questo, non hai vestiti. »

« Niente? »

« Nemmeno un paio di mutande. Ho gettato via tutto. Saresti un po' buffo a correre per la strada con addosso solo una cintura di plastica con i soldi. »

Bourne rise, malgrado la sofferenza, ricordando La Ciotat e il marchese di Chamford. « Metodica » disse.

« Molto. »

« E adesso cosa succede? »

« Ti ho scritto il nome del dottore e ho pagato la stanza per una settimana. A partire da oggi a mezzogiorno il *concierge* ti porterà da mangiare in camera. Io rimarrò qui fin verso la metà della mattinata. Sono circa le sei; tra poco è giorno. Poi tornerò in albergo a prendere il resto del bagaglio e il biglietto aereo. Farò del mio meglio per evitare qualunque accenno sul tuo conto. »

« E se tu non potessi? E se ti avessero riconosciuta? »

« Negherò. Era buio. C'era una gran confusione. »

« Adesso non ti stai dimostrando metodica. Per lo meno non metodica quanto lo sarà la polizia di Zurigo. Io ho un'idea migliore. Telefona alla tua amica e dille di fare i tuoi bagagli e di pagare il conto. Prendi dai miei tutti i soldi che vuoi e becca il primo aereo per il Canada. È più facile negare da un altro continente. »

Marie lo guardò silenziosa, poi fece un cenno d'assenso. « Mi tenta molto. »

« È molto logico. »

Continuò a fissarlo per qualche attimo, mentre dentro di lei la tensione saliva, rivelata dallo sguardo. Si voltò e si accostò alla finestra, guardando i primi raggi del sole mattutino. Bourne la osservava, avvertendo la tensione, sapendo da dove veniva, guardandole il viso nella luce aranciata dell'alba. Non c'era nulla che lui potesse fare; Marie aveva fatto quel che sentiva di dover fare, perché era stata liberata dal terrore. Da una degradazione terribile che nessun uomo era in grado di capire veramente. Dalla morte. E comportandosi come si era comportata aveva infranto tutte le regole. Ad un tratto Marie volse la testa verso di lui, fissandolo intensamente.

« Chi sei? »

« Hai sentito quel che dicevano? »

« Io so quello che ho visto! Quello che *sento*! »

« Non cercare di giustificare quello che hai fatto. L'hai semplicemente fatto, tutto qui. Lascia andare. »

Lascia andare. Oh Dio, avresti potuto lasciarmi andare. E avrei avuto la pace. Ma ora mi hai restituito una parte della mia vita e devo lottare ancora, affrontare tutto di nuovo.

All'improvviso la vide ritta ai piedi del letto, la pistola in mano. Gliela puntava contro. Le tremava la voce. « E allora vuoi che disfi tutto? Devo chiamare la polizia, e dire di venirti a prendere? »

« Qualche ora fa ti avrei detto di farlo. Adesso non ci riesco. »

« Allora, chi sei? »

« Dicono che mi chiamo Bourne. Jason Charles Bourne. »

« Cosa intendi con quel "dicono"? »

Jason fissò la pistola, il cerchio nero della canna. Rimaneva solo la verità... la verità come lui la conosceva.

« Cosa vuol dire? » ripeté. « Più o meno tu ne sai quanto me, dottoressa. »

« Cosa? »

« Posso benissimo dirtelo. Forse ti sentirai meglio. O peggio. Chissà. D'altra parte, non saprei che altro dirti. »

Marie abbassò la pistola. « Dirmi cosa? »

« La mia vita è incominciata cinque mesi fa in un'isoletta del Mediterraneo che si chiama Ile de Port Noir... »

Il sole era salito all'altezza degli alberi. I raggi filtravano attraverso i rami scossi dal vento e inondavano la stanza di chiazze irregolari di luce. Bourne si lasciò andare sul cuscino, esausto. Aveva finito; non aveva nient'altro da dire.

Marie sedeva all'altro capo della stanza, in una poltrona di pelle, le gambe raggomitolate sotto il corpo, con le sigarette e la pistola posate sul tavolino a sinistra. Era rimasta quasi sempre immobile, con lo sguardo fisso sul viso di Jason; anche quando fumava, gli occhi non guardavano mai altrove, non lasciavano mai i suoi. Era una esperta specialista di analisi, e valutava dati, filtrando fatti, proprio come gli alberi filtravano la luce del sole.

« Lo ripetevi sempre » disse a bassa voce. « "Non lo so."... "Vorrei saperlo." Fissavi qualcosa e io ero spaventata. Ti chiedevo di cosa si trattava, dove volevi andare. E tu ripetevi "vorrei saperlo". Mio Dio, cosa devi aver passato... cosa stai passando... »

« Dopo tutto quello che ti ho fatto, riesci a pensare a quello che è capitato a me? »

« Sono due serie di avvenimenti separati » disse distrattamente, riflettendo accigliata.

« Separati... »

« Collegati all'origine, ma con uno sviluppo indipendente; l'assurdità della terminologia economica... e poi nella Löwenstrasse, subito prima di salire nell'appartamento di Chernak, ti ho implorato di non farmi salire con te. Ero convinta che, se avessi sentito qualche cosa ancora, mi avresti ucciso. È stato allora che hai detto la frase più strana di tutte. Hai detto: "Quello che hai sentito, è incomprensibile per te proprio come lo è per me. Forse ne capisco ancora meno di te...". Ho pensato che dovevi essere pazzo. »

« Quella che ho è una forma di pazzia. Un individuo sano ricorda, io no. »

« Perché non mi hai detto che Chernak aveva tentato di ucciderti? »

« Non c'era tempo e pensavo che non importasse. »

« Sul momento no... per te. Per me sì. »

« Perché? »

« Perché mi aggrappavo alla speranza che non avresti sparato a qualcuno che non avesse tentato di ucciderti. »

« Ma lui aveva tentato. Ero ferito. »

« Non sapevo in che sequenza si erano svolti gli avvenimenti. Non me l'avevi detto. »

« Non capisco. »

Marie accese una sigaretta. « Difficile da spiegare, ma per tutto il tempo in cui mi tenevi in ostaggio, anche quando mi picchiavi e mi trascinavi e mi premevi la pistola nello stomaco o me la puntavi alla testa – Dio sa quanto fossi terrorizzata – pensavo di vedere qualcosa nei tuoi occhi, chiamala pure riluttanza. È la parola migliore che mi riesce di trovare. »

« Va bene. E che cosa vuoi dire? »

« Non ne sono sicura. Forse risale a un'altra cosa che hai detto nel separé del Drei Alpenhäuser. Stava arrivando quell'uomo grasso e tu mi hai detto di tenermi contro la parete, di coprirmi la faccia con una mano. "Per il tuo bene" hai detto. "Non c'è ragione che poi debba poterti identificare." »

« E infatti non c'era. »

« "Per il tuo bene." Un vero killer non ragiona così. Credo di essermi aggrappata a questo — magari per non diventar pazza. A questo e all'espressione nei tuoi occhi. »

« Continuo a non capire dove vuoi arrivare. »

« L'uomo dagli occhiali d'oro che mi aveva convinto di essere un poliziotto diceva che tu eri un crudele assassino che andava fermato prima che uccidesse ancora. Se non fosse stato per Chernak, non gli avrei creduto. Su nessuna delle due cose. La polizia non si comporta così; non sparano nei posti bui e affollati. E tu scappavi per salvare la vita — e ancora adesso scappi per salvarla — ma non sei un killer. »

Bourne alzò una mano. « Scusami, ma questo mi sembra un giudizio basato su una falsa gratitudine. Dici di rispettare i fatti: allora tienili presenti. Ripeto: hai sentito quel che dicevano — tralasciando quel che pensi, che hai visto e che senti — hai sentito le parole. Mi venivano inviate buste piene di soldi in pagamento di certi servizi che m'impegnavo a eseguire. Direi che la natura dei servizi era piuttosto chiara e che io li accettavo. Avevo un conto corrente numerato presso la Gemeinschaft Bank con un attivo di circa cinque milioni di dollari. Come li avevo fatti? Come fa un uomo come me — con le capacità evidenti che ho — a fare tanti soldi? » Jason fissò il soffitto. Il dolore stava ritornando, il senso di impotenza anche. « Questi sono i fatti, dottoressa Saint Jacques. È ora che tu te ne vada. »

Marie si alzò e schiacciò il mozzicone della sigaretta. Poi prese la pistola e si avvicinò al letto. « Sei molto ansioso di condannarti, non è vero? »

« Mi adeguo ai fatti. »

« E allora se quello che dici è vero, anch'io ho un obbligo, non ti pare? Come membro dell'ordine sociale, rispettosa della legge, devo telefonare alla polizia di Zurigo e dirgli dove sei. » Puntò la pistola.

Bourne la guardò. « Pensavo... »

« Perché no? » lo interruppe Marie. « Tu sei un uomo condannato che vuole farla finita, o no? Te ne stai lì a raccontare menzogne puntando a questo scopo... e — scusami — con un bel po' di autocommiserazione, aspettandoti di fare appello alla mia... come l'hai chiamata?, falsa gratitudine? Bene, credo che sia meglio che tu abbia una cosa chiara in testa. Io non sono scema; se solo per un minuto avessi pensato che sei quello che dicono, non mi troverei qui e neanche tu ti troveresti qui. I fatti che non possono essere documentati non sono fatti. Tu non hai dei fatti, hai delle *conclusioni*, le tue conclusioni, basate su affermazioni di individui che sai che sono rifiuti umani. »

« E un conto corrente inspiegabile con cinque milioni di dollari. Non dimenticartelo. »

« E come potrei? Si dice che sono una maga della finanza. Quel conto forse non si spiega in modi che ti piacerebbero, ma ha una clausola che gli dà una certa patente di legittimità. Può venire controllato – e probabilmente violato – da qualunque dirigente accreditato di una società che si chiama chissà come Seventy-One. Difficile che sia affiliata a un assassino su pagamento. »

« Se è una società deve avere un recapito; nell'elenco non c'è. »

« Su un elenco telefonico? Sei ingenuo. Comunque, torniamo a te. E subito. Devo davvero chiamare la polizia? »

« La mia risposta la sai. Non posso fermarti, ma non voglio che tu la chiami. »

Marie abbassò la pistola. « E non la chiamerò. Per lo stesso motivo per cui tu non vuoi. Non credo a quello che dicono che sei, più di quanto non ci credi tu. »

« E allora che cosa credi? »

« Te l'ho detto, non ne sono sicura. Tutto quello che so è che sette ore fa mi trovavo sotto una bestia che mi metteva la bocca dappertutto, che mi piantava le unghie nella carne... e sapevo di essere sul punto di morire. E poi è arrivato un uomo – un uomo che poteva continuare a scappare – che è tornato indietro per me e che si è offerto di morire al mio posto. Suppongo di credere in lui. »

« E se ti sbagliassi? »

« Allora avrei fatto un errore terribile. »

« Grazie. Dove sono i soldi? »

« Sul cassettone. Nella custodia del passaporto e nel portafogli. Ci sono anche il nome del medico e la ricevuta della stanza. »

« Puoi darmi il passaporto per favore? Ci sono i franchi svizzeri. »

« Lo so. » Marie glieli portò. « Ho dato al *concierge* trecento franchi per la stanza e duecento per avere il nome del dottore. La parcella del dottore è costata quattrocento e cinquanta, ai quali ho aggiunto altri centocinquanta per la sua collaborazione. In totale ho speso millecento franchi. »

« Non c'è bisogno che tu mi faccia il resoconto » disse Bourne.

« Meglio che tu sia al corrente. Che cosa vuoi fare? »

« Ti do dei soldi perché tu possa tornare in Canada. »

« Dopo, voglio dire. »

« Dipende da come mi sentirò. Probabilmente darò dei soldi al *concierge* per farmi comprare qualche vestito. Gli farò qualche domanda. Andrà tutto bene. » Estrasse delle grosse banconote e gliele porse.

« Sono più di cinquantamila franchi. »

« Ti ho fatto passare dei bruttissimi momenti. »

Marie Saint Jacques guardò i soldi, poi la pistola che teneva nella sinistra. « Non voglio i tuoi soldi » disse, posando la pistola sul comodino.

« Cosa vuoi dire? »

Marie si voltò e ritornò alla poltrona, girandosi poi nuovamente e guardandolo mentre sedeva. « Credo di volerti aiutare. »

« Senti, aspetta un attimo... »

« Ti prego, » lo interruppe. « Ti prego, non farmi nessuna domanda. Non dire niente per un po'. »

Parte seconda

10

Nessuno dei due sapeva quando fosse successo, o ad essere sinceri, se fosse successo. Oppure, se davvero lo era, a che punto sia l'uno che l'altra si sarebbero spinti per far durare la cosa o per approfondirla. Non ci furono drammi particolari, conflitti o barriere da superare. Bastò solo il semplice fatto di comunicare, con le parole e con gli sguardi e, forse altrettanto essenziale, l'accompagnamento frequente di quiete risate.

Il loro ritmo di vita nella stanza dell'alberghetto di paese era regolato proprio come se fossero stati nell'ospedale che la stanza sostituiva. Durante il giorno Marie s'incaricava di varie questioni pratiche: vestiti, pasti, carte geografiche e giornali. Di sua iniziativa aveva portato l'auto rubata nel villaggio di Reinach, una ventina di chilometri a sud, e l'aveva abbandonata ritornando in taxi a Lenzsburg. Quando lei era fuori Bourne riposava o cercava di riprendere la propria mobilità. Dal suo passato dimenticato gli veniva la convinzione che, per ristabilirsi, doveva applicare ad ambedue le cose una rigida disciplina; era una situazione in cui gli era già capitato di trovarsi... prima di Port Noir.

Quando si trovavano insieme parlavano, prima con difficoltà, con gli approcci e gli schermi tipici di due sconosciuti spinti a trovarsi insieme dalle onde d'urto di un cataclisma. Cercavano di inserire la normalità dove la normalità non poteva esistere, ma fu più facile quando ambedue accettarono la fondamentale normalità della loro situazione: non c'era nulla da dire che non fosse relativa a quanto era successo e se qualcosa da dire c'era, cominciò ad apparire solo negli attimi in cui si esaurivano i tentativi di analizzare ciò che era successo, negli attimi in cui il silenzio li spingeva verso altre parole, altri pensieri.

Fu durante questi momenti che Jason venne a sapere i principali particolari della vita della donna che lo aveva salvato. Protestò dicendo che, sul suo conto, lei ne sapeva tanto quanto lui, mentre lui di lei non sapeva nulla. Da dov'era venuta fuori? Come mai una bella donna dai capelli rosso-scuri e dalla pelle che evidentemente era quella di una ragazza cresciuta in una fattoria aveva deciso di laurearsi in economia?

« Perché non ne potevo più della fattoria » rispose Marie.

« Dici sul serio? Una fattoria, davvero? »

« Be', la parola giusta sarebbe un piccolo ranch. Piccolo rispetto a quelli enormi dello Stato di Alberta. Ai tempi di mio padre, quando un canadese andava a ovest a comprare della terra, c'erano limiti non scritti. Non bisognava competere in dimensioni con chi stava più in alto di te. Diceva spesso che, se si fosse chiamato Saint James invece che Saint Jacques, oggi sarebbe stato molto più ricco. »

« Era un *rancher*? »

Marie era scoppiata a ridere. « No, era un contabile diventato *rancher*, per colpa di un Wickers da bombardamento, durante la guerra. Era pilota della Royal Canadian Air Force. Credo che, dopo aver visto tutto quel cielo, un ufficio contabilità gli sembrasse un po' noioso. »

« Ci vogliono i nervi saldi per fare il contabile. »

« Più di quanto tu non pensi. Prima di comprare il ranch vendeva bestiame che non era suo, cresciuto su terre che non erano di sua proprietà. La gente diceva che era francese fino al midollo. »

« Credo che mi sarebbe simpatico. »

« Ti sarebbe simpatico. »

Marie aveva vissuto a Calgary con i genitori e i fratelli fino a diciott'anni, per poi iscriversi alla McGill University di Montreal ed iniziare una vita alla quale non aveva mai pensato. Una studentessa distratta, che preferiva correre per i campi a cavallo piuttosto che subire la noia regolamentata di una scuola religiosa di Alberta, finché scoprì quanto poteva essere eccitante usare il cervello.

« È stato semplicissimo » gli disse. « I libri per me erano dei nemici naturali e all'improvviso mi sono trovata in mezzo a gente che li amava e che si divertiva moltissimo. Non si faceva che discutere. Tutto il giorno e tutta la notte: in classe o nei seminari, al bar dell'università davanti a una caraffa di birra; penso che sia stato tutto quel parlare a eccitarmi. Ti sembra assurdo? »

« Non posso ricordare, ma posso capire » disse Bourne. « Non ho ricordi di università o di amici, ma sono abbastanza sicuro di esserci stato. » Sorrise. « Ho un'impressione piuttosto precisa di discussioni davanti a caraffe di birra. »

Marie restituì il sorriso. « E debbo dire che, sotto questo aspetto, facevo colpo. Ero una ragazza di Calgary che doveva competere con due fratelli maggiori che bevevano più birra da soli di metà degli universitari di Montreal messi insieme. »

« Dovevano vederti male. »

« No, mi invidiavano semplicemente. »

Davanti a Marie Saint Jacques si era aperto un nuovo mondo, non era più ritornata a quello vecchio. Salvo per le vacanze, i periodi trascorsi a Calgary erano divenuti sempre meno frequenti. Le conoscenze a Montreal aumentavano e l'estate la impiegava lavorando dentro e fuori l'università. Gravitò prima intorno alla facoltà di storia. Poi, pensando che gran parte della storia era fatta da forze economiche, — il potere e la preminenza andavano pagati — provò con l'economia. E ne fu conquistata.

Rimase cinque anni alla McGill University, si laureò ed ottenne una borsa di studio del governo canadese per Oxford.

« Che giorno è stato quello! Credevo che a mio padre sarebbe venuto un infarto. Affidò le sue preziose bestie ai miei fratelli e prese l'aereo per venire da me a farmi cambiare idea. »

« Farti cambiare idea? Perché? Lui era contabile e tu dovevi prendere il dottorato in economia. »

« Ti sbagli di grosso » esclamò Marie. « Contabili ed economisti sono nemici naturali. Gli uni vedono gli alberi, gli altri le foreste, e di solito la loro visione è opposta, proprio come dovrebbe essere. Inoltre, mio padre non è semplicemente canadese, è franco-canadese. Penso che vedesse in me una traditrice di Versailles. Ma si calmò quando gli dissi che la borsa di studio mi avrebbe obbligato a lavorare un minimo di tre anni per il governo. Disse che potevo "servire meglio la causa da dentro". *Vive Québec libre - vive la France!* »

Risero tutti e due.

L'impegno di tre anni con il governo di Ottawa venne prorogato per una serie di motivi logici: ogni volta che pensava di andarsene veniva promossa e le venivano dati un ufficio più grande e un maggior numero di collaboratori.

« Ovviamente, il potere corrompe. » Un sorriso. « E nessuno lo sa meglio di un burocrate pressato da banche e da società in cerca di raccomandazioni. Ma penso che chi l'ha espresso meglio è stato Napoleone: "Datemi abbastanza medaglie e vi vincerò qualunque guerra". E così sono rimasta. Il mio lavoro mi piace moltissimo. D'altra parte, è un lavoro che so fare bene, il che contribuisce. »

Jason la osservava mentre parlava. Sotto una superficie controllata c'era in lei qualcosa di esuberante, di infantile. Era un'entusiasta per natura; tirava le redini dell'entusiasmo ogni volta che le pareva eccessivo. Naturalmente, sul lavoro doveva essere brava; sospettava che in ogni cosa che faceva mettesse sempre il massimo impegno.

« Sono sicuro che lo sei — brava, voglio dire — ma questo non lascia molto tempo per altre cose, non è vero? »

« Quali altre cose? »

« Oh, le solite. Marito, famiglia, villetta con il praticello intorno... »

« Un giorno potrebbero anche arrivare; non le escludo. »

« Però non sono arrivate. »

« No. Ci son state un paio di occasioni, ma niente di impegnativo. E nemmeno di decisivo. »

« Peter chi è? »

Il sorriso scomparve. « Avevo dimenticato che avevi letto il telegramma. »

« Mi spiace. »

« Non è il caso. Ne avevamo già discusso... Peter? Lo adoro. Abbiamo vissuto insieme un paio d'anni, ma la cosa non ha funzionato. »

« Evidentemente non ha lamentele da fare. »

« È meglio che non ne faccia! » Rise di nuovo. « È direttore della sezione, spera di aver presto un posto al ministero. Se non si comporta bene, dico al ministro del Tesoro tutto quello che lui non sa e lo faccio tornare al grado iniziale, lo SX-Two. »

« Ha detto che ti sarebbe venuto a prendere all'aeroporto il 26. È meglio che gli mandi un telegramma. »

« Sì, lo so. »

Della sua partenza non aveva parlato; avevano evitato l'argomento come se si trattasse di un'eventualità lontana. Non aveva rapporti con ciò che era successo, era qualcosa che sarebbe accaduto prima o poi. Marie aveva detto di volerlo aiutare; lui aveva accettato, supponendo che l'obbligo di gratitudine la spingesse a rimanere con lui un paio di giorni. Di questo le era grato, ma era impensabile che potesse nascere dell'altro.

È per questo che non ne avevano parlato. C'erano state parole e sguardi, quiete, risate, era nata una situazione piacevole. Qualche volta c'erano stati sussulti di affetto. Tutti e due se ne erano resi conto e si erano ritirati. Qualunque altra cosa era impensabile.

E così continuavano a ritornare all'anormalità, a quel che era successo. Lo faceva più lui di lei, perché era lui la causa irrazionale che li teneva insieme: insieme nella stanza dell'alberghetto di un villaggio svizzero. L'anormalità. Non faceva parte del mondo razionale e ordinato di Marie Saint Jacques e, proprio per questo, la sua mente ordinata e analitica ne era stimolata. Le cose irrazionali andavano esaminate, dipanate, spiegate. Le sue domande erano insistenti, proprio come era stato insistente Geoffrey Washburn a Ile de Port Noir. Marie però non aveva la pazienza del dottore. Questo perché non aveva tempo. Lo sapeva, e questo la portava quasi ad essere irritante.

« Che cosa ti colpisce quando leggi i giornali? »

« La confusione. Sembra universale. »

« Non scherzare. Quali sono gli argomenti che ti sono più familiari? »

« Tutti, più o meno. Ma non saprei dirti perché. »

« Fammi un esempio. »

« Questa mattina, c'era un articolo su una spedizione di armi americane in Grecia e sul dibattito che a questo proposito si era tenuto alle Nazioni Unite; i sovietici avevano protestato. Capisco cosa c'è dietro: la lotta per il potere nel Mediterraneo, il controllo del Medio Oriente. »

« Fammi un altro esempio. »

« C'era un articolo sulle interferenze della Germania Est con l'Ufficio di rappresentanza di Bonn a Varsavia. Il blocco orientale, il blocco occidentale; anche questa è una situazione che capisco. »

« Non vedi il legame? Tu sei politicamente — geopoliticamente — ricettivo. »

« Oppure ho una normalissima conoscenza di lavoro dei fatti del giorno. Non credo di essere stato un diplomatico. I soldi depositati alla Gemeinschaft Bank escludono qualunque tipo di impiego statale. »

« Sono d'accordo. Comunque, le questioni politiche le conosci. E le carte geografiche? Mi hai chiesto di comprartene. Cosa ti viene in mente quando le guardi? »

« In qualche caso i nomi fanno affiorare delle immagini, proprio come è capitato a Zurigo. Palazzi, alberghi, vie... di quando in quando volti. Ma nomi mai. I volti non ne hanno. »

« Però hai viaggiato molto. »

« Credo di sì. »

« Lo *sai* che hai viaggiato molto. »

« D'accordo, ho viaggiato. »

« Come viaggiavi? »

« Cosa intendi con "come"? »

« Viaggiavi di solito in aereo o in macchina... non in taxi: alla guida? »

« Sia in auto che in aereo, credo. Perché? »

« Viaggiare in aereo significa spesso coprire grandi distanze. Incontravi della gente? Ci sono delle facce agli aeroporti, negli alberghi? »

« Nelle strade » rispose, involontariamente.

« Nelle strade? Perché nelle strade? »

« Non lo so. Incontravo delle facce nelle strade... e in posti tranquilli. In posti con poca luce. »

« Ristoranti? Caffè? »

« Sì. E stanze. »

« D'albergo? »

« Sì. »

« Non in uffici, in uffici commerciali? »

« A volte. Di solito no. »

« D'accordo. Incontravi della gente. Delle facce. Uomini? Donne? »

« Principalmente uomini. Qualche donna, ma molto più spesso uomini. »

« Di che cosa parlavano? »

« Non lo so. »

« Cerca di ricordare. »

« Non posso. Non ci sono voci; non ci sono parole. »

« C'erano degli orari? Se incontravi della gente, vuol dire che avevi degli appuntamenti. Loro aspettavano di incontrarsi con te e tu aspettavi di incontrarti con loro. Chi organizzava gli appuntamenti? Qualcuno doveva pur farlo. »

« Telegrammi. Telefonate. »

« Da chi? Da dove? »

« Non lo so. Mi raggiungevano loro. »

« Negli alberghi? »

« Di solito sì, immagino. »

« Mi hai raccontato che il vicedirettore del Carillon diceva che ricevevi messaggi. »

« Allora arrivavano in albergo. »

« Da parte della... come si chiama Seventy-One? »

« Si chiama Treadstone. »

« Treadstone. È la tua società, vero? »

« Non mi dice nulla. Non sono riuscito a trovarla. »

« Concentrati! »

« Mi sto concentrando. Non era sull'elenco. Ho telefonato a New York. »

« Sembri convinto che sia una cosa insolita. Non lo è affatto. »

« Perché no? »

« Potrebbe essere la divisione di una ditta più grande, oppure una sussidiaria: una società impiantata per fare acquisti per una società affiliata il cui nome potrebbe far salire il prezzo. Lo si fa tutti i giorni. »

« Chi cerchi di convincere? »

« Te. È possibilissimo che tu sia un negoziatore d'assalto per una finanziaria americana. Tutti i particolari lo indicano. Fondi a tuo nome, per eventuali disponibilità immediate, impiego fiduciario, ma con possibilità di controllo della società, controlli che però non sono mai stati esercitati. Questi fatti, oltre alla tua familiarità con la politica internazionale, fanno pensare che sei un agente fiduciario e, molto probabilmente, un grosso azionista o uno dei proprietari della compagnia madre. »

« Arrivi troppo in fretta alle conclusioni. »

« Non ho detto niente che non sia logico. »

« Ci sono un paio di buchi. »

« Dove? »

« Su quel conto corrente non era indicato nessun prelievo. Solo depositi. Non compravo; vendevo. »

« Questo non lo sai; non ricordi. I pagamenti possono venire fatti con depositi a breve scadenza. »

« Non so nemmeno cosa vuol dire. »

« Effettivamente un amministratore informato di certi metodi per non pagare le tasse lo saprebbe. L'altro buco qual è? »

« La gente non ammazza qualcuno perché compra qualcosa a prezzo inferiore. Magari lo rovinano, ma non lo ammazzano. »

« Lo ammazzano, se ha commesso qualche errore madornale. O se viene scambiato per un'altra persona. Quello che sto cercando di dirti è che non puoi essere quello che non sei! Qualunque cosa dicano. »

« Sei tu che ne sei convinta. »

« Sì, ne sono convinta. Ho passato tre giorni con te. Abbiamo parlato, ti sono stata a sentire. È stato commesso un errore terribile. Oppure si tratta di un complotto. »

« Chi ne fa parte? Contro che cosa? »

« È quello che devi scoprire. »

« Grazie. »

« Dimmi una cosa. Cosa ti viene in mente quando pensi ai soldi? »

Smettila! Non fare così! Non capisci? Ti sbagli. Quando penso ai soldi penso a gente assassinata.

« Non so » disse. « Sono stanco. Voglio dormire. Domani mattina spedisci il telegramma. Di' a Peter che stai per tornare. »

Era mezzanotte passata da un pezzo, il quarto giorno era iniziato, e il sonno non voleva ancora venire. Jason fissava il soffitto di legno scuro che rifletteva la luce della lampada da tavolo, all'altro capo della stanza. Di notte rimaneva accesa; Marie semplicemente non la spegneva. Lui non chiedeva spiegazioni, lei non gliene dava.

Il mattino dopo sarebbe partita e lui avrebbe dovuto concretizzare i propri piani. Sarebbe rimasto ancora qualche giorno all'albergo, avrebbe telefonato al dottore di Wohlen per farsi togliere i punti. Dopo, a Parigi. I soldi erano a Parigi, e a Parigi c'era anche dell'altro; lo sapeva, lo sentiva. Una risposta definitiva.

A Parigi l'avrebbe trovata.

Non sei impotente. Ritroverai la tua strada.

Cos'avrebbe trovato? Un uomo che si chiamava Carlos? Chi era Carlos e chi era per Jason Bourne?

Dal lettuccio contro la parete venne un fruscio di tessuto. Voltò il capo, stupito che Marie non dormisse. E infatti lo stava guardando, anzi lo fissava.

« Ti sbagli, sai » disse.

« A proposito di che cosa? »

« Di quello che pensi. »

« Non lo sai a cosa sto pensando. »

« Sì che lo so. Ti ho già visto quell'espressione negli occhi. Quando vedi cose che non sei sicuro che ci siano, ma che hai paura che esistano veramente. »

« Ci sono state veramente » replicò. « Prova a spiegare la Steppdeckstrasse. A spiegare l'uomo grasso del Drei Alpenhäuser. »

« Non posso, ma nemmeno tu puoi. »

« C'erano. Li avevo visti e c'erano. »

« Devi scoprire come stanno le cose. Non puoi essere quello che non sei, Jason. Scopri come stanno le cose. »

« Parigi » disse lui.

« Sì, Parigi. » Marie scese dal letto. Indossava una morbida camicia da notte di un giallo pallidissimo, quasi bianco, chiusa al collo con bottoncini di perle, che fluttuava, mentre gli si avvicinava a piedi nudi. Gli si fermò accanto, in piedi, guardandolo, poi portò le mani al collo e sbottonò la camicia. La lasciò scivolare a terra mentre sedeva sul letto, i seni sopra il viso di lui. Si curvò, gli prese il viso tra le mani, lo strinse piano, gli occhi fissi nei suoi, come gli era capitato di vederli tante volte nei giorni precedenti. « Grazie per la mia vita » sussurrò.

« Grazie a te per la mia » rispose Jason, avvertendo il desiderio di lei, chiedendosi se anche in lei fosse accompagnato da una tensione dolorosa, come capitava a lui. Non aveva nessun ricordo di una donna e, forse proprio per questo, lei era tutto quello che riusciva ad immaginare. Tutto e molto, molto di più. Allontanava il buio. Arrestava il dolore.

Aveva avuto paura di dirglielo. Ed ora lei gli stava dicendo che era d'accordo, magari solo per un po', per un paio d'ore. Per il resto della notte gli avrebbe dato un ricordo, perché anche lei desiderava liberarsi dalla molla compressa della violenza. La tensione sarebbe rimasta in sospeso, avrebbero avuto qualche ora di conforto. Era tutto quello che chiedeva, ma, Dio, quanto aveva bisogno di lei!

Allungò una mano accarezzandole i seni e le portò le labbra sulle sue, sentendole umide, sentendo che allontanavano ogni dubbio.

Marie sollevò le coperte e venne da lui.

Era tra le sue braccia, la testa posata sul suo torace, attenta a non toccargli la ferita alla spalla. Si staccò con delicatezza, sollevandosi sui gomiti. Jason la guardò; gli sguardi si unirono e tutti e due sorrisero. Marie gli posò l'indice della sinistra sulle labbra.

« Ho qualcosa da dire e non voglio che tu m'interrompa. Non spedirò quel telegramma a Peter. Non ancora » disse a bassa voce.

« Un momento! » Le prese la mano allontanandola dal viso.

« Ti prego, non interrompermi. Ho detto "non ancora". Questo non vuol dire che non lo manderò, ma che lo manderò solo tra un po'. Resto con te. Vengo a Parigi con te. »

« E se io non ti volessi? » si sforzò di dire.

Marie gli si fece vicina, accarezzandogli la guancia con le labbra. « Non va. Il computer respinge l'informazione. »

« Al tuo posto non sarei così sicuro. »

« Ma non sei al mio posto. Io sono io, e lo so come mi tenevi abbracciata, e cercavi di dire tante cose che non potevi dire. Cose che credo tutti e due negli ultimi giorni volevamo dirci. Non sono capace di spiegare cosa è successo. Oh, immagino che ci sia da qualche parte una qualche oscura teoria psicologica in grado di farlo: due persone ragionevolmente intelligenti, calate insieme all'inferno, che se ne trascinano fuori... insieme. Forse è tutto qui. Ma è qui *adesso* e io da questo non posso scappare via. Non posso scappare da te. Perché tu hai bisogno di me e mi hai dato la vita. »

« Cosa ti fa pensare che ho bisogno di te? »

« Posso fare per te delle cose che da solo non sei capace di fare. Nelle ultime due ore ho pensato solo a questo. » Si sollevò ancora un po', nuda accanto a lui. « Tu, in qualche modo, hai a che fare con tantissimi soldi, ma non credo che sai distinguere un attivo da un passivo. Forse una volta lo sapevi fare, adesso no. Io invece sì. E c'è un'altra cosa. Ho una certa posizione all'interno dell'amministrazione canadese. Ho la possibilità di far svolgere moltissimi tipi d'indagine. E sono protetta. La finanza internazionale è tutta corrotta e il Canada ne è stato violentato. Abbiamo elaborato un sistema di protezione del quale io faccio parte. Ecco perché mi trovavo a Zurigo. Per osservare alleanze e riferirle, non per discutere di teorie astratte. »

« E il fatto che tu abbia la possibilità di ricevere queste informazioni può essermi d'aiuto? »

« Credo di sì. E, inoltre, ho la protezione dell'ambasciata, che può essere la cosa più importante. Ma ti garantisco che al primo segno di violenza, spedisco il telegramma e filo. A parte la mia paura, in queste condizioni non ti sarò di peso. »

« Al primo segno » ripeté Bourne, valutandola. « E sono io a decidere quando e dove si presenta? »

« Se lo preferisci. La mia esperienza è limitata. Non starò lì a discutere. »

Bourne continuò a fissarla negli occhi, per lunghi attimi, resi più lunghi dal silenzio. « Perché lo fai? » chiese finalmente. « L'hai appena detto. Siamo due persone ragionevolmente intelligenti che si sono trascinate fuori da una specie d'inferno. Forse solo questo siamo. Ne vale la pena? »

Marie sedeva immobile. « Ho detto anche un'altra cosa, forse te la sei dimenticata. Quattro sere fa, un uomo che avrebbe potuto scappare è venuto a cercarmi e si è offerto di morire al mio posto. In quest'uomo io credo. Più di quanto non ci creda lui. Ecco che cosa ho da offrire, in realtà. »

« Accetto » disse Bourne, prendendola tra le braccia. « Non dovrei, ma accetto lo stesso. Ho un gran bisogno di quello che crede questa persona. »

« Adesso smettila » sussurrò Marie, allontanando il lenzuolo, accostandosi a lui. « Facciamo l'amore; anch'io ho dei bisogni. »

Passarono altri tre giorni e altre tre notti, colmi del calore del loro benessere, dell'eccitazione della scoperta. Vivevano con l'intensità di chi sa che le cose cambieranno. E quando il cambiamento sarebbe giunto, sarebbe giunto in fretta; quindi di certe cose non si poteva più evitare di parlare.

Sopra il tavolo salivano spirali di fumo di sigaretta che si mescolavano al vapore del caffè bollente, amaro. Il *concierge*, uno svizzero esuberante che assorbiva con gli occhi più di quanto non rivelava con la bocca, se n'era andato da qualche minuto, dopo aver portato la prima colazione e i giornali di Zurigo, in inglese e francese. Jason e Marie sedevano uno di fronte all'altra; avevano appena finito di scorrere le notizie.

« C'è qualcosa, nel tuo? » chiese Bourne.

« Il vecchio, il guardiano di Guisan Quai, è stato seppellito l'altro ieri. La polizia non ha tra le mani nulla di concreto. "Le indagini proseguono" dice il giornale. »

« Qui c'è qualcosa di più » disse Jason, muovendo con difficoltà il giornale con la sinistra ancora bendata.

« Come va? » chiese Marie, guardandogliela.

« Meglio. Riesco a muovere meglio le dita. »

« Lo so. »

« Spudorata! » Piegò il giornale. « Ecco qui. Ripetono quello che dicevano l'altro ieri. Stanno analizzando i bossoli e le tracce di sangue. » Bourne sollevò lo sguardo. « Però aggiungono qualcosa. Brandelli di tessuto; è la prima volta che ne parlano. »

« È un problema? »

« Per me no. I miei vestiti li ho comprati in un grande magazzino di Marsiglia. Il tuo, invece? Era un tessuto o un modello speciale? »

« Mi vergogno a dirlo, ma tutti i miei vestiti me li fa una sartina di Ottawa. »

« Allora non è possibile controllare la loro provenienza? »

« Non vedo come. La seta faceva parte di una pezza portata da Hong Kong da un'impiegata della nostra sezione. »

« Hai comprato qualcosa nelle boutiques dell'albergo? Qualcosa che potevi avere addosso. Un foulard, una spilla, qualcosa del genere? »

« No. Non sono una fanatica di acquisti del genere. »

« Bene. E alla tua amica quando ha pagato il conto non hanno chiesto niente? »

« Quelli dell'albergo no, te l'ho già detto. Solo i due che hai visto con me nell'ascensore. »

« Quelli delle delegazioni francese e belga? »

« Sì. È andato tutto bene. »

« Rivediamo tutto di nuovo. »

« Non c'è più niente da rivedere. Paul – quello di Bruxelles – non ha visto niente. Dalla sua poltrona è stato buttato per terra e ci è rimasto. Claude – quello che aveva cercato di fermarci, ricordi? – in un primo momento ha pensato che fossi io quella sul palco, ma non è riuscito a parlare con la polizia. È rimasto ferito nel parapiglia ed è stato portato all'infermeria... »

« E prima di poter raccontare qualcosa » la interruppe Jason, ricordando le parole di Marie, « non ne era più sicuro. »

« Sì. Ma ho idea che sapesse il vero motivo per cui mi trovavo alla conferenza; la mia comunicazione non l'ha invogliato. Se lo sapeva, la sua decisione di tenersi fuori dalla faccenda si sarebbe fatta più forte. »

Bourne prese la tazza di caffè. « Spiegami ancora questa faccenda » disse. « Tu cercavi di scoprire le... alleanze? »

« In realtà, indizi di alleanze. Nessuno dichiara che ci sono certi gruppi finanziari del suo paese che lavorano in accordo con certi altri gruppi finanziari di un altro paese, per mettere le mani sulle materie prime canadesi o su qualche settore economico. Ma si osservano due che vanno a bere qualcosa insieme o che cenano insieme. A volte c'è pure qualche delegato fesso, che ti viene a chiedere se Ottawa intende davvero far applicare la legge sulla dichiarazione obbligatoria delle proprietà finanziarie. »

« Non sono ancora sicuro di aver capito. »

« Dovresti, invece. Il tuo paese è molto sensibile a questo riguardo. Quante banche americane sono controllate da fondi dell'OPEC? Quante industrie sono di proprietà di consorzi europei e giapponesi? Quante centinaia di migliaia di acri sono stati comperati da capitali fuggiti dall'Inghilterra, dall'Italia e dalla Francia? Tutti ce ne preoccupiamo. »

« Davvero tutti se ne preoccupano? »

Marie rise. « Naturalmente. Non c'è nulla che renda un uomo più nazionalista del pensiero che il suo paese è di proprietà degli stranieri. Col tempo può adattarsi all'idea di aver perduto una guerra — vuol solo dire che il nemico era più forte — ma perdere la propria economia significa che il nemico è più furbo. Il periodo di sudditanza dura di più e anche i segni rimangono più a lungo. »

« Ci hai pensato molto a queste cose, vero? »

Per un breve attimo l'espressione ironica scomparve dagli occhi di Marie. Rispose seria. « Sì, ci ho pensato. Credo che siano importanti. »

« Sei venuta a sapere qualcosa a Zurigo? »

« Niente di eccezionale » disse. « I soldi volano dappertutto; le varie mafie cercano di fare investimenti nei paesi dove la burocrazia chiude gli occhi. »

« Quel telegramma di Peter diceva che i tuoi rapporti giornalieri erano di prima qualità. Cosa intendeva dire? »

« Ho trovato un certo numero di strani compagni di letto economici che, secondo me, usano prestanome canadesi per comprare proprietà canadesi. Non voglio essere evasiva: è solo che i nomi a te non direbbero nulla. »

« Non sto cercando di spiare » obiettò Jason « ma credo che ci hai messo me, in uno di quei letti. Non per quanto riguarda il Canada, ma in generale. »

« Non lo escludo; la struttura c'è. Potresti far parte di una *combine* finanziaria che fa acquisti illegali sul mercato. È una cosa che posso controllare senza dare nell'occhio, ma voglio farlo per telefono. Niente di scritto su un telegramma. »

« Adesso sì che sono curioso. Cosa vuoi dire e come puoi farlo? »

« Se in qualche parte, dietro la porta di una multinazionale, c'è una Treadstone Seventy-One, c'è modo di sapere di quale ditta si tratta e di quale portata. Voglio telefonare a Peter da una cabina pubblica di Parigi. Gli dirò che mi sono imbattuta a Zurigo nel nome Treadstone Seventy-One e che la cosa mi ha dato da pensare. Gli chiederò di fare una IR – un'Indagine Riservata – e dirò che lo richiamo. »

« E se lui la trova? »

« Se esiste, la trova. »

« Allora io mi metto in contatto con uno qualunque dei "direttori" e affioro. »

« Con molta cautela » aggiunse Marie. « Attraverso intermediari. Io, se vuoi. »

« Perché? »

« Per quello che hanno fatto. O meglio, non fatto. »

« E cioè. »

« Sono quasi sei mesi che non cercano di mettersi in contatto con te. »

« Questo non lo sai... e nemmeno io lo so. »

« Lo sa la banca. Milioni di dollari lasciati lì, senza che nessuno si preoccupi di sapere perché. Questo, non capisco. È come se tu fossi stato abbandonato. Ecco dove potrebbe essere stato commesso lo sbaglio. »

Bourne si appoggiò allo schienale della sedia, guardandosi la sinistra bendata, ricordando l'immagine della pistola che gliela massacrava nell'ombra di un'auto che filava sulla Steppdeckstrasse. Sollevò lo sguardo. « Quel che stai dicendo è che sono stato abbandonato perché i direttori della Treadstone sono convinti che quello sbaglio è la verità. »

« Probabilmente. Potrebbero pensare che li hai coinvolti in transazioni illegali – con dei criminali – che potrebbero costare loro milioni di dollari. Possono pensare che qualche governo, irritato, li espropri delle compagnie intere. Oppure pensano che ti sei alleato a un'organizzazione criminale internazionale, forse senza saperlo. Qualunque cosa. Questo spiegherebbe perché si tengono lontani dalla banca. Non vogliono venire accusati di complicità. »

« Quindi, in un certo senso, qualunque cosa venga a sapere il tuo amico Peter, io mi ritrovo alla prima casella. »

« Non alla prima casella: è più esatto dire alla quarta o alla quinta su dieci. »

« Anche se fosse la nona, in realtà non cambia nulla. Degli uomini mi vogliono uccidere e io non so perché. Altri potrebbero fermarli, ma non vogliono. L'uomo del Drei Alpenhäuser ha detto che l'Interpol ha teso delle reti per prendermi, e se io dovessi cascare in una, non avrei più nessuna risposta. Sono colpevole di ciò di cui sono accusato, perché non so di che cosa sono colpevole. Aver perduto la memoria non è una difesa inattaccabile, e può darsi che io non abbia nessuna difesa. »

« Rifiuto di crederlo. Lo stesso devi fare tu. »

« Grazie. »

« Dico sul serio, Jason. Piantala. »

Piantala. Quante volte me lo dico? Io ti amo, sei l'unica donna che abbia mai conosciuto e credi in me. Perché non posso credere in me stesso?

Bourne si alzò, saggiando come sempre le gambe. Cominciava a potersi muovere, le ferite erano meno gravi di quanto non avesse immaginato. Aveva un appuntamento con il dottore di Wohlen per farsi togliere i punti. Domani ci sarebbero stati cambiamenti.

« Parigi » disse. « La risposta è a Parigi. Lo so con sicurezza, proprio come ho visto quei tre triangoli a Zurigo. Ma non so da dove cominciare. È una cosa da pazzi. Sono un uomo che aspetta che un'immagine, una parola, o una frase — o magari una bustina di fiammiferi — gli dica qualcosa. Lo spedisca in un altro posto. »

« Perché non aspetti che mi arrivino notizie da Peter? Posso telefonargli domani; domani possiamo già essere a Parigi. »

« Perché non farebbe nessuna differenza. Qualunque cosa tu venga a sapere, non sarebbe quello che voglio sapere io. Per lo stesso motivo per cui la Treadstone non si è immischiata con la banca. Si tratta di me. Devo sapere perché c'è della gente che mi vuole uccidere, perché qualcuno che si chiama Carlos è disposto a pagare... una fortuna, per il mio cadavere. »

Si fermò lì, interrotto da un tonfo secco sul tavolo. Marie aveva lasciato cadere la tazza e lo fissava sbiancata, come se tutto il sangue le fosse defluito dal viso. « Cos'hai detto? » chiese.

« Cosa? Ho detto che devo sapere... »

« *Il nome*. Hai appena detto il nome di Carlos. »

« Proprio così. »

« In tutti i discorsi che abbiamo fatto, in tutto il tempo che siamo stati insieme, non hai mai accennato a questo nome. »

Bourne la guardò, cercando di ricordare. Era vero: le aveva detto tutto quello che gli era venuto in mente, eppure, chissà come mai, si era dimenticato di Carlos... quasi volutamente, come se volesse escluderlo.

« Mi sa di no » disse. « Pare che tu lo conosca. Chi è Carlos? »

« Mio Dio... non lo sai! » esclamò Marie, valutandolo. « Che terribile lacuna nella tua memoria! »

« Chi è dunque? »

« Un killer. È chiamato l'assassino d'Europa. Un uomo a cui danno la caccia da vent'anni; si pensa che abbia ucciso da cinquanta a sessanta persone, tutti esponenti politici e militari. Nessuno sa che aspetto abbia... ma si dice che operi da una località vicina a Parigi. »

Bourne si sentì invadere da un'ondata di gelo.

Il taxi per Wohlen era una Ford inglese di proprietà del genero del *concierge*. Jason e Marie erano sui sedili posteriori, la campagna buia scorreva rapida davanti ai finestrini. I punti di sutura erano stati tolti e sostituiti da bende morbide, fissate con larghe strisce di cerotto.

« Tornatene in Canada » disse Jason a bassa voce rompendo il silenzio tra di loro.

« Ci tornerò, te l'ho detto. Mi rimane ancora qualche giorno. Voglio vedere Parigi. »

« Non ti ci voglio a Parigi. Ti telefonerò a Ottawa. L'indagine sulla Treadstone la puoi fare di persona e comunicarmi le informazioni per telefono. »

« Pensavo che avessi detto che per te non faceva nessuna differenza. Che dovevi capire il *perché*; il *chi* non voleva dir nulla finché tu non avessi capito. »

« Un modo lo troverò. Mi serve solo un uomo; lo troverò. »

« Ma non sai da dove cominciare. Aspetti un'immagine, una frase o una bustina di fiammiferi. Può darsi che a Parigi non ce ne siano. »

« Qualcosa ci sarà. »

« Qualcosa c'è, ma tu non lo vedi. Io invece sì. Ecco perché hai bisogno di me. Io conosco le parole, i metodi. Tu no. »

Bourne la fissò nell'oscurità sempre più fitta. « Penso che dovresti essere più chiara. »

« Le banche, Jason. Le connessioni della Treadstone si trovano nelle banche. Ma non come potresti pensare tu. »

Il vecchio curvo nel cappotto liso, con un berretto nero in mano, percorse il corridoio di sinistra della chiesa di campagna, nel villaggio di Arpajon, quindici chilometri a sud di Parigi. Le campane dell'Angelus riecheggiavano tra il legno e le pietre della volta; l'uomo si fermò nel quinto banco e attese che i rintocchi cessassero. Era il suo segnale. Accettava la cosa, sapendo che mentre le campane suonavano, un altro uomo, più giovane — l'uomo più spietato, più privo di scrupoli al mondo — faceva il giro della chiesetta e studiava tutti coloro che c'erano, dentro e fuori. Se quell'uomo avesse visto qualcosa che non si aspettava di vedere, e che ritenesse una minaccia per la sua persona, non ci sarebbero state domande: solo un'esecuzione. Erano le sue regole e solo quelli che capivano che la loro vita poteva concludersi da un momento all'altro per il solo fatto di essere stati seguiti, accettavano soldi per fargli da messaggeri. Erano tutti come lui, uomini anziani, dei vecchi tempi, la cui vita stava per giungere al termine per l'età o per le malattie, o per ambedue le cose.

Carlos non tollerava rischi e l'unica consolazione era che, se si moriva al suo servizio — o per mano sua — alle vecchie mogli, alle vecchie donne, ai loro figli, oppure ai figli dei loro figli, sarebbero arrivati dei soldi. Questo andava detto: c'era una certa dignità nel lavorare per Carlos. Inoltre, da parte sua, la generosità non mancava: una cosa che il suo piccolo esercito di vecchi infermi capiva; dava uno scopo ai giorni che rimanevano loro da vivere.

Il messaggero strinse il berretto tra le mani e si avviò lungo il corridoio verso i confessionali sulla sinistra. Si fermò davanti al quinto, scostò il tendaggio e si infilò dentro. Sedette sulla piccola panca di legno e fissò — alla luce dell'unica candela che brillava dall'altra parte della tenda leggera che separava confessore e peccatore — la silhouette nel riquadro. Era sempre la stessa: una figura incappucciata di un uomo in saio. Il messaggero cercò di non immaginare che aspetto avesse l'uomo; la cosa non doveva riguardarlo.

« Angelus Domini » disse.

« Angelus Domini, figliolo » sussurrò la figura incappucciata. « C'è conforto nelle tue giornate? »

« Si avviano verso la fine » rispose il vecchio, usando le parole precise, « ma mi sono rese confortevoli. »

« Bene. È importante, alla tua età, avere un senso di sicurezza » disse Carlos. « Ma passiamo agli affari. Avete avuto particolari da Zurigo? »

« Il gufo è morto; lo stesso vale per altri due, e probabilmente anche per un terzo. Un'altra mano è stata gravemente ferita; è inservibile. Cain è scomparso. Pensano che la donna sia con lui. »

« Gli avvenimenti hanno preso una piega strana » disse Carlos.

« C'è dell'altro. Quello che aveva l'ordine di ucciderla non è più stato sentito. Doveva portarla al Guisan Quai; nessuno sa cosa sia successo. »

« Salvo che invece della donna è stato ucciso un guardiano. Può darsi che non fosse affatto un ostaggio, ma l'esca di una trappola.

Una trappola che è scattata su Cain. Voglio rifletterci su. Intanto, ecco le mie istruzioni. Sei pronto? »

Il vecchio infilò una mano in tasca e ne estrasse un mozzicone di matita e un pezzo di carta. « Prontissimo. »

« Telefona a Zurigo. Voglio per domani a Parigi l'uomo che ha visto Cain, perché lo possa riconoscere. Inoltre, Zurigo deve contattare Koenig alla Gemeinschaft e dirgli di mandare il nastro a New York. Alla casella postale di Village Station. »

« Per favore, » lo interruppe il vecchio messaggero « le mie vecchie mani non scrivono più come una volta. »

« Perdonami, perdona la mancanza di riguardo » sussurrò Carlos. « Sono preoccupato, mi spiace. »

« Non è il caso, non è il caso. Prosegui. »

« Infine, voglio che la nostra squadra si sistemi a un isolato al massimo dalla banca di rue Madeleine. Questa volta la banca rivelerà Cain. Lo sfidante verrà preso all'origine del suo malriposto orgoglio. Un'occasione, per quanto lui sia spregevole... a meno che non sia qualcos'altro. »

11

Bourne osservava da lontano Marie superare la dogana e l'immigrazione dell'aeroporto di Berna, attento a eventuali segni d'interesse per lei tra la folla intorno al banco partenze dell'Air France. Erano le quattro del pomeriggio, l'ora in cui i voli per Parigi erano più numerosi, quando uomini d'affari privilegiati si affrettavano a tornare alla Ville Lumière, dopo avere svolto noiose incombenze per la ditta nelle banche di Berna. Marie lanciò un'occhiata dietro di sé, mentre attraversava il cancello. Bourne fece un cenno con il capo, attese finché non fu scomparsa, poi si voltò e si diresse verso la sala d'aspetto della Swissair. George B. Washburn aveva prenotato un posto sul volo delle 16.30 per Orly.

Si sarebbero incontrati poi, in un caffè che Marie ricordava dai tempi di Oxford quando veniva per il week-end a Parigi. Si chiamava Au Coin de Cluny, sul boulevard St. Michel, a diversi isolati dalla Sorbona. Se, per un motivo qualunque, non l'avesse trovata, era previsto un secondo appuntamento verso le nove, sui gradini del museo di Cluny.

Bourne sarebbe arrivato in ritardo, di poco ma sempre in ritardo. La Sorbona aveva una delle biblioteche più ricche d'Europa e un settore era riservato ai quotidiani. Le biblioteche universitarie non erano soggette agli orari degli uffici statali; gli studenti le usavano anche di sera. E anche lui l'avrebbe usata, non appena arrivato a Parigi. Doveva scoprire una cosa.

Leggo i giornali tutti i giorni. In tre lingue. Sei mesi fa un uomo è stato ucciso. La sua morte è stata annunciata su tutti e tre i giornali, in prima pagina.

Lasciò la valigia al guardaroba della biblioteca e salì al secondo piano voltando a sinistra verso l'arco che portava in una enorme sala. La Salle de Lecture era in questo settore. Tutti gli arretrati dei giornali, risalenti fino a un anno prima, tenuti insieme da asticelle, erano sistemati gli uni accanti agli altri.

Fece passare gli scaffali, risalendo all'indietro di sei mesi e prendendo i numeri delle dieci settimane precedenti rispetto a quella data di sei mesi prima. Li portò al più vicino tavolo vuoto e, rimanendo in piedi, li fece passare, guardando solo la prima pagina.

Uomini importanti erano morti nel loro letto, altri avevano emesso dichiarazioni; il dollaro era sceso, l'oro salito; erano scoppiati scioperi, certi governi avevano vacillato, stretti tra azione e paralisi. Ma nessun morto assassinato si era meritato la prima pagina; nessun incidente, nessun omicidio.

Jason tornò agli scaffali e risalì all'indietro nel tempo. Due settimane, dodici settimane, venti settimane. Otto mesi. Niente.

Poi un fatto lo colpì. Era andato a ritroso nel tempo non avanti, rispetto a quella data di sei mesi prima. Ci poteva essere un errore, in un senso o nell'altro: alcuni giorni, una settimana, magari due. Riportò i giornali al loro posto e prese quelli di quattro e cinque mesi prima.

C'erano stati incidenti aerei e improvvise rivoluzioni sanguinose; capi religiosi avevano parlato solo per venire rimbrottati da altri capi religiosi; povertà e malattie erano state trovate dove tutti sapevano che si potevano trovare, ma nessuna personalità importante era stata assassinata.

Cominciò a consultare l'ultimo blocco; le nebbie del dubbio e del senso di colpa andavano rischiarandosi ad ogni pagina. Il grassone di Zurigo aveva mentito? Era tutta una menzogna? *Tutte* menzogne? Stava forse vivendo un incubo che avrebbe potuto svanire con...

AMBASSADEUR LELAND ASSASSINÉ À MARSEILLE!

Il titolo a lettere cubitali esplose dalla pagina ferendogli gli occhi. Non fu un dolore immaginario, metaforico, ma una fitta acuta che gli penetrò nelle orbite affondando nella testa. Gli si bloccò il respiro; gli occhi rimanevano fissi sul nome LELAND. Era un nome che conosceva; riusciva a vedere il viso, a vederlo nei minimi particolari. Grosse sopracciglia sotto la fronte ampia, naso tozzo tra gli zigomi pronunciati, labbra curiosamente sottili, sulle quali spiccavano baffi grigi curati alla perfezione. Conosceva il viso, conosceva l'uomo. E l'uomo era stato assassinato con un solo colpo sparato da un fucile ad alta potenza da una finestra che dava sulla banchina del porto. L'ambasciatore Howard Leland, alle cinque del pomeriggio, percorreva a piedi un molo del porto di Marsiglia. La testa era andata a pezzi.

Bourne non ebbe bisogno di leggere il secondo paragrafo per sapere che Howard Leland era l'ex ammiraglio H.R. Leland, della United States Navy, che era stato poi nominato direttore ad interim del Naval Intelligence per poi diventare ambasciatore presso il Quai d'Orsay a Parigi. E non ebbe nemmeno bisogno di leggere il testo dell'articolo per conoscere quali ipotesi si facevano sul motivo dell'assassinio: le conosceva. La principale funzione di Leland a Parigi era dissuadere il governo francese dall'autorizzare massicce vendite di armi – in particolare stormi di *Mirage* – in Africa e nel Medio Oriente. C'era riuscito in misura stupefacente, irritando gli interessati in tutto il Mediterraneo. Si riteneva che fosse stato assassinato proprio per queste sue interferenze; una punizione che doveva servire da avvertimento. Non si doveva ostacolare chi comprava e vendeva morte!

E il venditore di morte che lo aveva ucciso sarebbe stato compensato con una somma enorme, lontano dal luogo del delitto, dopo aver cancellato ogni traccia.

Zurigo. Un emissario a un uomo senza gambe; un altro a un uomo grasso, in un ristorante affollato dalle parti della Falkenstrasse.

Zurigo.

Marsiglia.

Jason strinse gli occhi; il dolore era intollerabile. Era stato raccolto in mare cinque mesi prima, e si pensava che fosse partito da Marsiglia. E, se davvero le cose stavano così, doveva essere fuggito dal porto, su un'imbarcazione affittata per portarlo in mezzo alla vasta distesa del Mediterraneo. Ogni particolare finiva anche troppo bene al posto giusto, ogni tessera del puzzle aderiva perfettamente a quelle adiacenti. Come avrebbe potuto sapere quel che sapeva se non era stato lui il venditore di morte appostato a una finestra che dava sul fronte del porto di Marsiglia?

Aprì gli occhi: il dolore gli impediva di pensare, ma non del tutto: una decisione era nettissima. Non sarebbe affatto andato all'appuntamento con Marie Saint Jacques.

Forse un giorno le avrebbe scritto una lettera, spiegandole le cose che oggi non poteva dirle. Nell'ipotesi di essere ancora vivo e di poterle scrivere. Ora non poteva farlo. Non ci sarebbero state parole di ringraziamento o d'amore, non ci sarebbero state spiegazioni; lei lo avrebbe atteso e lui non si sarebbe fatto vedere. Doveva mettere una certa distanza tra di loro; Marie non poteva trovarsi coinvolta con un venditore di morte. Si era sbagliata, mentre le peggiori paure che lui aveva si erano dimostrate esatte.

Oh, Dio! Riusciva a vedere il viso di Howard Leland, ma sulla pagina che aveva davanti la fotografia dell'ambasciatore non c'era; quella prima pagina, con il titolo tragico che aveva scatenato così tante cose, confermava molte ipotesi. La data. *Marsiglia, giovedì 26 agosto*. Era un giorno che non avrebbe mai dimenticato per il resto della sua vita contorta.

Giovedì 26 agosto...

Qualcosa non andava. Cos'era? Ma cos'era? Giovedì?... Giovedì non gli diceva nulla. Il 26 di agosto?... Il *venti... sei?* Non poteva essere il ventisei! Il ventisei era sbagliato! Se lo era sentito ripetere molte volte. Il diario di Washburn... quello che riguardava il suo paziente. Quante volte Washburn era ritornato su ogni fatto, su ogni frase, su ogni giorno e su ogni progresso? Troppe per poterle contare. Troppe per non ricordarle.

Ti hanno portato da me il mattino di martedì 24 agosto, alle otto e venti precise. Eri in condizioni...

Martedì 24 agosto.

24 agosto.

Il ventisei non si trovava a Marsiglia! Non avrebbe potuto sparare una fucilata da una finestra che dava sulla banchina. Non era lui il venditore di morte di Marsiglia; non aveva ucciso Howard Leland!

Sei mesi fa un uomo è stato ucciso... Ma non erano proprio sei mesi; più o meno sei mesi, non sei mesi esatti. E lui non aveva assassinato l'ambasciatore; si trovava in pericolo di vita in casa di un dottore alcolizzato a Ile de Port Noir.

Le nebbie si andavano diradando, il dolore si affievoliva. Si sentì prendere da un senso di euforia; aveva scoperto un dato falso! E se ce n'era uno, potevano essercene anche altri!

Guardò l'orologio; le nove e un quarto. Marie doveva ormai essere uscita dal caffè e lo aspettava sui gradini del museo di Cluny. Rimise i giornali a posto, poi si diresse verso la porta, grande come quella di una cattedrale, della sala di lettura. Aveva fretta.

Discese boulevard St. Michel, aumentando l'andatura ad ogni passo. Aveva la netta sensazione di sapere cosa significasse venir graziato un momento prima dell'impiccagione e voleva condividere quest'esperienza rara. Una volta tanto si trovava fuori dall'oscurità violenta, fuori dai marosi; aveva trovato un attimo di sole – come i momenti e i raggi di sole che avevano riempito la stanza nell'alberghetto di un villaggio – e doveva raggiungere la persona che glieli aveva dati. Raggiungerla, abbracciarla e dirle che si poteva sperare.

La vide sui gradini, a braccia conserte per proteggersi dal vento gelido che spazzava il boulevard. In un primo momento lei non lo vide: scrutava lungo la strada alberata. Era inquieta, ansiosa: una donna impaziente, timorosa di non vedere quel che voleva vedere, spaventata al pensiero di non trovarlo all'appuntamento.

Dieci minuti prima i suoi timori si sarebbero avverati.

Lo vide. Le si illuminò il viso; un sorriso apparve, un sorriso pieno di vita. Gli corse incontro mentre lui saliva in fretta i gradini, verso di lei. Si presero tra le braccia e, per un attimo, immobili, soli sul boulevard St. Michel, non dissero nulla.

« Ho aspettato e aspettato » alitò Marie finalmente. « Ero così spaventata, così preoccupata. È successo qualcosa? Stai bene? »

« Benissimo. È da molto che non sto così bene. »

« Cosa? »

La tenne per le spalle. « "Sei mesi fa un uomo è stato ucciso..." Ti ricordi? »

La gioia scomparve dagli occhi di Marie. « Sì, ricordo. »

« Non l'ho ucciso io » disse Bourne. « Non avrei potuto. »

Trovarono un piccolo hotel nelle vicinanze dell'affollato boulevard Montparnasse. Atrio e stanze erano arredate con l'indispensabile, ma avevano una pretesa di eleganza sorpassata che dava al tutto un'aria fuori dal tempo. Era un posto tranquillo, per riposare in mezzo alla confusione, che si teneva aggrappato alla sua identità riconoscendo i tempi ma senza adeguarvisi.

Jason chiuse la porta, con un cenno di ringraziamento al fattorino dai capelli bianchi la cui indifferenza si era trasformata in indulgenza grazie a una banconota da venti franchi.

« Crede che tu sia un prete di campagna infiammato al pensiero di quel che la notte gli riserva » disse Marie. « Spero che avrai notato che sono andata diritta al letto. »

« Si chiama Hervé, ed è dispostissimo a soddisfare i nostri desideri. Non ha nessuna intenzione di dividere la ricchezza. » Le andò vicino e la prese tra le braccia. « Grazie per la mia vita » disse.

« Sempre disposta a rifarlo, amico. » Gli prese il viso fra le mani. « Ma non farmi più aspettare così. Sono quasi impazzita; riuscivo solo a pensare che qualcuno ti avesse riconosciuto... che fosse successo qualcosa di terribile. »

« Dimentichi che nessuno sa che aspetto ho. »

« Non contarci; non è vero. C'erano quattro uomini nella Steppdeckstrasse, compreso quel bastardo di Guisan Quai. Sono tutti vivi, Jason. Ti hanno visto. »

« Non proprio. Hanno visto un uomo dai capelli scuri con il collo e la testa bendati, che zoppicava. Solo due mi sono stati vicini: quello del secondo piano e il porco di Guisan Quai. Il primo per un po' non sarà in grado di muoversi da Zurigo. Non può camminare e della sua mano non è rimasto molto. Il secondo aveva la torcia negli occhi; non mi vedeva. »

Marie si staccò, accigliata, lasciando correre la mente acuta. « Non puoi esserne sicuro. Erano lì, ti hanno visto. »

Se cambi il colore dei capelli cambi la faccia. Geoffrey Washburn, Ile de Port Noir.

« Ripeto, hanno visto un uomo dai capelli scuri nella semioscurità. La sai usare l'acqua ossigenata a dodici volumi? »

« Non l'ho mai usata. »

« Allora domani mattina trovo un parrucchiere. Boulevard Montparnasse è il posto giusto. I biondi se la spassano di più, non è così che si dice? »

Marie lo guardò in viso, studiandolo. « Sto cercando di immaginare come sembrerai. »

« Diverso. Non tanto, ma quanto basta. »

« Forse hai ragione. Spero proprio che tu abbia ragione. » Lo baciò su una guancia, il suo solito preludio a una discussione. « E adesso, dimmi cos'è successo. Dove sei stato? Cosa sei venuto a sapere a proposito di quell'... incidente di sei mesi fa? »

« Non è stato sei mesi fa, e proprio per questo non posso averlo ucciso io. » Le raccontò tutto, salvo i pochi attimi in cui aveva pensato che non l'avrebbe più rivista. Non ce ne fu bisogno: fu lei a dirlo.

« Se tu non avessi avuto così netta in mente quella data, non saresti tornato, vero? »

Jason scosse il capo. « Probabilmente no. »

« Lo sapevo. Lo sentivo. Per un minuto, mentre andavo dal caffè alla gradinata del museo, non riuscivo quasi più a respirare. Come se stessi soffocando. Ci credi? »

« Non voglio crederci. »

« Neanch'io, ma è successo. »

Se ne stavano seduti, Marie sul letto, Jason nell'unica poltrona. Allungò una mano prendendole la sua. « Ancora non sono sicuro di aver fatto bene a tornare... quell'uomo lo conoscevo, la sua faccia l'avevo vista. Ero a Marsiglia quarantotto ore prima che lo uccidessero! »

« Ma non l'hai ucciso tu. »

« Allora perché mi trovavo lì? Perché pensano che sia stato io? Cristo, è da pazzi! » Balzò dalla sedia, con una nuova fitta negli occhi. « Ma, d'altra parte, ho dimenticato. Sono pazzo, no? Perché ho dimenticato anni, una vita intera. »

Marie gli si rivolse in un tono concreto, senza note di compassione nella voce. « Le risposte ti verranno. Da una fonte o dall'altra, e infine da te stesso. »

« Potrebbe essere impossibile. Washburn ha detto che è come se dei cubetti fossero stati cambiati di posto, come se ci fossero percorsi diversi... finestre diverse. » Si diresse alla finestra, a braccia conserte, guardando verso le luci di Montparnasse. « La vista dalla finestra non è più la stessa, e non lo sarà mai più. Da qualche parte, là fuori, c'è gente che conosco, che mi conosce. A tremila chilometri da qui c'è altra gente di cui m'importa e non m'importa... oppure, oh Dio, può darsi che ci siano una moglie, dei bambini... chissà. Continuo ad essere trascinato dal vento, senza riuscire a toccar terra. Ogni volta che ci provo vengo ributtato in aria. »

« Nel cielo? » chiese Marie.

« Sì. »

« Ti sei buttato da un aereo » disse Marie, in tono affermativo.

Bourne si voltò. « Questo non te l'avevo mai detto. »

« Ne hai parlato l'altra notte mentre dormivi. Eri sudato, tutto rosso in faccia. Ho dovuto asciugarti il sudore con un asciugamano. »

« Perché non mi hai detto niente? »

« Te l'ho detto, in un certo senso, ti ho chiesto se non facevi il pilota, o se ti dava fastidio volare. Specialmente di notte. »

« Non sapevo cosa intendessi. Perché non hai insistito? »

« Avevo paura di farlo. Eri sull'orlo dell'isteria, e io non sono addestrata a trattare queste cose. Posso aiutarti a ricordare, non trattare con il tuo inconscio. Credo che solo un dottore possa farlo. »

« Un dottore? Sono stato da un dottore sei maledetti mesi. »

« Da quel che hai detto di lui, penso che ci sia bisogno del parere di un altro. »

« Non voglio! » rispose, confuso dalla rabbia che l'aveva preso.

« Perché no? » Marie si alzò dal letto. « Hai bisogno di farti curare, mio caro. Uno psichiatra potrebbe... »

« *No!* » urlò, malgrado cercasse di trattenersi, furioso con se stesso. « Non lo farò. Non posso. »

« Ti prego, dimmi perché » chiese Marie calma, ritta di fronte a lui.

« Io... io... non posso farlo. »

« Dimmi semplicemente perché. Nient'altro. »

Bourne rimase a fissarla, si voltò e guardò di nuovo fuori dalla finestra, appoggiando le mani al davanzale. « Perché ho paura. Qualcuno ha mentito, e la cosa mi ha reso più contento di quanto tu non pensi. Ma prova a immaginare che tutto il resto sia vero. Cosa farei? »

« Stai dicendo che non vuoi scoprirlo? »

« Non proprio. » Si raddrizzò appoggiandosi allo stipite della finestra, gli occhi puntati sulle luci in basso. « Cerca di spiegarmi » disse. « Certe cose devo saperle... quanto basta per prendere una decisione... ma forse non tutte. Una parte di me dev'essere capace di allontanarsi, di scomparire. Devo poter dire a me stesso che ciò che è stato è stato, che c'è una possibilità che non sia mai successo perché non me ne ricordo più. Ciò che uno non ricorda, non esiste... per lui. » Si voltò. « Quel che sto cercando di dirti è che forse è meglio così. »

« Vuoi fatti, non prove. È questo che vuoi dire? »

« Voglio delle frecce che indichino una direzione o un'altra, che mi dicano se devo correre o no. »

« Che dicano a *te*. E per quanto riguarda *noi*? »

« Questo dipende dalle frecce, non ti pare? Lo sai. »

« E allora troviamole. »

« Sta' attenta. Potresti non essere capace di vivere con quel che c'è là fuori. Dico sul serio. »

« Posso vivere con te. Anch'io dico sul serio. » Gli toccò il viso con una mano. « Andiamo. Nell'Ontario non sono ancora le cinque. E posso trovare Peter in ufficio. Potrà far partire la ricerca della Treadstone... darci il nome di qualcuno, qui all'ambasciata canadese, che ci aiuti se ne abbiamo bisogno. »

« Vuoi dire a Peter che sei a Parigi? »

« Lo saprà comunque dalla centralinista, ma non si potrà far risalire la telefonata all'albergo. Non ti preoccupare, la farò sembrare una faccenda privata, addirittura casuale. Rimango a Parigi qualche giorno, perché i parenti di Lione erano troppo noiosi. Non avrà sospetti. »

« E sei sicura che conosca qualcuno qui all'ambasciata? »

« Peter si picca di conoscere qualcuno dovunque. È una delle sue caratteristiche meno affascinanti, ma più utili. »

« Allora probabilmente conoscerà. » Bourne raccolse i cappotti. « Dopo la telefonata andiamo a mangiare. E credo che ci farà bene bere qualcosa, prima. »

« Passiamo davanti alla banca di rue Madeleine. Voglio vedere se c'è una cosa. »

« Cosa puoi vedere di sera? »

« Una cabina telefonica. Spero che ce ne sia una nelle vicinanze. »

C'era. Sul lato opposto della strada, quasi di fronte all'ingresso.

L'uomo biondo, alto, con un paio di occhiali di tartaruga, controllò l'orologio sotto il sole pomeridiano di rue Madeleine. I marciapiedi erano affollati, il traffico impossibile, come quasi sempre a Parigi. Entrò nella cabina telefonica e prese la cornetta che pendeva dal cavo annodato. Era un modo cortese per segnalare che il telefono era guasto; riduceva le probabilità di trovare la cabina occupata. Il metodo aveva funzionato.

Guardò di nuovo l'orologio; la partita era cominciata. Marie si trovava nella banca. Gli avrebbe telefonato di lì a qualche minuto. Tirò fuori di tasca alcune monetine, le posò sulla cassetta e si appoggiò al vetro della cabina, guardando verso la banca. Una nuvola offuscò il cielo e i suoi lineamenti apparvero riflessi nel vetro. L'immagine lo lasciò soddisfatto. Gli fece ricordare la reazione di stupore del parrucchiere di Montparnasse che lo aveva tenuto sequestrato in una cabina chiusa da tende, mentre lo trasformava in un biondo. La nuvola passò, tornò il sole, il telefono squillò.

« Sei tu? » chiese Marie Saint Jacques.

« Sono io » rispose Bourne.

« Prendi nota del nome e della posizione dell'ufficio. Devi parlare un cattivo francese. Fa' qualche errore di pronuncia per fargli capire che si americano. Di' che non sei abituato ai telefoni di Parigi. Poi segui esattamente la sequenza. Ti richiamo fra cinque minuti precisi. »

« Sincronizzare gli orologi. »

« Cosa? »

« Niente. Voglio dire: si parte. »

« D'accordo. L'orologio è sincronizzato. Buona fortuna. »

« Grazie. » Jason premette la forcella, la lasciò e formò il numero che aveva imparato a memoria.

« La Banque de Valois. *Bonjour.* »

« Mi necessita assistenza » disse Bourne, parlando approssimativamente con le parole che Marie gli aveva detto di usare. « Ho da poco portato alquanti fondi dalla Svizzera via corriere. Vorrei sapere se ne è stata accusata ricevuta. »

« Le passo la divisione servizi esteri, signore. »

Uno scatto, poi un'altra voce femminile. « Servizi esteri. »

Jason ripeté la sua richiesta.

« Può darmi il suo nome, per favore? »

« Io preferisco parlare con un funzionario della banca, prima di darlo. »

Una pausa sulla linea. « Benissimo, signore. Le passo l'ufficio del vicepresidente d'Amarcourt. »

La segretaria di monsieur d'Amarcourt era meno disponibile: il processo di filtro era stato attivato, proprio come aveva previsto Marie. Bourne usò di nuovo le parole di Marie. « Mi riferisco al trasferimento da Zurigo dalla Gemeinschaft Bank in Bahnhofstrasse. È relativo a una somma di sette cifre. Monsieur d'Amarcourt, prego. Ho molto poco tempo. »

Per la segretaria non era il caso di provocare ulteriori ritardi. Un vicêpresidente perplesso prese la linea.

« Posso esserle utile? »

« È lei d'Amarcourt? » chiese Jason.

« Sì, sono Antoine d'Amarcourt. Posso sapere con chi sto parlando! »

« Bene! Mi si sarebbe dovuto dare il suo nome a Zurigo. La prossima volta non sarà trascurato » disse Bourne, con accento americano.

« Mi scusi? Preferisce parlare inglese, monsieur? »

« Sì » rispose Jason, passando all'inglese. « Ho già abbastanza guai con questo maledetto telefono. » Controllò l'orologio: gli rimanevano meno di due minuti. « Mi chiamo Bourne, Jason Bourne, e otto giorni fa ho trasferito quattro milioni e mezzo di franchi dalla Gemeinschaft Bank di Zurigo. Mi hanno assicurato che la transazione sarebbe stata confidenziale. »

« Tutte le transazioni sono confidenziali, signore. »

« Bene. Ottimo. Quello che voglio sapere è se la pratica è stata sbrigata. »

« Credo che sia il caso di spiegarle » proseguì il vicepresidente « che la confidenzialità esclude di poter dare conferme di questo genere al telefono, a una persona sconosciuta. » Marie aveva avuto ragione. Ora la logica della trappola che lei aveva montato gli appariva più chiara.

« Lo spero proprio. Ma, come avevo detto alla sua segretaria, sono di fretta. Parto da Parigi tra un paio d'ore e devo sistemare tutto. »

« Allora le suggerisco di venire alla banca. »

« Questo lo so » disse Bourne soddisfatto che le cose procedessero esattamente come Marie aveva previsto. « Volevo soltanto sapere se tutto sarà pronto per quando arrivo. Dov'è il suo ufficio? »

« Al pianterreno, monsieur. In fondo, oltre il cancelletto, porta centrale. Ci sarà un incaricato per accoglierla, signore. »

« E tratterò solo con lei, giusto? »

« Se lo desidera, anche se qualunque funzionario... »

« Stia un po' a sentire » esclamò l'americano, irritato. « Stiamo parlando di più di quattro milioni di franchi! »

« D'accordo, monsieur Bourne. Tratterà solo con me. »

« Bene. Ottimo. » Jason premette la forcella. Gli rimanevano quindici secondi. « Guardi, adesso sono le due e trentacinque... » Premette due volte la forcella, interrompendo la linea senza però staccarla. « Pronto? Pronto? »

« Sono qui, monsieur. »

« Maledetti telefoni! Ascolti, io... » Premette altre tre volte in rapida successione. « Pronto? Pronto? »

« Monsieur, la prego... vuole darmi il suo numero di telefono? »

« Centralino? Centralino!? »

« Monsieur Bourne, per favore... »

« Non la sento! » *Quattro secondi, tre secondi, due secondi.* « Un minuto. La richiamo. » Tenne premuta la forcella interrompendo la comunicazione. Passarono tre secondi poi il telefono squillò; sollevò la cornetta. « Si chiama d'Amarcourt, ufficio al piano terra, in fondo, porta centrale. »

« Capito » disse Marie e riappese.

Bourne ritelefonò alla banca, dopo aver inserito un'altra moneta. « *Je parlais avec monsieur d'Amarcourt quand on m'a coupé...* »

« *Je regrette, monsieur.* »

« Monsieur Bourne? »

« D'Amarcourt? »

« Sì. Sono costernato che sia successa una cosa simile. Cosa mi stava dicendo? A proposito dell'ora. »

« Ah, già. Sono le due e mezza passate. Sarò da lei alle tre. »

« Sarò felice di vederla, monsieur. »

Jason riannodò il cavo, lasciando pendere la cornetta, poi uscì dalla cabina e, attraverso la folla, andò a ripararsi sotto il tendone di un negozio vicino. Si voltò e attese, tenendo lo sguardo puntato sulla banca all'altro lato della strada, ricordando un'altra banca di Zurigo e il sibilo delle sirene sulla Bahnhofstrasse. Nei prossimi venti minuti avrebbe visto se Marie aveva ragione o torto. In caso positivo, non si sarebbero sentite sirene, in rue Madeleine.

La donna snella dal cappello a tesa larga che le nascondeva in parte il viso riagganciò il telefono pubblico appeso alla parete subito dopo l'ingresso della banca. Aprì la borsetta, tirò fuori il portacipria e controllò il trucco, girando lo specchietto prima a sinistra poi a destra. Soddisfatta, infilò il portacipria in borsetta, richiuse, e passò davanti al cassiere, diretta verso il fondo. Si fermò davanti a un banco al centro, prese una penna a sfera legata con una catena, e cominciò a scrivere numeri qualsiasi su un modulo che era stato lasciato sul piano di marmo. A meno di tre metri si apriva un cancelletto d'ottone, che continuava in una balaustra di legno che divideva la banca in tutta la sua larghezza. Al di là della balaustra erano sistemate le scrivanie degli impiegati di livello inferiore e, in fondo, quelle delle segretarie private – cinque in tutto – di fronte a cinque porte. Marie lesse il nome scritto a lettere d'oro sulla porta centrale.

M.A.R. D'AMARCOURT
VICEPRESIDENT
COMTE À L'ÉTRANGER ET DEVISES

Avrebbe potuto capitare da un momento all'altro... se fosse capitato, se non si era sbagliata. E in questo caso doveva conoscere che aspetto aveva monsieur A.R. d'Amarcourt; sarebbe stato lui l'uomo che Jason avrebbe dovuto poi contattare per parlargli. Non alla banca però.

Non si era sbagliata. Ci fu un turbine di attività controllata. La segretaria alla scrivania davanti all'ufficio di d'Amarcourt corse dentro con il taccuino. Ne uscì trenta secondi dopo e afferrò il telefono. Compose tre numeri – una chiamata interna – e parlò nella cornetta leggendo il taccuino.

Passarono due minuti; la porta dell'ufficio di d'Amarcourt si aprì e il vicepresidente si fermò sulla soglia: un dirigente in ansia, preoccupato per un eventuale ritardo. Era un uomo di mezza età, con un viso più vecchio dei suoi anni, che però si sforzava di sembrare più giovane. I capelli scuri e radi erano pettinati in modo da nascondere l'incipiente calvizie; gli occhi erano incassati in rotolini di carne, segno di lunghe ore trascorse in compagnia di ottimi vini. Lo sguardo era freddo, guizzante. Rivelava l'uomo esigente, cauto e sospettoso. Abbaiò una domanda alla segretaria. La donna guizzò sulla sedia facendo del suo meglio per mantenersi composta.

D'Amarcourt rientrò in ufficio lasciando aperta la porta: la gabbia di un gatto rabbioso rimasta aperta. Passò un minuto ancora. La segretaria lanciava continue occhiate verso destra, in cerca di qualcosa. Quando la vide, sospirò, chiudendo gli occhi sollevata.

Sulla parete di sinistra, sopra due pannelli di legno scuro si accese una luce verde; l'ascensore era entrato in movimento. Pochi secondi dopo la porta si aprì e un uomo anziano, elegante, uscì reggendo una cassettina nera poco più grande della sua mano. Marie la fissò, soddisfatta e impaurita insieme: la sua ipotesi era giusta. La cassettina nera era stata presa da una pratica confidenziale custodita in una stanza sorvegliata dietro la firma di un uomo di onestà immacolata: l'anziano signore elegante che si faceva strada tra le scrivanie diretto verso l'ufficio di d'Amarcourt.

La segretaria si alzò, salutò l'alto dirigente e lo scortò nell'ufficio di d'Amarcourt. Tornò fuori immediatamente chiudendosi la porta alle spalle.

Marie guardò l'orologio, tenendo gli occhi sulla lancetta dei secondi. Voleva qualche altro piccolo dato. L'avrebbe ottenuto se fosse riuscita a superare il cancelletto, a vedere da vicino la scrivania della segretaria. In caso positivo, era questione di secondi.

Andò al cancelletto, aprì la borsa e rivolse un sorriso vacuo alla receptionist che parlava al telefono. Pronunciò enfaticamente il nome di d'Amarcourt ella receptionist stupefatta, si chinò e aprì il cancelletto. Entrò immediatamente, come una cliente decisa, anche se non molto sveglia, della Banque de Valois.

« *Pardon, madame...* » La receptionist tenne una mano sul microfono mitragliandola di parole in francese. « Posso esserle d'aiuto? »

Di nuovo Marie pronunciò il nome di d'Amarcourt; ora fingeva di essere una cliente educata in ritardo a un appuntamento che non desiderava pesare ulteriormente su un'impiegata piena di lavoro. « Monsieur d'Amarcourt. Temo di essere in ritardo. Parlo solo con la sua segretaria. » Si avviò lungo il passaggio diretta verso la scrivania della segretaria.

« Per favore, madame » la chiamò la receptionist. « Devo annunciare... »

Il rumore delle macchine per scrivere e delle conversazioni soffocò il suo richiamo. Marie si avvicinò alla segretaria dal viso severo, che la guardava sconcertata proprio come la receptionist.

« Sì? Posso esserle d'aiuto? »

« Monsieur d'Amarcourt, per favore. »

« Temo che sia in riunione, madame. Ha un appuntamento? »

« Oh, sì, certo » disse Marie aprendo di nuovo la borsetta.

La segretaria guardò il foglio degli appuntamenti sulla scrivania. « Temo che non ci sia nessuno segnato a quest'ora. »

« Oh, ma guarda! » esclamò, confusa, la cliente della Banque de Valois. « Me ne sono accorta in questo momento. È per domani, non per oggi! Sono proprio spiacente! »

Si voltò e ritornò rapidamente al cancelletto. Aveva visto ciò che voleva vedere, l'ultimo frammento di prova. Sul telefono di d'Amarcourt si era accesa una luce: telefonava all'esterno, senza passare per la segretaria. Al conto intestato a Jason Bourne erano allegate istruzioni speciali che non dovevano venir rivelate all'intestatario.

Bourne, all'ombra del tendone, guardò l'orologio: le due e quarantanove. Marie sarebbe tornata da un momento all'altro al telefono posto all'ingresso della banca. Nei minuti successivi avrebbero avuto la risposta che volevano; forse lei la sapeva già.

Si spostò sulla sinistra della vetrina, sempre tenendo d'occhio l'ingresso. Da dentro, un impiegato gli sorrise, e ciò gli ricordò che doveva evitare di farsi notare. Estrasse un pacchetto di sigarette, ne accese una, guardò di nuovo l'orologio. Mancavano otto minuti alle tre.

E a questo punto li vide. Meglio: vide *lui*. Tre uomini ben vestiti che risalivano in fretta rue Madeleine, parlando tra loro, ma guardando fissi in avanti. Superavano i pedoni che ostacolavano il passo, scusandosi con una cortesia che non era precisamente parigina. Jason si concentrò sull'uomo in mezzo. Era *lui*. L'uomo che si chiamava Johann.

Segnala a Johann di andare dentro. Torneremo a prendervi. Erano le parole che aveva detto un uomo alto, smilzo, con un paio di occhiali d'oro, nella Steppdeckstrasse. *Johann.* L'avevano fatto arrivare da Zurigo; aveva visto Jason Bourne. E questo gli diceva qualcosa: non avevano sue fotografie.

I tre uomini raggiunsero l'ingresso della banca. Johann e il tipo alla sua destra entrarono; il terzo rimase sulla porta. Bourne andò di nuovo alla cabina telefonica; avrebbe atteso quattro minuti e poi telefonato di nuovo ad Antoine d'Amarcourt.

Lasciò cadere la sigaretta, la schiacciò sotto il piede, aprì la porta della cabina ed entrò.

I quattro minuti erano passati. Prese in tasca alcune monete – bastavano per due telefonate – e compose il primo numero.

« La Banque de Valois. *Bonjour.* »

Dieci secondi dopo d'Amarcourt rispondeva al telefono, con voce tesa. « È lei, monsieur Bourne? Mi pareva che mi avesse detto che sarebbe venuto da me. »

« Un cambiamento di programma, purtroppo. La richiamerò domani. » All'improvviso, attraverso la parete di vetro della cabina, Jason vide un'auto infilarsi rapidamente in uno spazio libero di fronte alla banca, sul lato opposto della strada. Il terzo uomo fermo di fronte all'ingresso, rivolse un cenno al conducente.

« ...posso fare per lei? » D'Amarcourt gli aveva fatto una domanda.

« Può ripetere, scusi? »

« Le ho chiesto se potevo fare qualcosa per lei. Ho il suo conto in evidenza; è tutto pronto per quando lei verrà. »

Ne sono sicuro, pensò Bourne; valeva la pena di fare uno scherzetto. « Senta, devo andare a Londra oggi pomeriggio. Parto con il primo volo disponibile, ma domani sono di nuovo qui. Tenga tutto pronto, d'accordo? »

« Per Londra, monsieur? »

« La richiamo domani. Devo trovare un taxi per Orly. » Riappese e rimase a osservare l'ingresso della banca. Meno di trenta secondi dopo Johann e il suo compagno uscivano di corsa; parlarono al terzo uomo poi salirono tutti nell'auto in attesa.

L'auto che i killer avrebbero usato per la fuga era ancora in caccia, diretta all'aeroporto di Orly. Jason fissò nella memoria il numero di targa, poi compose il secondo numero. Se il telefono a gettoni nella banca era libero, Marie avrebbe sollevato la cornetta non appena avesse squillato. Fece proprio così.

« Sì? »

« Visto qualcosa? »

« Un sacco di cose. D'Amarcourt è il tuo uomo. »

12

Si aggiravano per il grande magazzino passando da un banco all'altro. Marie però rimaneva sempre vicino alla vetrina, senza distogliere gli occhi dall'ingresso della banca, sul lato opposto di rue Madeleine.

« Ti ho preso due foulard » disse Bourne.

« Non dovevi. Hanno dei prezzi impossibili. »

« Sono quasi le quattro. Se non è ancora uscito, bisognerà aspettare l'ora di chiusura degli uffici. »

« Probabilmente sì. Se avesse dovuto incontrare qualcuno, ormai l'avrebbe già fatto. D'altra parte, dovevamo essere sicuri. »

« Sta' sicura che adesso i suoi amici sono a Orly che corrono da un volo all'altro. Non possono assolutamente sapere quale prendo io perché non sanno che nome uso. »

« Devono dipendere dall'uomo di Zurigo, per riconoscerti. »

« Lui cerca un tipo dai capelli scuri che zoppica, non me. Andiamo, entriamo in banca, così mi indichi d'Amarcourt. »

« Non possiamo » disse Marie, scuotendo il capo. « Le telecamere sul soffitto hanno il grandangolo. Se riguardano i nastri ti possono riconoscere. »

« Un uomo biondo con gli occhiali? »

« Oppure me. Io ero lì; la receptionist o la segretaria di d'Amarcourt potrebbero identificarmi. »

« Secondo te, pare che là dentro non facciano che complottare. Ne dubito. »

« Potrebbero avere un sacco di motivi per rivedere i nastri. » Marie si fermò. Si aggrappò al braccio di Jason, lo sguardo puntato sull'ingresso della banca. « Eccolo! Quello con il soprabito dal colletto di velluto nero. È lui d'Amarcourt. »

« Quello che si sta aggiustando le maniche? »

« Sì. »

« Ho capito. Ci rivediamo in albergo. »

« Sta' attento. *Molto* attento. »

« Paga i foulard; sono sul banco dietro. »

Jason uscì dal grande magazzino, socchiudendo gli occhi sotto il sole, cercando un varco nel traffico per passare sull'altro marciapiedi; niente. D'Amarcourt si era avviato tranquillamente verso destra; evidentemente non aveva fretta di andare a un appuntamento. Aveva piuttosto l'aria di un pavone un po' assonnato. Bourne andò fino all'incrocio e attraversò con il verde. Si trovò alle spalle del banchiere. D'Amarcourt si fermò a un'edicola per comprare un giornale della sera e Jason lo attese fermo di fronte a un negozio di articoli sportivi. Quando il banchiere proseguì lungo l'isolato, gli si accodò.

Davanti a loro c'era un caffè dalla vetrina buia con la porta di legno massiccio dalle decorazioni pesanti. Non ci voleva molta immaginazione per immaginarsi l'interno: clientela maschile che andava lì a bere, magari accompagnata da donne da non far troppo vedere in giro. Il posto ideale per una tranquilla discussione con Antoine d'Amarcourt. Jason allungò il passo e si affiancò al banchiere. Gli si rivolse nello stesso francese grezzo e anglicizzato che aveva usato al telefono.

« *Bonjour, monsieur. Je... pense que vous... êtes monsieur d'Amarcourt.* Direi che avevo ragione, non le pare? »

Il banchiere si bloccò. Gli occhi gelidi erano spaventati al ricordo di ciò che era successo. Il pavone si raggrinzì ancor di più nel soprabito su misura. « Bourne? » bisbigliò.

« Dovrebbero essere molto confusi i suoi amici, a questo punto. Secondo me, stanno correndo qua e là, all'aeroporto di Orly. Magari si chiedono se lei non gli ha passato un'informazione sbagliata. Magari volutamente. »

« *Cosa?* » Il banchiere strabuzzò gli occhi, terrorizzato.

« Andiamo qui dentro » disse Jason, stringendogli con forza un braccio. « Dobbiamo fare una chiacchieratina, noi due. »

« Non so assolutamente nulla! Ho seguito solo le istruzioni del conto corrente. Non ho nessuna responsabilità! »

« Spiacente. Quando le ho parlato, lei ha detto che al telefono non poteva discutere del conto corrente al quale mi riferivo; ha detto che non era disposto a parlare d'affari con uno sconosciuto. Venti minuti dopo però mi ha detto che tutto era pronto. Questa è una conferma, non le pare? Andiamocene qui dentro. »

Sotto certi aspetti il caffè era una versione in miniatura del Drei Alpenhäuser. I separé erano profondi, separati da alte pareti, le luci soffuse. Tutto il resto però era diverso; il caffè di rue Madeleine era francese fino in fondo e le caraffe di vino sostituivano i boccali di birra. Bourne chiese un separé d'angolo; il cameriere acconsentì.

« Prenda qualcosa da bere » disse Jason. « Ne avrà bisogno. »

« Lei presume cose infondate » replicò freddo il banchiere. « Prenderò un whisky. »

Le ordinazioni arrivarono in pochissimo tempo. D'Amarcourt lo utilizzò per tirar fuori, nervoso, un pacchetto di sigarette da sotto il soprabito aderente. Bourne accese un fiammifero, avvicinandolo — molto — al viso del banchiere.

« *Merci.* » D'Amarcourt inalò una boccata, poi buttò giù di colpo mezzo bicchiere di whisky. « Non sono io la persona con cui dovrebbe parlare » disse.

« E con chi dovrei? »

« Forse uno dei proprietari della banca. Non saprei, ma certo non con me. »

« Si spieghi. »

« Esistono accordi particolari. Una banca privata è più flessibile di un istituto a proprietà aperta, con degli azionisti. »

« In che senso? »

« C'è una maggiore disponibilità, usiamo questa parola, nei confronti delle richieste di certi clienti e delle banche affiliate. Le indagini che si fanno sono meno minuziose di quelle che svolge una società quotata in borsa. Anche la Gemeinschaft di Zurigo è un istituto privato. »

« Le richieste sono state fatte dalla Gemeinschaft? »

« Le richieste... le clausole... sì. »

« Chi sono i proprietari della Valois? »

« Chi? Molti: un consorzio. Dieci o dodici personaggi e le loro famiglie. »

« E allora è con lei che devo parlare, non le pare? Voglio dire, sarebbe un po' sciocco correre da una parte all'altra di Parigi per rintracciarli. »

« Io sono solo un dirigente. Un impiegato. » D'Amarcourt inghiottì il resto del whisky, spense la sigaretta e ne prese un'altra. Allungò una mano verso i fiammiferi.

« Quali sono le clausole? »

« Potrei perdere il posto, monsieur! »

« Potrebbe perdere la vita » disse Jason, turbato perché la frase gli era venuta con tanta facilità.

« Non sono importante come lei pensa. »

« E nemmeno ignorante come vuol farmi pensare » ribatté Bourne, osservando il banchiere. « I tipi come lei si trovano dappertutto, d'Amarcourt. Lo si vede dai vestiti, dai capelli, persino da come cammina; lei è troppo impettito. Un uomo come lei non diventa vicepresidente della Banque de Valois senza farsi delle domande; lei si copre. Lei non fa una puzzonata se prima non si è protetto il culo. Adesso mi dica quali sono queste clausole. Per me lei è trascurabile, sono stato chiaro? »

D'Amarcourt accese un fiammifero e lo tenne sotto la sigaretta fissando Jason. « Non è necessario che lei mi minacci, monsieur. Lei è molto ricco. Perché non mi paga? » Un sorriso nervoso. « Incidentalmente, ha proprio ragione. Un paio di domande le ho fatte. Parigi non è Zurigo. Un uomo nella mia posizione se non delle verità deve per lo meno ottenere delle risposte. »

Bourne si rilassò contro lo schienale, agitando il bicchiere. Il tintinnio dei cubetti di ghiaccio innervosiva chiaramente d'Amarcourt. « Indichi una cifra ragionevole » disse finalmente « e se ne potrà parlare. »

« Sono un uomo ragionevole. Lasciamo che la decisione sia relativa al valore, e che sia lei a stabilirla. In tutto il mondo i banchieri vengono ricompensati, per i loro consigli, dai clienti riconoscenti. Mi piacerebbe vederla come cliente. »

« Di questo ne sono sicuro. » Bourne sorrise, scuotendo il capo di fronte alla saldezza di nervi dell'uomo. « Quindi si passa da una bustarella a un onorario. Un compenso per consigli e servizi resi. »

D'Amarcourt scrollò le spalle. « È una definizione che accetto. Anzi, se mai me lo dovessero chiedere, ripeterei le sue parole. »

« Le clausole? »

« Al trasferimento dei fondi in questione da Zurigo era allegata *une fiche confidentielle*... »

« *Une fiche?* » interruppe Jason, ricordando quando, nell'ufficio di Apfel, Koenig era entrato dicendo questa stessa parola. « Ne ho già sentito parlare. Cos'è? »

« Una clausola antiquata, per così dire. Risale alla metà del secolo scorso, quando i grandi banchieri – e i Rothschild in primo luogo – erano soliti tener d'occhio i movimenti internazionali di capitale. »

« Grazie. Nei particolari com'è? »

« Istruzioni sigillate separate da aprire e rispettare quando sono richiesti movimenti sul conto in questione. »

« "Movimenti"? »

« Il deposito o il prelievo di fondi. »

« Cosa succederebbe se io andassi dal cassiere, gli presentassi un assegno e chiedessi dei contanti? »

« Sul computer apparirebbe un doppio asterisco. La farebbero venire da me. »

« Mi hanno messo in contatto con lei in ogni modo. Il centralino mi ha passato il suo ufficio. »

« Un caso. Ci sono altri due funzionari che si occupano del settore esteri. Se lei avesse parlato con loro la *fiche* li avrebbe comunque obbligati a passare a me la pratica. Io sono il funzionario gerarchicamente superiore. »

« Vedo. » Ma Bourne non era proprio sicuro d'aver visto. C'era un buco in questa sequenza; uno spazio che doveva essere colmato. « Un momento. Quando le è stata portata la pratica del conto, lei non sapeva nulla della *fiche*. »

« E perché l'ho chiesta, allora? » lo interruppe d'Amarcourt, prevenendo la domanda. « Sia ragionevole, monsieur. Si metta nei miei panni. Una persona mi telefona, mi dice il suo nome, poi mi dice che "sta parlando di una questione di più di quattro milioni di franchi". Quattro *milioni*. Non sarebbe ansioso di rendersi utile, al mio posto? Di addomesticare una regoletta qui, una regoletta là? »

Jason guardando l'elegante banchiere, si rese conto che era la cosa meno stupefacente che avesse detto. « Le istruzioni. Quali erano? »

« Tanto per cominciare, un numero telefonico... naturalmente non in elenco. Bisognava telefonare a questo numero e riferire tutte le informazioni. »

« Lo ricorda, questo numero? »

« È mia regola ricordare a memoria cose del genere. »

« Ci posso scommettere. E qual è? »

« Devo proteggermi, monsieur. Da chi altri lei potrebbe averlo avuto? Pongo la domanda... come dite voi?... in termini retorici. »

« Il che vuol dire che lei ha la risposta. In che modo potrei aver ottenuto questo numero? Se mai la cosa dovesse saltar fuori. »

« A Zurigo. Lei ha pagato una grossa somma a qualcuno per rompere non solo le regole severe della Bahnhofstrasse, ma anche le leggi svizzere. »

« Ho l'uomo giusto » disse Bourne con l'immagine di Koenig davanti agli occhi. « Il reato l'ha già commesso. »

« Alla Gemeinschaft? Vuole scherzare? »

« Nient'affatto. Si chiama Koenig; ha la scrivania al primo piano. »

« Me ne ricorderò. »

« Ne sono sicuro. Il numero? » D'Amarcourt glielo disse. Jason lo scrisse su un tovagliolo di carta. « Come faccio a sapere che è quello giusto? »

« Ha una buona garanzia. Non sono stato ancora pagato. »

« Piuttosto buona. »

« E poiché la nostra discussione riguarda questioni di valore, devo anche dirle che questo è il secondo numero telefonico. Il primo è stato cancellato. »

« Si spieghi. »

D'Amarcourt si piegò sul tavolo. « Con il corriere è arrivata una fotocopia della *fiche* originale. Era sigillata in una cassettina nera, e la ricevuta è stata firmata per accettazione dal responsabile dell'archivio. Il documento nella cassetta era stato convalidato da un socio della Gemeinschaft e controfirmato dal solito notaio svizzero; le istruzioni erano semplici, chiarissime. Qualunque cosa riguardante il conto corrente di Jason C. Bourne, andava comunicata per telefono immediatamente a un numero negli Stati Uniti, riferendo tutti i particolari. Nel nostro caso il documento era stato alterato: il numero di New York era stato eliminato e al suo posto ne era stato inserito uno di Parigi. La modifica era convalidata da un'iniziale. »

« New York? » interruppe Bourne. « Come sa che era un numero di New York? »

« Il prefisso era indicato tra parentesi, davanti al numero telefonico ed era rimasto intatto. Era 212. Come primo vicepresidente responsabile del settore esteri, ogni giorno mi capita di telefonare a New York. »

« Un'alterazione piuttosto grossolana. »

« Probabilmente. Può darsi che sia stato fatto in fretta, o che non abbiano ben capito come andava fatta. D'altra parte, era impossibile alterare le istruzioni, senza passare di nuovo attraverso il notaio. Un rischio di importanza relativa, considerato il numero di telefoni che ci sono a New York. Comunque, la modifica mi ha offerto la possibilità di fare un paio di domande. I cambiamenti sono il terrore dei banchieri. » D'Amarcourt finì il suo whisky.

« Ne vuole un altro? » chiese Jason.

« No, la ringrazio. Prolungherebbe il nostro colloquio. »

« È lei che l'ha troncato. »

« Sto pensando, monsieur. Forse lei avrà in mente una cifra indicativa prima che io proceda. »

Bourne lo studiò. « Potrebbero essere cinque » disse.

« Cinque cosa? »

« Cinque cifre. »

« D'accordo. Ho parlato con una donna... »

« Una donna? E, come prima cosa, cosa le ha detto? »

« Sono stato sincero. Ero il vicepresidente della Banque de Valois e seguivo le istruzioni che mi erano state inviate dalla Gemeinschaft di Zurigo. Che altro avrei dovuto dire? »

« Continui. »

« Ho detto di aver parlato con un uomo che sosteneva di essere Jason Bourne. La donna mi ha chiesto quando gli avevo parlato e io ho risposto che era stato pochi minuti prima. A questo punto la donna si è dimostrata molto ansiosa di conoscere il tenore della nostra conversazione. Allora io le ho comunicato le mie perplessità. La *fiche* affermava a chiare lettere che la telefonata andava piazzata a New York, non a Parigi. Naturalmente, lei ha risposto che la cosa non doveva riguardarmi, che il cambiamento era stato autorizzato. Volevo forse che Zurigo venisse informata che un funzionario della Valois aveva rifiutato di seguire le istruzioni della Gemeinschaft? »

« Un attimo » interruppe Jason. « Chi era questa donna? »

« Non ne ho idea. »

« Lei vuol dire che ha detto tutte queste cose senza sapere con chi parlava? Non le ha chiesto chi era? »

« È nella procedura della *fiche*. Se un nome salta fuori, benissimo. In caso contrario, non si fanno domande. »

« Lei però non ha esitato a chiedere chiarimenti sul numero telefonico. »

« Erano un pretesto; volevo avere informazioni. Lei ha trasferito quattro milioni e mezzo di franchi, una somma notevole, e di conseguenza era un cliente importante, dotato, forse, di legami ancor più importanti... si tentenna, poi si acconsente, poi si tentenna di nuovo, solo per acconsentire ancora una volta; è così che si vengono a sapere le cose. Specialmente se l'interlocutore appare ansioso. E le posso assicurare che quella donna era proprio ansiosa. »

« E che cosa è venuto a sapere? »

« Che lei, monsieur, dev'essere ritenuto un uomo pericoloso. »

« In che senso? »

« La questione non è stata risolta. Ma il fatto che sia stata usata questa parola mi ha autorizzato a chiedere come mai la Sûreté non fosse interessata alla questione. La risposta è stata estremamente interessante. "Quest'uomo è al di là della Sûreté, al di là dell'Interpol". »

« E questo per lei cosa significava? »

« Che era una questione notevolmente complessa e che era meglio evitare di chiarirla. Comunque, dopo l'inizio della nostra conversazione, la cosa mi ha chiarito un altro fatto. »

« E cioè? »

« Che lei, monsieur Bourne, deve pagarmi molto bene, perché io devo comportarmi con estrema prudenza. Le persone che la tengono d'occhio sono probabilmente anch'esse al di là della Sûreté, al di là dell'Interpol. »

« Arriveremo anche a questo. Lei ha riferito alla donna che io sarei venuto di lì a poco nel suo ufficio? »

« Che lei sarebbe arrivato entro un quarto d'ora. Mi ha pregato di rimanere al telefono qualche secondo dicendo che sarebbe tornata subito. Evidentemente ha fatto un'altra telefonata. È tornata con le istruzioni definitive. Lei avrebbe dovuto venir trattenuto nel mio ufficio finché dalla mia segretaria non sarebbe venuto qualcuno a chiedere della faccenda di Zurigo. Quando lei se ne sarebbe andato avrebbe dovuto venire identificato con un gesto o con un cenno del capo. Non dovevano esserci errori. L'uomo si è presentato, naturalmente e, altrettanto naturalmente, lei non è arrivato; quindi è rimasto ad aspettare vicino allo sportello del cassiere in compagnia di un'altra persona. Quando lei ha telefonato e ha detto che stava per partire per Londra, sono uscito dal mio ufficio per cercarlo. La mia segretaria me lo ha indicato, gli ho spiegato come stavano le cose. Il resto lo sa. »

« Non le è sembrato strano che io dovessi essere identificato? »

« Non tanto strano quanto eccessivo. Una *fiche* è una cosa – implica telefonate, contatti con sconosciuti – ma trovarsi coinvolto direttamente, allo scoperto, per così dire, è ben diverso. Questo alla donna l'ho detto. »

« E lei? »

D'Amarcourt si schiarì la voce. « Ha detto in termini chiari che le persone che lei rappresentava – la cui importanza era confermata dalla *fiche* stessa – si sarebbero ricordate della mia collaborazione. Come vede, monsieur Bourne, non le ho nascosto nulla... evidentemente non sanno che aspetto lei ha. »

« Alla banca c'era un uomo che mi ha visto a Zurigo. »

« E allora i suoi amici non si fidano della sua vista. O forse di quel che crede di aver veduto. »

« Cosa glielo fa pensare? »

« Una semplice osservazione, monsieur; la donna era insistente. Lei deve rendersi conto che io ho mosso strenue obiezioni a una mia partecipazione aperta; la natura della *fiche* non lo prevede. La donna ha risposto che non esistevano sue fotografie. Una bugia palese, naturalmente. »

« Le pare? »

« Naturalmente. Tutti i passaporti hanno la fotografia. Esistono funzionari dell'immigrazione che non possano venire corrotti o giocati? Dieci secondi in un ufficio controllo passaporti e si fotocopia una foto. È possibile accordarsi in precedenza. No, hanno commesso una grave sbadataggine. »

« Immagino di sì. »

« E lei » proseguì d'Amarcourt « mi ha appena detto un'altra cosa. Sì, deve proprio ricompensarmi molto bene. »

« Che cosa le ho appena detto? »

« Che il suo passaporto non la identifica come Jason Bourne. Chi è lei, monsieur? »

In un primo momento Jason non rispose; fece nuovamente girare il bicchiere. « Qualcuno che la può ricompensare con un sacco di soldi » disse.

« Questo mi basta. Lei è semplicemente un cliente che si chiama Bourne. E io devo essere cauto. »

« Voglio quel numero di New York. Me lo può dare? Ci sarebbe un premio consistente. »

« Vorrei, ma non vedo come. »

« Lo si potrebbe ritrovare sul cartoncino della *fiche*. Con una lente d'ingrandimento. »

« Quando ho detto che era stato eliminato, monsieur, non volevo dire che ci avevan tirato una riga sopra. È stato *asportato*, tagliato via. »

« E allora a Zurigo devono averlo. »

« Oppure è stato distrutto. »

« Un'ultima domanda » disse Jason, ora ansioso di andarsene. « Incidentalmente la riguarda, monsieur d'Amarcourt. È l'unico modo per cui lei verrà pagato. »

« La domanda è ammessa, ovviamente. Di che si tratta? »

« Se io arrivassi alla Valois senza avvertirla del mio arrivo, lei sarebbe tenuto a fare un'altra telefonata? »

« Sì. Non si può ignorare una *fiche*: emana da potenti consigli di amministrazione. La pena sarebbe il licenziamento. »

« E allora come *facciamo* a incassare i *nostri* soldi? »

D'Amarcourt contrasse le labbra. « Un modo c'è. Il prelievo *in absentia*. Si compilano i moduli, si danno le istruzioni per lettera, l'identità viene confermata e autenticata da un serio studio notarile. Non avrei la minima possibilità di interferire. »

« Però dovrebbe sempre fare quella telefonata. »

« È una questione di scelta di tempi. Se un procuratore legale che tratta di continuo con la Valois mi chiedesse di preparare, diciamo, un certo numero di assegni circolari prelevando l'ammontare da un accredito dall'estero, io obbedirei. Lui direbbe che la documentazione mi verrebbe fatta pervenire in seguito, mentre gli assegni, come naturale, sarebbero al portatore, una pratica comune in un'epoca di tassazioni eccessive. Arriverebbe un fattorino con la lettera nelle ore di massima attività e la mia segretaria — un'impiegata stimata, nostra dipendente da molti anni — mi porterebbe semplicemente i moduli per il mio benestare, e la lettera per la firma di presa visione. »

« E indubbiamente, » lo interruppe Bourne « insieme a una pila di altri documenti da firmare. »

« Proprio così. A questo punto io farei la telefonata, osservando nel contempo il fattorino andarsene con i suoi documenti. »

« Per puro caso lei non ha in mente il nome di uno studio notarile qui a Parigi? O il nome di un certo procuratore legale? »

« In realtà debbo dire che mi è appena venuto in mente un nome. »

« Quanto costerà? »

« Diecimila franchi. »

« È molto caro. »

« Nient'affatto. È stato giudice di tribunale, è un uomo onorato. »

« E per quanto riguarda lei? Discutiamo i dettagli. »

« Come le ho detto, sono una persona ragionevole, e dovrà essere lei a decidere. Dato che lei ha menzionato cinque cifre, atteniamoci alle sue parole. Cinque cifre iniziando con un cinque. Cinquantamila franchi. »

« È un'enormità! »

« Lo è anche quello che lei ha fatto, monsieur Bourne, di qualunque cosa si tratti. »

« *Une fiche confidentielle* » disse Marie, seduta nella poltrona accanto alla finestra, mentre l'ultimo sole del pomeriggio si rifletteva sui palazzi ornati di boulevard Montparnasse. « Così è questo il sistema che hanno usato. »

« Posso stupirti: so qual è la sua origine. » Jason versò da bere da una bottiglia posata sul cassettone e andò verso il letto. Sedette davanti a lei. « Vuoi sentirla? »

« Non ce n'è bisogno » rispose guardando fuori dalla finestra con un'espressione preoccupata. « So esattamente che origine ha e che cosa significa. È sconvolgente, tutto qui. »

« Come mai? Credevo che ti aspettassi qualcosa del genere. »

« Per quanto riguarda i risultati sì, non per quanto riguarda il meccanismo. Una *fiche* è una forma di legittimazione arcaica, quasi esclusivamente utilizzata da certe banche private europee. Le leggi inglese, americana e canadese la proibiscono. »

A Bourne tornarono in mente le parole di d'Amarcourt; le ripeté:

«"Emana da potenti consigli di amministrazione": ecco cos'ha detto».

« Aveva ragione. » Marie lo guardò. « Non vedi? Lo sapevo che al tuo posto era stato attaccato un cartellino. Supponevo che avessero dato una bustarella a qualcuno per inoltrare la informazione. Non è insolito; i banchieri non stanno in prima fila tra le persone da canonizzare. Qui però la cosa è diversa. Il conto corrente di Zurigo è stato aperto, fin dall'inizio, con la *fiche*. Si può pensare che tu ne fossi al corrente. »

« La Treadstone Seventy-One » disse Jason.

« Sì. I proprietari della banca dovevano lavorare di concerto con la Treadstone. E tenendo presente l'ampiezza delle tue prerogative, è possibile che tu ne fossi al corrente. »

« Ma qualcuno ha preso una bustarella. Koenig. Ha cambiato il numero telefonico. »

« Devono averlo pagato bene. Potrebbe farsi dieci anni in una galera svizzera. »

« Dieci? Sono piuttosto duri. »

« Le leggi svizzere sono dure. Devono avergli dato una piccola fortuna. »

« Carlos » disse Bourne. « Carlos... perché? Cosa significo per lui? Non faccio che domandarmelo. Non faccio che ripetere quel nome! Non riesco ad arrivare a niente, a niente. Solo un... un... non lo so. Niente. »

« Ma c'è dell'altro, no? » Marie si chinò in avanti. « Che c'è Jason? Cosa stai pensando? »

« Non sto pensando... non so. »

« Allora *senti* qualcosa. Di che si tratta? »

« Non lo so. Paura, forse... rabbia, nervi. Non lo so. »

« Concentrati! »

« Maledizione, credi che non lo stia facendo? Che non ci abbia mai provato? Hai un'idea di cosa significa? » Bourne s'irrigidì, irritato per il suo scoppio d'ira. « Mi spiace. »

« Non devi. Non devi dispiacertene, mai. Sono questi gli indizi, i legami che devi cercare... che dobbiamo cercare. Il dottore di Port Noir aveva ragione; certi particolari ti tornano in mente, quando altri particolari li fanno scattare. Come tu stesso hai detto, una bustina di fiammiferi, un viso, l'insegna di un ristorante. È già successo, l'abbiamo visto. E adesso è un nome, un nome che da una settimana eviti di pronunciare, mentre mi hai detto tutto quel che ti è successo negli ultimi cinque mesi fin nei minimi particolari. Di Carlos però non hai mai parlato. Avresti dovuto, ma non l'hai fatto. Non vedi che Carlos per te significa qualcosa? Ti sta agitando delle cose dentro, cose che vogliono venir fuori. »

« Lo so. » Jason bevve.

« Caro, c'è una libreria famosa in boulevard Saint-Germain, tenuta da un patito delle riviste. Ha un piano intero pieno di arretrati, a migliaia. Le cataloga persino per argomenti come un bibliotecario. Mi piacerebbe vedere se nelle sue schede si trova Carlos. Vuoi controllare tu? »

Bourne avvertì una fitta al torace. Niente a che fare con le ferite: era paura. Marie se ne rese conto e in un certo qual modo capì; Jason sentiva la paura senza poterla capire. « Anche alla Sorbona c'erano numeri arretrati dei giornali » disse, guardandola. « Per un attimo uno mi ha fatto sentire al settimo cielo. Finché non ci ho ripensato. »

« È venuta alla luce una falsità. Questo è l'importante. »

« Adesso però non cerchiamo una falsità. »

« No, la verità. Non devi aver paura, caro, io non ne ho. »

Jason si alzò. « D'accordo. Mettiamo in programma Saint-Germain. Intanto chiama quell'amico dell'ambasciata. » Infilò una mano in tasca e ne estrasse il tovagliolo di carta con il numero telefonico; aveva aggiunto anche il numero di targa dell'auto che si era allontanata a gran velocità dalla banca di rue Madeleine. « Questo è il numero che mi ha dato d'Amarcourt. C'è anche la targa. Vedi cosa può fare. »

« D'accordo. » Marie prese il tovagliolo e andò al telefono. Accanto c'era un taccuino a spirale; lo sfogliò. « Eccolo. Si chiama Dennis Corbelier. Peter ha detto che gli avrebbe telefonato a mezzogiorno, ora di Parigi. Ha detto che potevo contare su di lui. Di tutti gli attaché dell'ambasciata è il più informato. »

« Peter lo conosce, vero? Non è semplicemente un nome preso da un elenco. »

« Erano compagni di corso all'università di Toronto; gli posso telefonare da qui, no? »

« Certo. Ma non dire dove ti trovi. »

Marie sollevò la cornetta. « Gli dico quello che ho detto a Peter. Che passo da un albergo all'altro, ma che non so ancora dove mi fermerò. » Chiese una linea esterna poi fece il numero dell'ambasciata canadese di avenue Montaigne. Quindici secondi dopo stava già parlando con Dennis Corbelier, attaché d'ambasciata.

Marie entrò quasi subito in argomento. « Immagino che Peter ti abbia detto che mi serve un certo aiuto. »

« Non solo » replicò Corbelier. « Ha spiegato che eri a Zurigo. Non posso dire d'aver capito tutto quello che ha detto, ma i concetti generali sì. Pare che ci siano un sacco di intrallazzi nel mondo dell'alta finanza, di questi tempi. »

« Più del solito. Il guaio è che nessuno vuol dire chi sta intrallazzando con chi. Questo è il mio problema. »

« Come posso aiutarti? »

« Ho un numero di telefono e una targa, tutti e due di Parigi. Il telefono non è in elenco; potrebbe essere imbarazzante, se chiamassi. »

« Dammeli. » Marie glieli diede. Corbelier continuò: « Abbiamo svariati amici in posizioni splendide. Ci scambiamo spesso favori, di solito nel campo degli stupefacenti, ma c'è molta flessibilità. Ti va l'idea di far colazione con me domani? Ti porterò quel che sono riuscito a sapere. »

« Mi piacerebbe, ma domani non è possibile. Passo la giornata con un vecchio amico. Un'altra volta, magari. »

« Peter ha detto che sarei stato un idiota a non insistere. Dice che sei una donna spettacolosa. »

« È molto gentile, e anche tu. Ti richiamo domani pomeriggio. »

« Ottimo. Intanto mi do da fare con questi. »

« Allora ci sentiamo domani. Grazie di nuovo. » Marie riappese e guardò l'orologio. « Fra tre ore devo telefonare a Peter, ricordamelo. »

« Sei sicura che abbia già trovato qualcosa in così poco tempo? »

« Ha già trovato qualcosa; ha cominciato ieri sera telefonando a Washington. Me l'ha appena detto Corbelier. Siamo sempre pronti a fare scambi: questa informazione in cambio di quella; un nome dei nostri per uno dei vostri. »

« Ha quasi l'aria di un tradimento. »

« Il contrario. Trattiamo soldi, non missili. Soldi che si spostano illegalmente, aggirando leggi utili agli interessi di tutti. A meno che non si voglia che gli sceicchi arabi s'impadroniscano della Grummai Aircraft. Allora sì che si parlerebbe di missili... quando sarebbero stati ormai lanciati. »

« Allora, come non detto. »

« Domani mattina come prima cosa dobbiamo vedere quel tipo che ti ha consigliato d'Amarcourt. Pensa a quanto vuoi prelevare. »

« Tutto. »

« Tutto? »

« Certo. Mettiti al posto dei direttori della Treadstone. Cosa faresti se venissi a sapere che da un conto corrente della compagnia mancano sei milioni di franchi? »

« Capisco. »

« D'Amarcourt ha suggerito di richiedere una serie di assegni circolari al portatore. »

« Ha detto questo? Assegni? »

« Sì. C'è qualcosa che non va? »

« Senz'altro c'è qualcosa che non va. I numeri degli assegni potrebbero finire su un elenco di assegni fasulli, mandato poi a tutte le banche. Per incassarli devi passare attraverso una banca; bloccherebbero il pagamento. »

« Furbo il tipo, vero? Prende soldi da tutte e due le parti. E allora cosa facciamo? »

« Accettiamo a metà il suo suggerimento, per quanto riguarda la questione del portatore. Non assegni però. Certificati di credito. Certificati di credito al portatore, con vari nomi. È molto più facile cambiarli. »

« Ti sei guadagnata la cena » disse Jason, chinandosi e accarezzandole il viso.

« Faccio il possibile per meritarmi vitto e alloggio, signore » replicò Marie, premendogli la mano sulla guancia. « Prima la cena, poi Peter... e poi la libreria di Saint-Germain. »

« La libreria di Saint-Germain » ripeté Bourne, avvertendo di nuovo la fitta al torace. *Cos'era? Come mai aveva tanta paura?*

Uscirono dal ristorante di boulevard Raspail e andarono a piedi verso il palazzo dei telefoni di rue Vaugirard. Lungo le pareti si allineavano le cabine telefoniche di vetro; il centro era occupato da un enorme banco circolare dove gli impiegati compilavano gli scontrini, assegnando le cabine telefoniche.

« Abbiamo pochissimo traffico, madame » disse un impiegato a Marie. « Ci vorranno pochi minuti. Numero dodici. Prego, madame. Là di fronte. »

« Grazie. »

Jason teneva Marie per un braccio mentre andavano verso la cabina, facendosi strada tra la ressa. « Capisco perché la gente usa questi posti » disse. « Sono molto più rapidi che negli alberghi. »

« Questo è uno dei motivi. »

Avevano appena fatto a tempo ad arrivare alla cabina e ad accendere una sigaretta, quando sentirono, nell'interno, due brevi squilli. Marie aprì la porta ed entrò, con in mano taccuino e matita. Sollevò la cornetta.

Sessanta secondi dopo, Bourne, attonito, la vide ad occhi spalancati, pallidissima. Marie lanciò un urlo e lasciò cadere la borsetta. Il contenuto si rovesciò sul pavimento della cabina: il taccuino cadde sul ripiano, la matita le si spezzò tra le mani. Si precipitò dentro; Marie stava per svenire.

« Pronto, Lisa. Sono Marie Saint Jacques da Parigi. Peter sta aspettando la mia telefonata. »

« Marie? Oh, mio Dio... » La voce della segretaria si spense, sostituita da altre voci in sottofondo. Voci eccitate, soffocate da una mano posata sulla cornetta. Si sentirono dei movimenti, poi il telefono venne dato, o preso, a un'altra persona.

« Marie, sono Alan » disse il primo vicedirettore della sezione. « Siamo qui tutti, nell'ufficio di Peter. »

« Cosa è successo, Alan? Non ho molto tempo; mi passi Peter, per favore? »

Ci fu un momento di silenzio. « Vorrei poterti rendere la cosa più facile, ma non so come. Marie, Peter è morto. »

« Peter è... cosa? »

« La polizia ha telefonato pochi minuti fa; stanno venendo qui. »

« La polizia? Cosa è successo? Oh Dio, è *morto*? Cosa è *successo*? »

« Stiamo cercando di farci un'idea. Stiamo guardando l'elenco delle telefonate che ha fatto, ma ci hanno ordinato di non toccare nulla sulla sua scrivania. »

« La sua scrivania... »

« Appunti, promemoria, roba del genere. »

« Alan! Dimmi come è successo! »

« Ti ho già detto tutto... non lo sappiamo. Non ha detto a nessuno cosa stava facendo. Sappiamo solo che stamattina ha ricevuto due chiamate dagli Stati Uniti, una da Washington, l'altra da New York. Verso mezzogiorno ha detto a Lisa che andava all'aeroporto a prendere qualcuno che veniva dagli Stati Uniti. Non ha detto chi. La polizia l'ha trovato un'ora fa in uno di quei tunnel che usano per lo scarico delle merci. Una cosa terribile; gli hanno sparato. Alla gola... Marie? *Marie!* »

Il vecchio dagli occhi infossati, con uno spuntone di barba bianca, entrò faticosamente nel buio del confessionale, ammiccando di continuo, cercando di mettere a fuoco la figura incappucciata dall'altra parte della tenda opaca. Il messaggero, con i suoi ottant'anni, aveva la vista debole. Ma la mente era lucida. Questo era tutto ciò che contava.

« Angelus Domini » disse.

« Angelus Domini, figliolo » sussurrò la figura incappucciata. « C'è conforto nelle tue giornate? »

« Si avviano verso la fine, ma mi sono rese confortevoli. »

« Bene... Zurigo? »

« Hanno trovato l'uomo di Guisan Quai. Era ferito; lo hanno rintracciato attraverso un medico conosciuto nel *Verbrecherwelt*. È stato sottoposto a un duro interrogatorio e ha ammesso di aver aggredito la donna. Cain è ritornato a cercarla; è stato lui che gli ha sparato. »

« Quindi erano d'accordo, la donna e Cain. »

« Il tizio di Guisan Quai non lo crede. Era uno dei due che l'hanno raccolto sulla Löwenstrasse. »

« È anche un imbecille. È lui che ha ucciso il guardiano? »

« Lo ammette ed è convinto di aver fatto bene. Per garantirsi la fuga, non aveva altra scelta. »

« Ha ragione di esserne convinto; forse è la cosa più intelligente che ha fatto. Ha ancora la sua pistola? »

« Ce l'hanno i tuoi. »

« Bene. C'è un prefetto nella polizia di Zurigo. La pistola gli va consegnata. Cain è sfuggente, la donna molto meno. Ha dei colleghi a Ottawa; si terrà in contatto con loro. Se intrappoliamo lei, rintracciamo lui. Sei pronto con la penna? »

« Sì, Carlos. »

13

Erano stretti tra le pareti di vetro della cabina. Bourne sostenne delicatamente Marie e la fece appoggiare sul piccolo sedile a sbalzo. Marie tremava, aveva il respiro irregolare, lo sguardo vitreo; riprese vita quando guardò lui.

« L'hanno ucciso! L'*hanno ucciso*! Mio Dio, cosa ho fatto! Peter! »

« Non hai fatto niente! Semmai è mia la colpa. Non tua. Mettitelo in testa. »

« Jason, sono spaventata. Era dall'altra parte dell'oceano... e l'hanno ammazzato! »

« La Treadstone? »

« Chi altri? Peter ha fatto due telefonate: a Washington... e a New York. È andato all'aeroporto per incontrare qualcuno e l'hanno assassinato. »

« Come? »

« Oh, Dio... » le si riempirono gli occhi di lacrime. « Gli hanno sparato. Alla gola » mormorò.

All'improvviso Bourne avvertì un dolore sordo; non riusciva a localizzarlo, ma c'era, era nettamente avvertibile. « Carlos » disse, senza sapere perché gli fosse venuto questo nome.

« Cosa? » Marie lo fissò con gli occhi sbarrati. « Cos'hai detto? »

« Carlos » ripeté a bassa voce. « Una pallottola alla gola. Carlos. »

« Cosa stai cercando di dire? »

« Non lo so. » La prese per un braccio. « Andiamocene. Ti senti meglio? Ce la fai a camminare? »

Marie chiuse gli occhi per un attimo, respirò profondamente, poi annuì.

« Ci fermiamo in qualche posto a bere; ne abbiamo bisogno tutti e due. Poi andremo a cercarla. »

« A cercare cosa? »

« La libreria di Saint-Germain. »

Alla voce « Carlos » erano indicati tre numeri arretrati. Una copia di tre anni prima dell'edizione internazionale del *Potomac Quarterly* e due edizioni parigine di *Le Globe*. Non si fermarono a leggere gli articoli; comperarono tutt'e tre le riviste e presero un taxi per tornare all'hotel di rue Montparnasse. Cominciarono a leggere in camera, Marie distesa sul letto, Jason seduto nella poltrona accanto alla finestra. Trascorsero alcuni minuti. A un certo punto Marie si rizzò a sedere.

« Ho trovato, è qui » disse con una nota di terrore nella voce. « Leggi. »

> Si dice che Carlos e/o la sua ridotta banda di mercenari infliggano una forma di punizione particolarmente brutale: la morte con un colpo di pistola alla gola, spesso lasciando che la vittima muoia tra tremende sofferenze. Questa morte è riservata a coloro che infrangono il codice di omertà e di fedeltà richiesto dall'assassino, o a chi ha rifiutato di divulgare informazioni...

Marie si bloccò, incapace di proseguire. Tornò a distendersi e chiuse gli occhi. « Non ha voluto dirglielo: per questo l'hanno ucciso. Oh, mio Dio... »

« Non poteva dire ciò che non sapeva » disse Jason.

« Ma *tu* lo sapevi! » Marie si rizzò di nuovo a sedere, spalancando gli occhi. « La sapevi la storia della pallottola nella gola! L'hai detto! »

« L'ho detto. Lo sapevo. Ma questo è tutto quello che ti posso dire. »

« Come? »

« Vorrei poterti rispondere. Non posso. »

« Mi dai qualcosa da bere? »

« Senz'altro. » Jason si alzò e andò al cassettone. Versò due piccole dosi di whisky poi si voltò a guardarla. « Vuoi che mi faccia portare del ghiaccio? C'è Hervé di servizio; ci metterà poco. »

« Non abbastanza. » Sbatté la rivista sul letto e si rivolse a lui... contro di lui, forse. « Sto diventando pazza! »

« Metti anche me nel conto. »

« Voglio crederti; ti credo. Ma... io... »

« Non puoi avere la certezza » completò Bourne. « Più di quanto non possa averla io. » Le portò il bicchiere. « Cosa vuoi che ti dica? Cosa ti posso dire? Che sono uno dei mercenari di Carlos? Che ho rotto il codice di silenzio e di fedeltà? È per questo che conoscevo il metodo di esecuzione? »

« Piantala! »

« Anch'io non faccio che dirmi "piantala!". Non pensare; cerca di ricordare, ma a un certo punto tira il freno. Non andare troppo avanti, troppo in profondità. Si scopre una cosa falsa, solo per far venir fuori altre dieci domande legate a quella falsità. Forse è come svegliarsi dopo una grossa sbronza: non si sa bene con chi si ha litigato, con chi si è andati a letto o magari... maledizione... chi si è ucciso. »

« No... » Marie pronunciò con sforzo la parola. « Tu sei *tu*. Questo *tu*, non me lo devi portare via. »

« Non ne ho la minima intenzione. Non voglio portarlo via a me stesso. » Jason sedette di nuovo sulla poltrona, rivolto alla finestra. « Tu hai scoperto... un metodo di esecuzione. Io ho trovato un'altra cosa. Lo sapevo, proprio come sapevo di Howard Leland. Non ho avuto nemmeno bisogno di leggerlo. »

« Leggere cosa? »

Bourne allungò una mano e prese il *Potomac Quarterly*. La rivista era aperta a una pagina in cui si vedeva lo schizzo di un uomo barbuto, tracciato con linee approssimative, come se fosse stato disegnato in base a una descrizione piuttosto incerta. Lo allungò a Marie.

« Leggi » disse. « Comincia a sinistra in alto, sotto il titolo *Mito o mostro*. Poi voglio fare un gioco. »

« Un gioco? »

« Sì. Ho letto solo i primi due paragrafi; devi accettarlo sulla parola. »

« D'accordo. » Marie lo guardò sconcertata. Portò la rivista sotto la luce e cominciò a leggere.

MITO O MOSTRO

Da più di dieci anni nelle viuzze di città come Parigi, Teheran, Beirut, Londra, il Cairo, Amsterdam si sussurra

un nome: « Carlos ». Si dice che sia il terrorista supremo, nel senso che è dedito all'assassinio di per se stesso, senza nessuna palese ideologia politica. Tuttavia, dati concreti indicano che Carlos ha portato a termine, a pagamento, esecuzioni per gruppi estremisti come l'Organizzazione per la Liberazione della Palestina e la Banda Baader-Meinhof, sia come addestratore che come esecutore. Infatti, proprio grazie ai suoi rari contatti con queste organizzazioni terroristiche, e dopo i conflitti sviluppatisi all'interno, il suo ritratto comincia ad emergere con più chiarezza. Dai dissidi sanguinosi emergono informatori disposti a parlare. Dai racconti delle sue imprese emerge un mondo di violenza e di intrighi, di esplosivi ad alto potenziale e di complotti ad altissimo livello, di auto veloci e di donne facili. La realtà dei fatti però sembra più pertinente a un Adamo Smith che a un Ian Fleming. Carlos viene ridotto a proporzioni umane e il procedimento rivela una personalità davvero terrorizzante. Il mito sado-romantico si trasforma in un mostro intelligente, sanguinario che tratta l'assassinio con l'abilità di un analista di mercato, con una conoscenza approfondita di salari, costi, distribuzione e delle divisioni del lavoro clandestino. È un ramo d'affari complicato e Carlos ne sa sfruttare in dollari tutte le potenzialità.
Il ritratto inizia con un nome ormai conosciuto, insolito come la professione di chi lo porta. Ilich Ramirez Sanchez. Si dice che sia venezuelano, figlio di un avvocato marxista fanaticamente devoto alla causa, ma privo di posizioni di rilievo (il secondo nome, Ilich, è l'omaggio del padre a Vladimir Ilych Lenin, e spiega parzialmente le incursioni di Carlos nel terrorismo di estrema sinistra). L'avvocato inviò il figlio in Russia ancora da ragazzo perché completasse la sua educazione, che comprese un addestramento allo spionaggio nel centro sovietico di Novgorod. È a questo punto che il ritratto si fa un po' indistinto e che entrano in gioco voci e ipotesi. Pare che uno dei tanti comitati del Cremlino, che controlla regolarmente gli studenti stranieri per poi utilizzarli a scopi d'infiltrazione, si sia reso conto di chi effettivamente fosse Ilich Sanchez e non abbia voluto avere più nulla a che fare con lui. Il venezuelano, dotato di personalità paranoide, vedeva la soluzione di ogni prolema solo in termini di pallottole a segno, di bombe. Il comitato raccomandò di rispedire il giovane a Caracas e di rompere ogni legame tra i sovietici e la famiglia. Rifiutato da Mosca e odiando profondamente la società occidentale, Sanchez decise di costruire un suo mondo del quale sarebbe stato il leader assoluto.

Il modo migliore è stato quello di diventare quell'assassino apolitico che è, i cui servizi possono venire pagati da una vastissima gamma di clienti, che agiscono per motivi sia economici che ideologici.
Il ritratto riprende chiarezza. Con una perfetta conoscenza di svariate lingue tra le quali spagnolo, russo, francese e inglese, Sanchez si è servito dell'addestramento ricevuto in Russia come trampolino per affinare le sue tecniche. All'espulsione da Mosca seguirono mesi di intensi studi, sotto la tutela dei cubani e in particolare di Che Guevara, come alcuni sostengono. Sanchez si impadronì della scienza dell'impiego di ogni tipo di arma e di esplosivo; non c'era fucile che non fosse in grado di smontare e di rimontare a occhi bendati, non c'era esplosivo che non fosse in grado di analizzare semplicemente toccandolo o annusandolo, oltre che essere in grado di farlo esplodere in una dozzina di modi. Ormai era pronto; come base d'operazioni scelse Parigi. Si diffuse la voce che c'era un uomo in vendita, disposto a uccidere anche quando nessun altro avrebbe osato.
Di nuovo il ritratto si fa incerto, sia per l'assenza di certificati di nascita che per altri motivi. Quanti anni ha Carlos? Quante vittime gli possono venire attribuite e quante altre vengono attribuite solo al suo mito, che lui stesso magari ha alimentato? I corrispondenti di Caracas non sono riusciti a trovare nessun certificato di nascita corrispondente al nome di Ilich Ramirez Sanchez. D'altra parte, i Sanchez in Venezuela si contano a migliaia, e a centinaia i Ramirez Sanchez. Nessuno però ha come secondo nome Ilich. È stato aggiunto in seguito, o l'omissione è semplicemente un'ulteriore prova dell'accuratezza di "Carlos"? Si è d'accordo sul fatto che l'assassino abbia un'età compresa fra i trentacinque e i quarant'anni. Ma nessuno lo sa veramente.

UNA COLLINETTA ERBOSA A DALLAS?

Una cosa però è certa: i profitti dei primi assassinî hanno permesso a Carlos di impiantare un'organizzazione il cui funzionamento potrebbe suscitare l'invidia di un esperto di gestione della General Motors. Essa è capitalismo alla sua massima efficienza, in cui lealtà e dedizione vengono stimolati in parti uguali dal terrore e dalle ricompense. Le conseguenze della slealtà sono rapide — la morte — ma altrettanto rapidi sono i benefici della dedizione: premi generosi e rimborsi spese enormi. L'organizzazione pare aver dipendenti dappertutto e questa voce, ben fondata,

solleva una domanda ovvia: da dove provengono i profitti iniziali? Quali sono state le prime vittime?
Il delitto sul quale si sono fatte più congetture si è verificato tredici anni fa a Dallas. Nonostante tutte le analisi fatte sull'assassinio di John F. Kennedy, nessuno ha mai spiegato in forma soddisfacente lo sbuffo di fumo che si è innalzato da una collinetta erbosa a trecento metri dall'auto del presidente. Il fumo venne fotografato; due radio accese sulle moto della polizia registrarono un rumore (o dei rumori). D'altra parte, non vennero trovati né bossoli esplosi né impronte di piedi umani. In realtà, l'unica informazione relativa alla cosiddetta « collinetta erbosa » venne ritenuta così irrilevante che rimase sepolta nei documenti dell'indagine dell'FBI e non venne inclusa nel rapporto della commissione Warren. L'informazione venne fornita da un testimone, K.M. Wright di North Dallas, che fece la seguente dichiarazione:
« Diavolo, c'era un solo figlio di puttana da quelle parti, il vecchio Burlap Billy, che era a un paio di centinaia di metri di distanza ».
Il Billy in questione era un anziano vagabondo di Dallas che s'incontrava spesso nelle zone frequentate dai turisti; il soprannome « Burlap » (che in inglese significa « tela di sacco ») era dovuto al fatto che aveva l'abitudine di avvolgere le scarpe di stracci per commuovere quelli a cui chiedeva l'elemosina. Secondo i nostri corrispondenti, la dichiarazione di Wright non venne mai resa pubblica.
Sei settimane fa però un terrorista libanese catturato, interrogato a Tel Aviv, parlò. Per evitare la condanna a morte, sostenne di disporre di informazioni straordinarie riguardanti Carlos. Lo spionaggio israeliano trasmise il rapporto a Washington; i nostri corrispondenti nella capitale sono riusciti ad ottenerne degli estratti.
Dichiarazione: Nel novembre 1963 Carlos si trovava a Dallas. Fingeva di essere cubano e aveva "programmato" Oswald. Gli faceva da appoggio. La responsabilità dell'operazione era sua.
Domanda: Le prove di quest'affermazione?
Dichiarazione: Gliel'ho sentito dire. Si trovava su un argine erboso, dietro a un terrapieno. Aveva un fucile con una reticella di metallo per trattenere il bossolo.
Domanda: Nessuno ha mai riferito una cosa del genere; come mai non è stato visto?
Dichiarazione: Deve essere stato visto, ma nessuno può aver saputo che era lui. Si era travestito da vecchio, aveva un cappotto sdrucito e si era avvolto della tela di sacco intorno alle scarpe per non lasciare impronte.

Le informazioni fornite da un terrorista non sono certo una prova, ma non per questo vanno scartate. Specialmente quando riguardano un maestro dell'assassinio, ritenuto abilissimo nei travestimenti, il quale, oltretutto, ha fatto un'ammissione che appoggia in forma stupefacente una dichiarazione sconosciuta, perché non pubblicata, riguardante una crisi nazionale sulla quale non sono mai state svolte indagini. Questo per lo meno va preso sul serio. Come moltissime altre persone implicate – anche superficialmente – con i tragici fatti di Dallas, "Burlap Billy" fu trovato morto diversi giorni dopo per una overdose di stupefacenti. Si sapeva che era un vecchio ubriacone, che beveva vino da poco prezzo; non si sapeva che usasse stupefacenti. Non poteva permetterseli.

Era Carlos l'uomo sulla collinetta erbosa? Che inizio straordinario di una carriera straordinaria! Se effettivamente fu lui a condurre l'"operazione" di Dallas quanti milioni di dollari avrà ricevuto in cambio? Certamente un numero più che sufficiente per impiantare una rete di informatori e di mercenari che di per se stessa ha l'ampiezza di una multinazionale.

C'è troppa concretezza in questo mito; Carlos potrebbe benissimo essere un mostro in carne ed ossa... e con troppo sangue.

Marie posò la rivista. « E il gioco qual è? »

« Hai finito? » Jason voltò le spalle alla finestra.

« Sì. »

« Come vedi ci sono un sacco di affermazioni. Teorie, ipotesi, equazioni. »

« Equazioni? »

« Se in un posto succede qualcosa, e in un altro se ne vede l'effetto, vuol dire che esiste una relazione. »

« Vuoi dire collegamento » disse Marie.

« D'accordo, collegamento. C'è tutto, vero? »

« In un certo senso. Non è un atto d'accusa legale; ci sono molte congetture, voci e informazioni di seconda mano. »

« Però ci sono dei fatti. »

« Dati. »

« Bene. Dati. È la parola giusta. »

« E il gioco qual è? » ripeté Marie.

« Ha un nome semplice. Si chiama "Trappola". »

« Trappola per che cosa? »

« Per me. » Bourne si chinò in avanti. « Voglio che tu mi faccia delle domande. Tutte quelle che trovi nell'articolo. Una frase, il nome di una città, una voce, un frammento di... dato. Qualunque cosa. Vediamo come rispondo. Alla cieca. »

« Caro, questo non dimostra... »

« Avanti! » ordinò Jason.

« D'accordo. » Marie riprese il *Potomac Quarterly*. « Beirut » disse.

« Ambasciata » rispose. « Capo della stazione CIA con copertura come attaché. Abbattuto in strada a revolverate. Trecentomila dollari. »

Marie lo guardò. « Ricordo... » fece per dire.

« Io no! » la interruppe Jason. « Va' avanti. »

Marie lo fissò negli occhi, poi riprese la rivista. « Baader-Meinhof. »

« Stoccarda. Regensburg. Monaco. Due omicidi e un rapimento. Accreditati alla Baader. Compensi da... » Bourne tacque, poi mormorò stupefatto: « fonti statunitensi. Detroit... Wilmington, Delaware. »

« Jason, cosa sono... »

« Avanti. *Per favore*. »

« Il nome, Sanchez. »

« Il nome è Ilich Ramirez Sanchez » rispose. « È... Carlos. »

« Perché è stato chiamato Ilich? »

Bourne tacque, lasciando vagare lo sguardo. « Non lo so. »

« È un nome russo, non spagnolo. Sua madre era russa? »

« No... sì. Sua madre. Deve averglielo dato sua madre... credo. Non ne sono sicuro. »

« Novgorod. »

« Campo di addestramento allo spionaggio. Comunicazioni, cifrari, traffico di frequenza. Sanchez si è diplomato lì. »

« Jason, l'hai letto qui sopra! »

« Non l'ho letto! Ti prego, continua. »

Marie riportò lo sguardo sulle prime righe dell'articolo. « Teheran. »

« Otto assassinî. Committenti diversi: Komeini e OLP. Compenso, due milioni. Fonte: Settore sovietico sud-occidentale. »

« Parigi » incalzò Marie.

« Tutti i contratti devono essere elaborati attraverso Parigi. »

« Che contratti? »

« I contratti... di omicidio. »

« Omicidio di chi? Contratti di chi? »

« Sanchez. Carlos. »

« Carlos? Allora sono i suoi contratti, sono i suoi omicidi. Tu non ci hai niente a che fare. »

« I contratti di Carlos » ripeté Bourne, confuso. « Io... non ci ho niente a che fare » ripeté, quasi sussurrando.

« L'hai appena detto, Jason. Non hai niente a che fare con tutto questo. »

« No! Non è vero! » gridò Bourne, balzando dalla poltrona, rimettendosi subito a sedere e fissandola. « I *nostri* contratti » aggiunse a voce bassa.

« Non sai quello che stai dicendo! »

« Sto rispondendo! Senza pensarci! Ecco perché dovevo venire a Parigi! » Si girò e si diresse alla finestra, aggrappandosi al ripiano. « Ecco qual è lo scopo del gioco! » proseguì. « Non cerchiamo una menzogna, ma la verità, ricordi? Forse l'abbiamo trovata, forse il gioco è servito a rivelarla. »

« Questo non è un test valido! È un esercizio doloroso di associazione incidentale. Se queste cose sono state stampate su una rivista come il *Potomac Quarterly*, potrebbero esser state riprese da metà dei giornali del mondo. Potresti averle lette dovunque. »

« Il fatto è che le ho conservate nella memoria. »

« Non del tutto. Non sai perché gli hanno dato il nome Ilich e cioè perché suo padre era un avvocato, comunista, venezuelano. Sono elementi importanti, secondo me. Dei cubani non hai detto nulla. Altrimenti si sarebbe arrivati alla congettura più sconvolgente dell'articolo. Non ne hai parlato affatto, di questo. »

« A che cosa ti riferisci? »

« Dallas » disse Marie. « Novembre 1963. »

« Kennedy » rispose Bourne.

« Tutto qui? Solo Kennedy? »

« L'hanno assassinato là. » Jason rimase immobile.

« Vero, ma non è questo che voglio sapere. »

« Lo so » disse Bourne di nuovo con un tono di voce monotono, come se parlasse nel vuoto. « Una collinetta erbosa... Burlap Billy. »

« L'hai letto qui! »

« No. »

« Allora l'hai sentito dire, l'hai letto altrove. »

« È possibile, ma non è rilevante, non ti pare? »

« Piantala, Jason. »

« Di nuovo queste parole. Vorrei esserne capace. »

« Cosa stai cercando di dirmi? Che sei Carlos? »

« Dio, no. Carlos vuole ammazzarmi, e io non parlo russo, questo lo so. »

« E allora cosa? »

« Quello che dicevo all'inizio. Il gioco. Si chiama "Soldato in trappola". »

« Un soldato? »

« Sì. Un soldato, un mercenario, che ha disertato da Carlos. È l'unica spiegazione, l'unico motivo per cui posso sapere quello che so. In tutto. »

« Perché hai detto disertare? »

« Perché vuole uccidermi. Deve farlo; crede che sul suo conto io sia quello che ne sa di più. »

Marie fino a quel momento si era tenuta accoccolata, sul letto. Allungò le gambe, posando i piedi a terra, le mani sui fianchi. « Questa è una conseguenza della defezione. E il motivo? Se è vero, allora l'hai fatto, e sei diventato... sei diventato... » Tacque.

« Tutto considerato, è un po' troppo tardi per assumere una veste morale » disse Bourne, notando la sofferenza apparsa sul viso della donna che amava. « Potrei immaginare svariati motivi, svariati cliché. Che te ne pare di un litigio tra ladri... tra assassini. »

« Assurdo! » esclamò Marie. « Non c'è la minima prova. »

« Ce n'è un vagone e lo sai. Potrei essermi venduto a uno che mi pagava di più, oppure aver rubato somme enormi dai compensi. Tutt'e due le ipotesi spiegherebbero il deposito di Zurigo. » Tacque qualche attimo, fissando la parete sopra il letto. Sentiva. Non vedeva. « Tutte e due le ipotesi spiegherebbero Howard Leland, Marsiglia, Beirut, Stoccarda... Monaco. Tutto. Tutti i dati di fatto dimenticati che vogliono venir fuori. Specialmente uno. Perché evitavo il suo nome, perché non ne ho mai parlato. Come mai non ho mai fatto il suo nome. Sono spaventato. Ho paura di lui. »

Trascorsero momenti di silenzio. Alla luce era venuto qualcosa che non era solo paura. Marie annuì. « Sono sicura che ne sei convinto, » disse « e in un certo senso vorrei che fosse vero. Ma non credo che lo sia. Vuoi crederlo perché convalida quello che hai detto. Ti dà una risposta... un'identità. Non è forse l'identità che vuoi, ma Dio sa se non è meglio che vagare alla cieca in quel tremendo labirinto che ti trovi di fronte ogni giorno. Immagino che qualunque cosa sia meglio. » Una pausa. « E vorrei davvero che fosse vero, perché in questo caso non ci troveremmo qui. »

« Cosa stai dicendo? »

« Che qui sta il buco, caro. La formula o il simbolo che non entra nella tua equazione. Se tu fossi quello che dici di essere e se avessi paura di Carlos — e il cielo sa quanta ne dovresti avere — Parigi sarebbe l'ultimo posto al mondo dove ti sentiresti spinto ad andare. Saremmo in un altro posto; sei stato tu a dirlo. Saresti scappato; avresti incassato i soldi a Zurigo e saresti scomparso. Invece non è questo che stai facendo; preferisci infilarti nella tana di Carlos.

Uno che fa così non è un uomo che ha paura o che è colpevole di qualcosa. »

« Non può esserci nessun altro motivo. Sono venuto a Parigi per sapere; semplicissimo. »

« E allora scappa. Domani mattina abbiamo i soldi; non c'è niente che ti trattiene... che *ci* trattiene. Anche questo è semplicissimo. » Marie lo osservava attenta.

Jason la guardò, poi distolse gli occhi. Andò al cassettone per versarsi da bere. « Bisogna considerare anche la Treadstone » disse sulla difensiva.

« Non è più importante di Carlos. È questa l'equazione giusta. Carlos e Treastone. Un uomo che ho amato molto è stato assassinato dalla Treadstone. Per noi un motivo in più per scappare, per sopravvivere. »

« Pensavo che volessi che venissero scoperti quelli che l'hanno ucciso » disse Bourne. « Che volessi vendicarti. »

« Lo voglio. E molto. Ma anche altri possono trovarli. Ho un elenco di priorità e la vendetta non è al primo posto. Al primo posto ci siamo noi. Tu ed io. Oppure è solo una mia valutazione? Un mio sentimento? »

« Lo sai che non è vero. » Strinse il bicchiere e la guardò. « Ti amo » sussurrò.

« E allora scappiamo! » insistette Marie, alzando la voce quasi automaticamente, facendo un passo verso di lui. « Dimentichiamo tutto, dimentichiamocelo davvero e scappiamo in fretta, il più lontano possibile! Facciamolo! »

« Io... io... » balbettò Jason, infuriato sentendo di nuovo la nebbia offuscarlo. « Ci sono delle... altre cose. »

« Che altre cose? Ci amiamo, ci siamo trovati! Possiamo andarcene dovunque, diventare chiunque. Non c'è niente che ci possa fermare, no? »

« Tu ed io da soli » ripeté Jason a voce bassa, sentendosi avvolgere, soffocare, dalle nebbie. « Lo so. Lo so. Ma devo pensare. Ci sono ancora tante cose da imparare, tante cose da tirar fuori. »

« Perché è così importante? »

« È... lo è semplicemente. »

« Non sai il perché? »

« Sì... no, non ne sono sicuro. Non chiedermelo per adesso. »

« Se non adesso, quando? Quando te lo posso chiedere? Quando finirà? Finirà mai?! »

« Piantala! » ruggì all'improvviso Jason, sbattendo con forza il bicchiere sul vassoio di legno. « Non posso scappare! Non voglio! Devo rimanere qui! Devo sapere! »

Marie gli corse incontro, gli posò le mani prima sulle spalle, poi sul viso, asciugandogli il sudore. « Adesso l'hai detto. Riesci a sentirti, caro? Non puoi scappare perché più ti avvicini alla cosa più ti assilla! E se scappassi sarebbe solo peggio. Non avresti una vita, vivresti in un incubo. Lo so. »

Jason le prese il viso tra le mani e la guardò negli occhi. « Davvero lo credi? »

« Certo. Ma dovevi dirlo tu, non io. » Lo abbracciò, posandogli il viso sul petto. « Dovevo costringerti a farlo. Il buffo è che io *potevo* scappare. Avrei potuto prendere un aereo con te stasera e andare dove volevi tu, scomparire, senza guardarmi indietro, felice come non sono mai stata in vita mia. Tu questo però non potevi farlo. Ciò che c'è – o che non c'è – qui a Parigi avrebbe continuato a roderti e, a un certo punto, non saresti più riuscito a sopportarlo. Qui sta l'ironia, caro. Io potrei vivere con questo dubbio, tu invece no. »

« Saresti disposta a scomparire semplicemente? » chiese Jason. « E la tua famiglia, il lavoro, tutti quelli che conosci? »

« Non sono né una bambina né una sciocca » rispose Marie immediatamente. « In qualche modo mi cautelerei, ma non credo che prenderei la cosa molto sul serio. Mi farei dare un congedo per malattia o per motivi personali. Stress emotivo, esaurimento; potrei sempre tornare; il dipartimento capirebbe. »

« Peter? »

« Sì. » Tacque un momento. « Siamo passati da un tipo di rapporto a un altro, e secondo me per tutti e due il secondo era il più importante. Era come un fratello, con dei difetti; un fratello che si vuole veder riuscire malgrado le sue insufficienze, perché al fondo c'è tanta onestà. »

« Mi dispiace. Mi dispiace veramente. »

Marie sollevò lo sguardo su di lui. « Tu hai la sua stessa onestà. Quando si fa il tipo di lavoro che faccio io, l'onestà diventa una cosa molto importante. Non sono i deboli che stanno ereditando la terra, Jason, sono i corruttori. E sono convinta che la distanza tra corruzione e assassinio sia molto piccola. »

« Pensi alla Treadstone Seventy-One? »

« Sì. Avevamo ragione tutti e due. Voglio che vengano scoperti. Voglio che paghino per quello che hanno fatto. E tu non devi scappare. »

Jason le posò le labbra sulla guancia, poi sui capelli, abbracciandola. « Dovrei buttarti fuori » disse. « Dovrei dirti di uscire dalla mia vita. Non ci riesco, ma so maledettamente bene che dovrei. »

« Anche se me lo dici non fa nessuna differenza. Io non me ne vado, amore mio. »

Gli uffici del procuratore legale erano in boulevard de la Chapelle. La sala conferenze, dalle pareti foderate di libri, sembrava più uno studio di posa che un ufficio. Ogni cosa era stata sistemata per far scena ed era al posto giusto. In quella stanza si trattavano intese, non contratti. Per quanto riguardava il procuratore, poi, un signore dignitoso, la barbetta a punta e il *pince-nez* d'argento su un naso aquilino non riuscivano a nascondere la sua fondamentale disonestà. Pretese persino di discutere in inglese — che parlava male — senza dubbio pensando che, in seguito, questo gli avrebbe permesso di sostenere di non essersi spiegato bene.

Fu Marie a portare avanti la discussione. Bourne si appoggiava a lei, come un consulente al suo consigliere finanziario. Le richieste furono esposte succintamente: gli assegni circolari venivano sostituiti da certificati di credito al portatore per importi variabili da un massimo di ventimila dollari a un minimo di cinquemila. Ordinò all'avvocato di comunicare alla banca che ciascuna serie doveva essere al massimo di tre numeri, e che i garanti internazionali dovevano venire cambiati ogni cinque mazzette. Il procuratore aveva ben chiaro l'obiettivo di Marie: l'emissione dei certificati era stata resa così complicata che pochissime banche e altrettanto pochi intermediari avrebbero avuto la possibilità di risalire all'origine. E del resto non se ne sarebbero nemmeno dati la pena: il pagamento era garantito.

Quando l'avvocato, irritatissimo, ebbe quasi concluso la conversazione telefonica con un altrettanto seccato Antoine d'Amarcourt, Marie alzò una mano.

« Mi scusi, ma monsieur Bourne richiede espressamente che monsieur d'Amarcourt prepari anche duecentomila franchi in contanti. Centomila verranno acclusi alle obbligazioni, gli altri centomila verranno trattenuti da monsieur d'Amarcourt. Inoltre il mio cliente suggerisce che questi ultimi vengano divisi come segue: settantacinquemila franchi per monsieur d'Amarcourt e venticinquemila per lei. Monsieur d'Amarcourt si rende conto di aver un grosso debito con voi, sia per i consigli che per le difficoltà che vi ha procurato. Inutile dirlo, non richiede ricevute per il vostro compenso. »

Irritazione e atteggiamento seccato scomparvero immediatamente, sostituiti da un'ossequiosità di cui fin dai tempi della corte di Versailles si erano perse le tracce. Sarebbero state seguite le istruzioni — insolite ma del tutto comprensibili — di monsieur Bourne e del suo stimato consigliere.

Monsieur Bourne fornì una valigetta diplomatica in pelle per il contante e le obbligazioni; gliel'avrebbe consegnata un portavalori armato che sarebbe uscito alle due e trenta del pomeriggio dalla banca per incontrarsi alle tre con monsieur Bourne a Pont Neuf. Lo stimato cliente si sarebbe fatto identificare presentando un pezzetto di cuoio tagliato dalla borsa, che avrebbe dimostrato la sua autenticità una volta messo a posto. Inoltre la parola d'ordine doveva essere: « Herr Koenig manda i suoi saluti da Zurigo ».

Questi i particolari. Ne rimaneva uno, che venne esposto dal consigliere di monsieur Bourne.

« Siamo consapevoli del fatto che le clausole della *fiche* debbano essere rispettate alla lettera, e non dubitiamo assolutamente che monsieur d'Amarcourt le rispetterà » spiegò Marie Saint Jacques. « Tuttavia, riconosciamo anche che la successione temporale delle operazioni debba risultare vantaggiosa per monsieur Bourne. Se ciò non si verificasse, temo che io, nella mia qualità di membro — attualmente anonimo — della Commissione Internazionale bancaria, mi sentirei costretta a riferire certe aberrazioni delle procedure legali e bancarie alle quali mi trovo ad assistere. Sono sicura che non sarà necessario; saremo tutti ben ricompensati, *n'est ce pas, monsieur?* »

« *C'est vrai, madame!* Nelle attività bancarie e legali... anzi, nella vita stessa... la scelta di tempo è tutto. Non deve aver nessun timore. »

« Lo so » disse Marie.

Bourne esaminò i solchi del silenziatore, dopo aver rimosso le particelle di polvere che vi si erano accumulate, dato che da diverso tempo non lo usava. Diede un ultimo giro, serrandolo, premette la clip del caricatore e controllò se la pistola era carica. Gli rimanevano sei cartucce; era pronto. Infilò la pistola alla cintola e abbottonò la giacca.

Marie non lo aveva visto maneggiare la pistola. Seduta sul letto, gli voltava la schiena e parlava al telefono con Dennis Corbelier, l'attaché dell'ambasciata canadese. Dal portacenere accanto al taccuino salivano spirali di fumo. Stava trascrivendo le informazioni di Corbelier. Quando ebbe finito lo ringraziò e riappese. Rimase alcuni secondi immobile con la matita a mezz'aria.

« Non sa quello che è successo a Peter » disse rivolta a Jason. « Strano. »

« Molto strano » disse Bourne. « Pensavo che dovesse essere uno dei primi a saperlo. Mi avevi detto che avevano controllato l'elenco delle telefonate di Peter; aveva telefonato a Corbelier, qui a Parigi. Sembrerebbe logico che qualcuno dovesse mettersi in comunicazione con lui. »

« Non avevo nemmeno pensato a questo. Io pensavo ai giornali, al telex e roba del genere. Peter è stato... è stato trovato diciotto ore fa e, anche se io ne parlavo in termini normalissimi, all'interno del governo canadese lui era un personaggio piuttosto importante. Sarebbe bastata la sua morte per fare notizia, immaginiamoci il suo assassinio... invece sul giornale non c'era nulla. »

« Telefona a Ottawa stasera. Vedi di sapere perché. »

« D'accordo. »

« Cosa ti ha detto Corbelier? »

« Ah, sì. » Marie consultò il taccuino. « La targa dell'auto di rue Madeleine era inutile: un'auto noleggiata all'aeroporto da un certo Jean-Pierre Larousse. »

« Come dire John Smith » interruppe Jason.

« Esatto. Con il numero di telefono che ti ha dato d'Amarcourt ha avuto più fortuna, ma non riesce a capire in che modo c'entri. Nemmeno io, del resto. »

« È una cosa così strana? »

« Credo di sì. È una linea privata che appartiene a una casa di moda di Saint Honoré. Les Classiques. »

« Una casa di mode? Vuoi dire un atelier? »

« Sono sicura che c'è anche quello, ma essenzialmente si tratta di un negozio di moda elegante. Come Dior o Givenchy. *Haute Couture.* Corbelier ha detto che, nell'ambiente, è conosciuto come Casa di René. Il quale di cognome è Bergeron. »

« Chi? »

« René Bergeron. Un creatore di moda. È nel giro da anni ed è sempre lì lì per diventare famoso. Lo conosco perché in Canada la mia sartina copia i suoi modelli. »

« Hai trovato l'indirizzo? »

Marie annuì. « E come mai Corbelier non era al corrente della faccenda di Peter? Perché non lo sa nessuno? »

« Forse verrai a saperlo quando telefoni. Probabilmente si tratta di una faccenda di fusi orari. È capitato troppo tardi per le edizioni del mattino qui a Parigi. Comprerò il giornale del pomeriggio. » Bourne prese nell'armadio il soprabito, sentendo l'oggetto pesante nascosto sotto la cintura. « Torno alla banca. Seguirò il portavalori fino al Pont Neuf. » Indossò il soprabito e si rese conto che Marie non l'aveva sentito. « Volevo chiederti una cosa. Questi tipi sono in uniforme? »

« Chi? »

« I portavalori. »

« La spiegazione potrebbe essere valida per i giornali, ma non per gli altri mezzi di comunicazione. »

« Scusa, di che parli? »

« Della differenza di fusi orari. Magari è troppo tardi per i giornali, ma la notizia dovrebbero averla saputa per telefono o per telegrafo. Inoltre le ambasciate hanno il telex; avrebbero dovuto esserne informati. La notizia non è stata diffusa, Jason. »

« Telefona stasera » disse. « Io vado. »

« Prima hai chiesto se i portavalori sono in uniforme? »

« Sì, m'interessa. »

« Nella maggior parte dei casi, sì. Guidano anche i furgoni corazzati, ma su questo punto sono stata precisa. Se intendono usare un furgone devono parcheggiarlo a un isolato dal ponte. Il portavalori deve andare all'appuntamento a piedi. »

« Ti ho sentita, ma non ho capito bene cosa intendevi. Come mai questa richiesta? »

« Un portavalori è già seccante, ma è necessario; lo esige l'assicurazione. Un furgone è troppo evidente; troppo facile da seguire. Senti, perché non cambi idea e mi fai venire con te? »

« No. »

« Credimi, non succederà niente: quei due ladri non lo permetterebbero. »

« Allora non c'è motivo che tu sia presente. »

« Sei insopportabile. »

« Ho fretta. »

« Lo so. E senza di me ti muovi più in fretta. » Marie si alzò e gli si avvicinò. « Capisco. » Si strinse a lui, baciandolo sulla guancia. Avvertì la sagoma dura dell'arma alla cintura. Lo guardò negli occhi. « Sei preoccupato, vero? »

« Semplicemente prudente. » Sorrise, le accarezzò il mento. « Sono un sacco di soldi. Devono servire a mantenerci per molto tempo. »

« Mi piace quest'ultima cosa. »

« I soldi? »

« No, il "ci". » Marie aggrottò le sopracciglia. « Una cassaforte! »

« Continui a parlare per indovinelli. »

« Non si può lasciare più di un milione di dollari di certificati negoziabili in una camera d'albergo di Parigi. Bisogna metterli in una cassetta di sicurezza. »

« Possiamo farlo domani. » Jason si staccò voltandosi verso la porta. « Mentre sono fuori, cerca sull'elenco il numero di Les Classiques e telefona per vedere fino a che ora stanno aperti. » Un attimo dopo era già uscito.

Bourne sedeva sul sedile posteriore di un taxi in sosta, controllando l'ingresso della banca dal parabrezza anteriore. Il tassista canticchiava un motivetto irriconoscibile leggendo il giornale, soddisfatto dei cinquanta franchi ricevuti in anticipo. Il motore era acceso: l'aveva preteso il passeggero.

Dal tetto del furgone corazzato, che si intravedeva dal finestrino posteriore destro, usciva l'antenna. Era parcheggiato in uno spazio riservato di fronte al taxi di Jason. Sopra gli oblò di vetro, a prova di proiettile, delle porte posteriori apparvero due luci rosse. Il sisteme d'allarme era stato attivato.

Bourne si protese in avanti, e seguì con lo sguardo l'uomo in uniforme che era sceso dal furgone e si faceva strada tra la gente che affollava il marciapiedi, puntando verso la banca. Provò un certo sollievo: non era uno dei tre uomini ben vestiti che si erano presentati il giorno prima alla Banque de Valois.

Un quarto d'ora dopo il portavalori uscì dalla banca, con la valigetta diplomatica di pelle nella sinistra, la destra posata sulla fondina aperta. Si notava chiaramente il pezzo seghettato mancante. Jason toccò il pezzetto di cuoio che aveva nel taschino della camicia; era, se non altro, la combinazione primitiva che avrebbe permesso di vivere al di là di Parigi, al di là di Carlos... se questa vita era possibile e se fosse riuscito ad accettarla, escludendo il terribile labirinto dal quale non riusciva a uscire.

Ma non si trattava solo di questo. In un labirinto costruito dall'uomo, si era obbligati a stare continuamente in movimento, a correre, a strisciare accanto a muri. Il contatto stesso con qualcosa di materiale era un progresso, anche se alla cieca. Il suo labirinto personale non aveva muri, non aveva percorsi obbligati. C'erano solo spazio e mulinelli di nebbia nell'oscurità, quei mulinelli che vedeva con tanta chiarezza quando di notte apriva gli occhi e si ritrovava con il viso tutto coperto di sudore. Perché vedeva sempre spazio, oscurità, vento ad alta quota? Perché di notte si vedeva sempre tuffarsi nel vuoto? Un paracadute. Perché? Poi riaffioravano altre parole; non immaginava assolutamente da dove venissero, ma c'erano e le sentiva.

Cosa rimane una volta perduta la memoria? E la tua identità, mister Smith?

Piantala!

Il furgone corazzato si infilò nel traffico di rue Madeleine. Bourne toccò una spalla al tassista. « Segua quel furgone, ma lasci in mezzo almeno due macchine » disse in francese.

Il tassista si voltò allarmato. « Credo che questo sia il taxi sbagliato, monsieur. Si riprenda i suoi soldi. »

« Sono un dipendente della ditta portavalori, fesso. È un incarico speciale. »

« Scusi, monsieur. Non lo perderemo. » Il tassista si lanciò in diagonale nella battaglia del traffico.

Il furgone prese la via più rapida in direzione della Senna, passando per le vie secondarie, poi girò a sinistra su Quai de la Rapée, verso Pont Neuf. A tre quattro isolati dal ponte, a giudizio di Bourne, rallentò e accostò al marciapiedi come se il portavalori avesse deciso di essere in anticipo. Semmai era in ritardo, pensò Bourne. Mancavano sei minuti alle tre: un tempo appena sufficiente per parcheggiare e percorrere a piedi un isolato in base alle istruzioni. E allora come mai aveva rallentato? Rallentato? Si era addirittura fermato; era fermo! Perché?

Il traffico?... Buon Dio, ma certo: il traffico.

« Fermi qui » disse Bourne al tassista. « Accosti al marciapiedi. Presto! »

« Cosa c'è, monsieur? »

« Lei è molto fortunato » disse Jason. « La mia ditta le paga cento franchi in più se lei va al finestrino del furgone e dice una frasettina all'autista. »

« Cosa, monsieur? »

« Francamente, lo stiamo mettendo alla prova. È nuovo. Li vuole i cento franchi? »

« Solo per andare vicino al finestrino a dire una frasettina? »

« Tutto qui. Cinque secondi al massimo, poi può tornare qui e andarsene via. »

« Niente pasticci? Non voglio guai. »

« La mia ditta è una delle più rispettabili di tutta la Francia. Si vedono dappertutto, i nostri furgoni. »

« Io non vorrei... »

« Lasci perdere! » Bourne afferrò la maniglia.

« Qual è la frase? »

Jason allungò i cento franchi. « Semplicemente questa: "Herr Koenig manda i suoi saluti da Zurigo". Se la ricorda? »

« "Herr Keonig manda i suoi saluti da Zurigo." Cosa c'è di difficile? »

« Allora, d'accordo? Stia dietro di me. »

« D'accordo. » Si avvicinarono in fretta al furgone, tenendosi sulla destra del vicoletto, superati da auto e da camion che procedevano a rilento. Il furgone era una trappola di Carlos, pensò Bourne. L'assassino si era aperto una via, pagando, tra i dipendenti della ditta portavalori. Un semplice nome e l'ora dell'appuntamento, rivelati via radio, potevano far avere un sacco di soldi a un portavalori sottopagato. *Bourne. Pont Neuf*. Era così semplice. Il portavalori in questione era meno preoccupato di arrivare in tempo all'appuntamento che di aver la certezza che i mercenari di Carlos arrivassero in tempo a Pont Neuf. Il traffico di Parigi aveva una brutta fama: chiunque poteva arrivare in ritardo. Jason bloccò il tassista, mostrando altre quattro banconote da duecento franchi; l'uomo le guardò ipnotizzato.

« Che c'è, monsieur? »

« La mia ditta intende essere molto generosa. Quest'uomo va ripreso: ha commesso delle gravi infrazioni. »

« Cosa, monsieur? »

« Dopo aver detto "Herr Koenig manda i suoi saluti da Zurigo", aggiunga semplicemente: "Il programma è cambiato. C'è un passeggero nel mio taxi che deve parlarle". Ha capito? »

Il tassista riportò lo sguardo sugli ottocento franchi. « Cosa c'è di difficile? » Afferrò i soldi.

Passarono accanto alla fiancata del furgone. Jason teneva la schiena premuta contro la lamiera d'acciaio nascondendo la destra sotto il soprabito, stretta sulla pistola. L'autista si avvicinò al finestrino, si sollevò sulle punte dei piedi e bussò al vetro.

« Ehi, lei, dentro! Herr Koenig manda i suoi saluti da Zurigo! » urlò.

Il vetro si abbassò, ma non più di cinque centimetri. « Cosa c'è? » urlò una voce di rimando. « Lei dovrebbe trovarsi a Pont Neuf, monsieur! »

Il tassista non era un idiota; era anche ansioso di filarsela il più presto possibile. « Non sono io, fesso! » urlò tra i rumori del traffico, pericolosamente vicini. « Le sto dicendo quel che mi è stato detto di dire! Il programma è cambiato. C'è un tipo qui dietro che dice che deve parlarle! »

« Gli dica di spicciarsi » disse Jason allungando l'ultima banconata da cinquanta franchi, di nascostc dall'uomo all'interno del furgone.

Il tassista guardò di soppiatto i soldi, poi si rivolse di nuovo al corrire. « Si muova! Se non gli parla subito, perde il posto! »

« E adesso fila via! » disse Bourne. Il tassista si voltò e superò Jason di corsa, afferrando la banconota.

Bourne rimase fermo, improvvisamente allarmato da quel che udiva in mezzo alla cacofonia di clacson e di motori nella via affollata. Dall'interno del furgone arrivavano delle voci. Non un uomo solo che gridava nel microfono di una radio, ma due uomini che discutevano ad alta voce. Il portavalori non era solo; c'era un altro con lui.

« Le parole erano quelle. Le hai sentite. »

« Doveva venire da te in persona. Doveva farsi vedere. »

« E dovrà farlo. E presentare un ritaglio di cuoio che deve adattarsi perfettamente. Ti aspetti che lo faccia in mezzo a una strada, in pieno traffico? »

« Non mi piace questa storia! »

« Mi hai pagato perché dessi una mano a te e ai tuoi soci a trovare un tizio. Non per farmi perdere il lavoro. Io ci vado! »

« L'appuntamento è a Pont Neuf! »

« Vaffanculo! »

Si sentì un rumore di passi sul pavimento di metallo del furgone. « Vengo con te! »

Lo sportello laterale si aprì; Jason piroettò su se stesso sempre tenendo la pistola impugnata sotto il soprabito. Davanti a lui, in basso, il volto di un bambino era premuto contro il finestrino di un'automobile, gli occhi socchiusi. I lineamenti infantili erano deformati in una maschera orrenda, con l'intenzione di spaventare e di insultare. La strada era piena di rumori di clacson rabbiosi che suonavano in contrappunto: un ingorgo.

Il portavalori balzò a terra, tenendo con la sinistra la valigetta diplomatica. Bourne era pronto; nell'attimo in cui l'uomo toccava terra, spinse con violenza la porta scorrevole addosso all'altro, schiacciando un ginocchio e una mano. L'uomo urlò e ricadde all'indietro nel furgone. Jason allungò al portavalori il ritaglio di pelle tenendolo con la mano libera.

« Sono Bourne! » gli urlò. « Ecco il ritaglio! E tieni quella pistola nella fondina, se no ci rimetti la vita, non solo il posto, figlio di puttana! »

« Non voglio far niente di male, monsieur! Volevano trovarla! Non vogliono la sua borsa, glielo garantisco! »

Lo sportello scorrevole si aprì di schianto. Jason lo richiuse di nuovo con una spallata, poi arretrò per vedere in viso il mercenario di Carlos, sempre tenendo l'arma impugnata.

Vide la canna di una pistola; l'orifizio nero dell'apertura lo fissava dritto negli occhi. Si gettò all'indietro, e si rese conto che lo sparo era stato ritardato di una frazione di secondo da un trillo lacerante esploso all'esterno del furgone. Era scattato l'allarme che copriva con il suo volume i rumori della strada; al confronto l'esplosione fu sommessa, e lo schiocco della pallottola sull'asfalto completamente soffocato.

Jason spinse con violenza ancora una volta lo sportello. Sentì un clangore di metallo contro metallo; aveva toccato la pistola dell'uomo di Carlos. Estrasse la sua, si lasciò cadere in ginocchio e riaprì.

Vide il viso dell'uomo di Zurigo, il killer che chiamavano Johann, quello fatto venire a Parigi per riconoscerlo. Sparò due volte; il killer si inarcò all'indietro con il sangue che gli sgorgava dalla fronte.

Il corriere! La valigetta!

Jason vide il portavalori; si era accucciato al riparo dietro il furgone. Impugnava la pistola e urlava chiedendo aiuto. Bourne balzò in piedi, si tuffò verso la pistola, la afferrò per la canna strappandogliela. Afferrò la valigetta.

« Non volevi far niente di male, vero? Dammela, bastardo! » Gettò la pistola sotto il furgone, si rialzò e si tuffò tra la folla isterica sul marciapiedi.

Corse con tutte le sue forze, alla cieca. Le sagome umane davanti a lui erano come pareti mobili di un labirinto. Ma c'era una differenza essenziale tra questa prova e quella che viveva ogni giorno. Non si trovava nell'oscurità; il sole pomeridiano era luminoso, accecante come la sua corsa pazza nel labirinto.

14

« Abbiamo tutto » disse Marie. Aveva diviso i certificati a seconda del nome, e i mazzetti, insieme alle banconote, stavano sulla scrivania. « Te l'avevo detto. »

« Ci è mancato poco che non avessimo un bel niente. »

« Cosa? »

« Quel tipo che chiamavano Johann, quello di Zurigo. È morto. L'ho ucciso. »

« Jason! ma cosa è successo? »

Glielo raccontò. « Contavano sul Pont Neuf » disse. « Secondo me l'auto-appoggio è rimasta bloccata nel traffico, si è inserita sulla frequenza radio del portavalori e gli ha detto di ritardare. Ne sono sicuro. »

« Oh Dio, ma sono dappertutto! »

« Però non sanno dove sono io » disse Bourne, guardandosi nello specchio sopra il cassettone e studiandosi i capelli biondi mentre inforcava gli occhiali montati in tartaruga. « L'ultimo posto dove si aspettano di trovarmi in questo momento – anche se pensassero che ne sono al corrente –, è una certa casa di moda di faubourg Saint Honoré. »

« Les Classiques? » chiese Marie, stupefatta.

« Proprio. Hai telefonato? »

« Sì, ma è una pazzia! »

« Perché? » Jason si voltò. « Prova a pensarci. Venti minuti fa la loro trappola è andata in frantumi; ci saranno confusione, recriminazioni, accuse d'incompetenza o peggio. Adesso, in questo preciso momento, sono più preoccupati per loro stessi che per me; nessuno vuole morire con una pallottola in gola. Ma durerà poco; Carlos farà in modo di rimetterli in riga in fretta. Ma, almeno per un'ora, mentre stanno cercando di capire cosa è successo, l'unico posto in cui non mi cercheranno è una buca per le lettere che nemmeno si immaginano che io conosco. »

« Qualcuno ti riconoscerà! »

« Chi? Hanno fatto venire il tipo di Zurigo per riconoscermi e adesso è morto. Non sanno bene che aspetto ho. »

« Il portavalori. Lo prenderanno, lui ti ha visto. »

« Per qualche ora sarà piuttosto impegnato con la polizia. »

« D'Amarcourt! L'avvocato! »

« Sospetto che stiano già filando verso la Normandia o Marsiglia, oppure, se sono fortunati, all'estero. »

« E se li bloccano, se li catturano? »

« Se li catturano? Credi che Carlos abbia voglia di rivelare la fonte dalla quale riceve dei messaggi? Nemmeno per sogno. »

« Jason, sono spaventata. »

« E anch'io. Ma non ho paura che mi riconoscano. » Si guardò di nuovo nello specchio. « Potrei intrattenerti con una lunga dissertazione sulla classificazione dei lineamenti e sul modo di ammorbidirli, ma non lo farò. »

« Intendi dire i segni di chirurgia plastica? Port Noir. Me ne hai già parlato. »

« Non ti ho detto tutto. » Bourne si protese sul cassettone fissandosi il viso. « Di che colore ho gli occhi? »

« Cosa? »

« No, non guardarmi. Adesso, prova a dire di che colore ho gli occhi. I tuoi sono castani con pagliuzze verdi. E i miei? »

« Azzurri... azzurrastri. Oppure una specie di grigio. A dir la verità... » Marie tacque. « Non ne sono sicura. Immagino che dovrei vergognarmene... »

« È una cosa del tutto naturale. Fondamentalmente sono nocciola, ma non sempre. Persino io me ne sono accorto. Quando porto una camicia o una cravatta azzurre, diventano più azzurri; con una giacca o un soprabito marrone, sono grigi. Quando sono nudo stranamente hanno un colore imprecisato. »

« Non è poi così strano. Sono sicura che per milioni di persone è lo stesso. »

« Sono sicuro anch'io. Ma quanti portano lenti a contatto quando hanno la vista normale? »

« Lenti a contatto?... »

« Proprio così » la interruppe Jason. « Ci sono certi tipi di lenti a contatto che si mettono per cambiare il colore degli occhi. Sono più efficaci con gli occhi nocciola. Quando Washburn mi ha visitato la prima volta, erano rimasti segni di uso prolungato di lenti a contatto. È uno dei tanti indizi, non ti pare? »

« Può voler dire qualunque cosa » obiettò Marie. « Se poi è vero. »

« E perché non dovrebbe esserlo? »

« Perché il dottore era quasi sempre sbronzo. Me l'hai detto tu. Ha sommato congetture su congetture. Probabilmente nei fumi dell'alcool. Non è mai stato preciso, non avrebbe potuto esserlo. »

« Su una cosa lo è stato. Io sono un camaleonte, fatto apposta per adattarsi a uno stampo flessibile. Voglio sapere chi ha fatto questo stampo; forse adesso ci riesco. Grazie a te, un indirizzo ce l'ho. Può darsi che ci trovi qualcuno che sa la verità. Basta una persona. Una persona con la quale posso confrontarmi, che posso far parlare, se ce ne fosse bisogno... »

« Non posso fermarti, ma, per l'amor del cielo, sta' attento. Se ti riconoscono ti ammazzano. »

« No, nell'atelier non mi ammazzeranno; gli rovinerebbe gli affari. Siamo a Parigi. »

« Non mi sembra tanto divertente, Jason. »

« Neanche a me. Ci conto molto. »

« Che cosa vuoi fare? Voglio dire, come pensi di riuscirci? »

« Lo saprò meglio quando sarò là. Vedrò se c'è qualcuno che corre di qua e di là con un'aria nervosa o ansiosa, o se vedo qualcuno che aspetta una telefonata come se da questa dovesse dipendere la sua vita. »

« E poi? »

« Farò come ho fatto con d'Amarcourt. Aspetterò fuori e lo seguirò. Sono vicino alla soluzione: non voglio farmela scappare. E sarò prudente. »

« Mi telefoni? »

« Farò il possibile. »

« Potrei diventare pazza a star qui ad aspettare. Senza saper nulla. »

« Non aspettare. Non vuoi depositare i certificati in qualche posto? »

« Le banche sono chiuse. »

« Va' in un grande albergo; gli alberghi hanno delle cassaforti. »

« Bisogna prendere una camera. »

« Prendila. Al Meurice o al George Cinq. Lascia la valigetta al banco del portiere, ma torna qui. »

Marie annuì. « Così avrò qualcosa da fare. »

« Poi telefona ad Ottawa. Cerca di sapere cosa è successo. »

« D'accordo. »

Bourne andò al comodino e prese alcuni biglietti da cinquemila franchi. « Una bustarella renderebbe le cose più facili » disse. « Non credo che si presenterà l'occasione, ma chissà. »

« Potrebbe presentarsi » disse Marie, poi senza fermarsi proseguì: « Hai sentito cos'hai detto? Hai buttato lì i nomi di due alberghi ».

« Ho sentito. » Si voltò guardandola negli occhi. « Sono già stato qui. Molte volte. Ho vissuto a Parigi, ma non in quegli hotel. In stradine fuori mano, credo. In posti difficili da trovare. »

Trascorse un attimo di silenzio, nella tensione della paura.

« Ti amo, Jason. »

« Anch'io, ti amo. »

« Ritorna da me. Qualunque cosa succeda, torna qui da me. »

Le luci, diffuse, erano molto scenografiche: piccoli fari, dal soffitto color marrone scuro, gettavano fasci luminosi che inondavano manichini e clienti eleganti con un gradevole colore dorato. I banchi dei gioielli e degli accessori erano ricoperti di velluto nero, e pezze di seta rosso vivo e verde, accostate armoniosamente, sottolineavano la superficie nera. Eruzioni di oro e di argento luccicavano, illuminate da lampadine accuratamente nascoste. I corridoi tra i banchi semicircolari davano un'illusione di spazio; Les Classiques infatti, anche se non si poteva dir piccolo, non era un grande negozio. Era però un posto di classe, in una delle vie più care di Parigi. Sul fondo, oltre una balconata dov'erano sistemati gli uffici della direzione, si aprivano porte di vetro colorato. Una scala ricoperta di moquette saliva sulla destra, accanto a un centralino telefonico sopraelevato rispetto al pavimento. Davanti al quadro stava seduto un uomo di mezza età, con un'aria stranamente fuori posto, che indossava un serio abito scuro. L'uomo parlava nel microfono che era un prolungamento dell'unica cuffia.

Le commesse ai banchi di vendita erano quasi tutte alte, sottili, con il viso scavato e il corpo asciutto, ritratti viventi di ex indossatrici che, per intelligenza, erano salite un gradino rispetto alle colleghe, quando ormai non potevano più sperare di guadagnarsi da vivere in altri modi. Anche i pochi uomini che si notavano in giro erano snelli: figure flessuose, sottolineate dagli abiti aderenti, dai gesti rapidi, da pose aggressive, da balletto.

Dal soffitto scendevano morbidi brani di una musica romantica sottolineati astrattamente da raggi di piccoli fari. Jason si aggirava tra i banchi, osservando i manichini, toccando i tessuti, valutando la situazione. Era stupito. Dov'era la confusione, l'ansia, che si era aspettato di trovare nel cuore del centro comunicazioni di Carlos? Guardò in alto, verso le porte aperte degli uffici e nel corridoio che divideva in due l'atelier. Uomini e donne andavano tranquillamente avanti e indietro proprio come al piano terra, fermandosi di quando in quando per scambiarsi battute o informazioni irrilevanti. Pettegolezzi. Niente agitazione, nessun segno che una trappola d'importanza vitale era esplosa loro in faccia, che un killer fatto venire dall'estero — l'unico uomo di Parigi che lavorava per Carlos e che poteva identificare il bersaglio — era morto con due pallottole in testa nel cassone di un furgone corazzato.

Era incredibile, magari solo perché l'atmosfera era l'esatto contrario di ciò che aveva previsto. Non immaginava che avrebbe trovato caos, affatto; i mercenari erano troppo controllati. Però si aspettava di trovare qualcosa. E non vedeva volti tesi, occhiate, movimenti improvvisi che potessero allarmarlo. Non c'era nulla di insolito: il mondo elegante dell'*haute couture* continuava a roteare nella sua orbita elegante, per nulla scosso da avvenimenti che avrebbero potuto sconvolgerne l'asse di rotazione.

D'altra parte, esisteva senz'altro un telefono privato e qualcuno che, non solo parlava per conto di Carlos, ma che aveva l'autorità di mettere in azione tre killer. Una donna...

La vide; doveva essere lei. A metà della scala: una donna alta dall'aria imperiosa con un viso che l'età e i cosmetici avevano trasformato in una maschera gelida. Era stata bloccata da un impiegato snello che le mostrava un blocco per le fatture chiedendo la sua approvazione; la donna diede un'occhiata al blocco, poi al piano terra, verso un uomo nervoso, di mezza età, accanto al banco dei gioielli. Un'occhiata breve, ma acuta. Il messaggio era evidente. *D'accordo, mon ami, prendi su le tue cianfrusaglie, ma paga subito il conto. Altrimenti la prossima volta ti ritrovi in una situazione imbarazzante. O peggio. Potrei telefonare a tua moglie.* La minaccia durò qualche secondo. Un sorriso falso quant'era ampio spaccò la maschera e, con un cenno e un gesto deciso, la donna prese una penna all'impiegato e firmò la fattura con le sue iniziali. Riprese a scendere, seguita dall'impiegato, che si protese in avanti per dirle ancora qualcosa. Evidentemente cercava di ingraziarsela; giunta in fondo, la donna si voltò, si toccò la corona di capelli neri con le mêches e gli posò la punta delle dita sul polso, in un gesto di ringraziamento.

Non c'era tranquillità negli occhi della donna. Erano gli occhi più attenti che Jason avesse mai visto, superati forse solo da quelli che si nascondevano dietro un paio di lenti montate in oro, a Zurigo.

Per istinto sentiva che era lei il suo obiettivo; doveva solo trovare il modo per raggiungerla. Le prime mosse dovevano essere misurate; non troppo decise, né troppo sottili, tali però da attirar l'attenzione. Era lei che doveva venire da lui.

I minuti successivi lasciarono Jason stupefatto, stupefatto di se stesso. Si trattava di assumere un ruolo, ma ciò che lo lasciò sconvolto fu la facilità con cui si era immerso in un personaggio del tutto diverso da se stesso, da se stesso come si conosceva. Se pochi attimi prima si sarebbe lasciato andare a complimenti, ora invece esaminava i capi con attenzione, togliendoli dagli attaccapanni, portandoli alla luce. Osservava minuziosamente cuciture, bottoni e asole, passava le dita sui colletti degli abiti, rialzandoli per poi risistemarli come prima. Si era trasformato in un giudice di moda, in un acquirente esperto che sapeva quel che voleva e che scartava immediatamente i capi che non si adeguavano ai suoi gusti. Le uniche cose che non esaminava erano i cartellini dei prezzi: evidentemente non erano degni della sua attenzione.

Proprio questo suscitò l'interesse della donna dall'aria imperiosa che continuava a lanciare occhiate verso di lui. Si avvicinò, ancheggiando, una commessa dalla figuretta flessuosa; Jason le sorrise amabilmente, ma disse che preferiva scegliere i capi da solo. Meno di trenta secondi dopo era dietro tre manichini, che portavano i capi più costosi del negozio. Aggrottò le sopracciglia, atteggiando la bocca a un'espressione di silenziosa approvazione, passando tra le figure di plastica. La commessa al banco, alla quale l'espressione era rivolta, sussurrò qualcosa alla collega che gli si era avvicinata; l'ex indossatrice scosse il capo, alzando le spalle. Jason si fermò con le mani sui fianchi, gonfiando le gote, lasciandosi lentamente sfuggire il respiro, passando lo sguardo da un manichino all'altro; sembrava incerto, sulla decisione da prendere. E in questa situazione, un cliente potenziale, che oltretutto non badava ai cartellini dei prezzi andava assistito dalla persona più importante nelle vicinanze: Jason era irresistibile nella sua parte. La donna regale si lisciò di nuovo la pettinatura e, con grazia, affrontò il passaggio tra i banchi, avvicinandoglisi.

« Vedo che l'attirano i nostri capi migliori, monsieur » disse la donna. L'occhio allenato, evidentemente, l'aveva portata ad usare l'inglese.

« Direi proprio di sì » rispose Jason. « Tutta la vostra collezione è interessante, ma è sempre meglio essere scrupolosi, non le pare? »

« Ci sono scale di valori sempre e dappertutto, monsieur. Non se ne può fare a meno. Tuttavia tutti i nostri modelli sono esclusivi. »

« *Cela va sans dire, madame.* »

« *Ah, parlez-vous français?* »

« *Un peu.* Passabilmente. »

« Lei è americano? »

« Ci sto poco in America » spiegò Bourne. « Ha detto che questi modelli vengono fatti solo per voi? »

« Oh, sì; abbiamo un contratto in esclusiva con lo stilista; sono sicura che avrà già sentito parlare di lui. René Bergeron. »

Jason aggrottò le sopracciglia. « Sì. L'ho già sentito. Molto rispettato, ma non ha mai sfondato, vero? »

« Sfonderà, monsieur. È inevitabile; ad ogni stagione la sua reputazione aumenta. Qualche anno fa lavorava per Saint Laurent, poi è passato da Givenchy. Qualcuno dice che non si limitasse a tagliare i modelli. Capirà cosa intendo... »

« Non è difficile. »

« E sapesse quello che hanno fatto per minimizzarlo! Un vero peccato! Perché le donne, lui le adora; le asseconda, non le trasforma in ragazzetti, *comprenez-vous?* »

« *Je vous comprends parfaitement.* »

« Prima o poi diventerà famoso in tutto il mondo e quelli non potranno più nemmeno toccare l'orlo delle sue creazioni. Questi modelli deve vederli come creazioni di un maestro in ascesa, monsieur. »

« Lei, è molto convincente. Prendo questi tre. La taglia è la quarantadue, immagino. »

« Quarantaquattro, monsieur. Naturalmente la riduciamo. »

« Temo che non ci sia tempo, ma senz'altro ci saranno dei bravi sarti a Cap-Ferrat. »

« *Naturellement* » consentì immediatamente la donna.

« Inoltre... » Bourne esitò, aggrottando di nuovo le sopracciglia. « Già che mi trovo qui e per non perdere tempo, mi scelga qualche altro capo, sempre sullo stesso genere. Tessuti diversi, modelli diversi, ma su questa linea, se la cosa è possibile. »

« Possibilissima, monsieur. »

« Grazie, le sono grato. Il volo dalle Bahamas è stato lungo, sono esausto. »

« Vorrebbe per caso mettersi seduto, monsieur? »

« In tutta franchezza, monsieur vorrebbe una cosa da bere. »

« Nessun problema. E per quanto riguarda il pagamento, monsieur... »

« Pagherò in contanti » disse Jason, sapendo così di allettare la direttrice. « Assegni e conti correnti lasciano tracce nella foresta, non è vero? »

« La sua saggezza è all'altezza dei suoi gusti. » Un sorriso rigido spaccò di nuovo la maschera. Gli occhi rimasero gelidi. « Se vuol bere qualcosa perché non viene nel mio ufficio? Non ci disturberà nessuno; potrà rilassarsi e io le porterò una serie di capi per la sua approvazione. »

« Splendido. »

« In che ordine di prezzo, monsieur? »

« *Les meilleurs, madame.* »

« *Naturellement.* » La donna allungò una mano, bianca e sottile. « Sono Jacqueline Lavier, socia direttrice di Les Classiques. »

« Piacere. » Bourne strinse la mano senza presentarsi. La sua espressione lasciava intendere che, forse, l'avrebbe fatto in privato, per il momento no. Per il momento, come presentazione, i soldi bastavano. « Il suo ufficio? Il mio è a migliaia di chilometri da qui. »

« Da questa parte, monsieur. » Riapparve una volta ancora il sorriso irrigidito che ruppe la maschera come una crepa che si aprisse progressivamente nel ghiaccio. Madame Lavier con un gesto indicò la scala. Il mondo della *haute couture* continuava a girare, per nulla impedito dalla morte e dal fallimento di Quai de la Rapée.

E proprio questo fluire regolare lasciava Jason inquieto e sconcertato. Era convinto che la donna che gli camminava accanto avesse impartito gli ordini letali che un'ora prima erano abortiti in seguito a uno scambio di colpi di pistola, gli ordini venuti da un uomo senza volto che pretendeva obbedienza o morte. Tuttavia, nulla indicava che una sola ciocca della sua pettinatura perfetta fosse stata sconvolta da gesti nervosi delle dita; sulla maschera finemente cesellata non apparivano segni che rivelassero la paura. E tuttavia a Les Classiques sopra di lei non c'era nessuno: nessun altro che potesse avere un numero riservato in un ufficio privato. Una parte dell'equazione mancava... un'altra però era stata confermata e in un modo inquietante.

Riguardava lui. Il camaleonte. La messa in scena aveva funzionato; si trovava nel campo nemico, convinto al di là di ogni dubbio di non essere stato riconosciuto. L'episodio aveva un tono di *déjà vu*. Aveva già fatto cose del genere, aveva già provato i sentimenti che li accompagnavano. Era un uomo che si muoveva in una giungla sconosciuta, ma che in qualche modo, istintivamente, sapeva quale sentiero seguire, sapeva dov'erano le trappole e come evitarle. Il camaleonte era un esperto.

Giunsero ai piedi della scala e cominciarono a salire. In basso, alla loro destra, il centralinista, un uomo di mezza età, dall'abito di taglio severo, parlava tranquillamente nel microfono collegato alla cuffia, con cenni stanchi del capo, come per rassicurare la persona all'altro capo del filo che nulla turbava la serenità del *loro* mondo.

Involontariamente, Bourne si fermò al settimo gradino. La nuca dell'uomo, il profilo dello zigomo, i capelli grigi che andavano diradandosi... il modo in cui coprivano leggermente l'orecchio: quell'uomo l'aveva già visto! In qualche posto. Nel passato, nel passato dimenticato, che però ora ricordava avvolto nell'oscurità... ma con lampi di luce. Esplosioni, nebbie, folate di vento seguite da silenzi pieni di tensione. Di che cosa si trattava? Dov'era accaduto? Perché sentiva di nuovo quel dolore agli occhi? L'uomo dai capelli grigi fece come per voltarsi sulla poltroncina girevole; Jason si girò prima di incontrarne lo sguardo.

« Vedo che monsieur è rimasto colpito dal nostro centralinista » disse madame Lavier. « Non se ne vedono così. Secondo noi stacca nettamente Les Classiques dagli altri negozi di Saint Honoré. »

« E come mai? » chiese Bourne, mentre continuavano a salire. Strinse gli occhi per le fitte di dolore.

« Quando un cliente telefona, non risponde la voce anonima di una donna, ma quella di un gentiluomo colto che sa dare senza difficoltà tutte le informazioni. »

« Un tocco delicato. »

« Anche altri signori ne sono convinti » confermò la donna. « Specialmente quando si tratta di acquistare — confidenzialmente — capi per telefono. Non è possibile rintracciare nessuno nella nostra foresta, monsieur. »

Entrarono nell'ufficio spazioso di Jacqueline Lavier. Era il posto di comando di un dirigente efficiente. Sulla scrivania, una gran quantità di carte in pile separate; contro la parete un cavalletto con schizzi ad acquarello, alcuni firmati con iniziali piene di vigore, altri, evidentemente inaccettabili, lasciati senza firma. Le pareti erano coperte di fotografie incorniciate di gente del bel mondo, dalla bellezza troppo spesso guastata da bocche spalancate e da sorrisi fasulli come quello sulla maschera della proprietaria dell'ufficio. C'era una certa qualità puttanesca nell'aria profumata; era la tana di una tigre inquieta e non più giovane, pronta ad aggredire chiunque minacciasse ciò che possedeva od ostacolasse il soddisfacimento dei suoi appetiti. Tuttavia la tigre doveva avere il senso della disciplina: tutto considerato, un contatto di valore per Carlos.

Chi era l'uomo del centralino? Dove lo aveva visto?

Gli venne offerto di scegliere tra varie bottiglie; versò del brandy.

« Si accomodi, monsieur. Mi farò aiutare da René in persona, se mi riesce di trovarlo. »

« Molto gentile, ma sono sicuro che, qualunque cosa lei scelga, ne sarò soddisfatto. Per quanto riguarda il gusto ho una specie di istinto; il suo lo si nota in tutto l'ufficio. Mi ci sento a mio agio. »

« Troppo lusinghiero da parte sua. »

« Se lo merita » disse Jason, rimanendo in piedi. « Preferisco dare un'occhiata alle fotografie. Ci sono alcune persone che conosco, anche se non sono miei amici. Molte di queste facce si vedono piuttosto spesso nelle banche delle Bahamas. »

« Non ne dubito » disse la Lavier, con un tono che mostrava rispetto per questi sentieri della finanza. « Ci metterò pochissimo, monsieur. »

Bourne ne era sicuro. Madame Lavier non era il tipo che lasciava a un potenziale cliente ricco ed esausto troppo tempo per pensare. Sarebbe tornata il più in fretta possibile con i capi più costosi. Se nell'ufficio c'era qualcosa che poteva illuminarlo sull'intermediaria — o sulle operazioni — di Carlos doveva trovarlo in fretta. In caso positivo, doveva essere sulla scrivania o nelle immediate vicinanze.

Jason girò intorno alla poltrona fingendo un interesse divertito per le fotografie, ma concentrando l'attenzione sulla scrivania. C'erano fatture, ricevute, conti non pagati, insieme a lettere di sollecito in attesa di firma. C'era anche un'agenda aperta; sulla pagina erano scritti quattro nomi. Si avvicinò per vederli meglio. Si trattava di quattro ditte; i nomi dei contatti all'interno erano segnati tra parentesi, e la posizione di ciascuno era indicata con una sottolineatura. Si chiese se fosse il caso di fissare nella memoria tutti i nomi. Stava per farlo quando gli occhi gli caddero sul bordo di una scheda alfabetica, seminascosta sotto il telefono. Ma c'era ancora qualcosa... incerto, quasi inavvertibile. Un pezzo di nastro adesivo trasparente, che la fissava alla scrivania. Il nastro era relativamente nuovo: doveva essere stato appiccicato da poco al legno lucente perché era liscio, senza orecchie né solchi.

L'istinto.

Bourne prese l'apparecchio per spostarlo. Proprio in quel momento il telefono squillò. Con un soprassalto nervoso lo sentì vibrare in mano. Lo posò e si scostò mentre un uomo in maniche di camicia entrava correndo dalla porta aperta; si avvicinò rapido alla scrivania e sollevò la cornetta.

« *Allô?* » Cadde il silenzio nell'ufficio mentre l'intruso ascoltava, a capo chino, concentrato. Era abbronzato e muscoloso, di età imprecisata: la pelle asciugata dal sole nascondeva l'età. Il volto era scavato, le labbra sottili, i capelli fitti tagliati corti, castano scuri, ordinati. Sotto la pelle delle braccia nude i muscoli guizzavano mentre faceva passare la cornetta da una mano all'altra. « *Pas ici. Sais pas. Téléphonez plus tard...* » disse aspro. Riappese e si rivolse a Jason. « *Où est Jacqueline?* »

« Un po' più piano, la prego » disse Bourne in inglese. « Il mio francese è limitato. »

« Spiacente » replicò l'uomo abbronzato. « Cercavo madame Lavier. »

« La proprietaria? »

« Madame Lavier. Dov'è? »

« Ad asciugarmi il portafogli. » Jason sorrise, potando il bicchiere alle labbra.

« Oh. E lei chi è, monsieur? »

« Chi è *lei*? »

L'uomo studiò Bourne. « René Bergeron. »

« Ma guarda! » esclamò Jason. « La sta cercando. Lei è molto bravo, monsieur Bergeron. Madame Lavier ha detto che dovevo vedere nei suoi modelli l'opera di un maestro in ascesa. » Sorrise di nuovo. « Per lei dovrò telegrafare alle Bahamas e farmi mandare un sacco di soldi. »

« Lei è molto gentile, monsieur. Scusi se mi sono intromesso. »

« È meglio che abbia risposto lei al telefono. Per la Berlitz io sono un fallimento. »

« Compratori, fornitori, tutti idioti. Con chi ho l'onore di parlare, monsieur? »

« Briggs » disse Jason che non immaginava minimamente da dove con tanta naturalezza, senza esitazioni, fosse saltato fuori il nome. « Charles Briggs. »

« Piacere di conoscerla. » Bourne allungò la mano; la stretta dello stilista era ferma. « Ha detto che Jacqueline mi cercava? »

« Sì. Temo a causa mia. »

« Vado a cercarla. » Bergeron uscì immediatamente.

Bourne si avvicinò di nuovo alla scrivania, tenendo d'occhio la porta, la mano sul telefono. Lo spostò, rivelando la scheda. C'erano due numeri di telefono, il primo era il contatto di Zurigo, il secondo evidentemente un numero di Parigi.

L'istinto. Aveva avuto ragione: gli era bastata una striscia di nastro adesivo trasparente. Fissò i numeri nella memoria poi rimise il telefono a posto e si allontanò dalla scrivania.

Nemmeno un attimo dopo rientrò madame Lavier reggendo una mezza dozzina di capi. « Ho incontrato René sulla scala. È contentissimo dei capi che ho scelto. Mi ha anche detto che lei si chiama Briggs, monsieur. »

« Glielo avrei detto io stesso » spiegò Bourne contraccambiando il sorriso, neutralizzando la nota di rimprovero nella voce della direttrice. « Ma non mi pare che lei me l'abbia chiesto. »

« Come dicevo, non si rintraccia nessuno nella nostra foresta, monsieur. Ecco, le ho portato una gioia per gli occhi! » Divise i vestiti, disponendoli con cura su alcune sedie. « Sono assolutamente convinta che queste siano tra le più belle creazioni che René ci ha portato. »

« Vi ha portato? Vuol dire che non lavora qui? »

« È un'espressione figurata. Il suo studio è in fondo al corridoio, ma è un sancta sanctorum. Persino io ci entro tremando. »

« Sono magnifici » approvò Bourne, passando da un capo all'altro. « Ma non voglio annientarla, solo farmi perdonare » aggiunse, indicando tre capi. « Prendo questi. »

« Ottima scelta, monsieur Briggs! »

« Li metta con gli altri, se non le spiace. »

« Naturalmente. È davvero una donna fortunata. »

« Un'ottima compagna, ma una bambina. E, temo, una bambina viziata. D'altra parte, sono stato via molto tempo, l'ho trascurata e mi sa che dovrò fare la pace. È uno dei motivi per cui l'ho mandata a Cap-Ferrat. » Sorrise, tirando fuori il portafogli di Louis Vuitton. « *La facture, s'il vous plâit.* »

« La faccio preparare immediatamente da una delle ragazze. » Madame Lavier premette un bottone del citofono accanto al telefono. Jason la osservava attento, pronto ad accennare alla telefonata alla quale Bergeron aveva risposto, nel caso la donna si fosse accorta che l'apparecchio era leggermente fuori posto. « *Faites venir Janine — avec les robes. La facture aussi.* » Si raddrizzò. « Un altro brandy, monsieur Briggs? »

« *Merci bien.* » Bourne allungò il bicchiere; madame Lavier lo prese e andò al bar. Jason sapeva che non era ancora il momento di fare quello che aveva in mente. Poteva però continuare a costruirsi delle basi. « Quel tipo, Bergeron, » disse « lei mi ha detto che ha un contratto in esclusiva con voi. »

Madame Lavier si voltò con il bicchiere in mano. « Oh, sì. Siamo una famiglia molto unita. »

Bourne prese il bicchiere, ringraziò con un cenno e sedette nella poltrona di fronte alla scrivania. « È un accordo costruttivo » osservò tanto per dire.

La commessa alta e sparuta con la quale aveva già parlato entrò nell'ufficio con un blocco di fatture in mano. Le istruzioni e i prezzi, vennero esposti in fretta; i capi vennero riuniti e le vennero consegnati. La Lavier allungò il conto a Jason per l'approvazione. « *Voici la facture, monsieur* » disse.

Bourne scosse il capo, come per dire che era superfluo. « *Combien?* » chiese.

« *Vingt-mille soixante francs, monsieur* » rispose la socia di Les Classiques, attendendo la reazione con l'espressione di un grosso uccello inquieto.

Nessuna espressione da parte di Bourne. Jason si limitò a estrarre dal portafogli cinque banconote da cinquemila franchi e gliele porse.

Madame Lavier annuì e le diede alla commessa che uscì, cadaverica, dall'ufficio con i vestiti.

« Pochi attimi ancora e riceverà qui la confezione e il resto. » Madame Lavier sedette alla scrivania. « Quindi sta andando a Ferrat. Dovrebbe essere bellissimo. »

Ormai aveva pagato; era venuto il momento. « Un'ultima notte a Parigi, prima di tornare in collegio » disse Jason, sollevando il bicchiere e brindando ironicamente a se stesso.

« Sì, lei ha accennato che la sua amica è molto giovane. »

« Ho detto che era una bambina, ed effettivamente lo è. È un'ottima compagna, ma credo di preferire la compagnia di donne più mature. »

« Dev'esserle molto affezionato » obiettò la Lavier, accarezzando la pettinatura impeccabile e accettando il complimento. « Le ha comprato delle cose così carine e – francamente – così costose. »

« Costano poco, considerando le cose che potrebbe scegliere lei. »

« Davvero? »

« È mia moglie, la terza per la precisione, e alle Bahamas bisogna mantenere un certo stile. Comunque, questa è un'altra faccenda; vivo senza fare sciocchezze. »

« Ne sono sicura, monsieur. »

« A proposito delle Bahamas, mi è venuta un'idea pochi minuti fa. Per questo le ho chiesto di Bergeron. »

« Di che cosa si tratta? »

« Forse penserà che sono avventato; le assicuro di no. Ma quando una cosa mi colpisce, mi piace andare a fondo. Dato che Bergeron l'avete voi in esclusiva, avete mai pensato di aprire una filiale nelle isole? »

« Nelle Bahamas? »

« Per poi puntare a sud. Nei Caraibi, magari. »

« Monsieur, quasi non ce la facciamo a portare avanti l'attività qui. L'occhio del padrone ingrassa il cavallo come si dice. »

« Non sarebbe necessario l'occhio del padrone; non nel modo in cui lei pensa. Una concessione qui, un'altra là, i modelli in esclusiva, proprietà del locale ma gestione affidata a percentuale. Solo un paio di boutiques, che, naturalmente, potrebbero poi aumentare piano piano, con prudenza. »

« Ci vorrebbero dei capitali notevoli, monsieur Briggs. »

« Prezzi fissi, nella fase iniziale. Li si potrebbero ritenere spese promozionali. Alte, ma non proibitive. Nei migliori alberghi e nei club di solito dipende dalle conoscenze che si hanno all'interno della direzione. »

« E lei ne ha di queste conoscenze? »

« Molte e molto strette. Come ho detto, sto semplicemente valutando la cosa, ma credo che l'idea abbia dei meriti. Le vostre etichette ne riceverebbero un certo tono: Les Classiques, Paris, Grand Bahamà... chissà magari Caneel Bay. » Inghiottì il resto del brandy. « Ma forse lei mi prende per matto. Lo ritenga soltanto un'idea, detta tanto per dire... anche se mi è capitato di guadagnare qualche dollaro con iniziative che mi hanno colpito così, sul momento. »

« Iniziative? » Jacqueline Lavier si toccò ancora una volta la pettinatura.

« Io di solito non regalo le idee, madame. Le realizzo. »

« Sì, capisco. Come lei ha detto, l'idea ha lati interessanti. »

« Ne sono convinto. Naturalmente dovrei prima sapere che tipo d'accordo avete con Bergeron. »

« Glielo si potrebbe far vedere, monsieur. »

« Le dico una cosa » incalzò Jason. « Se non ha impegni parliamone a cena. È la mia unica serata a Parigi. »

« E lei preferisce la compagnia di donne più mature » concluse Jacqueline Lavier. Un sorriso spaccò di nuovo la maschera, il ghiaccio si ruppe sotto un paio d'occhi ora più interessati.

« *C'est vrai, madame.* »

« Si può fare » consentì madame Lavier, prendendo la cornetta.

Il telefono. Carlos.

L'avrebbe spezzata, pensò Bourne. *Uccisa se necessario. Avrebbe saputo la verità.*

Marie si fece strada tra la folla nel salone dei telefoni di rue Vaugirard. Aveva fissato una stanza all'hotel Meurice e lasciato la valigetta diplomatica al portiere. Poi, per ventidue minuti esatti era rimasta seduta, da sola, in camera. Fino a quando non era riuscita più a sopportarlo. Sedeva in poltrona di fronte alla parete vuota pensando a Jason e alla follia degli otto giorni precedenti che l'avevano proiettata in un'altra follia, al di là della sua capacità di comprensione. Jason. Jason Bourne, attento, terribile, spaventato. Un uomo che dentro di sé aveva tanta violenza e, stranamente, tanta compassione. E che era capace, in un modo terribile, di muoversi in un mondo del tutto sconosciuto alla gente comune. Da dov'era spuntato, quest'uomo che amava? Chi gli aveva insegnato a riconoscere le piste nei vicoli bui di Parigi, di Marsiglia e di Zurigo... magari persino in Oriente? Che cosa rappresentava per lui l'Estremo Oriente? Come aveva imparato le lingue orientali? Che lingue erano? Oppure si trattava di una sola lingua?

Tao.

Che-Sah.

Tam Quan.

Un altro mondo, un mondo che lei non conosceva affatto. Ma conosceva Jason Bourne, o meglio l'uomo chiamato Jason Bourne, e si aggrappava all'onestà che sapeva esistere in lui. Oh, Dio, come lo amava!

Ilich Ramirez Sanchez. Carlos. Che cosa rappresentava per Jason Bourne?

Piantala! aveva gridato a se stessa, sola nella stanza. E poi aveva fatto ciò che tante volte aveva visto fare a Jason: si era sollevata di scatto dalla poltrona, come se il movimento fisico potesse diradare la nebbia o fargliela attraversare.

Il Canada. Doveva mettersi in contatto con Ottawa per sapere come mai la morte di Peter – il suo assassinio – venisse trattata con tanta segretezza, in un modo così rivoltante. Era insensato; si sentiva contraria con tutti i suoi sentimenti. Perché anche Peter era onesto ed era stato ucciso da uomini disonesti. Se non le avessero spiegato il perché, avrebbe diffuso lei stessa la notizia della sua morte, del suo assassinio. Avrebbe gridato a tutti che lei sapeva, dicendo a tutta voce: « Fate qualcosa! ».

E così era uscita, si era fatta portare in taxi a rue Vaugirard, ed aveva prenotato una telefonata per Ottawa. Ora attendeva davanti alla cabina, sentendo la rabbia salirle dentro, con una sigaretta accesa tra le dita. Quando sentì squillare il campanello, non riuscì a trovare nemmeno il tempo di gettarla.

Aprì la porta di vetro ed entrò.

« Sei tu, Alan? »

« Sì » fu la risposta, asciutta.

« Alan, cosa diavolo sta succedendo? Peter è stato assassinato, e sui giornali non è apparsa una sola parola! Credo che non lo sappiano nemmeno all'ambasciata! È come se non importasse a nessuno! Ma che cosa state facendo? »

« Quello che ci hanno ordinato di fare. E lo farai anche tu. »

« Cosa? Ma si trattava di Peter! Era amico tuo! Stammi a sentire, Alan... »

« No! » L'interruzione fu aspra. « Stammi a sentire tu. Lascia Parigi. Immediatamente! Prendi il primo volo. Se hai dei problemi, l'ambasciata te li risolverà, ma devi parlare solo all'ambasciatore. Capito? »

« No! » urlò Marie Saint Jacques. « Non capisco! Peter è stato assassinato e se ne fregano tutti! Stai dicendo solo delle fregnacce da burocrate! Non lasciarti coinvolgere; per l'amor del cielo, non lasciarti mai coinvolgere! »

« Stanne fuori, Marie! »

« Stare fuori da cosa? È questo che non mi dici, vero? Be', faresti meglio... »

« Non posso! » Alan abbassò il tono di voce. « Non so niente. Ti sto solo dicendo quello che mi è stato detto di dirti. »

« Da chi? »

« Non me lo puoi chiedere. »

« Te lo sto chiedendo. »

« Ascoltami, Marie. Sono ventiquattro ore che non vado a casa. Le ultime dodici le ho passate qui ad aspettare una tua telefonata. Cerca di capirmi: non ti sto suggerendo di tornare. Questi sono ordini del tuo governo. »

« *Ordini?* Senza spiegazioni? »

« Così stanno le cose. Questo posso dirlo. Vogliono che tu ti tiri fuori da questa storia; vogliono isolarlo... così stanno le cose. »

« Spiacente, Alan. Non è così che stanno le cose. Arrivederci. » Sbatté il ricevitore sulla cornetta, e serrò le mani per bloccarne il tremito. *Oh, mio Dio, gli voleva così bene... e loro stavano cercando di ucciderlo. Jason, mio Jason. Ti vogliono tutti uccidere. Perché?*

L'uomo del centralino fece scattare la leva rossa che bloccava le linee, riducendo le telefonate in arrivo a un brusio appena avvertibile. Lo faceva a volte ogni ora, per rischiararsi la mente purgandola dalle vacue sciocchezze che era stato costretto a dire. La necessità di interrompere ogni tipo di conversazione di solito la sentiva quando ne aveva conclusa una particolarmente tediosa, come appunto gli era appena capitato. La moglie di un deputato che cercava di nascondere il prezzo spropositato di un solo acquisto chiedendo di spezzettarlo perché il marito non se ne accorgesse. Ne aveva abbastanza. Aveva bisogno di tirare il fiato qualche minuto.

Lo colpì l'ironia della sua situazione. Non molti anni prima altre persone, per lui, sedevano davanti a un centralino, nelle sue società di Saigon e nella sala comunicazioni della sua vasta piantagione nel delta del Mekong. E ora si trovava a fare il centralinista per altri, nel quartiere profumato di faubourg Saint Honoré. Il poeta inglese aveva espresso perfettamente la sua situazione: ci sono più vicissitudini assurde nella vita umana di quelle che qualunque filosofia potrà mai immaginare.

Sentì delle risate provenire dalla scala e alzò gli occhi. Jacqueline se ne andava in anticipo, senz'altro con uno dei suoi celebrati conoscenti dal portafogli gonfio. Una cosa le andava riconosciuta: aveva il talento di portar via l'oro anche da una miniera sotto stretta sorveglianza; sarebbe persino stata capace di portar via diamanti a De

Beers. Non riusciva a vedere l'uomo che l'accompagnava; era dall'altra parte e, stranamente, teneva il capo girato.

Poi, per un attimo, lo vide; ci fu un contatto di sguardi, una cosa breve ed esplosiva. Il centralinista per un istante si ritrovò senza fiato, come sospeso in un momento di incredulità. Si trovava a fissare un viso, una testa che da anni non vedeva, e che anche allora aveva quasi sempre visto al buio, perché agivano di notte... morivano di notte.

Oh, mio Dio – era *lui*! Arrivava dagli incubi vivi – di morte – a migliaia e migliaia di chilometri di distanza. Era lui!

Si staccò dal centralino come in trance. Si tolse la cuffia e la lasciò cadere. La sentì urtare con un rumore secco il pavimento, mentre le telefonate in arrivo, bloccate, accendevano di luci il quadro. Scese dalla piattaforma e si spostò in fretta nel corridoio per vedere meglio Jacqueline Lavier e il fantasma che la accompagnava. Il fantasma che era un killer – un killer come non ne aveva mai conosciuti. Dicevano che una cosa del genere avrebbe potuto capitare ma non li aveva mai creduti. Ora sì. Quell'uomo era lui.

Ora li vedeva bene tutti e due. Lo vedeva bene. Attraversavano il passaggio centrale verso l'uscita. Doveva fermarli. Doveva fermarla! Ma correre e urlare voleva dire morire. Una pallottola in testa, immediatamente.

Raggiunsero la porta; lui aprì, facendosi precedere sul marciapiedi. L'uomo dai capelli grigi uscì di corsa dalla zona in cui si era nascosto, attraversò il passaggio laterale verso la vetrina. In strada, l'uomo aveva fermato con un cenno un taxi. Apriva la portiera invitando Jacqueline a salire. Oh, Dio! Se ne stava andando!

Si voltò e corse con tutte le sue forze verso la scala. Urtò due clienti stupefatte e una commessa, scostandoli con violenza. Salì sempre correndo i gradini, percorse la balconata e il corridoio, entrò nello studio aperto di Bergeron.

« René! René! » urlò irrompendo.

Bergeron sollevò lo sguardo dal tavolo da disegno, stupefatto. « Cosa c'è? »

« Quell'uomo con Jacqueline! Chi è? Da quanto è qui? »

« Oh. L'americano, probabilmente » spiegò lo stilista. « Si chiama Briggs. Un bue; ha dato una bella spinta al fatturato. »

« Dove sono andati? »

« Non sapevo che dovessero andare in qualche posto. »

« Jacqueline è uscita con lui! »

« Il fascino di Jacqueline fa ancora colpo, no? E anche il suo buon senso. »

« Scopri dove sono andati! Trovala! »

« Ma perché? »
« Lui la *conosce*! La farà fuori! »
« Cosa? »
« È lui! Te lo giuro! Quell'uomo è *Cain*! »

15

« Quell'uomo è Cain » disse il colonnello Jack Manning con decisione, come se aspettasse di venire contraddetto da almeno tre dei quattro civili intorno al tavolo della sala conferenze del Pentagono. Erano tutti più anziani di lui ed erano tutti convinti di avere più esperienza. Nessuno era pronto ad accettare il fatto che l'esercito aveva ottenuto informazioni dove le loro rispettive organizzazioni avevano fallito. C'era anche un quarto civile, ma la sua opinione non contava. Era un membro del comitato di controllo del Congresso e, come tale, andava trattato con deferenza, ma non preso sul serio. « Se non ci muoviamo immediatamente, » proseguì « anche a rischio di rivelare tutto quello che abbiamo saputo, potrebbe riuscire a sgusciare di nuovo dalle reti. Non più tardi di undici giorni fa era a Zurigo. Siamo convinti che si trovi ancora lì. E, signori, è proprio Cain. »

« È un'affermazione grave » disse l'accademico quasi calvo, con un'aria da uccello, del National Security Council, leggendo il foglio che riassumeva i fatti di Zurigo consegnato a tutti i delegati. Si chiamava Alfred Gillette, ed era un esperto di valutazione del personale; all'interno del Pentagono era ritenuto un individuo acuto, vendicativo, con amicizie nelle alte sfere.

« Mi sembra una cosa straordinaria » aggiunse Peter Knowlton, uno dei direttori della CIA; aveva passato la cinquantina e, nel modo di vestire, nel comportamento e nell'aspetto, perpetuava gli atteggiamenti di uno studente di un'università dell'Ivy Leaguer di trent'anni prima. « Secondo le nostre fonti Cain si trovava a Bruxelles, *non* a Zurigo, in quello stesso periodo, cioè undici giorni fa. Raramente le nostre fonti sbagliano. »

« Questa sì che è un'affermazione grave » disse il terzo civile, l'unico tra i quattro che Manning rispettasse davvero. Era il più anziano, si chiamava David Abbott ed era stato un tempo un nuotatore olimpionico la cui intelligenza gareggiava con le doti fisiche. Ormai era vicino alla settantina, ma il portamento era sempre eretto, la mente più acuta che mai, anche se l'età era tradita da un volto segnato da una vita di tensioni. Sapeva quel che diceva, pensò il colonnello. Malgrado attualmente fosse membro dell'onnipotente comitato dei Quaranta, era nella CIA fin dalle origini, ai tempi dell'OSS. Era il "Monaco Silenzioso" delle operazioni segrete: questo era il soprannome che gli davano i colleghi dello spionaggio. « Quando ero nell'Agenzia, » proseguì Abbott, ridacchiando, « le fonti erano più spesso che no in conflitto. »

« Abbiamo metodi di verifica diversi » incalzò il vicedirettore della CIA. « Non per mancarle di riguardo, monsieur Abbott, ma la nostra rete di trasmissioni è letteralmente istantanea. »

« Questo riguarda le attrezzature, non i metodi di verifica. Ma non è il caso di discutere; pare che le informazioni siano discordanti. Bruxelles o Zurigo. »

« Bruxelles non può essere messo in questione » insistette Knowlton con fermezza.

« Parliamone » disse Gillette aggiustandosi gli occhiali. « Di Zurigo potremo discutere dopo. Abbiamo qui il rapporto. Inoltre, anche le nostre fonti hanno informazioni da dare, informazioni che però non sono in conflitto con Bruxelles o Zurigo. Si tratta di fatti che risalgono a sei mesi fa. »

Abbott guardò Gillette. « Sei mesi fa? Non mi pare che il National Security Council avesse diffuso informazioni sul conto di Cain sei mesi fa. »

« Le notizie non erano confermate con sicurezza » rispose Gillette. « Cerchiamo di non oberare il comitato con dati privi di verifiche. »

« E anche questa è un'affermazione grave » disse Abbott, senza bisogno di precisare quel che intendeva.

« Onorevole Walters, » interruppe il colonnello, guardando il membro del comitato di controllo, « ha domande da fare prima di procedere? »

« Diavolo, sì, » disse con voce strascicata il cane da guardia del congresso, deputato del Tennessee, guardando uno a uno con gli occhi intelligenti i membri del comitato, « ma dato che sono nuovo in questa storia, vada pure avanti, così saprò da dove cominciare. »

« Benissimo, signore, » disse Manning, con un cenno del capo a Knowlton. « Cos'è questa faccenda di Bruxelles undici giorni fa? »

« È stato ucciso un uomo a Place Fontainas. Trattava clandestinamente diamanti tra Mosca e l'Occidente. Operava attraverso un ramo della Russolmaz, la società sovietica di Ginevra che fa da intermediaria in questo genere di scambi. Sappiamo che è uno dei modi che Cain adotta per convertire i fondi. »

« E che cosa lega questo assassinio a Cain? » chiese Gillette, dubbioso.

« Il metodo, in primo luogo. Come arma è stato impiegato un ago, piantato nella vittima con precisione chirurgica in una piazza affollata a mezzogiorno. È un metodo che Cain ha già usato. »

« Verissimo » confermò Abbott. « C'è stato il caso del rumeno a Londra, poco più di un anno fa; e un altro qualche settimana prima. In tutti e due i casi i sospetti sono stati concentrati su Cain. »

« Concentrati ma non confermati » obiettò il colonnello Manning. « In tutti e due i casi si trattava di disertori politici ad alto livello; potrebbe averli eliminati il KGB. »

« Oppure Cain, con rischi molto minori per i sovietici » intervenne l'uomo della CIA.

« Oppure Carlos » aggiunse Gillette, alzando la voce. « Né Carlos né Cain si pongono preoccupazioni ideologiche; sono tutti e due in vendita. Come mai ogni volta che c'è un assassinio importante, lo addebitiamo a Cain? »

« Ogni volta che glielo addebitiamo » replicò Knowlton con evidente condiscendenza « è perché fonti informate che non si conoscono tra loro, riferiscono la stessa cosa. Dato che gli informatori non si conoscono, è difficile che ci siano collusioni. »

« Troppo semplicistico » disse Gillette, nient'affatto d'accordo.

« Tornando a Bruxelles, » interruppe il colonnello « se è stato Cain, perché avrebbe dovuto uccidere un *broker* della Russolmaz? Se ne serviva. »

« Era un *broker* clandestino » corresse il direttore della CIA. « Per un sacco di motivi, secondo i nostri informatori. L'uomo era un ladro e anche la maggior parte dei suoi clienti lo erano; non potevano certo denunciarlo. Può darsi che abbia truffato Cain. E, se lo ha fatto, è stata la sua ultima transazione. Oppure è stato tanto sciocco da porsi domande sull'identità di Cain; un solo sospetto sarebbe bastato per fargli tirar fuori l'ago. O forse, semplicemente, Cain ha voluto eliminare le tracce. Comunque, le circostanze e le fonti lasciano pochi dubbi sul fatto che l'assassino sia Cain. »

« Quando esporrò la faccenda di Zurigo ci saranno molti più elementi » disse Manning. « Possiamo passare al rapporto? »

« Un attimo, per favore. » David Abbott parlava in tono neutro, accendendosi la pipa. « Credo che il nostro collega del National Security Council abbia accennato a un fatto riguardante Cain avvenuto sei mesi fa. Forse è il caso che ce lo esponga. »

« E perché? » chiese Gillette, con gli occhi da gufo dietro le lenti senza montatura. « Il fattore tempo impedisce collegamenti con Bruxelles o con Zurigo. Ho detto anche questo. »

« Sì, è vero » consentì il Monaco. « D'altra parte penso che qualunque informazione possa servire a inquadrare la situazione. Come hai detto, possiamo dedicarci poi al rapporto: l'abbiamo qui. Se però si tratta di cose poco importanti passiamo a Zurigo. »

« Grazie, mister Abbott » disse il colonnello. « Avrete saputo che undici giorni fa a Zurigo sono state ammazzate quattro persone. Uno era il sorvegliante di un parcheggio vicino al fiume Limmat: è presumibile che non fosse implicato nelle attività di Cain, ma che vi sia rimasto coinvolto. Altri due sono stati trovati in un vicolo sulla sponda occidentale della città. In apparenza non ci sono collegamenti tra gli assassinî, salvo per quanto riguarda la quarta vittima, che, invece, è collegata ai morti trovati nel vicolo. Tutti e tre appartengono alla malavita di Zurigo e di Monaco. Quest'ultimo, è senza dubbio collegato a Cain. »

« Si tratta di Cernak » disse Gillette, scorrendo il rapporto. « Per lo meno suppongo che si tratti di Cernak. È un nome che conosco e mi pare lo si trovi nella pratica di Cain. »

« Hai ragione » rispose Manning. « È apparso per la prima volta diciotto mesi fa in un rapporto G-Due ed è saltato fuori di nuovo un anno dopo. »

« Il che significa sei mesi fa » intervenne Abbott, a bassa voce, fissando Gillette.

« Sissignore » proseguì il colonnello. « Se c'è mai stato un esempio di quella che viene chiamata schiuma della terra, è Chernak. Era cecoslovacco di origine e durante la guerra l'avevano reclutato a Dachau; sapeva tre lingue e conduceva gli interrogatori. Era più brutale di qualunque guardia del campo. Ha spedito polacchi, slovacchi ed ebrei alle docce dopo sedute di tortura in cui estraeva — e fabbricava — le informazioni "criminali" che i comandanti di Dachau volevano sentire. Era disposto a tutto per ingraziarseli e il suo sadismo superava tutti i cliché. Quello di cui non si resero conto allora i suoi superiori fu che Chernak stava catalogando anche loro. Dopo la guerra scappò, perse le gambe nell'esplosione di una mina, ma riuscì comunque a vivere abbastanza bene ricattandoli. Cain lo scoprì e lo usò come intermediario per il pagamento dei suoi omicidi. »

« Aspetta un minuto! » obiettò Knowlton con foga. « Ce la siamo già trovata di fronte questa faccenda di Chernak. Se ricordate, è stata l'Agenzia la prima a scoprirlo. Lo avremmo smascherato da un bel pezzo se il Dipartimento di Stato non avesse interceduto per conto di svariati funzionari anticomunisti del governo di Bonn. Tu supponi che Cain si sia servito di Chernak; non lo sai per certo, proprio come non lo sappiamo noi. »

« Adesso lo sappiamo » disse Manning. « Sette mesi e mezzo fa abbiamo ricevuto una soffiata riguardante un tipo che dirigeva un ristorante, il Drei Alpenhäuser; si diceva che fosse l'intermediario tra Cain e Chernak. L'abbiamo tenuto sotto sorveglianza per settimane, ma non è saltato fuori niente. Era un personaggio minore della malavita di Zurigo, tutto qui. Non l'abbiamo seguito abbastanza. » Il colonnello tacque, soddisfatto di vedere gli occhi di tutti puntati su di lui. « Quando abbiamo saputo che Chernak era stato assassinato, abbiamo giocato d'azzardo. Cinque sere fa due dei nostri si sono fatti chiudere nel Drei Alpenhäuser dopo la chiusura. Hanno incastrato il proprietario e lo hanno accusato di tenere legami con Chernak, di lavorare per Cain; hanno fatto una gran scena. Potete immaginare come sono rimasti quando l'uomo ha ceduto e letteralmente gli è caduto davanti in ginocchio implorando protezione. Ha ammesso che Cain si trovava a Zurigo la notte in cui Chernak era stato ucciso; anzi, addirittura che lo aveva visto proprio quella sera e che avevano parlato di Chernak. In termini molto negativi. »

Il colonnello tacque di nuovo; il silenzio fu interrotto da un lungo fischio di David Abbott, fermo con la pipa a mezz'aria all'altezza del viso. « Questa sì che è una affermazione » disse a bassa voce.

« Perché l'Agenzia non è stata informata della soffiata che avete ricevuto sette mesi fa? » chiese ruvido Knowlton.

« Non avevamo trovato riscontri. »

« Voi, non li avete trovati; con noi le cose avrebbero potuto andare diversamente. »

« È possibile. Ho ammesso che non gli siamo stati addosso abbastanza. Il personale è limitato; chi di noi può permettersi di continuare indefinitamente una sorveglianza non produttiva? »

« Avremmo potuto alternarci, se l'avessimo saputo. »

« E noi avremmo potuto farvi risparmiare il tempo che vi ci è voluto per raccogliere la pratica di Bruxelles, se ci aveste tenuti informati. »

« Da dove arrivava la soffiata? » chiese Gillette, interrompendoli con impazienza e guardando Manning.

« Era anonima. »

« E le avete dato credito? » L'espressione da uccello sul viso di Gillette sottolineava il suo stupore.

« È uno dei motivi per cui la sorveglianza iniziale è stata limitata. »

« Sì, naturalmente, ma vuol dire che non avete mai cercato di scoprire la fonte? »

« Naturale che ci abbiamo provato » replicò il colonnello secco.

« Evidentemente senza molto entusiasmo » proseguì Gillette irritato. « Non vi è venuto in mente che qualcuno a Langley, oppure al National Security Council avrebbe potuto darvi una mano e magari colmare i vuoti? Sono d'accordo con Peter. Avreste dovuto informarci. »

« C'è un motivo per cui non l'abbiamo fatto. » Manning respirò a fondo; in ambienti meno militari lo si sarebbe potuto prendere per un sospiro. « L'informatore ha detto chiaramente che, se avessimo coinvolto altri settori, non si sarebbe più messo in contatto con noi. Abbiamo avuto la sensazione che fosse meglio rispettare la richiesta. Ci siamo comportati così. »

« Cos'hai detto? » Knowlton posò il rapporto e fissò l'esponente del Pentagono.

« Niente di nuovo, Peter. Ciascuno di noi ci tiene alle proprie fonti e le protegge. »

« Lo so bene. Ecco perché non vi abbiamo detto di Bruxelles. Tutti e due i "mosconi" hanno detto di tener fuori l'esercito. »

Silenzio. Lo interruppe la voce ruvida di Alfred Gillette. « Quanto spesso "vi siete già comportati così", colonnello? »

« Cosa? » Manning guardò Gillette, rendendosi conto che David Abbott li scrutava attentamente.

« Mi piacerebbe sapere quante volte vi è stato detto di tenere segrete le vostre fonti. Mi riferisco a Cain, naturalmente. »

« Alcune volte, credo. »

« Credi? »

« Il più delle volte. »

« E tu, Peter? Che ne dice l'Agenzia? »

« Ci sono stati posti limiti severi in termini di disseminazione profonda. »

« Per l'amor del cielo, cosa significa questo? » L'interruzione veniva dal membro meno considerato della conferenza: il deputato della commissione di controllo. « Non fraintendetemi, non ho ancora cominciato. Voglio sapere cosa state dicendo, a livello di linguaggio. » Si rivolse all'uomo della CIA. « Cosa diavolo ha detto? Profonda *cosa?* »

« Disseminazione, onorevole Walters; è una definizione che salta fuori di continuo nella pratica Cain. Rischiavamo di perdere gli informatori, se li avessimo fatti conoscere ad altri settori dello spionaggio. Le assicuro, è una procedura standard. »

« Sembra quasi che stiate parlando della fecondazione artificiale di una vacca. »

« Più o meno con gli stessi risultati » aggiunse Gillette. « Niente impollinazione incrociata per non corrompere la stirpe. E, inversamente, niente controlli incrociati per verificare eventuali imprecisioni. »

« Un bel giro di frasi, » disse Abbott, contraendo il viso solcato in un'espressione di apprezzamento, « ma non sono sicuro di averti capito. »

« Sono maledettamente chiaro » replicò l'uomo del National Security Council, guardando Peter Knowlton e il colonnello Manning. « I due rami più attivi dello spionaggio del paese ricevono informazioni – da *tre anni* – e non se le scambiano per controllare che non ci siano truffe all'origine. Abbiamo semplicemente ricevuto tutte le informazioni come dati degni di fede, li abbiamo immagazzinati e presi per buoni. »

« Be', io mi ci trovo da tanto in queste faccende – forse da troppo, ve lo concedo – ma in quello che avete detto non c'è niente che non abbia già sentito » disse il Monaco. « Gli informatori sono gente acuta, si tengono sulla difensiva: proteggono gelosamente i loro contatti. Nessuno lavora in questo campo per spirito benefico, solo per profitto e per sopravvivenza. »

« Temo che tu non abbia capito quel che intendevo. » Gillette si tolse gli occhiali. « Ho detto che mi allarmava il fatto che così tanti assassinî avvenuti di recente vengono attribuiti a Cain – attribuiti *in questa sede* – quando mi pare che l'assassino più abile dei nostri tempi – e forse di tutta la storia dell'umanità – sia relegato a un ruolo relativamente minore. Secondo me è uno sbaglio. Penso che sia Carlos l'uomo su cui dovremmo concentrarci. Che cosa è successo a Carlos? »

« Non sono d'accordo con te, Alfred » disse il Monaco. « Il tempo di Carlos è ormai passato, è subentrato Cain. Il vecchio ordine cambia; c'è uno squalo nuovo e, sospetto, molto più pericoloso in acqua. »

« Non posso dirmi d'accordo » disse l'uomo del National Security Council, puntando gli occhi da gufo addosso al vecchio esponente della comunità dello spionaggio. « Scusami, David, ma mi pare quasi che sia Carlos in persona a manipolare questo comitato. Per distogliere l'attenzione da se stesso, per farci concentrare su un soggetto molto meno importante. Spendiamo tutte le nostre energie per stare dietro a un pescecane sdentato mentre lo squalo martello è libero di scorrazzare. »

« Nessuno dimentica Carlos » obiettò Manning. « Semplicemente ormai è meno attivo di Cain. »

« Forse, » disse Gillette gelido « e questo è proprio quel che Carlos ci vuol far credere. E, perdio, ci crediamo. »

« Come puoi avere dei dubbi? » chiese Abbott. « La lista dei successi di Cain fa paura. »

« Come posso dubitarne? » ripeté Gillette. « Qui sta la questione. Ma come possiamo esserne sicuri? Anche questa è una domanda valida. Abbiamo appena scoperto che il Pentagono e la CIA hanno agito indipendentemente, senza nemmeno controllare insieme l'accuratezza delle rispettive fonti. »

« È un'abitudine quasi sempre rispettata in questa città » disse Abbott divertito.

L'esponente del comitato del Congresso si inserì di nuovo nella discussione. « Cosa sta cercando di dire, mister Gillette? »

« Mi piacerebbe avere più informazioni sulle attività di un certo Ilich Ramirez Sanchez. È... »

« Carlos » completò il deputato. « Mi sono preparato. Vedo. Grazie. Proseguite pure, signori. »

« Dovremmo ritornare a Zurigo, se non vi spiace » disse Manning in fretta. « A questo punto noi raccomandiamo di stare addosso a Cain. Possiamo passare la voce nel *Verbrecherwelt*, stimolare tutti gli informatori che abbiamo, chiedere la collaborazione della polizia di Zurigo. Non possiamo permetterci di perdere nemmeno un giorno. L'uomo di Zurigo è senz'altro Cain. »

« E allora cos'è la storia di Bruxelles? » Knowlton pose la domanda per tutti. « La tecnica era quella di Cain, gli informatori non avevano dubbi. Lo scopo qual è? »

« Per farvi avere informazioni false, evidentemente » disse Gillette. « E prima di fare mosse spettacolari a Zurigo, suggerisco a tutti voi di rivedere a fondo la pratica di Cain e di ricontrollare tutte le fonti. Le stazioni europee dovrebbero insistere con tutti gli informatori che così miracolosamente vi hanno offerto informazioni. Ho idea che potreste trovare qualcosa di inaspettato: la bella mano latina di Ramirez Sanchez. »

« Dato che insisti tanto per una chiarificazione, Alfred, » lo interruppe Abbott « perché non ci parli di quel fatto non confermato di sei mesi fa? Pare che qui ci troviamo impantanati; potrebbe essere utile. »

Per la prima volta il ruvido delegato del National Security Council, parve esitare. « Verso la metà di agosto ci è arrivata la voce, da una fonte degna di fede di Aix-en-Provence, che Cain stava per andare a Marsiglia. »

« Agosto? » esclamò il colonnello. « Marsiglia? Si trattava di Leland! L'ambasciatore Leland è stato ammazzato a Marsiglia. In agosto! »

« Ma non è stato Cain a premere il grilletto del fucile. È un assassinio di Carlos; ci è stato confermato. Gli elementi concordavano con quelli di assassinî precedenti: tre descrizioni di uno sconosciuto scuro di capelli, al terzo e al quarto piano di un magazzino sulla banchina, che portava una custodia di tela. Non si è mai dubitato che sia stato Carlos ad assassinare Leland. »

« Per l'amor del cielo » ruggì l'ufficiale. « Questo è successo dopo il fatto, dopo l'assassinio! Di chiunque si trattasse, c'era un contratto sulla testa di Leland; non ci avete pensato? Se avessimo saputo di Cain, avremmo potuto coprire Leland. Apparteneva all'esercito! Maledizione, potrebbe essere ancora vivo, adesso! »

« Difficile » replicò calmo Gillette. « Leland non era il tipo da vivere in un bunker. E dato il suo stile di vita, un avvertimento vago non sarebbe servito a niente. D'altra parte, se la nostra strategia avesse funzionato, sarebbe stato controproducente avvertire Leland. »

« In che senso? » chiese aspro il Monaco.

« La nostra fonte doveva prendere contatto con Cain tra mezzanotte e le tre del mattino del 23 agosto in rue Sarrasin. Leland sarebbe arrivato a Marsiglia solo il 25. Come ho detto, se le cose avessero funzionato, avremmo preso Cain. Invece no: Cain non si è fatto vedere. »

« E la vostra fonte ha insistito per collaborare solamente con voi » disse Abbott. « Escludendo tutti gli altri. »

« Sì » annuì Gillette, cercando senza riuscirci di nascondere l'imbarazzo. « A nostro avviso, il rischio per Leland era stato eliminato – il che per quanto riguarda Cain si è poi rivelato vero – mentre non erano mai state così alte le probabilità di catturarlo. Eravamo finalmente riusciti a trovare qualcuno disposto a scoprirsi e ad identificarlo. Chi di voi si sarebbe comportato diversamente? »

Silenzio. Questa volta lo interruppe la voce strascicata dell'astuto rappresentante del congresso.

« Gesù Cristo onnipotente... che manica di cazzoni. »

Di nuovo silenzio, rotto dalla voce pensosa di David Abbott.

« Posso congratularmi con lei, signore? È la prima persona onesta mandata qui dal Congresso. Il fatto che lei non si senta schiacciato dall'atmosfera rarefatta di questi circoli segretissimi è evidente a tutti noi. Ci rincuora. »

« Non credo che l'onorevole afferri fino in fondo la delicatezza di... »

« Oh, chiudi il becco, Peter » disse il Monaco. « Credo che l'onorevole voglia dire qualcosa. »

« Solo qualcosina » disse Walters. « Pensavo che foste tutti maggiorenni; mi spiego: sembrate tutti maggiorenni, quindi dovreste saperci fare. Dovreste essere capaci di tenere in piedi conversazioni intelligenti, di scambiarvi informazioni rispettandone la confidenzialità, di cercare soluzioni comuni. Invece sembrate una manica di ragazzini che girano sul calcinculo, litigando per vedere chi riesce a prendere la coda della volpe. Un brutto modo per spendere i soldi dei contribuenti. »

« Lei schematizza troppo le cose, onorevole » intervenne Gillette. « Lei pare che abbia in mente un'organizzazione utopistica per la ricerca d'informazioni. Non esiste. »

« Sto parlando di persone dotate di raziocinio, signore. Sono avvocato, e prima di ritrovarmi in questo luna-park dimenticato da Dio, per tutta la vita ho avuto a che fare con livelli di confidenzialità sempre più ristretti. Non c'è niente di nuovo. »

« E il suo argomento qual è? » chiese il Monaco.

« Voglio una spiegazione. Per più di diciotto mesi ho fatto parte del sottocomitato del Congresso sul crimine organizzato. Ho letto migliaia di pagine, con centinaia di nomi e migliaia di teorie. Credo di essere a conoscenza di tutte le ipotesi di complotto e di tutti i sospetti assassinî. Per due anni maledetti ho vissuto con quei nomi e con quelle teorie, finché mi è parso di non aver più niente da imparare. »

« Direi che le sue credenziali sono molto convincenti » disse Abbott.

« Lo pensavo anch'io; ecco perché ho accettato questa poltrona. Pensavo di poter dare un contributo fattivo, ma adesso non ne sono più sicuro. Sto cominciando a chiedermi che cosa so effettivamente. »

« Perché? » chiese Manning preoccupato.

« Perché me ne sono stato seduto qui ad ascoltare voi quattro mentre parlavate di un'operazione che va avanti da tre anni, che ha coinvolto personale, informatori, stazioni di tutta Europa, centrata solo su un killer la cui "lista dei successi" fa paura. Ho detto bene, nella sostanza? »

« Prosegua » replicò a bassa voce Abbott, con la pipa in mano, l'espressione avvinta. « Cosa vuol sapere? »

« Chi è? Chi diavolo è questo Cain? »

16

Il silenzio durò cinque secondi precisi, durante i quali vennero scambiate alcune occhiate, si udirono svariati raschi di gola e tutti rimasero immobili sulle rispettive sedie. Era come se tutti fossero giunti ad una decisione senza bisogno di discuterla: l'argomento non andava evaso. Il rappresentante del congresso Efrem Walters, sceso dalle montagne del Tennessee, non poteva venir liquidato con facili circonlocuzioni sui riti esoterici delle manipolazioni clandestine. Impossibile lanciare cortine di fumo.

Il rumore secco della pipa di David Abbott posata sul tavolo segnò l'inizio dell'ouverture. « Meno il pubblico sa di un personaggio come Cain tanto meglio è per tutti. »

« Questa non è una risposta » disse Walters. « Ma suppongo che lo si possa ritenere l'inizio di una risposta. »

« Lo è. Cain è un killer di professione, vale a dire un esperto addestrato in una vasta gamma di metodi per togliere la vita ad altra gente. La sua professionalità è in vendita: non ha motivazioni politiche né personali. È in affari soltanto per profitto... e l'ascesa dei suoi profitti è proporzionale alla sua fama. »

Il deputato annuì. « Quindi facendo conoscere il meno possibile la sua reputazione, evitate di fargli pubblicità gratis. »

« Proprio così. A questo mondo ci sono un mucchio di pazzi, provvisti di nemici reali o immaginari, che potrebbero gravitare in direzione di Cain se sapessero della sua esistenza. Disgraziatamente, un numero superiore a quello che ci va di pensare l'ha già fatto; finora a Cain si possono attribuire con sicurezza diciotto assassini; a questi ne vanno aggiunti con ogni probabilità altri dodici o quindici. »

« Questa è la lista dei suoi "successi"? »

« Sì. E stiamo perdendo la battaglia. Ad ogni nuovo assassinio la sua reputazione si diffonde. »

« È rimasto tranquillo per un po' » disse Knowlton della CIA. « Per qualche mese abbiamo perfino pensato che avesse concluso la carriera. In alcuni delitti attribuiti probabilmente a lui gli assassini sono stati eliminati; abbiamo pensato che potesse essere uno di questi. »

« Per esempio? » chiese Walters.

« Un banchiere di Madrid che trasferiva bustarelle della Europolitan Corporation per acquisti governativi in Africa. Gli spararono da un'auto che filava a tutta velocità sul Paseo de la Castellana. L'autista, che era anche guardia del corpo, abbatté sia l'autista dell'altra macchina che il killer; per un certo periodo abbiamo pensato che il killer fosse Cain. »

« Me ne ricordo. Chi potrebbe averlo pagato? »

« Qualunque ditta » rispose Gillette « che volesse vendere auto e rubinetti placcati in oro a tutti quelli che diventano dittatori da un giorno all'altro. »

« Chi altri? »

« Lo sceicco Mustafa Kalig dell'Oman » disse il colonnello Manning.

« Si è detto che è rimasto ucciso in un tentativo di colpo di Stato. »

« Non è vero » proseguì l'ufficiale. « Non c'è stato nessun tentativo di colpo di Stato; l'hanno confermato degli informatori G-Due. Kalig non era popolare, ma gli altri sceicchi non sono stupidi. La storia del colpo di Stato era la copertura di un assassinio che avrebbe potuto tentare altri killer di professione. Tre ufficiali di nessuna importanza furono giustiziati per dare credito alla storia. Anche allora abbiamo pensato che uno di loro fosse Cain; i tempi corrispondono al suo periodo di inattività. »

« E chi pagherebbe Cain per assassinare Kalig? »

« Non abbiamo fatto che domandarcelo » disse Manning. « L'unica risposta possibile veniva da una fonte che diceva di esserne a conoscenza, ma non c'era modo di verificarla. Ha detto che Cain l'aveva fatto per dimostrare che lo si poteva fare. Che lui poteva farlo. Gli sceicchi del petrolio si muovono con i sistemi di sicurezza più impenetrabili del mondo. »

« Ci sono svariate dozzine di altri incidenti » aggiunse Knowlton. « Sono attribuzioni probabili che rientrano nello stesso schema in cui sono stati assassinati personaggi molto protetti. E in cui alcune fonti si sono fatte vive per dire che l'assassino era Cain. »

« Capisco. » Il deputato prese il rapporto sui fatti di Zurigo. « Ma da quel che ho potuto capire non sapete chi sia. »

« Non abbiamo mai ricevuto due descrizioni concordanti » intervenne Abbott. « Evidentemente Cain è un virtuoso dei travestimenti. »

« Tuttavia c'è gente che l'ha visto, che gli ha parlato: le vostre fonti, i confidenti, quest'uomo di Zurigo; nessuno di loro si farà mai avanti per testimoniare, ma di sicuro verrete interrogati. Senz'altro avrete un identikit, qualcosa. »

« Abbiamo molte cose, » replicò Abbott « ma tra queste una descrizione precisa manca. Tanto per cominciare, Cain non si fa mai vedere di giorno, fissa gli incontri di notte, in strade o locali bui. Ci hanno detto che non lo si vede mai in piedi, solo seduto... in un ristorante dalle luci basse, sulla poltrona di un locale, in un'auto parcheggiata. A volte porta occhiali spessi, a volte niente; a un appuntamento si presenta con capelli scuri, a un altro con capelli bianchi o rossi, oppure ha il cappello. »

« Che lingua usa? »

« Qui possiamo essere più precisi » disse il direttore della CIA, ansioso di mettere in tavola le ricerche della Compagnia. « Parla fluentemente inglese e francese oltre a diversi dialetti orientali. »

« Dialetti? Che dialetti? »

« Per lo più dialetti vietnamiti. »

« Viet... ». Walters si chinò in avanti sulla tavola. « Come mai ho la sensazione di essere sul punto di arrivare a qualcosa che preferireste non dirmi? »

« Perché lei sa condurre con astuzia gli interrogatori, signor consigliere. » Abbott strofinò un fiammifero e accese la pipa.

« Sono abbastanza abile » convenne il deputato. « Dunque: di cosa si tratta? »

« Sappiamo da dove è uscito Cain » disse Gillette, lanciando, stranamente, una rapida occhiata a David Abbott.

« Da dove? »

« Dall'Asia sud-orientale » rispose Manning, con un'espressione di sofferenza come se avesse ricevuto una coltellata. « Per quel che ne sappiamo, ha imparato i dialetti per farsi capire nella regione montuosa lungo i passaggi di confine tra il Laos e la Cambogia, oltre a quelli delle zone rurali del Vietnam del Nord. Sono dati che accettiamo, sono coerenti. »

« Coerenti con che cosa? »

« Con l'Operazione Medusa. » Il colonnello prese una grossa busta marrone alla sua sinistra. La aprì e ne estrasse, tra le tante, una sola cartelletta che posò davanti a sé.

« Questa è la pratica Cain » disse, indicandola con un cenno del capo. « Si tratta del materiale Medusa, per gli aspetti che possono interessare la questione Cain. »

Il deputato del Tennesse si rilassò appoggiando la schiena alla sedia, con una traccia di sorriso sardonico sulle labbra. « Sapete, signori, questi vostri titoli concisi mi lasciano secco. Incidentalmente, questo è proprio una bellezza; molto sinistro, molto minaccioso. Mi sa che voi ci sguazzate in questo genere di cose. Vada avanti, colonnello. Cos'è questa Medusa? »

Manning guardò per un attimo David Abbott, poi parlò. « Era una ramificazione clandestina di un'ipotesi di ricerca-e-distruzione, impostata per agire dietro le linee nemiche, durante la guerra del Vietnam. Verso la fine degli anni Sessanta e all'inizio degli anni Settanta, vennero costituite unità formate da americani, francesi, inglesi, australiani e indigeni allo scopo di operare nei territori occupati dai nord-vietnamiti. Lo scopo principale era quello di distruggere le linee di comunicazione e di rifornimento nemiche, l'identificazione dei campi di prigionia e, cosa questa importante, l'assassinio dei capi villaggio che si sapevano cooperare con i comunisti, oltre che, ogni qualvolta fosse possibile, l'assassinio di comandanti nemici. »

« Era una guerra nella guerra » intervenne Knowlton. « Disgraziatamente, le caratteristiche razziali e linguistiche della situazione, rendevano la partecipazione a queste azioni assai più difficile di quella, tanto per fare un esempio, allo spionaggio clandestino tedesco e olandese, o alla resistenza francese durante la seconda guerra mondiale. Di conseguenza, la selezione degli occidentali reclutati non poteva essere selettiva come avrebbe dovuto essere. »

« Di queste squadre ce n'erano decine e decine » proseguì il colonnello. « Erano costituite da individui di ogni tipo: da vecchi marinai che conoscevano le coste a francesi proprietari di piantagioni, la cui unica speranza di rientrare in possesso di quel che avevano perduto era in una vittoria americana. C'erano sbandati britannici e australiani che avevano vissuto in Indocina per anni, oltre che ufficiali di carriera, altamente motivati, dell'esercito o dello spionaggio americano. Inoltre, come inevitabile, c'era una notevole percentuale di criminali incalliti. Nella maggior parte dei casi si trattava di contrabbandieri: uomini che trattavano armi, stupefacenti, oro e diamanti in tutta l'area del Mar della Cina meridionale. Molti dei reclutati erano ricercati o fuggitivi dagli Stati Uniti; un certo numero aveva una buona istruzione, tutti avevano risorse e iniziativa. Avevamo bisogno delle loro doti. »

« È proprio un bel campionario di volontari » interruppe il deputato. « Ex marinai ed ex soldati; sbandati inglesi e australiani, coloniali francesi, plotoni di ladri. Come diavolo siete riusciti a farli lavorare insieme? »

« A ciascuno secondo la sua avidità » disse Gillette.

« E promesse » amplificò il colonnello. « Garanzie di grado, promozioni, condoni giudiziari, premî in denaro e, in alcuni casi, la possibilità di rubare i fondi destinati all'operazione stessa. Dovete capire, tutti dovevano essere un po' pazzi: di questo eravamo consapevoli. Li abbiamo addestrati in segreto; impiegando codici, metodi di trasporto, di imboscata e di assassinio, persino armi, di cui il comando di Saigon era all'oscuro. Come Peter ha detto, i rischi erano incredibili: essere catturati significava la tortura e la morte. Era un prezzo alto e loro lo pagavano. Chiunque li avrebbe ritenuti una banda di paranoici, ma erano dei geni per quanto riguardava il sabotaggio e l'assassinio. Specialmente l'assassinio. »

« E il prezzo pagato? »

« L'operazione Medusa ha subìto più del novanta per cento di perdite. Ma c'è ancora una cosa da dire: tra quelli che non sono tornati indietro, un certo numero non aveva la minima intenzione di farlo. »

« Tra i ladri e i ricercati? »

« Sì. Alcuni hanno rubato notevoli somme di denaro all'Operazione. Siamo convinti che Cain è uno di questi. »

« Perché? »

« Il suo *modus operandi*. Ha usato codici, trappole, metodi di assassinio e di trasporto sviluppati e insegnati durante l'addestramento all'Operazione Medusa. »

« Ma allora, Cristo santo, » interruppe Walters « potete sapere direttamente la sua identità. Non so dove sia sepolta — e sono sicuro che non volete renderla pubblica — ma suppongo che venisse tenuta una documentazione. »

« Effettivamente veniva tenuta, e l'abbiamo tirata fuori dagli archivi clandestini. Compreso il materiale che abbiamo qui davanti. » L'ufficiale batté un dito sulla cartella di fronte a sé. « Abbiamo studiato ogni cosa al microscopio, abbiamo fornito il materiale a un computer... abbiamo fatto tutto quello che siamo riusciti a immaginare. E siamo rimasti al punto di prima. »

« Una cosa incredibile » disse il deputato. « Oppure un'incredibile incompetenza. »

« Nient'affatto » protestò Manning. « Pensi al personaggio, pensi con che cosa dovevamo lavorare. Dopo la guerra, Cain si è costruito una reputazione in quasi tutta l'Asia orientale, da Tokyo giù fino alle Filippine, alla Malaysia e a Singapore con deviazioni a Hong Kong, in Cambogia, nel Laos e a Calcutta. Più o meno due anni e mezzo fa alle nostre stazioni e alle nostre ambasciate in Asia sono cominciate ad arrivare informazioni. C'era un assassino in vendita: si chiamava Cain. Alta professionalità, assoluta mancanza di scrupoli. Il numero dei rapporti aumentava con una frequenza allarmante. Pareva che Cain fosse implicato in ogni assassinio degno di nota. Le fonti telefonavano all'ambasciata nel pieno della notte, o fermavano gli attachés per strada. L'informazione era sempre la stessa. Era stato Cain, Cain era il responsabile. Un assassinio a Tokyo; un'auto fatta saltare a Hong Kong; una carovana di narcotici finita in un'imboscata nel Triangolo; un banchiere abbattuto a revolverate a Calcutta; un ambasciatore assassinato a Moulmein; un tecnico russo o un uomo d'affari americano assassinati addirittura nelle strade di Shangai. Cain era dappertutto. Decine di informatori degni di fede in tutti i settori più importanti dello spionaggio sussurravano il suo nome. Ma nessuno — nessuno in tutto il Pacifico orientale — era in grado di fornirci una sua descrizione. Da dove dovevamo cominciare? »

« Ma non eravate riusciti a stabilire che era stato arruolato nell'Operazione Medusa? » volle sapere il deputato del Tennessee.

« Sì. Con sicurezza. »

« E allora, maledizione, dovevate ricorrere alle schede personali! »

Il colonnello aprì la cartelletta che aveva estratto dalla pratica Cain. « Questo è l'elenco delle perdite. Tra gli occidentali di razza bianca scomparsi — e quando dico scomparsi, intendo svaniti senza lasciare traccia — ci sono settantatré americani, quarantasei francesi, trentanove australiani e ventiquattro inglesi, e circa cinquanta contatti di razza bianca reclutati ad Hanoi tra cittadini di paesi neutrali e addestrati sul campo. Di costoro in gran parte non abbiamo saputo più nulla. Ci sono più di duecentotrenta possibilità; quante di queste si rivelerebbero vicoli ciechi? Chi è vivo? Chi è molto? Anche se riuscissimo a sapere il nome di tutti quelli che sono sopravvissuti, come possiamo sapere che nome hanno attualmente? Chi è questo Cain? Non conosciamo nemmeno la sua nazionalità. Pensiamo che sia americano, ma di prove non ce ne sono. »

« Nelle continue pressioni che rivolgiamo ad Hanoi perché rintracci i soldati americani morti in azione, teniamo sempre presente la questione Cain » spiegò Knowlton. « Non facciamo che riciclare i nomi di tutti gli scomparsi insieme a quelli delle truppe regolari. »

« E anche qui c'è una cosa da notare » aggiunse l'ufficiale. « Il controspionaggio di Hanoi ha identificato e giustiziato decine e decine di uomini dell'Operazione Medusa. Ne erano al corrente e non abbiamo mai escluso la possibilità che si fossero infiltrati. Hanoi sapeva che i medusani non facevano parte di un'unità regolare; non indossavano uniforme. Non era necessario tenere il conto dei morti. »

Walters allungò una mano. « Posso? » chiese, indicando i fogli tenuti insieme da un fermaglio.

« Certamente. » L'ufficiale li porse al deputato. « Naturalmente deve tener presente che quei nomi sono tuttora segreti, così come è segreta l'Operazione Medusa. »

« Da chi è stata presa la decisione? »

« È un ordine di servizio confermato da tutti i presidenti che si sono succeduti e basato su una raccomandazione dello Stato Maggiore generale. L'ordine è stato appoggiato dalla Commissione Difesa del Senato. »

« È materiale esplosivo, vero? »

« Il segreto è stato ritenuto di interesse nazionale » disse l'uomo della CIA.

« In questo caso non starò a discutere » consentì Walters. « Lo spettro di un'operazione del genere non ammanterebbe di gloria la nostra bandiera. Noi non addestriamo assassini, né tanto meno li impieghiamo sul campo. » Fece scorrere le pagine. « E invece qui dentro c'è un assassino che abbiamo addestrato e impiegato e che adesso non riusciamo a trovare. »

« Questo è ciò che pensiamo » disse il colonnello.

« Ha detto che si è fatto una reputazione in Asia, ma che poi si è trasferito in Europa. Quando? »

« Circa un anno fa. »

« Come mai? Avete delle idee? »

« Suggerirei una cosa ovvia » disse Peter Knowlton. « In Asia si è messo troppo in luce. Qualcosa dev'essere andato storto e deve essersi sentito minacciato. Era un killer bianco in mezzo agli orientali e già questa è una situazione pericolosa; era venuto il momento di cambiare aria. La reputazione se l'era fatta; in Europa non sarebbe rimasto disoccupato. »

David Abbott si schiarì la gola. « Vorrei suggerire un'altra ipotesi basata su qualcosa che Alfred ha detto poco fa. » Il Monaco tacque rivolgendo un cenno deferente del capo a Gillette. « Ha detto che siamo stati costretti a concentrarci su un "pescecane sdentato mentre il pesce martello scorrazza libero per i mari"; penso che più o meno siano state queste le sue parole. »

« Sì » confermò l'uomo del National Security Council. « Mi riferivo a Carlos, ovviamente. Non è a Cain che dovremmo dar la caccia, ma a Carlos. »

« Naturalmente. Carlos. Il killer più sfuggente della storia moderna, un uomo che molti di noi sono convinti sia responsabile, in un modo o nell'altro, dei più sconvolgenti assassinî dei nostri tempi. Avevi ragione, Alfred, e in un certo senso mi sbagliavo io. Non possiamo permetterci di trascurare Carlos. »

« Grazie » disse Gillette. « Sono contento che abbiate accettato il mio punto di vista. »

« Sei riuscito a farcelo accettare. Per lo meno a me. Ma la cosa mi fa anche riflettere. Riesci a immaginare quanto, un tipo come Cain, deve avere invidiato Carlos che agisce in un'area piena di sbandati, di ricercati, in regimi corrotti fino alla punta dei capelli? Quanto deve essere stato geloso del mondo europeo — più facile, più brillante, più lussuoso. Quante volte dev'essersi detto che Carlos era inferiore a lui. Per quanto freddi siano, questi individui hanno un ego immenso. Secondo me si è trasferito in Europa per trovare quel mondo migliore... e per detronizzare Carlos. Lo sfidante intende conquistarsi il titolo. Vuole diventare il campione. »

Gillette fissò il Monaco. « Una teoria interessante. »

« E se ho capito bene, » interruppe Walters « sulle tracce di Cain possiamo arrivare a Carlos. »

« Esattamente. »

« Non sono sicuro di aver seguito » disse il direttore della CIA, seccato. « Perché? »

« Due stalloni nello stesso recinto, » rispose Walters « si azzuffano. »

« Il detentore non cede di buon grado il titolo. » Abbott prese la pipa. « Lotta con tutti i mezzi per conservarlo. Come dice il deputato Walters, dobbiamo continuare a cercare Cain, facendo però attenzione alle altre tracce nel bosco. Poi, se e quando troviamo Cain, forse è il caso di non muoversi e di aspettare che Carlos arrivi a cercarlo. »

« Per prenderli tutti e due » aggiunse l'ufficiale.

« Davvero illuminante » disse Gillette.

La riunione era terminata, i partecipanti si disponevano ad andarsene. David Abbott, in piedi, parlava con il colonnello del Pentagono che riuniva i fogli della pratica Medusa; aveva in mano l'elenco delle perdite e stava per infilarlo nella cartella.

« Posso dare un'occhiata? » chiese Abbott. « Al numero Quaranta non ne abbiamo una copia. »

« Queste erano le istruzioni che abbiamo ricevuto » disse l'ufficiale, porgendo i fogli. « Pensavo che venissero da voi. Solo tre copie. Qui, all'Agenzia e al Consiglio. »

« Sono mie le istruzioni. » Il Monaco sorrise. « Troppi maledetti civili nel mio quartiere. »

Il colonnello si voltò per rispondere a una domanda che gli era stata rivolta dal deputato del Tennessee. David Abbott non ascoltava; scorse rapidamente l'elenco dei nomi; era allarmato. Alcuni erano stati cancellati con una riga. Significava che erano stati verificati. L'unica cosa che non potevano permettersi erano le verifiche. In nessun caso. Dov'era il nome? Era l'unico uomo nella sala a conoscerlo e, arrivato all'ultima pagina, sentì che il cuore gli batteva. Eccolo. *Bourne Jason C. - Ultima stazione conosciuta: Tam Quan*. Cos'era successo, in nome del cielo?

René Bergeron posò con violenza la cornetta. « Abbiamo cercato in tutti i caffè, in tutti i ristoranti e in tutti i bistrot che frequenta! » disse con un tono di voce solo leggermente più controllato del gesto.

« Non è registrato in nessun hotel di Parigi » disse il centralinista dai capelli grigi, davanti a un altro telefono accanto a un tavolo da disegno. « Sono passate più di due ore, ormai. Potrebbe essere già morta. Se non lo è, forse in questo momento se lo augura. »

« È tutto quello che gli può dire » rifletté Bergeron. « Ne sa meno di noi; dei vecchi non sa niente. »

« Ne sa abbastanza; ha telefonato a Parc Monceau. »

« Ha trasmesso dei messaggi; non sa bene a chi. »

« Ma sa il perché. »

« Anche Cain, te lo assicuro. E con Parc Monceau farebbe un errore grottesco. » Lo stilista si chinò in avanti e serrò le mani tendendo le braccia muscolose. « Ripetimi di nuovo tutto quello che riesci a ricordare » disse guardando l'uomo dai capelli grigi. « Come fai ad essere così sicuro che sia Bourne? »

« Non ho detto questo. Ho detto che è Cain. Se la descrizione che hai fatto dei metodi è esatta, è lui. »

« Bourne *è* Cain. Lo abbiamo scoperto sulla documentazione Medusa. È per questo che sei stato assunto. »

« Allora è Bourne, ma non è questo il nome che usava allora. Naturalmente, nella Medusa c'era un certo numero di uomini che non permettevano che venisse usato il loro nome. Gli era stata garantita una falsa identità; avevano precedenti criminali. Potrebbe essere uno di loro. »

« E perché proprio lui? Non è stato l'unico scomparso. Anche tu sei scomparso. »

« Potrei dire perché l'abbiamo visto qui e tanto dovrebbe bastare. Ma c'è di più, molto di più. L'ho visto in azione. Ero stato assegnato a una missione che lui comandava; non è stata un'esperienza che si dimentica, e nemmeno lui è un uomo che si può dimenticare. Quell'uomo potrebbe essere — deve essere — il Cain che cercate. »

« Dimmi di quella missione. »

« Ci avevano paracadutato di notte in un settore chiamato Tam Quan. L'obiettivo della missione era liberare un americano, un certo Webb, prigioniero dei vietcong. Noi non lo sapevamo, ma le probabilità di sopravvivenza erano infinitesimali. Persino il volo da Saigon fu orrendo; venti con forza da uragano a trecento metri di quota, l'aereo vibrava tanto che sembrava dovesse andare a pezzi. E lui ci ha ordinato ugualmente di saltare. »

« E siete saltati? »

« Ci puntava la pistola alla testa. L'ha fatto con tutti, uno per uno, man mano si affacciavano al portello. Al lancio forse saremmo sopravvissuti, a una pallottola nel cranio senz'altro no. »

« Quanti eravate? »

« Dieci. »

« Potevate immobilizzarlo. »

« Non lo conosci. »

« Va' avanti » disse Bergeron, seduto immobile alla scrivania, concentrato.

« A terra ci siamo raggruppati in otto; i due che mancavano abbiamo pensato che non ce l'avessero fatta. Era stupefacente che ce l'avessi fatta io. Ero il più vecchio e non sono poi robusto come un toro. Però conoscevo la zona: per questo mi avevano incluso. » L'uomo dai capelli grigi tacque, scuotendo il capo al ricordo. « Meno di un'ora dopo ci siamo resi conto che era una trappola. Scappavamo come lucertole per la giungla. E di notte lui se ne andava fuori da solo tra le bombe a mano e i colpi di mortaio. Per uccidere. Tornava sempre indietro prima dell'alba per spingerci a riprendere la marcia verso il campo base vietcong. Allora credevo che fosse un vero suicidio. »

« Perché gli obbedivate? Doveva darvi una ragione; eravate dei medusani, non dei soldati. »

« Diceva che era l'unico modo per venirne fuori vivi, e in questo c'era una certa logica. Eravamo un bel po' dietro le linee; avevamo bisogno dei rifornimenti che avremmo potuto trovare al campo base... se fossimo riusciti a prenderlo. Diceva che non avevamo scelta, dovevamo prenderlo. Se qualcuno avesse tentato di discutere gli avrebbe piantato una pallottola in testa, ne eravamo sicuri. La terza notte siamo riusciti a prendere il campo e abbiamo trovato Webb più morto che vivo. Però respirava ancora. Abbiamo trovato anche i due del nostro gruppo mancanti, vivi e vegeti e stupefatti. Erano un bianco e un vietnamita. I vietcong li avevano pagati per farci cadere in trappola. Anzi ho il sospetto che volessero far cadere in trappola lui. »

« Cain? »

« Sì. Il vietnamita è stato il primo a vederci ed è riuscito a scappare. All'altro, Cain gli si è semplicemente avvicinato e gli ha fatto saltare il cervello. »

« Vi ha riportati indietro? Attraverso le linee? »

« In quattro. Più quello che si chiamava Webb. Cinque sono rimasti uccisi. È stato durante quel terribile viaggio di ritorno che ho capito che poteva essere vera la voce secondo la quale all'interno dell'Operazione Medusa lui era quello che aveva la paga più alta. »

« In che senso? »

« Era l'uomo più freddo che abbia mai visto, il più pericoloso, assolutamente imprevedibile. Allora pensavo che era una strana guerra, la sua; era una specie di Savonarola, ma senza princìpi religiosi, con una sua strana morale centrata su se stesso. Tutti gli uomini erano suoi nemici — in particolare i capi — e non gli importava assolutamente nulla né di quelli da una parte né di quelli dall'altra. » Il centralinista tacque di nuovo fissando il tavolo da disegno, evidentemente con i pensieri nel passato e a migliaia di chilometri di distanza. « Devi tener presente che la Medusa era piena di disperati. Molti avevano un odio paranoico per i comunisti. Cristo doveva essere contento se si uccideva un comunista: uno strano esempio di dottrina cristiana. Ad altri — come a me — i Viet Minh avevano portato via una fortuna; ce la saremmo ripresa solo se gli americani avessero vinto la guerra. La Francia ci aveva abbandonato a Dien

Bien Phu. Ma altri ancora, decine e decine, si rendevano conto che dalla Medusa potevano tirar fuori un sacco di soldi. Negli zaini certe volte avevamo cinquanta-settantacinquemila dollari americani. Un corriere che ne fregava la metà, dopo dieci-quindici viaggi poteva ritirarsi in pensione a Singapore o a Kuala Lampur, o magari impiantare un traffico di stupefacenti nel Triangolo. A parte la paga esorbitante – e spesso il condono giudiziario – c'erano infinite opportunità. Io, Cain lo vedevo in quest'ultimo gruppo. Era un autentico pirata moderno. »

Bergeron sciolse le mani. « Aspetta un minuto. Hai detto che aveva il comando della missione. Della Medusa facevano parte anche dei militari; sei sicuro che non fosse un ufficiale americano? »

« Americano senz'altro, ma di certo non veniva dall'esercito. »

« Perché? »

« Odiava ogni forma di organizzazione militare. In tutte le sue decisioni era evidente il disprezzo per il comando di Saigon. Ad un certo punto a Tam Quan ci hanno mandato ordini via radio. Lui ha chiuso la trasmittente dicendo a un generale di incularsi: ha rifiutato di obbedirgli. Molto difficile che un ufficiale dell'esercito si comporti così. »

« A meno che non stesse per abbandonare il mestiere » obiettò lo stilista. « Proprio come Parigi ha abbandonato te, e tu hai fatto del tuo meglio, rubando all'Operazione Medusa, per impiantare delle attività che non si possono dire patriottiche... ogni volta che hai potuto. »

« Il mio paese mi ha tradito prima che lo tradissi io, René. »

« Tornando a Cain, hai detto che non si faceva chiamare Bourne. Come si faceva chiamare? »

« Non me ne ricordo. Come ho detto, per molti il nome non aveva importanza. Io lo chiamavo semplicemente "Delta". »

« Il Delta del Mekong? »

« No, l'alfabeto, credo. »

« "*A*lfa, *B*ravo, *C*harlie.. *D*elta" » recitò Bergeron meditabondo. « Ma in molte operazioni, "Charlie" veniva sostituito da "Cain" perché gli americani chiamavano Charlie i Vietcong. Così, invece di Charlie si usava Cain. »

« Verissimo. E così Bourne è diventato "Cain". Avrebbe potuto scegliere "Eco" oppure "Foxtrot" o "Zulu". Ce ne sono ventisei di lettere. Che differenza fa? Dove vuoi arrivare? »

« Ha scelto deliberatamente Cain. È simbolico. Voleva che le cose fossero chiare fin dall'inizio. »

« Cosa voleva che fosse chiaro? »

« Che Cain avrebbe rimpiazzato Carlos. Prova a pensarci. "Carlos" è l'equivalente di Charles in inglese, cioè di Charlie. Nel codice, "Cain" ha preso il posto di "Charlie", cioè Carlos. Era questa la sua intenzione: Cain avrebbe preso il posto di Carlos. E voleva che Carlos lo sapesse. »

« E Carlos lo sa? »

« Certo. La notizia si diffonde ad Amsterdam e a Berlino, a Ginevra e a Lisbona, a Londra e qui a Parigi. Cain è in vendita; accetta contratti, si fa pagare meno di Carlos. Un po' alla volta la statura di Carlos si sgretola. »

« Due toreri nella stessa arena. Ce ne può essere uno solo. »

« E quell'uno sarà Carlos. L'abbiamo messo in trappola quel pallone gonfiato. È da qualche parte, a due ore da qui. »

« Ma dove? »

« Non importa. Lo troveremo. Dopo tutto lui ha trovato noi. Tornerà qui; il suo ego lo esige. E a questo punto l'aquila scende in picchiata e afferra il passero. Carlos lo ucciderà. »

Il vecchio sistemò la stampella sotto l'ascella sinistra, scostò la tenda nera e si infilò nel confessionale. Non si sentiva bene; aveva il pallore della morte, ed era contento che la figura in abito da prete dietro la grata trasparente non lo vedesse bene. Non gli avrebbe più dato lavoro, se non avesse avuto l'aria di poterlo svolgere; e invece lui ne aveva bisogno. Gli rimanevano solo poche settimane di vita e aveva delle responsabilità.

« Angelus Domini » disse.

« Angelus Domini, figliolo. » La risposta gli giunse in un sussurro. « Le tue giornate scorrono tranquille? »

« Si avvicinano alla fine, ma mi vengono rese confortevoli. »

« Sì. Credo che questo sarà l'ultimo lavoro che farai per me. Tuttavia è così importante che verrai pagato cinque volte di più. Spero che questo ti sia d'aiuto. »

« Grazie, Carlos. Allora lo sai. »

« Lo so. Ecco cosa devi fare e l'informazione deve scomparire dal mondo insieme a te. Non c'è spazio per il minimo errore. »

« Sono stato sempre preciso. E sarò preciso per l'ultima volta, poi mi avvierò verso la morte. »

« Muori in pace, mio vecchio amico. È più facile... Devi andare all'ambasciata del Vietnam e chiedere di un attaché che si chiama Phan Loc. Quando sei solo con lui, digli queste parole: "Fine marzo 1968, Medusa, settore Tam Quan. C'era Cain. E c'era anche un altro". Hai capito? Ripeti! »

« "Fine marzo 1968, Medusa, settore Tam Quan. C'era Cain. E c'era anche un altro." »

« Ti dirà quando dovrai tornare. Sarà questione di ore. »

17

« Penso che sia il momento di parlare di una certa *fiche confidentielle* arrivata da Zurigo. »

« Mio Dio! »

« Non sono l'uomo che state cercando. »

Bourne afferrò la mano della donna, tenendola ferma, impedendole di scappare tra i tavoli del ristorante elegante e affollato di Argenteuil, a pochi chilometri da Parigi. Erano soli; la finzione precedentemente adottata era stata abbandonata.

« Ma lei chi è? » Madame Lavier fece una smorfia cercando di ritirare la mano. Sul collo coperto di fondo tinta le vene risaltavano.

« Un ricco americano che vive alle Bahamas. Non ci crede? »

« Avrei dovuto intuirlo » disse lei: « nessuna domanda sui prezzi, niente assegni... solo contanti. Non ha nemmeno guardato la fattura. »

« E neanche i prezzi. È proprio quello che l'ha portata da me. »

« Sono stata stupida. I ricchi i prezzi li guardano sempre, magari solo per disinteressarsene. » Parlando, madame Lavier si guardava intorno, cercando una via d'uscita tra i tavoli, un cameriere da chiamare.

« Non ci provi » disse Jason, fissandola negli occhi. « Sarebbe una sciocchezza. Meglio che parliamo. »

La donna lo fissò; il brusio nel grande locale, debolmente illuminato da candelabri e gli scoppi di risa intermittenti ai tavoli vicini accentuavano la barriera di silenzio ostile. « Glielo chiedo ancora una volta » disse. « Lei chi è? »

« Non importa come mi chiamo. Si accontenti del nome che le ho dato. »

« Briggs? È falso. »

« Se è per quello è falso anche Larousse e quello dato per noleggiare l'auto che ha caricato tre killer alla Banque de Valois. Alla banca hanno fatto cilecca. E hanno fatto cilecca anche oggi pomeriggio a Pont Neuf. Lui ha tagliato la corda. »

« Oh Dio! » esclamò la donna cercando di divincolarsi.

« Le ho detto di non farlo! » Bourne la tenne ferma.

« E se gridassi, monsieur? » La maschera di cipria ora era segnata da crepe di veleno, il rosso acceso del rossetto accentuava un ghigno da topo in trappola.

« Griderei più forte » rispose Jason. « Ci butterebbero fuori tutti e due e una volta fuori non credo che lei continuerà ad essere intrattabile. Perché non discutere? Ciascuno potrebbe imparare qualcosa sul conto dell'altro. Dopo tutto siamo dipendenti, non padroni. »

« Non ho niente da dirle. »

« Allora comincio io. Forse cambierà idea. » Mollò cautamente la presa. Sul viso bianco incipriato della donna rimase la tensione, affievolita però dall'allentarsi della stretta. Era pronta ad ascoltarlo. « Avete pagato qualcuno a Zurigo. Lo stesso abbiamo fatto noi. Naturalmente abbiamo pagato di più. Cerchiamo la stessa persona; noi sappiamo perché la vogliamo. » Mollò del tutto la stretta. « Voi perché? »

Madame Lavier rimase in silenzio mezzo minuto buono, studiandolo, con un'espressione rabbiosa e insieme spaventata. Bourne sapeva di aver posto con precisione la domanda; per Jacqueline Lavier sarebbe stato un errore pericoloso non rispondere. Se fossero sorte ulteriori domande, la cosa avrebbe potuto costarle la vita.

« Il "noi" a chi si riferisce? »

« A un gruppo che rivuole i suoi soldi. Un sacco di soldi. Se li è presi lui. »

« Allora non se li è guadagnati? »

Jason a questo punto doveva stare molto attento, doveva dar l'impressione di sapere molto più di quanto in realtà non sapesse. « Diciamo che è sorta una disputa. »

« E come è possibile? O l'ha fatto o non l'ha fatto, non ci sono vie di mezzo. »

« È il mio turno » disse Bourne. « Lei ha risposto a una domanda con una domanda che io non ho evitato. Adesso ricominciamo. Perché lo volete? Perché su una *fiche* di una banca di Zurigo c'è il numero di telefono privato di uno dei migliori negozi di Saint Honoré?

« È stato per fare un piacere, monsieur. »

« A chi? »

« È matto? »

« D'accordo, lasciamo perdere per il momento. Del resto crediamo di saperlo. »

« Impossibile! »

« Forse sì, forse no. Quindi è stato un piacere... per far assassinare un uomo? »

« Non ho niente da dire. »

« Però un momento fa, quando ho parlato della macchina, lei ha cercato di scappare. Questo già dice qualcosa. »

« Una reazione perfettamente naturale. » Jacqueline Lavier toccò lo stelo del bicchiere. « Sono stata io a noleggiare la macchina. Non m'importa di dirglielo perché non ci sono prove. Di tutto quello che è successo poi non so niente. » Strinse il bicchiere, la sua espressione era un misto di paura e di furia controllata. « Voi chi siete? »

« Gliel'ho detto. Un gruppo che rivuole i suoi soldi. »

« Vi state immischiando in una faccenda che non vi riguarda! Andatevene da Parigi! Lasciate perdere questa storia! »

« E perché dovremmo? La parte lesa siamo noi; vogliamo correggere il bilancio dare e avere. Ne abbiamo il diritto. »

« Non avete nessun diritto! » esplose madame Lavier. « L'errore l'avete fatto voi e adesso lo pagate! »

« Errore? » Doveva stare molto attento. C'era arrivato: subito sotto la superficie dura gelata si intravedevano gli occhi della verità. « Ma andiamo. Il derubato non è responsabile del furto. »

« L'errore è nella scelta, monsieur. Avete scelto l'uomo sbagliato. »

« Ha rubato milioni dalla banca di Zurigo » disse. Jason. « Ma questo lei lo sa. Si è portato via dei milioni e se voi pensate di prenderglieli — che è come dire prenderli a noi — state commettendo un grosso errore. »

« Noi di soldi non ne vogliamo! »

« Sono felice di saperlo. "Noi" chi? »

« Pensavo che avesse detto di saperlo. »

« Ho detto che avevamo un'idea. Quanto basta per scoprire un certo Koenig a Zurigo e un certo d'Amarcourt a Parigi. Se decidessimo di farlo, ne verrebbe fuori una situazione molto imbarazzante, non è vero? »

« Soldi? Imbarazzo? Non sono questi i punti in discussione. Voi siete consumati dalla stupidità. Tutti: dal primo all'ultimo! Lo ripeto, andatevene da Parigi. Lasciate perdere questa faccenda. Non vi riguarda più. »

« Non crediamo che riguardi voi. In tutta franchezza, non crediamo che abbiate i titoli per farlo. »

« *I titoli?* » ripeté la Lavier, come se non credesse a quel che aveva sentito.

« Proprio così. »

« Lei ha idea di quel che sta dicendo? Di chi sta parlando? »

« Non ha importanza. Se voi non vi tirate indietro, io ho l'ordine di venire allo scoperto e di far chiasso. Di montare accuse false, che naturalmente non possano venir fatte risalire a noi. Di rivelare la faccenda di Zurigo, quella della Banque de Valois, di fare intervenire la Sûreté, l'Interpol... chiunque possa scatenare una massiccia caccia all'uomo. »

« Lei è matto. E anche stupido. »

« Nient'affatto. Abbiamo amici in posizioni molto importanti; saremo i primi a ottenere le informazioni. Aspetteremo al posto giusto e al momento giusto. Lo prenderemo. »

« Non lo prenderete. Scapperà di nuovo! Non lo capite? È qui a Parigi e una rete di persone che lui non può conoscere lo sta cercando. L'ha fatta franca una volta, due volte; la terza non può scappare! Adesso è in trappola. Siamo noi che l'abbiamo intrappolato! »

« Non vogliamo che lo mettiate in trappola. Va contro i nostri interessi. » Era quasi il momento, pensò Bourne. Mancava poco; la paura doveva controbilanciare la rabbia. Jacqueline Lavier doveva esplodere e rivelare la verità. « Il nostro ultimatum è questo e lei è incaricata di riferirlo, altrimenti farà la stessa fine di Koenig e di d'Amarcourt. Stasera farete interrompere la caccia. Se ciò non accadrà, domani mattina ci muoveremo e faremo un chiasso indiavolato. Les Classiques diventerà il negozio più famoso di Saint Honoré, ma non credo che ci verrà la gente giusta. »

Il viso incipriato si crepò. « Non oserete! Come osate? Chi siete per dire una cosa del genere? »

Jason tacque, poi colpì. « Un gruppo che non dà molto importanza al vostro Carlos. »

Madame Lavier rimase raggelata, gli occhi spalancati, la pelle del viso tesa come una enorme cicatrice. « Allora lo sapete » sussurrò. « E credete di potervi mettere contro di lui? Credete di essere all'altezza di Carlos? »

« Sì. »

« Siete pazzo. Non si danno ultimatum a Carlos. »

« L'ho appena dato. »

« Allora lei è morto. Se solo dice qualcosa a qualcuno lei sarà abbattuto prima di sera. Ha uomini dappertutto. »

« Sì, se sapessero chi abbattere » disse Jason. « Lei dimentica una cosa: nessuno lo sa. Invece loro sanno chi è lei. E sanno chi sono Koenig e d'Amarcourt. Non appena vi denunciamo, vi eliminano. Carlos non può permettersi di lasciarvi vivi. Ma nessuno conosce me. »

« Lei dimentica, monsieur, che io la conosco. »

« È l'ultima delle mie preoccupazioni. Mi trovi... una volta che il danno sarà fatto e prima che si decida del suo futuro. Non ci vorrà molto. »

« È una pazzia. Lei viene fuori dal nulla e parla come un pazzo furioso. Non può fare una cosa del genere! »

« Sta suggerendo un compromesso? »

« Ci si può pensare » disse Jacqueline Lavier. « Tutto è possibile. »

« Ha i titoli per negoziarlo? »

« Ho i titoli per riferire... e con possibilità molto migliori che se riferissi un ultimatum. Altri riferiranno a chi deve prendere la decisione. »

« Sta dicendo quel che io suggerivo poco fa: possiamo discutere. »

« Possiamo discutere, monsieur » consentì madame Lavier, lottando per la vita.

« E allora cominciamo dalle cose ovvie. »

« Che sarebbero? »

« Cosa rappresenta Bourne per Carlos? Perché vuole prenderlo? »

« Cosa rappresenta *Bourne...* » Madame Lavier si bloccò. Un'espressione di totale stupore sostituì la cattiveria e la paura. « *Lei* chiede *una cosa del genere*!? »

« Lo ripeto » disse Jason, sentendosi il cuore pulsare nel petto. « Cosa rappresenta Bourne per Carlos? »

« Bourne *è* Cain! Lei lo sa bene quanto noi. Siete stati voi a sbagliare, siete stati voi a sceglierlo! Avete scelto l'uomo sbagliato! »

Cain. L'eco del nome si tramutò in scoppi assordanti di tuono. E ad ogni scoppio una fitta di dolore, lampi che gli laceravano uno dopo l'altro il cervello, la mente e il corpo che si raggomitolavano sotto l'impatto del nome. Cain. Cain. Di nuovo le nebbie. L'oscurità, il vento, le esplosioni.

« Cosa c'è? Qualcosa che non va? »

« Non è niente. » Bourne aveva fatto scivolare la destra sul polso sinistro, stringendolo, premendo con una forza tale le dita nella carne che gli parve di poter spaccare la pelle. Doveva fare qualcosa; doveva bloccare il tremito; acquetare il rumore, respingere le fitte. Doveva rischiararsi la mente. Gli occhi della verità lo fissavano, non poteva distogliere lo sguardo. Era qui, era arrivato dove voleva arrivare e il gelo gli dava dei brividi. « Vada avanti » disse, sforzandosi di controllare la voce che gli uscì in un sussurro.

Non poteva evitarlo.

« Si sente male? La vedo pallidissimo e sta... »

« Sto bene » la interruppe brusco. « Le ho detto di proseguire. »

« Cosa devo dirle? »

« Dica tutto. Voglio sentirlo da lei. »

« Perché? Non c'è niente che lei non sappia. Avete scelto Cain. Avete scartato Carlos; pensate di poterlo scartare anche adesso. Vi sbagliavate allora e vi sbagliate adesso. »

Ti ammazzo. Ti prendo per la gola e ti strozzo. Dimmelo! Per l'amor del cielo, dimmelo! Alla fine c'è solo il mio inizio! Devo saperlo.

« Questo non c'entra » disse. « Se lei cerca un compromesso – magari semplicemente per salvare la pelle – mi dica perché dovremmo darle retta. Come mai Carlos è così implacabile... nei confronti di Bourne? Me lo spieghi come se fosse la prima volta che lo sento. Altrimenti quei nomi che dovrebbero rimanere nascosti saranno diffusi in tutta Parigi ed entro sera lei sarà morta. »

Madame Lavier era irrigidita, la maschera d'alabastro era tesa. « Carlos inseguirà Cain fino in capo al mondo e lo ucciderà. »

« Questo lo sappiamo. Vogliamo sapere perché. »

« Deve farlo. Pensate a voi stessi. Alla gente come voi. »

« Questo non ha senso. Lei non sa chi siamo noi. »

« Non devo saperlo. Però so cos'avete fatto. »

« Lo dica chiaro! »

« L'ho detto. Avete scelto Cain al posto di Carlos: questo è stato il vostro errore. Avete scelto l'uomo sbagliato. Avete pagato il killer sbagliato. »

« Il killer... sbagliato. »

« Non siete stati i primi ma sarete gli ultimi. Lo sfidante verrà ucciso qui a Parigi, che ci sia un compromesso o meno. »

« Abbiamo scelto il killer sbagliato... » Le parole fluttuarono nell'aria elegante e profumata del ristorante. I tuoni assordanti si affievolirono, sempre rabbiosi ma lontani, tra le nuvole temporalesche; la nebbia si diradava, spire di vapore lo avvolgevano. Cominciava a vedere e quel che vedeva era la figura di un mostro. Non un mito, un mostro. Un altro mostro. C'è n'erano due.

« Non ne è convinto? » chiese la donna. « Non immischiatevi con Carlos. Lasciate che sia lui a prendere Cain; che sia lui a vendicarsi. » Tacque, sollevando appena le mani dal tavolo. « Non prometto nulla, ma parlerò a vostro favore, dirò della truffa che avete subìto. È possibile... è solo possibile, capisce... che il vostro contratto venga onorato dalla persona alla quale avreste dovuto rivolgervi in primo luogo. »

« Quella alla quale avremmo dovuto rivolgerci... perché abbiamo scelto quella sbagliata... »

« Lo capisce questo, vero, monsieur? Carlos deve sapere che lo capite. Forse... solo forse... potrebbe considerare con benevolenza la perdita cui siete andati incontro, se si convincesse che riconoscete di esservi sbagliati. »

« Questo è il compromesso che lei propone? » disse Bourne piatto, lottando per pensare.

« Tutto è possibile. Dalle vostre minacce non può venire niente di buono, ve lo assicuro. Niente di buono per nessuno di noi e sono tanto sincera da includere anche me stessa. Ne verrebbero solo degli omicidi inutili e Cain se ne starebbe in disparte ridendosela. Verreste truffati due volte, non una. »

« Se è vero... » Jason deglutì, aspirò, soffocando quasi quando l'aria riempì il vuoto nella gola secca, « allora devo spiegare al mio gruppo perché abbiamo... scelto... l'uomo... sbagliato. » *Piantala! Termina la frase. Controllati.* « Mi dica tutto quello che sa sul conto di Cain. »

« A che scopo? » Madame Lavier posò le dita sulla tavola. Le unghie accuratamente laccate erano simili a dieci punte di un'arma.

« Se abbiamo scelto la persona sbagliata, vuol dire che abbiamo ricevuto le informazioni sbagliate. »

« Avete sentito dire che Cain vale quanto Carlos, no? Che le sue tariffe sono più contenute, il suo apparato più limitato, e che dato che c'erano meno intermediari non era possibile risalire alla fonte del contratto. Non è così? »

« Forse. »

« Naturalmente è così. È quello che viene detto a tutti, ed è falso da cima a fondo. La forza di Carlos sta nelle fonti di informazioni capillari e infallibili. Il suo metodo raffinato gli permette di raggiungere la persona giusta al momento giusto, immediatamente prima di uccidere. »

« Sembra che ci sia troppa gente coinvolta. C'era troppa gente a Zurigo, ce n'era troppa qui a Parigi. »

« Tutti ciechi, monsieur. Dal primo all'ultimo. »

« Ciechi? »

« Le confesso che da diversi anni faccio parte dell'organizzazione e in un modo o nell'altro ho incontrato decine e decine di persone che hanno rivestito ruoli minori. Non ci sono ruoli importanti. Devo ancora conoscere una sola persona che abbia parlato a Carlos, anzi che abbia un'idea di chi sia veramente. »

« Questo riguarda Carlos. Voglio sapere di Cain. Che cosa sapete sul conto di Cain. » *Controllati! Non puoi abbassare gli occhi. Guardala! Guardala!*

« Da dove devo cominciare? »

« Dalla prima cosa che le viene in mente. Da dove viene Cain? » *Non distogliere lo sguardo!*

« Dall'Asia sud-orientale, naturalmente. »

« Naturalmente... » *Oh Dio.*

« Dall'Operazione Medusa, ne siamo sicuri... »

Medusa! Il vento, l'oscurità, i lampi di luce, la sofferenza... Ora il dolore gli lacerava il cranio; non sapeva dov'era ma dov'era stato. In un altro mondo, lontano nello spazio e nel tempo. Il dolore. Oh, Cristo. Il dolore...

Tao!

Che-sah!

Tam Quan!

Alfa, Bravo, Cain... Delta!

Delta... Cain!

Cain sta per Charlie.

Delta sta per Cain.

« Cosa c'è? » Jacqueline Lavier aveva un'aria spaventata; studiava la sua espressione, gli occhi puntati nei suoi lo trafiggevano. « Sta sudando. Le tremano le mani. Ha un attacco? »

« Passa in fretta. » Jason staccò la mano dal polso, prese il tovagliolo e si asciugò la fronte.

« Le viene quando è sotto tensione? »

« Sì, quando sono sotto tensione. Vada avanti. Ho poco tempo; devo mettermi in contatto con certe persone, prendere delle decisioni. Probabilmente una riguarda la sua vita. Tornando a Cain, ha detto che viene dall'Operazione... Medusa. »

« *Les mercenaires du diable* » disse madame Lavier « così li avevano soprannominati i coloniali dell'Indocina... quelli rimasti. Molto appropriato, non le pare? »

« Quel che penso io, o quel che so, non ha nessuna importanza. Voglio sentire quel che pensa lei, quel che lei sa sul conto di Cain. »

« L'attacco che ha avuto la rende scortese. »

« L'impazienza mi rende tale. Ha detto che abbiamo scelto la persona sbagliata; se è così abbiamo ricevuto informazioni sbagliate. *Les mercenaires du diable*. Mi sta suggerendo che Cain è francese? »

« Nient'affatto. Le ho detto solo quanto noi siamo penetrati in profondità nell'Operazione Medusa. »

« Il "noi" indica le persone che lavorano per Carlos?

« Esatto. »

« Dunque, se Cain non è francese, di dov'è? »

« Americano, senza dubbio. »

Oh Dio! « Perché? »

« Tutto quello che fa ha il marchio dell'audacia americana. Preme e agita senza la minima delicatezza, assumendosi meriti che non gli spettano, sostenendo di aver portato a termine omicidi nei quali non c'entra assolutamente. Ha studiato i metodi e i collegamenti di Carlos come nessun altro al mondo. Ci è stato detto che li va a raccontare ai clienti potenziali, sostituendosi spesso a Carlos, il quale invece è quello che ha accettato e onorato i contratti. » La Lavier tacque.

« Ho colpito nel segno, no? Con lei – con voi – si è comportato allo stesso modo? »

« Forse. » Jason si serrò di nuovo il polso, mentre afferrava il senso delle affermazioni di madame Lavier. Affermazioni in risposta agli indizi di una partita terribile.

Stoccarda. Regensburg. Monaco. Due omicidi e un rapimento, accreditati alla banda Baader-Meinhof. Pagamento da fonte americana...

Teheran? Otto omicidi. Accreditati a Komeini e all'FLP. Compenso, due milioni. Settore sovietico sud-occidentale.

Parigi?... Tutti i contratti devono passare per Parigi.

I contratti di chi?

Sanchez... Carlos.

« ... sempre una tecnica del tutto trasparente. »

Madame Lavier aveva detto qualcosa, ma non l'aveva sentita. « Cos'ha detto? »

« Lei stava ripensandoci, non è vero? Cain ha usato la stessa tecnica con lei – con il suo gruppo. È così che ottiene gli incarichi. »

« Incarichi? » Bourne irrigidì i muscoli dello stomaco finché il dolore non lo fece tornare al tavolo del ristorante di Argenteuil. « Quindi così ottiene gli incarichi » ripeté senza scopo.

« E li esegue con notevole professionalità; nessuno lo nega. Il numero di assassini al suo attivo è impressionante. Sotto molti aspetti, viene subito dopo Carlos... non è alla sua altezza, ma è molto al di sopra dei ranghi dei soliti terroristi. È un uomo dalle immense capacità, estremamente inventivo, un'arma letale uscita dall'addestramento dell'Operazione Medusa. Ma sono la sua arroganza, le sue menzogne a spese di Carlos che lo faranno cadere. »

« E basta questo per renderlo americano? Oppure è un suo pregiudizio? Ho l'idea che a voi piacciano i soldi americani, ma non vi piace tutto quello che gli americani esportano. »

« I pregiudizi non c'entrano, monsieur. L'identificazione è sicura. »

« Come ci siete riusciti? »

Madame Lavier toccò lo stelo del bicchiere, chiudendolo nell'indice laccato di rosso. « Abbiamo comperato un uomo insoddisfatto. A Washington. »

« A Washington? »

« Anche gli americani cercano Cain... e sospetto che lo facciano con una foga quasi uguale a quella di Carlos. L'Operazione Medusa non è mai stata resa pubblica e Cain potrebbe rivelarsi straordinariamente imbarazzante. L'uomo insoddisfatto di cui parlavo aveva un ruolo che gli ha permesso di darci una grande quantità di informazioni, compresa la documentazione Medusa. È stato semplice confrontare i nomi con quelli dei conti cifrati di Zurigo. Semplice per Carlos, non per gli altri. »

Troppo semplice, pensò Jason, senza sapere da dove venisse questo pensiero. « Capisco » disse.

« E voi? Come lo avete trovato? Non Cain, naturalmente: Bourne. »

Nelle nebbie dell'angoscia a Jason venne in mente un'altra affermazione. Non era sua, era di Marie.

« Molto più semplice » disse. « L'abbiamo pagato con un deposito a breve in un conto, mentre il surplus veniva passato alla cieca in un altro. Era possibile rintracciare il numero del conto; è un dispositivo fiscale. »

« E Cain ha permesso una cosa del genere? »

« Non ne sapeva nulla. Abbiamo pagato per avere i numeri... Proprio come voi avete pagato per il numero di telefono sulla *fiche.* »

« Mi congratulo con voi. »

« Non è necessario, invece è importante sapere tutto quel che sapete sul conto di Cain. Tutto quel che avete fatto fino a questo momento spiega un'identità. Adesso, prosegua. Tutto quel che sapete sul conto di questo Bourne, tutto quello che vi hanno detto. » *Attento. Elimina la tensione dalla voce. Stai semplicemente... valutando dei dati. Sei stato tu a dirlo, Marie. Cara Marie. Non sei qui, grazie a Dio.*

« Su di lui abbiamo solo informazioni incomplete. È riuscito ad eliminare la maggior parte dei documenti essenziali, una lezione che indubbiamente ha imparato da Carlos. Ma qualcuno è rimasto: li abbiamo messi insieme e ne è venuto fuori uno schizzo. Si crede che prima di venir reclutato per l'Operazione Medusa fosse un uomo d'affari di lingua francese che viveva a Singapore e rappresentava un gruppo di importatori americani, da New York alla California. La verità è che il gruppo ad un certo punto gli ha tolto la rappresentanza, e ha cercato di farlo estradare negli Stati Uniti per denunciarlo; aveva rubato loro centinaia di migliaia di dollari. A Singapore era conosciuto come un personaggio che si teneva sulle sue, molto attivo e molto potente nel contrabbando, eccezionalmente privo di scrupoli. »

« E prima ancora » la interruppe Jason, sentendosi di nuovo gocce di sudore sulla fronte. « Prima di Singapore. Da dove veniva? » *Attento! Le visioni! Vedeva le strade di Singapore. Prince Edward Road, Kim Chuan, Boon Tat Street, Maxwell, Cuscaden.*

« Proprio qui nessuno è riuscito a sapere niente di preciso. Corrono solo voci, che non vogliono dire nulla. Per esempio, si è detto che fosse un gesuita spretato impazzito; un'altra ipotesi è che fosse un giovane banchiere aggressivo, scoperto mentre si appropriava di fondi, d'accordo con diverse banche di Singapore. Non c'è niente di concreto, niente cui si possa risalire. Prima di Singapore non c'è niente. »

Ti sbagli, ci sono moltissime cose. Ma nessuna riguarda questa storia... c'è un vuoto che deve venire riempito e tu non puoi aiutarmi. Forse nessuno può aiutarmi; e forse nessuno dovrebbe.

« Per il momento non mi ha detto niente di eccezionale, » disse Bourne « niente che riguardi le informazioni che m'interessano. »

« E allora non so che cosa la interessa! Mi fa delle domande, preme per sapere dei particolari, e quando io le do delle risposte lei le scarta come se fossero inconsistenti. Ma che cosa vuole effettivamente? »

« Che cosa sa lei del... lavoro di Cain? Dato che desidera arrivare a un compromesso, mi dia dei motivi per accettarlo. Se le nostre informazioni sono differenti, la differenza dovrebbe stare in quel che ha fatto, non le pare? Quando è stata la prima volta che ha richiamato la vostra attenzione? L'attenzione di Carlos? *Forza*! »

« Due anni fa » disse madame Lavier, sconcertata, seccata, spaventata dall'impazienza di Jason. « Dall'Asia è arrivata la voce che c'era un bianco che offriva servizi del tutto simili a quelli di Carlos. Stava passando rapidamente a un piano industriale. A Moulmein venne assassinato un ambasciatore, due giorni dopo a Tokyo un uomo politico giapponese molto stimato venne ucciso due giorni prima di un dibattito alla Dieta. Una settimana dopo, un editore venne fatto saltare insieme alla sua macchina a Hong Kong, e meno di quarantotto ore dopo a Calcutta ci fu un banchiere abbattuto per strada. Dietro a tutti questi fatti, Cain. Sempre Cain. » La donna tacque, valutando le reazioni di Bourne. Jason rimase impassibile. « Capisce? Era dappertutto. Passava da un omicidio all'altro accettando contratti con un ritmo tale da non poter fare discriminazioni. Aveva una fretta terribile. Si costruiva una reputazione con tanta rapidità da lasciare a bocca aperta anche i professionisti più incalliti. Nessuno dubitava che fosse un professionista, e Carlos meno di tutti. Si ordinò di cercare di scoprire tutto il possibile sul suo conto. Vede, Carlos aveva capito quello che nessuno di noi aveva capito, e meno di dodici mesi dopo le sue supposizioni si dimostrarono giuste. Dagli informatori di Manila, di Osaka, di Hong Kong e di Tokyo arrivò la notizia che Cain stava per trasferirsi in Europa; Parigi sarebbe stata la sua base di operazioni. La sfida era evidente, il guanto era stato gettato. Cain si preparava a distruggere Carlos. Sarebbe diventato il nuovo Carlos, e i suoi servizi sarebbero stati a disposizione di chi li cercava. Proprio come li ha cercati lei, monsieur. »

« Moulmein, Tokyo, Calcutta... » Jason si sentì salire alle labbra questi nomi, che gli uscivano in un sussurro. Fluttuavano di nuovo, sospesi tra gli aromi del ristorante, ombre di un passato dimenticato. « Manila, Hong Kong... » tacque, cercando di disperdere la nebbia, scrutando i contorni delle strane forme che gli passavano rapide davanti agli occhi della mente.

« Questi e molti altri » proseguì la Lavier. « Ecco qual è stato l'errore di Cain; lo è ancora adesso. I giudizi sul conto di Carlos possono essere molto diversi, ma coloro che hanno beneficiato della sua fiducia e della sua generosità, gli sono leali. I suoi informatori e i suoi contatti non sono pronti a vendersi, malgrado Cain ci abbia provato e riprovato. Si dice che Carlos sia rapido nel giudicare negativamente, ma si dice anche che è meglio un diavolo che si conosca che il suo erede che non si conosce. Cain non si è reso conto — e non se ne rende conto nemmeno ora — che la rete di Carlos è molto vasta. Quando Cain si è trasferito in Europa non sapeva che le sue attività a Berlino, a Lisbona, ad Amsterdam... persino nell'Oman, erano state scoperte. »

« L'Oman » disse Bourne, senza volerlo. « Lo sceicco Mustafa Kalig » sussurrò, come a se stesso.

« Non è mai stato dimostrato! » intervenne madame Lavier in tono di sfida. « Una cortina fumogena voluta per creare confusione; il contratto non esisteva. Cain si è attribuito un assassinio risolto all'interno. Nessuno era in grado di superare quelle misure di sicurezza. È falso! »

« Falso » ripeté Jason.

« Ci sono tantissime cose false » aggiunse sprezzante madame Lavier. « D'altra parte Cain non è uno sciocco: racconta falsità tacendo, lanciando allusioni qua e là. Sa che chi riferisce ne esagererà l'importanza dandogli concretezza. Non perde occasione per provocare Carlos, si fa pubblicità a spese dell'uomo che vuole sostituire. Ma non è all'altezza di Carlos; accetta contratti che non può onorare. Voi siete un esempio; abbiamo saputo di diversi altri. Si dice che per questo si è tenuto in disparte per mesi, evitando persone come voi. »

« Evitando persone... » Jason serrò di nuovo il polso; il tremito era ricominciato e il tuono, attutito, vibrava nelle regioni lontane del cranio. « Ne è... sicura? »

« Sicurissima. Non era morto; si teneva nascosto. Cain non ha rispettato diversi contratti; era inevitabile. Ne aveva accettati troppi in troppo poco tempo. Però, ogni volta, a un omicidio fallito ne faceva seguire uno spettacolare, che nessuno gli aveva commissionato, per far aumentare la propria statura. Sceglieva un personaggio di spicco e lo eliminava. L'assassinio, che lasciava tutti sconvolti, portava senza dubbio il suo marchio. Un esempio è quello dell'ambasciatore in viaggio a Moulmein; nessuno ne ha rivendicato l'assassinio. Sappiamo di altri due casi: un commissario russo a Shangai e, più recentemente, un banchiere a Madrid... »

Le parole gli arrivavano dalle labbra dipinte di un rosso acceso che si muovevano febbrili nella parte inferiore della maschera incipriata. Le sentiva, le aveva già sentite. Le aveva già *vissute*. Non erano più ombre, ma ricordi incerti di quel passato dimenticato. Visioni e realtà si fondevano. Qualunque frase madame Lavier incominciasse, lui era in grado di concluderla, qualunque accenno – a un nome, a una città, a un incidente – gli risultava istintivamente familiare.

Stava parlando di... lui.

Jason Bourne era l'assassino chiamato Cain.

C'era un'ultima domanda: il breve lampo di luce nell'oscurità, due sere prima, alla Sorbona. Marsiglia. Ventitré agosto.

« Cos'è successo a Marsiglia? » chiese.

« A Marsiglia? » ripeté inorridita madame Lavier. « Come può...? Quante altre falsità vi hanno raccontato? Quali? »

« Mi dica soltanto che cos'è successo. »

« Naturalmente lei si riferisce a Leland. L'ambasciatore viaggiante. La sua morte è stata ordinata – e pagata – a Carlos. »

« E se io le dicessi che c'è chi crede che il responsabile sia Cain? »

« È quel che voleva che tutti credessero! Era l'estremo insulto a Carlos: rubargli l'assassinio. A Cain il pagamento non importava. Voleva solo mostrare al mondo – al nostro mondo – che poteva arrivare per primo e fare il lavoro pagato a Carlos. Ma saprà che non ce l'ha fatta. Cain non c'entra assolutamente con l'omicidio di Leland. »

« Era a Marsiglia. »

« È stato preso in trappola. O per lo meno, non si è mai fatto vedere. Qualcuno ha detto che l'avevano ucciso, ma dato che non si è trovato il cadavere, Carlos non ci ha creduto. »

« Come si pensa che sia stato ucciso? »

Madame Lavier si ritrasse, scuotendo il capo con movimenti brevi, rapidi. « Due uomini del porto hanno cercato di sostenere che erano stati loro, hanno cercato di farsi pagare. Uno non è stato più visto; si può presumere che Cain l'abbia ucciso, se era Cain. Erano rifiuti. »

« E la trappola qual era? »

« La *presunta* trappola, monsieur. I due sostenevano di aver saputo che Cain, più o meno la sera prima dell'assassinio, doveva incontrare qualcuno in rue Sarrasin. Hanno detto di aver lasciato messaggi volutamente oscuri e di aver fatto salire quello che secondo loro era Cain su un peschereccio giù al porto. Né il peschereccio né l'uomo che lo portava sono stati più rivisti, quindi potrebbero aver ragione. Come ho detto, però, di prove non ne esistono. Non c'è nemmeno una descrizione di Cain sufficientemente precisa che concordi con quella dell'uomo attirato sul peschereccio. Comunque, la faccenda finisce qui. »

Ti sbagli. È qui che è cominciata. Per me.

« Capisco » disse Bourne, cercando di nuovo di infondere un tono di naturalezza nella voce. « Le nostre informazioni però sono differenti. Abbiamo scelto in base a quello che pensavamo di sapere. »

« E avete sbagliato, monsieur. Quel che le ho detto è la verità. »

« Sì, lo so. »

« Allora il compromesso è accettato? »

« Perché no? »

« *Bien.* » Sollevata, la donna portò il bicchiere alle labbra. « Vedrà, sarà meglio per tutti. »

« Non ha più molta importanza... ormai. » Aveva parlato con voce quasi inaudibile, se ne rendeva conto. Cos'aveva detto? Cos'aveva appena detto? Perché l'aveva detto?... La nebbia si stava richiudendo nuovamente; i tuoni aumentavano d'intensità; le fitte di dolore alle tempie erano ritornate. « Voglio dire... voglio dire, che è meglio per tutti, come lei ha detto. » Si sentiva – *vedeva* – gli occhi di madame Lavier puntati addosso, che lo esaminavano. « È una soluzione ragionevole. »

« Certo che lo è. Non si sente bene? »

« Ho detto che non è nulla; passerà. »

« Mi fa piacere. Ora, vuole scusarmi un momento? »

« No! » Jason l'afferrò per un braccio.

« *Je vous prie, monsieur.* Vado solo alla toilette. Se vuole, può rimanere fuori dalla porta. »

« Ora ce ne andiamo. Potrà fermarvisi mentre ce ne andiamo. » Jason con un cenno chiese il conto al cameriere.

« Come vuole » acconsentì madame Lavier, osservandolo.

Si fermò nel corridoio oscuro tra i fasci di luce che scendevano dalle lampade nascoste nel soffitto. Di fronte c'era la toilette delle signore. Jacqueline Lavier vi si diresse. Donne splendide, uomini attraenti passavano di continuo davanti a Jason. L'ambiente assomigliava a quello di Les Classiques.

Da dieci minuti ormai Jacqueline era nella toilette. Jason se ne sarebbe preoccupato se fosse stato in grado di calcolare il tempo. Ma non poteva: rumori e sofferenza lo consumavano, ogni nervo era allo scoperto, le sue fibre si tendevano, temendo le fitte. Fissava diritto davanti a sé, con una storia di uomini assassinati alle spalle. Negli occhi della verità c'era il passato. Gli occhi lo avevano cercato e lui li aveva visti. Cain... *Cain... Cain.*

Scosse il capo e guardò il soffitto nero. Doveva agire. Non poteva continuare a precipitare nell'abisso di oscurità e di vento! Aveva preso delle decisioni... ora si trattava di applicarle.

Marie. Marie? Oh, Dio, amore mio, come ci siamo sbagliati!

Respirò a fondo e guardò l'orologio, il cronometro scambiato con il sottile gioiello d'oro appartenuto a un marchese. *È un uomo dalle immense capacità, estremamente inventivo...* Non era lusingato da quell'apprezzamento. Guardò verso la porta della toilette.

Dov'era Jacqueline Lavier? Perché non usciva? Cosa sperava di ottenere? Sapeva che là dentro non c'era telefono perché lo aveva chiesto al maître del locale; madame Lavier gli stava accanto; aveva sentito la risposta e capito il motivo della domanda.

Ci fu un lampo accecante. Jason arretrò, rannicchiandosi contro una parete, coprendosi gli occhi con le mani. Il dolore! Oh Cristo! Aveva gli occhi in fiamme!

Poi sentì le parole, che gli arrivavano tra le risate educate di individui ben vestiti che attraversavano il corridoio.

« In ricordo della cena da Roget, monsieur » disse in tono vivace una ragazza tenendo una macchina fotografica per la maniglia. « La foto sarà pronta tra pochi minuti. Con i complimenti di Roget. »

Bourne rimase irrigidito. Sapeva di non poter spaccare la macchina fotografica. Poi, con terrore, si rese conto di un'altra cosa. « Perché proprio me? » chiese.

« Me l'ha chiesto la sua fidanzata, monsieur » rispose la ragazza, accennando con il capo alla toilette. « Ne abbiamo parlato là dentro. Lei è proprio fortunato, è una donna splendida. Mi ha chiesto di consegnarle questo. » Gli porse un biglietto piegato; Jason lo prese mentre la ragazza si allontanava verso l'ingresso del ristorante.

> Il suo malessere mi inquieta, e sono sicura che inquieta anche lei, mio caro nuovo amico. Forse lei è davvero chi dice di essere, forse no. Tra mezz'ora più o meno lo saprò. Una cliente del ristorante ha accettato di fare una telefonata per mio conto, e la foto ormai è in viaggio per Parigi. Lei non è in grado di bloccarla proprio come non può bloccare quelli che stanno venendo ad Argenteuil. Se il nostro compromesso regge, nessuno la disturberà. Parleremo di nuovo quando si faranno vivi i miei soci. Si dice che Cain sia un camaleonte, che si travesta in vari modi, tutti molto convincenti. Si dice anche che sia propenso alla violenza e ad accessi di rabbia. Anche questo è un malessere, non le pare?

Corse per la strada buia di Argenteuil, inseguendo la luce sul tetto di un taxi che girò l'angolo e scomparve. Si fermò, ansimando, cercandone un altro in tutte le direzioni. Niente. Il portiere di Roget gli aveva detto che un taxi arrivava dieci-quindici minuti dopo la chiamata. Perché monsieur non l'aveva chiesto in anticipo? Avevano preparato la trappola e lui ci era cascato.

Avanti! Una luce, un altro taxi! Si mise a correre. Doveva fermarlo; doveva tornare a Parigi. Da Marie.

Era tornato nel labirinto, correva qua e là alla cieca, sapendo che non c'era modo di sfuggire. Ma sarebbe stato solo a correre nel labirinto. La decisione era irrevocabile. Niente discussioni, niente colloqui, scambi di grida... litigi basati sull'amore e sull'incertezza. Perché una certezza ce l'aveva. Sapeva chi era... chi era stato; era colpevole delle accuse... proprio come sospettava.

Un paio d'ore senza dir nulla. Semplicemente guardandola, parlando tranquillo di tutto fuorché della verità. Facendo all'amore. Poi se ne sarebbe andato; Marie non avrebbe mai saputo quando, e lui non avrebbe mai potuto dirle perché. Glielo doveva; per un po' avrebbe sofferto molto, ma la sofferenza sarebbe stata molto minore di quella causata dal marchio di Cain.

Cain!

Marie. Marie! Che cosa ho fatto?

« Taxi! Taxi! »

18

Via da Parigi! Subito! Qualunque cosa tu stia facendo, lascia perdere e fila!... Sono ordini del tuo governo. Vogliono che tu te ne tenga fuori. Vogliono isolarlo.

Schiacciò la sigaretta nel portacenere sul comodino e gli occhi le caddero sul numero arretrato del *Potomac Quarterly*; ripensò brevemente alla partita terribile che Jason l'aveva costretta a giocare.

« Non voglio stare a sentire! » si disse ad alta voce; trasalì sentendone l'eco nella stanza vuota. Andò alla finestra, quella dove si era affacciato Jason, spaventato, quando aveva cercato di farle capire.

Devo sapere certe cose... quanto basta per prendere una decisione... magari non tutto. Una parte di me deve essere in grado... di scappare, di scomparire. Devo poter dire a me stesso che ciò che è stato è stato, e che c'è una possibilità che non sia mai stato perché non me ne ricordo. Ciò che uno non riesce a ricordare, non esiste... per lui.

« Caro, caro. Non lasciare che ti facciano una cosa del genere! » Non trasalì questa volta, perché era come se ci fosse anche lui nella stanza ad ascoltarla, attento alle sue parole, con il desiderio di scappare, di scomparire... con lei. Ma, in fondo, sapeva che Jason non poteva farlo; non poteva accontentarsi di una mezza verità, di tre quarti di una menzogna.

Vogliono isolarlo.

Chi lo voleva? La risposta era in Canada e i contatti con il Canada erano interrotti; un'altra trappola.

Jason aveva ragione a proposito di Parigi; anche lei lo sentiva. La risposta, qualunque fosse, era qui. Se fossero riusciti a trovare una sola persona disposta a sollevare il velo per fargli vedere con i propri occhi che lo stavano manipolando, si sarebbero potute affrontare altre domande e le risposte non l'avrebbero più spinto verso l'autodistruzione. Se Jason si fosse convinto che, qualunque delitto potesse aver commesso, lui era la pedina di un delitto molto più grande, sarebbe stato capace di andarsene, di scomparire con lei. Tutto era relativo. L'uomo che amava doveva convincersi che qualunque cosa avesse fatto in passato era molto meno grave di quello che i suoi nemici volevano far credere, perché altrimenti non avrebbero potuto usarlo. Jason era il capro espiatorio, la sua morte avrebbe dovuto prendere il posto di quella di un altro. Se solo fosse riuscito a capirlo; se solo fosse riuscita a convincerlo! In caso contrario lo avrebbe perduto. Loro lo avrebbero preso e lo avrebbero ucciso.

Loro.

« Chi siete? » gridò alla finestra, alle luci di Parigi che brillavano, fuori. « Dove siete? »

Sentì una ventata gelida sul viso, quasi come se i vetri si fossero fusi lasciando entrare l'aria della notte. Poi la gola le si bloccò e per un attimo non riuscì a deglutire... a respirare. Passò, e poté di nuovo tirare il fiato. Aveva paura; le era già successo, la prima sera a Parigi, quando era uscita dal caffè per andare all'appuntamento sui gradini del museo di Cluny. Le era successo mentre percorreva in fretta boulevard Saint Michel: la ventata gelida, la gola bloccata... anche allora, per un attimo, non era riuscita a respirare. In seguito aveva creduto di sapere perché; in quello stesso momento, a qualche isolato di distanza, nella Sala di lettura della Sorbona, Jason aveva preso d'impulso una decisione che di lì a qualche minuto avrebbe abbandonato. Comunque l'aveva presa. Aveva deciso che non sarebbe più tornato da lei.

« Piantala! » gridò. « Cose da pazzi » aggiunse, scuotendo il capo, guardando l'orologio. Era via da più di cinque ore: dov'era? *Dov'era?*

Bourne scese dal taxi di fronte all'hotel dall'eleganza appannata di rue Montparnasse. La prossima ora sarebbe stata la più difficile della sua vita, della quale gli rimanevano così pochi ricordi, una vita scomparsa nel nulla prima di Port Noir, e che, dopo, si era rivelata solo un incubo. L'incubo non sarebbe finito, ma l'avrebbe vissuto da solo; l'amava troppo per chiederle di viverlo insieme a lui. Avrebbe trovato un modo per scomparire, portandosi dietro le prove che lo legavano a Cain. Semplicissimo: si sarebbe allontanato per un appuntamento fasullo e non sarebbe più tornato. E in qualche momento nell'ora che aveva davanti le avrebbe scritto un biglietto:

> È finita. Ho trovato le mie frecce. Torna in Canada e non dire nulla, per il bene mio e tuo. So dove cercarti.

L'ultima frase era sleale – non l'avrebbe mai cercata – ma doveva rimanerle una piccola speranza, magari solo per convincerla a salire sull'aereo per Ottawa. Col tempo, le settimane trascorse insieme avrebbero perso colore, trasformandosi in un segreto, in uno scrigno di gioie presto scomparse da aprire e da toccare nei momenti di tranquillità. Poi, basta, perché la vita ha un senso se i ricordi rimangono attivi; quelli che dormono perdono significato. Nessuno lo sapeva meglio di lui.

Attraversò l'atrio e rivolse un cenno al *concierge* che sedeva sul suo sgabello dietro il banco di marmo, leggendo un giornale. L'uomo alzò un attimo gli occhi e notò solo che il nuovo arrivato era un cliente dell'albergo.

L'ascensore salì gemendo al quinto piano. Jason trasse un profondo respiro e aprì il cancelletto. Doveva soprattutto evitare drammi, non doveva metterla in allarme né con parole né con occhiate. Il camaleonte doveva confondersi nella sua foresta silenziosa, dove era impossibile seguire le tracce. Sapeva cosa dire; ci aveva pensato bene, proprio come aveva pensato al biglietto che le avrebbe lasciato.

« Tutta la serata passata in giro qua e là » disse tenendola fra le braccia, accarezzandole i capelli rosso-scuri, premendole la testa contro la spalla, con una sensazione di sofferenza. « A dar la caccia a impiegati cadaverici, ad ascoltare assurdità, a bere caffè acido che sembrava fango. Les Classiques è stata una perdita di tempo; è uno zoo. Le scimmie e i pavoni hanno fatto un chiasso d'inferno, ma credo che nessuno in realtà sappia qualcosa. C'è ancora una possibilità, ma potrebbe essere semplicemente un francese che fa il furbo per cercare di fregare un americano. »

« Chi è? » chiese Marie. Tremava meno adesso.

« L'uomo del centralino » disse Bourne, allontanando le visioni di scoppi accecanti, di oscurità e di vento, mentre rivedeva la faccia sconosciuta che pure conosceva tanto bene. Quell'uomo ora era semplicemente una scusa; cacciò le immagini. « Ho accettato di vederlo verso mezzanotte a la Bastringue, in rue Hautefeuille. »

« Che cosa ti ha detto? »

« Molto poco, però interessante. L'ho visto che mi guardava mentre facevo domande. C'era molta gente e così potevo andarmene in giro piuttosto liberamente, parlare alle commesse. »

« Domande? Cosa gli hai chiesto? »

« Tutto quello che sono riuscito a farmi venire in mente. Soprattutto a proposito della direttrice, o come la chiamano. Tenendo presente quel che è successo oggi pomeriggio, se era direttamente collegata a Carlos, doveva essere sull'orlo dell'isteria. L'ho vista; non lo era affatto. Si comportava come se niente fosse successo, salvo una buona giornata per il negozio. »

« Però *era* un contatto, come dici tu. D'Amarcourt te l'aveva spiegato. La *fiche*. »

« Un contatto indiretto. Le telefonano e le dicono cosa dire, poi lei deve telefonare a sua volta. » In effetti, pensò Jason, la bugia si basava sulla realtà. Jacqueline Lavier era davvero un contatto indiretto.

« Andandotene in giro a fare domande avrai sollevato dei sospetti » protestò Marie.

« No, se ti fai passare per uno scrittore americano che raccoglie materiale per un articolo sui negozi di rue Saint Honoré. »

« Un'ottima idea, Jason. »

« Ha funzionato. Vogliono entrarci tutti. »

« Cosa sei venuto a sapere? »

« Come quasi tutti i posti del genere, Les Classiques ha una sua clientela. Tutti ricchi, quasi tutti si conoscono e hanno i soliti intrighi matrimoniali che fanno parte della messinscena. Carlos ha scelto bene: Les Classiques è un servizio di segreteria vero e proprio, anche se non come quelli che si trovano sulle pagine gialle. »

« Te l'ha detto qualcuno, questo? » chiese Marie, tenendolo per le braccia e fissandolo negli occhi.

« Non così chiaramente » rispose consapevole della sua incredulità. « Non facevano che calcare sul talento di questo Bergeron, ma una cosa porta a un'altra. Sono riuscito a vedere il quadro. Tutti sembrano gravitare intorno a questa direttrice. Da quel che sono riuscito a sapere, è una fonte di informazioni sociale, anche se avrebbe potuto dirmi solo che ha fatto un favore a qualcuno. Poi sarebbe venuto fuori che quel qualcuno era qualcun altro che aveva fatto un altro favore a un altro qualcuno. Potrebbe essere impossibile risalire alla fonte; comunque è tutto quello che sono riuscito a sapere. »

« Come mai l'appuntamento stasera da Bastringue? »

« Mi si è avvicinato mentre stavo andandomene e ha detto una cosa cosa stranissima. » Questa parte della bugia Jason non aveva bisogno di inventarla. L'aveva letta meno di un'ora prima su un biglietto, in un ristorante elegante di Argenteuil. « Diceva: "Forse lei è chi dice di essere e forse no". Mi ha chiesto se potevamo bere qualcosa insieme, lontani da rue Saint Honoré. » Bourne vide che i dubbi stavano scomparendo. Ce l'aveva fatta; le aveva fatto accettare il tessuto di bugie. E perché no? Era un uomo *dalle immense capacità; estremamente inventivo*. L'apprezzamento non gli risultava sgradevole: era Cain.

« Potrebbe essere la persona giusta, Jason. Hai detto che ne sarebbe bastata una sola; potrebbe essere lui! »

« Vedremo. » Guardò l'orologio. Era iniziato il *count-down*, prima della partenza; non poteva più guardarsi indietro. « Mancano quasi due ore. Dove hai lasciato la valigetta? »

« Al Meurice. Ho preso una camera. »

« Andiamo a prenderla e poi ceniamo. Non hai ancora mangiato, vero? »

« No... » Marie sembrava perplessa. « Perché non la lasci dov'è? È perfettamente al sicuro; non ce ne dovremmo preoccupare. »

« Ce ne dovremmo preoccupare, invece, se dovessimo andarcene di qui in fretta » disse quasi brusco, dirigendosi verso il cassettone. *Era questione di misura, ormai. Nelle parole, negli sguardi, nei contatti fisici piano piano avrebbero dovuto entrare elementi di attrito. Niente di allarmante, niente di fondato su falsi atteggiamenti eroici; Marie non avrebbe dovuto impensierirsi. Solo quanto bastava per farle capire la verità, dopo, quando avrebbe letto il biglietto.*

« Cosa c'è, caro? »

« Niente. » Il camaleonte sorrise. « Sono solo stanco e anche un po' scoraggiato. »

« Ma perché, santo cielo? C'è un tale che ti vuol vedere in via confidenziale, di sera, è l'addetto al centralino. Potrebbe farti arrivare a qualcosa. E poi sei convinto che quella donna sia il contatto di Carlos; forse può dirti *qualcosa* che lo voglia o no. In un certo senso, direi che dovresti essere euforico. »

« Non so se riesco a spiegartelo » disse Jason, guardando l'immagine di Marie nello specchio. « Dovresti capire che cosa ho trovato in quel posto. »

« E che cos'hai trovato? »

« Un mondo diverso » affermò, prendendo la bottiglia di scotch e un bicchiere, « con gente diversa. È morbido, bello e frivolo, con un sacco di luci e di velluti scuri. Niente viene preso sul serio, salvo i pettegolezzi e l'indulgenza. Chiunque, tra tutta quella gente spensierata – quella donna compresa – potrebbe essere un contatto di Carlos senza saperlo, senza mai sospettarlo. Un tipo come Carlos si servirebbe di loro; tutti quelli come lui lo farebbero, me compreso... ecco cosa ho scoperto. È scoraggiante. »

« È irrazionale. Qualunque cosa tu pensi, quelle persone prendono decisioni sapendo bene quello che fanno. L'indulgenza di cui parli lo richiede; loro pensano. E sai che cosa penso io? Che sei stanco, che hai fame e che hai bisogno di un paio di bicchieri. Vorrei che stasera tu potessi lasciar perdere; ti sei dato da fare abbastanza per oggi. »

« Non posso » disse secco.

« D'accordo, non puoi » rispose Marie sulla difensiva.

« Mi spiace, sono teso. »

« Sì. Lo so. » Si diresse verso il bagno. « Mi do una rinfrescata e poi andiamo. Versatene una bella dose, caro. Hai le zanne scoperte. »

« Marie? »

« Sì? »

« Cerca di capire. Quel che ho scoperto mi ha sconvolto. Pensavo che sarebbe stato diverso. Più facile. »

« Mentre tu investigavi, io ero qui ad aspettare, Jason. Senza saper nulla. Neanche questo è stato facile. »

« Pensavo che avresti telefonato in Canada. L'hai fatto? »

Marie si irrigidì un attimo. « No » disse. « Era troppo tardi. »

La porta del bagno si chiuse; Bourne andò alla scrivania dall'altra parte della stanza. Aprì il cassetto, prese la carta da lettera, impugnò la penna a sfera e scrisse:

> È finita. Ho trovato le mie frecce. Torno in Canada e non dir nulla, per il bene mio e tuo. So dove cercarti.

Piegò il foglio, lo infilò in una busta e prese il portafogli. Ne tolse banconote francesi e svizzere, le fece scivolare nel foglio e richiuse la busta. Sopra scrisse: MARIE.

Voleva disperatamente aggiungere: *amore mio, amore mio carissimo.*

Non lo fece. Non poteva.

La porta del bagno si riaprì. Jason infilò la busta nella tasca della giacca. « Hai fatto in fretta » disse.

« Davvero? Non mi è sembrato. Cosa stavi facendo? »

« Voglio avere una penna » rispose, prendendo la penna a sfera. « Se quel tipo ha qualcosa da dirmi voglio poterlo scrivere. »

Marie si era fermata accanto al cassettone; lanciò un'occhiata al bicchiere vuoto, asciutto. « Non hai bevuto niente. »

« Non ho usato il bicchiere. »

« Vedo. Andiamo? »

Attesero nel corridoio l'ascensore traballante. C'era un silenzio imbarazzante tra loro, insopportabile in un senso concreto. Bourne le prese la mano. Marie gliela strinse e lo guardò. I suoi occhi gli dicevano che aveva capito di essere messa alla prova e di non sapere perché. Alcuni piccoli segnali, non tanto intensi o tanto rudi da suscitare allarmi erano stati inviati, e ricevuti; comunque erano arrivati a destinazione; facevano parte del *count-down*: rigido, irrevocabile. Il preludio del distacco.

Oh Dio, ti amo tanto. Sei vicina a me, ci tocchiamo e io mi sento morire. Ma tu non puoi morire con me. Non devi. Sono Cain.

« Andrà tutto bene » disse.

La gabbia metallica vibrava rumorosamente nel pozzo dell'ascensore. Jason aprì il cancelletto blindato d'ottone, poi all'improvviso imprecò sottovoce.

« Oh Cristo, me lo sono dimenticato! »

« Cosa? »

« Il portafogli. Oggi pomeriggio l'ho lasciato nel cassettone, nel caso ci fossero stati guai in rue Saint Honoré. Aspettami giù nell'atrio. » La sospinse con delicatezza nell'ascensore, premendo il pulsante con l'altra mano. « Arrivo subito. » Chiuse il cancelletto; la rete d'ottone nascose in parte l'espressione stupefatta di Marie. Si voltò e tornò in fretta in camera.

Una volta entrato tirò fuori la busta e la posò accanto all'abat-jour, sul comodino. La guardò, in preda a una sofferenza insopportabile.

« Arrivederci, amore mio » sussurrò.

Bourne aspettava sotto la pioggerella davanti all'hotel Meurice, in rue de Rivoli. Dalle porte a vetri dell'ingresso osservava Marie che si trovava al banco del portiere, e aveva appena firmato la ricevuta di consegna della valigetta; gliela stavano porgendo da sopra il banco. Ora evidentemente chiedeva il conto al portiere, leggermente stupito; stava per pagare una stanza che aveva occupato meno di sei ore. Ci vollero due minuti perché, con riluttanza, preparassero il conto: gli ospiti del Meurice non si comportavano affatto così. A dir la verità, in tutta Parigi, si evitavano clienti simili.

Marie uscì sul marciapiedi e gli si avvicinò nell'ombra, sotto un'acquerugiola quasi impalpabile. Gli consegnò la diplomatica con un sorriso forzato sulle labbra, e un tono vagamente contratto nella voce.

« Quel tipo non mi approvava. Sono sicura che è convinto che ho usato la stanza per faccende... amorose. »

« Cosa gli hai detto? »

« Che avevo cambiato programma, tutto qui. »

« Bene, meno si dice meglio è. Comunque sei registrata sul libro delle presenze. Trova una giustificazione per spiegarlo. »

« Una giustificazione?... Dovrei pensare a una giustificazione? » Studiò il suo sguardo, il sorriso era scomparso.

« Voglio dire penseremo a una giustificazione. Naturalmente. »

« Naturalmente. »

« Andiamo. » Si avviarono verso l'incrocio. Il traffico era rumoroso, la pioggerellina, ora più fitta, annunciava uno scroscio imminente. La prese per il braccio, – non per guidarla, nemmeno per cortesia – solo per toccarla, per tenerla fisicamente. Rimaneva così poco tempo.

Sono Cain. Sono la morte.

« Non potremmo camminare più piano? » chiese Marie, rigida.

« Cosa? » Jason si rese conto che stava quasi correndo; per alcuni secondi si era ritrovato a correre nel labirinto, schivando a destra e a sinistra, quasi inconsciamente. Guardò davanti a sé e ne capì il motivo. All'incrocio, un taxi vuoto si era fermato davanti a un'edicola tutta illuminata; il tassista dal finestrino aperto gridava qualcosa all'edicolante. « Voglio prendere il taxi » disse Bourne senza rallentare. « Tra poco pioverà a dirotto. »

Arrivarono all'incrocio senza fiato proprio mentre il taxi ripartiva girando in rue de Rivoli. Jason guardò il cielo notturno, sentendo i goccioloni bagnargli il viso. Guardò Marie illuminata dalle luci dell'edicola; socchiudeva gli occhi per la pioggia improvvisa. No. Non per quello. Fissava qualcosa... incredula, sconvolta. Con un'espressione d'orrore. Lanciò all'improvviso un grido, i lineamenti contratti, le dita della destra premute sulla bocca. Bourne la afferrò, le infilò il capo sotto la giacca umida di pioggia. Marie continuava a gridare.

Si voltò cercando di capire il motivo. Vide e, in pochi decimi di secondo, si rese conto che il *count-down* era interrotto. Aveva commesso l'ultimo crimine; non poteva abbandonarla. Non adesso, non ancora.

Sul primo ripiano dell'edicola c'era un giornale del mattino: i titoli neri spiccavano sotto la luce:

MASSACRO A PARIGI

DONNA RICERCATA PER GLI OMICIDI DI ZURIGO

FORSE IMPLICATA IN UN FURTO DI MILIONI DI DOLLARI

Sotto c'era una fotografia di Marie Saint Jacques.

« Smettila! » sussurrò Jason, nascondendola con il corpo agli sguardi dell'edicolante incuriosito e infilando una mano in tasca per prendere delle monete. Le gettò sul banco, prese due giornali e spinse Marie nel buio della strada bagnata di pioggia.

Adesso erano tutti e due nel labirinto.

Bourne aprì la porta e fece entrare Marie che si fermò immobile, guardandolo, il viso pallido e spaventato. Respirava irregolarmente per un misto di terrore e di rabbia.

« Ti preparo qualcosa da bere » disse Jason andando al cassettone. Versando il whisky si guardò nello specchio e provò l'impulso incontrollabile di mandare in frantumi il bicchiere tanto lo disgustava la propria immagine. Cosa diavolo aveva combinato? Oh Dio!

La sentì lanciare un grido strozzato e piroettò su se stesso, troppo tardi per fermarla, troppo lontano per balzarle addosso e fare a pezzi quel tremendo biglietto che aveva in mano. Oh Cristo, se ne era dimenticato! Aveva trovato la busta sul comodino e lo stava leggendo. Il suo era un grido lacerante, terribile, di dolore.

« *Jasonnn!...* »

« Ti prego! No! » Le si precipitò addosso e la strinse. « Non vuol dire niente! Non vale più! » gridò inutilmente vedendo le lacrime riempirle gli occhi, rotolarle lungo le guance. « Stammi a sentire! Era prima, non adesso. »

« Te ne volevi andare! Dio, mi stavi abbandonando! » Negli occhi, ridotti a due cerchi vuoti di panico, le apparve un'espressione vacua. « Lo sapevo! Lo sentivo! »

« Sono stato io a fartelo sentire! » esclamò, costringendola a guardarlo. « Ma adesso non conta più. Non ti lascerò. Ascoltami. Non ti lascerò! »

« Mi si era bloccato il respiro!... avevo così freddo! » disse gridando a Marie.

La attirò a sé abbracciandola. « Dobbiamo cominciare di nuovo. Cerca di capirmi. Adesso è tutto cambiato — non posso cambiare quel che è successo — ma non ti lascerò. Non in questa situazione. »

Marie gli premette le mani sul petto, respingendolo, tirando indietro il capo. « Perché, Jason? Perché? » chiese implorante.

« Più tardi. Non adesso. Non dire niente per un po'. Teniamoci stretti e basta. »

Passarono alcuni minuti, l'attacco isterico seguì il suo corso e i contorni della realtà tornarono a fuoco. Bourne la accompagnò alla poltrona; la manica del vestito le rimase impigliata nel merletto consunto. Sorrisero; Jason si inginocchiò accanto a lei e le tenne la mano in silenzio.

« Allora, vuoi qualcosa da bere? » disse alla fine.

« Credo di sì » rispose Marie, aumentando un attimo la stretta mentre Bourne si raddrizzava. « È passato un bel po' da quando l'hai versato. »

« Non è il caso di farlo svaporare. » Andò al cassettone e tornò con due bicchieri pieni a metà. Marie ne prese uno. « Ti senti meglio? » le chiese.

« Più calma. Ancora confusa... e spaventata, naturalmente. Forse anche arrabbiata, non ne sono sicura. Mi fa troppa paura pensarci. »

Bevve, chiudendo gli occhi e appoggiando il capo alla spalliera della poltrona. « Perché l'hai fatto, Jason? »

« Perché pensavo di doverlo fare. Ecco la semplice risposta. »

« Che non risponde a niente. Merito qualcosa di più. »

« È vero, e adesso ti rispondo. Devo farlo ora, perché devi sentirmi; devi capire. Devi proteggerti. »

« Proteggermi... »

Jason la interruppe con un gesto della mano. « Te lo spiegherò dopo. Fin nei minimi particolari, se vuoi. Prima, però, dobbiamo sapere che cosa è successo – a te non a me. È da qui che dobbiamo cominciare. Ce la fai?. »

« Il giornale? »

« Sì. »

« Sa Dio se m'interessa » disse Marie sorridendo appena.

« Ecco. » Jason prese dal letto i due giornali. « Leggiamoli insieme. »

« Niente giochi, questa volta? »

« Niente giochi. »

Lessero in silenzio il lungo articolo sui delitti e sugli intrighi di Zurigo. Di quando in quando Marie rimaneva senza fiato, scioccata, oppure scuoteva il capo incredula. Bourne taceva. Ci vedeva la mano di Ilich Ramirez Sanchez. *Carlos seguirà Cain sino in capo al mondo. Carlos lo ucciderà.* Marie Saint Jacques era sacrificabile, un'esca che sarebbe morta nella trappola dove sarebbe caduto Cain.

Sono Cain. Sono la morte.

In realtà il pezzo era composto da due diversi articoli, una strana mistura di fatti e di congetture, di speculazioni che partivano dove le prove terminavano. Nella prima parte si parlava di un funzionario donna dello Stato canadese, un'economista che si chiamava Marie

Saint Jacques. Si diceva che avesse assistito a tre omicidi: il governo canadese aveva confermato che le impronte trovate erano le sue. Inoltre, la polizia aveva ritrovato una chiave del Carillon du Lac, evidentemente perduta durante la violenza a Guisan Quai. Era la chiave della stanza di Marie Saint Jacques e le era stata consegnata dal portiere dell'albergo che si ricordava bene di lei e che aveva anche notato di averla vista leggermente ansiosa. L'ultimo elemento di prova era una pistola scoperta in un vicolo non lontano dalla Steppdeckstrasse, dove c'erano stati altri due omicidi. Gli esami balistici avevano permesso di stabilire che era l'arma del delitto e anche in questo caso erano state trovate le impronte di Marie Saint Jacques.

A questo punto l'articolo abbandonava i fatti e passava alle voci che circolavano nella Bahnhofstrasse, relative a un furto di diversi milioni di dollari avvenuto manipolando un computer e riguardante un conto numerato e segreto di una società americana, la Treadstone Seventy-One. Veniva anche indicato il nome della banca: la Gemeinschaft. Tutto il resto però era molto oscuro, fumoso, montato più con ipotesi che con fatti.

Secondo « fonti non precisate » un americano, servendosi dei numeri di codice appropriati, aveva trasferito milioni in una banca parigina a nome di certi individui che attendevano in quella città, e che, a trasferimento avvenuto, avevano ritirato i milioni ed erano scomparsi. Il successo dell'impresa era dovuto al fatto che l'americano era riuscito ad impadronirsi dei numeri di codice del conto corrente della Gemeinschaft; era cioè riuscito a penetrare la sequenza numerica della banca relativa all'anno, al mese e al giorno di apertura del conto, vale a dire alla procedura normale impiegata per l'apertura di conti segreti. Un'impresa del genere poteva aver successo solo impiegando tecniche sofisticate di programmazione dei computer e approfondite conoscenze dei metodi bancari svizzeri. Herr Walther Apfel, funzionario della banca, aveva ammesso che si stava svolgendo un'indagine relativa alla compagnia americana, ma — come la legge bancaria imponeva — la Gemeinschaft « non poteva fare ulteriori dichiarazioni, a nessuno ».

A questo punto veniva chiarito il collegamento con Marie Saint Jacques. Si diceva che fosse un'economista del governo canadese, dotata di una profonda conoscenza delle procedure bancarie internazionali, oltre che un'esperta di programmazione dei computer. Si sospettava che fosse coinvolta nel crimine: le sue qualità erano necessarie per portare a termine con successo il furto. Si sospettava anche di un uomo che era stato visto in sua compagnia al Carillon du Lac.

Marie terminò per prima l'articolo e lasciò cadere il giornale sul pavimento. Bourne, sentendo il fruscio, sollevò lo sguardo. Marie fissava la parete, pareva l'avesse presa una strana serenità meditabonda. Era l'ultima reazione che Jason si sarebbe aspettato. Terminò rapidamente l'articolo, depresso e disperato e, per un attimo, incapace di parlare. Poi ritrovò la voce.

« Balle, » disse « sono state messe in giro a causa mia, a causa di ciò che sono. Se stanano te trovano me. Mi spiace, non riuscirò mai a dirti quanto mi dispiace. »

Marie lo guardò. « Non sono soltanto balle, Jason. C'è sotto qualcosa di più profondo » disse. « Ci sono dentro troppe cose vere. »

« Cose vere? L'unica è che tu eri a Zurigo. Non hai mai preso in mano una pistola, non ti sei mai trovata in un vicolo vicino alla Steppdeckstrasse, non hai perso nessuna chiave d'albergo, e non sei nemmeno passata vicino alla Gemeinschaft. »

« D'accordo, ma non sono queste le cose vere di cui parlo. »

« E allora quali sono? »

« La Gemeinschaft, la Treadstone Seventy-One, Apfel. Queste sono cose vere e il fatto che se ne sia parlato — e specialmente che Apfel abbia fatto quella dichiarazione — è incredibile. I banchieri svizzeri sono persone molto caute. Non ridicolizzano le leggi in questo modo; le pene sono troppo severe. Le disposizioni relative al segreto bancario sono sacrosante, in Svizzera. Apfel potrebbe farsi anni di galera per aver detto quello che ha detto, persino per aver alluso all'esistenza di un conto del genere, non solo per aver fornito il nome dell'intestatario. A meno che un'autorità tanto potente da poter contravvenire alla legge non gli abbia detto di farlo. » Tacque, e riportò lo sguardo alla parete. « Perché? Perché in questa storia sono stati fatti entrare la Gemeinschaft, la Treadstone, Apfel? »

« Te l'ho detto. Vogliono trovare me e sanno che siamo insieme. Carlos lo sa. Se trova te trova anche me. »

« No, Jason, questa faccenda va oltre Carlos. Tu non capisci come funzionano le leggi svizzere. Nemmeno Carlos è in grado di farle violare così. » Lo guardò, ma senza vederlo: cercava di scrutare attraverso le proprie nebbie. « Questa non è una sola storia: sono due. L'una e l'altra sono un tessuto di menzogne, e la prima è collegata alla seconda da una congettura molto tenue — e resa pubblica — su un incidente bancario che sarebbe stato reso pubblico solo se — e nel momento in cui — un'indagine approfondita e segreta avesse dimostrato la verità dei fatti. E la seconda storia — la dichiarazione palesemente falsa che alla Gemeinschaft sono stati rubati milioni di dollari — è stata inchiodata alla storia altrettanto falsa che io sono ricercata per i tre omicidi. L'hanno aggiunta. Deliberatamente. »

« Spiegami questa faccenda, per favore. »

« È tutta qui, Jason. Credimi: ce l'abbiamo qui davanti agli occhi. »

« Cosa? »

« Qualcuno sta cercando di mandarci un messaggio. »

19

La berlina dell'esercito filava sulla East River Drive, a Manhattan; i fari illuminavano gli ultimi mulinelli di una nevicata di fine inverno. Il maggiore seduto dietro sonnecchiava, il lungo corpo angoloso rannicchiato in un angolo, le gambe allungate di traverso sul pavimento. Teneva sulle ginocchia una borsa con un cavetto di nylon attaccato al manico con un fermaglio metallico. Il cavetto si infilava nella manica destra e scendeva sotto la giacca, fissato alla cintura. Nelle nove ore precedenti era stato staccato solo due volte. La prima quando il maggiore era partito da Zurigo e la seconda all'arrivo al Kennedy Airport. In tutti e due i casi, tuttavia, i funzionari statunitensi avevano tenuto d'occhio i doganieri. Meglio: avevano tenuto d'occhio la borsa. Non era stato loro detto il perché: avevano semplicemente ricevuto l'ordine di osservare l'ispezione doganale e di intervenire solo alla minima deviazione dalle procedure normali, che potesse far sospettare un interesse indebito per la borsa. Se necessario, dovevano usare le armi.

All'improvviso nella berlina si sentì un trillo sommesso; il maggiore aprì gli occhi e portò il braccio sinistro all'altezza del viso. Era la sveglia dell'orologio da polso. Premette il pulsante e osservò, ammiccando, il secondo quadrante dell'orologio. Il primo indicava l'ora di Zurigo, il secondo quella di New York; la sveglia era stata predisposta ventiquattro ore prima, quando l'ufficiale aveva ricevuto ordini telegrafici. Entro tre minuti sarebbe iniziata la trasmissione. Meglio, pensò il maggiore, sarebbe incominciata se Culo di Ferro fosse stato puntuale come pretendeva dai suoi sottoposti. L'ufficiale si stiracchiò tenendo precariamente in equilibrio la borsa e si chinò in avanti rivolgendosi all'autista.

« Sergente, le dispiace sintonizzare lo *scrambler* su 1430 megahertz? »

« Sissignore. » Il sergente fece scattare due interruttori sul pannello della radio sotto il cruscotto, poi sintonizzò l'indicatore sulla frequenza indicata. « Fatto, signor maggiore. »

« Grazie. Arriva fin qui il microfono? »

« Non so. Provo subito, signore. » Il sergente staccò il piccolo microfono di plastica dalla forcella e lo allungò all'indietro tendendo il cavo a spirale sopra il sedile. « Ecco fatto, signore » concluse.

Dall'altoparlante uscirono delle scariche mentre la ricevente si sintonizzava elettronicamente sulla frequenza. Il messaggio arrivò dopo pochi secondi.

« Treadstone? Treadstone, confermate, prego. »

« Treadstone in ascolto » disse il maggiore Gordon Webb. « Vi sento forte e chiaro. Procedete. »

« Qual è la vostra posizione? »

« Poco meno di due chilometri a sud di Triborough, East River Drive » rispose il maggiore.

« Puntualità sufficiente » venne dall'altoparlante.

« Felice di saperlo. Mi rallegra la giornata... signore. »

Una breve pausa di silenzio: il commento del maggiore non era stato apprezzato. « Proseguite per la 139ª East, incrocio con la 71ª. Confermate ripetendo. »

« Uno-tre-nove East, Settantunesima. »

« L'auto deve rimanere lontana dalla zona. Si avvicini a piedi. »

« Capito. »

« Chiudo. »

« Chiudo. » Webb premette l'interruttore di trasmissione e ripassò il microfono all'autista. « Dimentichi l'indirizzo, sergente. Ora il suo nome è finito su un elenco molto ristretto. »

« Ricevuto, maggiore. Ho sentito solo scariche. Ma dato che non so l'indirizzo e dato che l'auto non deve andarci, dove vuole che la lasci? »

Webb sorrise. « A non più di due isolati di distanza. Se devo camminare di più temo di addormentarmi sul marciapiedi. »

« Va bene l'incrocio fra Lexington Avenue e la Settantaduesima? »

« Sono due isolati? »

« Non più di tre. »

« Se sono tre si ritrova soldato semplice. »

« Allora non potrei riportarla indietro, maggiore. I soldati semplici non sono autorizzati a svolgere questi servizi. »

« D'accordo, d'accordo, sergente. » Webb chiuse gli occhi. Dopo due anni avrebbe visto di persona la Treadstone Seventy-One. Sapeva che avrebbe dovuto provare un senso d'aspettativa, ma non lo provava. Avvertiva solo un senso di stanchezza, di inutilità. *Cos'era successo?*

Il raschìo incessante dei pneumatici sul cemento gli faceva venir sonno, ma il ritmo veniva interrotto dalle irregolarità del fondo stradale. I rumori evocavano ricordi che risalivano a molto tempo prima: stridori acuti della giungla che tutti insieme formavano una sola nota. E poi la notte – quella notte – circondato da luci accecanti punteggiate da esplosioni che gli dicevano che stava per morire. Ma non era morto. E il miracolo l'aveva compiuto un uomo che gli aveva restituito la vita... e con il passare degli anni quella notte, quei giorni, tornavano di continuo alla memoria. *Cosa diavolo era successo?*

« Ci siamo, signor maggiore. »

Webb riaprì gli occhi e si passò una mano sulla fronte per asciugare le goccioline di sudore che si erano formate. Guardò di nuovo l'orologio, strinse il manico della borsa e posò una mano sulla maniglia della portiera.

« Sarò qui tra le 23.00 e le 23.30, sergente. Se non trova da parcheggiare, incroci nelle vicinanze che la ritroverò io. »

« Sissignore. » L'autista si voltò. « Maggiore, potrebbe dirmi se dopo dobbiamo fare un percorso lungo? »

« Perché? Ha un'altra corsa da fare, dopo? »

« Signore, sono a sua disposizione finché lei non mi dice di smontare, ma questi bestioni corazzati consumano benzina come un carro armato. Se andiamo lontano meglio fare il pieno prima. »

Il maggiore rifletté, poi disse: « Va bene. Andiamo a un aeroporto privato di Madison, New Jersey. Devo essere là entro l'una al massimo. Però deve scoprire lei dov'è il posto, perché io non lo so. »

« Più o meno so dov'è » disse l'autista. « Se partiamo alle 23.30, ci arriviamo per un pelo, signore. »

« OK, alle undici allora. Grazie. » Webb scese, richiuse lo sportello e attese finché la berlina marrone non si fu immessa nel traffico della 72ª Strada. Sscese dal marciapiedi e si diresse a sud, verso la 71ª.

Quattro minuti dopo giungeva di fronte a una casa ben tenuta di arenaria marrone; l'architettura sobria e raffinata s'intonava a quella delle altre case che si affacciavano sulla via alberata. Era una strada tranquilla, ricca, l'ultimo posto di Manhattan in cui si poteva sospettare venisse diretta una delle più delicate operazioni di spionaggio del paese. E, da non più di venti minuti, il maggiore Gordon Webb era una delle otto o dieci persone del paese al corrente della sua esistenza.

Salì i gradini, sapendo che la pressione dei piedi sulle griglie di ferro nascoste sotto la pietra aveva fatto scattare dei dispositivi elettronici per attivare diverse telecamere che trasmettevano la sua immagine all'interno. Sapeva ben poco, oltre a questo, salvo che la Treadstone Seventy-One faceva orario continuato; veniva fatta funzionare e controllata ventiquattro ore al giorno da poche persone selezionate, di identità sconosciuta.

Si fermò all'ultimo gradino e suonò il campanello. Era un campanello normalissimo, anche se la porta non lo era per niente. I pesanti pannelli di legno erano fissati a una lastra metallica con borchie che formavano un motivo decorativo; il grosso pomello d'ottone nascondeva un sensore che, con l'allarme in funzione, faceva scattare una serie di chiavarde d'acciaio in sedi anch'esse d'acciaio, non appena veniva toccato. I pannelli di vetro erano spessi due centimetri e mezzo e in grado di sostenere l'impatto di proiettili calibro 30. La Treadstone Seventy-One era una fortezza.

La porta si aprì e il maggiore sorrise involontariamente trovandosi di fronte una persona che sembrava del tutto fuori posto in una situazione del genere. Era una donna minuta, elegante, grigia di capelli, con sottili lineamenti aristocratici e un portamento che rivelava la sua appartenenza all'aristocrazia del denaro. La voce confermava la prima valutazione; aveva l'accento della costa atlantica, raffinato nelle migliori scuole.

« Che piacere che lei abbia fatto un salto qui, maggiore. Jeremy ci ha scritto che lei sarebbe passato. Entri pure. È proprio un piacere rivederla. »

« Anche per me è un piacere » rispose Webb, entrando nell'atrio arredato con gusto e terminando la frase quando la porta si fu chiusa, « ma non ricordo bene dove ci siamo incontrati prima. »

La donna rise. « Oh, abbiamo cenato insieme un sacco di volte. »

« Con Jeremy? »

« Naturalmente. »

« Chi è Jeremy? »

« Un mio caro nipote che è anche un suo caro amico. Un giovanotto tanto per bene; peccato che non esista. » Lo prese a braccetto mentre attraversavano l'atrio. « È tutto a beneficio dei vicini che potrebbero passare qui davanti. Venga, la aspettano. »

Passarono accanto a un arco che immetteva in un grande soggiorno; c'era un piano a coda sotto le finestre che davano sulla strada e, vicino, un'arpa; dappertutto – sul pianoforte, sui tavoli di legno lucidato che riluceva sotto le abat-jours – si vedevano fotografie in cornici d'argento, ricordi di un passato abbellito dalla ricchezza e dalla grazia. Barche a vela, uomini e donne sul ponte di transatlantici, numerosi ritratti di uomini in uniforme. C'erano anche due istantanee di un uomo in costume da polo. Era un locale perfettamente in tono con la casa d'arenaria marrone e con la strada.

Giunsero in fondo all'anticamera, davanti a una grande porta di mogano scolpito, ornata di ferro battuto, che aveva in parte uno scopo di sicurezza. Se c'era una macchina fotografica a raggi infrarossi, Webb non riuscì a vederne l'obiettivo. La donna dai capelli grigi premette un campanello invisibile; il maggiore riuscì a udirne il ronzio sommesso.

« Il vostro amico è arrivato, signori. Smettetela di giocare a poker e al lavoro. Di corsa, Gesuita. »

« Gesuita? » chiese Webb, sconcertato.

« Una vecchia battuta » spiegò la donna. « Risale a quando lei, probabilmente, giocava ancora a biglie e faceva le smorfie alle bambine. »

La porta si aprì e apparve l'anziana figura dal portamento ancora eretto, di David Abbott. « Piacere di vederla, maggiore » disse, porgendo la mano, colui che un tempo era stato il Monaco Silenzioso delle operazioni clandestine.

« Per me è un piacere trovarmi qui, signore. » Webb gli strinse la mano, mentre un altro personaggio anziano, dall'aspetto imponente, si affiancava ad Abbott.

« Un amico di Jeremy, senza dubbio » fece costui, con una nota di umorismo nella voce profonda. « Mi dispiace terribilmente che manchi il tempo per presentarsi come si deve, giovanotto. Accompagnami, Margaret. C'è un bel fuoco nel caminetto, sopra. » Si rivolse ad Abbott. « Mi fai sapere quando te ne vai, David? »

« Alla solita ora, immagino » rispose il Monaco. « Faccio vedere a questi due come devono fare per chiamarti. »

Fu a quel punto che Webb si rese conto che c'era un terzo uomo nella stanza, in piedi nell'ombra all'altro capo della stanza. Lo riconobbe immediatamente: Elliot Stevens, assistente anziano del presidente degli Stati Uniti — il suo alter ego, diceva qualcuno. Era sulla quarantina, aveva una figura snella, gli occhiali e il portamento di chi non sfoggia la propria autorità.

« ... andrà bene. » L'imponente uomo anziano, che non aveva avuto il tempo di presentarsi, aveva detto qualcosa. Webb, che aveva concentrato l'attenzione sull'uomo della Casa Bianca non l'aveva sentito. « Aspetterò. »

« Fino alla prossima volta » proseguì Abbott, guardando affettuosamente la donna dai capelli grigi. « Grazie, sorella Meg. Tenga in ordine gli abiti. E non scopra le gambe. »

« Sempre maligno, Gesuita. »

I due se n'andarono, richiudendosi la porta alle spalle. Webb rimase un momento immobile, scuotendo il capo e sorridendo. L'uomo e la donna del numero 139 della 71ª Est appartenevano al soggiorno che aveva visto passando, proprio come il soggiorno era in tono con la casa di arenaria: facevano tutti parte di quella via tranquilla, alberata, che trasudava benessere. « La conosce da molto, vero? »

« Da una vita » rispose Abbott. « Lui era uno *yachtsman* che c'è stato molto utile quando si trattava di attraversare l'Adriatico per le operazioni di Donovan in Jugoslavia. Mikhailovic una volta ha detto che andava per mare per pura forza di nervi, che piegava alla sua volontà il tempo peggiore. E non si faccia ingannare dalla grazia di sorella Meg. Era una delle ragazze del gruppo Intrepid, un piranha dai denti affilatissimi. »

« Che storie hanno dietro... »

« Storie che non verranno mai raccontate » disse Abbott, chiudendo l'argomento. « Le presento Elliot Stevens. Non credo ci sia bisogno di dirle chi è. Webb, Stevens. Stevens, Webb. »

« Sembra la targa di uno studio legale » disse Stevens amabilmente, avvicinandosi con la mano tesa. « Piacere di conoscerla, Webb. Ha fatto buon viaggio? »

« Avrei preferito un aereo militare. Odio quei maledetti aerei di linea. Per un momento, al Kennedy Airport, ho creduto che un doganiere mi volesse tagliare la fodera della borsa. »

« Ha un'aria piuttosto rispettabile in uniforme » disse ridendo il Monaco.

« Non credo d'aver capito bene il perché dell'uniforme » disse il maggiore, posando la borsa su un lungo tavolo a parete e staccando il cavetto di nylon dalla cintura.

« Non c'è bisogno di dirle, » rispose Abbott « che la migliore sicurezza spesso si ottiene con una vernice di normalità. Un funzionario dello spionaggio dell'esercito che se n'andasse in giro per Zurigo in incognito in questo particolare momento potrebbe allarmare. »

« A questo punto non capisco neanch'io » disse l'uomo della Casa Bianca, avvicinandosi a Webb e osservando gli sforzi che faceva per liberarsi del cavetto. « Una presenza evidente non solleva un allarme più acuto? Penso che l'ipotesi del viaggio in incognito avrebbe reso meno probabile eventuali identificazioni. »

« Il viaggio di Webb a Zurigo era una faccenda di routine del consolato, ed era già stata stabilita in base ai programmi di G-Due. Questi viaggi non ingannano nessuno; sono quello che sono e basta. Servono per controllare nuove fonti, per pagare informatori. I sovietici lo fanno regolarmente; non si preoccupano neanche di nasconderlo. E, in tutta franchezza, noi facciamo lo stesso. »

« Lo scopo del viaggio però non era questo » disse Stevens cominciando a capire. « Quindi un fatto evidente ne nasconde uno insolito. »

« Proprio così. »

« Posso darle una mano? » L'aiutante del presidente sembrava affascinato dalla borsa.

« Grazie » disse Webb. « Basta che tiri fuori il cavetto. »

Stevens eseguì. « Ho sempre pensato che si portasse legato al polso. »

« Troppe mani tagliate » spiegò il maggiore, sorridendo alla reazione di Stevens. « Il cavo ha un'anima d'acciaio. » Staccò la borsa e l'aprì sulla tavola, ammirando l'arredamento elegante della biblioteca. Sul fondo due porte a vetri davano evidentemente sul giardino e lasciavano intravedere attraverso gli spessi cristalli un muraglione di pietra. « Dunque, questa è la Treadstone Seventy-One. Non me la immaginavo così. »

« Elliot, le dispiace richiudere le tende? » disse Abbott. L'aiutante del presidente s'accostò alle vetrate ed eseguì. Si udì un ronzio sommesso; tutto lo scaffale si staccò dalla parete ruotando lentamente sullo spigolo sinistro. Apparve un impianto di trasmissione radio, uno dei più sofisticati che Gordon Webb avesse mai visto. « Ti aspettavi di trovare qualcosa di più semplice? » gli chiese il Monaco.

« Cristo... » Il maggiore fischiò tra i denti esaminando quadranti, manopole, cavi e dispositivi di ricerca automatica. Le apparecchiature della sala comando del Pentagono erano molto più elaborate, questa però era l'equivalente miniaturizzato di molte basi di spionaggio ben attrezzate.

« Ha stupito anche me » disse Stevens, in piedi accanto agli spessi tendaggi, « quando mister Abbott me l'ha esibito in privato. E non è tutto. Altri cinque bottoni e questo posto sembrerebbe la base dello Strategic Air Command di Omaha. »

« E gli stessi bottoni fanno ridiventare questa stanza una graziosa biblioteca. » Abbott allungò una mano; dopo pochi secondi l'impianto di trasmissione radio era di nuovo nascosto dagli scaffali. Si accostò a quello più vicino, aprì uno sportello in basso e infilò una mano. Il ronzio riprese; lo scaffale si staccò rivelando tre grossi classificatori. Il Monaco estrasse una chiave e aprì un cassetto. « Non lo faccio per far scena, Gordon. Quando abbiamo finito, voglio che tu dia un'occhiata a queste pratiche. Ti faccio vedere come si fa a far tornare tutto come prima. Se hai difficoltà, il nostro ospite si prenderà cura di tutto. »

« Che devo guardare? »

« Te lo dirò dopo; adesso voglio notizie di Zurigo. Cosa sei venuto a sapere? »

« Mi scusi, mister Abbott » lo interruppe Stevens. « Se sembro un po' tardo, è perché per me sono tutte cose nuove. Ma pensavo a quello che lei ha detto un attimo fa a proposito del viaggio del maggiore Webb. »

« Cosa? »

« Lei ha detto che il viaggio era stato già fissato in base ai programmi G-Due. »

« Esatto. »

« Perché? La presenza palese del maggiore serviva per confondere Zurigo, non Washington. Oppure è il contrario? »

Il Monaco sorrise. « Capisco perché il presidente ci fa tener d'occhio da lei. Siamo sempre stati sicuri che Carlos ha trovato degli agganci nei circoli di Washington. Scova delle persone insoddisfatte e offre loro quello che non hanno. Senza questa gente, un individuo come Carlos non potrebbe esistere. Deve ricordare che non si limita a vendere morte, vende anche i segreti di un paese. Troppo spesso li vende ai sovietici, magari solo per dimostrargli quanto hanno fatto male a espellerlo. »

« Al presidente interesserà senz'altro una informazione del genere » disse l'uomo della Casa Bianca. « Spiega molte cose. »

« Per questo lei è qui, vero? » disse Abbott.

« Credo di sì. »

« E Zurigo è un buon punto di partenza » disse Webb, portando la borsa a una poltrona di fronte ai classificatori. Si sedette, allargò il soffietto della borsa e ne tirò fuori diversi fogli. « Non deve dubitare che Carlos abbia agganci a Washington, posso confermarglielo io. »

« Dove? Nella Treadstone? »

« Non ci sono prove evidenti, ma non lo si può escludere. Ha trovato la *fiche*. L'ha alterata. »

« Buon Dio, e come? »

« Come, posso solo immaginarlo, so però chi l'ha fatto. »

« E cioè? »

« Un certo Koenig. Fino a tre giorni fa era responsabile delle verifiche della Gemeinschaft Bank. »

« Tre giorni fa? E adesso? »

« È morto. Uno strano incidente automobilistico, su una strada che percorreva ogni giorno. Ecco il rapporto di polizia: l'ho fatto tradurre. » Abbott prese i documenti e sedette in una poltrona vicina. Elliot Stevens rimase in piedi. « C'è una cosa molto interessante in quei documenti » proseguì Webb. « Non dice niente che già non sappiamo, ma c'è una traccia che mi piacerebbe seguire. »

« Di che si tratta? » chiese il Monaco, leggendo. « Qui si parla dell'incidente. La curva, la velocità del veicolo, il fatto che evidentemente ha sterzato per evitare uno scontro. »

« È alla fine. Si accenna all'assassinio nella Gemeinschaft, il chiodo che ci ha fatto alzare il culo. »

« Ne parla? » Abbott voltò pagina.

« Guarda. Le ultime due frasi. Capisci? »

« Non proprio » rispose Abbott, aggrottando le sopracciglia. « Qui si afferma soltanto che Koenig era un dipendente della Gemeinschaft, dove recentemente si è verificato un omicidio... e che costui aveva assistito allo scambio di colpi d'arma da fuoco. Tutto qui. »

« Non credo che sia "tutto" » disse Webb. « Credo che ci fosse dell'altro. Qualcuno si è posto una domanda, che però è rimasta in sospeso. Mi piacerebbe sapere chi censura con la matita rossa i rapporti della polizia di Zurigo. Potrebbe essere l'uomo di Carlos: sappiamo che ha un aggancio lì dentro. »

Il Monaco si rilassò contro la spalliera, sempre accigliato. « Supponendo che tu abbia ragione, perché non hanno cancellato tutto? »

« Perché l'assassinio effettivamente c'è stato; Koenig effettivamente vi ha assistito; e il funzionario che ha svolto le indagini e che ha scritto il rapporto avrebbe avuto il diritto di chiedersi come mai l'hanno censurato. »

« Ma, se aveva fatto l'ipotesi di un collegamento, non l'avrebbe altrettanto seccato vedersela cancellata? »

« Non necessariamente. Stiamo parlando di una banca svizzera. Certi settori, in mancanza di prove, sono ufficialmente inviolabili. »

« Non sempre. So che hai avuto molto successo con i giornali. »

« In via non ufficiale. Ho sollecitato il sensazionalismo morboso dei giornalisti, e – anche se ci è mancato poco che fossi costretto a ucciderlo – ho ottenuto una mezza collaborazione da parte di Walther Apfel. »

« Un momento » disse Elliot Stevens. « Credo che a questo punto debba intervenire la Stanza Ovale. Presumo che lei si riferisca alla canadese. »

« Nient'affatto. Quella storia era già venuta fuori: non potevamo bloccarla. Carlos ha contatti nella polizia di Zurigo; sono stati loro a rendere pubblico il rapporto. Noi ci siamo limitati ad amplificarlo e addossarle la storia, altrettanto falsa, dei milioni rubati dalla Gemeinschaft. » Webb tacque e guardò Abbott. « È una cosa di cui bisogna discutere; alla fine potrebbe non essere falsa. »

« Non posso crederci » disse il Monaco.

« Non voglio crederci » replicò il maggiore. « In nessun caso. »

« Le dispiacerebbe spiegarmi dall'inizio? » chiese l'aiutante della Casa Bianca, seduto di fronte a lui. « Devo aver molto chiara in mente questa faccenda. »

« Lascia che gliela spieghi io » intervenne Abbott, notando l'espressione sconcertata di Webb. « Elliot è qui per ordine del presidente. È per l'assassinio all'aeroporto di Ottawa. »

« È un maledetto pasticcio » disse Stevens secco. « Il primo ministro è stato lì lì per convincere il presidente a far chiudere le nostre stazioni nella Nova Scozia. È uno di quei canadesi di pessimo carattere. »

« Com'è saltata fuori la faccenda? » chiese Webb.

« Nel modo peggiore. Tutto quello che sanno è che uno dei più importanti economisti del Tesoro ha svolto indagini riservate sul conto di una corporation americana non registrata pubblicamente e, per questo, è stato ucciso. Per peggiorare ancora le cose, al servizio segreto canadese è stato detto di non impicciarsi perché si trattava di un'operazione americana molto delicata. »

« Chi diavolo ha detto una cosa del genere? »

« Ho sentito che in giro si faceva il nome di Culo di Ferro » disse il Monaco.

« Il generale Crawford? Quello stupido figlio di puttana! »

« Ma vi pare possibile » intervenne Stevens. « Un *loro* uomo viene ucciso e *noi* abbiamo la faccia tosta di dirgli di tenersene fuori. »

« Aveva ragione, naturalmente » corresse Abbott. « Era una cosa che andava risolta immediatamente, non c'era spazio per malintesi. La falla andava chiusa subito e lo shock doveva essere abbastanza violento da bloccare tutto. In questo modo ho avuto il tempo di contattare MacKenzie Hawkins: Mac e io abbiamo lavorato assieme in Birmania; ora è in pensione, ma gli danno ancora retta. Adesso stanno collaborando. L'importante è questo, non le pare? »

« Ci sono anche altre considerazioni, mister Abbott » protestò Stevens.

« Sono su piani differenti, Elliot. A noi, che siamo dentro a questa storia, non interessano. Noi non dobbiamo perdere tempo con prese di posizione diplomatiche. Riconosco che per voi sono necessarie, ma non ci riguardano. »

« Riguardano il presidente, signore. Fanno parte del suo lavoro di ogni giorno. Ecco perché devo tornare da lui con un quadro molto chiaro. » Stevens tacque e si rivolse a Webb. « E adesso, per favore, me lo ripeta di nuovo. Che cos'avete fatto e perché? Che parte abbiamo avuto per quanto riguarda questa canadese? »

« Inizialmente non abbiamo fatto un bel niente; è stata una mossa di Carlos. Qualcuno in posizione molto alta nella polizia di Zurigo è al soldo di Carlos. È stata la polizia di Zurigo a inventarsi le cosiddette prove che collegano la donna ai tre omicidi. È ridicolo; non è un'assassina. »

« D'accordo, d'accordo » disse l'uomo di Washington. « È stato Carlos. Perché ha fatto una cosa del genere? »

« Per far uscire allo scoperto Bourne. Questa Marie Saint Jacques e Bourne sono insieme. »

« Bourne è l'assassino che si fa chiamare Cain, giusto? »

« Sì » disse Webb. « Carlos ha giurato di ucciderlo. Cain sta alle costole di Carlos in tutta Europa e nel Medio Oriente, ma non esistono fotografie di Cain e nessuno sa che aspetto abbia in realtà. Quindi, facendo circolare la foto della donna — e lasciate che vi dica che laggiù l'hanno pubblicata tutti i giornali — qualcuno potrebbe identificarla. Se la trovano c'è la possibilità di trovare anche Cain, cioè Bourne. Carlos li ucciderà tutti e due. »

« D'accordo. Anche questo riguarda Carlos. Voi cos'avete fatto, invece? »

« Solo ciò che ho già detto. Ci siamo messi in contatto con quelli della Gemeinschaft e li abbiamo persuasi a confermare che la donna potrebbe — solo potrebbe — essere implicata in un grosso furto. Non è stato facile, ma d'altra parte era stato il loro Koenig che si era fatto corrompere, non uno dei nostri. È una questione interna, e volevano metterci una pietra sopra. A questo punto ho telefonato ai giornali dicendo di chiamare Walther Apfel. Una donna misteriosa, alcuni delitti, un furto di milioni di dollari: la stampa aveva di che sguazzarci. »

« Ma perché, Cristo santo? » urlò Stevens. « Avete usato una donna che fa parte del gabinetto di un paese con il quale abbiamo stretti rapporti di alleanza per un'operazione segreta americana! Siete usciti di senno? Voi, esacerbando la situazione, l'avete sacrificata! »

« Si sbaglia » disse Webb. « Stiamo cercando di salvarle la vita. Carlos si è ritrovato la sua arma puntata contro se stesso. »

« E perché mai? »

Il Monaco sollevò una mano. « Prima di rispondere, dobbiamo tornare su un altro problema » disse. « Perché la risposta a questo problema può indicarle in che misura devono rimaner segrete le informazioni. Un attimo fa ho chiesto al maggiore in che modo l'uomo di Carlos può aver trovato Bourne, cioè può aver trovato la *fiche* che permetteva di stabilire che Bourne e Cain sono la stessa persona. Penso di saperlo, ma voglio che sia lui a dirvelo. »

Webb si piegò in avanti. « La documentazione Medusa » disse, a bassa voce, con riluttanza.

« Medusa...? » Dall'espressione di Stevens era chiaro che l'Operazione Medusa alla Casa Bianca era appena stata dibattuta. « È sepolta » disse.

« Per l'esattezza, » intervenne Abbott « ci sono un originale e due copie, che si trovano rispettivamente nelle casseforti del Pentagono, della CIA e del National Security Council. L'accesso è limitato a un gruppo scelto di persone, tra i membri di grado più elevato di ciascuna unità. Bourne usciva dall'Operazione Medusa; un controllo dei nomi delle persone arruolate nell'operazione con i registri della banca avrebbe permesso di far saltar fuori il suo nome. Qualcuno deve aver passato l'elenco a Carlos. »

Stevens fissò il Monaco. « Sta dicendo che Carlos è... collegato... con gente a quel livello? È un'accusa gravissima. »

« È l'unica spiegazione » disse Webb.

« Ma perché Bourne dovrebbe mai usare il suo vero nome? »

« Era necessario » rispose Abbott. « Era una parte essenziale del ritratto. Doveva essere autentico; ogni cosa doveva essere autentica. Anche nei minimi particolari. »

« Autentica? »

« Forse adesso capirà » proseguì il maggiore. « Legando Marie Saint Jacques al falso furto della Gemeinschaft Bank, diciamo a Bourne di uscire dalla clandestinità. Lui sa che è un'accusa falsa. »

« State dicendogli di *uscire dalla clandestinità*? »

« L'uomo chiamato Jason Bourne » disse Abbott, alzandosi e dirigendosi lentamente verso le tende chiuse, « è un ufficiale dello spionaggio americano. Non esiste nessun Cain, non esiste il personaggio che Carlos crede. È un'esca, una trappola per Carlos; ecco chi è, o chi era, Bourne. »

Il silenzio durò poco. Lo ruppe l'inviato della Casa Bianca. « È meglio che si spieghi. Il presidente deve sapere. »

« Immagino di sì » disse quasi tra sé Abbott, aprendo le tende e guardando distrattamente fuori. « È davvero un dilemma insolubile. I presidenti cambiano, nella Stanza Ovale siedono uomini con temperamenti e visioni diversi. Tuttavia, una strategia di spionaggio a lungo termine, una strategia come questa, non cambia. E basterebbe un'osservazione casuale davanti a un bicchiere di whisky, durante una conversazione fatta dopo il cambio della guardia, basterebbe una frase in un memoriale, per farla saltare in aria. Non c'è giorno in cui non ci preoccupiamo dei sopravvissuti alla Casa Bianca. »

« La prego » lo interruppe Stevens. « Le chiedo di ricordare che sono qui per ordine di *questo* presidente. Che lei approvi o non approvi, non importa. Per legge ha il diritto di sapere; e, a suo nome, io sottolineo questo diritto. »

« Molto bene » disse Abbott continuando a guardar fuori. « Tre anni fa abbiamo copiato una pagina dei servizi segreti britannici. Abbiamo creato un uomo che non è mai esistito. Se ricorda, prima dello sbarco in Normandia, lo spionaggio inglese ha calato in mare un cadavere davanti alla costa portoghese. Sapevano che qualunque documento gli fosse stato trovato addosso sarebbe finito all'ambasciata tedesca di Lisbona. Venne creata una vita per un cadavere: un nome, un grado nella Marina; scuole, addestramento, ordini di missione, patente d'auto, tessere d'iscrizione a club esclusivi di Londra e una mezza dozzina di lettere personali. Nelle lettere erano stati inseriti accenni, allusioni vaghe, e alcuni riferimenti cronologici e geografici molto precisi. Tutti indicavano che l'invasione sarebbe avvenuta a duecento chilometri di distanza dalle spiagge della Normandia e sei settimane dopo la data stabilita di giugno. Gli agenti tedeschi, in preda al panico, fecero controlli in tutta l'Inghilterra — controlli che, incidentalmente, erano guidati e diretti dall'MI-5. Alla fine il Comando Supremo di Berlino bevve la storia e spostò una gran parte delle difese. Morirono lo stesso in molti, ma migliaia e migliaia di vite vennero salvate da un uomo che non era mai esistito. » Abbott lasciò cadere la tenda e tornò stancamente alla poltrona.

« L'ho già sentita, questa storia » disse Stevens. « E allora? »

« Noi abbiamo applicato una variante » disse il Monaco, calandosi nella poltrona con difficoltà. « Abbiamo creato un personaggio vivo, che abbiamo fatto salire rapidamente a livelli leggendari. Pareva che fosse dappertutto, che corresse per tutta l'Asia sud-orientale, superando ogni volta Carlos, specialmente dal punto di vista numerico. Ogni volta che si verificava un assassinio, una morte misteriosa, oppure ogni volta che un personaggio importante rimaneva vittima di un incidente mortale, saltava fuori Cain. A fonti degne di fede — informatori pagati, conosciuti per la precisione delle loro informazioni — veniva fatto il suo nome; alle ambasciate, ai centri d'ascolto, a intere reti spionistiche sono stati inoltrati continui rapporti dedicati alla rapida espansione delle attività di Cain. Il numero dei suoi "omicidi" saliva ogni mese, a volte addirittura di settimana in settimana. Era dappertutto... e lo era effettivamente. In tutti i sensi. »

« Vuol dire che questo Bourne era davvero sul posto? »

« Sì. Ha passato mesi a imparare tutto quello che c'era da imparare sul conto di Carlos. Ha studiato tutte le pratiche in nostro possesso, tutti gli assassini in cui si sapeva, o si sospettava, che Carlos era coinvolto. Ha analizzato le sue tattiche, i suoi metodi, tutto. Gran parte di quel materiale non è stato mai diffuso e probabilmente non lo sarà mai. È esplosivo: i governi e le multinazionali si sbranerebbero fra loro. Letteralmente, Bourne era al corrente di tutto ciò che si sapeva sul conto di Carlos. E si mostrava ogni volta con un aspetto diverso, parlando diverse lingue, discutendo con circoli ristretti di criminali incalliti di cose di cui solo un assassino professionista avrebbe parlato. Poi scompariva, lasciandosi dietro gente stupefatta e spesso spaventata. Avevano visto Cain; esisteva ed era assolutamonte privo di scrupoli. Era questa l'immagine che Bourne dava di sé. »

« E da *tre anni* si trova in clandestinità? » chiese Stevens.

« Sì. Quando ormai in Asia era diventato il killer più famoso, diplomato nell'Operazione Medusa, si è trasferito in Europa sfidando Carlos nel suo territorio. Così facendo, ha salvato quattro uomini che erano nel mirino di Carlos, si è accreditato un certo numero di sue operazioni beffandolo ogni volta che ne aveva l'opportunità... cercando in ogni occasione di costringerlo a uscire allo scoperto. Per quasi tre anni ha vissuto la menzogna più pericolosa che un uomo possa vivere, un tipo di esistenza che pochi hanno mai conosciuto. Molti sarebbero crollati; e noi non abbiamo mai escluso questa possibilità. »

« Che tipo d'uomo è? »

« Un vero professionista » rispose Gordon Webb. « Una persona provvista dell'addestramento e delle capacità necessari, una persona consapevole che Carlos doveva venire trovato e fermato. »

« Ma tre *anni*... »

« Se le sembra incredibile, » disse Abbott « deve anche sapere che si è sottoposto a un'operazione di chirurgia plastica. Una specie di rottura definitiva con il passato, con l'individuo che era stato per diventare quello che non era. Credo che un paese non possa compensare in nessun modo quello che ha fatto un uomo come Bourne. Forse l'unico modo è quello di dargli la possibilità di riuscire... e per Dio, io intendo dargliela. » Il Monaco tacque per due secondi esatti, quindi aggiunse: « Se è davvero Bourne ».

Fu come se Stevens fosse stato colpito da un martello invisibile. « Cos'ha detto? » chiese.

« Mi dispiace di aver tenuto per ultimo questa cosa. Volevo che avesse davanti agli occhi il quadro completo, prima di parlarle della... falla. Può darsi che non ci sia... ma sono successe troppe cose che non riusciamo a capire, attualmente non conosciamo la reale situazione. È per questo che non devono esserci assolutamente interferenze da altri livelli, non devono esserci pillole di zucchero diplomatiche che possano rivelare questa nostra strategia. Significherebbe condannare a morte un uomo che ha dato più di quanto ha dato ognuno di noi. Se ha successo, potrà ritornare alla sua vita, ma anonimamente, perché la sua vera identità non verrà mai rivelata. »

« Temo che dovrà spiegarmi quest'ultima cosa » disse attonito l'aiutante del presidente.

« È una questione di lealtà, Elliot. La lealtà non è un comportamento limitato a quella che di solito viene chiamata "gente per bene". Carlos ha costruito un'organizzazione di uomini e di donne che gli sono assolutamente devoti, anche se non lo conoscono. Tuttavia, se Bourne riesce a prendere Carlos – o lo incastra in modo che noi riusciamo a prenderlo – e poi svanisce, da loro si salva. »

« Ma lei ha detto che potrebbe non essere Bourne! »

« Ho detto che non lo sappiamo. *Era* Bourne alla banca: le firme erano autentiche. Ma è Bourne anche adesso? Tra qualche giorno lo sapremo. »

« Se riaffiora » aggiunse Webb.

« È una faccenda delicata » proseguì Abbott. « Le variabili sono così tante. Se non si tratta di Bourne – oppure se ha cambiato bandiera – si spiegherebbero la telefonata ad Ottawa e l'assassinio all'aeroporto. Da quel che sappiamo, possiamo dedurre che la competenza della donna è servita a prelevare i soldi a Parigi. A Carlos bastava svolgere qualche indagine al ministero del Tesoro canadase. Il resto, per lui, sarebbe stato un gioco da bambini. Ammazzare il contatto di Marie Saint Jacques, farla prendere dal panico, tagliarla fuori, usarla per frenare Bourne. »

« Siete riusciti a stabilire un aggancio con lei? » chiese il maggiore.

« Ci ho provato e ho fallito. Ho convinto Mac Hawkins a telefonare a uno che lavorava in stretto contatto con lei, un certo Alan. Questi le ha ordinato di tornare immediatamente in Canada. Lei ha riappeso. »

« Maledizione! » esplose Webb.

« Proprio così. Se fossimo riusciti a farla tornare, avremmo potuto sapere un sacco di cose. È lei la chiave. Come mai sta con lui? Perché lui sta con lei? Non c'è nulla di logico. »

« Soprattutto per me! » disse Stevens. Lo sconcerto si stava tramutando in rabbia. « Se vuole la collaborazione del presidente – e non gliela garantisco – deve spiegarsi meglio. »

Abbott si voltò verso di lui. « Circa sei mesi fa Bourne è scomparso » disse. « È successo qualcosa; non sappiamo bene cosa, ma possiamo provare a immaginarlo. Ha diffuso la voce a Zurigo che stava per andare a Marsiglia. In seguito abbiamo capito il perché, ma era troppo tardi. Bourne era venuto a sapere che Carlos aveva accettato un contratto per far fuori Howard Leland, e cercava di bloccarlo. Poi più nulla: è scomparso. Era stato ucciso? La tensione l'aveva spezzato? Aveva... abbandonato la partita? »

« Questo non posso e non voglio accettarlo » interruppe Webb irritato.

« Lo so che non vuoi » disse il Monaco. « Ecco perché devi esaminare da cima a fondo quella pratica. Tu conosci i suoi codici; là dentro li trovi tutti. Vedi se ti riesce di identificare deviazioni a Zurigo. »

« Un momento! » intervenne Stevens. « Ma lei cosa pensa? Avrà pur qualcosa di concreto in mano. Qualcosa su cui basare un giudizio. Io ne ho bisogno, mister Abbott. Il presidente ne ha bisogno. »

« Dio sa quanto vorrei avere qualcosa » replicò il Monaco. « Cosa abbiamo scoperto? Tutto e niente. Abbiamo documentato per quasi tre anni l'inganno più raffinato che abbiamo mai costruito. Ogni azione falsa è documentata, ogni mossa è stata definita e giustificata; a ogni uomo e a ogni donna – informatori, contatti, fonti – è stato dato un volto, una voce, una storia da raccontare. E ogni mese, ogni settimana siamo riusciti ad avvicinarci un pochino di più a Carlos. Poi più nulla. Silenzio. Sei mesi di vuoto pneumatico. »

« Ma adesso non più » obiettò l'aiuto del presidente. « Il silenzio è stato rotto. Da chi? »

« È qui la questione fondamentale, non è vero? » disse il vecchio Abbott con voce stanca. « Mesi di silenzio, poi, all'improvviso, una esplosione di attività non autorizzate, incomprensibile. Il conto violato, la *fiche* alterata, milioni di dollari trasferiti... rubati, secondo tutte le evidenze. E, più importante di tutto, alcuni uomini sono stati uccisi e sono state predisposte trappole per altri. Ma per chi, *da chi*? » Il Monaco crollò il capo esausto. « Chi è l'uomo là fuori? »

20

La limousine era parcheggiata tra due lampioni, diagonalmente rispetto alla porta dai pesanti ornamenti della casa di arenaria marrone. Al posto di guida sedeva un autista in uniforme, un'immagine piuttosto consueta in una strada come quella. Inconsueto invece era il fatto che altri due uomini si nascondevano nell'ombra dei sedili posteriori. Guardavano l'ingresso della casa di arenaria sicuri di non essere visti dalla telecamera a raggi infrarossi che teneva sotto controllo la via.

Uno dei due si sistemò gli occhiali sul naso. Dietro le spesse lenti gli occhi avevano un'espressione da uccello notturno, sospettosi di tutto ciò che vedevano. Alfred Gillette, direttore dei controlli del personale per il National Security Council, disse: « È davvero gratificante starsene qui a osservare il crollo dell'arroganza. Lo sarebbe ancora di più l'esserne responsabili. »

« Non ti piace proprio, vero? » chiese l'altro uomo, un tipo dalle spalle larghe con un impermeabile nero che parlava con una leggera inflessione slava.

« Mi disgusta. Rappresenta tutto ciò che odio a Washington. Le scuole giuste, case a Georgetown, tenute in Virginia, riunioni tranquille nei loro club. Hanno il loro piccolo mondo, nel quale è impossibile penetrare: sono loro che lo dirigono. Quei bastardi, presuntuosi di Washington! Si servono dell'intelligenza e del lavoro degli altri e poi li utilizzano per trasformarli in decisioni prese con il loro imprimatur. Gli altri, quelli fuori, fanno parte di quell'entità amorfa che si chiama "un personale maledettamente capace". »

« Esageri » disse l'europeo, senza distogliere lo sguardo dalla casa. « Non ti è poi andata male. Altrimenti non ti avremmo mai contattato. »

Gillette sbuffò irritato. « Se non mi è andata male, è perché sono diventato indispensabile a troppa gente del tipo di David Abbott. Ho in testa mille cose che a loro è impossibile ricordare. Semplicemente, gli è più facile affibbiare a me i problemi da risolvere. Direttore dei controlli del personale! Hanno creato questa mansione apposta per me. E lo sai perché? »

« No, Alfred, » rispose l'europeo, controllando l'orologio, « non lo so. »

« Perché loro non hanno la pazienza di passare ore e ore a consultare migliaia di appunti e di dossier. Preferiscono cenare al Sans Souci, farsi belli davanti alle commissioni senatoriali, leggere cartelle preparate da altri... da quel "personale maledettamente capace" che loro non vedono e neppure conoscono. »

« Sei davvero amareggiato. »

« Più di quel che immagini. Una vita passata a fare del lavoro che quei bastardi avrebbero dovuto farsi da soli. E per cosa? Per una posizione e, di quando in quando, un pranzo dove assaporano il mio cervello tra gli scampi e il primo! Per gente come David Abbott, con tutta la sua suprema arroganza, gente come me non conta nulla. »

« Non sottovalutare il Monaco. Carlos non lo sottovaluta. »

« E come potrebbe? Non sa su che dati basarsi. Tutto ciò che riguarda Abbott è avvolto nel segreto; nessuno sa quanti errori ha commesso. E se poi ne salta fuori qualcuno, la colpa va alla gente come me. »

L'europeo distolse lo sguardo dalla finestra portandolo su Gillette. « Sei molto emotivo, Alfred » disse freddo. « Devi stare attento. »

Il burocrate sorrise. « È una cosa che non mi preoccupa: sono convinto che l'aiuto che ho dato a Carlos lo dimostri. Diciamo che mi sto preparando a un confronto che non eviterei per nulla al mondo. »

« Una dichiarazione onesta » disse l'uomo dalle spalle larghe.

« E per quanto riguarda te? Sei stato tu a trovarmi. »

« Sapevo chi cercare. » L'europeo tornò a guardare la finestra.

« Era a te che mi riferivo. Al lavoro che fai. Per Carlos. »

« Le mie motivazioni non sono così complicate. Sono nato in un paese dove la gente istruita viene promossa in base a quello che gira in testa a degli imbecilli che recitano a memoria litanie marxiste. Anche Carlos sapeva chi cercare. »

Gillette scoppiò a ridere. Gli occhi inespressivi quasi luccicavano. « In fin dei conti non siamo tanto diversi. Basta cambiare la discendenza familiare con Marx e si nota distintamente l'analogia. »

« Forse » consentì l'europeo, tornando a guardare l'orologio. « Non dovrebbe mancare molto. Abbott prende sempre il volo di mezzanotte. A Washington lo controllano ora per ora. »

« Sei sicuro che uscirà da solo? »

« Fa sempre così e di certo non si farà vedere con Elliot Stevens. Anche Webb e Stevens se ne andranno separatamente; l'intervallo usuale per chi viene convocato lì dentro è di venti minuti. »

« Come hai fatto a trovare la Treadstone? »

« Non è stato tanto difficile. Tu hai contribuito, Alfred; tu fai parte di quel "personale maledettamente capace". » L'uomo sorrise, sempre fissando la casa. « Sei stato tu a dirci che Cain usciva dall'Operazione Medusa e, se i sospetti di Carlos sono fondati, significa che c'entra il Monaco. Questo lo sapevamo e questo lo collegava a Bourne. Carlos ci ha ordinato di sorvegliare Abbott ventiquattro ore al giorno; doveva essere andato storto qualcosa. Quando a Washington si sono sentiti i colpi sparati a Zurigo, Abbott è diventato imprudente, lo abbiamo seguito qui. Era semplicemente questione di insistere. »

« E questo vi ha portato in Canada? All'uomo di Ottawa? »

« L'uomo di Ottawa si è scoperto cercando informazioni sul conto della Treadstone. Quando abbiamo saputo chi era la ragazza, abbiamo tenuto sotto controllo il dipartimento del Tesoro e la sezione in cui lavorava. Arrivava tutto da Parigi: era lei che gli aveva detto di fare le ricerche. Non sappiamo come mai, ma abbiamo il sospetto che Bourne cerchi di far saltare la Treadstone. Se ha cambiato bandiera, questo è un modo per uscirne fuori e tenersi i soldi. Comunque, non importa. Di colpo, questo caposezione di cui nessuno, al di fuori del governo canadese, aveva mai sentito parlare, è diventato un problema della massima priorità. I dispacci dello spionaggio hanno cominciato ad arroventare i fili. Voleva dire che Carlos aveva ragione; che tu avevi ragione, Alfred. Non c'è nessun Cain. È un'invenzione, una trappola. »

« Fin dall'inizio » sottolineò Gillette. « Te l'avevo detto. Tre anni di rapporti falsi, di mancate verifiche. Era evidentissimo. »

« Fin dall'inizio » gli fece eco l'europeo. « Senza dubbio è stata la più bella creazione del Monaco... finché non è successo qualcosa e la creazione gli si è rivoltata contro. Tutto gli si sta rivoltando contro. Sta andando tutto a pezzi. »

« E lo conferma il fatto che lì dentro c'è Stevens. Il presidente insiste per sapere. »

« Deve sapere. Ad Ottawa hanno lo sgradevole sospetto che il caposezione del dipartimento del Tesoro sia stato eliminato dal servizio segreto americano. » L'europeo riportò lo sguardo sul burocrate. « Ricorda, Alfred, vogliamo soltanto sapere che cosa è successo. Ti ho raccontato i fatti così come li abbiamo saputi; sono irrefutabili e Abbott non può negare. Però bisogna presentarli come se fossero stati ottenuti dalle vostre fonti. Siete allibiti. Volete un resoconto; tutto il mondo dello spionaggio è stato truffato. »

« Ed è stato effettivamente truffato » esclamò Gillette. « Truffato e strumentalizzato. A Washington nessuno sa niente di Bourne, della Treadstone. Hanno escluso tutti; questo sì che lascia allibiti. Non devo fingere proprio nulla. Quei bastardi arroganti! »

« Alfred, » lo ammonì l'europeo, sollevando una mano nell'ombra, « ricorda per chi lavori. La minaccia non dev'essere basata su uno stato emotivo, ma sulla dignità professionale offesa; sospetterebbe immediatamente di te; devi disperdere subito il sospetto. Sei tu l'accusatore, non lui. »

« Me ne ricorderò. »

« Bene. » L'interno della limousine venne illuminato dai fari di un'automobile. « È arrivato il taxi di Abbott. Del tassista me ne occupo io. » L'europeo infilò la destra sotto l'impearmeabile e sciolse la cinghia della fondina. « Mi trovi nella mia auto, sull'altro marciapiedi, ti ascolto da lì. » Si rivolse poi all'autista: « Abbott arriverà da un momento all'altro. Sai cosa fare ».

L'uomo annuì. I due scesero simultaneamente dalla limousine. L'autista passò davanti al cofano come se scortasse un ricco padrone sul lato opposto della strada. Gillette li osservava dal finestrino posteriore; i due rimasero insieme qualche secondo, poi si separarono. L'europeo si diresse verso il taxi in arrivo, con una mano alzata e una banconota tra le dita. L'avrebbe allontanato con la scusa che chi l'aveva chiamato aveva cambiato programma. Intanto l'altro uomo era passato di corsa sul lato nord della strada ed ora si nascondeva all'ombra di una scala, due porte più in là del numero 139.

Quasi contemporaneamente lo sguardo di Gillette venne attirato verso la porta della casa di arenaria. Dall'interno uscì un fiotto di luce e apparve David Abbott che si fermò a guardare in su e in giù lungo la strada, controllando l'orologio, evidentemente seccato. Il taxi tardava, doveva prendere l'aereo; aveva tempi precisi da rispettare. Scese i gradini, girò a sinistra sul marciapiedi, portandosi fuori dal campo visivo della telecamera. L'autista, in agguato, fu rapido a intercettarlo. Pochi attimi dopo uno stupito David Abbott entrò nella limousine mentre il suo accompagnatore chauffeur scompariva nell'oscurità.

« Alfred! » disse il Monaco, con tono di rabbia e di disgusto nella voce. « Proprio tu, tra tutti. »

« Non credo che tu sia nella posizione di fare lo schizzinoso... e meno che meno l'arrogante. »

« Ma cos'hai fatto! Come hai potuto? Zurigo. Gli archivi Medusa. Sei stato tu! »

« Gli archivi Medusa, sì. Zurigo, anche. Ma la questione non sta in quello che ho fatto io: sta in quello che hai fatto tu. Abbiamo mandato i nostri uomini a Zurigo dicendogli cosa dovevano cercare. L'hanno trovato. Si chiama Bourne, non è vero? È lui l'uomo che chiami Cain. L'uomo che hai inventato. »

Abbott evitò di scoprirsi. « Come hai trovato questa casa? »

« Insistendo. Ti ho fatto seguire. »

« Tu mi hai fatto seguire? Ma cosa diavolo pensavi di fare? »

« Cercavo di mettere in chiaro una situazione che tu hai distorto e sulla quale hai mentito, nascondendoci la verità. Tu, piuttosto, cosa cercavi di fare? »

« Oh, mio Dio, maledetto imbecille! » esclamò Abbott respirando a fondo. « Perché hai fatto una cosa del genere? Perché non sei venuto di persona da me? »

« Perché tu non avresti fatto niente. Hai manipolato tutti i servizi segreti. Milioni di dollari, chissà quante migliaia di ore di lavoro, ambasciate e stazioni riempite di falsità e di distorsioni riguardo un killer che non è mai esistito. Oh, le ricordo le tue parole: che sfida per Carlos! Che trappola irresistibile! Solo che eravamo noi le tue pedine e, in qualità di membro responsabile del Consiglio di Sicurezza, ne sono profondamente irritato. Siete tutti uguali, voi. Come ti sei permesso di rompere le regole – anzi, non solo le regole, le leggi – facendoci fare una figura da imbecilli? »

« Non c'era altro modo » disse il vecchio in tono stanco, con il viso debolmente illuminato ridotto a un intrico di rughe. « Quanti sono a saperlo? Dimmi la verità! »

« Non ho diffuso nulla. Questo te lo assicuro. »

« Potrebbe non bastare. Oh, Cristo! »

« Deve bastare. Chiuso » esclamò il burocrate enfatico. « Ora voglio sapere che cosa è successo. »

« Successo a che cosa? »

« A questa tua splendida strategia. Pare che stia andando in briciole. »

« Come fai a dirlo? »

« È evidente. Hai perduto Bourne e non riesci a trovarlo. Il tuo Cain è scomparso con una fortuna depositata a Zurigo a suo nome. »

Abbott tacque qualche istante. « Un momento! Tu come ci sei arrivato? »

« Attraverso te » rispose immediatamente Gillette, evitando, da quell'uomo prudente che era, l'esca. « Devo dire che ho ammirato il tuo controllo quando quel fesso del Pentagono parlava con tanta cognizione di causa dell'Operazione Medusa: seduto davanti all'uomo che l'aveva creata! »

« Questa è storia, ormai. » La voce del vecchio aveva ripreso vigore. « Questo non ti poteva dir nulla. »

« Diciamo allora che era piuttosto strano che proprio tu non dicessi nulla. Voglio dire: a quel tavolo chi più di te sapeva dell'Operazione Medusa? Invece non hai detto una sola parola e questo mi ha fatto pensare. Quindi mi sono opposto strenuamente a che venisse prestata tanta attenzione a un assassino come Cain. Non potevi resistere, David. Dovevi offrire un motivo molto plausibile per continuare le ricerche di Cain. E così hai buttato dentro Carlos. »

« Era la verità » lo interruppe Abbott.

« Certo che lo era; sapevi quando servirtene e io sapevo quando scoprirlo. Ingegnoso. Un serpente uscito dalla testa della medusa, allevato per vincere un titolo mitico. Lo sfidante si getta nel ring del campione per farlo uscire dal suo angolo. »

« Era una cosa realistica, realistica fin dall'inizio. »

« Come no? Come ho detto era ingegnosa, fino all'ultima mossa fatta contro Cain da quelli della sua stessa parte. Chi poteva riferire a Cain queste mosse meglio dell'unico uomo della Commissione dei Quaranta informato su tutte le operazioni segrete? Ci hai strumentalizzati tutti! »

Il Monaco annuì. « Molto bene. Fino a un certo punto hai ragione: un certo abuso c'è stato — del tutto giustificato, a mio avviso — ma non si tratta di quel che pensi. C'è un attivo e un passivo. C'è sempre, altrimenti non mi ci sarei messo. La Treadstone è formata da un piccolo gruppo di uomini, scelti fra quelli più degni di fiducia nell'amministrazione. Vanno dal grado G-Due dell'Esercito al Senato, dalla CIA al Servizio segreto della Marina, e adesso, in tutta franchezza, c'entra anche la Casa Bianca. Se ci dovessero essere veri e propri abusi, nessuno di loro ci penserebbe due volte a bloccare l'operazione. Nessuno finora ha pensato di farlo, e prego anche te di adeguarti. »

« Entrerei anche io a far parte della Treadstone? »

« Adesso ne fai parte. »

« Capisco. Cosa è successo? Dov'è Bourne? »

« Sa Dio quanto vorremmo saperlo. Non siamo nemmeno sicuri che sia effettivamente Bourne. »

« Non siete nemmeno sicuro di *cosa*? »

Capisco. Cosa è successo? Dov'è Bourne?

Sa Dio quanto vorremmo saperlo. Non siamo nemmeno sicuri che sia effettivamente Bourne.

Non siete nemmeno sicuri di cosa?

L'europeo allungò una mano spegnendo l'interruttore sul cruscotto. « Ecco, » disse « cosa dovevamo sapere. » Si rivolse all'autista che gli sedeva accanto. « Svelto, adesso. Mettiti vicino alla scala. Ricorda: se uno di loro esce, hai esattamente tre secondi di tempo prima che la porta si chiuda. Agisci in fretta. »

L'uomo in uniforme uscì per primo e si diresse lungo il marciapiedi verso il numero 71. Una coppia di mezza età sulla soglia di una delle case adiacenti salutava ad alta voce gli ospiti. L'autista rallentò il passo, prese una sigaretta di tasca e la accese con gesti lenti, come uno che non ha per niente fretta. L'europeo rimase in attesa, poi sbottonò l'impermeabile ed estrasse un sottile revolver; un silenziatore prolungava la canna. Tolse la sicura, infilò l'arma nella fondina, scese dall'auto e si avvicinò alla limousine. Gli specchietti erano stati sistemati a dovere. Se si teneva nel settore cieco i due dentro non potevano assolutamente vederlo. L'europeo si arrestò un attimo all'altezza del baule poi, con un movimento rapido, si buttò a mano tesa verso la porta anteriore destra, la aprì ed entrò girando su se stesso, puntando la pistola contro i due occupanti.

Alfred Gillette tirò un respiro strozzato e allungò la sinistra verso la maniglia della portiera; l'europeo fece scattare la sicura che bloccava tutte e quattro le porte. David Abbott rimase immobile, fissando l'intruso.

« Buona sera, Monaco » disse l'europeo. « Un'altra persona — che a quanto mi si dice spesso veste l'abito talare — le manda le sue congratulazioni. Non solo per Cain, ma anche per i suoi domestici alla Treadstone. Lo Yachtsman, per esempio. Un tempo era un agente di prima qualità. »

Gilette ritrovò la voce; era qualcosa tra un grido e un sussurro. « Cos'è questa storia? Lei chi è? » esclamò, fingendo di non saperlo.

« Suvvia, amico. Smettiamola! » rispose l'uomo armato. « Vedo dall'espressione di mister Abbott che si è reso conto che i dubbi sul tuo conto erano fondati. Bisogna sempre fidarsi dell'istinto, vero, Monaco? Naturalmente avevi ragione. Abbiamo trovato un altro insoddisfatto; nel vostro sistema ce n'è un numero allarmante. È stato proprio lui che ci ha dato gli elenchi Medusa, e sono stati questi elenchi che ci hanno fatto arrivare a Bourne. »

« Ma cosa stai dicendo? » strillò Gillette.

« Sei insopportabile, Alfred. Ma hai sempre fatto parte di quel "personale maledettamente capace". Peccato che non sapessi con quale personale stare; non lo sanno mai, quelli come te. »

« Tu!... » Gillette si alzò pesantemente dal sedile, i lineamenti contratti.

L'europeo sparò. Lo schiocco riecheggiò brevemente nell'interno imbottito della limousine. Il burocrate si accasciò, e il corpo finì rannicchiato sul pavimento contro la portiera. Gli occhi da gufo erano spalancati nella morte.

« Non penso che piangerà la sua dipartita » disse l'europeo.

« Non la piango » disse il Monaco.

« Sa, c'è Bourne là fuori. Cain ha cambiato bandiera; ha ceduto. Il lungo silenzio è finito. Il serpente della testa della Medusa ha deciso di mordere per conto suo. O forse è stato comperato. Anche questo è possibile, no? Carlos compra molta gente. Questo qui sul pavimento, per esempio. »

« Da me non verrà a sapere niente. Non ci provi nemmeno. »

« Non c'è niente da sapere. Sappiamo tutto. Delta, Charlie... Cain. Ma i nomi non hanno più importanza. In realtà non ne hanno mai avuta. Rimane solo l'isolamento finale: togliere di mezzo il Monaco che prende le decisioni. Lei. Bourne è in trappola. È finita. »

« Ci sono altri che prendono le decisioni. Riuscirà a mettersi in contatto con loro. »

« Se lo fa, lo uccidono a vista. Non c'è niente di peggio di un uomo che ha cambiato bandiera, ma perché uno cambi bandiera bisogna che ci sia la prova irrefutabile che fosse dalla parte vostra, tanto per cominciare. Carlos questa prova ce l'ha; era effettivamente dei vostri e le sue origini erano una delle cose più delicate negli elenchi Medusa. »

Il vecchio aggrottò le sopracciglia: era spaventato, non per la sua vita, ma per qualcosa d'infinitamente più importante.

« Lei è impazzito » disse. « Non ci sono prove. »

« Proprio qui è la crepa, la *sua* crepa. Carlos è metodico; i suoi tentacoli arrivano nei recessi più nascosti. Lei aveva bisogno di un uomo arruolato nell'Operazione Medusa, qualcuno che fosse scomparso. Ha scelto un uomo chiamato Bourne perché le circostanze della sua scomparsa erano state cancellate, eliminate da tutte le documentazioni... così almeno credeva. Ma non ha preso in considerazione gli elementi di Hanoi infiltrati nella Medusa; le loro documentazioni esistono. Il 25 marzo 1968 Jason Bourne è stato giustiziato da un ufficiale del servizio segreto americano nella giungla di Tam Quan. »

Il Monaco gli balzò addosso; gli rimaneva solo un ultimo gesto di sfida. L'europeo premette il grilletto.

La porta della casa di arenaria si aprì. L'autista nascosto nell'ombra della scala sorrise. L'addetto della Casa Bianca venne scortato fuori dal vecchio signore che viveva alla Treadstone, quello soprannominato lo Yachtsman; il killer sapeva che in quel momento l'allarme generale era staccato. L'intervallo di tre secondi non contava più.

« È stata un piacere la sua visita » disse lo Yachtsman stringendo la mano a Stevens.

« È stato un piacere per me, signore. »

Furono le loro ultime parole. L'autista mirò da sopra il muretto di mattoni e premette il grilletto due volte. Gli schiocchi soffocati dal silenziatore si confusero con la miriade di suoni lontani della città. Lo Yachtsman cadde all'interno della casa, l'aiutante del presidente strinse le mani al petto, barcollando sulla soglia. Lo sparatore girò intorno al muretto e si precipitò su per le scale, raccogliendo il corpo di Stevens proprio mentre si accasciava. Con la forza di un toro lo sollevò e lo gettò dentro, facendolo passare sopra lo Yachtsman. Quindi si dedicò alla parete interna della porta blindata. Sapeva cosa cercare. Lungo la modanatura superiore, uno spesso cavo del colore della porta scompariva nella parete. Chiuse parzialmente il battente, alzò l'arma e sparò al cavo, provocando un'esplosione di scintille; le telecamere di sicurezza erano ormai inutilizzabili. Gli schermi si erano spenti.

Aprì la porta per segnalare il successo dell'impresa, ma non fu necessario. L'europeo stava già risalendo in fretta la strada tranquilla. Pochi secondi dopo, superati i gradini, entrava in casa e si guardava intorno. Trovò la porta in fondo all'atrio. I due uomini sollevarono un tappeto dal pavimento dell'anticamera e lo infilarono nel battente richiudendo quasi completamente la porta. Avevano lasciato uno spiraglio di pochi centimetri: le chiavarde di sicurezza toccavano la loro sede: l'allarme non poteva scattare.

Si fermarono in piedi, in silenzio. Tutti e due sapevano che se qualcuno li avesse scoperti, la reazione sarebbe stata pressoché immediata. E infatti udirono una porta aprirsi al piano di sopra, poi uno scalpiccio. Dalle scale arrivò una voce femminile dall'accento raffinato.

« Caro! Quella maledetta telecamera si è guastata un attimo fa. Ti dispiace controllare? » Una pausa, poi la donna riprese a parlare. « Ripensandoci, perché non lo dici a David? » Un'altra pausa, di nuovo di durata precisa. « Non infastidire il Gesuita, caro. Dillo a David! »

Due passi. Silenzio. Un fruscio di tessuto. L'europeo studiava la scala. Una luce si spense. David. Gesuita... il Monaco!

« Prendila! » ruggì all'autista, piroettando su se stesso con la pistola puntata verso la porta in fondo alla scala.

L'uomo in uniforme si buttò su per la scala; si udì uno sparo: un'arma potente, senza silenziatore. L'europeo guardò in alto; l'autista si teneva la spalla, la giacca era intrisa di sangue. Sparava a braccio teso, ripetutamente, verso l'alto.

La porta in fondo all'atrio si spalancò rivelando il maggiore stupefatto, con una pratica in mano. L'europeo sparò due colpi; Gordon Webb si inarcò, con la gola aperta. I fogli della pratica scivolarono fuori dalla cartelletta dietro di lui. L'uomo in impermeabile salì di corsa la scala, in alto, accasciata sulla ringhiera, c'era la donna dai capelli grigi. Era morta, il sangue le sgorgava dalla testa e dalla gola. « Stai bene? Puoi muoverti? » chiese l'europeo all'autista.

Questi annuì. « Quella troia mi ha massacrato la spalla, ma ce la faccio lo stesso. »

« Devi farcela! » ordinò il suo superiore, strappandosi di dosso l'impermeabile. « Mettitelo. Devi portare qui dentro il Monaco! In fretta! »

« Gesù!... »

« *Carlos* vuole il Monaco qui! »

Faticosamente, il ferito indossò l'impermeabile nero e scese passando accanto ai corpi dello Yachtsman e di Stevens. Cautamente, tra fitte di dolore, uscì dalla porta e scese i gradini.

L'europeo rimase ad osservarlo, dietro la porta socchiusa, per accertarsi che l'altro fosse in grado di eseguire l'ordine. Lo era: era un toro, a cui Carlos soddisfaceva ogni appetito. L'autista avrebbe portato il cadavere di David Abbott nella casa di arenaria. A beneficio di eventuali passanti l'avrebbe sorretto, come se stesse aiutando un ubriaco di una certa età. Poi, in qualche modo, sarebbe riuscito a fermare l'emorragia quanto bastava per portare il cadavere di Alfred Gillette dall'altra parte del fiume, seppellendolo in una palude. Gli uomini di Carlos erano capaci di queste cose; erano tutti dei tori.

Tori insoddisfatti che avevano trovato in un solo uomo la loro causa.

L'europeo si voltò e affrontò la scala; aveva un compito da svolgere: l'isolamento definitivo dell'uomo chiamato Bourne.

Era più di quanto si potesse sperare; le pratiche in bella vista erano un regalo addirittura incredibile. Tra di esse c'erano cartelle che contenevano tutti i codici e i metodi di comunicazione usati dal mitico Cain. Ormai non era più tanto mitico, pensò l'europeo raccogliendo i documenti. La scena era allestita, i quattro cadaveri erano stati sistemati nella tranquilla ed elegante libreria. David Abbott era rovesciato in una poltrona, un'espressione stupefatta negli occhi, con Elliot Stevens disteso ai suoi piedi; lo Yachtsman era reclinato sul tavolo a muro, con una bottiglia di whisky rovesciata in mano, mentre Gordon Webb era caduto a mani e gambe allargate sul pavimento, aggrappato alla sua borsa. L'immagine era quella di una scena di violenza improvvisa, inaspettata, di una conversazione interrotta da una serie di colpi di pistola.

L'europeo si aggirava per la biblioteca in guanti di pelle, compiacendosi del proprio senso artistico... ed effettivamente era senso artistico il suo. Aveva mandato via l'autista, ripulito tutte le maniglie, tutti i pomelli, tutte le superfici di legno lucido. E ora il tocco finale. Andò a un tavolo sul quale in un vassoio d'argento erano posati dei bicchieri da liquore, ne prese uno e lo esaminò controluce; come si aspettava, era terso. Lo posò e tirò fuori di tasca una scatoletta piatta di plastica. La aprì, tolse una striscia di nastro adesivo trasparente e osservò anche questo controluce. Eccolo: impronte chiare come un ritratto... e infatti erano un ritratto, innegabile come una fotografia.

Erano state prese in un ufficio della Gemeinschaft Bank, da un bicchiere di Perrier: le impronte digitali della mano destra di Jason Bourne.

L'europeo prese il bicchiere di brandy e, con la minuzia di un artista, premette il nastro sulla superficie esterna del bicchiere, in basso, quindi, delicatamente, lo staccò. Guardò ancora una volta il bicchiere controluce; l'impronta opaca delle dita spiccava, perfetta, contro la luce dell'abat-jour.

Portò il bicchiere in un angolo della stanza e lo lasciò cadere sul parquet. Poi s'inginocchiò, esaminò i frammenti, ne prese alcuni e spazzò gli altri sotto la tenda.

Erano sufficienti.

21

« Dopo » disse Bourne, gettando le valige sul letto. « Dobbiamo filare da qui. »

Marie se ne stava seduta in poltrona. Aveva riletto l'articolo scegliendo delle frasi, ripetendole. La sua concentrazione era assoluta; era completamente presa, sempre più convinta della sua analisi.

« Ho ragione, Jason. Qualcuno ci invia un messaggio. »

« Ne discuteremo dopo; qui ci siamo rimasti troppo. Entro un'ora in questo albergo il giornale l'avranno visto tutti e sui giornali di domani sarà ancora peggio. Non è il momento di fare la modesta: nell'atrio di un albergo tu ti fai notare e qui ti ha già visto troppa gente. Prepara la tua roba. »

Marie si alzò ma non si mosse. Rimase immobile, costringendolo a guardarla. « Avremo diverse cose di cui parlare, dopo » disse con fermezza. « Tu mi stavi lasciando, Jason, e voglio sapere il perché. »

« Ti ho detto che te l'avrei spiegato, » le rispose senza cercare di evitare il discorso « perché devi sapere come stanno le cose. In questo momento però voglio filarmela da qui. Prepara la valigia, maledizione! »

Lo scoppio di rabbia improvviso ottenne lo scopo. « Sì, naturalmente » sussurrò Marie.

Scesero con l'ascensore. A Bourne, quando vide il piano di marmo consunto del banco del portiere, sembrò di essere in una gabbia, esposto e vulnerabile. Se l'ascensore si fosse bloccato, li avrebbero presi. Poi capì il perché della sua sensazione. Sotto di loro, sulla sinistra, il *concierge* sedeva dall'altra parte del banco; sulla destra era posata una pila di giornali. Erano copie del tabloid che Jason aveva messo nella valigetta diplomatica che Marie portava. Il *concierge* lo stava leggendo avidamente, pulendosi i denti con uno stecchino, attento solo all'ultimissimo scandalo.

« Cammina disinvolta » disse Jason a Marie. « Non fermarti, vai dritta alla porta. Ci ritroviamo fuori. Io pago il conto il più presto possibile. »

Il rumore dei tacchi di Marie sul pavimento di marmo era una distrazione che Bourne non voleva. Il *concierge* sollevò lo sguardo proprio mentre Jason gli si parava di fronte impedendogli di guardare alle sue spalle.

« È stato molto piacevole, » disse in francese « ma ho una gran fretta di partire. Stasera devo andare in macchina a Lione. Arrotondi il conto a cinquecento franchi. Non ho avuto il tempo di lasciare mance. »

La gratificazione finanziaria ottenne lo scopo. Il *concierge* fece rapidamente il totale e presentò il conto. Jason pagò, si chinò per prendere le valige e guardò in su, sentendo un'esclamazione di sorpresa. Vide il *concierge* a bocca spalancata: fissava la pila di giornali alla sua destra, gli occhi puntati sulla fotografia di Marie Saint Jacques. Guardò oltre la porta a vetri dell'ingresso; Marie aspettava, ferma sul marciapiedi. Riportò lo sguardo attonito su Bourne; aveva collegato Marie alla foto ed era rimasto raggelato da un improvviso spavento.

Jason puntò rapido verso l'uscita, spinse la porta a vetri con una spallata e guardò verso il banco. Il *concierge* aveva afferrato la cornetta.

« Andiamo! » gridò a Marie. « Cerca un taxi! »

Ne trovarono uno in rue Lecourbe, a cinque isolati dall'albergo. Bourne si finse un turista americano inesperto, e impiegò il cattivo francese che gli era stato tanto utile alla Banque de Valois. Spiegò al tassista che lui e la sua *petite amie* volevano starsene lontani dal centro un paio di giorni, in un posto dove si potesse stare soli. Forse poteva suggerir loro qualche indirizzo?

Il tassista annuì. « C'è una pensioncina alla periferia di Issy-les-Moulineaux. Si chiama La Maison Carrée » disse. « Poi un'altra a Ivry sur Seine, che dovrebbe piacervi. È molto privata, monsieur. O magari L'Auberge du Coin a Montrouge, che è un posto molto discreto. »

« Andiamo al primo » disse Jason. « È il primo che le è venuto in mente. Quanto ci metteremo? »

« Non più di quindici-venti minuti, monsieur. »

« Bene. » Bourne si rivolse a Marie a bassa voce: « Cambia pettinatura ».

« Cosa? »

« Cambia pettinatura. Tirati su i capelli, o tirali indietro, non m'importa, ma cambiala. Spostati, non farti vedere nello specchio. Presto! »

Qualche istante dopo Marie si era tirati all'indietro i lunghi capelli rossi, mettendo in evidenza il viso e il collo, e li aveva fissati in uno chignon stretto, con delle forcine prese dalla borsetta. Jason la osservò nella semioscurità.

« Togliti il rossetto. »

Marie prese un fazzolettino di carta e obbedì. « Bene così? »

« Sì. Hai la matita per il trucco? »

« Certo. »

« Scurisci un pochino le sopracciglia. Allungale di mezzo centimetro; in fondo abbassale un po'. »

Marie seguì di nuovo le istruzioni. « Così? » chiese.

« Adesso va meglio » rispose Jason, studiandola. I cambiamenti erano leggeri, ma l'effetto complessivo era decisivo. Si era sottilmente trasformata: da quella donna attraente ed elegante che era, era diventata un personaggio più volgare. Per lo meno a prima vista non era la donna del giornale e questo era ciò che contava.

« Quando arriviamo a Moulineaux, » le sussurrò « scendi in fretta e non farti notare dal tassista. »

« È un po' troppo tardi, non ti pare? »

« Fa' come ti dico. »

Dammi retta. Sono un camaleonte chiamato Cain e posso insegnarti molte cose che non ci tengo ad insegnarti. In questo momento però devo farlo. Posso cambiare colore per mimetizzarmi con lo sfondo della foresta. Posso seguire il vento annusandolo. Posso trovare la pista attraverso le giungle naturali e umane. Sono Cain. Sono la morte. E devo dirti chi sono, e perderti.

« Caro, cosa c'è? »

« Cosa? »

« Mi stavi guardando, quasi senza respirare. Ti senti bene? »

« Scusami » disse, distogliendo lo sguardo. « Stavo programmando le nostre mosse. Così quando arriviamo so già cosa fare. »

Giunsero alla pensione. Sulla destra si apriva un parcheggio chiuso da una cancellata; dall'ingresso, sul davanti della pensione, uscivano gli ultimi clienti. Bourne si chinò verso il tassista, sopra il sedile.

« Entri nel parcheggio, per favore » ordinò, senza spiegare il motivo della strana richiesta.

« Ma certo, monsieur » disse il tassista con un cenno del capo, quindi scrollando le spalle. I suoi passeggeri dovevano senz'altro essere una coppia prudente. La pioggia era cessata, ritrasformandosi in acquerugiola. Il taxi si allontanò. Bourne e Marie rimasero nell'ombra del rampicante sul fianco della casa finché non lo videro scomparire. Jason posò le valige sul terreno bagnato. « Aspettami qui » disse.

« Dove vai? »

« A telefonare a un taxi. »

Il secondo taxi li portò nel distretto di Montrouge. Il tassista non fu affatto colpito dalla coppia dall'aria severa, evidentemente di provincia, che con ogni probabilità cercava un alloggio più economico. Quando, e se, avesse letto il giornale e visto la fotografia della franco-canadese implicata nei delitti di Zurigo, non avrebbe ricordato affatto la donna seduta sul sedile posteriore del suo mezzo.

L'Auberge du Coin non era affatto all'altezza del suo nome. Non era un tranquillo alberghetto di paese situato in un angolo appartato di campagna. Era una grossa struttura a due piani, a cinquecento metri dall'autostrada. Al massimo assomigliava ai motel di tutto il mondo che appestano la periferia delle città e che vivono sulla anonimità della clientela. Non era difficile immaginare che qui si svolgessero vari incontri fra persone che preferivano mantenere l'incognito.

Quindi si registrarono con un nome fasullo e vennero sistemati in una stanza dove tutti gli accessori di plastica, di poco valore, erano fissati al pavimento o a superfici di formica. Il posto però presentava un vantaggio: una macchinetta del ghiaccio nell'atrio. Sapevano che funzionava perché la sentivano, anche con la porta chiusa.

« Dunque. Chi ci starebbe mandando un messaggio? » attaccò Bourne, in piedi, rigirando tra le mani il bicchiere di whisky.

« Se lo sapessi, mi metterei in contatto » rispose Marie, seduta alla minuscola scrivania, con la sedia voltata e le gambe accavallate. Lo osservava attentamente. « Potrebbe esserci un rapporto con il motivo della tua fuga. »

« Se è così, era una trappola. »

« Non era affatto una trappola. Un uomo come Walther Apfel non ha fatto quello che ha fatto per permettere ad altri di congegnare una trappola. »

« Non ne sarei tanto sicuro. » Bourne sedette nell'unica poltroncina di plastica. « Koenig l'ha fatto; mi ha indicato ai killer nella sala d'attesa. »

« Era una semplice pedina, l'avevano pagato, non era un funzionario della banca. Ha agito da solo. Apfel non avrebbe potuto. »

Jason la guardò. « Cosa vuoi dire? »

« La dichiarazione di Apfel deve per forza essere stata autorizzata dai suoi superiori. È fatta a nome della banca. »

« Se ne sei tanto sicura, telefoniamo a Zurigo. »

« Non lo vogliono, questo: o non sanno la risposta, o non te la possono dare. Apfel ha concluso dicendo che non avevano ulteriori commenti da fare. A nessuno. Anche questo fa parte del messaggio. Dobbiamo contattare qualcun altro. »

Bourne vuotò il bicchiere; sentiva il bisogno dell'alcool, perché stava per venire il momento in cui avrebbe dovuto raccontare la storia di un killer che si chiamava Cain. « E allora dove ritorniamo? » disse. « Di nuovo alla trappola. »

« Credi di sapere di chi si tratta, vero? » Marie prese le sigarette sulla scrivania. « Per questo scappavi, no? »

« La risposta a tutte e due le domande è sì. L'articolo è stato scritto per trovare me. »

« Non voglio nemmeno discuterne » lo interruppe Marie, sorprendendolo. « Ho avuto il tempo per pensarci; sanno che gli indizi sono falsi... così palesemente falsi da essere ridicoli. La polizia di Zurigo nutre fiducia che io mi metta in contatto con l'ambasciata canadese adesso... » Si fermò, con la sigaretta ancora spenta in mano. « Mio Dio, Jason, ecco che cosa vogliono che facciamo! »

« Chi lo vuole? »

« Chi ha inviato il messaggio, di chiunque si tratti. Sanno che non ho scelta, salvo telefonare all'ambasciata per ottenere la protezione del governo canadese. Non ci avevo pensato, perché ho già parlato con l'ambasciata, a quel tizio – come si chiama? – Dennis Corbelier che non aveva assolutamente niente da dirmi. Ha fatto soltanto quello che gli avevo chiesto di fare, nient'altro. Ma era ieri, non oggi, non stasera. » Marie allungò una mano per prendere il telefono sul comodino.

Bourne si alzò rapido e la bloccò, prendendola per il braccio. « No » disse in tono fermo.

« Perché no? »

« Perché ti sbagli. »

« Ho ragione, Jason! Dammi la possibilità di dimostrartelo. »

Bourne le si mise di fronte. « Credo che sia meglio che ascolti quello che ho da dirti. »

« No! » esclamò Marie, facendolo sussultare. « Non voglio sentirlo. Non ora! »

« Un'ora fa a Parigi era l'unica cosa che volevi sentire. Adesso sentila! »

« No! Un'ora fa mi pareva di morire. Eri deciso a scappare. Senza di me. E adesso so che questa faccenda continuerà a ripetersi finché dentro di te non si fermerà. Tu senti delle parole, vedi delle cose... frammenti di realtà che ti ritornano in mente e che non riesci a capire ma, poiché esistono, condanni te stesso. Non farai che condannarti finché qualcuno non ti dimostrerà che qualunque cosa tu abbia fatto... ci sono degli altri che ti strumentalizzano, che ti sacrificano. Ma c'è anche qualcuno che ti vuole aiutare, che ci vuole aiutare. È questo il messaggio! So di aver ragione e te lo voglio dimostrare. Dammene la possibilità! »

Bourne la tenne per le braccia in silenzio, fissando il bel viso pieno di dolore e di speranza inutile, guardandole gli occhi imploranti. Si sentiva pervaso da una sofferenza tremenda. Forse così era meglio; avrebbe visto da sola come stavano le cose, la sua paura l'avrebbe spinta a dargli retta, l'avrebbe portata a capire. Tra loro era tutto finito. *Sono Cain...* « D'accordo, telefona pure, ma fallo a modo mio. » Si staccò da lei e andò al telefono; chiamò il centralino dell'Auberge du Coin. « Stanza 341. Mi hanno appena chiamato degli amici di Parigi con i quali staremo qualche giorno. C'è una stanza per loro, vicino all'atrio? Bene. Si chiamano Briggs, sono una coppia di americani. Vengo giù e pago in anticipo per conto loro. Così mi dà la chiave. Bene. La ringrazio. »

« Cosa vuoi fare? »

« Ti voglio dimostrare una cosa » disse. « Dammi uno dei tuoi vestiti » proseguì. « Il più lungo che hai. »

« Cosa? »

« Se vuoi fare la tua telefonata, devi fare come dico io. »

« Sei matto. »

« L'ho già ammesso » consentì Jason, prendendo dalla valigia una camicia e un paio di calzoni. « Il tuo vestito, per favore. »

Quindici minuti dopo la stanza dei signori Briggs, a sei porte di distanza dalla loro e dall'altra parte dell'atrio, era pronta. I vestiti erano stati sistemati, alcune luci erano rimaste accese, altre non funzionavano perché le lampadine erano state svitate.

Jason tornò nella loro stanza; Marie lo aspettava in piedi davanti al telefono. « Siamo pronti. »

« Cos'hai fatto? »

« Quel che volevo fare, anzi che dovevo fare. Adesso puoi telefonare. »

« È molto tardi. Se non lo trovassi? »

« Credo che lo troverai. In caso contrario, ti daranno il numero di casa. Sul registro delle telefonate a Ottawa, il suo nome c'era; doveva esserci. »

« Immagino di sì. »

« Quindi si saranno messi in contatto con lui. Hai bene in testa quello che gli devi dire? »

« Sì, ma non ha importanza. So di aver ragione. »

« Vedremo. Limitati a dirgli quello che ti ho detto io. Sto qui ad ascoltare. Avanti. »

Marie formò il numero. Alcuni secondi dopo le rispondeva il centralino dell'ambasciata. All'altro capo del filo c'era Dennis Corbelier. Era l'una e un quarto del mattino.

« Cristo santo, dove sei? »

« Aspettavi una mia telefonata? »

« Speravo proprio che mi chiamassi! C'è una gran baraonda qui. È dalle cinque del pomeriggio che sono qui ad aspettare. »

« E anche Alan. A Ottawa. »

« Alan chi? Di cosa stai parlando? Dove diavolo sei? »

« Prima voglio sapere cos'hai da dirmi »

« Che cos'ho da dirti? »

« Hai un messaggio per me, Dennis. Qual è? »

« Qual è cosa? Che messaggio? »

Marie impallidì. « Non ho ammazzato nessuno a Zurigo. Non avrei... »

« E allora, per l'amor del cielo, » la interruppe il diplomatico « vieni qui! Ti daremo tutta la protezione che possiamo. Qui nessuno ti può toccare! »

« Dennis, stammi a sentire! Tu aspettavi una mia telefonata, vero? »

« Sì, certo. »

« Qualcuno ti ha detto di star lì ad aspettare, vero? »

Una pausa di silenzio, poi Corbelier riprese a parlare, con un tono di voce più basso. « Sì, me l'hanno detto. »

Marie riprese a respirare. « E vogliono che ci aiutiate? »

« Con quel "ci", » replicò Corbelier « intendi dire che lui è lì con te? »

Bourne era vicinissimo a lei, a capo chino per ascoltare le parole di Corbelier. Annuì.

« Sì » rispose. « Siamo insieme, ma in questo momento è uscito per qualche minuto. È tutto falso, te l'hanno detto, vero? »

« Tutto quello che hanno detto è che bisognava trovarti, proteggerti. Vogliono davvero aiutarti: vogliono mandare un'auto a prenderti. Una delle nostre, con targa diplomatica. »

« Chi sono loro? »

« Non so come si chiamano e non devo saperlo. So solo il grado che hanno. »

« Grado? »

« Sono specialisti, FS-Cinque. Uno dei più alti. »

« Di loro ti fidi? »

« Mio Dio, certo! Si sono messi in contatto con me attraverso Ottawa. I loro ordini sono arrivati da Ottawa. »

« Sono lì all'ambasciata? »

« No, sono in un altro posto, pronti a intervenire. » Corbelier tacque, evidentemente esasperato. « Cristo, Marie... dove sei? »

Bourne annuì di nuovo.

« Siamo all'Auberge du Coin a Montrouge. Sotto il nome Briggs. »

« Ti mando subito la macchina. »

« No, Dennis! » protestò Marie, guardando Jason che con lo sguardo le ordinava di seguire le istruzioni. « Mandala domani mattina. Domani mattina presto... anche tra quattro ore, se preferisci. »

« Non posso fare una cosa del genere! Nel tuo interesse. »

« Devi fare così; non sai come stanno le cose. Lui è intrappolato e ha paura; vuole scappare. Se sapesse che ti ho telefonato, l'avrebbe già fatto. Dammi tempo. Posso convincerlo a consegnarsi. Dammi ancora qualche ora. È confuso, ma dentro di sé sa che ho ragione. » Marie parlava guardando Bourne.

« Che tipo è questo figlio di buona donna? »

« È un tipo terrorizzato » rispose Marie. « Uno che viene strumentalizzato. Mi serve tempo. Concedimelo. »

« Marie... » Corbelier si fermò. « D'accordo, domani mattina presto. Diciamo... alle sei. E... Marie, loro ti vogliono aiutare. Ti possono aiutare. »

Marie riappese.

« Adesso aspettiamo » disse Bourne.

« Non capisco che cosa vuoi dimostrare. Naturalmente lui chiamerà gli FS-Cinque e, altrettanto naturalmente, loro verranno qui. Cosa ti aspetti? Ha addirittura ammesso che cosa avrebbe fatto, cosa crede di dover fare. »

« E questi FS-Cinque del ministero degli Esteri sono quelli che ci inviano il messaggio? »

« La mia ipotesi è che ci porteranno da chi l'ha spedito. Oppure, se è — o se sono — troppo lontani ci metteranno in contatto con loro. Non sono mai stata così sicura in tutta la mia vita professionale. »

Bourne la guardò. « Spero che tu abbia ragione, perché è solo la tua vita che mi preoccupa. Se gli indizi contro di te non fanno parte di nessun messaggio, se sono stati diffusi da esperti per trovare me — e se la polizia di Zurigo è convinta che sono veri —, allora io sono proprio quell'uomo terrorizzato di cui parlavi a Corbelier. Nessuno più di me desidera che tu abbia ragione. Però sono convinto che ti sbagli. »

Alle tre e due minuti le luci del corridoio del motel tremolarono e si spensero, lasciando nel buio quasi completo il grande atrio. Rimase accesa solo la luce che scendeva dalle scale. Bourne, in piedi dietro la porta della camera con la pistola impugnata, le luci spente, controllava il corridoio da uno spiraglio. Dietro di lui, Marie scrutava sopra la sua spalla. Tutti e due tacevano.

Udirono un rumore di passi, soffocato, inconfondibile. Due paia di scarpe che salivano le scale, due scalpiccii distinti, decisi. Pochi secondi dopo contro la luce fioca si stagliarono due sagome umane. Marie involontariamente ebbe un ansito strozzato; Jason allungò una mano e le tappò deciso la bocca. Marie aveva capito; aveva riconosciuto uno dei due: l'aveva già visto. A Zurigo, nella Steppdeckstrasse, pochi minuti prima che un altro uomo ordinasse di ucciderla. Era il biondo che avevano spedito nella stanza di Bourne, ora venuto a Parigi per identificare il bersaglio che aveva mancato. Nella sinistra, il biondo reggeva una sottile torcia elettrica, nella destra una pistola a canna lunga, ingrossata da un silenziatore.

L'altro era più piccolo, più solido, con una camminata vagamente animalesca: spalle e torace si muovevano con scioltezza, accompagnando le gambe. Portava un impermeabile con il bavero rialzato e un cappello a tesa piccola, che gli nascondeva il viso. Bourne lo osservò con attenzione; c'era qualcosa di familiare nella sua figura, nel modo di camminare, di tenere la testa. Di chi si trattava?

Ma non c'era tempo per pensarci; i due si stavano avvicinando alla porta della stanza riservata a Mr. e Mrs. Briggs. Il biondo aveva puntato la torcia sul numero della stanza e ora l'aveva abbassata sulla serratura.

Gli istanti che seguirono li lasciarono stupefatti per la rapidità e l'efficienza dell'azione. L'uomo tarchiato, che aveva un mazzo di chiavi nella destra, lo mise sotto il raggio della torcia e ne scelse una. Nella sinistra impugnava un'arma che controluce mostrava un silenziatore per cartucce di grosso calibro, molto simile al potente Sternlicht Luger usato dalla Gestapo durante la seconda guerra mondiale. Era in grado di perforare il cemento armato, con un rumore non più forte di un colpo di tosse. Era l'ideale per colpire di notte in un quartiere silenzioso. Gli abitanti delle case vicine non avrebbero sentito nulla, si sarebbero semplicemente accorti, al mattino, di una scomparsa.

L'uomo tarchiato infilò la chiave, la fece girare senza rumore, puntò la canna contro la serratura. Tre rapidi colpi di tosse accompagnarono tre lampi di luce. Il legno intorno alla serratura andò in frantumi. La porta si aprì; i due killer si precipitarono dentro.

Due istanti di silenzio, poi un susseguirsi di spari soffocati, accompagnati da bagliori. La porta venne richiusa con forza, ma si riaprì mentre da dentro arrivavano degli schianti. Infine qualcuno trovò una luce: si accese un momento, poi venne mandata a schiantarsi, con furia, sul pavimento, in un tintinnio di vetri rotti. Dalla gola di uno dei due killer uscì un grido di rabbia.

I due uomini corsero fuori con la pistola puntata, convinti di trovarsi in trappola, sconcertati nel non vedere nessuno. Corsero verso la scala e scesero a precipizio mentre la porta a destra della stanza da dove erano usciti si apriva: un ospite dell'albergo scrutò fuori ammiccando, scrollò le spalle e richiuse. Nell'atrio buio tornò il silenzio.

Bourne rimase fermo dov'era, con un braccio stretto intorno alle spalle di Marie, che tremava premendogli il capo sul petto, incredula, scossa da singhiozzi isterici. Jason lasciò passare qualche minuto fino a quando il tremito fu cessato e ai singhiozzi seguì un respiro irregolare. Marie non poteva più aspettare; doveva vedere con i suoi occhi come stavano le cose. Vederle fino in fondo, trarne un'impressione indelebile. Doveva capire definitivamente. *Sono Cain. Sono la morte.*

« Andiamo » sussurrò.

La prese per un braccio portandola nel corridoio, guidandola verso la stanza che rappresentava la sua prova definitiva. Aprì la porta schiantata ed entrarono.

Marie rimase immobile, respinta e insieme ipnotizzata dallo spettacolo. All'altezza dello stipite della porta sulla destra si vedeva la sagoma indistinta di una figura umana. La luce dietro era così debole che se ne percepiva solo il contorno, e solo quando gli occhi s'erano abituati alla semioscurità. Era la figura di una donna in abito lungo; il tessuto si agitava piano sotto la brezza che entrava dalla finestra.

La finestra. Davanti c'era una seconda figura, anch'essa appena visibile, rivelata solo dai fiotti di luce lontani dell'autostrada. Le braccia, sembravano mosse da brevi sussulti spastici.

« Oh Dio » disse Marie, raggelata. « Accendi le luci, Jason! »

« Non funzionano » rispose. « Solo due abat-jours; loro ne hanno trovata una. » Attraversò cauto la stanza e prese la lampada caduta sul pavimento, alla base della parete. S'inginocchiò e la accese; Marie rabbrividì. Appeso al telaio della porta del bagno, tenuto su da fili strappati a una tenda c'era il suo abito lungo, mosso dalla brezza invisibile. Era pieno di fori di pallottole.

Davanti alla finestra Bourne aveva appeso una sua camicia e un paio di calzoni. Le maniche erano lacerate in alto e l'aria che entrava dalla finestra le gonfiava facendole oscillare. La camicia era trapassata da una mezza dozzina di buchi che si allungavano diagonalmente sul torace.

« Eccolo, il tuo messaggio » disse Jason. « Adesso sai che cosa vuol dire. E adesso credo che sia meglio che tu mi stia ad ascoltare. »

Marie non gli rispose. Si avvicinò piano al suo vestito esaminandolo come se non credesse a quel che vedeva. Senza che nulla lo lasciasse prevedere, piroettò su se stessa, con gli occhi in fiamme, senza più lacrime. « No! C'è un errore! Dev'esserci un terribile errore! Telefona all'ambasciata. »

« Cosa? »

« Fa' quello che ti dico. Telefona subito! »

« Smettila, Marie. Devi capire come stanno le cose. »

« No, maledizione! Sei tu che devi capire! Le cose non si sarebbero svolte così. Non potevano svolgersi così. »

« Si sono svolte così. »

« Telefona all'ambasciata! Prendi quel telefono e chiama! Chiedi di Corbelier. Fallo subito, per l'amor del cielo! Se rappresento qualcosa per te, fa' quel che ti dico! »

Bourne non poteva rifiutare. L'intensità della richiesta stava annientando tutti e due. « E che cosa devo dire? » domandò andando al telefono.

« Prima mettiti in contatto! Ecco di che cosa ho paura... oh, Dio, sono così spaventata! »

« Il numero qual è? »

Marie glielo disse; Bourne lo formò e, per un tempo interminabile rimase ad attendere che il centralino rispondesse. Finalmente entrò in contatto con una centralinista in preda al panico che parlava con voce spezzata, a volte incomprensibile. Si udivano grida, ordini secchi in inglese e in francese. Dopo pochi secondi seppe perché.

Dennis Corbelier, all'una e quaranta del mattino, mentre scendeva i gradini dell'ambasciata canadese di rue Montagne era stato ucciso con un colpo alla gola.

« Eccola l'altra parte del messaggio » sussurrò Marie, esausta, guardandolo negli occhi. « E adesso sono disposta ad ascoltare tutto quello che devi dirmi. Il messaggio era stato effettivamente inviato, ma non a noi due, non a me. Solo a te e solo tu dovevi capirlo. »

22

I quattro uomini, uno alla volta, arrivarono all'affollato Hilton Hotel di Washington, sulla 16ª Strada. Ciascuno prese un ascensore diverso ma, invece di uscire al piano prestabilito, scese due o tre piani più in alto, raggiungendolo poi a piedi. Non c'era stato tempo di riunirsi fuori dal Distretto di Columbia: mai avevano affrontato una crisi così grossa. I quattro facevano parte della Treadstone Seventy-One – gli unici ancora vivi. Gli altri erano morti, massacrati in una tranquilla via alberata di New York.

Due erano personaggi conosciuti al pubblico, in misura diversa: un anziano senatore del Colorado e il brigadier generale I. A. Crawford, soprannominato Culo di Ferro, portavoce dei servizi segreti dell'Esercito e custode della banca dati G-Due. Gli altri due erano virtualmente sconosciuti, fuorché nei corridoi delle rispettive basi operative. Uno, un ufficiale di Marina di mezza età era in forza al controllo informazioni del V Distretto navale. Il quarto ed ultimo, quarantasei anni, era un veterano della CIA e dava l'impressione di una sottile molla di rabbia compressa. Camminava con un bastone: aveva perduto un piede per lo scoppio di una granata nell'Asia sud-orientale, quando era un agente segreto addetto all'Operazione Medusa. Si chiamava Alexander Conklin.

Non c'erano tavoli da conferenza in quella stanza che era una comune camera d'albergo con due letti gemelli, un divano, due poltrone e un tavolo per la prima colazione: una scelta insolita per una riunione a cui partecipavano solo le quattro menti che custodivano i segreti della Treadstone Seventy-One.

Il senatore sedeva a un'estremità del divano accanto all'ufficiale di Marina. Conklin si calò in una poltrona, allungando la gamba irrigidita, con il bastone tra le gambe, mentre il brigadier generale Crawford, il viso paonazzo, i muscoli della mascella contratti dalla rabbia, rimaneva in piedi.

« Mi sono messo in contatto con il presidente » disse il senatore, passandosi una mano sulla fronte. Si vedeva che non aveva dormito. « Dovevo farlo; avevo un appuntamento per stasera. Ciascuno di voi mi deve dire tutto quello che sa. Cominci lei, generale. Che cosa è successo, in nome di Dio? »

« Il maggiore Webb aveva un appuntamento con il suo autista all'incrocio tra Lexington Avenue e la 72ª. Non ci dovevano essere ritardi. Alle 23.30 l'autista, non vedendolo, si è allarmato perché l'aeroporto nel New Jersey dove doveva portarlo è piuttosto lontano. Il sergente che ricordava l'indirizzo – quasi solo perché gli era stato detto di dimenticarlo – è andato sul posto e ha visto che le chiavarde di sicurezza erano fuori posto e che la porta era aperta; tutti i sistemi d'allarme erano stati cortocircuitati. Sul pavimento dell'atrio c'era del sangue, sulla scala c'era la donna, morta. Il sergente ha attraversato l'atrio, è entrato nella sala operativa e ha trovato gli altri cadaveri. »

« Merita una promozione, senza pubblicità » disse l'ufficiale di Marina.

« Come mai dice una cosa del genere? » chiese il senatore.

Fu Crawford a rispondere. « Ha avuto la presenza di spirito di chiamare il Pentagono e di insistere per parlare sul sistema di comunicazione protetto, all'interno. Ha specificato la frequenza dello *scrambler*, ora e luogo di ricezione e ha detto che voleva parlare con chi aveva spedito il messaggio. Non ha detto una parola a nessuno finché non sono andato io all'apparecchio. »

« Mandalo alla scuola di guerra, Irwin » disse Conklin asciutto, stringendo il bastone tra le mani. « È più abile della maggior parte dei pagliacci che la frequentano di solito. »

« Non solo questa è un'osservazione gratuita, Conklin, » lo ammonì il senatore « ma è palesemente offensiva. Prosegua, generale, la prego. »

Crawford scambiò un'occhiata con l'uomo della CIA. « Mi sono messo in contatto con il colonnello Paul McClaren, a New York, gli ho ordinato di recarsi sul posto e gli ho detto di non fare assolutamente nulla finché non fossi arrivato io. Poi ho telefonato a Conklin e a George, abbiamo preso l'aereo insieme e siamo andati là anche noi. »

« Ho chiamato una squadra scientifica dell'FBI » aggiunse Conklin. « Non ho detto che cosa cercavamo, ma ho insistito perché tutta la casa fosse esaminata a fondo e fosse dato solo a me quello che avrebbero trovato. » Tacque, puntando il bastone verso l'ufficiale di Marina. « Poi George mi ha fornito trentasette nomi, di cui sapevamo che l'FBI aveva le impronte. È saltata fuori una serie di impronte che non ci saremmo mai immaginati. Non volevamo... crederci. »

« Quelle di Delta » disse il senatore.

« Sì » confermò l'ufficiale. « L'elenco dei nomi comprendeva tutti quelli che potevano aver saputo l'indirizzo della Treadstone. Incidentalmente c'eravamo anche noi. La stanza era stata ripulita; superfici, maniglie, vetri... salvo uno. Era un bicchiere di whisky rotto e ne rimanevano solo pochi frammenti in un angolo, sotto la tenda. Comunque sono bastati. Avevano trattenuto le impronte dell'indice e del medio della mano destra. »

« Ne siete proprio sicuri? » chiese il senatore.

« Le impronte non possono mentire, signore » fece notare l'ufficiale. « Si trovavano sui frammenti che erano ancora bagnati di brandy. Delta è l'unico oltre a noi che sapesse cosa c'era nella 71ª Strada. »

« Come possiamo esserne certi? Gli altri potrebbero aver detto qualcosa. »

« Nessuna possibilità » interruppe il brigadiere generale. « Abbott non l'avrebbe mai rivelato ed Elliot Stevens ha saputo l'indirizzo solo quindici minuti prima di arrivare sul posto, quando ha chiamato da una cabina telefonica. A parte questo — e supponendo il peggio — è difficile che abbia chiesto di farsi ammazzare. »

« E per quanto riguarda il maggiore Webb? » incalzò il senatore.

« Il maggiore » replicò Crawford « ha ricevuto l'indirizzo via radio da me dopo essere atterrato all'aeroporto Kennedy. Come lei saprà, la trasmissione è avvenuta su una frequenza G-Due attraverso lo *scrambler*. Le ricordo che anche lui ci ha lasciato la vita. »

« Già, è vero. » L'anziano senatore scosse il capo. « Sembra incredibile! *Perché?* »

« A questo punto devo sollevare un argomento piuttosto doloroso » disse il brigadier generale Crawford. « All'inizio il candidato non mi aveva entusiasmato. Capivo il piano di David e mi rendevo conto che lui aveva le qualifiche necessarie ma, come ricorderete, io non l'avrei scelto. »

« Non sapevo che avessimo poi tanto da scegliere » disse il senatore. « Avevamo un uomo – qualificato come lei ha riconosciuto – disposto ad entrare nella più stretta clandestinità per un periodo indeterminato, disposto a rischiare la vita ogni giorno, a tagliare tutti i legami con il passato. Quanti ce ne sono di uomini così? »

« Avremmo potuto trovarne uno più equilibrato » obiettò il brigadier generale. « L'avevo sottolineato, all'epoca. »

« Tu avevi sottolineato » corresse Conklin « la tua definizione di un uomo equilibrato, che io, all'epoca, avevo sottolineato essere quella di un ronzino. »

« Eravamo tutti e due nell'Operazione Medusa, Conklin » disse Crawford, sforzandosi di trattenere l'ira. « Tu non hai l'esclusiva delle capacità di giudizio. Il comportamento di Delta sul campo era di continuo, e apertamente, ostile al comando. La mia posizione mi permetteva di osservare questo campione con più chiarezza di te. »

« Nella maggior parte dei casi aveva tutti i diritti di comportarsi così. Se tu avessi passato più tempo sul campo e meno a Saigon, te ne saresti reso conto come me. »

« Ti potrà sorprendere, » replicò Crawford, sollevando la mano in un gesto di pace, « ma non sto difendendo le fesserie enormi che spesso si facevano a Saigon... nessuno potrebbe difenderle. Sto cercando di descrivere un modello di comportamento che poteva portare a quello che è successo l'altra sera nella 71ª Strada. »

L'uomo della CIA tenne gli occhi addosso al generale; la sua ostilità svanì insieme a un cenno del capo. « Lo so. Mi spiace. È questo il punto cruciale, no? Per me non è facile. Ho lavorato con Delta in una mezza dozzina di settori, era con lui a Phnom Penh ancor prima che la Medusa luccicasse negli occhi del Monaco. Dopo Phnom Penh non è più stato la stessa persona; ecco perché si è arruolato nella Medusa, perché ha voluto diventare Cain. »

Il senatore si chinò in avanti. « L'ho già sentita, ma me la racconti ancora una volta. Il presidente deve sapere tutto. »

« Sua moglie e due figli sono rimasti uccisi sul molo del fiume Mekong, bombardati e mitragliati da un aereo isolato – nessuno ha mai saputo se fosse dei nostri o degli altri. Lui odiava quella guerra, odiava tutti quelli che la facevano. È scattato. » Conklin tacque, e guardò Crawford. « E penso che tu abbia ragione, generale. È scattato di nuovo. Ce l'aveva dentro. »

« Cosa aveva dentro? » chiese secco il senatore.

« L'esplosione, credo » disse Conklin. « La diga ha ceduto. È andato oltre i suoi limiti e l'odio si è impadronito di lui. Non è difficile da capire. Ha ucciso quegli uomini, quella donna, proprio come un pazzo. Nessuno di loro se lo aspettava, salvo probabilmente la donna al piano di sopra che deve aver sentito le grida. Non è più Delta. Abbiamo creato un mito che rispondeva al nome di Cain, solo che adesso non è più un mito. È realtà. »

« Dopo tanti mesi... » Il senatore si lasciò andare contro lo schienale, mentre la voce si perdeva in un sussurro. « Perché è ritornato? E da dove? »

« Da Zurigo » rispose Crawford. « Webb si trovava a Zurigo e credo che fosse l'unico che avrebbe potuto riportarlo indietro. Il perché non lo sapremo mai, a meno che non pensi di farci fuori tutti, uno per uno. »

« Non sa chi siamo » protestò il senatore. « Come unici contatti aveva lo Yachtsman, sua moglie e David Abbott. »

« E Webb, ovviamente » aggiunse il generale.

« Certo » consentì il senatore. « Ma non all'interno della Treadstone. »

« Non ha importanza » disse Conklin, picchiettando con il bastone sul tappeto. « Sa che c'è un comitato direttivo. Webb potrebbe avergli detto che ci saremmo trovati tutti nella 71ª. Poteva ragionevolmente aspettarsi di trovarci tutti là. Avremmo avuto un sacco di domande da fargli: cos'ha fatto negli ultimi sei mesi, e sulla faccenda dei milioni di dollari. Per Delta era una soluzione perfetta. Farci fuori e scomparire. Senza lasciare tracce. »

« Come mai ne è tanto sicuro? »

« Primo: perché lui era lì » rispose Conklin, alzando la voce. « Ci sono le sue impronte su un bicchiere di brandy. E secondo: è una trappola classica che ha un paio di centinaia di variazioni. »

« Vuole spiegarsi? »

« Si sta zitti, senza farsi sentire, » intervenne il generale, osservando Conklin, « finché il nemico non riesce più a sopportarlo e salta fuori. »

« E noi siamo diventati il *suo* nemico? »

« Non ci sono più dubbi ormai » disse l'ufficiale di Marina. « Per una qualunque ragione, Delta ha cambiato bandiera. È successo altre volte... non molto spesso, grazie al cielo. Sappiamo cosa fare. »

Il senatore si chinò di nuovo in avanti. « Cioè cosa farete? »

« La sua fotografia non è mai stata diffusa » spiegò Crawford. « Ora la diffonderemo. A tutte le stazioni, a tutte le fonti e gli informatori che abbiamo. Da qualche parte dovrà pure andare e comincerà con un posto che conosce, magari solo per comprarsi un'altra identità. Spenderà dei soldi; verrà riconosciuto. A questo punto gli ordini saranno chiari. »

« Lo farete rientrare? »

« Lo faremo uccidere » disse semplicemente Conklin. « Non si fa rientrare un tipo come Delta e non si può correre il rischio che un altro governo se lo prenda. Impossibile, con quello che sa. »

« Non posso dire al presidente una cosa del genere. Ci sono delle leggi. »

« Non valgono, nel caso di Delta » asserì l'agente della CIA. « È al di là delle leggi. È al di là di qualunque ipotesi di recupero. »

« Al di là... »

« Esatto, senatore » lo interruppe il generale. « Al di là di qualunque ipotesi di recupero. Credo che la frase sia chiara. Lei dovrà decidere se precisare o meno la cosa al presidente. Sarebbe meglio... »

« Dovete vagliare tutte le possibilità » disse il senatore, interrompendo a sua volta Crawford. « La settimana scorsa ho parlato con Abbott. Mi ha detto che si stava elaborando una strategia per contattare Delta. Zurigo, la banca, il nome della Treadstone; andavano impiegati tutti questi nomi, vero? »

« Sì, ma ora non se ne fa più niente » disse Crawford. « Se non le dovesse bastare quel che è successo nella 71ª, sappia che a Delta è stato dato un chiaro segnale di rientrare. Non l'ha fatto. Cosa vuole ancora, senatore? »

« Voglio avere la certezza assoluta. »

« E io lo voglio morto. » La frase di Conklin, sebbene pronunciata a bassa voce, ebbe l'effetto di una ventata gelida, improvvisa. « Non solo ha infranto tutte le regole che ciascuno di noi ha stabilito per se stesso, ma si è buttato in una fogna. Puzza; adesso è davvero Cain. Abbiamo usato per tanto tempo il nome Delta – nemmeno Bourne, Delta – che credo che abbiamo dimenticato. Gordon Webb era suo fratello. Bisogna trovarlo. Ucciderlo. »

Parte terza

23

Mancavano dieci minuti alle tre. Bourne stava andando verso il banco del portiere dell'Auberge du Coin, mentre Marie proseguiva verso l'ingresso. Con sollievo Jason vide che non c'erano giornali sul banco, ma il portiere di notte sembrava uscito dallo stesso stampo di quello dell'albergo nel centro di Parigi. Era un uomo quasi calvo, massiccio, con gli occhi semichiusi, stravaccato in una poltrona, a braccia conserte, schiacciato dalla stanchezza e dalla depressione delle ore interminabili che aveva davanti. Questa notte però, pensò Bourne, se la sarebbe ricordata per un pezzo – anche senza contare i danni della stanza di sopra che sarebbero stati scoperti solo al mattino. Un portiere di notte a Montrouge doveva trovare per forza un mezzo di trasporto proprio.

« Ho appena telefonato a Rouen » disse Jason posando le mani sul banco, fingendosi arrabbiato, come un uomo nella cui vita privata si fossero inseriti eventi incontrollabili. « Devo partire subito e devo noleggiare un'auto. »

« Come no » sbuffò il portiere, tirandosi in piedi. « Cosa preferisce, monsieur? Un cocchio dorato o un tappeto magico? »

« Come dice? »

« Affittiamo stanze, monsieur, non automobili. »

« Devo essere a Rouen prima di mattina. »

« Impossibile. A meno che non trovi un tassista tanto matto da portarcela a quest'ora della notte. »

« Forse lei non ha capito. Se non mi trovo in ufficio per le otto, vado incontro a una grossa perdita e a una situazione molto imbarazzante. Sono disposto a pagare generosamente. »

« È in una brutta situazione, monsieur. »

« Ci sarà senz'altro qualcuno qui disposto a prestarmi la sua macchina per... diciamo millecinquecento franchi? »

« Mille... *cinquecento* franchi, monsieur? » Gli occhi semichiusi del portiere si spalancarono come due fanali. « In contanti, monsieur? »

« Naturalmente. La persona che c'è con me la riporterà domani sera. »

« Non c'è nessuna fretta, monsieur. »

« Naturalmente non c'è motivo per cui non possa noleggiare un taxi. Ma la riservatezza si paga. »

« Non saprei come trovargliene uno » lo interruppe l'impiegato frenetico nel tentativo di convincerlo. « D'altra parte, la mia Renault forse non è mica tanto nuova e forse non fila come un siluro. Ma è in ordine, non dà problemi. »

Il camaleonte aveva cambiato di nuovo colore, era stato accettato per chi non era. Ma ora sapeva chi era e capiva.

L'aurora. Non si trovavano però nella stanza calda dell'alberghetto di un villaggio, i primi raggi di luce filtrati dalle foglie appena spuntate non gettavano chiazze sulla carta da parati. Il sole appena spuntato incoronava ad oriente la campagna francese, rivelando il profilo dei campi e delle colline di Saint-Germain-en-Laye. Se ne stavano seduti nell'utilitaria parcheggiata sulla banchina di una strada secondaria deserta. Dai finestrini semiaperti uscivano volute di fumo di sigaretta.

In Svizzera l'inizio del racconto era stato: *La mia vita è incominciata sei mesi fa su un'isoletta del Mediterraneo chiamata Ile de Port Noir...*

Questa volta invece era stata una tranquilla dichiarazione: *Sono conosciuto con il nome di Cain.*

Le aveva detto tutto, senza trascurare il minimo particolare, comprese le visioni terribili che gli erano esplose nella mente quando aveva sentito le parole di Jacqueline Lavier nel ristorante di Argenteuil. Nomi, incidenti, città... omicidi.

« Tutto concorda. Non c'era nulla che non sapessi, nulla che non avessi chissà come dentro la testa, che cercava di uscire. Era la verità. »

« *Era* la verità » ripeté Marie.

Bourne la guardò con attenzione. « C'eravamo sbagliati, non vedi? »

« Forse. Ma avevamo anche ragione. Avevi ragione tu, l'avevo io. »

« A proposito di che cosa? »

« A proposito di te. Devo dirlo ancora una volta, con calma, con logica. Tu hai offerto la tua vita per la mia quando ancora non mi conoscevi; un uomo come Cain non prenderebbe una decisione del genere. Se quell'uomo è esistito, ora non esiste più. » Gli occhi avevano un'espressione implorante, la voce si manteneva controllata.

« Sei stato tu a dirlo, Jason. "Ciò che un uomo non ricorda, non esiste per lui." Forse è proprio questa la situazione in cui ti trovi. Sei in grado di uscirne? »

Bourne annuì; era venuto il momento più sgradevole. « Sì » disse. « Ma da solo. Non con te. »

Marie tirò una boccata, osservandolo. Le mani le tremavano. « Capisco. Allora è questa la tua decisione? »

« Deve essere questa. »

« Scomparirai eroicamente per evitare di coinvolgermi. »

« Devo fare così. »

« Grazie tante, e chi diavolo credi di essere? »

« Cosa? »

« Chi *diavolo* credi di *essere*? »

« Sono uno che chiamano Cain. Sono ricercato dai governi — dalla polizia — di tutta l'Asia e di tutta l'Europa. A Washington c'è della gente che vuole ammazzarmi per quello che credono che io sappia di questa Operazione Medusa; un killer chiamato Carlos vuole ammazzarmi con un colpo in gola per quello che gli ho fatto. Rifletti un momento. Quanto tempo credi che possa continuare a scappare prima che uno di tutti quegli eserciti mi trovi, mi incastri, mi uccida? È così che vuoi far finire la tua vita? »

« Buon Dio, no! » urlò Marie. Qualcosa evidentemente doveva annientare la sua razionalità. « Non intendo marciare cinquant'anni in una galera svizzera oppure finire impiccata per delle cose che a Zurigo non ho mai fatto! »

« C'è un modo per risolvere la faccenda di Zurigo. Ci ho pensato. Posso farlo io. »

« E come? » Schiacciò la sigaretta nel portacenere.

« Santo cielo, che differenza fa? Confesso. Se mi costituisco, ancora non so bene come, ce la posso fare! Posso rimettere in sesto la tua vita. Devo farlo! »

« Non in questo modo. »

« Perché no? »

Marie gli prese il viso tra le mani. « Perché ho di nuovo ragione io » spiegò con voce raddolcita. « Persino il condannato — così sicuro di essere colpevole — lo capirebbe. Cain non farebbe mai quello che ti sei appena proposto di fare. Per nessuno. »

« Ma io *sono* Cain! »

« Anche se mi costringessero ad ammettere che lo eri, adesso non lo sei più. »

« La riabilitazione definitiva? Una richiesta di lobotomia? Perdita completa della memoria? Si dà il caso che sia vero, ma non fermerebbe quelli che mi cercano. Non gli impedirebbe di premere il grilletto. »

« Questa è la peggiore delle ipotesi: non sono disposta ad accettarla. »

« Allora non vuoi guardare i fatti. »

« Guardo due fatti che pare tu abbia trascurato. Io invece non posso farlo. Me li porterò dietro tutta la vita, perché ne sono responsabile. Due uomini sono stati assassinati brutalmente perché si sono trovati tra te e un messaggio che qualcuno cercava di farti avere. Attraverso di me. »

« L'hai visto, il messaggio di Corbelier. Quanti buchi di pallottole c'erano? Dieci, quindici? »

« Vuol dire che l'hanno strumentalizzato. L'hai sentito al telefono, proprio come l'ho sentito io. Non mentiva, cercava di aiutare se non te, me di certo. »

« È... possibile. »

« Tutto è possibile. Non ho nessuna risposta, Jason, solo elementi che non collimano, cose che non si possono spiegare, ma che andrebbero spiegate. Tu nemmeno una volta hai manifestato impulsi che dovrebbero essere tipici di quello che dovresti essere. E un tipo del genere senza quegli impulsi non è in grado di esistere. Oppure non potresti essere *lui*. »

« Sono *lui*. »

« Stammi a sentire. Mi sei molto caro e questo potrebbe non farmi vedere le cose come stanno, lo so. Ma so anche qualcosa sul mio conto. Non sono una figlia dei fiori che va in giro ad occhi incantati; un po' di mondo lo conosco e studio con molta attenzione le persone che mi attirano. Forse per confermare quelli che credo siano i miei valori... e *sono* valori. I miei, di nessun altro. » Tacque e si staccò da lui. « Ho visto un uomo torturato — da se stesso e dagli altri — e ho visto che non voleva gridare. Forse tu gridi in silenzio, ma vuoi che il peso sia tutto addosso a te. E poi cerchi, scavi, ti sforzi di capire. E questa, amico mio, non è la mentalità di uno spietato killer, proprio come non lo è quello che hai fatto e che vuoi fare per me. Non so chi eri prima, o di quali delitti sei colpevole, ma non sei ciò che credi... ciò che gli altri vogliono che tu creda. Questo mi riporta a quei valori di cui ho parlato. Mi conosco. Non potrei amare l'uomo che dici di essere. Ti amo perché so chi sei. Me lo hai appena confermato ancora una volta. Nessun killer farebbe un'offerta come la tua. E l'offerta, signore, viene rispettosamente rifiutata. »

« Sei una maledetta stupida! » esplose Jason. « Io ti posso aiutare, mentre tu non puoi aiutare me! Lasciami qualcosa da fare, Cristo santo! »

« No! Non in quel modo... » Marie tacque all'improvviso. Rimase a bocca semiaperta. « Credo di sapercela fare » disse, sussurrando.

« Fare cosa? » chiese Bourne, con rabbia.

« Aiutare sia me che te. L'ho detto un attimo fa; ce l'avevo dentro da molto tempo. "Ciò che gli altri vogliono che tu creda..." »

« Di cosa diavolo stai parlando? »

« Dei tuoi delitti... di quelli che gli altri vogliono farti credere siano i tuoi delitti. »

« Li ho commessi davvero. Sono autentici. »

« Un momento. Prova a immaginare che siano effettivamente autentici, ma che non sia stato tu a commetterli. Prova a supporre che le prove siano state fabbricate – con la stessa abilità con cui sono state fabbricate contro di me – ma che il responsabile sia qualcun altro. Jason, tu non lo sai quando hai perduto la memoria. »

« A Port Noir. »

« Lì non l'hai persa, hai cominciato a ricostruirtela. *Prima* di Port Noir. Si potrebbero spiegare molte cose in questo modo. Si potrebbe spiegare tanto te quanto le contraddizioni tra te e quello che credono tu sia. »

« Ti sbagli. Nessuno potrebbe spiegare i ricordi – le immagini – che mi ritornano. »

« Forse ricordi solo quello che ti è stato detto » disse Marie. « Detto e ridetto e ridetto ancora. Finché solo questo è rimasto. Fotografie, registrazioni, stimoli visivi e auditivi. »

« Stai parlando di un vegetale ambulante sottoposto al lavaggio del cervello. Non sono così. »

Marie lo guardò negli occhi e gli si rivolse con dolcezza. « Sto parlando di un uomo intelligente, molto malato, che ha un passato che si adegua a quello che certa gente cercava. Sai quanto sarebbe facile trovare una persona del genere? Si trovano dappertutto, negli ospedali, nelle cliniche private, nei ricoveri militari. » Tacque, quindi proseguì in fretta. « Quell'articolo diceva un'altra cosa vera. Io me ne intendo abbastanza di computer, come chiunque faccia il mio mestiere. Se volessi ottenere una curva costruita con fattori isolati, saprei come fare. Inversamente, se qualcuno cercasse un uomo ricoverato per amnesia, nel cui passato si possono trovare determinate capacità, la conoscenza di certe lingue, precise caratteristiche razziali, troverebbe dei candidati negli archivi sanitari. Non ce ne sarebbero molti, nel tuo caso, forse pochi, forse solo uno. Ma loro cercavano un solo uomo, gli bastava. »

Bourne lasciò correre lo sguardo sulla campagna, cercando di aprire le porte d'acciaio della mente, cercando di trovare qualcosa che potesse dar corpo alle speranze di Marie. « Quel che stai dicendo, è che sono la riproduzione di un miraggio » osservò, piatto.

« Questa è la conseguenza, non è quello che sto dicendo. Voglio dire che può darsi che tu sia stato manipolato. Strumentalizzato. Si spiegherebbero tante cose. » Gli toccò una mano. « Mi hai detto che certe volte i ricordi pare che vogliano esplodere... che ti spacchino la testa. »

« Parole, luoghi, nomi... scatenano i ricordi. »

« Jason, non è possibile che scatenino ricordi falsi? Le cose che ti sono state dette e ripetute ma che non puoi rivivere. Che non puoi rivedere chiaramente perché non fanno parte di te. »

« Ne dubito. Ho visto quello che posso fare. L'ho già fatto altre volte. »

« Potresti averlo fatto per altri motivi!... Maledizione, io sono qui che lotto per la mia vita! Per la vita di tutti e due!... D'accordo! Sei in grado di pensare, di sentire. Prova a pensare, a sentire, adesso! Guardami e dimmi che ti sei guardato dentro, che hai guardato nei tuoi pensieri e nei tuoi sentimenti e che sei assolutamente sicuro di essere Cain! Se ci riesci — se ci riesci veramente — allora riportami a Zurigo, prenditi la colpa di tutto ed esci dalla mia vita! Se però non puoi, resta con me e lascia che ti aiuti. E amami, per l'amor del cielo. Amami, Jason. »

Bourne le prese la mano e gliela strinse. « Non è questione di sentire o di pensare. Ho visto il conto corrente della Gemeinschaft; ci sono depositi che si susseguono per molto tempo. Avallano tutto quello che sono venuto a sapere. »

« Ma quel conto corrente, quei depositi potrebbero essere stati inventati ieri, la settimana scorsa, sei mesi fa. Tutto quello che hai sentito e letto sul tuo conto potrebbe far parte di uno schema elaborato da quelli che ti vogliono far prendere il posto di Cain. Tu *non* sei Cain, ma vogliono farti credere di esserlo, vogliono farlo credere ad altri. Però c'è qualcuno che sa che non è vero e sta cercando di dirtelo. Anch'io ho le mie prove. L'uomo che amo è vivo, ma due miei amici sono morti perché si trovavano tra te e quello che ti voleva far arrivare il messaggio, quello che cercava di salvarti la vita. Sono stati uccisi dalle stesse persone che ti vogliono sacrificare a Carlos al posto di Cain. Prima dicevi che tutti i particolari quadravano. Non era vero, Jason, mentre questi invece quadrano! Spiegano chi sei. »

« Sono una conchiglia vuota che non ha nemmeno i ricordi che crede di avere? Pieno di diavoli che non fanno che scalciare per uscire? Non è una bella prospettiva. »

« Non sono diavoli, caro. Sono elementi della tua personalità...

elementi furiosi, che urlano per uscire perché non appartengono alla conchiglia che tu gli hai dato. »

« E se mando a pezzi la conchiglia, cosa trovo? »

« Molte cose. Qualcuna buona, qualcuna cattiva, molte ferite. Ma non troverai Cain, te lo prometto. Io credo in te, caro. Ti prego, non cedere. »

Jason rimase cogitabondo; c'era una parete di vetro tra di loro. « E se ci sbagliassimo? Se ci sbagliassimo definitivamente? »

« Allora lasciami subito. Oppure ammazzami. Non m'importa. »

« Ti amo. »

« Lo so. Ecco perché non ho paura. »

« Ho trovato due numeri di telefono nell'ufficio della Lavier. Il primo era di Zurigo, l'altro di Parigi. Con un po' di fortuna, possono farmi arrivare al numero che mi serve. »

« New York. La Treadstone? »

« Sì. La risposta è là. Se non sono Cain, a quel numero qualcuno sa chi sono. »

Tornarono a Parigi supponendo che sarebbero passati molto più inosservati tra la folla cittadina che in un alberghetto isolato di campagna. Un uomo biondo con un paio di occhiali di tartaruga e una donna appariscente ma dall'aria severa, senza trucco, con i capelli tirati all'indietro come una studentessa della Sorbona, non sarebbero sembrati fuori posto a Montmartre. Presero una stanza al Terrasse, di rue de Maistre, dicendo di essere una coppia di coniugi belgi.

In camera rimasero per un momento immobili; non erano necessarie parole per dire quel che vedevano e sentivano. Si abbracciarono, accarezzandosi, stringendosi, escludendo il mondo che non dava loro pace, che li teneva in equilibrio su un filo teso sopra un abisso oscuro; se uno dei due fosse caduto, anche per l'altro sarebbe stata la fine.

Bourne per il momento non poteva mimetizzarsi. Sarebbe risultato falso e non c'era spazio per artifici. « Abbiamo bisogno di riposare un po' » disse. « Ci serve un po' di sonno. Sarà una giornata faticosa. »

Fecero l'amore. Con dolcezza, totalmente, insieme nel tepore del letto. E ci fu un momento in cui, senza respiro, si strinsero con forza, sempre più presi dal desiderio di allontanare gli orrendi rumori e il terribile spettacolo del mondo oscuro che li sballottava qua e là. All'improvviso capirono che stavano per uscirne, per tuffarsi in un mondo molto migliore, dove al posto delle tenebre c'erano sole e acque azzurre. Vi corsero incontro febbrilmente, con furia, e finalmente riuscirono ad uscire e lo trovarono.

Si addormentarono esausti tenendosi per mano.

Fu Bourne il primo a svegliarsi, sentendo il rumore dei clacson e dei motori nella strada sotto. Guardò l'orologio: l'una e dieci del pomeriggio. Avevano dormito quasi cinque ore, forse meno del necessario ma abbastanza. Sarebbe stata una giornata lunga. Non sapeva bene che cosa avrebbe fatto; sapeva solo di avere due numeri telefonici che avrebbero dovuto portarlo a un terzo. A New York.

Si voltò verso Marie, che respirava profondamente accanto a lui, con quel suo bellissimo viso appoggiato all'orlo del cuscino, le labbra socchiuse, a pochi centimetri dalle sue. La baciò e Marie lo strinse, ad occhi chiusi.

« Sei una rana e io farò di te un principe » disse sonnacchiosa. « O è il contrario? »

« Potrebbe essere un gran miglioramento, ma per il momento non rientra nelle mie prospettive. »

« E allora rimarrai una rana. Salta, ranocchia. Fammi divertire. »

« Inutile. Salto solo quando mi danno da mangiare mosche. »

« Le rane mangiano mosche? Mi sa di sì. Brrr, terribile. »

« Avanti, apri gli occhi. Dobbiamo cominciare a saltare. Dobbiamo andare a caccia. »

Marie lo guardò ammiccando. « A cacciare cosa? »

« Me » rispose.

Da una cabina telefonica di rue Lafayette, un certo mister Briggs chiese di parlare, con addebito al destinatario, a un certo numero di Zurigo. Bourne pensava che Jacqueline non avrebbe perso tempo a dare l'allarme. Zurigo doveva averlo senz'altro ricevuto.

Quando udì squillare il telefono, Jason si fece da parte e diede la cornetta a Marie che sapeva cosa doveva dire.

Non ne ebbe la possibilità. All'altro capo parlava il centralinista di Zurigo.

« Ci dispiace ma il numero che lei ha chiesto non è più in servizio. »

« Ma se lo era due giorni fa » esclamò Marie. « È un caso di emergenza. Lei non ha un altro numero? »

« Il telefono è stato disattivato, madame. Non abbiamo nessun altro numero. »

« Forse mi hanno dato quello sbagliato. È una questione della massima urgenza. Potrebbe dirmi chi è l'intestatario? »

« Purtroppo non è possibile. »

« Le ripeto, è un caso di emergenza! Può farmi parlare con il suo superiore? »

« Nemmeno lui può far nulla. Questo numero non è registrato sull'elenco. Buon pomeriggio, madame. »

La comunicazione si interruppe. « Ha riattaccato » disse Marie.

« Ci hanno messo troppo a scoprirlo » osservò Bourne, guardando lungo la strada. « Filiamo da qui. »

« Credi che possano risalire a questo posto? A Parigi? In un telefono pubblico? »

« In tre minuti si può sapere da che distretto parte la chiamata. In quattro, possono circoscriverla a una mezza dozzina di isolati. »

« Come fai a saperlo? »

« Vorrei sapertelo dire. Andiamo. »

« Jason. Perché non aspettiamo standocene nascosti? »

« Perche non so cosa cercare, mentre loro sì. Hanno una fotografia su cui basarsi; potrebbero mettere degli uomini in osservazione in tutta la zona. »

« Io non assomiglio affatto alla foto dei giornali. »

« Non si tratta della tua foto: della mia. Andiamo! »

Si allontanarono rapidamente tra la folla finché non furono arrivati al boulevard Malesherbes, a dieci isolati di distanza. Trovarono un'altra cabina telefonica, di un distretto diverso. Questa volta non era necessario passare per il centralino, la telefonata era diretta a Parigi. Marie entrò con le monete in mano e formò il numero; era preparata.

Ma le parole che le arrivarono dall'altra parte della linea la lasciarono allibita:

« *La sésidence du Général Villiers. Bonjour... Allô? Allô?* ».

Rimase per un attimo senza parole, fissando l'apparecchio. « *Je m'excuse* » sussurrò. « *Une erreur.* » Riappese.

« Cosa è successo? » chiese Bourne, aprendo la porta di vetro. « Cosa c'è? Chi ha risposto? »

« È assurdo » rispose lei. « È il numero di uno degli uomini più potenti e più rispettati di Francia. »

24

« André François Villiers » ripeté Marie accendendosi una sigaretta. Erano tornati nella loro stanza al Terrasse per valutare la situazione, per analizzare quell'informazione stupefacente. « Uscito da Saint-Cyr, eroe della seconda guerra mondiale, una leggenda della Resistenza e, fino all'abbandono dell'Algeria, erede designato di De

Gaulle. Un legame tra quest'uomo e Carlos è semplicemente incredibile, Jason. »

« Il legame c'è. Credici. »

« È pressoché impossibile. Villiers è uno degli uomini più onorati di Francia, ha antenati che risalgono al diciassettesimo secolo. Attualmente è uno dei deputati più influenti dell'assemblea nazionale — più a destra di Carlo Magno, per essere sinceri — ma in pratica è un militare tutto legge e ordine. Sarebbe come voler trovare un legame tra Douglas MacArthur e un killer della mafia. Non ha senso. »

« Allora proviamo a trovarlo, un senso. Come mai la rottura con De Gaulle? »

« A causa dell'Algeria. Nei primi anni Sessanta, Villiers apparteneva all'OAS: era uno dei colonnelli sotto il comando di Salan. Si opponevano agli accordi di Evian che davano l'indipendenza all'Algeria, perché erano convinti che di diritto appartenesse alla Francia. »

« I colonnelli di Algeri » disse Bourne che, come per molte altre parole e molte altre frasi non sapeva da dove venissero o perché le dicesse.

« Per te vuol dire qualcosa? »

« Deve voler dire qualcosa, ma non so cosa. »

« Prova a pensare » disse Marie. « Perché i "colonnelli di Algeri" hanno fatto risuonare una corda dentro di te? Cos'è la prima cosa che ti viene in mente? Dilla subito! »

Jason la guardò, sentendosi impotente, poi le parole gli salirono alle labbra. « Attentati... infiltrazioni. *Provocateurs*. Bisogna studiarli; bisogna studiarne i meccanismi. »

« *Perché?* »

« Non so. »

« Le decisioni si basano su quello che hai imparato? »

« Suppongo di sì. »

« Che decisioni? Cosa decidi? »

« Destabilizzazioni. »

« Cosa vuol dire per te questa parola? »

« Non lo so! Non riesco a pensare! »

« D'accordo... d'accordo. Ci ritorneremo su qualche altra volta. »

« Non c'è tempo. Torniamo a Villiers. Dopo l'Algeria cosa è successo? »

« C'è stata una specie di riconciliazione con De Gaulle. Villiers non era mai stato implicato direttamente nelle attività terroristiche e il suo passato militare imponeva una riconciliazione. È tornato in Francia, accolto con onore, come un combattente di una causa perduta ma rispettabile. Ha riavuto il comando, è stato promosso generale, poi s'è dato alla politica. »

« Quindi adesso fa politica attiva? »

« È più un portavoce che altro. È un anziano uomo di Stato. È un militarista accanito, che protesta sempre contro la riduzione della potenza militare francese. »

« Howard Leland » disse Jason. « Ecco il legame con Carlos. »

« Come? Perché? »

« Leland è stato assassinato perché interferiva con le esportazioni di armi del Quai d'Orsay. Non c'è bisogno d'altro. »

« Sembra incredibile, un uomo come lui... » La voce di Marie si spense; un ricordo la colpì. « Suo figlio è stato assassinato. Un delitto politico, roba di cinque o sei anni fa. »

« Parlamene. »

« Hanno fatto saltare la sua auto in rue du Bac. La cosa è finita su tutti i giornali. Era lui il politico attivo, conservatore come suo padre, che si opponeva in ogni occasione ai socialisti e ai comunisti. Era un parlamentare giovane, faceva ostruzionismo quando si votavano spese sociali, ma in realtà era molto popolare. Un aristocratico pieno di fascino. »

« Chi l'ha ucciso? »

« È stata fatta l'ipotesi che fossero dei fanatici comunisti. Era riuscito a bloccare una legge voluta dall'estrema sinistra. Dopo il suo assassinio, il blocco di opposizione andò in pezzi e la legge passò. Molti pensano che sia stato per questo che Villiers si sia dimesso dall'esercito per presentarsi candidato all'Assemblea Nazionale. Ecco perché un legame mi pare così improbabile, così contraddittorio. Dopo tutto, suo figlio è stato assassinato; si può pensare che l'ultima persona con cui voglia aver a che fare sia un assassino di professione. »

« Ma c'è dell'altro. Hai detto che è stato accolto con onore a Parigi perché non era mai stato implicato direttamente in attività terroristiche. »

« Se lo è stato, » lo interruppe Marie « è una faccenda sepolta. Qui sono più tolleranti nei confronti delle cause passionali che riguardano patria e letto. E poi non dimenticare che era l'erede designato di De Gaulle. »

« Ma quando si è terroristi lo si rimane per sempre, non dimenticartelo. »

« Non sono d'accordo. La gente cambia. »

« In certe cose no. Nessun terrorista dimentica mai l'effetto che hanno avuto le sue azioni; ci vive sopra. »

« Come lo sai? »

« Non sono sicuro di volermelo chiedere per il momento. »

« E allora non farlo. »

« Ma sul conto di Villiers sono sicuro. Lo raggiungerò. » Bourne andò al comodino e prese l'elenco telefonico. « Vediamo se c'è il suo numero qui. Mi serve il suo indirizzo. »

« Non riuscirai ad avvicinarlo. Se è uno dei contatti di Carlos, sarà protetto. Ti uccideranno a vista: hanno la tua foto, ricordi? »

« Non gli servirà. Sarò diverso dall'uomo che cercano. Ecco qua: Villiers, A.F. Parc Monceau. »

« Comunque non riesco ancora a crederci. Il solo fatto di sapere a chi telefonava avrebbe dovuto lasciar sconvolta la Lavier. »

« Oppure averla spaventata al punto di farle fare qualunque cosa. »

« Non ti pare strano che le abbiano dato quel numero? »

« No, date le circostanze. Carlos vuole che i suoi "mosconi" sappiano che non scherza. Vuole Cain. »

Marie si alzò. « Jason? Cos'è un "moscone"? »

Bourne la guardò. « Non so... qualcuno che lavora alla cieca per qualcun altro. »

« Alla cieca? Senza vedere? »

« Senza sapere. Uno che pensa di fare una cosa mentre in realtà ne sta facendo un'altra. »

« Non capisco. »

« Facciamo l'ipotesi che io ti dica di tener d'occhio una macchina a un certo incrocio. L'auto non si fa vedere, ma il fatto che tu sia lì dice a un altro che ti tiene d'occhio che è successo una certa cosa. »

« Dal punto di vista aritmetico è un messaggio impossibile da rintracciare. »

« Sì, immagino di sì. »

« È questo che è successo a Zurigo. Walther Apfel era un "moscone". Ha diffuso la storia del furto senza sapere che cosa diceva in realtà. »

« E cioè? »

« Forse ti si stava dicendo di contattare qualcuno che conosci molto bene. »

« La Treadstone Seventy-One » osservò Jason. « Si torna a Villiers. Carlos mi ha trovato a Zurigo attraverso la Gemeinschaft; questo significa che doveva sapere qualcosa sul conto della Treadstone. È probabile che anche Villiers lo sappia. In caso contrario, c'è un modo per spingerlo a scoprirlo per conto nostro. »

« E come? »

« La sua fama. Se è quello che tu dici che sia, deve aver un concetto molto alto del proprio nome. L'onore di Francia messo accanto a un porco come Carlos potrebbe aver un effetto. Minaccerò di rivolgermi alla polizia, ai giornali. »

« Semplicemente si limiterebbe a negarlo. Direbbe che è offensivo. »

« Lo dica pure. Non lo è. Questo è il suo numero, ed era nell'ufficio della Lavier. Del resto, se si tira indietro finisce sugli annunci mortuari. »

« Devi ancora metterti in contatto con lui. »

« Lo farò. Sono un po' un camaleonte, ricordi? »

La via alberata di Parc Monceau gli sembrava in qualche modo familiare, ma non come se ci fosse già passato. Era l'atmosfera piuttosto. Due file di case di pietra ben tenute, porte e finestre terse e luccicanti, infissi in perfetto ordine, scale pulite, stanze illuminate piene di piante d'appartamento. Era un viale ben tenuto in un quartiere ricco della città. Sapeva di essersi già trovato in una strada come quella, e che il fatto doveva avere un certo significato.

Erano le sette e trentacinque di sera. Si era di marzo e la serata era fredda, il cielo limpido. Il camaleonte si era vestito per l'occasione. I capelli biondi erano nascosti sotto un berretto, il collo sotto il bavero di una giacca che portava sulla schiena il nome di una ditta di recapiti postali. Dalla spalla gli pendeva una borsa di tela semivuota, come se fosse alla fine del giro di consegne. Gli rimanevano solo due o tre fermate, al massimo quattro o cinque se gli fosse sembrato necessario, ma questo l'avrebbe deciso sul momento. Non consegnava affatto lettere, ma dépliant che pubblicizzavano i piaceri dei Bateaux Mouche; li aveva presi nell'atrio di un albergo. L'intenzione era quella di scegliere a caso alcune case vicine a quelle del generale Villiers e di infilarli nelle cassette postali. Avrebbe notato tutto quel che vedeva, e una cosa in particolare. Che tipo di protezione aveva la residenza di Villiers? Chi faceva da sentinella al generale, quanti erano?

E proprio perché era convinto di trovare o un servizio di protezione in una macchina parcheggiata nelle vicinanze o delle sentinelle, rimase sconcertato quando non vide nessuno. André François Villiers, militarista, portavoce della destra, legato in prima persona a Carlos, non era protetto da nessun dispositivo di sicurezza. Considerata l'enormità del suo crimine, Villiers era o arrogante fino all'incoscienza o imbecille.

Jason salì i gradini della villa adiacente, a non più di sei metri da quella di Villiers. Infilò il dépliant nella cassetta, tenendo d'occhio le finestre della casa del generale, cercando un viso, una figura umana. Niente.

All'improvviso la porta si aprì. Bourne si accucciò, infilando una mano sotto la giacca per impugnare la pistola, convinto di essere lui, ora, l'imbecille. Qualcuno più attento di lui l'aveva notato. Ma le frasi che udì gli fecero capire di essersi sbagliato. Una coppia di mezza età — una cameriera in uniforme, e un uomo in giacca scura — si erano fermati a parlare sulla soglia.

« Bada che siano puliti i portacenere » disse la donna. « Lo sai che non sopporta di trovarli pieni. »

« Oggi pomeriggio è andato in giro in macchina » rispose l'uomo. « Vuol dire che saranno pieni. »

« Vuotali in garage; il tempo ce l'hai. Non scende prima di dieci minuti. Deve essere a Nanterre per le otto e mezza. »

L'uomo annuì, alzò il bavero della giacca e scese i gradini. « Tra dieci minuti » disse.

La porta si chiuse e nella strada tranquilla tornò il silenzio. Jason si rialzò appoggiandosi con una mano alla ringhiera e seguì con lo sguardo l'uomo che si affrettava sul vialetto che portava al garage. Non sapeva bene dove fosse Nanterre, sapeva solo che era un sobborgo di Parigi. E se Villiers ci fosse andato in macchina, da solo, era il caso di arrivare subito a un confronto.

Passò la borsa sull'altra spalla e scese in fretta sul marciapiedi, raggiunse la Renault. Aveva tempo dieci minuti.

Dal finestrino della macchina vide la porta aprirsi, il generale André François Villiers apparve. Era di statura media, con un torace ampio. Doveva essere sulla sessantina avanzata, forse sulla settantina. Non portava il cappello e i capelli grigi erano tagliati corti e aveva una barbetta curata meticolosamente. Il portamento era quello di un militare, senza possibilità di dubbio.

Bourne lo fissava affascinato, chiedendosi quale follia potesse averlo spinto nel mondo rivoltante di Carlos, Il motivo, qualunque fosse, doveva essere potente, perché Villiers era un uomo potente. E questo lo rendeva pericoloso: era rispettato e ascoltato dal governo.

Il generale si voltò parlando alla cameriera e dando un'occhiata all'orologio. La donna annuì, chiuse la porta mentre il generale scendeva di buon passo i gradini girando intorno al cofano di una grossa berlina. Aprì lo sportello sul lato guida, salì, mise in moto e si allontanò lentamente tenendosi al centro della strada. Jason attese fin quando non vide l'auto girare a destra al primo incrocio; a questo punto staccò la Renault dal marciapiedi e accelerò. Giunse all'incrocio appena in tempo per vedere Villiers svoltare a destra alla fine dell'isolato.

C'era una certa ironia nella coincidenza, un presagio, credendo ai presagi. Il percorso scelto dal generale per andare a Nanterre passava per una strada di campagna secondaria praticamente identica a quella di Saint-Germain-en-Laye, dove dodici ore prima Marie lo aveva implorato di non cedere, per la sua vita e per quella di lei. C'erano terreni a pascolo, campi che si fondevano delicatamente con le colline morbide. Bourne pensò che questa strada isolata era senz'altro il posto migliore per intercettare il generale sulla via del ritorno.

Non gli fu difficile stargli dietro tenendosi a qualche centinaio di metri al massimo e proprio per questo ad un certo punto rimase sorpreso rendendosi conto di averlo quasi raggiunto. Villiers aveva rallentato all'improvviso e si immetteva in un vialetto coperto di ghiaia, tra gli alberi. In fondo si vedeva un parcheggio illuminato. I fari illuminarono brevemente un'insegna appesa con due catene a un palo: L'ARBALÈTE. Il generale si incontrava con qualcuno in un ristorante fuori mano; non a Nanterre: nelle vicinanze. In piena campagna.

Bourne passò oltre l'accesso e parcheggiò sulla banchina, nascondendo la macchina tra il fogliame. Doveva studiar bene la situazione. A un tratto valutò una possibilità straordinaria. Considerando i fatti sconvolgenti del giorno prima e il fallimento dell'iniziativa di Carlos al motel di Montrouge, era più che probabile che André Villiers fosse andato lì per una riunione di emergenza. Forse addirittura con lo stesso Carlos. Se così stavano le cose, il posto avrebbe dovuto essere sorvegliato e l'uomo le cui foto erano state distribuite alle sentinelle sarebbe stato ucciso appena riconosciuto. D'altra parte, poter vedere il nucleo ristretto di Carlos — o addirittura Carlos in persona — era un'opportunità che avrebbe potuto non ripresentarsi più. Doveva riuscire ad entrare nel ristorante. Dentro di sé sentiva l'impulso irresistibile di affrontare il rischio. Qualunque rischio. Era una pazzia, ma del resto non era sano di mente, come un uomo dotato di memoria. *Carlos. Devi trovare Carlos! Dio del Cielo, perché?*

Tastò la pistola infilata nella cintura. Scese e infilò il cappotto per nascondere la giacca in cui era stampigliato il nome della ditta dei recapiti postali. Prese dal sedile un cappello floscio con la tesa bassa che gli copriva i capelli. Poi cercò di ricordare se, quando l'avevano fotografato ad Argenteuil, portava gli occhiali. No, se li era tolti a tavola quando si era sentito lacerare il capo da fitte di dolore, scatenate da certe parole che gli avevano ricordato un passato troppo familiare, troppo spaventoso da affrontare. Toccò la giacca all'altezza della tasca interna; gli occhiali c'erano, se gli fossero serviti. Chiuse la portiera e si infilò tra gli alberi.

Le luci dei riflettori del ristorante filtravano tra i rami, facendosi sempre più intense, man mano la massa di foglie andava diradandosi.

Bourne arrivò ai margini del boschetto e si trovò davanti al parcheggio, situato sul fianco del rustico del ristorante; una fila di finestrelle correva lungo tutto la costruzione. Dietro i vetri baluginavano le candele che illuminavano le facce dei clienti. Guardò verso il primo piano, che non si estendeva per tutto l'edificio perché la parte dietro si apriva in una terrazza. La struttura assomigliava a quella del pianterreno, con una fila di finestre, forse un po' più grandi di quelle sotto. Dietro si vedevano apparire e scomparire delle figure, in una situazione diversa però da quella del pianterreno.

Erano tutti uomini, in piedi, e andavano avanti e indietro con il bicchiere in mano, tra il fumo delle sigarette. Impossibile stabilirne il numero: tra i dieci e i venti, probabilmente.

Vide il generale passare da un gruppo all'altro, riconoscibile per la barbetta bianca: appariva e scompariva, nascosto a tratti da sagome umane che si mettevano tra lui e la finestra. Il generale Villiers era effettivamente venuto a Nanterre per una riunione, ed era possibile che si trattasse di una discussione sui fallimenti delle quarantotto ore precedenti, fallimenti che avevano permesso a un certo Cain di rimanere in vita.

Quali erano le probabilità? Quante erano e dov'erano appostate le sentinelle? Tenendosi al riparo dietro gli ultimi alberi del bosco, Bourne si fece strada spostandosi parallelamente alla facciata del ristorante, piegando silenziosamente i rami, calpestando senza far rumore il sottobosco. Si bloccò, cercando di identificare figure umane nascoste tra le foglie o all'ombra del rustico. Non vide nessuno e tornò sui suoi passi, per poi passare sul retro del ristorante.

Si aprì una porta e ne uscì un fiotto violento di luce. Apparve un uomo in giacca bianca che si arrestò un attimo e accese una sigaretta tenendo le mani a coppa. Bourne guardò a sinistra, a destra, sul terrazzo: nessuno. Una sentinella appostata in quella zona si sarebbe allarmata vedendo la luce improvvisa tre metri sotto il piano dove si svolgeva la riunione. Quindi niente guardie all'esterno. La protezione — proprio come alla villa di Villiers a Parc Monceau — doveva essere all'interno.

Sulla soglia apparve un altro uomo in giacca bianca, con l'aggiunta però di un berretto da cuoco. Aveva una voce rabbiosa, si esprimeva in un francese nel quale era evidente l'accento gutturale della Guascogna. « Mentre tu stai qui a menartela, noi siamo dentro a sgobbare! C'è il carrello dei dolci mezzo vuoto. Riempilo. Muoviti, bastardo! »

L'addetto ai dessert si voltò e crollò le spalle; schiacciò la sigaretta e rientrò chiudendosi la porta alle spalle. Tornò il buio e rimase solo la debole luminosità della luna. Bastava, per illuminare il terrazzo. Nessuno in vista, niente sentinelle a guardia delle ampie porte doppie che davano sul terrazzo.

Carlos. Trova Carlos. Intrappola Carlos. Cain sta per Charlie e Delta sta per Cain.

Bourne valutò la distanza e gli ostacoli. Si trovava a una dozzina di metri al massimo dal retro del ristorante, tre metri, tre metri e mezzo sotto la ringhiera del terrazzo. Nel muro si apriva lo sfiato di due ventole dalle quali usciva del vapore e, vicino, un tubo di scarico dal quale si poteva passare alla ringhiera. Se fosse riuscito a salire lungo il tubo e a mettere un piede nello sfiatatoio in basso, avrebbe potuto afferrarsi alla ringhiera e issarsi sul terrazzo. Non con l'impermeabile però. Lo tolse, lo posò insieme al cappello sul terreno nascondendolo poi nei cespugli. Quindi uscì sul limitare del bosco e, cercando di non far rumore, corse sulla ghiaia verso il tubo di scarico.

Nell'ombra ne saggiò la solidità. Era fissato bene. Allungò le mani verso l'alto, saltò e si aggrappò al tubo tenendo i piedi premuti contro il muro; posandoli uno sopra l'altro, riuscì ad arrivare con il piede sinistro all'altezza della prima ventola. Sempre tenendosi aggrappato, infilò il piede nel recesso issandosi lungo il tubo. Era a meno di mezzo metro dalla ringhiera; con un piccolo balzo, tenendo un piede appoggiato alla ventola, sarebbe riuscito ad afferrarsi alla ringhiera in basso.

Sotto di lui la porta si aprì di schianto, un fascio di luce bianca colpì la ghiaia perdendosi nel bosco. Una sagoma umana venne spinta violentemente fuori, agitando le braccia per mantenersi in equilibrio, seguita dallo chef in berretto bianco, urlante.

« Deficiente! Sei ubriaco marcio, ecco cosa sei! È tutta la serata di merda che sei ubriaco! Dolci su tutto il pavimento della sala. Casino dappertutto. Fila, non ti do neanche un *sou*! »

La porta si richiuse con violenza; seguì il rumore definitivo della serratura. Jason si teneva aggrappato al tubo, con le braccia e le caviglie indolenzite, la fronte coperta di rivoletti di sudore. L'uomo sotto di lui barcollò arretrando e lanciando gesti osceni con la destra al cuoco che non c'era più. Lo sguardo appannato salì lungo il muro arrestandosi sul viso di Bourne. Jason, quando i loro occhi si incontrarono, trattenne il fiato; l'uomo lo guardò ad occhi spalancati, ammiccò, lo fissò di nuovo. Scosse il capo, chiuse gli occhi, li spalancò ancora di fronte alla visione della cui realtà dubitava. Arretrò, scivolò via di fianco, poi si avviò: evidentemente aveva deciso che l'apparizione sul muro era dovuta alla troppa fatica. Svoltò all'angolo del ristorante, riappacificato con se stesso: una scena assurda gli aveva aggredito gli occhi e lui l'aveva respinta.

Bourne riprese a respirare, rilassandosi contro la parete sollevato. Si lanciò, afferrò la sbarra inferiore della ringhiera con la destra, staccò l'altra mano dal tubo di scarico e la portò sulla sbarra. Puntò le ginocchia contro le commissure del muro e si issò lentamente finché la testa non emerse all'altezza del terrazzo. Non c'era nessuno. Buttò la gamba destra sopra il bordo e, con la destra, afferrò la ringhiera in alto. Bilanciò il peso e passò dall'altra parte.

Si trovava su una terrazza dove si mangiava in primavera ed estate; sul pavimento di mattonelle potevano stare dieci o quindici tavoli. Al centro del muro del rustico, su una veranda, si aprivano le porte doppie che aveva visto da sotto. Le persone all'interno ora erano immobili e per un istante Jason temette che fosse scattato l'allarme – che lo attendessero. Si bloccò, la mano sulla pistola; non accadde nulla. Si avvicinò, tenendosi nell'ombra. Appoggiò la schiena al muro e si avvicinò strisciando alla porta più vicina, finché non ne toccò il telaio con le dita. Lentamente, un centimetro dopo l'altro, si sollevò all'altezza del vetro e guardò dentro.

Quel che vide lo lasciò allibito e, insieme, alquanto terrorizzato. Gli uomini si erano messi in riga di fronte ad André Villiers che li arringava. Erano tutti anziani, ma la loro aria marziale li denunciava: erano vecchi soldati. Nessuno era in uniforme ma tutti portavano sul risvolto della giacca nastrini, stemmi, decorazioni al valore. Era anche evidente che quegli uomini erano abituati al comando, abituati al potere. Glielo si vedeva in viso, negli occhi, nel modo di ascoltare: rispettoso ma non cieco, senza mai perdere la capacità di giudizio. Il loro corpo era quello dei vecchi, ma c'era forza in quella stanza, una forza immensa. Era questo l'aspetto spaventoso. Se erano questi gli uomini di Carlos, le risorse dell'assassino non solo arrivavano lontano, ma erano straordinariamente pericolose. Infatti costoro non erano uomini comuni; erano soldati di mestiere, esperti. Se non si sbagliava di grosso, pensò Bourne, l'esperienza e il livello di influenza presenti in quel locale lasciavano senza fiato.

I colonnelli di Algeri... quel che ne rimaneva? Uomini spinti da ricordi di una Francia che non esisteva più, di un mondo scomparso al quale se n'era sostituito un altro, secondo loro debole e inetto? Personaggi del genere potevano stringere un patto con Carlos, magari solo per il potere nascosto che ne potevano trarre. Colpire. Attaccare. Dare la morte. Decisioni vitali che un tempo costituivano il loro nerbo, rianimate da una forza che poteva servire cause ormai defunte, salvo che per loro. Quando si è stati terroristi, si sarà sempre terroristi, e il nocciolo fondamentale del terrore è l'assassinio.

Il generale aveva alzato la voce; attraverso il vetro Jason cercò di sentire quel che stava dicendo.

«... la nostra presenza verrà sentita, i nostri scopi verranno capiti. Manteniamo insieme la posizione, una posizione irremovibile; ci sentiranno! In memoria di tutti coloro che sono caduti — i nostri fratelli d'arma che hanno portato la nostra stessa divisa — e che hanno dato la vita per la gloria della Francia, costringeremo la nostra amata patria a ricordare e, nel loro nome, a conservarsi forte, schiava di nessuno! Chi si opporrà a noi conoscerà la nostra ira. Anche in questo siamo uniti. Preghiamo Dio Onnipotente di dare la pace a coloro che sono morti prima di noi perché noi siamo ancora in guerra... Signori: vi offro la nostra Signora: la nostra Francia! »

Jason udì un coro di approvazioni a bassa voce, mentre i vecchi soldati rimanevano irrigiditi sull'attenti. A questo punto un'altra voce si alzò per cantare da sola la prima strofa della *Marsigliere*, seguita poi da tutto il gruppo.

Allons enfants de la patrie,
le jour de gloire est arrivé...

Bourne si staccò, disgustato da quel che aveva visto e sentito. Distruzione nel nome della gloria; la morte dei camerati richiede altre morti. È necessario, e se questo richiede un patto con Carlos, lo si concluda.

Che cosa lo disturbava tanto? Come mai all'improvviso si sentiva preso da un senso di rabbia e di inutilità? Che cosa aveva scatenato quel senso di revulsione? Poi capì. Odiava gli uomini come André Villiers, disprezzava tutti quelli che c'erano nella stanza. Erano tutti vecchi che facevano la guerra, che rubavano la vita ai giovani... e anche ai bambini.

Come mai la nebbia lo avvolgeva di nuovo? Come mai il dolore era così acuto? Non c'era tempo per porsi domande, non aveva la forza di sopportarle. Doveva concentrarsi soltanto su André François Villiers, guerriero e signore della guerra, un uomo la cui causa apparteneva al passato, ma che meritava la morte per il patto stretto con un assassino.

Gli avrebbe teso un'imboscata. L'avrebbe spezzato. Si sarebbe fatto dire tutto quel che sapeva poi, probabilmente, l'avrebbe ucciso. Gli uomini come Villiers, che rubavano la vita ai giovani e ai bambini, non meritavano di vivere. *Mi ritrovo di nuovo nel mio labirinto e le pareti sono irte di aculei. Oh Dio, come fanno male!*

Jason superò di nuovo la ringhiera al buio e si calò lungo il tubo della grondaia; gli dolevano tutti i muscoli. Anche la sofferenza andava cancellata. Doveva raggiungere un tratto di strada deserta sotto la luce della luna e tendere un'imboscata al portatore di morte.

25

Bourne a un paio di centinaia di metri dall'ingresso del ristorante aspettava nella Renault, con il motore acceso, pronto a scattare nel momento in cui avesse visto uscire Villiers. Diversi partecipanti alla riunione se n'erano già andati, ciascuno con la propria macchina. I cospiratori non pubblicizzavano la loro associazione, e questi vecchi erano cospiratori nel senso più autentico della parola. Avevano scambiato gli onori che si erano meritati – quali che fossero – per avere il vantaggio delle armi e dell'organizzazione di un assassino. L'età e i pregiudizi avevano rubato loro la ragione, così come la loro vita era trascorsa rubando la vita ad altri... ai giovani e ai bambini.

Cosa c'è? Perché mi ossessiona questa frase? Dentro di me deve esserci qualcosa di terribile che cerca di uscir fuori, che pare voglia uccidermi. Mi sento pieno di paura e di colpa... ma non so di che e per che cosa. Come mai questi vecchi incanutiti mi fanno venire queste sensazioni di paura e di colpa... di disgusto?

Quegli uomini volevano dire guerra, volevano dire morte. Morte che arrivava dal cielo e dalla terra. Dal cielo... dal cielo. Aiutami, Marie. Per l'amor del cielo, aiutami!

Eccolo. La luce dei fari spazzò il vialetto, mentre la lunga berlina nera rifletteva la luce dei fari del parcheggio. Jason, a luci spente, uscì dall'ombra. Accelerò fino alla prima curva, accese i fari e spinse a fondo l'acceleratore. La strada isolata di campagna era a circa tre miglia di distanza; doveva arrivarci in fretta.

Erano le undici e dieci e, come tre ore prima, i campi si fondevano con le colline, bagnati dalla luce della luna di marzo, salita al centro del cielo. Arrivò sul posto: andava bene. La banchina, ampia, terminava in un pascolo, il che significava che tutte e due le automobili potevano venir parcheggiate fuori strada. L'obiettivo immediato, comunque, era quello di costringere Villiers a fermarsi. Il generale era vecchio ma non fiacco; se la tattica di Bourne l'avesse insospettito, avrebbe deviato sull'erba e sarebbe filato via. Era solo questione di scelta di tempo, si trattava di elaborare un imprevisto convincente.

Bourne fece un'inversione di marcia, attese finché non vide i fari in lontananza, poi accelerò all'improvviso, muovendo violentemente il volante a destra e a sinistra. L'auto prese a sbandare, come se il guidatore ne avesse perso il controllo e non riuscisse a raddrizzarla, senza però diminuire velocità.

Villiers non aveva scelta: rallentò; Jason gli puntò addosso a velocità folle, poi, di colpo, quando le due auto erano ormai a pochi metri di distanza, girò il volante a sinistra, frenò e si fermò scivolando di fianco tra uno stridore di gomme. La macchina si bloccò con il finestrino aperto; Bourne lanciò un urlo indefinibile. Era metà lamento metà grido; avrebbe potuto essere l'esplosione vocale di un uomo che si sentiva male o di un ubriaco, non era minacciosa. Batté una mano sul telaio del finestrino e tacque, accoccolato sul sedile, con la pistola posata sulle gambe.

Sentì la porta della berlina di Villiers aprirsi e scrutò attraverso il volante. Il vecchio non sembrava armato; pareva non avere sospetti, sollevato per avere evitato uno scontro. Si diresse, nella luce dei fari, verso la Renault.

« Cosa è successo? » gridò ansioso, con il tono autoritario degli allievi di Saint-Cyr. « Ma cosa crede di fare? Sta bene? » Si afferrò alla base del finestrino della Renault.

« Io sì, lei no » rispose Bourne in inglese, puntandogli addosso la pistola.

« Cosa... » esclamò il vecchio con voce strozzata, tenendosi eretto. « Lei chi è, e cos'è questa storia? »

Jason scese dalla Renault proteggendo con la sinistra la canna della pistola. « Mi fa piacere che parli bene inglese. Torni in macchina. La parcheggi fuori strada. »

« E se rifiuto? »

« La uccido immediatamente. Non ci vuole molto per provocarmi. »

« Sono ordini delle Brigate rosse, o della sezione parigina della Baader-Meinhof? »

« Perché? In caso positivo sarebbe in grado di annullare l'ordine? »

« Io sputo addosso a quegli individui! E anche a te! »

« Nessuno ha mai dubitato del suo coraggio, generale. Salga nella sua macchina. »

« Non è questione di coraggio! » disse Villiers, sempre immobile. « È questione di logica. Non otterrai nulla se mi uccidi, e meno ancora se mi rapisci. I miei ordini sono precisi e i miei dipendenti e la mia famiglia li eseguiranno fino in fondo. Gli israeliani hanno assolutamente ragione. Nessun negoziato con i terroristi. Usa quella pistola, lurido verme! Altrimenti fila via di qui! »

Jason valutò il vecchio soldato; si sentiva di colpo profondamente incerto, ma non era disposto a farsi prendere in giro. L'avrebbe visto nello sguardo infuriato del generale. Un nome sudicio, associato a un altro nome che la sua patria aveva coperto d'onori, avrebbe provocato un'esplosione, di tipo diverso: glielo avrebbe vista negli occhi.

« Al ristorante, lei ha detto che la Francia non deve essere schiava di nessuno. Ma un generale francese è diventato il servo di qualcuno.

Il generale André Villiers è un messaggero di Carlos. Un contatto, un soldato, un servo di Carlos. »

Gli occhi infuriati si spalancarono, ma l'espressione non era quella che Jason si aspettava. Alla furia si aggiunse un odio implacabile. Il braccio di Villiers scattò e Bourne ricevette in viso un manrovescio violento, secco, doloroso. Venne seguito da uno schiaffone brutale e insultante; la forza del colpo lo fece vacillare. Il vecchio gli andò addosso, bloccato dalla canna della pistola, senza paura come se la presenza di Bourne non contasse, spinto solo dal desidierio di punirlo. Gli schiaffoni calavano uno dopo l'altro, inflitti da un uomo fuori di sé.

« Porco! » urlava Villiers. « Lurido porco maledetto! Feccia umana! »

« Sparo! La uccido! La smetta! » Ma Bourne non poteva premere il grilletto. Venne spinto contro l'utilitaria, schiacciato contro il tettuccio. E il generale continuava ad aggredirlo senza posa e urlava:

« Uccidimi, se puoi, se ne hai il coraggio! Verme! Porco! ».

Jason gettò a terra la pistola e alzò le braccia per schivare i colpi di Villiers. Con un movimento rapidissimo afferrò prima il polso destro del generale, poi il sinistro, serrando l'avambraccio sinistro che gli calava addosso come una mazza. Li torse con violenza costringendo Villiers a piegarsi, a rimanere immobile. Aveva il viso a pochi centimetri da quello del generale, ansimante.

« Intende dire che lei non è un uomo di Carlos? Lo nega? »

Villiers balzò in avanti cercando di liberarsi dalla stretta di Bourne, urtandolo con il torace. « Mi fai schifo! Animale! »

« Maledizione... sì o no? »

Il vecchio gli sputò in viso; la fiamma che aveva negli occhi, ora gonfi di lacrime, si era offuscata. « Carlos ha ucciso mio figlio » disse in un sussurro. « Avevo un solo figlio e lui me l'ha ucciso in rue du Bac. Con cinque candelotti di dinamite, in rue du Bac! »

Jason allentò lentamente la stretta. « Porti la macchina nel campo e rimanga fermo » ordinò respirando pesantemente, con il tono di voce più calmo che gli riuscì di trovare. « Dobbiamo parlare, generale. È successo qualcosa che lei non sa, ed è meglio che tutti e due cerchiamo di capire di che cosa si tratta. »

« *Impossibile!* Non può essere successa una cosa del genere! »

« È successa » controbatté Bourne, seduto a fianco del generale nella berlina.

« C'è stato un incredibile errore! Lei non sa cosa dice! »

« Nessun errore... e so quello che dico, perché sono stato io a trovare quel numero. Non solo il numero è giusto, ma è una copertura splendida. Nessuno collegherebbe lei a Carlos, specialmente a causa della morte di suo figlio. È risaputo che è stato un colpo di Carlos? »

« Se è risaputo? Nella Sûreté lo si ammette ufficiosamente. All'interno del servizio segreto militare e dell'Interpol, se ne è certi. Ho letto i rapporti. »

« Cosa dicevano i rapporti? »

« Si presume che Carlos abbia fatto un favore ad amici dell'epoca in cui anche lui era un estremista. Al punto da permettere loro di assumersi la responsabilità del gesto. Deve sapere che l'attentato è stato rivendicato politicamente. Mio figlio era un simbolo, un esempio per chi si opponeva ai fanatici. »

« Ai fanatici? »

« Gli estremisti stavano formando una finta coalizione con i socialisti, promettendo cose che non intendevano mantenere. Mio figlio l'aveva capito, l'aveva denunciato e aveva iniziato la legislatura proponendosi di bloccare l'alleanza. Per questo è stato ucciso. »

« È per questo che lei si è dimesso dall'esercito e si è presentato alle elezioni? »

« Con tutto il mio cuore. Di solito è il figlio che prende il posto del padre... » Il vecchio tacque, la luce della luna illuminava il viso disfatto. « In questo caso, il padre ha ricevuto in eredità il compito di portare avanti le idee del figlio. Lui non era un soldato né io sono un uomo politico, ma conosco le armi e gli esplosivi. Sono stato io a formare le sue idee, la sua filosofia rifletteva la mia, ed è per questo che è stato ucciso. La decisione era chiara. Avrei portato le nostre convinzioni nell'arena politica e i suoi nemici avrebbero lottato contro di me. Il soldato era preparato ad accoglierli. »

« Non c'era un solo soldato, mi par di capire. »

« Cosa intende dire? »

« Gli uomini con lei al ristorante. Sembrava che avessero comandato mezzo esercito francese. »

« E l'hanno effettivamente comandato, monsieur. Un tempo erano conosciuti come i giovani ufficiali arrabbiati di Saint-Cyr. La repubblica era corrotta, i comandi militari incompetenti, la Maginot una buffonata. Se gli avessero dato retta a tempo debito, la Francia non sarebbe caduta. Sono diventati i capi della Resistenza; hanno combattuto i tedeschi e il governo di Vichy in tutta Europa e in Africa. »

« Cosa fanno ora? »

« Quasi tutti sono in pensione, molti sono ossessionati dal passato. Pregano la Vergine che una cosa del genere non si ripeta più.

D'altra parte vedono che si sta ripetendo in troppi settori. I militari sono ridotti a una facciata, i comunisti e i socialisti all'Assemblea Nazionale non fanno che indebolire le forze della difesa. L'apparato di Mosca agisce come sempre, non cambia con gli anni. Una società libera è suscettibile di infiltrazioni e, quando queste sono avvenute, i cambiamenti non si fermano finché la società non assume un'altra veste. Ci sono complotti dappertutto. Bisogna opporsi a queste cose. »

« Qualcuno potrebbe dire che anche questo è un atteggiamento estremista. »

« E perché? La sopravvivenza. La forza. L'onore. Per lei queste sono parole anacronistiche? »

« Credo di no. Ma posso immaginare che in loro nome si facciano molti danni. »

« Le nostre concezioni differiscono e non m'importa discuterle. Lei ha voluto sapere delle persone che erano con me e io le ho risposto. Ed ora, per favore, passiamo a questo suo errore incredibile. Lascia allibiti. Lei non sa cosa significhi perdere un figlio, vederselo uccidere. »

Sento che il dolore mi riprende e non so perché. Il dolore, e una sensazione di vuoto, un vuoto nel cielo... dal cielo. La morte che scende dal cielo. Dio, che male. Quella cosa. Di cosa si tratta?

« Posso provare simpatia per lei » disse Jason, serrando le mani per arrestare il tremito improvviso che l'aveva preso. « Ma l'ipotesi regge ugualmente. »

« Nemmeno per un istante! Come lei ha detto, nessuno in possesso delle proprie facoltà mentali mi collegherebbe a Carlos, e meno di tutti quel porco assassino. È un rischio che non correrebbe. È impensabile. »

« Esatto. Proprio per questo lei viene strumentalizzato: è effettivamente impensabile. Lei è un perfetto contatto per trasmettere le istruzioni definitive. »

« Impossibile! In che modo? »

« Qualcuno, dal suo telefono, è in contatto diretto con Carlos. Vengono impiegati dei codici, a quella tale persona vengono comunicate certe parole. Probabilmente quando lei non è presente ma forse anche in sua presenza. Lei risponde personalmente al telefono? »

Villiers aggrottò le sopracciglia. « In realtà no. Non a quel numero. C'è troppa gente che desidero evitare, e poi ho una linea privata. »

« Chi risponde allora? »

« Di solito la governante, o suo marito che mi fa un po' da maggiordomo un po' da autista. Faceva l'autiere per me, gli ultimi anni in cui era nell'esercito. Se non rispondono loro, risponde mia moglie, naturalmente. Oppure il mio aiutante, che spesso lavora nel mio ufficio, in casa. È stato mio aiutante di campo per vent'anni. »

« Chi altri? »

« Nessun altro. »

« Cameriere? »

« Nessuna fissa: vengono chiamate a ore solo se ce n'è bisogno. C'è più ricchezza nel nome dei Villiers che nelle banche. »

« Donne delle pulizie? »

« Due. Vengono due volte alla settimana e non sono sempre le stesse. »

« Sarebbe meglio che lei sorvegliasse l'autista e l'aiutante. »

« La loro lealtà è fuori questione! »

« Anche quella di Bruto; e Cesare era più grande di lei, generale. »

« Non dirà sul serio. »

« Sono maledettamente serio. E lei farebbe meglio a credermi. Tutto quello che le ho detto è vero. »

« Ma, d'altra parte, non mi ha detto molto, non le pare? Il suo nome, per esempio. »

« Non è necessario. Saperlo potrebbe solo nuocerle. »

« In che modo? »

« Nella remotissima possibilità che io mi sbagli... »

Il vecchio annuì come fanno le persone anziane quando ripetono parole che li hanno lasciati stupefatti, increduli. « Un uomo senza nome mi blocca per strada di notte, mi punta addosso una pistola, mi rivolge delle accuse rivoltanti – accuse così luride, che mi fanno venir voglio di ucciderlo – e pretende che io accetti la sua parola. La parola di uno sconosciuto, che fornisce come unica credenziale l'affermazione che Carlos gli dà la caccia. Mi dica perché dovrei credergli? »

« Perché quest'uomo » rispose Bourne « non avrebbe alcun motivo di venire da lei se non fosse convinto che si tratta della verità. »

Villiers lo fissò. « No, c'è un motivo migliore. Poco fa lei mi ha lasciato la vita. Ha gettato la pistola, non ha sparato. Avrebbe potuto farlo facilmente. Ha preferito invece implorarmi di parlare. »

« Non mi pare di aver implorato. »

« Glielo si vedeva negli occhi, giovanotto. Negli occhi lo si vede sempre. Si può simulare un atteggiamento supplichevole, non la rabbia. Può essere vera o un atteggiamento. La sua era vera... proprio come la mia. » Il vecchio indicò con un gesto la Renault, a tre metri da loro nel campo. « Mi segua a Parc Monceau. Parleremo nel mio studio. Giuro sulla mia vita che lei giudica male tutti e due i miei uomini; d'altra parte, come mi ha fatto notare, Cesare era accecato dalla falsa devozione. E mi superava di grado. »

« Se entro in quella casa e qualcuno mi riconosce sono morto. E anche lei. »

« Il mio aiutante se ne è andato oggi pomeriggio poco dopo le cinque e l'autista si ritira entro le dieci per guardare la sua eterna televisione. Lei aspetterà fuori, mentre io entro a controllare. Se tutto è normale, la chiamo. In caso contrario, esco di nuovo e ce ne andremo. Lei mi seguirà e ci fermeremo da qualche parte a continuare la discussione. »

Jason lo osservava attentamente. « Perché mi vuol far tornare a Parc Monceau? »

« E dove, altrimenti? Io credo nell'efficacia di uno shock che segue un confronto inaspettato. Uno di quegli uomini se ne sta a letto a guardare la televisione in una camera del terzo piano. C'è un altro motivo. Voglio che mia moglie senta quel che lei ha da dire. È la donna di un vecchio soldato ed ha antenne che sentono cose che sfuggono a un ufficiale combattente. Sono giunto a fidarmi delle sue intuizioni; quando lei l'avrà vista, monsieur, sarà in grado di apprezzare il suo esemplare comportamento. »

Bourne doveva dirlo. « Io l'ho fatto cadere in trappola con una finta, generale; lei potrebbe fare altrettanto. Come faccio a essere sicuro che Parc Monceau non è una trappola? »

Il vecchio non si scompose. « Lei ha la parola di un ufficiale generale francese. Tutto qui. Se non le basta, prenda l'arma e scenda. »

« Mi basta » disse Bourne. « Non perché è la parola di un generale, ma perché è quella di un uomo il cui figlio è stato assassinato in rue du Bac. »

Il ritorno a Parigi sembrò a Jason molto più lungo dell'andata. Si trovava di nuovo a lottare contro le visioni, visioni che l'avevano immerso in un bagno di sudore. E di sofferenza; una sofferenza che partiva dalle tempie, scendeva nel torace, e gli formava un groppo allo stomaco, con fitte lancinanti che si susseguivano, facendolo quasi urlare.

Entrarono nella strada alberata che costeggiava Parc Monceau. Villiers lo precedeva di una trentina di metri; doveva affrontare un problema che alcune ore prima per lui non esisteva: le automobili erano molto più numerose ora e parcheggiare era quasi un miraggio.

C'era però uno spazio sufficiente sulla sinistra, di fronte alla casa del generale, sul marciapiedi opposto; ci potevano stare tutte e due le auto. Villiers allungò una mano fuori dal finestrino facendo segno a Jason di infilarsi dietro di lui.

Accadde in quel preciso istante. Lo sguardo di Jason venne attratto da una luce sulla porta d'ingresso e si bloccò sulle due persone che si stagliavano sulla soglia; una, che aveva riconosciuto, lo fece sussultare: era così fuori posto lì che automaticamente gli venne da impugnare la pistola.

Era finito in una trappola? La parola di un generale francese non valeva nulla?

Villiers manovrava per parcheggiare. Bourne guardò rapidamente in tutte le direzioni; nessuno gli veniva incontro, nessuno lo stringeva. Non era una trappola. Era qualcos'altro, una parte di ciò che stava succedendo e di cui il vecchio soldato era all'oscuro.

Sulla soglia della casa di Villiers c'era una donna piuttosto giovane, splendida. Parlava rapidamente con piccoli gesti ansiosi a un uomo fermo sull'ultimo gradino che annuiva come se stesse ricevendo istruzioni: il centralinista distinto dai capelli grigi di Les Classiques. L'uomo che Jason conosceva benissimo ma che non riconosceva. Il viso che aveva scatenato in lui altre visioni... visioni violente e dolorose come quelle che lo avevano lacerato nella Renault nella mezz'ora precedente.

C'era però una differenza. Quel volto lo riportava all'oscurità e ai venti da uragano nel cielo notturno, alle esplosioni che si succedevano una dopo l'altra, al ritmo staccato di colpi d'arma da fuoco che riecheggiava nella miriade di canali della giungla.

Bourne distolse lo sguardo dalla porta e lo portò su Villiers. Il generale aveva spento le luci di posizione e stava per scendere. Jason mollò la frizione e fece avanzare la Renault urtando il paraurti posteriore della berlina. Villiers si voltò di scatto.

Bourne spense a sua volta i fari e accese la luce interna. Alzò una mano con la palma in basso poi la mosse due volte dal basso in alto, facendo segno al vecchio militare di non muoversi. Villiers annuì e Jason spense la luce interna.

Guardò di nuovo verso la porta della villa. L'uomo che aveva fatto un passo per andarsene, era stato fermato da un ultimo ordine della donna. Ora Bourne la vedeva chiaramente. Era sui trentacinque-trentotto anni al massimo, con capelli scuri corti pettinati con eleganza che incorniciavano un viso abbronzato dal sole. Era alta, addirittura statuaria, con una figura ben fatta; la curva dei seni era accentuata da un abito bianco lungo, aderente, che faceva risaltare il colore della pelle. Se viveva in quella casa, Villiers non gliene aveva parlato: il che voleva dire che non abitava lì. Doveva essere una visitatrice che sapeva quando poteva venire a casa del vecchio militare; confermava la strategia dei contatti sconosciuti gli uni agli altri. E questo significava che aveva un contatto nella casa di Villiers. Il vecchio doveva conoscerla, ma fino a che punto? Evidentemente non abbastanza.

Il centralinista annuì un'ultima volta, scese i gradini e si allontanò rapidamente lungo il marciapiedi. La porta si richiuse e rimase solo la luce esterna che si rifletteva sulla porta nera luccicante e sul bronzo della maniglia.

Come mai quei gradini e quella porta gli ricordavano qualcosa? Visioni. Una realtà che non era reale.

Scese dalla macchina tenendo d'occhio le finestre, attento a eventuali movimenti delle tende: niente. Si avvicinò rapido alla macchina di Villiers. Il generale lo guardò dal basso in alto attraverso il finestrino aperto, le sopracciglia inarcate per la curiosità.

« Cosa stava facendo? » chiese.

« Là, in casa sua » disse Jason, accucciandosi sul marciapiedi. « Anche lei ha visto quello che ho visto io. »

« Senz'altro. Allora? »

« Chi era quella donna? La conosce? »

« Vorrei sperare! È mia moglie. »

« Sua *moglie*? » Bourne era sbigottito. « Credevo che lei avesse detto... credevo che lei avesse detto che era una donna anziana. Che voleva che lei mi ascoltasse perché con gli anni aveva imparato a rispettare i suoi giudizi. Sul campo. Ecco cosa mi ha detto. »

« Non esattamente. Ho detto che era la donna di un vecchio soldato. Ed è vero che rispetto i suoi giudizi. Ma è la mia seconda moglie; è molto più giovane di me, ma mi è devota come la prima, morta otto anni fa. »

« Oh, mio Dio... »

« Non deve preoccuparsi per la differenza di età. È orgogliosa e felice di essere la seconda madame Villiers. Mi è stata di grande aiuto all'Assemblea Nazionale. »

« Mi spiace » sussurrò Bourne. « Cristo, mi spiace proprio. »

« E perché le spiace? L'ha presa per un'altra? Capita spesso; è una ragazza bellissima. Sono molto orgoglioso di lei. » Villiers aprì lo sportello, mentre Bourne si raddrizzava. « Mi aspetti qui, » disse il generale « vado dentro a controllare; se tutto è normale, apro la porta e le faccio segno. Altrimenti torno qui e ce ne andremo via. »

Bourne rimase immobile davanti a Villiers, impedendogli di allontanarsi. « Generale, devo chiederle una cosa. Non so bene come fare, ma devo. Le ho detto che ho trovato il suo numero in una buca delle lettere usata da Carlos. Non le ho detto dove, solo che la cosa mi era stata confermata da una persona che aveva ammesso di passare nelle due direzioni messaggi tra Carlos e i suoi contatti. » Bourne tirò il fiato e lanciò una breve occhiata alla porta della villa. « Ora devo farle una domanda e la prego di pensarci bene prima di rispondere. Sua moglie si veste in un negozio che si chiama Les Classiques? »

« A Saint Honoré? »

« Sì. »

« Per puro caso sono sicuro di no. »

« Ne è certo? »

« Certissimo. Non solo non ho mai visto un conto di Les Classiques, ma lei mi ha detto anche che non le piacciono affatto i loro modelli. Mia moglie è molto ben informata per quanto riguarda la moda. »

« Oh Gesù. »

« Cosa? »

« Generale, non posso entrare in quella casa. Anche se lei non trova nulla, non posso. »

« Perché no? Cosa sta dicendo? »

« Quell'uomo sulla porta che parlava con sua moglie... lavora a Les Classiques. È uno dei contatti di Carlos. »

Villiers impallidì. Si voltò e fissò la casa, la porta nera luccicante e le decorazioni di ottone che riflettevano la luce esterna.

Il mendicante butterato si grattò il ciuffetto di barba, si tolse il berretto liso e superò il portale di bronzo della chiesetta di Neuilly-sur-Seine.

Percorse il corridoio laterale di destra osservato con disapprovazione da due preti. I due religiosi erano costernati: era una parrocchia ricca la loro e, malgrado la compassione evangelica per i poveri, la ricchezza godeva di certi privilegi. Uno era quello di mantenere un certo status tra i fedeli — a beneficio degli altri fedeli — e non si poteva proprio dire che quell'anziano derelitto rispettasse la categoria.

Il mendicante fece un debole tentativo di genuflessione, sedette in un banco della seconda fila, fece il segno della croce e si inginocchiò, la testa china in preghiera, scostando con la destra la manica sinistra della giacca. Al polso aveva un orologio che contrastava con il suo aspetto. Era un orologio digitale costoso con cifre grosse e luminose. Mai avrebbe fatto la sciocchezza di separarsene perché era un dono di Carlos. Una volta era arrivato con venticinque minuti di ritardo alla confessione. Il suo benefattore ne era rimasto irritato e lui, come unica scusa, aveva potuto solo dirgli che il suo orologio non era preciso. All'appuntamento successivo, da sotto il velo semitrasparente che separava il penitente dal religioso, Carlos gli aveva allungato l'orologio che adesso portava.

Era l'ora giusta, al minuto. Il mendicante si alzò e andò al secondo confessionale a destra. Scostò la tenda ed entrò.

« Angelus Domini. »

« Angelus Domini, figliolo. » Il sussurro che arrivava dalla cortina nera era aspro. « I tuoi giorni sono confortevoli? »

« Mi sono resi confortevoli... »

« Molto bene » lo interruppe la silhouette. « Che cosa mi hai portato? La mia pazienza sta per finire. Pago migliaia di dollari – centinaia di migliaia di dollari – per avere in cambio incompetenze e fallimenti. Cosa è successo a Montrouge? Chi era responsabile delle menzogne uscite dall'ambasciata di rue Montaigne? Chi le ha prese per buone? »

« L'Auberge du Coin era una trappola; ma non per uccidere. È difficile capire cosa fosse esattamente. Se Corbelier, l'attaché canadese, ha ripetuto delle menzogne, i nostri sono convinti che non ne fosse consapevole. È stato ingannato dalla donna. »

« Da Cain è stato ingannato! Bourne rintraccia tutte le fonti, gli fornisce informazioni false, smascherandoli uno dopo l'altro. Ma perché? A chi? Ora sappiamo chi è e che cosa è, però non riferisce niente a Washington. Rifiuta di mettersi in luce. »

« Per suggerire una risposta, » disse il mendicante « bisognerebbe risalire a svariati anni fa, ma può darsi che non voglia interferenze da parte dei suoi superiori. I servizi di informazioni americani sono pieni di autocrati in posizione precaria, che solo raramente comunicano tra di loro. Ai tempi della guerra fredda certa gente si arricchiva vendendo informazioni tre o quattro volte alle stesse stazioni. Forse Cain aspetta fino a quando non sarà convinto che vi sia una sola linea d'azione da seguire e che quelli sopra di lui non possano proporre strategie diverse. »

« L'età non ha indebolito la tua acutezza, mio vecchio amico. Per questo mi sono rivolto a te. »

« O forse, » proseguì il mendicante « ha davvero cambiato bandiera. Succede. »

« Non credo, ma non importa. A Washington ne sono convinti. Il Monaco è morto, quelli della Treadstone sono tutti morti. Hanno stabilito che è stato Cain. »

« Il Monaco? » disse il mendicante. « È un nome che esce dal passato. Era attivo a Berlino, a Vienna. Lo conoscevamo bene, anche se era più salutare stargli lontano. Ecco la risposta che cerchi, Carlos. Lo stile del Monaco è sempre stato quello di coinvolgere il minor numero possibile di persone. Agiva in base alla teoria che i suoi circoli erano infiltrati, compromessi. Deve aver ordinato a Cain di fare rapporto solo a lui. Questo spiegherebbe la confusione di Washington, i mesi di silenzio. »

« Spiegherebbe anche la nostra confusione? Per mesi non c'è stata nessuna parola, nessuna attività. »

« I motivi possono essere moltissimi. Una malattia, esaurimento, il ritorno in sede per un nuovo addestramento. Magari persino per confondere il nemico. I trucchi del Monaco avrebbero riempito una cattedrale. »

« Però prima di morire ha detto a un collega che non sapeva cosa fosse successo. Che non era nemmeno sicuro che quell'uomo fosse Cain. »

« Chi era questo collega? »

« Si chiamava Gillette. Era il nostro uomo, ma Abbott non poteva saperlo. »

« C'è un'altra possibile spiegazione. Il Monaco aveva un intuito innato per tipi del genere. A Vienna si diceva che David Abbott non si sarebbe fidato di Cristo sulla montagna e sarebbe andato a cercare una forneria. »

« È possibile. Le tue parole mi confortano; vedi cose che gli altri non vedono. »

« Ho molto più esperienza; una volta ero un personaggio importante. Sfortunatamente ho buttato via i soldi. »

« Li butti via ancora. »

« Sono uno scialacquatore... cosa posso dirti? »

« Qualche altra cosa, ovviamente. »

« Hai molto intuito, Carlos. Avremmo dovuto conoscerci ai vecchi tempi. »

« Adesso sei presuntuoso. »

« Sempre. Lo sai che so che mi puoi togliere la vita in qualunque momento, quindi devo esserti prezioso. E non solo per la mia esperienza. »

« Cos'hai da dirmi? »

« Può darsi che non sia gran che, ma è qualcosa. Mi sono vestito da persona rispettabile e ho passato la giornata all'Auberge du Coin. C'era un tipo, un grassone che era già stato interrogato e congedato dalla Sûreté: aveva uno sguardo troppo incerto. E sudava troppo. Gli ho fatto vedere un tesserino della Nato che avevo fatto negli anni Cinquanta e sono riuscito a far quattro chiacchiere con lui. Pare che ieri notte alle tre abbia noleggiato un'automobile a un tipo biondo in compagnia di una donna. La descrizione corrisponde alla fotografia presa ad Argenteuil. »

« Ha noleggiato la macchina? »

« Pare di sì. La donna avrebbe dovuto riportargliela entro un paio di giorni. »

« Non la rivedrà più. »

« Senz'altro, ma questo fa sorgere una domanda, non ti pare? Perché Cain si è preso la briga di procurarsi una macchina in questo modo? »

« Per tagliar la corda il più in fretta possibile. »

« In questo caso l'informazione non vale niente » disse il mendicante. « Ma ci sono tanti modi per spostarsi in fretta dando meno nell'occhio. Ed è poco probabile che Bourne si fidasse di un portiere di notte avido: era facile che potesse cercare di farsi dare una ricompensa dalla Sûreté. O da chiunque altro. »

« Dove vuoi arrivare? »

« Secondo me Bourne potrebbe essersi fatto dare quella macchina al solo scopo di seguire qualcuno qui a Parigi. In questo modo evitava di farsi vedere in giro, di venir rintracciato noleggiando una macchina, non avrebbe avuto bisogno di correre dietro ai taxi. Così basta che cambi la targa e si ritrova a disposizione una Renault nera anonima, in mezzo al traffico di Parigi. Dove potrebbe cominciare le ricerche? »

La silhouette si mosse. « Dalla Lavier » disse a bassa voce il killer. « E da tutti quelli che sospetta a Les Classiques. Solo da lì può cominciare. Li terremo d'occhio e, entro qualche giorno – forse addirittura entro qualche ora – vedremo arrivare una Renault nera e lo troveremo. Ti sei fatto dare una descrizione della macchina? »

« So persino che ha tre segni sul paraurti posteriore sinistro. »

« Bene. Passa la voce ai vecchi. Fate passare le strade, i garage, i parcheggi. Chi la trova non avrà più bisogno di lavorare. »

« Visto che siamo in argomento... »

Una busta passò tra l'orlo della tenda e il feltro blu del telaio. « Se la tua teoria è giusta, ritienilo un anticipo. »

« È giusta, Carlos. »

« Come mai ne sei tanto sicuro? »

« Perché Cain fa quello che faresti tu, quello che avrei fatto io... ai vecchi tempi. Va rispettato. »

« Va ucciso » disse il killer. « C'è una simmetria nelle date. Tra pochi giorni sarà il venticinque marzo. Il 25 marzo 1968 Jason Bourne è stato giustiziato nella giungla di Tam Quan. Ora, diversi anni dopo, a pochi giorni da quella data, a un altro Jason Bourne viene data la caccia e gli americani sono ansiosi quanto noi di vederlo morto. Chissà chi premerà il grilletto questa volta. »

« Che importanza ha? »

« *Io* lo voglio » sibilò la silhouette. « Non è mai stato reale: è questo il suo delitto nei miei confronti. Di' ai vecchi, se lo trovano, di passare parola a Parc Monceau, ma di non fare nulla. Non perdetelo di vista ma non fate nulla! Voglio che sia vivo il 25 di marzo. Quel giorno lo giustizierò personalmente e consegnerò il cadavere agli americani. »

« Passerò subito parola. »

« Angelus Domini, figliolo. »

« Angelus Domini » ripeté il mendicante.

26

L'anziano militare camminava in silenzio accanto a Jason Bourne lungo un sentiero del Bois de Boulogne illuminato dalla luna. Nessuno dei due parlava, perché già troppe cose erano state dette — ammesse, contestate, negate e riaffermate. Villiers doveva riflettere e analizzare, accettare o rifiutare per forza quel che aveva sentito. La sua situazione sarebbe stata molto più sopportabile se avesse potuto contrattaccare con rabbia, aggredire la menzogna e ritrovare la propria tranquillità. Ma non poteva farlo; era un soldato e voltare le spalle non era da lui.

C'era troppa sincerità nella voce di quell'altro uomo, più giovane. Gliela si trovava negli occhi, nella voce, in tutti i suoi gesti che cercavano comprensione. Quell'uomo senza nome non mentiva. In casa Villiers c'era un traditore. Così si spiegavano troppi fatti che in precedenza non aveva avuto il coraggio di valutare. Un vecchio sentiva il bisogno di piangere.

L'uomo senza memoria aveva ben poco da modificare o da inventare. La sua storia era convincente in quanto la parte essenziale si basava sulla verità. Doveva trovare Carlos, sapere quel che il killer sapeva; se non ci fosse riuscito la sua vita non avrebbe più contato nulla. A parte questo, non era disposto a dire altro. Non aveva parlato di Marie Saint Jacques, di Ile de Port Noir, di un messaggio che una persona o più persone sconosciute gli avevano inviato, di essere una conchiglia vuota ambulante che poteva nascondere tante cose, di non essere nemmeno sicuro che i brandelli di memoria che possedeva fossero davvero suoi. Di tutto questo non aveva parlato.

Aveva invece raccontato quel che sapeva sul conto di Carlos. Le sue conoscenze erano così vaste che mentre parlava Villiers lo fissava attonito e sconvolto, rendendosi conto che l'altro aveva informazioni segretissime, dati nuovi e sconcertanti che si accordavano con almeno una dozzina di teorie, ma che non aveva mai sentito esporre con tanta chiarezza. Proprio a causa della morte del figlio, il generale aveva potuto accedere alle pratiche più segrete del suo paese relative a Carlos, e tutto quel che aveva letto nemmeno lontanamente era all'altezza dell'insieme di fatti in possesso di quell'uomo più giovane.

« Questa donna con cui lei ha parlato ad Argenteuil, quella che telefona a casa mia, che con lei ha ammesso di essere un corriere... »

« Si chiama Lavier » lo interruppe Bourne.

Il generale tacque. « Grazie. Ha capito chi era lei, monsieur, l'ha fatto fotografare. »

« Sì. »

« Quindi in precedenza non avevano sue fotografie. »

« No. »

« Dunque mentre lei caccia Carlos, lui a sua volta le dà la caccia. Lei però non ha fotografie di Carlos. Conosce solo due corrieri, uno dei quali si trovava davanti a casa mia. »

« Sì. »

« E parlava con mia moglie. »

« Sì. »

Il vecchio distolse il viso. Il silenzio era incominciato.

Giunsero in fondo al sentiero, davanti a un laghetto circondato di ghiaia bianca, con panchine disposte ogni pochi metri. Si diressero verso la seconda panchina. Villiers ruppe il silenzio.

« Vorrei sedermi » disse. « Con l'età le energie si affievoliscono. Spesso la cosa m'imbarazza. »

« Non dovrebbe » disse Bourne, sedendoglisi accanto.

« Non dovrebbe » ripeté il generale « ma m'imbarazza lo stesso. » Tacque qualche attimo, poi aggiunse a bassa voce: « Spesso in compagnia di mia moglie ».

« Non è necessario che mi parli di cose del genere » disse Jason.

« Lei ha equivocato. » Il vecchio si voltò verso Bourne: « Non mi riferisco a questioni di letto. Semplicemente, certe volte sento la necessità di ridurre l'attività: andarmene prima da una cena, non seguirla nei suoi week-end sul Mediterraneo, rifiutare di passare qualche giorno in montagna a Gstaad ».

« Non sono sicuro di aver capito. »

« Mia moglie ed io siamo spesso lontani. Sotto molti aspetti viviamo due vite separate... ciascuno felice ovviamente di quello che l'altro fa. »

« Continuo a non capire. »

« Devo continuare a dirle queste cose imbarazzanti? » disse Villiers. « Quando un vecchio trova una donna giovane e splendida, ansiosa di condividere la sua vita, certe cose le capisce, altre non così facilmente.

Naturalmente c'è la sicurezza economica e, nel mio caso, una certa posizione pubblica. Una vita confortevole, l'accesso alle famiglie che contano, la possibilità di fare amicizia con gente famosa: è comprensibilissimo. In cambio di queste cose si accoglie in casa propria una bella compagna, la si mostra in giro... è un modo per affermare che la virilità non si spegne, per così dire. Ma rimangono sempre dei dubbi. » Tacque qualche istante; non gli era facile proseguire. « Si prenderà un amante? » continuò, sommesso. « Desidera avere accanto un corpo più giovane, più sodo, in sintonia con il suo? Se questo accade, lo si può accettare – magari sentirsene perfino sollevati – sperando che abbia il buonsenso della discrezione. Un uomo di Stato cornuto perde la sua statura più in fretta di un uomo che di tanto in tanto si ubriaca. Significa che non ha più polso. Ci sono anche altre preoccupazioni. Approfitterà del nome che ha assunto? Condannerà in pubblico un avversario che si sta cercando di convincere? Sono queste le inclinazioni dei giovani; si possono tenere sotto controllo, fanno parte dei rischi dell'accordo. Ma sotto rimane un dubbio che, se diventasse realtà, non potrebbe essere tollerato. E cioè se dietro a tutto ci fosse un piano. Fin dall'inizio. »

« Ha già avuto questa sensazione, allora? » chiese Jason a bassa voce.

« Le sensazioni non sono realtà! » esclamò di rimando il vecchio soldato.

« Allora perché mi dice queste cose? »

Villiers tirò indietro il capo, poi lo lasciò cadere, fissando l'acqua. « Ciò che abbiamo visto stasera potrebbe avere una spiegazione semplicissima. Mi auguro che ci sia, e le darò tutte le possibilità di fornirmela. Ma nel mio cuore so che non me la può fornire. L'ho saputo nel momento in cui lei mi ha parlato di Les Classiques. Ho guardato dall'altra parte della strada, alla porta di casa mia, e all'improvviso molte cose sono andate dolorosamente a posto. Da due ore faccio l'avvocato del diavolo; inutile insistere. C'era mio figlio prima che ci fosse questa donna. »

« Ma lei mi ha detto che si fidava dei suoi giudizi. Che le era di grande aiuto. »

« Vero. Vede, volevo fidarmi di lei, lo volevo disperatamente. Convincersi di aver ragione è la cosa più facile del mondo. E man mano che si invecchia diventa sempre più facile. »

« Quali sono le cose che sono andate a posto? »

« Proprio l'aiuto che mi dava, la fiducia che avevo in lei. » Villiers guardò Jason. « Lei conosce molte cose sul conto di Carlos. Io ho studiato la documentazione che lo riguardano meglio di chiunque altro, perché più di chiunque altro volevo vederlo catturato e giustiziato; avrei voluto essere io stesso a comandare il plotone d'esecuzione. E nonostante quelle numerose documentazioni non mi avvicino nemmeno lontanamente a quello che lei sa. Tuttavia, lei, giovanotto, si è dedicato agli omicidi, ai metodi di assassinio di Carlos. Ma Carlos non solo mette in vendita la sua pistola, ma anche i segreti di un paese. »

« Lo so » disse Bourne. « Non è... »

« Per esempio, » proseguì il generale, come se non l'avesse sentito, « io ho accesso a documenti segreti relativi alla sicurezza militare e nucleare francese. Forse altri cinque uomini — tutti al di sopra di ogni sospetto — sono autorizzati a vederli. E tuttavia, con una regolarità impressionante, scopriamo che Mosca sa una cosa, Washington ne sa un'altra, Pechino un'altra ancora. »

« Lei ha discusso di queste cose con sua moglie? » chiese Bourne, sorpreso.

« Naturalmente no. Quando porto a casa documenti del genere, li metto in una cassaforte del mio ufficio. Nessuno può entrare in quella stanza se non ci sono io. Solo un'altra persona ha la chiave, una persona che sa come funzionano i dispositivi di allarme. Mia moglie. »

« Penso che sia pericoloso quanto discutere dei documenti segreti. Potrebbe essere costretta con la forza a rivelarli, oppure a consegnare le chiavi. »

« Un motivo c'era. Ho un'età in cui ogni giorno potrebbe accadere l'inevitabile. Se mi dovesse capitare qualcosa, mia moglie dovrebbe telefonare al Conseiller Militaire, scendere nel mio studio, e sorvegliare la cassaforte fino all'arrivo del personale di sicurezza. »

« E non potrebbe stare semplicemente alla porta? »

« Si sa che gli uomini della mia età spesso muoiono al tavolo da lavoro. » Villiers chiuse gli occhi. « E lei era dappertutto. In una casa in cui non si sarebbe creduto che una cosa del genere fosse possibile. »

« Ne è sicuro? »

« Più di quanto non abbia il coraggio di ammettere con me stesso. È stata lei a insistere perché ci sposassimo. Io non potevo che farle notare la differenza di età, ma lei non voleva saperne. Quelli che contavano, diceva, erano gli anni passati insieme, non quelli tra le nostre date di nascita. Si offrì di firmare una dichiarazione in cui rinunciava alle proprietà di famiglia. Naturalmente io non ne volli sapere perché questo dimostrava quanto si sentisse legata a me. Ha ragione il proverbio: un vecchio sciocco è sciocco fino in fondo. Però i dubbi continuavano a rimanere: nascevano ad ogni suo viaggio, ad ogni separazione inaspettata. »

« Inaspettata? »

« Ha molti interessi che la tengono sempre occupata. Un museo franco-svizzero a Grenoble, una galleria di belle Arti ad Amsterdam, un monumento alla Resistenza a Boulogne-sur-Mer, una stupidissima conferenza oceanografica a Marsiglia. Ricordo che quella volta ci fu una discussione accesa. Io avevo bisogno di lei qui a Parigi; dovevo svolgere alcune funzioni diplomatiche e volevo averla al mio fianco. Lei rifiutò. Era come se qualcuno le ordinasse di andare in certi posti in certi momenti. »

Grenoble: vicino al confine svizzero, a un'ora da Zurigo. Amsterdam. Boulogne-sur-Mer: sulla Manica, a un'ora da Londra. Marsiglia... Carlos.

« Quando si è svolta la conferenza a Marsiglia? » chiese Jason.

« L'anno scorso in agosto, mi pare. Verso la fine del mese. »

« Il 26 agosto, alle cinque del pomeriggio, l'ambasciatore Howard Leland è stato assassinato nel porto di Marsiglia. »

« Sì, lo so » disse Villiers. « Ha già accennato alla cosa. Mi dispiace la sua morte, non la fine delle sue opinioni. » Il vecchio soldato si fermò, fissò Bourne. « Mio Dio! » sussurrò. « Doveva essere con lui. Carlos l'ha chiamata e lei è andata. Ha *obbedito*! »

« Non mi sono mai spinto fino a questo punto » osservò Jason. « Le giuro che credevo fosse un relais, un relais cieco. Mai mi sono spinto così lontano. »

All'improvviso dalla gola del generale uscì un grido rauco, profondo, pieno di odio e di sofferenza. Si coprì il viso con le mani, portò di nuovo all'indietro il capo; pianse.

Bourne rimase immobile, non poteva fare nulla. « Mi spiace » disse.

Il generale riprese il controllo. « Anche a me » rispose alla fine. « Mi scuso. »

« Non ce n'è bisogno. »

« Penso di sì, invece. Comunque non parliamone più. Farò quel che bisogna fare. »

« E cioè? »

Il vecchio soldato si raddrizzò sulla panchina, stringendo la mascella. « Mi chiede una cosa del genere? »

« Devo chiedergliela. »

« Quello che lei ha fatto non è diverso dall'aver ucciso quel mio figlio che lei non ha avuto. Fingeva di aver cara la sua memoria. Però è stata complice del suo assassinio. E tutto mentre tradiva anche la nazione che ho servito per tutta la vita. »

« Intende ucciderla? »

« Sì, voglio ucciderla. Mi dirà la verità poi morirà. »

« Negherà tutto. »

« Ne dubito. »

« È una pazzia! »

« Giovanotto, ho passato mezzo secolo a catturare e a combattere i nemici della Francia, anche quando erano francesi. La verità verrà fuori. »

« Cosa crede che farà, sua moglie? Crede che se ne starà lì ad ascoltarlo e riconoscerà tranquillamente di essere colpevole? »

« Non farà nulla tranquillamente. Ma riconoscerà di essere colpevole. Anzi lo proclamerà. »

« Perchè dovrebbe farlo? »

« Perché quando la accuserò, le darò anche la possibilità di uccidermi. Quando tenterà avrò la prova, non le pare? »

« Vorrebbe correre un rischio simile? »

« Devo correrlo. »

« E se non tentasse nulla, se non cercasse di ucciderla? »

« Sarebbe anche questa una spiegazione » disse Villiers. « In questo caso – poco probabile – se io fossi in lei, monsieur, mi proteggerei i fianchi. » Crollò il capo. « Non succederà. Lo sappiamo tutti e due, io con molta più chiarezza di lei. »

« Mi ascolti » insistette Jason. « Lei ha detto che al primo posto veniva suo figlio. Pensi a lui! Insegua l'assassino non la complice. Se sua moglie è una ferita gravissima per lei, suo figlio è una ferita ancora più grave. Prenda l'uomo che lo ha ucciso! Alla fine li avrà tutti e due. Non si confronti con lei; non è ancora il momento. Si serva di quello che sa contro Carlos. Diamogli la caccia insieme. Nessuno gli è mai arrivato tanto vicino. »

« Lei mi chiede più di quanto io non possa dare » disse il vecchio.

« No, se pensa a suo figlio. Se pensa a se stesso, sì. Ma non se ha presente quel che è successo in rue du Bac. »

« Lei è eccessivamente crudele, monsieur. »

« Ho ragione, e lei lo sa. »

Una nuvola alta nel cielo notturno coprì per qualche attimo la luna. L'oscurità era completa; Jason rabbrividì. Il vecchio soldato parlò, la rassegnazione nella voce.

« Sì, ha ragione » disse. « È il killer che va fermato, non la puttana. Come possiamo lavorare insieme, dargli la caccia? »

Bourne chiuse gli occhi, sollevato. « Non faccia nulla. Carlos in questo momento mi starà cercando in tutta Parigi. Ho ucciso i suoi uomini, ho scoperto una sua "casella postale", ho trovato un contatto. Gli sono arrivato troppo vicino. Se non sbagliamo tutti e due, il suo telefono suonerà sempre di più, generale. Me ne incarico io. »

« Come? »

« Intercetterò mezza dozzina di dipendenti di Les Classiques. Alcune commesse, la Lavier, Bergeron forse, e senz'altro il centralinista. Parleranno. E parlerò anch'io. Vedrà che il suo telefono lavorerà senza sosta. »

« Ma, e io? Cosa devo fare? »

« Rimanga in casa. Dica di non sentirsi bene. E quando sentirà suonare il telefono, stia nelle vicinanze. Ascolti le conversazioni, cerchi di capire i codici, chieda al personale di servizio cosa gli ha detto sua moglie. Potrebbe persino ascoltare sulla linea, anche se probabilmente non capiterà. Chi chiama saprà senz'altro se lei è in casa. Comunque, lei riuscirà a bloccare il relais. E a seconda della posizione di sua moglie... »

« Della posizione di quella donnaccia » lo interruppe Villiers.

« ... all'interno della gerarchia di Carlos, potremmo persino costringerlo a venire allo scoperto. »

« Come? »

« I suoi canali di informazione saranno distrutti. Il suo relais assolutamente sicuro, insospettabile, è sorvegliato. Vorrà un incontro con sua moglie. »

« Difficile che dica dove. »

« A sua moglie lo deve dire. » Bourne tacque; un'altra idea gli si andava precisando in testa. « Se il danno ai canali di informazione sarà abbastanza grave, arriverà una telefonata o una persona che lei non conosce verrà a casa sua e poco dopo sua moglie le dirà che deve uscire. A questo punto insista per avere un numero dove raggiungerla. Deve pretenderlo: non intende impedirle di andare, ma deve poterla contattare. Le dica qualunque cosa... sfrutti il tipo di rapporto che ha sviluppato. Può farle credere che si tratta di una questione militare della massima importanza di cui non può parlare finché non riceve l'autorizzazione. E che non appena l'avrà ricevuta, vorrebbe discuterne con lei, prima di dare un parere. Dovrebbe cascarci. »

« A cosa servirà? »

« A farle dire dov'è. Forse dov'è Carlos. E se non Carlos, senz'altro altri più vicini a lui. A questo punto si metta in contatto con me. Le darò il numero di una camera d'albergo. Il nome sul registro non significa nulla, non se ne preoccupi. »

« Perché non vuol dirmi il suo vero nome? »

« Perché se lei dovesse ripeterlo — consciamente o inconsciamente — sarebbe un uomo morto. »

« Non sono arteriosclerotico. »

« No, affatto. Ma lei è un uomo profondamente ferito. Ha ricevuto la ferita più grave che si possa subire, credo. Forse lei vuole rischiare la vita; io non voglio fargliela rischiare. »

« Lei è strano, monsieur. »

« Sì. Se non dovessi esserci io, le risponderà una donna. Saprà dove mi trovo. Stabiliremo degli orari per i messaggi. »

« Una donna? » Il generale arretrò. « Non mi ha mai parlato di una donna, né di altri. »

« Non ci sono "altri". Senza di lei non sarei vivo. Carlos dà la caccia a tutti e due. Ha cercato di uccidere sia me che lei. »

« Sa di me? »

« Sì. È stata lei a dire che era impossibile che lei fosse un complice di Carlos. Io, invece, ne ero convinto. »

« Forse un giorno la conoscerò. »

« È improbabile. Finché Carlos non verrà catturato – e se lo sarà – noi due, generale, non possiamo farci vedere insieme. Dopo, se ci sarà un dopo, forse sarà lei a non volersi far vedere con noi. Con me. Glielo dico in tutta onestà. »

« Capisco e rispetto il suo punto di vista. In ogni caso, ringrazi quella signora a nome mio. La ringrazi per aver pensato che non potevo aver nulla a che fare con Carlos. »

Bourne annuì. « È sicuro che il suo telefono privato non sia sotto controllo? »

« Assolutamente. Lo faccio verificare regolarmente. Lo stesso avviene per tutti i telefoni dei membri del consiglio di governo. »

« Quando aspetta una mia telefonata, risponda e si schiarisca la gola due volte. Così saprò che è lei all'apparecchio. Se per qualunque motivo non potesse parlare, mi dica di chiamare il suo segretario il mattino dopo. Richiamerò dieci minuti dopo. Qual è il numero? »

Villiers glielo disse e poi chiese: « E il suo albergo? ».

« Il Terrasse, rue de Maistre, Montmartre. Stanza 420. »

« Quando intende cominciare? »

« Il più presto possibile. Oggi a mezzogiorno. »

« Deve agire come con un branco di lupi » disse il generale, piegandosi in avanti, quasi intendesse dare istruzioni ai suoi subordinati. « Deve colpire rapidamente. »

27

« Era *così* carina, devo proprio fare qualcosa per lei » trillò Marie al telefono, con esuberanza. « E anche quel ragazzo tanto simpatico; mi sono stati proprio utili. Le ripeto che il vestito è stato un *succès fou*! Sono così contenta! »

« Da come me li descrive, madame, » rispose la voce maschile educata del centralino di Les Classiques « sono sicuro che si tratta di Janine e di Claude. »

« Sì: Janine e Claude. Adesso mi ricordo. Voglio lasciargli un biglietto con un regalino di ringraziamento. Non sa per caso i cognomi? Voglio dire, mi sembra così volgare mettere sulla busta semplicemente "Janine" e "Claude". Come mandare una lettera alle persone di servizio, non le pare? Può chiedere a Jacqueline? »

« Non è necessario, madame. Lo so io. E devo dire che madame è gentile quanto generosa. Janine Dolbert e Claude Oreale. »

« Janine Dolbert e Claude Oreale » ripeté Marie guardando Jason. « Janine è sposata con quel pianista così simpatico, vero? »

« Non mi pare che mademoiselle Dolbert sia sposata. »

« Naturalmente. Forse sto pensando a qualcun altro. »

« Mi scusi, madame, non ho capito il suo nome. »

« Oh, che sciocca! » Marie lasciò cadere la cornetta e alzò la voce. « Caro, come sei tornato presto! Che meraviglia! Stavo telefonando a Les Classiques, sono tanto simpatici... Sì, subito, caro. » Riprese la cornetta. « La ringrazio molto. È stato proprio gentile. » Riappese. « Come sono andata? »

« Se decidessi di non far più l'economista, » disse Jason, consultando l'elenco telefonico, « mettiti nelle vendite. Ti ho creduto dalla prima all'ultima parola. »

« La descrizione era precisa? »

« C'era la differenza che c'è tra un cadavere e un uomo in agonia. Un tocco da maestro, quello del pianista. »

« Mi è venuto in mente che se fosse stata sposata, il telefono sarebbe stato a nome del marito. »

« No, non lo è » la interruppe Bourne. « Eccolo qui. Dolbert, Janine, rue Losserand. » Trascrisse l'indirizzo. « Oreale, con la O, vero? Non *Au.* »

« Credo di sì. » Marie accese una sigaretta. « Davvero vuoi andare a casa loro? »

Bourne annuì. « Se le intercettassi a Saint Honoré, Carlos farebbe sorvegliare il posto. »

« E gli altri? La Lavier, Bergeron, quel tipo del centralino. »

« Domani. Oggi do l'imbeccata. »

« La cosa? »

« Per farli parlare tutti tra loro. Per farli correre di qui e di là a dire cose che non dovrebbero dire. Entro l'ora di chiusura, la Dolbert e Oreale diffonderanno la voce in tutto il negozio. Altri due li contatterò stasera; telefoneranno alla Lavier e all'uomo del centralino. Così ci sarà la prima onda d'urto, poi la seconda. Il telefono del generale comincerà a suonare a partire da oggi pomeriggio. Domani mattina il panico dovrebbe essere completo. »

« Due domande » disse Marie, alzandosi dal letto e venendogli incontro. « Come fai a far uscire due commessi dal negozio durante l'orario di lavoro? E stasera chi vuoi contattare? »

« Nessuno vive in un surgelatore » rispose Bourne, guardando l'orologio. « Specialmente nell'*haute couture*. Adesso sono le undici e un quarto; entro mezzogiorno sarò a casa della Dolbert e le farò telefonare dall'amministratore sul lavoro. Gli chiederò di dirle di tornare subito a casa perché ha una questione privata da risolvere. »

« Quale questione privata? »

« Non lo so, ma chi non ne ha una? »

« E con Oreale farai lo stesso? »

« Probabilmente con un effetto molto maggiore. »

« Sii serio, Jason! »

« Mai stato così serio » disse Bourne, scorrendo con il dito una colonna di nomi. « Eccolo. Oreale, Claude Giselle. Rue Racine. Mi metto in contatto con lui alle tre; quando avrò finito filerà dritto a Saint Honoré e comincerà a far chiasso. »

« E gli altri due? Chi sono? »

« Mi farò dare i nomi da Oreale o dalla Dolbert. O da tutti e due. Loro non se ne renderanno conto, ma mi daranno il materiale per la seconda ondata d'urto. »

Jason era fermo nell'ombra di un portone arretrato in rue Losserand. Era a cinque metri dall'ingresso del piccolo condominio in cui qualche minuto prima, un portiere, sconcertato e improvvisamente più ricco, si era sdebitato nei confronti di uno sconosciuto dalla parlantina sciolta telefonando a mademoiselle Dolbert sul lavoro per dirle che un gentiluomo su una limousine con autista era venuto un paio di volte a chiedere di lei. Era tornato per la terza volta: cosa doveva fare?

Un taxi accostò al marciapiedi e Janine Dolbert, agitata e cadaverica come sempre, ne balzò letteralmente fuori. Jason uscì dal portone e la intercettò sul marciapiedi a nemmeno un metro dall'ingresso.

« Ha fatto in fretta » le disse, toccandole un gomito. « È un piacere rivederla. L'altro giorno mi è stata di molto aiuto. »

Janine Dolbert lo fissò ad occhi spalancati, a bocca aperta. « Lei! L'americano » disse in inglese. « Monsieur Briggs, vero? Lei è quello che... »

« Ho detto al mio autista di prendersi un'ora di libertà. Volevo incontrarla in privato. »

« Io? Perché mai desidera vedermi? »

« Non lo sa? E allora perché è corsa qui? »

I grandi occhi sotto i ricci della pettinatura corta, erano fissi nei suoi, il viso alla luce del sole appariva ancora più pallido. « Allora lei è della House of Azur? » chiese tentando di indovinare.

« Può darsi. » Bourne aumentò leggermente la stretta al gomito. « Dunque? »

« Ho consegnato quello che avevo promesso. Non ci sarà un seguito: l'accordo era questo. »

« Ne è sicura? »

« Non faccia l'idiota! Lei non la conosce la *couture* parigina. Qualcuno farà delle osservazioni sgradevoli nel suo studio, monsieur. E quando uscirà la linea d'autunno, e lei farà vedere in giro metà dei figurini di Bergeron prima di lui, quanto crede che io possa rimanere ancora a Les Classiques? Sono la ragazza numero due della Lavier, una delle poche che può entrare nel suo ufficio. Meglio che cominci a preoccuparsi di me come ha promesso. In una delle sue boutiques di Los Angeles. »

« Facciamo quattro passi » disse Jason, sospingendola leggermente. « Ha trovato l'uomo sbagliato, Janine. Non ho mai sentito parlare della House of Azur e non m'interesso affatto di modelli rubati... salvo nel caso che mi sia utile saperlo. »

« Oh, mio Dio... »

« Continui a camminare. » Le strinse il braccio. « Ho detto che volevo fare quattro chiacchiere con lei. »

« A proposito di che? Cosa vuole da me? Come ha fatto a sapere il mio nome? » Ora le parole le uscivano rapide di bocca, accavallandosi. « Mi sono presa l'intervallo di colazione in anticipo e devo tornare immediatamente; ho molto da fare oggi. Per favore... mi fa male al braccio. »

« Spiacente. »

« Quello che le ho detto era una bugia. Avevo sentito delle voci al negozio. Ecco cosa facevo: la stavo mettendo alla prova. »

« Lei è molto convincente. Le credo. »

« Sono leale con il negozio. Lo sono stata sempre. »

« È un'ottima qualità, Janine. Io la lealtà la ammiro. Lo dicevo l'altro giorno a... come si chiama?... quel tipo simpatico del centralino. Come si chiama? L'ho dimenticato. »

« Philippe » disse la commessa, spaventata, ossequiosa. « Philippe d'Anjou. »

« Proprio lui. Grazie. » Erano arrivati all'altezza di un vicoletto acciottolato tra due edifici. Jason glielo fece imboccare. « Andiamo qui, così stiamo lontani dalla strada. Non si preoccupi, non la faccio rientrare in ritardo. Le prendo solo qualche minuto. » Si addentrarono una decina di passi. Bourne si fermò; Janine Dolbert appoggiò la schiena al muro di mattoni. « Una sigaretta? » le chiese, tirando fuori un pacchetto di tasca.

« Sì, grazie. »

Gliela accese e notò che le tremava la mano. « Si sente più tranquilla, ora? »

« Sì. No, non proprio. Cosa vuole, monsieur Briggs? »

« Tanto per cominciare, non mi chiamo Briggs, ma penso che dovrebbe saperlo. »

« Non lo sapevo. Perché avrei dovuto? »

« Ero sicuro che la ragazza numero uno della Lavier glielo avesse detto. »

« Monique? »

« Usi il cognome, per favore. La precisione è importante. »

« Brielle, allora » disse Janine, aggrottando le sopracciglia, incuriosita. « Lei la conosce? »

« Perché non lo chiede a lei? »

« Come preferisce. Cosa vuole, monsieur? »

Jason scosse il capo. « Non lo sa proprio, vero? Tre quarti dei dipendenti di Les Classiques lavorano per noi, e la più intelligente non è nemmeno stata contattata. Naturalmente forse qualcuno ha pensato che lei fosse un rischio; capita. »

« *Cosa* capita? Che rischio? Ma lei chi è? »

« Non c'è tempo adesso. Lo saprà dagli altri. Sono qui perché da lei non abbiamo mai ricevuto rapporti, eppure lei per tutta la giornata è a contatto con i clienti più importanti. »

« Dovrebbe essere più chiaro, monsieur. »

« Diciamo che sono il portavoce di un gruppo di persone — americani, francesi, inglesi, olandesi — che stanno accerchiando un killer che ha assassinato alcuni leader politici e militari in tutti questi paesi. »

« *Assassinato?* Leader politici e militari... » Janine spalancò la bocca, la cenere della sigaretta le cadde sulla mano irrigidita. « Cos'è questa storia? Ma di cosa sta parlando? Mai sentito niente del genere. »

« Posso solo farle le mie scuse » disse Bourne a bassa voce, sincero. « Lei sarebbe dovuta venire contattata diverse settimane fa. È stato un errore dell'uomo che c'era prima di me. Spiacente; devo averla scioccata. »

« Mi ha proprio scioccata, monsieur » sussurrò la commessa, con il corpo scavato, irrigidito, simile a un giunco piegato contro la parete di mattoni. « Lei parla di cose che non capisco. »

« Ma adesso capisco io » la interruppe Jason. « Lei non ha detto una parola sul conto di nessuno. Adesso è chiaro. »

« A me no. »

« Stiamo circondando Carlos. Il killer conosciuto come Carlos. »

« *Carlos?* » La sigaretta le cadde di mano, lo shock era completo.

« È uno dei vostri clienti più assidui, tutti gli indizi portano a stabilirlo. Abbiamo ristretto il campo a otto uomini. La trappola dovrà scattare nei prossimi giorni, prenderemo tutte le precauzioni. »

« Precauzioni... »

« C'è sempre il pericolo che qualcuno venga preso in ostaggio, lo sappiamo bene. Prevediamo che ci sarà da sparare, ma vedremo di limitare la cosa al minimo. Il problema fondamentale è Carlos. Ha giurato che non si farà mai prendere vivo; va in giro imbottito di esplosivi che si calcola equivalgano a una bomba da mille libbre. Ma questo è un problema risolvibile. Ci saranno sul posto i nostri tiratori scelti; un solo colpo dritto in testa e sarà tutto finito. »

« *Une seule balle...* »

All'improvviso Bourne guardò l'orologio. « Le ho già fatto perdere abbastanza tempo. Lei deve tornare al negozio, e io alla mia postazione. Ricordi, se lei mi vede non mi conosce. Se dovessi venire a Les Classiques mi tratti come un qualsiasi cliente. Salvo nel caso abbia identificato qualcuno che pensa possa essere il nostro uomo; in questo caso mi chiami senza perdere tempo. Le ripeto che mi spiace per questa faccenda. Dev'essersi interrotto un canale di comunicazione, tutto qui. Capita. »

« *Une rupture?* »

Jason annuì, girò sui tacchi e si avviò rapidamente verso la strada. Si fermò e lanciò un'occhiata a Janine Dolbert. Era appoggiata alla parete in stato comatoso; per quanto la riguardava, il mondo elegante dell'*haute couture* era follemente uscito dall'orbita.

Philippe d'Anjou. Il nome non gli diceva niente, ma Bourne non poteva fare a meno di ripeterlo tra sé, cercando di liberare una visione... proprio come il viso del centralinista gli aveva scatenato immagini violentissime di lampi di luce nel buio. *Philippe d'Anjou.* Niente. Assolutamente niente. Tuttavia qualcosa c'era stato, qualcosa che gli aveva fatto venire un nodo allo stomaco, gli aveva teso i muscoli allo spasimo...

Se ne stava seduto vicino alla vetrina d'entrata di un caffè di rue Racine, pronto ad alzarsi e a uscire nel momento in cui avesse visto la figura di Claude Oreale arrivare al portone di una vecchia casa sull'altro marciapiedi. La sua stanza era al quinto piano, in un appartamento senza ascensore che divideva con altri due uomini e che si raggiungeva salendo lungo una scala ripida e consunta. Bourne era sicuro che sarebbe arrivato di corsa.

Infatti Claude Oreale, così cerimonioso con la Jacqueline Lavier di Les Classiques, si era sentito dire al telefono, da una padrona di casa biascicante, di riportare il suo brutto ceffo in rue Racine e di far finire le urla e il fracasso di mobili rotti nel suo appartamento. Altrimenti avrebbe chiamato la polizia; gli dava venti minuti di tempo.

Ce la fece in quindici. La figuretta sottile, fasciata in un completo di Pierre Cardin con la falda che fluttuava nel vento, uscì correndo dalla stazione del metrò più vicina. Bourne lo vide evitare le collisioni con l'agilità di un atleta di corsa campestre. I lunghi capelli scuri ondeggiavano paralleli al piano stradale. Raggiunse l'ingresso, afferrò la ringhiera e salì di corsa, tuffandosi nell'ombra dell'atrio.

Jason uscì subito dal caffè, attraversò la strada e salì di corsa la vecchia scala. Dal pianerottolo del quarto piano sentì bussare freneticamente alla porta del piano superiore.

« *Ouvrez! Ouvrez! Vite, nom de Dieu!* » Oreale si fermò: il silenzio in casa era per lui più spaventoso del chiasso che gli era stato preannunciato.

Bourne affrontò l'ultima rampa finché non vide l'Oreale tra le sbarre della ringhiera. Il commesso schiacciava la figuretta sottile contro la porta; premeva le mani contro gli stipiti a dita aperte tenendo premuto l'orecchio contro la porta, il viso paonazzo. « Sûreté! » urlò Jason in un francese gutturale e burocratico mentre appariva. « Fermo dove ti trovi, giovanotto. Niente scherzi. Ti abbiamo tenuto d'occhio, tu e i tuoi amici. Lo sappiamo della camera oscura. »

« No! » strillò Oreale. « Io non c'entro. Lo giuro!... *Camera oscura?* »

Bourne alzò una mano. « Calmo! Abbassa la voce! » Si piegò sul corrimano e guardò sotto.

« Non può coinvolgermi! » riprese il commesso. « Io non c'entro! Gliel'ho detto e ridetto di lasciar perdere! Un giorno si ammazzeranno. Solo gli idioti si drogano! Mio Dio, non si sente niente. Credo che siano morti! »

Jason si raddrizzò e si avvicinò a Oreale alzando le mani. « Te l'ho detto di tener la bocca chiusa » sussurrò aspro. « Va' dentro e stattene tranquillo! L'ho detto per quella vecchia di sotto. »

Il commesso rimase annientato: oscillava tra il panico e l'isteria. « Cosa? »

« La chiave ce l'hai » disse Bourne. « Apri e fila dentro. »

« È chiusa da dentro » replicò Oreale. « Tengono sempre chiuso quando fanno queste cose. »

« Maledetto scemo, dovevamo metterci in contatto con te! Dovevamo farti venire qui senza farlo sapere a nessuno. Apri quella porta. Spicciati! »

Come un coniglio terrorizzato – e lo era – Claude Oreale frugò freneticamente in tasca e trovò la chiave. Fece scattare la serratura e aprì la porta come se stesse per entrare in un magazzino pieno di cadaveri mutilati. Bourne lo spinse oltre la soglia, entrò a sua volta e richiuse.

L'ambiente contrastava nettamente con la casa. Il soggiorno, piuttosto ampio, era pieno di mobili lisci e costosi, decine e decine di cuscini di velluto rossi e gialli erano sparsi su divani, sulle sedie e sul pavimento. Era una stanza erotica, un rifugio di lusso in mezzo alle rovine.

« Ho solo pochi minuti » disse Jason. « C'è solo il tempo di parlare d'affari. »

« Affari? » ripeté Oreale, completamente paralizzato. « Che affari?... »

« Abbiamo ricevuto una comunicazione da Zurigo e vogliamo che tu la passi alla tua amica Lavier. »

« Madame Jasqueline? Mia *amica*? »

« Non ci possiamo fidare del telefono. »

« Quale telefono? Che comunicazione? »

« Carlos ha ragione. »

« Carlos? Carlos chi? »

« Il killer. »

Claude Oreale si portò una mano alla bocca, si morse la nocca dell'indice e strillò. « Ma cosa sta dicendo? »

« Zitto! »

« Perché lo dice proprio a me? »

« Tu sei il numero cinque. Contiamo su di te. »

« Cinque cosa? Per cosa contate su di me? »

« Per evitare che Carlos scappi dalla rete. Lo stanno circondando. Domani. Dopodomani, forse il giorno dopo ancora. Deve starsene lontano. Assolutamente. Circonderanno il negozio, ci saranno tiratori scelti ogni tre metri. Un fuoco incrociato micidiale; se lo trovano lì sarebbe un massacro. Tutti voi, dal primo all'ultimo, morti. »

Oreale lanciò un secondo strillo: aveva la nocca paonazza. « Ma la smetta! Non so di che cosa parli! Lei è matto, non voglio stare a sentire più niente... non ho sentito niente. Carlos... fuoco incrociato... massacri! Dio, soffoco, ho bisogno di aria! »

« Ti daranno i soldi! Un sacco di soldi, immagino. La Lavier ti ringrazierà. Anche d'Anjou. »

« D'Anjou? Ma se mi odia! Dice che sono un pavone, appena può mi insulta. »

« Lo fa per copertura, naturalmente. In realtà ti è molto affezionato... forse più di quello che pensi. Lui è il numero sei. »

« Ma cosa sono questi numeri? La smetta di parlare a numeri! »

« Altrimenti come facciamo a distinguervi, come facciamo ad assegnarvi le missioni? Noi non possiamo usare i nomi. »

« Chi sono questi "noi"? »

« Tutti noi che lavoriamo per Carlos. »

Ci fu uno strillo lacerante, un rivoletto di sangue sgorgò dal dito di Oreale. « Non voglio più sentire niente! Io sono un *couturier*, un *artista*! »

« Tu sei il numero cinque. Fai esattamente quello che ti diciamo, se no questa tua arena di passione non la rivedi più. »

« *Aunghunnn!* »

« Piantala di strillare! Abbiamo una buona opinione di te; sappiamo che siete tutti in tensione. Incidentalmente, non conosciamo il contabile. »

« Trignon? »

« Solo il nome. La riservatezza è importante. »

« Allora Pierre. È odioso. Fa pagare le telefonate. »

« Siamo convinti che lavori per l'Interpol. »

« L'Interpol? »

« Se è vero, potresti finire dieci anni in galera. Ti mangerebbero vivo, Claude. »

« *Aunghunnn!* »

« Zitto! Devi solo comunicare a Bergeron quello che pensiamo. Tieni gli occhi addosso a Trignon, specialmente nei prossimi due giorni. Sta' attento, se per qualunque motivo esce dal negozio. Può voler dire che stanno per chiudere la trappola. » Bourne andò verso la porta, una mano in tasca. « Io devo tornare e anche tu. Riferisci tutto ai numeri da uno a sei. È di importanza vitale. »

Oreale lanciò di nuovo uno strillo isterico. « Numeri! Sempre numeri! Ma quali numeri? Sono un artista, non un numero! »

« Ti ritrovi senza faccia, se non ritorni il più in fretta possibile. Contatta la Lavier, d'Anjou, Bergeron. Più in fretta che puoi. Poi gli altri. »

« Quali altri? »

« Chiedilo al numero due. »

« Due? »

« Dolbert. Janine Dolbert. »

« *Janine*. Anche lei? »

« Proprio così. È lei il due. »

Il commesso agitò freneticamente le mani in una protesta disperata.

« È una follia! Non ha senso! »

« La tua vita ha senso Claude » disse Jason semplicemente. « Pensaci. Ti aspetto dall'altra parte della strada. Parti fra tre minuti esatti. E non usare il telefono; limitati ad andartene e torna a Les Classiques. Se fra tre minuti non sei uscito di qui, sono costretto a ritornare. » Estrasse la mano di tasca. Impugnava la pistola.

Oreale svuotò i polmoni in uno strillo muto, fissando la pistola con il viso cinereo.

Bourne scivolò fuori e chiuse la porta.

Il telefono sul comodino squillò. Marie guardò l'orologio; erano le 8.15 di sera e per un attimo ebbe un soprassalto di paura. Jason le aveva detto che avrebbe telefonato alle 9. Era uscito dalla Terrasse verso le 7, quando ormai era buio, per intercettare una commessa che si chiamava Monique Brielle. Il programma era preciso, poteva venir modificato solo in caso di emergenza.

« La stanza 420? » chiese una voce maschile profonda all'altro capo della linea.

Marie si rianimò: era André Villiers. Il generale aveva telefonato nel tardo pomeriggio per avvertire Jason che a Les Classiques si era diffuso il panico; sua moglie era stata chiamata non meno di sei volte in un'ora e mezza. Tuttavia non era riuscito ad ascoltare niente di concreto; tutte le volte che aveva preso in mano la cornetta, alla conversazione seria si erano sostituite chiacchiere innocenti.

« Sì » disse Marie. « È il 420. »

« Mi perdoni, non ci siamo mai parlati prima d'ora. »

« So chi è lei. »

« Anch'io so chi è lei. Vorrei prendermi la libertà di ringraziarla. »

« D'accordo. Io ringrazio lei. »

« Passiamo ad argomenti concreti. Le telefono dal mio studio e naturalmente questa linea non ha derivazioni. Dica al nostro comune amico che la crisi va accelerandosi. Mia moglie si è ritirata in camera sua, dicendo di aver la nausea, ma evidentemente non sta tanto male da non poter rispondere al telefono. In diverse occasioni ho preso la cornetta e ho capito che erano attenti a eventuali controlli. Ogni volta mi sono scusato piuttosto bruscamente, dicendo che aspettavo delle telefonate. In tutta franchezza, non sono sicuro di aver convinto mia moglie ma, certo, non può farmi domande. A dir la verità, mademoiselle, sta sorgendo tra noi un certo attrito, che, sotto la superficie, è violento. Che Dio mi dia la forza. »

« Posso solo dirle di ricordare suo figlio » lo interruppe Marie.

« Sì » disse il vecchio a bassa voce. « Mio figlio. E la puttana che sostiene di rispettarne il ricordo. Mi spiace. »

« Non si preoccupi. Riferirò quel che mi ha detto al nostro comune amico. Le ritelefonerà entro un'ora. »

« Mi scusi, » continuò Villiers « c'è dell'altro. Per questo ho dovuto chiamarla. Due volte, mentre mia moglie era al telefono, mi sono reso conto di aver già sentito la voce all'altro capo della linea. Ho riconosciuto la seconda e mi sono ricordato immediatamente di un viso. È il centralinista di Saint Honoré. »

« Sappiamo come si chiama. E la prima voce? »

« Era strana. Non la conoscevo, non riuscivo ad associarla a un volto, ma capivo il perché della telefonata. Era una voce strana, un po' sussurrante, un po' autoritaria. È stato il tono autoritario che mi ha colpito. Vede, non stava semplicemente parlando con mia moglie; aveva impartito un ordine. Il tono è cambiato non appena mi sono inserito io, naturalmente. Un segnale predisposto in precedenza per concludere la conversazione, ma il residuo rimaneva. È un residuo che persino nel tono tutti i soldati conoscono bene. È un modo di dare enfasi all'ordine. Sono stato chiaro? »

« Credo di sì » disse Marie con gentilezza, consapevole che se il vecchio le stava suggerendo quel che lei pensava la tensione per lui doveva essere insopportabile.

« Può esserne sicura, mademoiselle » disse il generale. Poi tacque. Si sentiva il suo respiro; la frase successiva gli uscì dalla gola con sforzo: « Stava dando... istruzioni... a mia... moglie... ». La voce si spezzò. « Mi perdoni l'imperdonabile. Non ho nessun diritto di angustiarla. »

« Lei ha tutti i diritti » rispose Marie, allarmata. « Quel che le sta succedendo dev'essere terribilmente doloroso, e peggiorato dal fatto che non ha nessuno a cui parlare. »

« Sto parlando a lei, mademoiselle. Non dovrei, ma lo sto facendo. »

« Vorrei poter continuare la conversazione. Vorrei che uno di noi due potesse esserle accanto. Ma è impossibile e so che lei mi capisce. La prego, cerchi di reggere. È estremamente importante che non si possano stabilire legami tra lei e il nostro amico. Potrebbe costarle la vita. »

« Sono convinto che forse l'ho già perduta. »

« *Ça c'est absurde* » disse Marie, secca, come se intendesse dargli uno schiaffo. « *Vous êtes un soldat. Arretez ça immédiatement!* »

« *C'est l'institutrice qui corrige le mauvais élève. Vous avez bien raison.* »

« *On dit que vous êtes un géant. Je le crois.* » Cadde il silenzio,

Marie trattenne il respiro. Quando Villiers parlò, riprese a respirare.

« Il nostro comune amico è molto fortunato. Lei è una donna davvero eccezionale. »

« Niente affatto. Voglio solo che il mio amico ritorni da me. In questo non c'è niente di eccezionale. »

« Forse no. Ma piacerebbe anche a me esserle amico. Lei ha ricordato a un vecchio chi e cosa è, meglio, chi e cosa è stato e chi deve cercare di essere di nuovo. La ringrazio ancora una volta. »

« Non è il caso... caro amico. » Marie riappese, profondamente commossa e insieme preoccupata. Non era sicuro che Villiers fosse in grado di affrontare le prossime ventiquattro ore; in caso negativo l'assassino avrebbe capito quanto profondamente era stata penetrata la sua organizzazione. Avrebbe ordinato a tutti i contatti di Les Classiques di abbandonare Parigi e di scomparire. Oppure ci sarebbe stato un bagno di sangue a Les Classiques: e i risultati sarebbero stati gli stessi.

In tutti e due i casi, non ci sarebbero state risposte, non si sarebbe trovato l'indirizzo di New York; il messaggio non sarebbe stato decifrato né si sarebbe saputo chi l'aveva spedito. L'uomo che amava sarebbe tornato nel suo labirinto. E l'avrebbe lasciata.

28

Bourne la vide all'angolo mentre passava sotto il fascio di luce del lampione stradale diretta alla pensioncina dove abitava. Monique Brielle, la ragazza numero uno di Jacqueline Lavier, era una versione più severa ed energica di Janine Dolbert; la ricordava al negozio. Aveva un modo di fare sicuro, come una donna fiduciosa delle sue conoscenze professionali e della sua abilità: una donna difficile da piegare; Jason capiva come mai fosse la numero uno della Lavier. Il confronto avrebbe dovuto essere breve, l'impatto del messaggio decisivo, la minaccia implicita. Era venuto il momento di far partire la seconda ondata d'urto. Non si mosse e se la lasciò passare davanti, con un ticchettio marziale di tacchi. La strada non era molto affollata; in tutto l'isolato c'erano almeno una mezza dozzina di passanti. Era necessario isolarla, allontanarla da chi poteva sentire quel che le avrebbe detto, perché si trattava di cose che nessun messaggero avrebbe rischiato di far sentire ad altri. La raggiunse a una decina di metri dalla porta della pensione e le si affiancò.

« Devi contattare immediatamente la Lavier » disse in francese tenendo lo sguardo fisso in avanti.

« Pardon? Cosa ha detto? Lei chi è, monsieur? »

« Non fermarti! Continua a camminare. Passa oltre l'ingresso. »

« Lei sa dove vivo? »

« Sono pochissime le cose che non sappiamo. »

« E se io entro lo stesso? C'è un portiere... »

« C'è anche la Lavier » la interruppe Bourne. « Perderai il lavoro e non ti riuscirà di trovarne un altro a Saint Honoré. E temo che sarà il minore dei tuoi problemi. »

« Lei chi è? »

« Non sono tuo nemico. » La fissò. « Non farmi diventare tuo nemico. »

« *Lei,* l'americano! Janine... Claude Oreale! »

« Carlos » completò Bourne.

« Carlos? Ma cos'è questa pazzia? Tutto il pomeriggio Carlos, solo Carlos! E i *numeri*! Tutti hanno un numero di cui nessuno sa niente! E parlano di trappole e di uomini armati! Roba da matti! »

« È quello che sta succedendo. Continua a camminare. Per favore, è per il tuo bene. »

Monique obbedì; il passo era meno sicuro, il corpo rigido: una marionetta che non sapeva bene quali fili la tiravano. « Jacqueline ci ha parlato » disse con veemenza. « Ci ha detto che era tutta una follia, che... *lei* voleva rovinare Les Classiques. Che una delle altre case doveva averlo pagato per rovinarci. »

« Cosa ti aspettavi che dicesse? »

« Lei è un provocatore. Ci ha detto la verità. »

« Vi ha anche detto di tener la bocca chiusa? Di non dire una parola a nessuno? »

« Naturalmente. »

« Prima di tutto, » proseguì Jason come se non l'avesse sentita « di non contattare la polizia, cioè la cosa più logica in un caso del genere. Anzi, in un certo senso, l'unica cosa da fare. »

« Sì. Naturalmente... »

« Non naturalmente... » la contraddisse Bourne. « Senti, io sono solo un relais, probabilmente non molto più in alto di te. Non sono venuto qui per convincerti, solo per consegnare un messaggio. La Dolbert l'abbiamo messa alla prova; le abbiamo dato un *input* di informazioni false. »

« Janine? » Alle perplessità di Monique Brielle andava aggiungendosi una confusione crescente. « Erano incredibili, le cose che diceva! Incredibili come gli strilli isterici di Claude... come le cose che diceva. Ma quello che raccontava lei era il contrario di quello che diceva lui. »

« Lo sappiamo; è stato fatto intenzionalmente. Ha rapporti con Azur. »

« La House of Azur? »

« Puoi controllare con lei domani. Affrontala. »

« Affrontarla? »

« Fa' come ti dico e basta. Potrebbe esserci un legame. »

« Un legame? Con chi? »

« Con l'Interpol. Forse è una trappola. »

« L'Interpol? Una trappola? È roba da matti! Nessuno sa di che cosa lei sta parlando! »

« Lo sa la Lavier. Devi contattarla immediatamente. » Stavano giungendo alla fine dell'isolato; Jason le toccò un braccio. « Ti lascio qui all'angolo. Torna in albergo e chiama Jacqueline. Dille che la cosa è molto più seria di quel che pensavamo. Sta andando tutto a pezzi. E, peggio di tutto, qualcuno ha girato. Non si tratta né della Dolbert né di nessuno dei dipendenti, ma di qualcuno più in alto. Qualcuno che sa tutto. »

« Girato? Cosa vuol dire? »

« C'è un traditore dentro Les Classiques. Dille di stare attenta. A tutti. Altrimenti potrebbe essere la fine per tutti noi. » Bourne le lasciò andare il braccio, scese dal marciapiedi e attraversò la strada. Sul lato opposto trovò la rientranza di un portone e vi si nascose in fretta.

Sbirciò fuori guardando verso l'incrocio. Monique Brielle era già a metà dell'isolato: correva a tutta velocità verso la sua pensioncina. Il panico della seconda ondata d'urto era cominciato. Adesso doveva chiamare Marie.

« Sono preoccupata, Jason. Questa faccenda lo sta distruggendo. Al telefono è quasi andato a pezzi. Cosa succede quando la guarda? Cosa credi che senta, che pensi? »

« Riuscirà a controllarsi » disse Bourne, osservando il traffico sugli Champs Elysées, da una cabina telefonica; avrebbe desiderato di poter essere più fiducioso nei confronti di André Villiers. « Altrimenti è come se l'avessi ammazzato. Non voglio esserne responsabile, d'altra parte è proprio quello che ho fatto. Avrei dovuto tener chiusa la mia maledetta bocca e prendere sua moglie di persona. »

« Non avresti potuto. Hai visto d'Anjou sulla porta di casa: non saresti riuscito a entrare. »

« Avrei potuto escogitare qualcosa. Come sappiamo, sono pieno di risorse... più di quanto non mi vada di pensare. »

« Ma stai facendo qualcosa! Stai creando panico, costringi quelli che trasmettono gli ordini di Carlos a uscire allo scoperto. Qualcuno dovrà pur fermarlo, questo panico, e anche tu dicevi che non credevi che Jacqueline Lavier fosse abbastanza in alto per farlo. Jason, vedrai qualcuno e allora saprai. Lo prenderai! Davvero! »

« Lo spero. Cristo! lo spero proprio. So benissimo cosa sto facendo, ma di tanto in tanto... » Si fermò. Odiava dirlo, ma doveva... doveva parlargliene. « ... Mi sento confuso. È come se fossi spaccato in due; una parte di me dice "salvati", l'altra parte... che Dio mi aiuti... mi dice "prendi Carlos". »

« Le cose stanno così fin dall'inizio, no? » disse Marie con dolcezza.

« Di Carlos non me ne importa niente! » urlò Jason, asciugandosi il sudore sulla fronte e rendendosi conto di aver freddo. « È una cosa che mi fa diventar matto » aggiunse, senza saper bene se l'avesse detto ad alta voce o solo dentro di sé.

« Caro, torna a casa. »

« Cosa? » Bourne guardò il telefono; di nuovo non sapeva bene se aveva sentito le parole di Marie o se aveva voluto sentirle. *Stava capitando di nuovo. Le cose c'erano eppure non c'erano. Fuori, sopra una cabina telefonica sugli Champs Elysées, il cielo era scuro. Ricordava che una volta l'aveva visto luminoso, molto luminoso, accecante. E faceva caldo, non freddo. Tra le grida degli uccelli e il fischio delle schegge...*

« Jason! »

« Cosa? »

« Torna qui. Caro, ti prego, torna qui. »

« Perché? »

« Sei stanco. Hai bisogno di riposare. »

« Devo andare da Trignon. Pierre Trignon. Il contabile. »

« Puoi farlo domani. Puoi rimandare a domani. »

« No. Sono i capitani che rimandano a domani. » *Cosa stava dicendo? Capitani. Truppe. Figure umane che si urtavano in preda al panico. Ma era l'unico modo, l'unico modo. Il camaleonte era un... provocateur.*

« Dammi retta » disse Marie, insistendo. « Ti sta succedendo qualcosa. È già capitato, lo sappiamo tutti e due, caro. E in questi casi devi fermarti, anche questo lo sappiamo. Torna in albergo, ti prego. »

Bourne chiuse gli occhi; il sudore si andava asciugando e i rumori del traffico fuori sostituivano gli stridori nelle orecchie. Vedeva le stelle nel freddo cielo notturno; il sole accecante, il calore insopportabile erano scomparsi. Qualunque cosa fosse, era passata.

« Sto benissimo adesso. Davvero. Un paio di brutti momenti, tutto qui. »

« Jason? » Marie parlava lentamente, costringendolo ad ascoltarla. « Che cosa li ha provocati? »

« Non lo so. »

« Hai appena visto la Brielle. Ti ha detto qualcosa? Qualcosa che ti ha fatto pensare a qualcos'altro? »

« Non ne sono sicuro. Ero troppo preso a inventare quel che le dovevo dire. »

« Pensaci, caro! »

Bourne chiuse gli occhi cercando di ricordare. Di cosa si trattava? Forse aveva detto qualcosa casualmente, oppure così in fretta che, al momento, era andato perduto? « Ha detto che ero un *provocateur* » disse Jason, senza capire come mai proprio questa parola gli fosse tornata in mente. « D'altra parte sono proprio un *provocateur*, no? È una provocazione quella che sto facendo? »

« Sì » disse Marie.

« Adesso devo darmi da fare » proseguì Bourne. « La casa di Trignon è a un paio di isolati da qui. Voglio essere là prima delle dieci. »

« Sii prudente. » Marie parlava come se i suoi pensieri fossero altrove.

« Sarò prudente. Ti amo. »

« Ho fiducia in te » disse Marie Saint Jacques.

La strada era tranquilla, l'isolato uno strano misto di negozi e di abitazioni tipico del centro di Parigi: pieno d'animazione di giorno, deserto di notte.

Jason arrivò davanti alla casa dove, secondo l'elenco dei telefoni, viveva Pierre Trignon. Salì qualche gradino ed entrò nell'atrio lindo e fiocamente illuminato. Sulla destra c'era una fila di caselle per le lettere d'ottone, ognuna con un circoletto di fori attraverso il quale si poteva parlare con i singoli inquilini. Jason scorse con il dito i nomi scritti sotto le caselle: M. PIERRE TRIGNON - 42. Premette due volte il piccolo pulsante nero; dieci secondi dopo sentì delle scariche.

« *Oui?* »

« *Monsieur Trignon, s'il vous plaît.* »

« *Ici.* »

« *Télégramme, monsieur. Je ne peux pas quitter ma bicyclette.* »

« *Télégramme? Pour moi?* »

Pierre Trignon non doveva ricevere spesso telegrammi; lo si capiva dal tono allibito della voce. Il resto delle sue parole andò perduto ma si sentiva, dietro, la voce allarmatissima di una donna per la quale un telegramma poteva solo annunciare tremendi disastri.

Bourne attese davanti alla porta di vetro smerigliato che separava l'atrio dalle scale. Di lì a qualche secondo sentì uno scalpiccio rapido che diventava sempre più forte mentre qualcuno – evidentemente Trignon – scendeva di corsa. La porta si spalancò, nascondendo Jason; un uomo grosso, quasi calvo, con un paio di bretelle inutili che schiacciavano la ciccia già di per sé compressa dalla camicia, andò verso la fila di caselle, fermandosi al numero 42.

« Monsieur Trignon? »

Il contabile si voltò di scatto con un'espressione disperata sul viso paffuto. « Un telegramma! Mi mandano un telegramma! » esclamò. « È lei che me lo deve consegnare? »

« Deve scusare il trucco, Trignon, ma l'ho fatto per il suo bene. Ho pensato che preferisse evitare l'interrogatorio davanti alla famiglia. »

« Un interrogatorio? » esclamò il contabile, arricciando le labbra spesse, con una luce di terrore negli occhi. « A me? E per che cosa? Cos'è questa storia? Perché è venuto a casa mia? Io sono un cittadino rispettoso della legge! »

« Lei lavora a Saint Honoré per una ditta che si chiama Les Classiques? »

« Sì. Lei chi è? »

« Se preferisce può accompagnarmi al mio ufficio » disse Bourne.

« Ma lei chi è? »

« Sono un ispettore speciale del ministero delle Finanze, divisione controlli fiscali. Indago sull'associazione a delinquere a scopo di evasione. Venga: c'è un'auto del servizio di Stato qui fuori. »

« Fuori? Venire con lei? Ma se non ho neanche la giacca! C'è mia moglie di sopra che aspetta che vada su con un telegramma. Un telegramma! »

« Potrà mandargliene uno, se vuole. Venga, adesso. È tutto il giorno che sto dietro a questa faccenda e voglio concluderla. »

« La prego, monsieur » protestò Trignon. « Non voglio andare in nessun posto! Dice di avere delle domande da farmi. Me le faccia e mi lasci tornare su in casa. Non ho nessuna voglia di venire nel suo ufficio. »

« Ci vorrà qualche minuto » disse Jason.

« Chiamo mia moglie e le dico che c'è stato uno sbaglio. Il telegramma era per il vecchio Gravet: sta al primo piano e non riesce quasi a leggere. Capirà. »

Madame Trignon invece non voleva capire, ma i suoi strilli vennero bloccati da quelli ancora più acuti di monsieur Trignon. « Ecco, ha visto » disse il contabile, allontanandosi dalla casella, con le poche ciocche di capelli sul cranio calvo intrise di sudore. « Non è il caso di andare in nessun posto. Pochi minuti nella vita di un uomo non vogliono dire niente. Il programma TV lo ripeteranno di qui a un paio di mesi. E adesso, cos'è questa storia, monsieur? I miei libri son immacolati, assolutamente immacolati! Naturalmente non sono r sponsabile del commercialista. È una diversa ragione sociale. La su è una ragione sociale distinta. Francamente, non mi è mai piaciut quell'uomo; non fa che giurare su questo e su quello, capisce cos intendo. D'altra parte, chi sono io per dirlo? » Trignon sollevò l mani palme in avanti, con un sorriso ossequioso.

« Tanto per cominciare, » disse Bourne, ignorando le protest« « non dovrà lasciare Parigi. Se per un motivo qualsiasi, personale « professionale, sarà costretto a farlo, ce lo notifichi. In tutta franchez za, glielo proibiremo. »

« Lei vorrà scherzare, monsieur! »

« Affatto. »

« Non ho nessun motivo per andarmene da Parigi — e non hc neanche i soldi per farlo — ma è incredibile sentirmi dire una cosa del genere. Cosa avrei fatto? »

« La nostra divisione sequestrerà i suoi libri domani mattina. Si prepari. »

« I miei libri sequestrati? E perché? A che cosa devo essere preparato? »

« Ci sono di mezzo pagamenti a cosiddetti fornitori che hanno emesso fatture false. La merce non è mai stata consegnata — e non doveva nemmeno esserlo — mentre i pagamenti sono stati dirottati su una banca di Zurigo. »

« Zurigo? Io non so di cosa sta parlando; non ho mai preparato nessun assegno per Zurigo. »

« Direttamente no, questo lo sappiamo. Ma è stato facilissimo per lei prepararli a nome di ditte inesistenti, incassarli e poi accreditarli via telex a Zurigo. »

« Tutte le fatture sono firmate da madame Lavier! Io non pago niente di mia iniziativa! »

Jason tacque, accigliato. « Adesso è lei che scherza » disse.

« Le do la mia parola! È la regola. Lo chieda a chiunque! A Les Classiques non si paga un soldo senza l'autorizzazione di madame. »

« Quindi lei mi sta dicendo che riceve gli ordini direttamente da lei. »

« Ma certo! »

« E lei gli ordini da chi li prende? »

Trignon scoprì i denti. « Da Dio, dicono, quando non è contrario. Naturalmente è una battuta, monsieur. »

« Credo che dovrebbe essere più serio. Chi sono i proprietari di Les Classiques? »

« È una società, monsieur. Madame Lavier ha molti amici ricchi che hanno finanziato le sue capacità. E naturalmente hanno investito nel talento di René Bergeron. »

« Si riuniscono spesso questi finanziatori? Sono loro che suggeriscono la politica della ditta? Magari sono loro che consigliano di trattare con certe ditte? »

« Non saprei, monsieur. Tutti hanno degli amici. »

« Può darsi che abbiamo puntato l'attenzione sulle persone sbagliate » lo interruppe Bourne. « È possibilissimo che lei e madame Lavier – responsabili della gestione amministrativa – veniate strumentalizzati. »

« Strumentalizzati in che senso? »

« Per contrabbandare capitali a Zurigo. Sul conto corrente di uno dei più crudeli killer d'Europa. »

Trignon fu scosso da una convulsione, lo stomaco prominente ebbe un brivido mentre cadeva contro la parete. « Cosa sta dicendo, nel nome del Cielo? »

« Preparatevi. Lei specialmente, deve prepararsi. Siete stati voi a compilare gli assegni, nessun altro. »

« Solo perché mi è stato detto di farlo! »

« Ha mai fatto un riscontro delle merci in base alle fatture? »

« Non è compito mio! »

« Quindi, essenzialmente, lei ha emesso mandati di pagamento per merci che non ha mai visto? »

« Ma se non vedo mai niente! Solo fatture con il benestare della Lavier. Pago solo in base a quelle! »

« Meglio che le troviate tutte, dalla prima all'ultima, le fatture. Lei e madame Lavier dovreste andare a rovesciare tutto l'archivio. Perché sarete voi due – e specialmente lei, Trignon – a dover far fronte alle accuse. »

« Quali accuse? »

« In mancanza di un mandato specifico, diciamo per complicità in omicidio plurimo. »

« Omicidio... plurimo... »

« Assassinio. Il conto di Zurigo è del killer conosciuto come Carlos. Lei, Pierre Trignon, e il suo attuale datore di lavoro, madame Jacqueline Lavier, siete direttamente implicati nei pagamenti al killer più ricercato d'Europa. Ilich Ramirez Sanchez. Alias Carlos. »

« *Aughhh!...* » Trignon scivolò sul pavimento dell'atrio, un'espressione di shock totale negli occhi, i lineamenti paffuti contorti. « Tutto il pomeriggio... » mormorò. « Gente che correva di qua e di là, riunioni isteriche nei corridoi, gente che mi guardava tutta stranita, che mi passava davanti guardando dall'altra parte. Oh, mio Dio. »

« Al suo posto non perderei un minuto. Sarà presto domani e con ogni probabilità sarà il giorno più difficile della sua vita. » Jason andò al portone, e si fermò con la mano sulla maniglia. « Non è mio compito darle consigli, ma al suo posto mi metterei in contatto direttamente con madame Lavier. Cominciate a preparare una linea di difesa, forse è l'unica cosa che vi rimane da fare. Può darsi che si arrivi a una condanna a morte. »

Il camaleonte aprì la porta e scivolò fuori: la fredda aria notturna gli frustò il viso.

Prendi Carlos. Intrappolalo. Cain sta per Charlie e Delta sta per Cain.

Falso!

Trova il numero di New York, trova la Treadstone. Scopri cosa significa il messaggio. Scopri chi l'ha mandato.

Scopri chi è Jason Bourne.

La luce del sole irrompeva a fiotti dai finestroni di vetro piombato. Un vecchio con un abito di taglio antiquato percorse rapidamente il corridoio della chiesa di Neuilly-sur-Seine e il prete, accanto alla fila delle candele per le novene, lo osservò perplesso: gli sembrava una presenza vagamente familiare. Per un attimo gli parve di averlo già visto, ma non sapeva dove. Il giorno prima si era presentato un mendicante male in arnese, più o meno della stessa taglia, della stessa... no, quest'uomo aveva le scarpe lustre, i capelli bianchi pettinati con cura e gli abiti, anche se risalivano a qualche decennio prima, erano di buona qualità.

« Angelus Domini » disse il vecchio, scostando la tenda del confessionale.

« Basta con questa storia! » sussurrò la figura indistinta dietro il velo. « Cosa sei venuto a sapere a Saint Honoré? »

« Di concreto, molto poco, ma rispetto per i suoi metodi, questo sì. »

« Uno schema riconoscibile? »

« Sembra casuale. Sceglie persone che non sanno assolutamente nulla e scatena il caos tra loro. Suggerisco di non far passare più nessuna attività attraverso Les Classiques. »

« D'accordo » approvò la silhouette. « Ma cosa vuole ottenere? »

« Scatenando il caos? » chiese il vecchio. « Direi che lo fa per spargere sfiducia tra chi sa qualcosa. È stata la Brielle a dirlo. Ha raccontato che l'americano le aveva detto di riferire alla Lavier che all'interno c'era "un traditore", un'affermazione palesemente falsa. Chi di loro avrebbe il coraggio di tradire? Questa notte sono successe cose da pazzi. Il contabile, Trignon, ha dato i numeri. È rimasto fino alle due di notte ad aspettare davanti a casa della Lavier, l'ha letteralmente aggredita quando è tornata dall'hotel della Brielle, si è messo a piangere e a urlare in strada. »

« La Lavier stessa non è che si sia comportata molto meglio. Quasi non si controllava quando ha telefonato a Parc Monceau; le è stato detto di non chiamare più. A Parc Monceau non deve telefonare più nessuno... mai più. »

« Abbiamo ricevuto il messaggio. Quei pochi di noi che sanno il numero se lo sono dimenticato. »

« E attenti a non ricordarlo più. » La silhouette ebbe uno scatto improvviso; la tenda si increspò. « Ovvio che lo fa per seminare sfiducia! La conseguenza è il caos. Ormai è chiaro. Intercetta i contatti, cerca di farsi dare informazioni, e quando uno cede lo molla agli americani e passa al prossimo. Però li avvicina da solo: fa parte del suo egotismo. È pazzo. E ossessionato. »

« Forse tutte e due le cose, » intervenne il vecchio « ma è anche un professionista. Si assicurerà che i nomi arrivino ai suoi superiori, nel caso lui dovesse fallire. Quindi, che tu lo prenda o meno, loro verranno presi. »

« Saranno morti » disse il killer. « Salvo Bergeron. È troppo utile. Digli di filare ad Atene; sa dove andare. »

« Devo supporre che io prendo il posto a Parc Monceau? »

« Questo sarebbe impossibile. Ma, per il momento, riferirai le mie decisioni definitive alle persone che ti dirò. »

« E il primo a cui devo riferire è Bergeron. Deve partire per Atene. »

« Sì. »

« Quindi la Lavier e quel coloniale, d'Anjou, sono segnati. »

« Sono segnati. L'esca raramente sopravvive e loro non sopravviveranno. Devi poi comunicare un altro messaggio alle due squadre che coprono la Lavier e d'Anjou. Di' che li sorveglierò di continuo. Non sono ammessi errori. »

Fu la volta del vecchio. Tacque, per richiamare l'attenzione. « Il meglio l'ho salvato per ultimo, Carlos. Un'ora e mezzo fa la Renault è stata trovata in un garage di Montmartre. L'hanno portata lì la notte scorsa. »

Nel silenzio il vecchio sentì la figura dietro la tenda espirare lentamente, deliberatamente. « Immagino che avrai preso misure per farlo sorvegliare — anche in questo momento — e seguire — anche in questo momento... »

L'ex mendicante rise piano. « In base alle tue ultime istruzioni, mi sono preso la libertà di assumere un amico che ha un'auto veloce. A sua volta l'amico ha assunto tre conoscenti, che adesso si alternano di sei in sei ore davanti al garage. Ovviamente non sanno niente, salvo che devono seguire la Renault a qualunque ora del giorno e della notte. »

« Non mi deludi. »

« Non me lo posso permettere. E, dato che Parc Monceau è chiuso, ho potuto dar loro solo il mio numero di telefono che come sai è quello di un caffè da quattro soldi nel quartiere latino. Io e il proprietario siamo amici sin dai vecchi tempi – tempi migliori. Posso telefonargli ogni cinque minuti per sapere se ci sono messaggi: non fa obiezioni. So dove ha trovato i soldi per comprarsi il locale e chi ha dovuto uccidere per averli. »

« Ti sei comportato bene, sei una persona di valore. »

« Ho anche un problema, Carlos. Dato che nessuno deve chiamare Parc Monceau, come faccio a contattarti? Nel caso fosse necessario. Diciamo, per esempio, per la Renault. »

« Sì, capisco il problema. Ti rendi conto del peso che ti carichi addosso? »

« Preferirei molto non dovermelo caricare. L'unica speranza è che, quando tutto sarà finito e Cain sarà morto, ti ricorderai dei miei contributi e invece di uccidermi cambierai il numero. »

« Fai troppe previsioni. »

« Ai vecchi tempi mi serviva per sopravvivere. »

Il killer sussurrò sette cifre. « Sei l'unico uomo ad avere questo numero, che è assolutamente non rintracciabile. »

« Certo. Chi si aspetterebbe che l'abbia un vecchio mendicante? »

« Di ora in ora ti avvicini a un livello di vita migliore: la rete si sta chiudendo. Di ora in ora lui va avvicinandosi a una delle tante trappole. Cattureremo Cain e il cadavere di un impostore verrà rigettato agli strateghi che l'hanno creato. Si basavano su un ego mostruoso e lui gliel'ha dato. Alla fine, era solo un fantoccio, un fantoccio sacrificabile. Lo sapevano tutti, salvo lui. »

Bourne sollevò la cornetta. « Sì? »

« Stanza 420? »

« Dica, generale. »

« Hanno smesso di telefonare. Non la contattano più. Almeno non per telefono. I nostri domestici erano fuori e il telefono ha suonato due volte. In tutti e due i casi ha chiesto a me di rispondere. Non era proprio in condizioni di parlare. »

« Chi ha telefonato? »

« Il farmacista per una ricetta e un giornalista che chiedeva di intervistarmi. Non poteva conoscere nessuno dei due. »

« Ha avuto l'impressione che sua moglie cercasse di metterla fuori strada facendo rispondere lei al telefono? »

Villiers tacque. Quando rispose la voce era intrisa di rabbia. « Effettivamente sì, ma non c'è riuscita, dato che ha detto che doveva andare a pranzare fuori. Ha sostenuto di avere prenotato al George Cinq e che avrei potuto raggiungerla là, se avessi deciso di andarci anch'io. »

« Nel caso ci andasse, vorrei poter arrivare io per primo. »

« Glielo farò sapere. »

« Generale, mi ha detto che non l'hanno più contattata per telefono, "almeno non per telefono", mi pare fossero le sue parole. Intendeva dire qualcosa di preciso con questa frase? »

« Sì. Mezz'ora fa si è presentata qui una donna. Mia moglie non intendeva vederla ma comunque ha accettato di farlo con riluttanza. L'ho vista solo un attimo in anticamera, mi è bastato. Era in preda al panico. »

« Me la descriva. »

Villiers lo fece.

« Jacqueline Lavier » disse Jason.

« Ho pensato che fosse lei. Dal suo aspetto la tattica del branco di lupi ha incontrato un netto successo; era evidente che non aveva dormito. Prima di portarla in biblioteca mia moglie mi ha detto che era una vecchia amica in crisi matrimoniale. Una bugia sciocca; alla sua età il matrimonio non ha più crisi: ci sono solo tolleranza e interesse. »

« Non capisco come mai sia venuta a casa sua. È un rischio troppo grosso. Non ha senso. A meno che non l'abbia fatto di sua iniziativa, sapendo che non sarebbero arrivate altre telefonate. »

« L'ho pensato anch'io » disse il generale. « Quindi ho sentito il bisogno di prendere una boccata d'aria, di fare una passeggiata intorno all'isolato. Mi ha accompagnato il mio aiutante; comunque ho tenuto gli occhi aperti. La Lavier era pedinata. A quattro case dalla nostra c'erano due uomini in un'auto fornita di radio. Non erano tipi che si vedono in questa strada: glielo si vedeva in faccia da come sorvegliavano la mia casa. »

« Come sa che la Lavier non è venuta con loro? »

« È una strada tranquilla, la nostra. Quando la Lavier è arrivata mi trovavo in salotto a prendere il caffè e l'ho sentita salire di corsa i gradini. Sono andato alla finestra e ho avuto il tempo di vedere il taxi che se ne andava. È venuta in taxi; è pedinata. »

« Quando se ne è andata? »

« È ancora qui. E gli uomini sono ancora fuori. »

« Che macchina hanno? »

« Una Citroën grigia. Le prime lettere della targa sono NYR. »

« Uccelli in volo che seguono un contatto. Da dove vengono? »

« Mi scusi, non ho capito bene. »

Jason scosse il capo. « Non so bene neanch'io. Non importa. Cerco di arrivare da lei prima che la Lavier se ne vada. Deve fare tutto il possibile per darmi una mano. Interrompa sua moglie, dica che deve parlarle qualche minuto. Insista per far rimanere la "vecchia amica"; qualunque cosa, purché non se ne vada. »

« Farò del mio meglio. »

Bourne riappese e guardò Marie, in piedi vicino alla finestra. « Funziona. Cominciano a non fidarsi più gli uni degli altri. La Lavier è andata a Parc Monceau e l'hanno pedinata. Cominciano a sospettare della loro stessa gente. »

« "Uccelli in volo" » disse Marie. « Cosa intendevi dire? »

« Non lo so; non è importante. Non ho tempo. »

« Invece io credo che sia importante, Jason. »

« Non ora. » Andò alla poltrona dove aveva lasciato cadere cappotto e cappello. Li indossò in fretta, passò alla cassettiera e prese la pistola. La fissò un attimo, ricordando. Ecco le visioni, il passato che era suo ma che nello stesso tempo non era suo. Zurigo. La Bahnhofstrasse e il Carillon du Lac. Il Drei Alpenhäuser e la Löwenstrasse; un lurida pensione in Steppdeckstrasse. La pistola era il simbolo di tutti questi posti perché una volta a Zurigo quasi gli aveva tolto la vita.

Ma ora si trovava a Parigi. E tutto ciò che era incominciato a Zurigo era in movimento.

29

Jason si tenne nascosto nell'angolo del sedile posteriore mentre il taxi arrivava all'altezza dell'isolato dove viveva Villiers, a Parc Monceau. Fece passare una per una le auto parcheggiate; nessuna targa con le lettere NYR.

C'era però Villiers. Il vecchio soldato lo aspettava fermo sul marciapiedi a quattro porte di distanza dalla sua casa.

Villiers era fermo dov'era parcheggiata la Citroën. Era un segnale.

« *Arrêtez, s'il vous plaît* » disse Bourne al tassista. « *Le vieux là-bas. Je veux parler avec lui.* » Abbassò il vetro e si sporse fuori. « *Monsieurs?* »

« In inglese » replicò Villiers, dirigendosi verso il taxi, come se l'avesse chiamato uno sconosciuto.

« Cos'è successo? » chiese Jason.

« Non ho potuto trattenere né l'una né l'altra. »

« Né l'una né l'altra? »

« Mia moglie è uscita insieme alla Lavier. Comunque, le ho detto che l'avrei chiamata assolutamente al George Cinq. Era una questione della massima importanza e avevo bisogno di un suo consiglio. »

« E lei cosa le ha risposto? »

« Che non era sicura di andare al George Cinq. Che la sua amica insisteva per andare a trovare un prete a Neuilly-sur-Seine, alla chiesa del Santo Sacramento. Ha detto che si sentiva obbligata ad accompagnarla. »

« Lei si è opposto? »

« Con tutte le mie forze. E per la prima volta da quando viviamo insieme, ha affermato quel che io stavo pensando. "Se desideri controllarmi, André" ha detto "perché non chiami la parrocchia? Senz'altro ci sarà qualcuno che mi riconosce e mi fa venire al telefono." Mi stava mettendo alla prova? »

Bourne cercò di riflettere. « Forse. Farà senz'altro in modo di farsi vedere da qualcuno, ma farla venire al telefono potrebbe significare un'altra cosa. Da quanto se ne sono andate? »

« Da meno di cinque minuti. I due nella Citroën le hanno seguite. »

« Hanno preso la sua macchina? »

« No. Mia moglie ha chiamato un taxi. »

« Vado là anch'io » disse Jason.

« Ne ero sicuro » disse Villiers. « Ho l'indirizzo della chiesa. »

Bourne lasciò cadere un biglietto da cinquanta franchi sul sedile anteriore, il tassista lo afferrò. « È importante per me raggiungere Neuilly-sur-Seine il più in fretta possibile. La chiesa del Santo Sacramento. Sa dov'è? »

« Ma certo, monsieur. È la più bella parrocchia della zona. »

« Se ci arriva in fretta ci sono altri cinquanta franchi per lei. »

« Voleremo sulle ali degli angeli, monsieur! »

Volarono, mettendo a repentaglio gran parte del traffico sul loro percorso.

« Ecco le guglie del Santo Sacramento, monsieur » annunciò il tassista vittorioso, dodici minuti dopo, indicando tre torri slanciate di pietra. « Un minuto, al massimo due, se quegli imbecilli ai quali bisognerebbe togliere la patente non si mettono di mezzo, e siamo arrivati... »

« Rallenti » lo interruppe Bourne, attirato non tanto dalle guglie della chiesa, quanto da un'auto davanti a loro. Avevano girato a un incrocio e Jason l'aveva vista svoltare: era la Citroën grigia, con due uomini sui sedili anteriori.

Arrivarono a un semaforo; la fila di auto si fermò. Jason lasciò cadere sul sedile altri cinquanta franchi e aprì la porta. « Torno subito. Se viene il verde, proceda lentamente che io salto su. »

Scese tenendosi basso e corse tra le macchine finché non vide la targa della Citroën. Le lettere NYR erano seguite da un 768 che, per il momento, non gli diceva nulla. Il tassista si era guadagnato i suoi soldi.

Il semaforo passò al verde e la fila di auto balzò in avanti come un insetto che muovesse uno dopo l'altro i suoi settori. Il taxi si avviò tenendosi accostato al bordo della strada; Jason aprì lo sportello e salì. « Ha fatto un buon lavoro » disse al tassista.

« Non capisco bene che razza di lavoro sto facendo. »

« Un affare di cuore. La traditrice va colta sul fatto. »

« In *chiesa*, monsieur? Il mondo corre troppo in fretta per me. »

« Non per quanto riguarda il traffico » osservò Bourne. Si avvicinarono all'ultimo incrocio prima della chiesa. La Citroën svoltò, separata dal taxi da una sola automobile; impossibile distinguere gli occupanti. C'era qualcosa che preoccupava Jason. I due esercitavano una sorveglianza troppo evidente, troppo aperta. Era come se i soldati di Carlos volessero far notare la loro presenza a qualcuno sull'altro taxi.

Ma certo! Nel taxi c'era la moglie di Villiers insieme a Jacqueline Lavier. I due della Citroën volevano far sapere loro che le stavano seguendo da vicino.

« Ecco il Santo Sacramento » disse il tassista, imboccando la strada della chiesa, splendida nella sua semplice architettura medioevale, al centro di una piazzetta circondata da uno spiazzo erboso attraversato da vialetti di pietra e ornato di statue. « Cosa devo fare, monsieur? »

« Si fermi lì » ordinò Jason indicando uno spazio libero in una fila di auto parcheggiate. Il taxi con le due donne si fermò all'inizio di un vialetto sorvegliato da un santo di cemento. La prima a uscire fu la splendida moglie di Villiers; allungò una mano per aiutare la Lavier che a sua volta scese, pallidissima, sul marciapiedi. Aveva un paio di occhiali da sole dalla grossa montatura arancione e una borsa bianca, ma l'eleganza era scomparsa. La pettinatura con le mèches d'argento cadeva in disordine sul viso ridotto a una maschera di morte; le calze erano storte. Le due donne si trovavano a un centinaio di metri almeno da lui, ma a Bourne pareva quasi di sentire il respiro ansante e irregolare che accompagnava i movimenti esitanti di quella figura un tempo regale.

La Citroën aveva superato il taxi e stava accostando al marciapiedi. I due occupanti rimasero a bordo ma dal tetto spuntò un sottile tubo metallico rilucente. Avevano attivato l'antenna radio e un messaggio in codice veniva spedito su una frequenza riservata. Jason era ipnotizzato, non da quello che vedeva né da quello che sapeva stava avvenendo, ma da qualcos'altro. Sentiva dentro di sé delle parole; non sapeva da dove venissero, ma erano reali.

Delta ad Almanac. Delta ad Almanac. Non obbediamo. Ripeto: negativo, fratello.

Almanac a Delta. Obbedite agli ordini. Abbandonate, abbandonate. Definitivo.

Delta ad Almanac. Sei tu definitivo, fratello. Vaffanculo. Delta chiude, apparecchiatura guasta.

All'improvviso fu circondato dall'oscurità, la luce del sole era scomparsa. Svanite erano anche le torri affusolate che puntavano verso il cielo, sostituite da masse nere irregolari di fogliame, che rabbrividivano alla luce di nuvole iridescenti. Tutto si muoveva, *tutto si muoveva.* Doveva seguire il movimento. Rimanere immobili voleva dire morire. *Muoviti! Cristo, muoviti!*

E portali fuori. Uno a uno. Avvicinati strisciando. Supera la paura — la paura terribile — e riduci il numero. Non si poteva fare altro. Ridurre i numeri. Il Monaco l'aveva detto chiaro. Coltello, filo, ginocchio, pollice; li conosci i punti vulnerabili. Mortali.

La morte per i computer è un dato statistico. Per te è sopravvivenza.

Il Monaco.

Il *Monaco*?

Tornò la luce del sole, accecandolo per un momento. Immobile sul marciapiedi, fissava la Citroën a un centinaio di metri di distanza. Ma la vedeva male; come mai era tanto difficile vedere? Foschia, nebbia... non più il buio, ma una nebbia impenetrabile. Aveva caldo; no, freddo. Freddo! Scosse con violenza il capo, rendendosi conto all'improvviso di dov'era e di cosa stava facendo. Aveva premuto il viso contro il finestrino; l'alito aveva appannato il vetro.

« Sto via qualche minuto » disse Bourne. « Mi aspetti. »

« Anche tutto il giorno, se vuole, monsieur. »

Jason alzò il bavero del soprabito, abbassò la tesa del cappello e infilò gli occhiali cerchiati di tartaruga. Si avviò, affiancando una coppia, verso un bazar di articoli religiosi, poi spostandosi per nascondersi dietro una madre con il figlio al banco. Vedeva distintamente la Citroën; il taxi che aveva portato le due donne era scomparso, la moglie di Villiers l'aveva mandato via. Una strana decisione, pensò Bourne; non era poi tanto facile trovarne uno. Tre minuti dopo la ragione fu chiara... e preoccupante. La moglie di Villiers uscì di buon passo dalla chiesa e si avviò rapidamente verso la Citroën. La figura alta e statuaria attirava sguardi di ammirazione dai passanti. Parlò ai due occupanti, aprì lo sportello posteriore.

La borsetta bianca! La moglie di Villiers aveva la borsa che pochi minuti prima Jacqueline Lavier stringeva in mano. Salì dietro e richiuse lo sportello. L'uomo al volante avviò il motore e accelerò preparandosi a partire immediatamente. Mentre l'auto si allontanava, l'antenna luccicante si accorciò ritirandosi nell'alloggiamento.

Dov'era Jacqueline Lavier? Come mai aveva lasciato la borsetta alla moglie di Villiers? Bourne si mosse, poi si bloccò, messo in allarme dall'istinto. Una trappola? Se la Lavier era stata pedinata, forse venivano pedinati anche quelli che l'avevano seguita... e non solo da lui.

Guardò lungo la strada in un senso poi nell'altro, studiando i pedoni, tutte le auto, i guidatori e i passeggeri, attento a eventuali facce fuori posto, proprio come Villiers aveva detto a proposito dei due occupanti della Citroën di Parc Monceau.

Niente di insolito, niente sguardi attenti né mani nascoste in tasche troppo ampie. Era troppo prudente, Neuilly-sur-Seine non era una trappola; si allontanò dal banchetto diretto verso la chiesa.

Si bloccò all'improvviso, i piedi incollati al marciapiedi. Dalla chiesa usciva un prete, in abito talare, con il colletto bianco duro e un cappello nero che gli copriva parzialmente il viso. L'aveva già visto. Non molto tempo prima, non in quel suo passato dimenticato, ma di recente. Molto di recente. Settimane, giorni, ore forse. Dove lo aveva visto? *Dove?* Lo conosceva! Riconosceva il modo di camminare, di tenere la testa, riconosceva le spalle ampie che sembravano accompagnare scivolando i movimenti fluidi del corpo. L'aveva visto con una pistola in mano! Ma *dove*?

A Zurigo? Al Carillon du Lac? Due uomini che si facevano strada tra la folla, convergendo su di lui per portare la morte. Uno aveva un paio di occhiali dalla montatura d'oro; ma non era lui: era morto. Forse l'altro? Oppure l'uomo di Guisan Quai, una bestia che grugniva con una luce selvaggia negli occhi mentre violentava Marie. Era quello? O forse l'uomo dal vestito scuro visto nel corridoio buio dell'Auberge du Coin con la luce delle scale che illuminava la trappola. Una controtrappola: quell'uomo aveva sparato al buio a forme che gli erano sembrate umane. Era lui?

Non lo sapeva; sapeva solo di aver già visto il prete, ma con una pistola in mano.

Il killer in abito talare arrivò in fondo al vialetto e girò a destra all'altezza del santo di cemento. Il sole gli illuminò un attimo il viso. Jason rimase raggelato. La *pelle*. Era scura — non abbronzata: scura di nascita. Una pelle latina, dal colore temperato da generazioni e generazioni di antenati vissuti sul Mediterraneo. Da progenitori emigrati poi in tutto il globo... al di là degli oceani.

Bourne rimase paralizzato dalla propria certezza. Aveva visto Ilich Ramirez Sanchez.

Aprì il soprabito afferrando con la destra il calcio della pistola alla cintura. Si lanciò di corsa urtando i passanti, scostando con una spallata un venditore ambulante, superando un mendicante chino su un cestino di rete metallica... il *mendicante*! La mano del mendicante si tuffò nella tasca del cappotto liso; Bourne piroettò su se stesso appena in tempo per vedere la canna di un'automatica uscire dal cappotto, illuminata dal sole. Era armato! Sollevò la pistola con una mano scarna mirando sicuro, lo sguardo fermo. Jason si gettò in mezzo alla strada, evitando di poco un'utilitaria. Sentì il fischio dei proiettili lacerare l'aria, sgradevoli, definitivi. Gli passarono alti sulla testa, tutto intorno. Urla, grida di dolore dei passanti sul marciapiedi. Si accucciò tra due auto e si lanciò nel traffico verso il marciapiedi opposto. Il mendicante scappava; un vecchio dagli occhi d'acciaio correva tra la folla, verso il nulla.

Jason girò su se stesso e si lanciò di nuovo in avanti abbattendo tutti gli ostacoli, rincorrendo l'assassino. Si fermò senza fiato, in uno stato di rabbia e di confusione, sentendo di nuovo fitte dolorose alle tempie. Dove si trovava? Dove si trovava *Carlos*! Lo vide: era al volante di una grossa berlina nera. Bourne si lanciò di nuovo nel traffico, urtando cofani e carrozzerie, facendosi strada come un pazzo verso l'assassino. Venne bloccato da due auto che si erano scontrate. Piantò le mani su una griglia cromata luccicante e passò con un balzo sui paraurti ammaccati. Si arrestò di nuovo con una fitta insopportabile negli occhi: tutto inutile. Troppo tardi. La berlina nera aveva trovato spazio nel traffico e Ilich Ramirez Sanchez filava via.

Jason attraversò di nuovo la strada mentre il sibilo lacerante delle sirene della polizia faceva girare il capo a tutti gli astanti. Un certo numero di pedoni erano stati abbattuti, feriti o uccisi: aveva sparato un mendicante armato di pistola.

La Lavier! Bourne riprese a correre puntando verso la chiesa del Santo Sacramento. All'altezza del vialetto di pietra svoltò a sinistra sotto gli occhi del santo di cemento e corse verso le porte scolpite. Salì i gradini di marmo ed entrò nella chiesa gotica. Si trovò davanti a un baluginio di candele, immerso nei torrenti di luce colorata proiettati dai finestroni che salivano lungo le pareti di pietra scura. Percorse il corridoio centrale, osservando i fedeli, cercando dei capelli con mèches argentate e una maschera bianca.

La Lavier non c'era; d'altra parte non era uscita: doveva essere ancora in chiesa. Jason si voltò e vide un prete che passava distrattamente davanti a una fila di candele. Bourne attraversò per tutta la lunghezza una panca coperta di cuscini, uscì nel passaggio di destra e lo intercettò.

« Mi perdoni, padre » disse. « Temo di aver perduto una persona. »

« Nessuno si perde nella casa del Signore » rispose il religioso con un sorriso.

« Forse lo spirito non si sarà perduto, ma se non trovo il resto questa persona si troverà in una situazione molto difficile. È sorta una situazione d'emergenza piuttosto grave nel posto dove lavora. Lei è qui da molto, padre? »

« Sì, sono qui per accogliere le pecorelle in cerca d'aiuto. Da quasi un'ora mi trovo qui. »

« Due donne sono entrate alcuni minuti fa. Una molto alta, piuttosto bella; indossava un soprabito color pastello e, mi pare, un fazzoletto nero sui capelli. L'altra era più anziana, più piccola ed evidentemente in cattive condizioni di salute. Per caso, le ha viste? »

Il prete annuì. « Sì. C'era tristezza sul viso della più anziana, era pallida e sofferente. »

« Sa dove sia? Credo che l'amica più giovane se ne sia andata. »

« E devo dire che era un'amica molto devota. Ha scortato quella povera cara alla confessione, l'ha aiutata ad entrare nel confessionale. Nei momenti disperati, la pulizia dell'anima dà forza, a tutti noi. »

« Al confessionale? »

« Sì... il secondo da destra. Ha trovato un padre confessore molto comprensivo, devo aggiungere. Un sacerdote che viene dalla diocesi di Barcellona. Una personalità notevole; mi dispiace dire che è l'ultimo giorno che trascorre con noi. Torna in Spagna... » Il sacerdote aggrottò le sopracciglia. « Strano, qualche momento fa mi è parso di vedere padre Manuel andarsene. Immagino si sarà fatto sostituire. Non importa, quella cara signora è ugualmente in buone mani. »

« Ne sono sicuro » disse Bourne. « La ringrazio, padre. Aspetterò che abbia finito. » Jason percorse il corridoio verso la fila di confessionali; teneva lo sguardo puntato sul secondo; una fettuccia bianca indicava che era occupato: un'anima veniva purificata. Sedette nel banco di fronte, s'inginocchiò e girò lentamente il capo per guardare alle sue spalle. Il prete alto era fermo sulla porta e osservava la confusione in strada. Si sentiva il lamento lontano delle sirene che si avvicinavano.

Bourne si alzò e andò al confessionale. Scostò la tenda e guardò dentro. Vide quel che si aspettava di vedere. L'unica cosa che ancora non sapeva era il metodo usato.

Jacqueline Lavier era morta, il corpo si era accasciato in avanti, rotolando su un fianco, sostenuto dall'inginocchiatoio. Il viso era rivolto verso l'alto; gli occhi spalancati nella morte fissavano il soffitto. L'arma era un tagliacarte lungo e sottile, piantato sopra il seno sinistro. Le dita stringevano il manico, le unghie laccate avevano il colore del suo stesso sangue.

Ai piedi c'era una borsetta, non quella bianca che stringeva dieci minuti prima, ma una lussuosa di Yves St. Laurent; uno stemma con le iniziali del fabbricante simboleggiava il mondo dell'*haute couture*. Jason sapeva bene perché. Nella borsa ci doveva essere una lettera che spiegava il suicidio: la donna, oppressa dal dolore, si era tolta la vita cercando l'assoluzione di fronte agli occhi di Dio. Carlos non trascurava nulla, era indubbiamente brillante.

Bourne richiuse la tenda e si allontanò. Dal campanile scendevano le note dell'Angelus.

Il taxi vagava a caso per le strade di Neuilly-sur-Seine. Jason, sul sedile posteriore faceva correre la mente.

Inutile, forse addirittura esiziale, aspettare. Le strategie dovevano adattarsi ai cambiamenti di situazione, che avevano preso un corso mortale. Jacqueline Lavier era stata pedinata: la sua morte era inevitabile ma non veniva al momento giusto. Troppo presto: poteva essere ancora utile. Poi Bourne capì. Non era stata uccisa per slealtà nei confronti di Carlos, ma perché gli aveva disobbedito. Era andata a Parc Monceau: ecco qual era stato il suo errore imperdonabile.

Conosceva un altro relais a Les Classiques, il centralinista dai capelli grigi che rispondeva al nome di Philippe d'Anjou, il cui viso gli aveva scatenato visioni di buio e di violenza, lampi di luce e scoppi laceranti. Jason era certo che avesse fatto parte del suo passato e proprio per questo doveva essere prudente; non sapeva che cosa quell'uomo rappresentasse per lui. D'altra parte era un relais e anche lui sarebbe stato sorvegliato, proprio come la Lavier: la seconda esca della trappola; eliminato a trappola chiusa.

C'erano solo loro due? O anche altri? C'era magari un altro dipendente anonimo che non era un dipendente ma qualche altra cosa? Un fornitore che passava ore a Saint Honoré appoggiando legittimamente la causa della haute couture e, insieme, un'altra causa per lui molto più vitale? Una donna, magari. Oppure René Bergeron, lo stilista muscoloso, dai movimenti così rapidi e... *fluidi*.

Bourne s'irrigidì, premendo la nuca contro lo schienale. Gli era tornato in mente un ricordo recente. *Bergeron*. La pelle abbronzata, le spalle ampie, accentuate dalle maniche arrotolate: spalle che si muovevano armoniose sui fianchi stretti, gambe robuste dai movimenti rapidi, animaleschi, come le zampe di un gatto.

Possibile? Le altre congetture erano semplicemente spettri, frammenti ricomposti di immagini familiari che lo avevano convinto che potesse trattarsi di Carlos? L'assassino, sconosciuto ai suoi contatti, era inserito profondamente nel suo apparato e ne definiva ogni mossa? Era davvero *Bergeron*?

Doveva trovare subito un telefono. Ogni minuto di ritardo avrebbe allontanato di un minuto la risposta e, se avesse lasciato passare troppo tempo, forse di risposte non ne avrebbe avute affatto. Però non poteva telefonare di persona; troppo rapida era stata la sequenza degli avvenimenti: doveva fermarsi, immagazzinare le informazioni.

« Fermi alla prima cabina telefonica » ordinò al tassista, ancora scosso dal caos visto davanti alla chiesa del Santo Sacramento.

« Come vuole, monsieur. Ma, monsieur – cerchi di capire – dovrei già essere in deposito. Il mio turno è finito. »

« Capisco. »

« Ecco là un telefono. »

« Ottimo. Fermi. »

La cabina telefonica rossa, con i pannelli di vetro luccicanti sotto il sole, fuori sembrava una grossa casa di bambola, dentro puzzava di urina. Bourne formò il numero del Terrasse, infilò le monete e chiese la stanza 420. Marie rispose.

« Cosa è successo? »

« Non ho tempo per spiegarti. Devi telefonare a Les Classiques e chiedere di René Bergeron. Probabilmente troverai d'Anjou al centralino; inventati un nome e digli che è più di un'ora che cerchi di metterti in contatto con Bergeron sulla linea privata della Lavier. Digli che hai urgenza di parlargli. »

« E quando mi risponde cosa gli dico? »

« Non credo che ti risponderà ma, in caso positivo, riappendi. Se poi torna sulla linea d'Anjou, chiedigli a che ora deve arrivare Bergeron. Ti richiamo tra tre minuti. »

« Caro, stai bene? »

« Ho avuto una profonda esperienza religiosa. Te la racconto poi. »

Jason guardava il quadrante dell'orologio; gli scatti della lancetta dei secondi gli sembravano terribilmente lenti. Cominciò il conto alla rovescia quando mancavano trenta secondi, calcolando che le pulsazioni cardiache dovessero essere circa due e mezzo al secondo. Formò il numero a zero meno dieci secondi, inserì le monete a meno quattro e parlò con il centralino del Terrasse a zero più cinque secondi. Marie sollevò immediatamente la cornetta.

« Cosa è successo? » le chiese. « Pensavo che stessi ancora parlando. »

« La conversazione è stata brevissima. Secondo me, d'Anjou deve essersi insospettito. Deve avere una lista dei nomi di chi ha il numero privato... non saprei. Ma sembrava molto sulle sue, esitante. »

« Cosa ti ha detto? »

« Monsieur Bergeron è in giro per il Mediterraneo alla ricerca di tessuti. È partito questa mattina e non tornerà prima di qualche settimana. »

« Forse l'ho visto a qualche centinaio di chilometri dal Mediterraneo. »

« Dove? »

« In chiesa. Se era davvero Bergeron, l'assoluzione l'ha data con uno strumento molto acuminato. »

« Ma di che cosa stai parlando? »

« La Lavier è morta. »

« Oh, mio Dio! E cosa intendi fare? »

« Parlare a un uomo che credo di aver conosciuto. Se solo ha un po' di cervello, mi starà a sentire. È condannato all'estinzione. »

30

« D'Anjou. »

« Delta? Mi chiedevo quando... credo che riconoscerei la tua voce dovunque. »

L'aveva detto. Aveva detto il nome. Quel nome che per lui non significava nulla, ma che in un certo senso voleva dire tutto. D'Anjou lo conosceva. Philippe d'Anjou apparteneva al suo passato scomparso. Delta. Cain sta per Charlie e Delta sta per Cain. Delta. Delta. Delta! Quest'uomo l'aveva conosciuto. Lui aveva la risposta! Alfa, Bravo, Cain, Delta, Eco, Foxtrot...

Medusa.

« Medusa » mormorò ripetendo la parola che gli urlava silenziosamente nelle orecchie.

« Parigi non è Tam Quan, Delta. Non ci sono più debiti tra di noi. Non sperare di venir ripagato. Ormai lavoriamo per padroni diversi. »

« Jacqueline Lavier è morta. Carlos l'ha uccisa mezz'ora fa a Neuilly-sur-Seine. »

« Non provarci nemmeno, a farmelo credere. Due ore fa Jacqueline stava per lasciare la Francia. Mi ha chiamato da Orly. Va a raggiungere Bergeron... »

« Che è in giro per il Mediterraneo alla ricerca di tessuti? » lo interruppe Jason.

D'Anjou riprese: « Be', la donna mi ha chiesto di René. Anche se ho pensato strana la richiesta, non cambia niente. Ho parlato con lei: telefonava da Orly. »

« Le è stato detto di dirti così. Ti sembrava tranquilla? »

« Era sconvolta, nessuno lo sa meglio di te. Hai fatto un bel lavoro qui, Delta. O Cain. O come ti fai chiamare adesso. Certo che non era in sé. Per questo se ne sta via per un po'. »

« Per questo è morta. Il prossimo sei tu. »

« Le ultime ventiquattro ore sono state degne di te. Quest'ultima frase no. »

« La pedinavano; pedinano anche te. Sorvegliano ogni tuo movimento. »

« Se è vero, lo fanno per proteggermi. »

« E allora perché è morta la Lavier? »

« Non credo che sia morta. »

« Secondo te potrebbe suicidarsi? »

« Assolutamente, no. »

« Telefona alla canonica della chiesa del Santo Sacramento di Neuilly-sur-Seine. Chiedi della donna che si è uccisa durante la confessione. Cos'hai da perdere? Ti richiamo. »

Bourne riappese e uscì dalla cabina. Scese dal marciapiedi cercando un taxi. La seconda telefonata a Philippe d'Anjou l'avrebbe fatta dieci isolati più lontani. Non sarebbe stato facile convincere il reduce dell'Operazione Medusa, e fino a quando non ci fosse riuscito, Jason non voleva rischiare che un analizzatore elettronico identificasse il settore di chiamata.

Delta? Credo che riconoscerei la tua voce dovunque... Parigi non è Tam Quan. Tam Quan, Tam Quan! Cain sta per Charlie e Delta sta per Cain. Medusa!

Piantala! Non pensare a cose... alle quali non puoi pensare... concentrati su ciò che esiste ora. Su di te. Non su quello che gli altri dicono che sei... e nemmeno su quello che potresti pensare di essere. Solo su ciò che è adesso. E l'adesso è un uomo che ti può dare delle risposte.

Lavoriamo per padroni diversi...

Era questa la chiave.

Dimmelo! Dimmelo Cristo! Chi è? Chi è il mio padrone, d'Anjou?

Un taxi svoltò e gli si fermò vicino. Jason aprì lo sportello e salì. « Place Vendôme » disse, sapendo che era nelle vicinanze di Saint

Honoré. Doveva trovarsi nelle immediate vicinanze; era essenziale; così avrebbe potuto applicare subito la strategia che stava escogitando. Il vantaggio stava dalla parte sua; era questione di servirsene con un doppio scopo. Bisognava convincere d'Anjou che quelli che lo seguivano dovevano anche ucciderlo. Quel che loro non sapevano però era che un altro avrebbe seguito *loro*.

Place Vendôme era affollata come sempre, il traffico come sempre impossibile. Bourne vide una cabina telefonica all'angolo e smontò dal taxi. Entrò e formò il numero di Les Classiques; erano passati quattordici minuti da quando aveva telefonato da Neuilly-sur-Seine.

« D'Anjou? »

« Una donna s'è tolta la vita durante la confessione; ho saputo solo questo. »

« Andiamo, non ti sei accontentato solo di questo. Uno della Medusa non se ne sarebbe accontentato. »

« Un momento che metto il centralino sull'automatico. »

La linea s'interruppe circa quattro secondi poi si sentì di nuovo la voce di d'Anjou. « Una donna di mezza età, capelli bianchi con mèches d'argento, vestito costoso e una borsa di St. Laurent. Ce ne sono diecimila a Parigi come lei. Come faccio a sapere che non ne hai scelta una, l'hai ammazzata per poi farmi questa telefonata? »

« Oh sicuro. L'ho portata in chiesa come una pietà, con il sangue che gocciolava su tutto il pavimento dalle ferite aperte. Sii ragionevole, d'Anjou. Cominciamo dalle cose evidenti. La borsetta non era sua; la Lavier aveva una borsetta di pelle bianca. Difficile che faccia pubblicità alla concorrenza. »

« Questo conferma la mia ipotesi. Non era Jacqueline Lavier. »

« No, conferma di più la mia. I documenti nella borsa la identificavano per un'altra persona. Presto il corpo verrà reclamato da qualcuno; nessuno tocca Les Classiques. »

« Perché lo dici tu? »

« No. Perché è il metodo che Carlos ha usato in almeno cinque omicidi che ti potrei raccontare con precisione. » *Poteva. Era questa la cosa spaventosa.* « Un tizio viene fatto fuori, la polizia crede che sia una certa persona, il motivo dell'omicidio è un enigma, gli assassini sono sconosciuti. Poi scoprono che si tratta di un altro, ma ormai Carlos è in un altro paese e ha portato a termine il contratto. La Lavier è una variazione del metodo, tutto qui. »

« Parole, Delta. Non hai mai parlato molto, ma quando parlavi, dicevi cose concrete. »

« E se tra tre o quattro settimane tu fossi ancora a Saint Honoré – e non lo sarai – vedresti come va a finire. Un incidente aereo o una barca scomparsa nel Mediterraneo. Cadaveri irriconoscibili o semplicemente scomparsi. Però viene stabilita facilmente l'identità dei morti. La Lavier e Bergeron. C'è però un solo morto: madame Lavier. Monsieur Bergeron è privilegiato: più di quanto tu non abbia mai immaginato. Bergeron torna al lavoro. E tu ti ritrovi semplicemente ad essere un dato statistico all'obitorio di Parigi. »

« E tu? »

« Secondo il piano sarò morto anch'io. Aspettano di prendermi attraverso te. »

« Logico. Veniamo tutti e due dall'Operazione Medusa, lo sanno... Carlos lo sa. Bisogna supporre che tu mi abbia riconosciuto. »

« E che tu abbia riconosciuto me? »

D'Anjou tacque. « Sì » rispose poi. « Come ti ho detto adesso lavoriamo per padroni diversi. »

« È proprio di questo che voglio parlare. »

« Inutile parlare, Delta. Ma per i vecchi tempi — per quello che hai fatto per tutti noi a Tam Quan — ascolta il consiglio di un medusano. Fila via da Parigi, altrimenti sei tu quel morto di cui parli. »

« Non posso. »

« Dovresti. Se ne avessi la possibilità, sarei io a tirare il grilletto. Mi pagherebbero bene. »

« Allora te ne do la possibilità. »

« Scusami ma mi sembra ridicolo. »

« Non sai cosa voglio né quanto sono disposto a rischiare per ottenerlo. »

« Qualunque cosa tu voglia, correrai dei rischi per averla. Ma chi si troverà veramente in pericolo sarà il tuo nemico. Ti conosco, Delta. E ora devo tornare al centralino. Vorrei augurarti buona caccia ma... »

Era il momento di usare l'unica arma che gli rimaneva, la sola minaccia che poteva tenere d'Anjou in linea. « Con chi comunichi per avere istruzioni adesso che Parc Monceau è chiuso? »

Il silenzio di d'Anjou accentuò la tensione. Quando rispose, la voce gli uscì in un sussurro. « *Cos'hai detto?* »

« È per questo che l'hanno uccisa, sai. E per questo uccideranno anche te. La Lavier è andata a Parc Monceau e per questo è morta. Anche tu sei stato a Parc Monceau; ammazzeranno anche te. Carlos non può permettersi di lasciarti vivo; sai troppe cose. Perché dovrebbe mettere in pericolo una situazione come quella? Ti userà per farmi finire in una trappola, poi ti ammazzerà e metterà in piedi un altro Les Classiques. Detto tra medusani, hai dei dubbi? »

Il silenzio fu più lungo, più intenso. Era evidente che d'Anjou si stava ponendo svariate domande piuttosto difficili. « Cosa vuoi da me? Salvo la mia persona. Lo sai che gli ostaggi non hanno senso. Tuttavia mi provochi, mi lasci allibito con quello che sei venuto a sapere. Io non ti servo né morto né vivo; quindi cosa vuoi? »

« Informazioni. Se le hai, filo da Parigi stasera e né tu né Carlos sentirete più parlare di me. »

« Che informazioni? »

« Se te le chiedo adesso, mentiresti. Lo farei anch'io. Ma se ti vedo mi dirai la verità. »

« Dopo avermi stretto un filo intorno alla gola? »

« In mezzo alla folla? »

« Alla folla? Di giorno? »

« Tra un'ora. Davanti al Louvre. Vicino alla scalinata. Al parcheggio dei taxi. »

« Il Louvre? In mezzo alla folla? Informazioni che pensi che io abbia e che ti faranno filar via? Non crederai ragionevolmente che ti parli del mio padrone? »

« Non del tuo. Del mio. »

« La Treadstone? »

Lo sapeva. Philippe d'Anjou aveva la risposta. Sta' calmo. Non mostrare ansia.

« Seventy-One » completò Jason. « Una semplice domanda poi scompaio. E quando mi darai la risposta – la verità – ti darò qualcosa in cambio. »

« Cosa potrei volere da te? Salvo te stesso? »

« Informazioni che ti terranno in vita. Non te lo garantisco ma, credimi se te lo dico, senza quelle sei morto. *Parc Monceau*, d'Anjou. »

Di nuovo silenzio. Bourne poteva raffigurarsi l'ex medusano dai capelli grigi fissare il centralino, mentre nelle orecchie gli risuonava sempre più forte il nome di un ricco quartiere di Parigi. Parc Monceau significava la morte e d'Anjou lo sapeva bene, proprio come sapeva che era Jacqueline Lavier la donna morta a Neuilly-sur-Seine.

« E quali sarebbero queste informazioni? » chiese d'Anjou.

« L'identità del tuo padrone. Un nome e le prove sufficienti. Li potrei mettere in una lettera sigillata da dare a un avvocato che te la conservi per tutta la vita. Se però tu non dovessi morire di morte naturale, magari anche per un incidente, l'avvocato avrà l'ordine di aprire la busta e di rivelarne il contenuto. È una protezione, d'Anjou. »

« Vedo » disse piano il medusano. « Ma dici che mi sorvegliano, mi pedinano. »

« Copriti » suggerì Jason. « Digli la verità. Hai un numero a cui puoi chiamare, no? »

« Sì, ho un numero. Quello di un uomo. » La voce di d'Anjou, stupefatto, salì leggermente di tono.

« Mettiti in contatto, raccontagli esattamente quello che ti ho detto... salvo dello scambio, naturalmente. Digli che ti ho contattato, che voglio incontrarti. Davanti al Louvre, tra un'ora. La verità. »

« Sei pazzo. »

« So cosa faccio. »

« Di solito lo sapevi. Stai creando la tua stessa trappola, la tua stessa esecuzione. »

« In tutti e due i casi ti ripagherebbero bene. »

« Oppure farebbero fuori anche me se è vero quello che dici. »

« Proviamo a scoprire se lo è. In un modo o nell'altro mi metto in contatto con te, hai la mia parola. Loro hanno la mia fotografia; vedranno quando mi metto in contatto. Meglio una situazione controllata che una di cui non si ha il controllo. »

« Adesso sento Delta » disse d'Anjou. « Non si costruisce la sua trappola; non va davanti al plotone d'esecuzione e chiede una benda. »

« No, è vero » disse Bourne. « Non hai scelta, d'Anjou. Tra un'ora davanti al Louvre. »

Il successo di qualunque trappola sta nella sua intrinseca semplicità. La controtrappola per il fatto di introdurre un ulteriore elemento di complicazione deve essere rapida e ancora più semplice.

La frase gli venne in mente mentre attendeva in taxi in rue Saint Honoré, poco oltre Les Classiques. Aveva chiesto al tassista di fargli fare due volte il giro dell'isolato fingendosi un turista americano in attesa della moglie intenta a fare lo shopping nella via dell'haute couture. Prima o poi sarebbe uscita da un negozio e l'avrebbe trovata.

Aveva trovato invece la sorveglianza di Carlos. L'antenna rivestita di gomma sul tetto della berlina nera era insieme la prova e il segnale di pericolo. Sarebbe stato più tranquillo se la trasmittente fosse stata resa inutilizzabile, ma non c'era modo di farlo. L'alternativa era quella di portarla a trasmettere false informazioni. Nei tre quarti d'ora successivi, Jason avrebbe fatto in modo di far partire il messaggio sbagliato. Nascosto sul sedile posteriore del taxi, studiò i due uomini nell'auto sul lato opposto della strada. Se non altro, quello che li distingueva da centinaia di altri uomini come loro in rue Saint Honoré era il fatto che non parlavano.

Philippe d'Anjou uscì sul marciapiedi con un homburg in testa. Guardò attentamente la strada da un capo all'altro e Bourne capì che l'ex medusano si era coperto. Aveva telefonato a un certo numero; aveva riferito un'informazione stupefacente e sapeva che, in una macchina, lo aspettavano degli uomini pronti a seguirlo.

Un taxi evidentemente chiamato per telefono accostò al marciapiedi. D'Anjou disse qualcosa al tassista e salì. Sul lato opposto della strada un'antenna spuntò minacciosamente dalla propria sede; la caccia era cominciata.

La berlina si avviò subito dopo il taxi di d'Anjou; era la conferma di cui Jason aveva bisogno. Si chinò verso il tassista. « Avevo dimenticato » disse, irritato. « Mi aveva detto che andava questa mattina al Louvre e questo pomeriggio a fare lo shopping. Cristo, ho mezz'ora di ritardo! Le spiace portarmi al Louvre? »

« *Mais oui, monsieur, le Louvre.* »

Per due volte durante il breve tragitto verso la facciata monumentale che dava sulla Senna, il taxi di Jason superò la berlina nera per poi venirne superato. Jason ebbe così la possibilità di vedere proprio quello che gli serviva. Nella berlina nera, l'uomo seduto accanto al conducente parlò più volte nel microfono della radio. Carlos voleva essere sicuro che la trappola non avesse buchi; altre persone convergevano sul luogo dell'esecuzione.

Arrivarono di fronte all'enorme ingresso del Louvre. « Si metta in fila dietro agli altri taxi » disse Jason.

« Ma quelli aspettano dei passeggeri, monsieur. Io un passeggero ce l'ho, lei. La porto al... »

« Faccia come le dico » disse Bourne, lasciando cadere cinquanta franchi sul sedile anteriore.

Il tassista svoltò e si accodò ai taxi. La berlina nera era a venti metri davanti a loro, sulla destra. L'uomo accanto al guidatore si era voltato e guardava fuori dal finestrino posteriore sinistro. Jason ne seguì lo sguardo e vide quel che si aspettava. A più di cento metri di distanza, nel lato occidentale dell'ampio piazzale c'era un'automobile grigia, quella che aveva seguito Jacqueline Lavier e la moglie di Villiers alla chiesa del Santo Sacramento. Vide l'antenna rientrare nella sede. Nella berlina nera il subalterno di Carlos non teneva più il microfono in mano; anche l'antenna della sua radio stava scomparendo; le due auto avevano preso contatto, e l'avevano confermato a vista. Quattro uomini. Erano questi i boia di Carlos.

Bourne si concentrò sulla folla di fronte al Louvre e vide immediatamente d'Anjou nel suo vestito elegante. Camminava avanti e indietro lentamente, con prudenza, all'altezza del grosso blocco di granito bianco che fiancheggiava la gradinata di marmo a sinistra.

Ora. Era il momento di comunicare l'informazione sbagliata.

« Esca dalla fila » ordinò Jason.

« Cosa, monsieur? »

« Duecento franchi se fa esattamente quello che le dico. Esca fuori e si fermi all'inizio della fila, poi faccia due svolte a destra e vada verso l'altra fila. »

« Non capisco, monsieur. »

« Non ce n'è bisogno. Trecento franchi. »

Il tassista svoltò a destra e arrivò all'inizio della fila, poi girò il volante a sinistra puntando verso le auto parcheggiate. Bourne estrasse l'automatica dalla cintura e la tenne fra le ginocchia. Controllò il silenziatore avvitando il cilindro fino a bloccarlo.

« Dove desidera andare, monsieur? » chiese sconcertato il tassista mentre imboccavano la pista che li riportava all'ingresso del Louvre.

« Rallenti » disse Jason. « La vede quella Citroën grigia, quella che punta verso l'uscita sulla Senna? »

« Ma sicuro. »

« Le giri intorno lentamente, tenendosi sulla destra. » Bourne passò sul sedile di sinistra e abbassò il finestrino, tenendosi nascosto. Si sarebbe fatto vedere — con la pistola — di lì a qualche secondo.

Il taxi si avvicinò al cofano della Citroën e girò il volante di nuovo. Le due auto ora erano affiancate. Jason mostrò il capo e, insieme, la pistola. Puntò contro il finestrino destro della Citroën e sparò cinque colpi uno dopo l'altro, facendo andare in pezzi il cristallo e lasciando assolutamente allibiti i due killer che gridarono e si gettarono sul pavimento dell'auto. Però lo avevano visto. Era questa l'informazione sbagliata.

« Fili via di qui! » urlò Bourne al tassista terrorizzato gettando trecento franchi sul sedile e lanciando contro il finestrino posteriore il cappello di feltro. Il taxi partì come una freccia verso l'ingresso di pietra del Louvre.

Ora.

Jason si spostò di nuovo sul sedile, aprì lo sportello e si lasciò cadere sull'acciottolato, gridando le ultime istruzioni al tassista. « Fili via se non vuol lasciarci la pelle! »

Il taxi accelerò al massimo, tra le urla del tassista. Bourne si accucciò tra due auto nascondendosi ai due della Citroën grigia e si raddrizzò piano, scrutando tra i finestrini. Gli uomini di Carlos erano professionisti, non avevano perso un attimo. Vedevano il taxi che non aveva assolutamente la possibilità di sfuggirgli e nel taxi c'era il loro uomo. L'uomo al volante innestò la marcia e partì a tutta velocità, mentre l'altro impugnava il microfono e gridava ordini all'altra berlina, ferma vicino alla grande scalinata di pietra. Il taxi svoltò a tutta velocità sul Lungosenna, seguito a ruota dalla Citroën grigia. Mentre gli passavano accanto a nemmeno un paio di metri, Jason vide nel loro viso un'eloquente espressione: avevano avvistato Cain, la trappola si era chiusa e nel giro di qualche minuto si sarebbero guadagnati la paga.

La controtrappola per il fatto di introdurre un ulteriore elemento di complicazione dev'essere rapida e ancora più semplice...

Questione di minuti... se tutto andava come aveva previsto gli rimaneva ancora qualche istante. D'Anjou! Il contatto aveva fatto la sua parte – una parte minore – ed era sacrificabile proprio come lo era stata Jacqueline Lavier.

Bourne scattò tra le due auto parcheggiate verso la berlina nera a una quarantina di metri da lui. Vedeva i due occupanti; stavano convergendo su Philippe d'Anjou, che continuava a passeggiare avanti e indietro di fronte alla gradinata di marmo. Sarebbe bastato un colpo a segno e d'Anjou sarebbe morto, portando con sé le informazioni sulla Treadstone Seventy-One. Jason corse più in fretta, stringendo la pesante automatica sotto la giacca.

I soldati di Carlos erano ormai a pochi metri; si affrettarono: l'esecuzione doveva essere rapida, il condannato doveva cadere senza rendersene conto.

« *Medusa!* » ruggì Bourne, senza sapere perché aveva gridato questo nome e non quello di d'Anjou. « Medusa... *Medusa!* »

D'Anjou girò il capo di scatto, con un'espressione allarmata in viso. Il conducente della berlina nera girò sui tacchi puntando la pistola contro Jason, mentre l'altro andava addosso a d'Anjou tenendolo sotto tiro. Bourne si gettò sulla destra e allungò l'automatica tenendola ferma con la sinistra. Sparò in volo andando a segno; l'uomo che si dedicava a d'Anjou si inarcò irrigidendo le gambe, colte da un attimo di paralisi, poi crollò sull'acciottolato. Sentì due spari esplodere a poca distanza dalla testa, i proiettili si piantarono nel metallo alle sue spalle. Rotolò verso sinistra, mirò di nuovo all'altro killer. Premette due volte il grilletto; il conducente urlò e cadde con un fiotto di sangue che gli inondava il viso.

Tra la folla scoppiò il pandemonio. Uomini e donne gridavano, i genitori si gettavano sui figli, altri ancora salivano di corsa la scalinata mentre i guardiani cercavano di uscire. Bourne si rialzò cercando di vedere d'Anjou. L'anziano medusano si era gettato dietro il blocco di granito bianco; la sua figura sparuta si muoveva goffamente a quattro zampe; era stato colto fuori dal suo rifugio, era terrorizzato. Jason si tuffò in mezzo alla folla in preda al panico infilando la pistola nella cintura e scostando i corpi che si frapponevano tra lui e l'uomo che gli poteva dare la risposta. Treadstone. *Treadstone!*

Raggiunse il medusano dai capelli grigi. « Alzati! » ordinò. « Filiamo via di qui! »

« Delta!... Era l'uomo di Carlos! Lo conosco, l'ho usato! Stava per farmi fuori! »

« Lo so. Andiamo. In fretta! Gli altri torneranno a cercarci. Muoviti! »

Notò con la coda dell'occhio qualcosa di nero. Si voltò di scatto, spingendo istintivamente d'Anjou a terra, mentre dalla pistola impugnata dalla figura in nero in piedi accanto alla fila dei taxi arrivavano quattro colpi in rapida successione. Tutto intorno a loro esplosero frammenti di granito e di marmo. Era *lui!* Le spalle ampie dai movimenti sciolti, i fianchi stretti messi in rilievo dal vestito nero aderente, il viso scuro sottolineato da una sciarpa bianca di seta sotto un cappello nero a piega corta. Carlos!

Prendi Carlos! Intrappolalo! Cain sta per Charlie e Delta sta per Cain!

Falso!

Trova la Treadstone! Scopri un messaggio, un uomo! Scopri chi è Jason Bourne!

Stava impazzendo! Visioni indistinte del passato si sovrapponevano alla terribile realtà del presente facendogli perdere l'equilibrio mentale. Le porte della mente si aprivano e chiudevano, per poi riaprirsi e richiudersi di schianto. Un attimo usciva un fascio di luce, l'attimo dopo il buio. Avvertì di nuovo le fitte di dolore alle tempie, accompagnate dalle note discordanti, assordanti, del tuono. Si lanciò dietro l'uomo in nero mascherato dalla sciarpa di seta bianca. Vide due occhi e la canna della pistola, tre orbite scure che gli puntavano addosso come raggi laser. Bergeron?... era Bergeron? Era proprio lui? Oppure Zurigo... oppure... non c'era tempo!

Fece una finta buttandosi a sinistra, quindi a destra, gettandosi fuori dalla linea di tiro. I proiettili si schiacciarono sulla pietra e rimbalzarono via ronzando. Jason rotolò sotto un'auto in sosta; tra le ruote vide la figura in nero allontanarsi di corsa. Sentiva ancora le fitte ma il rumore di tuono era scomparso. Si trascinò fuori, si alzò e tornò di corsa verso la scalinata del Louvre.

D'Anjou era scomparso! Com'era successo? La controtrappola non aveva funzionato affatto. La sua strategia era stata usata contro di lui permettendo all'unico uomo che avrebbe potuto dargli delle risposte di scappare. Era stato tutto inutile; si sentì pervaso da una sensazione nauseante di vuoto.

E a questo punto sentì la voce da dietro un'automobile vicina. Philippe d'Anjou uscì prudentemente allo scoperto.

« Pare che Tam Quan non sia tanto lontana. Dove andiamo, Delta? Qui non ci possiamo stare. »

Si trovavano seduti in un separé chiuso da una tenda in un caffè affollato di rue Pilon, una via secondaria, poco più di un vicolo, nel quartiere di Montmartre. D'Anjou sorseggiava un doppio brandy.

« Tornerò in Asia » disse pensoso, a voce bassa. « A Singapore o a Hong Kong, magari anche alle Seychelles. La Francia non è mai stata troppo buona con me. Adesso è addirittura mortale. »

« Forse non sarà necessario » disse Bourne, inghiottendo un sorso di whisky. Il calore del liquore si diffuse rapido, producendo una breve calma distaccata. « Dico sul serio. Tu dimmi quello che io voglio sapere e io ti darò... » Si fermò, afferrato da un dubbio. No, l'avrebbe detto lo stesso. « Ti darò l'identità di Carlos. »

« Non mi interessa proprio » replicò l'ex medusano, osservando attentamente Jason. « Ti dirò tutto quello che posso. Perché dovrei tenerti nascosto qualcosa? Evidentemente alla polizia non mi rivolgo, ma se ho informazioni che ti possono aiutare a prendere Carlos il mondo per me sarebbe più sicuro, non ti pare? D'altra parte personalmente non voglio coinvolgimenti di nessun tipo. »

« Non sei nemmeno curioso? »

« Forse, dato che dall'aria che hai mi par di capire che rimarrei allibito. Quindi fammi le domande. »

« Rimarrai sconvolto. »

D'Anjou inaspettatamente disse un nome. « Bergeron? »

Jason rimase immobile fissando senza parole l'anziano ex medusano.

« Non ho fatto che pensarci, » proseguì d'Anjou « ogni volta che mi capita di parlare con lui lo guardo e me lo chiedo. Però ogni volta respingo l'idea. »

« Perché? » lo interruppe Bourne, rifiutando di accettare la cautela del medusano.

« Tieni presente che non ne sono sicuro... ho solo la sensazione di sbagliarmi. Forse perché sono venuto a sapere più cose sul conto di Carlos da René Bergeron che da chiunque altro. È ossessionato da Carlos; lavora con lui da anni ed è tremendamente orgoglioso di godere della sua fiducia. Il mio problema è che parla troppo di lui. »

« L'io che parla attraverso un secondo personaggio? »

« Immagino che sia possibile, ma è in contraddizione con le precauzioni straordinarie di Carlos, con la cortina di segretezza letteralmente impenetrabile che ha costruito intorno a sé. Naturalmente non posso esserne sicuro, ma dubito che sia Bergeron. »

« Sei stato tu a fare il nome, non io. »

D'Anjou sorrise. « Non devi preoccuparti, Delta. Avanti con le domande. »

« Pensavo che fosse Bergeron. Mi spiace. »

« Non è il caso, potrebbe davvero essere lui. Ripeto, a me non importa. Tra pochi giorni sarò tornato in Asia, seguendo il franco, il dollaro o lo yen. Noi medusani siamo sempre pieni di risorse, no? »

« Che posto ha in questa storia la moglie di Villiers? »

D'Anjou inarcò le sopracciglia. « Angélique? Ma certo... avevi parlato di Parc Monceau, no? Come... »

« In questo momento i dettagli non sono importanti. »

« Per me no di certo. »

« Cosa sai di lei? » incalzò Bourne.

« L'hai mai vista da vicino? La pelle? »

« Abbastanza da vicino. È abbronzata. Molto alta e molto abbronzata. »

« Ci tiene ad essere sempre abbronzata. La Riviera, le isole greche, la Costa del Sol, Gstaad. È sempre abbronzata. »

« Le dona molto. »

« Ed è anche una copertura efficace. Copre chi è in realtà. Perché lei d'autunno e d'inverno non è mai pallida, non le manca mai il colore sul viso, sulle braccia o su quelle sue gambe lunghissime. Ha sempre la stessa tonalità di colore – molto attraente – perché, sole o non sole, ce l'avrebbe sempre. Che vada o che non vada a Saint Tropez o sulla Costa Brava o sulle Alpi. »

« Ma cosa stai dicendo? »

« Anche se si presume che la splendida Angélique Villiers sia parigina in realtà non lo è. È di razza spagnola. Venezuelana, per la precisione. »

« Sanchez » mormorò Bourne. « Ilich Ramirez Sanchez. »

« Sì. Tra i pochissimi che parlano di queste cose, si dice che sia la prima cugina di Carlos, la sua amante fin da quando aveva quattordici anni. Sempre tra queste persone corre voce che, oltre a se stesso, sia l'unica persona alla quale tenga veramente. »

« E Villiers è il "moscone" involontario? »

« Il gergo della Medusa, eh, Delta? » fece d'Anjou, poi annuì: « Sì, è il moscone. Una mossa brillante di Carlos che così ha un filo in numerosi settori tra i più importanti del governo francese, compresi i dossier sul suo conto ».

« Un'operazione brillante » disse Jason, ricordando. « Proprio perché è impensabile. »

« Assolutamente. »

Bourne si sporse verso d'Anjou. « La Treadstone » disse stringendo con tutte e due le mani il bicchiere. « Parlami della Treadstone Seventy-One »

« Io a te? Cosa potrei dirti? »

« Tutto quello che sanno. Tutto quello che sa Carlos. »

« Non credo di esserne capace. Mi capita di sentire delle cose, di metterle insieme ma, salvo per quanto riguarda la Medusa, non sono un consulente e meno che meno un confidente. »

Jason fece tutto il possibile per impedirsi di chiedere dell'Operazione Medusa, di Delta e di Tam Quan; i venti notturni ad alta quota e il buio e le esplosioni di luce che lo accecavano ogni volta che sentiva quelle parole. Non poteva: certe cose dovevano venir date per conosciute, bisognava non far sapere all'altro della sua amnesia, non dargli indicazioni. C'erano delle priorità da rispettare. La Treadstone Seventy-One...

« Cos'hai sentito? Cos'hai messo insieme? »

« Non sempre quel che sentivo e quel che mettevo insieme erano compatibili tra di loro. Però ho chiari alcuni fatti evidenti. »

« Per esempio? »

« Me ne sono reso conto quando ti ho visto. Delta aveva accettato un accordo lucroso con gli americani. Un altro accordo lucroso, forse diverso dal primo. »

« Raccontamela chiaramente questa storia, per favore. »

« Undici anni fa a Saigon correva voce che il gelido Delta fosse il meglio pagato tra i medusani. Tu eri senz'altro il più capace tra quelli che conoscevo e quindi ho immaginato che ti fossi venduto bene. Devi esserti venduto molto, molto meglio per fare quello che stai facendo ora. »

« E cioè? Dimmelo in base a quello che hai sentito. »

« In base a quel che sappiamo. La conferma la si è avuta a New York. Il Monaco l'ha confermato prima di morire, per lo meno questo è quello che mi hanno detto. Rientrava nel piano fin dall'inizio. »

Bourne tenne stretto il bicchiere, evitando lo sguardo di d'Anjou. Il Monaco. *Il Monaco. Non fare domande. Il Monaco è morto, chiunque fosse, qualunque cosa rappresentasse. Ora non è pertinente.* « Ripeto » disse Jason. « Che cosa credono che stia facendo? »

« Andiamo, Delta, sono io quello che se ne va. È inutile... »

« *Per favore* » lo interruppe Bourne.

« Benissimo. Hai accettato di diventare Cain. Il mitico killer con una lista interminabile di contratti mai esistiti che tutti insieme formavano un tessuto sostanziato in ogni modo da fonti degne di fede. Scopo. Sfidare Carlos – "erodendo la sua statura ad ogni occasione" per usare le parole di Bergeron – abbassando i prezzi, spargendo in giro la voce di suoi difetti, della superiorità di Cain. Essenzialmente si trattava di far venire allo scoperto Carlos e di prenderlo. Questo era il tuo accordo con gli americani. »

Gli angoli bui della mente di Jason vennero illuminati da un suo sole interiore. In lontananza si stavano aprendo delle porte, ma per il momento erano troppo lontane e non ancora spalancate. Ma dove prima c'erano solo tenebre, ora c'era luce.

« Allora gli americani sono... » Bourne lasciò la frase a metà, sperando in un breve attimo di tormento che fosse d'Anjou a finirla.

« Sì » rispose il medusano. « La Treadstone Seventy-One. L'unità più segreta dello spionaggio americano dopo le Operazioni Consolari del Dipartimento di Stato. Creata dallo stesso personaggio che aveva messo in piedi l'Operazione Medusa: David Abbott. »

« Il Monaco » disse piano Jason, istintivamente; un'altra porta lontana si era parzialmente aperta.

« Naturalmente. Chi altri avrebbe scelto di contattare per il ruolo di Cain se non l'uomo conosciuto come Delta all'interno della Medusa? Come ho detto, l'ho capito nel preciso momento in cui ti ho visto. »

« Un ruolo... » Bourne tacque. La luce del sole si era fatta più luminosa: lo riscaldava, invece che accecarlo.

D'Anjou si sporse in avanti. « Ed è qui, naturalmente, che si rivelavano incompatibili quello che avevo sentito e quel che avevo messo insieme. Avevano detto che Jason Bourne aveva accettato l'incarico per motivi che sapevo non potevano essere veri. Io là c'ero; loro no; non potevano saperlo. »

« Cosa dicevano? »

« Che tu eri un ufficiale dello spionaggio americano, probabilmente dello spionaggio militare. Te lo immagini? *Tu.* Delta! L'uomo pieno di disprezzo per tutto e in particolare per tutto ciò che era americano. Ho detto a Bergeron che era impossibile, ma non sono sicuro che mi abbia creduto. »

« Cosa gli hai detto? »

« Quello di cui ero convinto. Quello di cui sono ancora convinto. Non si trattava di soldi – per nessuna somma ti avrebbero spinto a farlo – doveva trattarsi di qualcosa d'altro. Credo che tu abbia accettato per lo stesso motivo per cui tanti altri hanno accettato di entrare nella Medusa undici anni fa. Per cominciare una nuova vita, per tornare ad avere qualcosa che si era perduto, che era impossibile riottenere. Naturalmente non ne sono sicuro e non pretendo che tu me lo confermi, ma questo è ciò che credo. »

« Forse hai ragione » disse Jason trattenendo il fiato, sentendo la brezza fresca della tranquillità spazzare le nebbie. *Aveva senso. Era stato inviato un messaggio. Le cose potevano essere così. Scopri il messaggio. Scopri chi l'ha inviato. La Treadstone!*

« E questo ci riporta alle storie sul conto di Delta » proseguì d'Anjou. « Chi era? Chi era questo uomo istruito, stranamente tranquillo, che nella giungla si trasformava in un'arma letale? Che imponeva a se stesso e agli altri sforzi impossibili senza scopo? Non l'abbiamo mai capito. »

« Non vi è stato mai chiesto di capire. Hai altro da dirmi? Conosci l'indirizzo preciso della Treadstone? »

« Certo. L'ho saputo da Bergeron. Una casa di New York, nella Settantunesima Strada Est. Numero 139. È giusto? »

« Può darsi... nient'altro? »

« Solo quello che ovviamente sai, la strategia che, lo ammetto, mi sfugge. »

« E quale sarebbe? »

« Che gli americani credono che tu abbia cambiato bandiera. Per dirla meglio: vogliono che Carlos creda che loro credano che tu hai cambiato bandiera. »

« E perché? » *Stava per arrivarci!*

« Si basa su un lungo periodo di silenzio che coincide con l'inattività di Cain. Oltre a una storia di fondi rubati. Il dato principale, però, è il silenzio. »

Ecco di cosa si trattava. Il messaggio. Il silenzio. I mesi a Port Noir. Le follie di Zurigo, di Parigi. Nessuno poteva sapere che cosa gli era successo. Gli avevano detto di rientrare. Di salire alla superficie. Avevi ragione, Marie, amore mio carissimo. Avevi ragione fin dall'inizio.

« Nient'altro, allora? » chiese Bourne, cercando di controllare l'impazienza nella voce, ansioso più di quanto non fosse mai stato di tornare da Marie.

« Questo è tutto quello che so, ma ti prego di capire, che queste cose non mi sono mai state dette. Ero stato assunto per quel che sapevo dell'Operazione Medusa, dato che avevano accertato che Cain usciva dalla Medusa — ma non ho mai fatto parte del circolo degli intimi di Carlos. »

« C'eri abbastanza vicino. Grazie. » Jason posò un mazzetto di banconote sul tavolo e si accinse ad uscire dal separé.

« C'è un'altra cosa » disse d'Anjou. « A questo punto non so più se sia importante; comunque sanno che non ti chiami Jason Bourne. »

« Cosa? »

« Il 25 marzo. Non ti ricordi, Delta? Mancano solo due giorni, e questa data è molto importante per Carlos. Ha fatto diffondere la voce. Vuole il tuo cadavere per il 25, per consegnarlo agli americani. »

« Cosa stai cercando di dirmi? »

« Il 25 marzo 1968, Jason Bourne è stato giustiziato a Tam Quan. Sei stato tu a giustiziarlo. »

31

Marie gli aprì la porta. Jason si fermò un attimo a guardarla, vide i grandi occhi castani che lo scrutavano timorosi, ma pieni di aspettativa. Sapeva. Non la risposta ma che finalmente una risposta c'era e che lui era tornato per dirgliela. Entrò. Marie richiuse.

« È successo » disse lei.

« È successo. » Bourne si voltò e la prese tra le braccia. Marie si lasciò andare contro di lui; si strinsero in silenzio in un abbraccio che diceva più di qualunque parola. « Avevi ragione » sussurrò Jason alla fine, posandole le labbra sui capelli. « C'è un sacco di cose che ancora non so — e che forse non saprò mai — ma avevi ragione. Non sono Cain, perché non c'è mai stato nessun Cain. È un mito inventato per fare uscire Carlos allo scoperto. Quel mito sono io. Un uomo proveniente dall'Operazione Medusa e chiamato Delta ha accettato di diventare Cain. Quell'uomo sono io. »

Marie si staccò, sempre tenendolo tra le braccia. « "Cain sta per Charlie..." » disse tranquilla.

« "E Delta sta per Cain" » completò Jason. « Me l'hai sentito dire? »

Marie annuì. « Sì. Una notte in quella stanza in Svizzera l'hai gridato mentre dormivi. Non hai mai parlato di Carlos; solo di Cain... di Delta. Il mattino dopo ti ho accennato qualcosa ma non mi hai risposto. Ti sei limitato a guardare fuori dalla finestra. »

« Perché non capivo. Anche adesso non capisco, ma lo accetto. Spiega moltissime cose. »

Marie annuì di nuovo. « Il *provocateur*. Le parole in codice che usi, le frasi strane, le percezioni. Ma perché? Perché proprio tu? »

« "Per ricominciare una nuova vita da qualche parte." Questo mi ha detto. »

« Chi l'ha detto? »

« D'Anjou. »

« L'uomo che hai visto sui gradini della villa di Villiers? Il centralinista? »

« È un ex medusano. L'ho conosciuto nell'Operazione Medusa. »

« E che cosa ti ha detto? »

Bourne raccontò tutto. Mentre glielo spiegava vedeva in lei il sollievo che anche lui aveva provato. C'era una luce negli occhi di Marie, una pulsazione alla gola: la gioia che premeva per uscire. Pareva quasi che non riuscisse ad aspettare la fine per poterlo abbracciare di nuovo.

« Jason! » esclamò, tenendogli il viso tra le mani. « Caro, mio caro! Il mio amico è tornato da me! È proprio come immaginavamo, come sentivamo. »

« Non del tutto » osservò Bourne, accarezzandole una guancia. « Per te mi chiamo Jason, per me Bourne perché questo è il nome che mi è stato dato; devo usarlo perché non ne ho altri. Però non è il mio. »

« È inventato? »

« No, è quello di un uomo effettivamente esistito. Dicono che l'ho ucciso in un posto chiamato Tam Quan. »

Marie gli posò le mani sulle spalle, trattenendolo. « Ci sarà stato un motivo. »

« Lo spero. Non so. Forse è per questo che cerco di rifarmi una vita. »

« Non importa » disse Marie, lasciandolo. « Appartiene al passato, è una cosa di più di dieci anni fa. Ora, tutto ciò che conta è che tu ti metta in contatto con l'uomo della Treadstone, perché stanno cercando di raggiungerti. »

« D'Anjou mi ha detto una cosa. Si è diffusa la voce che gli americani credono che io abbia cambiato bandiera. Non una parola da me per più di sei mesi, i milioni fatti scomparire da Zurigo. Devono pensare che io sono il più costoso errore di valutazione che abbiano mai fatto. »

« Puoi spiegare quel che è successo. L'accordo non l'hai rotto di tua volontà; d'altra parte, non puoi più andare avanti, è impossibile. Tutto l'addestramento ricevuto per te ora non significa nulla. Te ne rimangono solo frammenti... immagini e frasi che non riesci a collegare a niente di concreto. Non conosci persone che dovresti conoscere. Sono volti senza nome che non hanno motivo di stare dove stanno o di essere quello che sono. »

Bourne si levò la giacca e prese l'automatica dalla cintura. Esaminò il cilindro del silenziatore; la brutta appendice forata che riduceva uno sparo a uno schiocco gli dava la nausea. Andò alla cassettiera, depose l'arma in un cassetto e richiuse. Rimase un attimo a guardare nello specchio l'immagine di quel viso senza nome.

« E che cosa gli dico? » chiese. « Parla Jason Bourne. Naturalmente so che non mi chiamo così, perché sono stato proprio io a uccidere un certo Jason Bourne, ma è questo il nome che mi avete dato... Spiacente signori, ma mi è successo qualcosa sulla via di Marsiglia. Ho perso qualcosa – una cosa che non ha un valore vero e proprio – solo la mia memoria. Ora, mi par di capire che c'è un accordo tra di noi, ma non ricordo di cosa si tratti, salvo frasi insensate tipo "prendi Carlos!" e "intrappolalo!" e qualcosa a proposito di Delta che è Cain e che Cain dovrebbe stare al posto di Charlie mentre Charlie in realtà è Carlos. Cose del genere, il che magari vi può far pensare che invece ricordo. Potreste persino dirvi: "Abbiamo qui un emerito bastardo, chiudiamolo per una ventina d'anni in una gabbia sicura. Non solo ci ha fregati ma, peggio ancora, potrebbe procurarci un bel po' di imbarazzo". » Bourne si voltò. « Non scherzo. Cosa gli dico, a quelli? »

« La verità » rispose Marie. « La accetteranno. Ti hanno spedito un messaggio, stanno cercando di raggiungerti. Per quanto riguarda i sei mesi di silenzio, telefona a Washburn a Port Noir. Ha conservato le cartelle cliniche: è una documentazione dettagliata, minuziosa. »

« Può darsi che non risponda. C'era un accordo tra noi. Per avermi rimesso insieme doveva venir pagato con un quinto di quello che avrei trovato a Zurigo in modo da non poter risalire a lui. Gli ho spedito un milione di dollari. »

« Credi che per questo non sarebbe più disposto ad aiutarti? »

Jason tacque. « Può darsi che non sia nemmeno capace di aiutare se stesso. Ha un problema, è alcolizzato. Il peggior tipo di alcolizzato: lo sa e gli piace. Quanto credi che riesca a vivere con un milione di dollari? Anzi, quanto credi che lo lasceranno vivere quei pirati del porto una volta che avranno saputo che ha un milione di dollari? »

« Comunque puoi sempre dimostrare che eri a Ile de Port Noir. Eri malato, isolato. Non eri in contatto con nessuno. »

« Come fanno ad esserne sicuri, quelli della Treadstone? Dal loro punto di vista sono un'enciclopedia ambulante di segreti ufficiali. Per forza dovevo esserlo, per fare quello che ho fatto. Come fanno a essere sicuri che non ho parlato con la gente sbagliata? »

« Digli di mandare una squadra a Port Noir. »

« Troverebbero gente che guarda nel vuoto e non parla. Sono scappato dall'isola nel bel mezzo della notte con metà dei pescatori che mi davano la caccia con gli uncini. Se qualcuno in quell'isola ha spillato soldi a Washburn, metterà insieme le cose ed eviterà di incontrarli. »

« Jason, non capisco dove vuoi andare a parare. Hai la risposta che cercavi fin da quando ti sei svegliato a Port Noir quella mattina. Cosa vuoi ancora? »

« Voglio essere prudente; tutto qui » disse Bourne ruvido. « Prima di fare il tuffo voglio vedere cosa c'è sotto. Ed essere assolutamente sicuro che "le porte della stalla sono chiuse" e non voglio "cascare dalla padella nella brace". Che te ne pare come esercizio di memoria? » Urlava. Si trattenne.

Marie gli andò incontro, si fermò davanti a lui. « Molto bene. Ma non si tratta di questo, vero? Voglio dire, non si tratta di essere prudenti. »

Jason scosse il capo. « No, hai ragione » rispose. « Avevo paura ad ogni passo che facevo, paura delle cose che venivo a sapere. E adesso, alla fine, ho più paura che mai. Se non sono Jason Bourne, chi sono? Che cosa mi sono lasciato indietro? Ti è venuto in mente, questo? »

« In tutte le sue ramificazioni, caro. In un certo senso io ho molta più paura di te. Ma non credo che questo possa fermarci. Vorrei, ma so che non è possibile. »

Il funzionario dell'ambasciata americana di rue Gabriel entrò nell'ufficio del Primo segretario e chiuse la porta. L'uomo alla scrivania alzò gli occhi.

« Sei sicuro che è lui? »

« Sono solo sicuro che ha usato le parole d'ordine » rispose il funzionario, andando alla scrivania con una scheda bordata di rosso in mano. « Ecco il cartellino » proseguì, porgendolo al Primo segretario. « Ho controllato le parole che ha usato e, se il cartellino è giusto, direi che il nostro uomo è autentico. »

L'uomo alla scrivania studiò la scheda. « Quando ha usato il nome Treadstone? »

« L'ha usato solo quando l'ho convinto che non avrebbe parlato a nessuno del servizio informazioni se non mi avesse fornito un motivo maledettamente buono. Credo che pensasse che avrei fatto un salto quando ha detto che era Jason Bourne. Quando gli ho risposto semplicemente in che modo potevo essergli utile, mi è parso che sia rimasto di sasso; dev'essere stato lì lì per riappendere. »

« Non ha mica detto che c'era una scheda a suo nome? »

« Aspettavo che lo dicesse, invece niente. Secondo quel suo profilo di otto parole – "Ufficiale operativo esperto. Possibile defezione o possibile detenzione nemica" – bastava che dicesse "scheda" e saremmo entrati in sintonia. Non l'ha fatto. »

« Allora forse è fasullo. »

« Però tutto il resto concorda. Ha detto che a Washington lo cercano da più di sei mesi. È stato allora che ha usato il nome Treadstone. Era della Treadstone; questa dovrebbe essere la faccenda esplosiva. Mi ha detto anche di riferire le parole in codice Delta, Cain e Medusa. Le prime due sono sulla scheda, ho controllato. Non so cosa significhi Medusa. »

« Io non so cosa significhi questa storia » disse il Primo segretario.

« Salvo che ho l'ordine di passarlo alla sezione comunicazioni, di interrompere il trafico *scrambler* per Langley e di passare la palla a un disgraziato che si chiama Conklin. Di lui sì che ho sentito parlare: un brutto figlio di puttana che ha perso un piede dieci o dodici anni fa in Vietnam. Tira strani fili alla CIA. Inoltre è sopravvissuto a tutte le purghe, il che mi fa pensare che non hanno voglia di vederlo in giro per strada a cercare un lavoro. O un editore. »

« Chi credi che sia questo Bourne? » volle sapere il funzionario. « Mai vista una caccia così accanita e così inconcludente in tutti gli otto anni che ho passato fuori dagli Stati Uniti. »

« Deve essere qualcuno che vogliono a tutti i costi. » Il Primo segretario si alzò. « Grazie per la scheda. Riferirò a Washington che hai trattato molto bene la faccenda. Che tempi ti ha dato? Immagino che non t'abbia dato un numero di telefono. »

« Niente da fare. Voleva richiamare di lì a un quarto d'ora, ma ho fatto la parte del burocrate pieno di lavoro e gli ho detto di chiamarmi dopo un'ora circa. Quindi dovrebbe ritelefonare dopo le cinque; possiamo guadagnare ancora un'ora dicendo che sono fuori a cena. »

« Non saprei, non possiamo rischiare di perderlo. Dirò a Conklin di organizzare lui la partita. È lui il responsabile. Nessuno deve prendere iniziative sul conto di Bourne senza la sua autorizzazione. »

Alexander Conklin seduto alla scrivania nel suo ufficio dalle pareti bianche di Langley in Virginia ascoltava il funzionario dell'ambasciata di Parigi. Era sicuro che si trattasse di Delta. Lo provava la parola Medusa, perché era un nome che solo Delta poteva sapere. Quel bastardo! Stava recitando la parte dell'agente alla deriva perché al telefono della Treadstone non rispondevano alle parole in codice – qualunque fossero – dato che i morti non parlano. Se ne serviva per sganciarsi dall'amo! Aveva una freddezza stupefacente, quel bastardo. Bastardo, *bastardo!*

Uccidere i controlli – i superiori che dirigevano le sue mosse – e servirsene per far cessare la caccia. Qualunque tipo di caccia. Quanti altri avevano già fatto una cosa del genere, pensava Alexander Conklin. Anche lui. C'era stato un controllo tra le montagne di Huong Khe, un pazzo che dava ordini folli, ordini che volevano dire morte certa per una dozzina di squadre di medusani, lanciate in una caccia assurda. Un giovane ufficiale dello spionaggio di nome Conklin si era intrufolato nel campo base Kilo con un fucile nordvietnamita di calibro russo e gli aveva piantato due pallottole in testa. Erano state adottate misure di sicurezza ancora più strette, ma la caccia era stata interrotta.

Tuttavia, nei sentieri della giungla intorno al campo base Kilo non erano stati trovati frammenti di vetro. Frammenti con impronte digitali che permettevano di identificare senza possibilità di dubbio che il cecchino era un occidentale uscito dall'Operazione Medusa. Nella casa della 71ª Strada erano stati trovati questi frammenti, ma il killer non lo sapeva... Delta non lo sapeva.

« A un certo punto ci siamo chiesti seriamente se fosse autentico » disse il Primo segretario, dandosi da fare per colmare l'improvviso silenzio all'altro capo della linea. « Un agente operativo esperto avrebbe detto al mio sottoposto di controllare se c'era una scheda, ma il soggetto non l'ha fatto. »

« Una distrazione » spiegò Conklin, tornando con la mente a quell'enigma brutale che era Delta-Cain. « Come siete rimasti intesi? »

« Inizialmente Bourne insisteva per richiamare entro quindici minuti, ma ho dato istruzioni al mio sottoposto di tener in sospeso. Per esempio potremmo approfittare dell'intervallo per la cena... » Il diplomatico voleva che il dirigente della CIA a Washington apprezzasse la perspicacia del suo contributo. Avrebbe tirato avanti almeno un minuto; Conklin ne aveva già sentite troppe di variazioni sul tema.

Delta. Perché aveva cambiato bandiera? La pazzia doveva avergli roso il cervello, lasciandogli solo l'istinto di sopravvivenza. Era stato troppo sulla breccia. Sapeva che prima o poi l'avrebbero scoperto e ucciso. Non c'erano e non ci sarebbero mai state alternative; doveva averlo capito fin dal momento in cui aveva cambiato bandiera. O era impazzito. Non poteva tenersi nascosto ancora; in tutto il mondo era un bersaglio. Non sarebbe mai stato sicuro che, dall'ombra, non sarebbe uscito qualcuno per fargli chiudere l'esistenza. Era una realtà con cui tutti si trovavano a vivere ed era l'argomento più persuasivo, e il solo, contro i tradimenti. Quindi la ragione doveva essere un'altra: l'istinto di sopravvivenza. Il Caino della Bibbia era stato il primo a commettere un fratricidio. Forse era stato quel nome mitico a scatenare quella lurida decisione, quella strategia? Una cosa così semplice? Sarebbe stata la soluzione ideale. Uccidere tutti, anche il fratello.

Webb morto, morto anche il Monaco, lo Yachtsman e la moglie... chi poteva riferire — e negare — le istruzioni ricevute da Delta, dato che solo loro quattro gliele trasmettevano? Aveva trasferito i milioni di dollari e li aveva distribuiti in base agli ordini. Aveva pensato a personaggi sconosciuti che aveva immaginato facessero parte della strategia del Monaco. Chi era Delta per opporsi al Monaco? L'uomo che aveva creato l'operazione Medusa, il genio che aveva creato e reclutato lui: Cain.

La soluzione ideale. Per essere del tutto convincente, bastava la morte del fratello, da piangere secondo le regole. Ci sarebbe stata l'inchiesta ufficiale. Carlos si era infiltrato nella Treadstone e l'aveva distrutta. L'assassino aveva vinto, la Treadstone veniva chiusa. Quel bastardo!

« ... e quindi fondamentalmente ho avuto la sensazione che dovesse essere lei a giocare la partita. » Il Primo segretario aveva finito. Era un fesso, ma Conklin aveva bisogno di lui; bisognava che Delta sentisse una musica mentre se ne suonava un'altra.

« Ha fatto bene » assentì con gravità l'ex dirigente della CIA. « Informerò i suoi superiori qui a Washington che lei ha trattato benissimo la questione. Ha proprio ragione; ci serve tempo, ma Bourne non se ne rende conto. D'altra parte, non possiamo dirglielo, il che rende le cose difficili. La linea è sterile, possiamo parlar chiaro? »

« Ma certo. »

« Bourne è sottopressione. È stato... prigioniero... per molto tempo. Sono chiaro? »

« I sovietici? »

« Alla Lubianka. La sua fuga è stata resa possibile da un doppio accesso. Sa cosa vuol dire? »

« Sì, lo so. Mosca crede che adesso lavori per loro. »

« È proprio quello che credono. » Conklin tacque. « E noi non ne siamo sicuri. Succedono cose tremende alla Lubianka. »

Il Primo segretario emise un sibilo sommesso. « Questa sì che è una brutta faccenda. E come fate per stabilirlo? »

« Ci servirà il suo aiuto. Ma la classifica di segretezza è così elevata che supera il livello di ambasciata. Lei era sul posto, quindi lei è stato contattato. Può accettare o non accettare, dipende solo da lei. In caso positivo, credo che potrebbe arrivarle un encomio direttamente dallo Studio Ovale. »

Conklin sentì l'altro tirare lentamente il fiato.

« Certo, farò tutto quello che posso. Qualunque cosa. »

« L'ha già fatto. Vogliamo tenerlo al palo. Quando richiama, gli parli personalmente. »

« Naturale » lo interruppe il diplomatico.

« Gli dica che ha riferito le parole in codice. Gli dica anche che Washington ha spedito un funzionario accreditato della Treadstone con un volo militare. Dica che l'ordine è quello di tenersi nascosto e lontano dall'ambasciata; che tutti i canali di collegamento sono sorvegliati. Quindi gli chieda se ha bisogno di protezione e, in caso positivo, si faccia dire dove lui vuole essere rilevato. Però non mandi nessuno; si rimetta in contatto con me che provvederò ad avvertire qualcuno lì a Parigi. Le darò un nome e un'identificazione visiva che gli potrà consegnare. »

« Un'identificazione visiva? »

« Qualcosa o qualcuno che lui sia in grado di riconoscere. »

« Uno dei suoi uomini? »

« Sì, crediamo che sia la cosa migliore. A parte lei, credo che non sia il caso di coinvolgere l'ambasciata. Anzi, per la precisione è essenziale non coinvolgerla, quindi distrugga le minute di eventuali conversazioni. »

« Di questo me ne occupo io » disse il Primo segretario. « Ma in che modo l'unica conversazione che avrò con lui può aiutare lei, mister Conklin, a sapere se è un agente doppio? »

« Perché non ce ne sarà una sola, forse ce ne saranno addirittura dieci. »

« Dieci? »

« Proprio così. Le istruzioni che lei darà a Bourne — le nostre istruzioni che gli dovrà trasmettere — saranno di telefonare ogni ora per confermare che si trova in territorio sicuro. All'ultima gli dirà che il funzionario della Treadstone è arrivato a Parigi e s'incontrerà con lui. »

« Questo a che scopo? » chiese il diplomatico.

« Servirà a tenerlo in movimento, se non è più dei nostri. A Parigi conosciamo una decina di agenti segretissimi sovietici, e tutti hanno il telefono controllato. Se lavora per Mosca è probabile che si metterà in contatto con almeno uno di loro. Noi lo sorveglieremo. E, se le cose stanno così, credo che lei avrà occasione di ricordarsi per tutta la vita della notte che dovrà passare lì all'ambasciata. Gli elogi presidenziali danno una bella spinta alla carriera. Naturalmente, lei non è che possa salire molto più in alto di così. »

« Si può salire più in alto, Mr. Conklin, si può » interruppe il Primo segretario.

La conversazione era finita; il diplomatico l'avrebbe richiamato dopo aver sentito di nuovo Bourne. Conklin si alzò e zoppicando andò a un classificatore grigio contro la parete. Fece scattare la serratura del cassetto in alto e prese una cartelletta tutta consumata che conteneva una busta sigillata con i nomi e la sede degli uomini da chiamare in caso di emergenza. Un tempo erano stati agenti bravi e leali che, per un motivo o per l'altro, non potevano più rimanere sul libro paga di Washington. Comunque, era stato necessario allontanarli dallo scenario ufficiale, fornire loro una nuova residenza e una nuova identità; quelli che parlavano bene certe lingue straniere spesso ricevevano la cittadinanza da governi stranieri disposti a collaborare. Erano semplicemente scomparsi.

Erano i paria, gli uomini che avevano infranto le leggi al servizio del loro paese, spesso che avevano ucciso nell'interesse del loro paese. Ma per il loro paese la loro esistenza ufficiale era intollerabile; la loro copertura era stata smascherata, le loro azioni rivelate. Però ci si poteva sempre servire di loro. I compensi venivano sempre spediti su conti ufficialmente puliti e certe imprese erano relative al pagamento.

Conklin portò la busta alla scrivania e strappò il nastro autenticato dal risvolto; avrebbe dovuto comunicare la cosa e poi sigillare di nuovo il tutto. A Parigi c'era un uomo, fidato, che aveva fatto carriera come ufficiale del servizio informazioni militari; a 35 anni era già tenente colonnello. Su di lui si poteva contare, capiva le esigenze nazionali. Una dozzina d'anni prima aveva ucciso un operatore cinematografico di sinistra in un villaggio dalle parti di Hue.

Tre minuti dopo parlava con lui. La telefonata non sarebbe stata segnata sul registro giornaliero né registrata. All'ex ufficiale venne comunicato un nome e una breve descrizione del caso: si trattava di un disertore che si era recato in segreto negli Stati Uniti in missione speciale e aveva eliminato i responsabili della sua missione.

« Un agente doppio? » chiese l'ex ufficiale. « Mosca? »

« No, non si tratta dei sovietici » rispose Conklin. Sapeva bene che se Delta avesse chiesto protezione, i due avrebbero parlato tra di loro. « Si tratta di una copertura a lungo raggio per scovare Carlos. »

« Il killer? »

« Proprio. »

« Puoi dirmi che Mosca non c'entra, ma non mi convinci. Carlos è stato addestrato a Novgorod e per quel che ne so fa sempre operazioni sporche per il KGB. »

« Forse. I dettagli non fanno parte delle tue istruzioni. Ti basti sapere che siamo convinti che il nostro uomo si è fatto comprare; si è fatto qualche milione e vuole un passaporto pulito. »

« Quindi ha eliminato i controlli e ha fatto puntare il dito su Carlos, il che vuol dire solo caricargli sul gobbo un altro assassinio. »

« Proprio così. Vogliamo che porti avanti la sua storia fino in fondo, che creda di essere franco. Meglio ancora, vorremmo avere una sua ammissione e tutte le informazioni che possiamo ottenere. Ecco perché sto per venire lì. Ma sono tutte cose secondarie, quello che importa è beccarlo. C'è troppa gente in troppi posti che si è compromessa nel farlo arrivare dove adesso è. Puoi darci una mano? Ci sarebbe un premio. »

« Con piacere. E tienti pure il premio, li odio i rotti in culo come quello. Sono quelli che fanno saltare le reti intere. »

« La cosa dev'essere segretissima; è uno dei migliori. Suggerisco un appoggio, una persona almeno. »

« Conosco un tizio di prima classe che esce da Saint-Gervais. È in vendita. »

« Assumilo. I particolari sono questi: il responsabile di Parigi è un contatto cieco dell'ambasciata. Non sa niente ma con Bourne è lui che parla e potrebbe chiedere protezione a nome suo. »

« Gliela do io » disse l'ex ufficiale. « Prosegui. »

« Per il momento non c'è molto di più. Prendo un jet dalla base di Andrews. Arrivo a Parigi tra le undici e mezzanotte, ora locale. Voglio vedere Bourne entro un'ora al massimo ed essere di ritorno a Washington per domnai mattina. È al pelo, ma bisogna fare così. »

« E allora faremo così. »

« Il contatto cieco all'ambasciata è il Primo segretario. Si chiama... »

Conklin comunicò gli ultimi particolari poi, insieme, elaborarono le parole d'ordine per il primo contatto a Parigi. Sarebbero servite a Conklin per sapere subito se c'erano eventuali problemi. Conklin riappese. Ogni cosa stava muovendosi proprio come Delta si sarebbe aspettato. Gli eredi della Treadstone avrebbero seguito le procedure stabilite, procedure rigorose in caso di crolli delle strategie o degli strateghi. Andava tutto eliminato: non erano permessi né collegamenti né riconoscimenti ufficiali. Strategie e strateghi falliti mettevano Washington nell'imbarazzo. E fin dagli inizi la Treadstone Seventy-One aveva usato, e manovrato, tutti i maggiori settori del servizio informazioni degli Stati Uniti, con l'aggiunta di alcuni governi stranieri. Le corde da lanciare a eventuali sopravvissuti avrebbero dovuto essere molto lunghe.

Tutte queste cose Delta le sapeva e siccome era stato lui a distruggere la Treadstone, avrebbe apprezzato tutte le precauzioni, le avrebbe pregustate, si sarebbe allarmato se fossero mancate. E una volta posto di fronte alle sue responsabilità avrebbe reagito fingendo di infuriarsi e di addolorarsi per il massacro della 71ª strada. Alexander Conklin lo avrebbe ascoltato con la massima attenzione, cercando di scoprire eventuali note di sincerità, magari addirittura un tentativo di spiegazione ragionevole, ma sapeva che non avrebbe ascoltato né le une né le altre. Dall'altra parte dell'Atlantico non si poteva vedere il luccichio di alcuni frammenti irregolari di vetro, e come prova le impronte digitali valevano più di una fotografia. Non si potevano contraffare.

Conklin avrebbe concesso a Delta due minuti per dire tutto quello che gli fosse venuto in mente. Lo avrebbe ascoltato poi avrebbe premuto il grilletto.

32

« Ma perché si comportano così? » chiese Jason, seduto accanto a Marie nel caffè affollato. Era la quinta volta che telefonava, cinque ore erano passate da quando si era messo in contatto con l'ambasciata. « Vogliono tenermi sulla corda. Non capisco perché. »

« Ti preoccupi troppo » disse Marie. « Avresti potuto telefonare dall'albergo. »

« No, non potevo. Per qualche motivo ci hanno tenuto a farmelo sapere. Ogni volta che chiamo, quel figlio di puttana mi chiede dove sono e se mi trovo in "territorio sicuro". Che definizione stupida! Ma ha detto dell'altro. Mi ha chiesto di contattarlo ogni volta da un posto diverso in modo che nessuno, all'esterno o all'interno, possa individuare da dove parte la chiamata. Non vogliono che stia al riparo, ma mi vogliono tenere sul filo. Mi vogliono, ma hanno paura di me; non ha senso! »

« Non è possibile che tu te le immagini queste cose? Nessuno ha detto nemmeno lontanamente cose del genere. »

« Non c'era bisogno che le dicessero. Era il modo in cui non le dicevano. Perché non mi hanno chiesto semplicemente di andare all'ambasciata? Perché non me l'hanno ordinato? Là dentro nessuno potrebbe toccarmi; è territorio degli Stati Uniti. Invece non l'hanno fatto. »

« Sorvegliano le strade, questo te l'hanno detto. »

« Sai, l'ho accettato – ciecamente – fino a trenta secondi fa. Poi una cosa mi ha colpito. Chi mi cerca? Chi sorveglia le strade? »

« Carlos, evidentemente. I suoi uomini. »

« Lo sai tu e lo so anch'io – o per lo meno lo supponiamo. Loro però non lo sanno. Può darsi che io non sappia chi diavolo sono o da dove vengo, ma so cosa mi è successo nelle ultime ventiquattro ore. Loro no. »

« Potrebbero supporlo anche loro, non ti pare? Potrebbero aver identificato degli sconosciuti fermi in un'auto, oppure che gironzolano troppo a lungo vicino all'ambasciata. »

« Carlos non sarebbe così scemo. E ci sono molti modi per far entrare una macchina dentro all'ambasciata. I marines di guardia sono addestrati per operazioni del genere. »

« Ti credo. »

« Però non l'hanno fatto; non l'hanno nemmeno suggerito. Invece mi tengono qui sulla corda. Perché, maledizione? »

« L'hai detto tu, Jason. Sono sei mesi che non sanno più niente di te. Devono essere molto prudenti. »

« Ma perché in questo modo? Una volta che mi hanno fatto entrare nell'ambasciata, possono fare tutto quello che vogliono. Mi controllano. Possono portarmi a un party e sbattermi in una cella. Invece non vogliono toccarmi, ma non vogliono neanche perdermi. »

« Aspettano l'uomo che sta arrivando da Washington. »

« Il posto migliore per aspettarlo sarebbe l'ambasciata, non ti pare? » Bourne respinse la sedia. « C'è qualcosa che non funziona. Andiamocene di qui. »

Alexander Conklin, erede della Treadstone, aveva impiegato esattamente sei ore e dodici minuti per attraversare l'Atlantico. Per tornare indietro avrebbe preso il primo Concorde da Parigi, il mattino dopo sarebbe arrivato all'aeroporto Dulles di Washington alle sette e trenta per essere a Langley entro le nove. Chiunque avesse tentato di telefonargli, o avesse chiesto dove aveva passato la notte, si sarebbe sentito dare una falsa risposta da un compiacente maggiore del Pentagono. E al Primo segretario dell'ambasciata di Parigi sarebbe stato detto che, se solo avesse fatto cenno a una conversazione con l'uomo di Langley, sarebbe stato degradato al rango più basso di tutto il servizio diplomatico e spedito a un nuovo consolato nella Tierra del Fuego. Era garantito.

Conklin andò direttamente a una fila di telefoni a gettone e chiamò l'ambasciata. Il Primo segretario era orgoglioso di aver fatto tutto quello che doveva fare.

« Tutto secondo i piani, Conklin » annunciò. L'assenza del "mister" davanti al nome indicava che ormai si riteneva sullo stesso piano del funzionario della CIA. Ora Conklin si trovava a Parigi ed era suo il campo di gioco. « Bourne è sulle spine. Durante l'ultimo contatto ha chiesto ripetutamente perché non gli si diceva di rientrare in sede. »

« Ha detto questo? » La cosa in un primo momento sorprese Conklin, poi capì. Delta fingeva di avere le reazioni di uno che non sapesse nulla di quel che era successo nella 71ª Strada. Se gli fosse stato chiesto di andare all'ambasciata avrebbe tagliato la corda. Sapeva bene che non dovevano esserci coinvolgimenti ufficiali. La Treadstone era una strategia caduta in discredito, una faccenda tremendamente imbarazzante. « Ha sottolineato di nuovo che le strade erano sorvegliate? »

« Naturalmente. E lui mi ha chiesto chi le sorvegliava. Ma se lo immagina? »

« Me lo immagino. Che cosa gli ha detto? »

« Che lo sapeva bene quanto me, e che tutto considerato non mi sembrava il caso di parlarne per telefono. »

« Ottima risposta. »

« È sembrato anche a me. »

« E lui come l'ha presa? S'è accontentato? »

« In un certo senso sì. Ha detto: "Capisco". Nient'altro. »

« Ha cambiato idea e ha chiesto protezione? »

« Continua a non volerne sapere. Anche quando ho insistito. » Il Primo segretario tacque brevemente. « Non vuole venir sorvegliato, vero? » disse in tono confidenziale.

« No, non vuole. Quando dovrebbe arrivare la prossima telefonata? »

« Tra un quarto d'ora circa. »

« Gli dica che il funzionario della Treadstone è arrivato. » Conklin tirò fuori una carta topografica; era aperta su una certa zona e indicava un percorso in inchiostro blu. « Gli dica che l'appuntamento è per l'una e trenta di stanotte sulla strada tra Chevreuse e Rambouillet, undici chilometri a sud di Versailles, al Cimetière de Noblesse. »

« Una e trenta, strada tra Chevreuse e Rambouillet... Cimitero. Saprà come arrivarci? »

« C'è già stato. Se dovesse dire che ci va in taxi, gli dica di prendere le precauzioni normali e chiuda. »

« Non sembrerà strano al tassista? È un'ora strana per una visita ai defunti. »

« Le ho chiesto di "dirgli" questa cosa. Ovviamente non prenderà un taxi. »

« Ovviamente » disse in fretta il Primo segretario, tentando di recuperare lo scivolone con il ripetere una cosa inutile. « Dato che lei non ha telefonato al suo uomo qui a Parigi, devo telefonargli adesso e dirgli che lei è arrivato? »

« Me ne occupo io. Ha ancora il suo numero? »

« Sì, certo. »

« Lo bruci » ordinò Conklin. « Prima che bruci lei. La richiamo tra venti minuti. »

Un treno passò rombando nella galleria del metrò, facendo tremare tutta la piattaforma con le sue vibrazioni. Bourne riappese il telefono a gettoni fissato alla parete di cemento e rimase qualche attimo a fissare il microfono. Un'altra porta si era socchiusa nei recessi della sua mente, ma la luce era troppo distante, troppo debole per poter vedere cosa c'era dietro. Comunque, c'erano delle visioni. La strada per Rambouillet... un'arcata di putrelle di ferro... una collinetta dolce coperta di marmi bianchi. Croci... grandi, grandissime, mausolei... statue dappertutto. Le Cimetière de Noblesse. Un cimitero ma molto di più di un luogo di riposo per i defunti. Una "cassetta per le lettere", ma più di una cassetta per le lettere. Un posto dove si tenevano conversazioni tra funerali e bare calate nelle fosse. Due uomini vestiti di scuro, dato che tutti gli altri erano vestiti di scuro, che passavano tra i parenti in lutto finché non s'incontravano scambiandosi i rispettivi messaggi.

C'era un viso, ma l'immagine era indistinta, sfuocata; vedeva solo gli occhi. E quel viso e quegli occhi avevano un nome. David... Abbott. Il Monaco. L'uomo che aveva conosciuto ma che non conosceva. Il creatore dell'Operazione Medusa e di Cain.

Jason richiuse gli occhi diverse volte e scosse il capo come per allontanare la nebbia improvvisa che lo avvolgeva. Guardò Marie, a pochi metri da lui, appoggiata alla parete. Avrebbe dovuto tener d'occhio la gente sulla piattaforma, per vedere se qualcuno lo sorvegliava. Si era distratta, guardava lui, preoccupata. Jason annuì rassicurandola. Non era un brutto momento per lui. Aveva visto delle cose. In quel cimitero c'era già stato, in qualche modo l'avrebbe riconosciuto. Andò verso di lei; Marie si voltò e gli si affiancò mentre puntavano verso l'uscita.

« È qui » disse Bourne. « La Treadstone è arrivata. Devo incontrarlo dalle parti di Rambouillet. In un cimitero. »

« Perché proprio un cimitero? »

« Probabilmente per rassicurarmi. »

« Buon Dio, e come? »

« Sono già stato in quel cimitero. Ci ho incontrato della gente... un uomo. Dandomi come luogo di appuntamento il cimitero – un posto insolito – l'uomo della Treadstone mi fa sapere che è autentico. »

Marie gli prese il braccio mentre salivano sulla scala che li portava fuori dal metrò. « Voglio venirci con te. »

« Spiacente, no. »

« Non puoi escludermi! »

« Devo farlo, perché non so cosa troverò laggiù. E se non si tratta di quel che mi aspetto, poi avrò bisogno di un appoggio. »

« Caro, ma è assurdo! Sono ricercata dalla polizia. Se mi trovano, mi spediscono a Zurigo con il primo aereo; sei stato tu a dirlo. A cosa potrei servirti a Zurigo? »

« Non tu. Villiers. Si fida di noi, di te. Puoi metterti in contatto con lui, se non torno entro domani mattina o se non ti telefono per spiegarti il perché. Può fare un sacco di chiasso e Dio sa se non è pronto a farlo. È il nostro appoggio, l'unico che abbiamo. Anzi, per la precisione, sua moglie è il nostro appoggio... attraverso lui. »

Marie annuì, accettando la sua logica. « È pronto a farlo » approvò. « Come fai ad arrivare a Rambouillet? »

« Abbiamo una macchina, te ne sei dimenticata? Ti accompagno in albergo, poi vado al garage. »

Entrò nell'ascensore dell'autorimessa a più piani di Montmartre e schiacciò il bottone del quarto piano. Pensava a un cimitero, tra Chevreuse e Rambouillet, situato ai margini di una strada sulla quale era passato, anche se non ricordava quando e perché.

E proprio per questo voleva andarci adesso e non aspettare di arrivare all'ora stabilita. Sarebbe giunto sul posto per l'una, così avrebbe avuto mezz'ora per percorrere i sentieri del cimitero aspettando una coppia di luci o un segnale. Altri particolari sarebbero risaliti alla memoria.

La porta dell'ascensore si aprì con un rumore raschiante. Il piano era per tre quarti pieno di automobili, il resto era deserto. Jason cercò di ricordare dove aveva parcheggiato la Renault. Ricordava di averla messa in un angolo, ma a destra o a sinistra? Provò a sinistra; ma poi si fermò, cercando di orientarsi logicamente. Aveva l'ascensore alla sinistra quando era entrato, non dopo aver parcheggiato: la macchina quindi doveva essere sulla sua destra. Cambiò direzione e s'incamminò rapidamente, pensando alla strada tra Chevreuse e Rambouillet.

Bourne non seppe mai, né si curò di sapere, se l'avesse salvato l'improvviso cambiamento di direzione o il fatto di venir sorvegliato da un dilettante. Comunque, era certo che l'improvviso cambiamento gli aveva salvato la vita. All'altezza del secondo passaggio a destra vide una testa scomparire dietro il cofano di una macchina: lo stavano sorvegliando. Fosse stato un esperto si sarebbe rialzato con un mazzo di chiavi in mano, presumibilmente raccolto dal pavimento, oppure avrebbe controllato un tergicristallo per poi allontanarsi. L'unica cosa che non avrebbe fatto sarebbe stata proprio quella: rischiare di farsi vedere cercando di nascondersi.

Jason continuò a camminare normalmente, concentrandosi su questo nuovo sviluppo. Chi era quell'uomo? Come avevano fatto a trovarlo? E le risposte gli parvero così chiare, così evidenti che si sentì sciocco. Il portiere di notte dell'Auberge du Coin.

Carlos si era comportato da esperto — come sempre faceva — ed aveva esaminato tutti i particolari del suo insuccesso. Uno era il dipendente dell'albergo, in servizio durante l'azione. Bisognava controllarlo, poi interrogarlo; non doveva essere stato difficile. Bastava fargli vedere un coltello o una pistola. Dalle labbra tremanti del portiere di notte sarebbe arrivata l'informazione; l'esercito di Carlos aveva poi ricevuto l'ordine di battere la città, quartiere per quartiere, alla ricerca di una certa Renault nera. Una ricerca laboriosissima ma non impossibile, resa più facile, del resto, dall'uomo che l'aveva presa e che non si era preoccupato di cambiare targa. Da quanto, ininterrottamente, sorvegliavano il garage? Quanti uomini c'erano? Dentro, fuori? In quanto tempo sarebbero arrivati i rinforzi? Sarebbe arrivato Carlos?

Per il momento erano domande secondarie. Doveva uscire. Avrebbe potuto farlo senz'auto, forse, ma allora avrebbe dovuto basarsi su altri mezzi precari che l'avrebbero messo in condizione di svantaggio; gli serviva un mezzo di trasporto e immediatamente. Nessun tassista avrebbe portato uno sconosciuto in un cimitero dalle parti di Rambouillet all'una di notte e non era il caso di contare sulla possibilità di rubare un'auto per strada.

Si fermò, prese di tasca sigarette e fiammiferi. Poi strofinò un fiammifero, raccolse le mani a coppa e chinò il viso per riparare la fiamma. Con la coda dell'occhio vide un'ombra quadrata, massiccia; l'uomo si era di nuovo abbassato, dietro il baule di un'auto vicina.

Jason si curvò, voltò a sinistra e balzò fuori dallo spazio tra due auto affiancate, ammortizzando la caduta con le palme delle mani, il tutto silenziosamente. Strisciò dietro l'automobile alla sua destra, muovendo rapidamente braccia e gambe sempre senza far rumore nello stretto passaggio tra le macchine. Ora era alle spalle dell'uomo che sorvegliava la Renault. Avanzò sempre strisciando, si rizzò sulle ginocchia e sbirciò da dietro un faro. L'altro era in piena vista, in piedi. Evidentemente era sconcertato, perché si avvicinò alla Renault chinandosi di nuovo e socchiudendo gli occhi per vedere oltre il parabrezza. Quel che vide lo lasciò ancora più sconcertato perché non c'era nessuno. Tirò rumorosamente il fiato come se stesse per mettersi a correre. Era stato giocato: lo sapeva e non era disposto ad aspettare le conseguenze; la qual cosa fornì ulteriori informazioni a Bourne. Dovevano averlo informato sul conto del conducente della Renault, dovevano avergli spiegato i pericoli che correva. L'uomo partì di corsa verso la rampa d'uscita.

Ora. Jason balzò in piedi e si lanciò nel passaggio tra le auto verso il secondo corridoio, afferrando l'uomo in corsa, urtando sulla schiena e scagliandolo sul piano di cemento. Lo prese alla gola con il braccio destro facendogli sbattere il cranio massiccio sul pavimento, schiacciandogli i bulbi oculari con le dita della sinistra.

« Hai esattamente cinque secondi per dirmi chi c'è fuori » disse in francese, ricordando la smorfia di un altro francese nell'ascensore di Zurigo. Anche allora fuori, sulla Bahnhofstrasse, lo aspettavano degli uomini per ucciderlo. « Dimmelo. Subito! »

« Un uomo, uno solo e basta! »

Bourne gli strinse ancor di più la gola aumentando la pressione sugli occhi. « Dov'è? »

« In una macchina » buttò fuori l'uomo. « Ferma dall'altra parte della strada. Cristo, mi soffochi! Mi stai accecando! »

« Non ancora. Quando e se lo farò te ne accorgerai. Che marca? »

« Straniera. Non so. Italiana, credo. O americana. Non lo so! Per favore; i miei occhi! »

« Il colore! »

« Scuro! Verde, blu, molto scuro. O mio Dio! »

« Sei uno degli uomini di Carlos, vero? »

« Di chi? »

Jason aumentò la stretta aumentando la pressione sugli occhi. « Mi hai sentito... sei uno degli uomini di Carlos! »

« Non conosco nessun Carlos. Noi dobbiamo telefonare a un tizio; ci hanno dato un numero. Nient'altro. »

« Gli hai telefonato? » L'uomo non rispose; Bourne aumentò la pressione delle dita. « Dimmelo! »

« Sì. Dovevo farlo. »

« Quando? »

« Qualche minuto fa. Dal telefono del secondo piano. Dio! Non ci vedo più. »

« Sì che ci vedi. Tirati su! » Jason lo lasciò andare tirandolo in piedi. « Entra in macchina. Muoviti! » Lo spinse verso il passaggio dov'era parcheggiata la Renault. L'uomo si voltò protestando impotente. « Mi hai sentito. Muoviti! » urlò Jason.

« Lo facevo solo per guadagnare qualche franco. »

« E allora te lo guadagni guidando. » Bourne lo gettò con uno spintone verso la macchina.

Qualche attimo dopo l'utilitaria nera scendeva lungo la rampa d'uscita verso la cabina di vetro dell'inserviente addetto alla cassa. Jason sedeva dietro premendo la canna della pistola contro il collo scorticato dell'altro. Lanciò una banconota e lo scontrino al cassiere che li prese.

« Avanti! » disse Bourne. « Devi fare esattamente quel che ti ho detto! »

L'uomo schiacciò l'acceleratore e la Renault superò l'uscita in velocità, fece una curva ad U, facendo stridere i pneumatici sulla strada, e si bloccò di fronte a una Chevrolet verde scura. Alle loro spalle si aprì uno sportello; un uomo venne di corsa verso la Renault.

« *Jules? Que se passe-t-il? C'est toi qui conduis?* » Una figura umana si affacciò al finestrino aperto.

Bourne sollevò l'automatica puntandogliela al viso. « Fai due passi indietro » disse in francese. « Due, non di più. Poi non muoverti. » Diede una pacca in testa a Jules. « Esci. Lentamente. »

« Dovevamo solo pedinarti » protestò Jules, scendendo. « Seguirti e riferire dove andavi. »

« Farete di meglio » disse Bourne, scendendo a sua volta dall'utilitaria e prendendo la carta topografica di Parigi. « Mi porterete in giro. Per un po'. Salite in macchina, tutte e due! »

Otto chilometri fuori da Parigi, sulla strada per Chevreuse, i due uomini furono costretti a scendere. Era una strada buia, secondaria. Nei cinque chilometri precedenti Bourne non aveva visto negozi, costruzioni, case, telefoni stradali.

« A che numero dovevate telefonare? » chiese Jason. « Niente balle. Finireste male .»

Jules gli disse il numero. Bourne annuì e si mise al volante della Chevrolet.

Il vecchio dal cappotto liso se ne stava accoccolato al buio nel separé vuoto accanto al telefono. Il ristorantino era chiuso, era lì grazie alla compiacenza di un amico dei vecchi tempi, quando le cose andavano meglio. Continuava a guardare l'apparecchio appeso al muro chiedendosi quando avrebbe suonato. Era solo questione di tempo. Poi avrebbe telefonato a sua volta e i bei tempi sarebbero ritornati. Sarebbe stato l'unico a Parigi direttamente collegato a Carlos. Gli altri vecchi si sarebbero sussurrati la cosa tra loro e avrebbero ritrovato il rispetto per lui.

Lo squillo acuto del telefono echeggiò nel ristorante deserto. Il mendicante uscì dal separé e si precipitò al telefono con il cuore in gola. Era il segnale. Avevano incastrato Cain! I giorni e giorni di attesa paziente erano semplicemente una preparazione alla bella vita. Staccò la cornetta dalla forcella.

« Sì? »

« Sono Jules » gridò all'altro capo una voce senza fiato.

Il vecchio si sbiancò in viso, le pulsazioni nel petto divennero così forti che quasi non riuscì a sentire le cose incredibili che gli stavano dicendo. Comunque, quello che aveva udito bastava.

Era un uomo morto.

Sentì delle esplosioni abbacinanti unirsi al tremito che si era impadronito del suo corpo. Niente aria, solo una luce bianca ed esplosioni assordanti che dal torace salivano alla testa.

Il mendicante s'accasciò sul pavimento con la cornetta ancora in mano, tendendo il cavo del telefono. Fissò la strumento orribile che gli aveva portato quelle parole terribili. Cosa poteva fare? Nel nome di Dio, cos'avrebbe fatto?

Bourne percorse il vialetto tra le tombe, costringendosi a lasciar vagare liberamente i pensieri come gli aveva ordinato Washburn – tanto, tanto tempo prima – a Port Noir. Se doveva essere come una spugna, ora lo era. L'uomo della Treadstone doveva capire. Si concentrava al massimo per dare un senso alle cose che non ricordava, per trovare un significato alle visioni che lo assalivano inaspettate. Non aveva tagliato i ponti – quali che fossero – con loro; non aveva tradito né era scappato... Era semplicemente uno storpio. Tutto qui.

Doveva trovare l'uomo della Treadstone. Dove poteva nascondersi, in quegli ettari ed ettari di silenzio? Dove si aspettava di trovare *lui*? Jason era arrivato al cimitero un po' prima dell'una: la Chevrolet era molto più veloce della Renault scassata. Era passato davanti ai cancelli procedendo per qualche centinaio di metri e si era fermato sulla banchina, fuori vista. Mentre stava tornando all'ingresso, aveva cominciato a piovere. Era una pioggia fredda, di marzo, ma sommessa, che si sovrapponeva appena al silenzio.

Superò un gruppo di tombe in un'aiuola chiusa da una bassa ringhiera di ferro. Era la pioggia. *Una pioggia improvvisa. Folle di uomini e donne in lutto raccolti intorno a una tomba, il rumore secco degli ombrelli che si aprivano. E due uomini affiancati, gli ombrelli che si toccavano. Brevi mormorii di scusa, mentre una lunga busta marrone cambiava di mano passando da una tasca all'altra, senza che nessuno se ne accorgesse.*

C'era dell'altro. Un'immagine suscitata da un'altra immagine; l'aveva vista solo qualche minuto prima. La pioggia che scendeva a rivoli da blocchi di marmo bianco; non una pioggerellina fredda, ma uno scroscio, che rimbalzava contro la superficie bianca e lucente... colonne... file di colonne sui quattro lati; una riproduzione in miniatura di un antico capolavoro.

Sull'altro fianco della collina. Vicino ai cancelli. Un mausoleo bianco, una copia ridotta del Partenone. L'aveva superato meno di cinque minuti prima, guardandolo senza vederlo. Era lì che aveva cominciato a piovere, era lì che la busta era passata di mano. Guardò il quadrante fosforescente dell'orologio. L'una e quattordici; risalì di corsa il vialetto. Era ancora in anticipo; gli rimaneva tempo per vedere i fari di una macchina, la fiammella di un fiammifero, oppure...

Il raggio di una torcia. Lo vide in fondo alla collinetta; saliva e scendeva a intermittenza. Chi la impugnava evitava di illuminare i cancelli come se temesse che qualcuno potesse apparire. Bourne sentì l'impulso quasi incontrollabile di mettersi a correre tra le tombe gridando a tutta voce: *Sono qui! Sono io. Ho capito il messaggio. Sono tornato! Ho tante cose da dirti... e ce ne sono tante che mi devi dire!*

Ma non urlò né si mise a correre. Più di ogni altra cosa doveva dimostrare di sapersi controllare, proprio perché era incontrollabile ciò di cui soffriva. Doveva apparire completamente lucido – sano di mente nei limiti della sua memoria. Si avviò verso la base della collina sotto la pioggerella gelida, contento perché il senso di premura che provava gli aveva fatto ricordare il raggio di una torcia.

La torcia elettrica. C'era qualcosa di strano in quel raggio di luce a centocinquanta metri da lui. Descriveva brevi linee verticali, come per sottolineare qualcosa... come se l'uomo che la impugnava si stesse rivolgendo con enfasi a un altro.

Era proprio così. Jason si accucciò, scrutando tra la pioggia, colpito da un rapidissimo riflesso che appariva ogni volta che il raggio colpiva un oggetto. Avanzò quasi strisciando, coprendo in pochi secondi una trentina di metri, lo sguardo sempre puntato sul raggio della torcia e su quello strano riflesso. Ora poteva vederlo meglio. Si fermò, concentrandosi. C'erano due uomini; uno impugnava la torcia, l'altro un fucile a canna corta. Bourne conosceva anche troppo bene la spessa canna di acciaio dell'arma. A una ventina di metri poteva far saltare un uomo un paio di metri per aria. Un'arma molto strana per un uomo agli ordini di un responsabile d'archivio inviato da Washington.

Il raggio della torcia passò sul fianco del mausoleo bianco. L'uomo che impugnava il fucile si nascose in fretta, scivolando dietro una colonna a non più di sei metri da quello con la torcia.

Jason non aveva bisogno di pensarci; sapeva cosa doveva fare. Se c'era una spiegazione per quell'arma micidiale, bene; però non l'avrebbero usata contro di lui. S'inginocchiò, valutò la distanza cercando eventuali ripari, sia per nascondersi che per proteggersi. Partì, asciugandosi la pioggia dal viso e tastando la pistola alla cintura. Sapeva di non poterla usare.

Passò da una tomba all'altra, di statua in statua, puntando prima verso destra, poi spostandosi gradualmente verso sinistra, finché non ebbe percorso un semicerchio quasi completo. Era a meno di cinque metri dal mausoleo; l'uomo che impugnava l'arma micidiale si trovava in piedi accanto alla colonna sullo spigolo di sinistra, riparandosi dalla pioggia sotto il frontone. Palpeggiava il fucile come se fosse un oggetto sessuale, accarezzando la canna dell'otturatore. Non resisteva alla voglia di guardarci dentro, passò il palmo della mano sui bossoli, con gesto osceno.

Ora. Bourne sgusciò da dietro una tomba strisciando carponi fino a trovarsi a un paio di metri da lui. Balzò in alto, come una pantera silenziosa, allungando una mano verso la canna del fucile, l'altra verso il capo dell'uomo. Afferrò l'uno e l'altra, stringendo la canna con la sinistra, i capelli con la destra. Il capo scattò all'indietro, dalla gola tesa non uscì nessun suono. Sbatté il capo dell'uomo contro il marmo bianco con una forza tale da fargli buttar fuori il fiato con violenza. L'uomo si afflosciò. Jason lo tenne schiacciato contro la parete, lasciandolo scivolare senza rumore sul pavimento tra le colonne. Lo perquisì e trovò una automatica 357 Magnum in una fondina di pelle cucita nella giacca, un coltello affilato come un rasoio in una custodia alla cintura e un revolver calibro 22 in una fondina fissata alla caviglia. Non erano proprio le armi di un agente governativo: questo era un killer a pagamento, un arsenale ambulante.

Spezzagli le dita. Ricordò le parole; le aveva pronunciate un uomo dagli occhiali d'oro in una grossa berlina che filava via dalla Steppdeckstrasse. Un atto così crudele aveva una ragione. Jason afferrò la destra dell'uomo e piegò le dita all'indietro finché non le sentì rompersi. Fece lo stesso con la sinistra, premendogli un gomito tra i denti per impedirgli di urlare. Il rumore della pioggia coprì tutto; l'uomo non avrebbe più potuto servirsi delle mani né per impugnare armi né come arma. Poi nascose nell'ombra, fuori portata, tutto quel che gli aveva trovato addosso.

Jason si rialzò affacciandosi da dietro la colonna. Il funzionario della Treadstone puntava la torcia per terra, di fronte a sé. Era il segnale: l'uccello sperduto doveva tornare al nido, dentro il raggio. Poteva anche significare altre cose; l'avrebbe saputo nei prossimi minuti. L'uomo si voltò verso il cancello, accennando un passo, come se avesse sentito qualcosa, e per la prima volta Bourne vide che aveva un bastone, che zoppicava. L'archivista della Treadstone Seventy-One era zoppo... proprio come lui.

Tornò a nascondersi in fretta dietro la prima pietra tombale, si accucciò affacciandosi allo spigolo. L'uomo stava ancora guardando verso i cancelli. Bourne controllò l'orologio, era l'1.27. Aveva ancora tempo. Si staccò dalla pietra tombale, tenendosi accucciato finché non fu fuori vista, poi si rialzò e si mise a correre ripercorrendo l'arco fino in cima alla collina. Si fermò un attimo, per riportare respiro e cuore alla normalità, poi prese di tasca una bustina di fiammiferi. Strappò un fiammifero e lo accese proteggendolo dalla pioggia.

« Treadstone? » disse a voce abbastanza alta da farsi sentire.

« Delta! »

Cain sta per Charlie e Delta sta per Cain. Come mai usava Delta invece di Cain? Delta non faceva parte della Treadstone, era scomparso con l'Operazione Medusa. Jason ridiscese la collina, con la pioggia fredda che gli batteva in viso. Istintivamente infilò una mano sotto la giacca sistemando meglio l'automatica alla cintura.

Raggiunse la striscia erbosa davanti al mausoleo bianco. L'uomo della Treadstone gli venne incontro zoppicando e gli puntò addosso la torcia. Jason, abbagliato socchiuse gli occhi e girò il viso.

« È molto che non ci vediamo » disse il funzionario zoppo abbassando la luce. « Mi chiamo Conklin, nel caso tu te ne sia dimenticato. »

« Grazie. L'avevo dimenticato. È una delle tante cose. »

« Una di quali cose? »

« Di quelle che ho dimenticato. »

« Comunque, di queste cose ti ricordavi. Me lo immaginavo. Ho letto il giornale di bordo di Abbott; è stato qui che vi siete incontrati l'ultima volta, che c'è stata l'ultima consegna. Ai funerali di Stato di un ministro o simile, vero? »

« Non so. È questa la prima cosa di cui dobbiamo parlare. Per più di sei mesi non mi avete sentito. C'è una spiegazione. »

« Davvero? Sentiamola. »

« Per dirla in parole semplici, sono stato ferito, mi hanno sparato. E le conseguenze delle ferite hanno provocato un grave... stato di confusione. Disorientamento è il termine più adatto, credo. »

« Pare che vada bene. Cosa vuol dire? »

« Ho avuto una perdita di memoria. Totale. Ho passato mesi in un'isola del Mediterraneo – a sud di Marsiglia – senza sapere chi ero né da dove venivo. C'è un medico, un inglese che si chiama Washburn che ha tenuto le cartelle cliniche. Può dimostrare quello che ti sto dicendo. »

« Ne sono sicuro » disse Conklin annuendo. « E scommetto che saranno un bel malloppo. Cristo, l'hai pagato abbastanza. »

« Cosa vuoi dire? »

« Anche noi abbiamo una documentazione. Un funzionario di banca di Zurigo che pensava di trattare con la Treadstone ha trasferito un milione e mezzo di franchi svizzeri a Marsiglia, per farli arrivare a un destinatario sconosciuto. Grazie per avercene dato il nome. »

« È una parte di ciò che dovete capire. Io non sapevo. Mi ha salvato la vita, mi ha rimesso insieme. Ero quasi un cadavere quando mi hanno portato da lui. »

« E quindi hai deciso che la parcella giusta era un milione e rotti di dollari, è così? Con i complimenti del budget della Treadstone. »

« Te l'ho detto, non sapevo. La Treadstone per me non esisteva. E sotto molti aspetti non esiste neanche adesso. »

« Dimenticavo che hai perduto la memoria. Com'è quella parola? Disorientamento? »

« Sì, ma non è abbastanza forte. La parola esatta è amnesia. »

« Atteniamoci a disorientamento. Dato che pare che tu ti sia orientato dritto verso Zurigo, fin dentro la Gemeinschaft. »

« Avevo un negativo impiantato chirurgicamente sotto la pelle, all'altezza dell'anca. »

« Sicuro che l'avevi; sei stato tu a insistere. Pochi di noi avevano capito perché. È la tua migliore assicurazione. »

« Non so di cosa stai parlando. Non capisci questo? »

« Sicuro. Hai trovato solo un numero sul negativo e, subito, hai assunto il nome di Jason Bourne. »

« Le cose non sono andate così! Ogni giorno venivo a sapere qualcosa; un passo alla volta, una rivelazione alla volta. Un impiegato in un albergo mi ha chiamato Bourne. Il Jason l'ho saputo solo quando sono andato alla banca. »

« Dove però sapevi esattamente cosa fare » lo interruppe Conklin. « Nessuna esitazione. Dentro, fuori, e quattro milioni scomparsi. »

« È stato Washburn a dirmi cosa dovevo fare! »

« E poi arriva una donna che, guarda caso, è un maghetto della finanza e ti dice come fare a far sparire il resto. E prima hai fatto fuori Cernak nella Löwenstrasse, e tre uomini che noi non conoscevamo, ma che — sicuro come l'inferno — conoscevano te. E qui a Parigi un altro morto ammazzato in un furgone portavalori. Un altro socio? Hai cancellato tutte le tracce; tutte, dalla prima all'ultima. Finché ti rimaneva una sola cosa da fare. E tu — figlio di puttana — l'hai fatta. »

« Ma mi vuoi ascoltare? Quegli uomini hanno cercato di uccidermi; mi davano la caccia fin da Marsiglia. A parte questo, sinceramente, non so di cosa parli. Di quando in quando mi ritornano in mente delle cose. Facce, strade, edifici; a volte sono visioni che non riesco a situare; so che vogliono dire qualcosa, ma non riesco a collegarle a niente. E i nomi... ci sono dei nomi, ma senza faccia. Maledizione... soffro di amnesia! Questa è la verità! »

« Uno di quei nomi non è Carlos, per caso? »

« Sì, e lo sai. Qui sta il punto; tu ne sai molto più di me. Posso ripetere a memoria migliaia di fatti sul conto di Carlos, ma non so perché. Un uomo che adesso deve essere ormai scappato in Asia, mi ha detto che c'era un accordo fra me e la Treadstone. Lui lavorava per Carlos. Ha detto che Carlos ne è al corrente. Che Carlos mi stava stringendo, che avevate messo in giro la voce che avevo cambiato bandiera. Ha detto che non riusciva a capire il vostro piano e io non sapevo spiegarglielo. Voi pensavate che avessi tradito perché non mi avete più sentito e io non potevo raggiungervi perché non sapevo dov'eravate. Anche adesso non so chi siete voi! »

« E non sai nemmeno chi è il Monaco, suppongo? »

« Sì, sì... il Monaco. Si chiamava Abbott. »

« Molto bene. E lo Yachtsman? Te lo ricordi lo Yachtsman, vero? E sua moglie? »

« Nomi. Sì, li ricordo. Ma senza faccia. »

« Elliot Stevens? »

« Niente. »

« Oppure... Gordon Webb. » Il nome venne pronunciato a bassa voce.

« Cosa? » Bourne sentì una fitta al torace, poi un dolore acuto lacerante che gli attraversò le tempie fino agli occhi. *Aveva gli occhi in fiamme! Fuoco! Esplosioni e buio, vento e dolore... Almanac a Delta! Abbandonate, abbandonate! Ubbidite agli ordini. Abbandonate!* « Gordon... » Sentì la propria voce, ma era lontana, presa in un vento lontano. Chiuse gli occhi che gli bruciavano terribilmente e cercò di disperdere la nebbia. Li riaprì e non fu affatto sorpreso di vedere Conklin puntargli una pistola alla testa.

« Non so come hai fatto, ma l'hai fatto. Era l'unica cosa che ti rimaneva da fare e l'hai fatta. Sei tornato a New York e li hai fatti tutti fuori. Li hai macellati, figlio di puttana. Vorrei poterti riportare indietro e vederti legato alla sedia elettrica, ma non posso, quindi faccio la cosa migliore che posso fare. Ti faccio fuori io. »

« Sono mesi che non vado a New York. Prima, non so... ma negli ultimi sei mesi non ci sono andato. »

« Bugiardo! Perché non sei andato fino in fondo? Perché non hai pianificato questa tua bravata maledetta in modo da poter andare ai funerali? Quello del Monaco l'hanno fatto due giorni fa; avresti ritrovato un sacco di vecchi amici. E quello di tuo fratello! Cristo Onnipotente! Avresti potuto accompagnare sua moglie in chiesa. Magari fare la commemorazione funebre: quello sì che sarebbe stato il massimo. Per lo meno potevi parlar bene di tuo fratello che hai ammazzato. »

« Fratello?... piantala! Cristo santo, piantala! »

« Perché dovrei? Cain è vivo! Noi l'abbiamo fatto e lui ha preso vita! »

« Non sono Cain. Non è mai esistito! Non sono mai stato Cain! »

« E allora sai! *Bugiardo! Bastardo!* »

« Metti via quella pistola. Mettila via ti dico! »

« Niente da fare. Ho giurato a me stesso che ti avrei lasciato due minuti perché volevo sentire quel che saresti riuscito a tirar fuori. Bene, l'ho sentito e puzza. Chi ti ha dato il diritto? Tutti noi perdiamo qualcosa. Fa parte del lavoro, e se questo maledetto lavoro non ti piace lo pianti. Se non c'è un altro posto, scompari. Io pensavo che avessi fatto così, ero disposto ad appoggiarti, a convincere gli altri a lasciarti scomparire! Ma no, sei tornato, e hai usato la pistola contro di noi. »

« No! Non è vero! »

« E allora dillo ai tecnici del laboratorio che hanno otto frammenti di vetro con due impronte. Indice e medio della mano destra: eri là e hai macellato cinque persone. Tu – uno di *loro* – hai tirato fuori *le pistole* e li hai fatti fuori. Una scenografia perfetta. Strategia discreditata, bossoli di tipo diverso, proiettili diversi, *infiltrazione*. La Treadstone è abortita e tu ne vieni fuori libero. »

« No, ti sbagli! È stato Carlos, non sono stato io. *Carlos*. Se stai parlando di quello che è successo nella Settantunesima Strada, è stato lui! Lui è al corrente. Loro sono al corrente! »

Conklin annuì, gli occhi offuscati; anche attraverso la pioggia, nella semioscurità si vedeva l'odio che contenevano. « Proprio perfetto » disse lentamente. « La pedina fondamentale della strategia la fa andare a pezzi accordandosi con il bersaglio. Quanto ci fai, a parte i quattro milioni? Carlos ti ha garantito l'immunità, non ti perseguita più? Fate proprio una bella coppia, voi due. »

« È assurdo! »

« Ed esatto » completò l'uomo della Treadstone. « Solo nove persone prima di venerdì scorso alle sette e mezza conoscevano quell'indirizzo. Tre sono stati ammazzati e noi siamo gli altri quattro. Se Carlos l'ha scoperto, c'è una sola persona che gli ha potuto dare l'informazione. *Tu*. »

« E come facevo? Non lo conoscevo. Anche adesso non lo conosco! »

« Ma se l'hai appena detto. » Conklin strinse il bastone con la sinistra; rinsaldava l'equilibrio del piede zoppo, stava per sparare.

« Non farlo! » urlò Bourne. Sapeva che era inutile e mentre urlava piroettò verso sinistra frustando con il piede destro il polso che impugnava la pistola. *Che-sah!* sentì urlare nella propria mente. Conklin cadde all'indietro, sparando selvaggiamente in aria, aggrappandosi al bastone. Jason piroettò di nuovo su se stesso e colpì con il piede sinistro la pistola facendola volare via.

Conklin rotolò sul terreno, guardando verso le colonne del mausoleo, aspettando lo sparo che avrebbe fatto a pezzi l'aggressore. Niente! L'uomo della Treadstone rotolò di nuovo sul terreno, verso destra questa volta. L'espressione era sconvolta, gli occhi, con una luce selvaggia, puntavano verso... c'era qualcun altro!

Bourne si chinò e si gettò diagonalmente all'indietro mentre esplodevano quattro colpi in rapida successione, seguiti da tre ronzii acutissimi. Rotolò più volte su se stesso estraendo l'automatica. Vide tra la pioggia dietro una tomba la sagoma dell'uomo che aveva sparato. Sparò due volte, l'uomo cadde.

A tre metri da lui Conklin si trascinava sull'erba bagnata tastando freneticamente con le mani per cercare l'acciaio della pistola. Bourne balzò in piedi e gli corse addosso; s'inginocchiò accanto all'agente della Treadstone afferrandolo con una mano per i capelli bagnati, mentre con l'altra gli puntava l'automatica contro il cranio. Dalle colonne del mausoleo arrivò un urlo lacerante, prolungato, che crebbe di volume, poi cessò.

« Quello era il fucile che avevi affittato » disse Jason, costringendo Conklin a voltare il capo. « La Treadstone ha assunto dipendenti piuttosto strani. L'altro chi era? Da che fogna l'hai tirato fuori? »

« Era un uomo molto migliore di te » rispose Conklin, con la voce tesa; la pioggia, sotto il raggio della torcia caduta a un paio di metri di distanza gli luccicava sul viso. « Sono tutti migliori di te. Hanno perso tanto quanto te, ma non hanno mai tradito. Su di loro possiamo contare! »

« Non mi crederai, qualunque cosa ti dico. Non mi vuoi credere! »

« Perché so chi sei, so cos'hai fatto. Mi hai appena confermato tutta questa maledetta faccenda. Puoi uccidermi, ma gli altri ti prenderanno. Tu sei del tipo peggiore, credi di essere speciale. L'hai sempre creduto. Ti vedevo dopo Phnom Penh: tutti avevano perduto qualcosa là, ma per te questo non contava. C'eri solo tu, soltanto tu! E poi nella Medusa! Niente regole per Delta! La belva voleva solo uccidere. E sono questi quelli che tradiscono. Bene, anch'io ho perduto qualcosa, ma non ho mai tradito. Avanti. Ammazzami! Poi puoi tornare da Carlos. Ma quando non mi vedranno tornare, sapranno cosa è successo. Ti verranno dietro, e non si fermeranno finché non ti avranno preso. Avanti! Spara! »

Conklin urlava, ma Bourne quasi non riusciva a sentirlo. Sentiva due parole e le fitte di sofferenza gli martellavano alle tempie. *Phnom Penh. Phnom Penh! Morte nel cielo, dal cielo. Morte per i giovani e i bambini. Grida di uccelli e ululato di macchine, e il fetore di morte della giungla... E un fiume. Era di nuovo cieco, di nuovo in fiamme.*

Sotto di lui Conklin si era liberato. Si trascinava via preso dal panico, le mani tra l'erba bagnata. Jason strinse gli occhi, cercando di riprendere il controllo della mente. Poi immediatamente capì che doveva puntare l'automatica e sparare. Conklin aveva trovato la sua pistola e gliela stava puntando addosso, ma Bourne non riusciva a premere il grilletto.

Si gettò verso destra, rotolando, poi lanciandosi di corsa verso le colonne del mausoleo. Conklin sparava a casaccio, la gamba zoppa gli impediva di prendere posizione e di mirare. Poi gli spari cessarono e Jason si rialzò, appoggiando il viso al marmo liscio e bagnato. Guardò fuori con l'automatica sollevata; doveva uccidere quell'uomo, altrimenti avrebbe ucciso lui, ucciso Marie, collegandoli tutti e due a Carlos.

Conklin zoppicava pateticamente verso i cancelli, voltandosi di continuo con la pistola tesa, diretto verso un'auto ferma sulla strada. Bourne puntò l'automatica sulla sagoma barcollante. Mezzo secondo e tutto sarebbe finito, il nemico all'interno della Treadstone sarebbe morto. E con la sua morte sarebbe venuta la speranza, perché c'era della gente ragionevole a Washington.

Non ce la fece, non riuscì a premere il grilletto. Abbassò la pistola, impotente, mentre Conklin saliva in macchina.

La macchina. Doveva tornare a Parigi. C'era ancora un modo. C'era sempre stato. *Lei* c'era sempre stata!

Bussò alla porta. Faceva correre la mente analizzando fatti, che assorbiva e scartava rapido, elaborando una strategia. Marie riconobbe il suo modo di bussare; aprì la porta.

« Buon Dio, come sei ridotto! Cos'è successo? »

« Non ho tempo » disse precipitandosi verso il telefono. « Era una trappola. Sono convinti che ho tradito, che mi sono venduto a Carlos. »

« Cosa? »

« Dicono che sono andato a New York la settimana scorsa, venerdì. Che ho ammazzato cinque persone... e tra loro mio fratello. » Strinse gli occhi. « C'era un fratello... c'è un fratello. Non so, non riesco a pensare, adesso. »

« Sei sempre rimasto a Parigi! Puoi dimostrarlo. »

« E come? Mi sarebbero state sufficienti otto o dieci ore. E a loro per il momento basta. Chi si farà avanti? »

« Mi farò avanti io. Sei sempre stato con me. »

« Credono che tu sia mia complice » disse Bourne, sollevando la cornetta e formando un numero. « Il furto, il tradimento, Port Noir, tutta questa maledetta faccenda. Ti hanno legata a me. Carlos ha previsto tutto, fino all'ultimo frammento di impronta digitale. Cristo! L'ha montata bene questa storia! »

« Cosa fai? A chi telefoni? »

« Al nostro appoggio, ricordi? L'unico che abbiamo. Villiers. La moglie di Villiers. È lei il nostro appoggio. La prendiamo, la facciamo parlare, anche se dovessimo metterla alla ruota. Ma non ce ne sarà bisogno; non lotterà perché non può vincere... maledizione, perché non risponde? »

« Il telefono privato è nel suo ufficio. Sono le tre del mattino. Probabilmente sta... »

« Risponde! Generale? È lei? » Jason non l'aveva riconosciuto; la voce all'altro capo della linea era stranamente bassa, ma non era quella di un uomo appena svegliato.

« Sì, sono io, mio giovane amico. Mi scuso per aver tardato a rispondere. Ero al piano di sopra, con mia moglie. »

« Proprio per lei le telefono. Dobbiamo muoverci immediatamente. Avverta il servizio informazioni francese, l'Interpol e l'ambasciata americana, ma gli dica di non interferire finché non l'avrò vista e non le avrò parlato. Dobbiamo parlare. »

« Non credo, mister Bourne... sì, amico mio, so come si chiama. Tuttavia, temo che non sia possibile parlare con mia moglie. Vede, l'ho uccisa. »

33

Jason fissava la tappezzeria dai disegni sbiaditi che si susseguivano a spirale, in contorsioni prive di significato. « Perché? » chiese neutro. « Credevo che lei avesse capito, generale. »

« Ho cercato di capire, ho cercato di farlo, amico mio » replicò Villiers con una voce al di là della rabbia e del dolore. « I santi sanno quanto ci ho provato, ma non ho potuto farne a meno. Non facevo che guardarla... vedevo dietro di lei quel mio figlio che lei non mi aveva dato, ucciso da quel porco che era il suo mentore. La mia bagascia era la bagascia di un altro uomo... di quel porco. Così dovevano stare le cose e ho saputo che stavano proprio così. Credo che abbia visto l'indignazione nei miei occhi, il cielo sa che c'era. » Il generale tacque, il ricordo era doloroso. « Non solo ha visto l'indignazione, ma la verità. Ha visto che sapevo. Sapevo chi era, chi era stata in tutti gli anni trascorsi insieme. Alla fine, proprio come avevo detto a lei, mister Bourne, le ho dato una possibilità. »

« Quella di ucciderlo? »

« Sì. Non è stato difficile. Nel cassetto del comodino tra i nostri letti c'è una pistola. Era distesa sul letto, come la Maya di Goya, splendida nella sua arroganza, perduta nei suoi pensieri, mentre io ero roso dai miei. Ho aperto il cassetto per prendere una scatola di fiammiferi e sono andato ad accendere la pipa in poltrona. Ho lasciato aperto il cassetto con il calcio della pistola bene in evidenza.

« Dev'essere stato il silenzio, immagino, e il fatto che non riuscissi a toglierle gli occhi di dosso a costringerla a rendersi conto della mia presenza, quindi a concentrare la sua attenzione su di me. La tensione tra di noi era salita a un punto tale che sarebbero bastate poche parole per far crollare la diga e io le ho dette. Mi sono sentito chiederle: "Perché l'hai fatto?". Poi ho completato l'accusa. Le ho detto che era una bagascia, la bagascia che aveva ucciso mio figlio.

« Mi ha guardato ad occhi spalancati per qualche attimo, poi con la coda dell'occhio ha guardato il cassetto aperto, la rivoltella... e il telefono. Mi sono alzato, la brace della pipa brillava... Ha buttato giù le gambe dal letto, ha infilato tutte e due le mani nel cassetto e ha preso la pistola. Non l'ho fermata. Dovevo sentire dalle sue labbra quelle parole, sentire l'accusa verso di me e verso di lei. Quel che mi ha detto finirà con me nella tomba, perché né io né mio figlio dovremo perdere l'onore. Non verremo beffeggiati da chi ha dato meno di noi. Mai. »

« Generale... » Bourne scosse il capo. Non riusciva a pensare chiaramente ma sapeva di dover guadagnare qualche secondo per riordinare i pensieri. « Generale, cosa è successo? È stata sua moglie a fare il mio nome. Come? Questo deve dirmelo. La prego. »

« Volentieri. Ha detto che lei era un pistolero insignificante che desiderava camminare sulle scarpe di un gigante, che lei era un ladro scappato da Zurigo, un uomo rinnegato dai suoi superiori. »

« Ha detto chi erano questi miei superiori? »

« Se l'ha detto non l'ho udita. Ero cieco, sordo, non mi contenevo più dalla rabbia. Ma da parte mia non deve temere nulla; il capitolo è chiuso, la mia vita finirà con una telefonata. »

« No! » gridò Jason. « Non lo faccia! Non adesso! »

« Devo. »

« La prego. Non si accontenti della donna di Carlos. Prenda lui! Lo metta in trappola! »

« Attirando disprezzo sul mio nome per poi giacere accanto a quella puttana! Manipolato dalla troia di quel porco? »

« Maledizione... e suo figlio? Cinque candelotti di dinamite in rue du Bac! »

« Lo lasci in pace. Lasci anche me in pace. È finita. »

« Non è finita! Mi dia retta! Mi ascolti un minuto: è tutto quello che le chiedo. » Vedeva immagini passargli freneticamente davanti agli occhi, immagini che si urtavano, sostituendosi le une alle altre. Ma avevano un senso, uno scopo. Sentì la mano di Marie posarglisi sul braccio, stringerlo, ancorando in un certo qual modo il suo corpo alla realtà. « Qualcuno ha sentito sparare? »

« Non ho sparato. Il significato del *coup de grâce* è malinteso, oggi. Io preferisco quello che era il suo scopo originario: far cessare le sofferenze di un camerata ferito o di un nemico rispettato. Non lo si usa con una bagascia. »

« Cosa vuol dire? Mi ha detto che l'ha uccisa. »

« L'ho strangolata, l'ho costretta a guardarmi negli occhi mentre il respiro le usciva dal corpo. »

« Ma le aveva puntato addosso la pistola... »

« Non serve quando gli occhi di una persona ardono delle braci di una pipa. Comunque ora non ha più importanza; avrebbe potuto vincere lei. »

« Vincerà, se lei chiude qui la faccenda! Non capisce? Carlos vince! Lei lo ha spezzato, generale! È l'unica cosa che è riuscito a pensare è stato di strangolarla! Parla di disprezzo? Ma se ne è coperto; rimane solo disprezzo! »

« Perché insiste, monsieur Bourne? » chiese stancamente Villiers. « Non mi aspetto compassione né da lei né da nessun altro. Mi lasci perdere e basta. Accetto ciò che è stato. Lei non otterrà nulla! »

« Otterrò qualcosa, se lei mi ascolta! Prenda Carlos, lo intrappoli! Quante volte devo ripeterglielo? È lui che deve prendere, generale! È prendendo Carlos che pareggia i conti! Ed è Carlos che mi serve! Senza di lui sono morto. *Noi* siamo morti. *Mi ascolti*, per l'amor del Cielo! »

« Vorrei aiutarla ma non posso, in nessun modo. O non lo voglio, se preferisce. »

« Un modo c'è. » Le immagini erano a fuoco ora. Sapeva dov'era, dove stava andando. Senso e scopo si erano riuniti. « Rovesci la trappola. Ne esca intatto, conservando tutto quello che ha. »

« Non capisco. Com'è possibile una cosa del genere? »

« Non è stato lei ad uccidere sua moglie, sono stato io! »

« *Jason!* » urlò Marie aggrappandoglisi al braccio.

« So cosa sto facendo » reagì Bourne. « Per la prima volta so davvero cosa faccio. È buffo, ma credo di averlo saputo fin dall'inizio. »

Parc Monceau era silenzioso, la strada deserta: poche luci brillavano, nella pioggerellina fredda, sulle porte della fila di case lussuose. Tutte le finestre erano buie, salvo quelle della residenza di André François Villiers, leggendario eroe di Saint-Cyr e di Normandia, membro dell'Assemblea Nazionale francese... e uxoricida. Dalla finestra sopra il portico e da quella a sinistra usciva una luce fioca. Era la finestra della camera da letto dove il padrone di casa, un vecchio ossessionato dai ricordi aveva tolto la vita all'amante di un assassino.

Villiers, troppo stupefatto per rispondere, non aveva accettato nulla. Ma Jason era riuscito a fargli entrare in testa la sua proposta, martellando il messaggio con tale enfasi e con tante ripetizioni che le sue parole riecheggiavano nel telefono. Prenda Carlos! Non si accontenti della donna del killer! Prenda l'uomo che ha ucciso suo figlio! L'uomo che ha messo cinque candelotti di dinamite in una macchina in rue du Bac e ha eliminato l'ultimo discendente dei Villiers: è lui che deve prendere!

Prendi Carlos. Intrappolalo. Cain sta per Charlie e Delta sta per Cain. Era così chiaro. Non c'era altro modo. Alla fine, era l'inizio... l'inizio come gli si era rivelato. Per sopravvivere doveva attirarsi dietro l'assassino; se non ci fosse riuscito sarebbe stato un uomo morto. E non ci sarebbe stata vita nemmeno per Marie Saint Jacques: l'avrebbero distrutta, incarcerata, uccisa forse, per un atto di fede diventato un atto d'amore. Aveva addosso il marchio di Cain, ed eliminandola si sarebbero evitate situazioni imbarazzanti. Era una fiala di nitroglicerina in equilibrio su un filo steso sopra una santa Barbara. Bisognava toglierla di mezzo. Una pallottola in testa neutralizza l'esplosivo che c'è nella sua mente. Nessuno deve sentirla!

C'erano tante cose che Villiers doveva capire e pochissimo tempo per spiegarle. E le spiegazioni erano limitate, sia dalla sua mancanza di memoria che dalle condizioni psicologiche del vecchio soldato. Bisognava trovare un equilibrio delicato nelle cose da dire, stabilire parametri relativi al tempo e ai contributi immediati del generale. Jason capiva; doveva chiedere a un uomo, il quale riteneva il proprio onore superiore a ogni altra cosa, di mentire di fronte al mondo. Villiers l'avrebbe fatto solo per uno scopo monumentalmente onorevole.

Prendi Carlos!

La casa del generale aveva un secondo ingresso, a destra della scala, che comunicava con un cancello da dove passavano i fornitori diretti alla cucina. Williers aveva accettato di lasciare aperti porta e cancello. Bourne non si era preoccupato di dirgli che era inutile, che sarebbe entrato in ogni caso e che, per la sua strategia, gli sarebbe stato utile entrare scassinando qualcosa. Ma, in primo luogo, c'era rischio che la casa fosse sorvegliata: Carlos aveva ottimi motivi per farlo... d'altra parte ne aveva altrettanti per non farlo. Tutto considerato, avrebbe dovuto decidere di starsene il più lontano possibile da Angélique Villiers, di non correre il rischio di far catturare uno dei suoi uomini rivelando così il contatto di Parc Monceau. Ma Angélique era sua cugina e sua amante... *l'unica persona al mondo a cui tenga.* Philippe d'Anjou.

D'Anjou! Ma senz'altro la casa era sorvegliata... magari anche da diverse persone! Se d'Anjou era riuscito a scappare Carlos avrebbe dovuto pensare al peggio, se non c'era riuscito, avrebbe saputo che il peggio era accaduto. Il coloniale avrebbe parlato rivelando tutto quel che aveva detto a Cain. Dov'erano gli uomini di Carlos? Strano, pensò Jason ma, se quella sera nessuno era appostato a Parc Monceau, la sua strategia diventava inutile.

Invece qualcuno c'era e nella stessa berlina che dodici ore prima si era allontanata a tutta velocità dal Louvre, con gli stessi uomini a bordo – killer in appoggio di altri killer. Era ferma una quindicina di metri oltre la casa di Villiers, contromano, in modo da sorvegliare bene la casa. Ma c'erano soltanto quei due uomini affondati nei sedili, lo sguardo sveglio e attento? Bourne non poteva esserne sicuro: sui due lati della strada si allungava una fila di auto parcheggiate. Si accucciò nell'ombra della casa all'angolo, di traverso rispetto alla berlina. Sapeva cosa fare, ma non sapeva bene come. Gli serviva una diversione per allarmare e attirare gli assoldati di Carlos abbastanza evidente per portare allo scoperto – se ce n'erano – altri nascosti nella strada, sul tetto, dietro una finestra buia.

Un incendio, un incendio improvviso. Lontano dalla casa di Villiers, ma abbastanza vicino da diffondere le sue vibrazioni in tutta la strada deserta. Vibrazioni... sirene; esplosivo... esplosioni. Si poteva fare. Bastava trovare il materiale adatto.

Bourne sgusciò al riparo dietro la casa d'angolo nella strada vicina, e corse senza far rumore verso la prima porta. Si fermò e si tolse giacca e soprabito. Poi levò anche la camicia e ne strappò il tessuto dal colletto fino alla vita. Indossò di nuovo giacca e soprabito, alzò il bavero e lo abbottonò. Scrutò tra la pioggia, la camicia in mano, osservando le auto parcheggiate. Gli serviva della benzina, ma a Parigi quasi tutte le auto hanno il tappo chiuso a chiave. Non tutte però; nella fila di auto accostate al marciapiedi doveva essercene almeno una senza.

Vide quel che gli serviva proprio davanti a sé, sul marciapiedi: un ciclomotore, legato con una catena alla cancellata. Il serbatoio era una bolla metallica fra il manubrio e il sedile. Il ciclomotore era sì legato con una catena ma era improbabile che il tappo del serbatoio avesse la chiave. Otto litri di benzina non erano quaranta; il rischio del furto doveva valere il guadagno e non valeva la pena di prendere cinquecento franchi di multa per otto litri di benzina.

Jason si avvicinò al motorino. Guardò nelle due direzioni: nessuno, nessun rumore a parte quello sommesso della pioggia. Posò una mano sul tappo e lo svitò senza difficoltà. Meglio ancora, l'apertura era relativamente grande e il serbatoio quasi pieno. Richiuse.

Non era ancora il momento di inzuppare la camicia. Gli serviva un'altra cosa.

La trovò all'angolo, accanto a un tombino. Una pietra squadrata grande come un mattone. Anni e anni di automobilisti distratti, a forza di urtare il marciapiedi, l'avevano parzialmente smossa dalla propria sede. La liberò del tutto colpendola con un tacco, la raccolse, insieme a un frammento più piccolo, e tornò al motorino. Teneva la pietra in mano, il frammento infilato in tasca. Saggiò il peso e la forza del braccio. Ce l'avrebbe fatta.

Tre minuti dopo ritirava lentamente dal serbatoio la camicia inzuppata. I vapori di benzina si mescolavano alla pioggia, aveva le mani sporche di olio. Avvolse la pietra nella camicia, avvolgendo poi intorno le maniche e legandole strettamente. Era pronto.

Ritornò furtivo alla casa d'angolo. I due uomini erano ancora accoccolati nei sedili anteriori concentrati sulla casa di Villiers. Dietro la loro erano parcheggiate altre tre automobili: una piccola Mercedes, una limousine marrone e una Bentley. Sul lato opposto, all'altezza di Jason, oltre la Bentley, c'era una casa di pietra bianca dalle finestre verniciate di nero. La luce dell'atrio batteva sulle finestre che davano sulla scala; a sinistra si vedeva la sala da pranzo — un tavolo lungo, delle sedie — alla luce riflessa di uno specchio stile rococò. Le finestre della sala da pranzo, con la splendida vista sulla lussuosa via parigina, erano proprio quel che gli serviva.

Infilò una mano in tasca ed estrasse il frammento; era circa un quarto dell'altra pietra, ma sarebbe servito allo scopo. Girò cautamente l'angolo, piegò il braccio e scagliò il sasso il più lontano possibile, oltre la berlina.

Il tonfo echeggiò nella strada silenziosa seguito da una serie di tonfi: il sasso era rimbalzato sul cofano di una macchina per poi cadere sul selciato. I due nella berlina si raddrizzarono di scatto. L'uomo accanto al conducente balzò sul marciapiedi, pistola in pugno. L'altro abbassò il finestrino e accese i fari. Il fascio di luce si riflesse, accecante, sul metallo cromato dell'auto di fronte. Era un gesto palesemente sciocco — sottolineava la loro paura.

Ora. Jason attraversò di corsa la strada tenendo d'occhio i due che si coprivano gli occhi con le mani cercando di vedere al di là del riflesso. Raggiunse la Bentley con la pietra sotto il braccio, una scatola di fiammiferi nella mano sinistra e un mazzetto di fiammiferi nella destra. Si accucciò, accese i fiammiferi, posò la pietra a terra, poi la risollevò prendendola per una manica. Mise i fiammiferi accesi sotto il tessuto intriso di benzina; la fiammata fu improvvisa.

Si rialzò subito facendo roteare la pietra e la lanciò con tutta la sua forza verso la finestra della sala da pranzo, correndo al riparo dietro l'angolo al momento dell'urto.

Lo schianto dei vetri rotti fu un'intrusione improvvisa nel silenzio della strada bagnata di pioggia. Bourne corse verso il fondo della stradina, poi tornò verso l'isolato di Villiers, tornando a nascondersi in una zona buia. L'incendio si allargava, alimentato dal vento che entrava dalla finestra rotta, attaccandosi alle tende. Dopo trenta secondi la stanza era già un forno di fiamme, ingigantito dall'enorme specchio a parete. Si udirono delle grida, delle luci si accesero – prima nella casa vicina, poi in quelle adiacenti. Passò un minuto, il caos crebbe ancora. La porta della casa incendiata si spalancò e apparvero un uomo anziano in camicia da notte e una donna in negligée con una sola pantofola, tutti e due in preda al panico.

Si aprirono altre porte, uscì altra gente, che dal sonno cercava di adeguarsi al caos; qualcuno corse verso la casa minacciata dal fuoco: solidarietà tra vicini di casa. Jason attraversò diagonalmente l'incrocio, una delle tante figure umane che si univano alla folla che cresceva di momento in momento. Si fermò all'angolo dove solo qualche minuto prima l'azione era partita e si fermò cercando di identificare i mercenari di Carlos.

Aveva ragione: non c'erano solo i due nella berlina. Ora, accanto all'auto c'erano quattro uomini: parlottavano in fretta, a bassa voce. No, erano cinque. Un altro risalì in fretta il marciapiedi unendosi a loro.

Sentì delle sirene che si avvicinavano. Preoccupazione tra i cinque: dovevano decidersi, non potevano restare lì tutti. Forse qualcuno era ricercato.

Giunsero a una conclusione. Sarebbe rimasto uno solo, il quinto. Fece un cenno affermativo e attraversò la strada passando sull'altro marciapiedi. Gli altri salirono in macchina e, mentre il carro dei pompieri risaliva in velocità la strada, la berlina si staccò dal marciapiedi e accelerò passando accanto al mostro rosso che procedeva in direzione opposta.

Rimaneva un ostacolo: il quinto uomo. Jason girò intorno all'edificio e lo rivide a metà tra l'angolo e la casa di Villiers. Ora era questione di tempo e di forza d'urto. Si mise a correre, imitando i curiosi che volevano vedere l'incendio, ma in direzione opposta. Superò l'uomo; non era stato ancora notato, ma lo sarebbe stato se si fosse fermato al cancello della casa di Villiers e l'avesse aperto. Lo vide lanciare occhiate qua e là, preoccupato, sconcertato, forse spaventato per essere rimasto solo a pattugliare la strada. Era fermo di fronte a una bassa cancellata: un altro cancello, un altro ingresso secondario di un'altra casa lussuosa di Parc Monceau.

Jason si bloccò, si spostò rapidissimo di lato, piroettò facendo perno sul piede sinistro e piantando fulmineamente il destro nello stomaco dell'altro mandandolo a sbattere contro la cancellata. L'uomo urlò e cadde nello stretto spazio di cemento tra la casa e la cancellata. Bourne balzò dall'altra parte, irrigidendo le nocche della destra, tacchi in avanti. Gli atterrò sul torace fratturandogli le costole e colpendolo con la mano alla gola. Il sicario di Carlos si afflosciò. Sarebbe tornato in sé molto tempo dopo, in ospedale, quando qualcuno ce l'avesse portato. Lo perquisì: aveva una sola rivoltella in una fondina sul petto. La prese e se la infilò in tasca. L'avrebbe data a Villiers.

Villiers. Via libera.

Salì al terzo piano. A metà della scala vide una lama di luce uscire sotto la porta della camera da letto. Dietro c'era un vecchio, la sua unica speranza. Se mai nella sua vita – quella che ricordava e quella che aveva dimenticato – doveva essere convincente, era ora. E doveva essere se stesso, autentico: il camaleonte non aveva spazio di manifestarsi. Tutto ciò di cui era convinto si basava su un unico fatto: Carlos doveva inseguirlo. Era la verità. Era la trappola.

Arrivato sul ballatoio, voltò a sinistra verso la camera da letto. Si fermò un attimo, cercando di far cessare l'eco che sentiva nel petto e che diventava più forte, più rapido. *Una parte della verità, non tutta.* Nessuna invenzione, solo omissioni.

Un accordo... un contratto... con un gruppo di persone, onorevoli, che davano la caccia a Carlos. Villiers doveva sapere solo questo; questo doveva accettare. Non gli doveva dire che aveva di fronte un uomo in stato di amnesia, perché dietro l'assenza di memoria poteva nascondersi un uomo senza onore. La leggenda di Saint-Cyr dell'Algeria e della Normandia non avrebbe accettato una cosa del genere: non in questo momento, in questo posto, al termine della propria vita.

Aprì la porta ed entrò nell'inferno privato del generale. Fuori, oltre le tende tirate, le sirene infuriavano e la folla gridava.

Richiuse la porta e si fermò, immobile. C'erano vaste zone d'ombra nell'ampia camera, illuminata solo da un abat-jour accanto al letto. Venne accolto da uno spettacolo che si sarebbe augurato di non vedere. Villiers aveva trascinato una sedia ai piedi del letto e fissava il cadavere della moglie disteso scompostamente sulle coperte. Il capo di Angélique Villiers era posato sul cuscino, gli occhi – spalancati – uscivano dalle orbite. La gola era gonfia, l'incarnato cianotico, un livido si estendeva per tutto il collo. Il corpo era ancora scomposto dopo una lotta furiosa; le lunghe gambe coperte erano tese, i fianchi girati, il negligée strappato, i seni traboccavano dalla seta, sensuali anche nella morte. Il generale non aveva fatto nessun tentativo per nascondere la bagascia.

Se ne stava seduto con l'aria di un bambino spaurito, punito per una mancanza insignificante mentre quella grave era sfuggita a chi aveva somministrato la punizione e, forse, anche a lui. Distolse lo sguardo dalla moglie morta posandolo su Bourne.

« Cosa succede fuori? » chiese con voce monocorde.

« Cinque uomini di Carlos sorvegliavano la sua casa. Ho scatenato un incendio nell'isolato, qualche casa più in là. Se ne sono andati tutti, salvo uno; l'ho neutralizzato. »

« Lei è pieno di risorse, monsieur Bourne. »

« È vero, sono pieno di risorse » rispose Jason. « Ma torneranno. L'incendio verrà spento e torneranno; anche prima che sia spento se Carlos capisce, e credo che capirà. In questo caso spedirà qualcuno qui, in casa. Naturalmente non verrà di persona, ma manderà uno dei suoi pistoleri. Lei, generale, è stato strumentalizzato attraverso sua moglie e, alla fine, viene ucciso da Carlos. Lui se la cava, e lei muore. La gente può trarne le conclusioni che vuole, ma non credo che saranno lusinghiere. »

« Lei è molto sicuro del suo giudizio. »

« So di che cosa parlo. Preferirei non dire quel che le sto dicendo, ma non c'è tempo per considerare i suoi sentimenti. »

« Non ne ho più. Dica pure quello che vuole. »

« Sua moglie le ha detto di essere francese, vero? »

« Sì. Del Sud. La sua famiglia è originaria di Loures Barouse, vicino al confine spagnolo. È venuta a Parigi qualche anno fa. Viveva con una zia. Che importanza ha? »

« Ha mai incontrato la sua famiglia? »

« No. »

« Erano presenti al matrimonio? »

« Abbiamo pensato che fosse meglio non chiederglielo. La differenza di età tra noi li avrebbe sconvolti. Dove vuole arrivare con tutte queste domande? »

« Sua moglie non era francese, e la sua famiglia non era originaria di Loures Barouse, anche se il particolare del confine spagnolo non è irrilevante. Può spiegare molte cose. »

« Cosa intende dire? »

« Era venezuelana ed era cugina di Carlos, sua amante fin dall'età di quattordici anni. Lavoravano in coppia da anni. Mi è stato detto che era l'unica persona al mondo a cui Carlos tenesse. »

« Una puttana. »

« Uno strumento dell'assassino. Mi chiedo quanti bersagli gli abbia preparato. Quanti uomini di valore sono morti a causa sua. »

« Non posso ucciderla due volte. »

« Può usarla. Servirsi della sua morte. »

« L'assurdità di cui mi parlava al telefono? »

« L'unica assurdità è che lei getti via la sua vita, generale. In questo caso Carlos vincerebbe fino in fondo. Continuerà ad usare la pistola... e i candelotti di dinamite... e lei diventa semplicemente un dato statistico in più. Un altro omicidio che si aggiunge a una lunga lista di cadaveri eccellenti. È una follia. »

« E la sua proposta sarebbe ragionevole? Lei si assume la colpa di un delitto che non ha commesso? La morte di una puttana? Si fa dare la caccia per un assassinio di cui non è responsabile? »

« Questo fa parte del piano. Anzi, è la parte essenziale. »

« Non mi parli di pazzia, giovanotto. La prego, se ne vada. Quel che lei mi ha detto mi dà il coraggio di presentarmi a Dio onnipotente. Se mai una morte è stata giustificata, è questa. »

« Quindi ha deciso di finirla con se stesso » disse Jason, notando per la prima volta il rigonfio di un'arma nella tasca della giacca del vecchio.

« Non affronterò il processo, se è questo che vuole dire. »

« Oh, questo sì che è perfetto, generale! Carlos in persona non sarebbe riuscito ad immaginare niente di meglio. Non ha nemmeno bisogno di sprecare una mossa; non deve nemmeno usare la pistola. Quelli che contano, però, lo sapranno: sarà stato lui a provocarlo. »

« Quelli che contano non sapranno nulla. *Une affaire de coeur... une grave maladie...* non mi preoccupo della lingua dei ladri e degli assassini. »

« E se io dicessi la verità? Se dicessi che è stato lei ad ucciderla? »

« E chi le darebbe retta? E poi, per parlare dovrebbe essere vivo. Non sono sciocco, monsieur Bourne. Lei non è inseguito solo da Carlos. Sono in molti a darle la caccia. È stato lei a dirmelo. Non mi ha voluto dire come si chiama... nel mio interesse, ha detto. Quando, e se, questa faccenda sarebbe stata finita, ha detto, sarei stato io a non volermi far vedere in sua compagnia. Non sono le parole di un uomo che riscuote molta fiducia. »

« Lei di me si è fidato. »

« Le ho detto perché » disse Villiers, distogliendo lo sguardo e portandolo sulla moglie morta. « Ce l'aveva negli occhi, la verità. »

« E allora mi guardi. C'è ancora, la verità. Sulla strada per Nanterre lei ha detto che mi avrebbe ascoltato perché le avevo dato la vita. Sto cercando di dargliela per la seconda volta. Lei può uscire intatto da questa faccenda, continuare a lottare per ciò che lei ritiene importante, per ciò che era importante per suo figlio. Lei può vincere!... Non mi fraintenda: non voglio fare lo spirito nobile. Il fatto che lei viva e faccia quel che le chiedo, è per me l'unica possibilità di sopravvivere, l'unico modo di essere libero. »

Il vecchio soldato sollevò lo sguardo. « Perché? »

« Le ho detto che volevo Carlos perché mi è stato tolto qualcosa — qualcosa di estremamente necessario alla mia vita e alla mia salute mentale — e lui ne era responsabile. Questa è la verità — sono convinto che lo sia — anche se non tutta. Vi sono coinvolte altre persone, alcune per bene, altre no, e il mio accordo con loro è quello di prendere Carlos in trappola. Queste persone vogliono le stesse cose che lei vuole. Ma — inspiegabilmente, per me — queste persone pensano che io li abbia traditi. Pensano che io abbia fatto un patto con Carlos, che abbia rubato milioni di dollari e abbia ucciso delle persone che mi collegavano a loro. Hanno uomini dappertutto e gli ordini sono di uccidermi a vista. Lei ha ragione: non sono inseguito solo da Carlos. Mi danno la caccia anche uomini che non conosco e che non vedo. E per i motivi sbagliati. Non ho commesso ciò di cui mi accusano, ma non mi vogliono ascoltare. Io con Carlos non ho nessun patto... lei lo sa. »

« Le credo. Nulla mi impedisce di fare una telefonata a suo favore. Questo glielo devo. »

« E che cosa direbbe? "L'uomo che io conosco come Jason Bourne non ha stretto nessun patto con Carlos. Lo so perché ha compromesso l'amante di Carlos, che era mia moglie, la moglie che ho strangolato per non disonorare il mio nome. Sto per telefonare alla Sûreté e confessare il mio delitto — anche se, ovviamente, non spiegherò perché l'ho uccisa; o perché mi uccido"... È questo quello che lei vuole dire, generale? »

Il vecchio fissò silenzioso Bourne: gli era chiara la contraddizione. « Allora non posso aiutarla. »

« Bene. Ottimo. Carlos vince tutto. Anche sua moglie vince e lei perde. Perde suo figlio. Avanti... chiami pure la polizia, poi infili la canna in bocca e si faccia saltare la testa! Avanti! È questo che vuole! Vuol tirarsene fuori, uccidendosi! Lei non serve più a niente. Lei è un vecchio pieno di autocommiserazione e basta! Lei non è all'altezza di Carlos! Lei non è all'altezza dell'uomo che ha ammazzato suo figlio con cinque candelotti di dinamite! »

Le mani di Villiers ebbero un tremito che salì fino al capo. « La smetta! Le ordino di smetterla! »

« Vuol dire che mi dà un ordine? Un vecchietto con i bottoni d'oro mi sta dando un *ordine*? Se lo scordi! Da gente come lei io non prendo ordini! Siete peggio di quelli che attaccate! Per lo meno loro hanno lo stomaco di fare quel che dicono di fare! Voi no. Voi parlate a vanvera e inghiottite bromuro per star tranquilli. Faccia ciò che crede, ma non mi dia degli ordini! »

Villiers sciolse le mani e balzò dalla poltrona, scosso da un tremito. « Le ho detto di finirla! »

« Quello che lei dice non m'interessa. Non mi sbagliavo quando l'ho vista la prima volta. Lei appartiene a Carlos. È stato il suo lacché da vivo e lo sarà da morto. »

Il vecchio ebbe una smorfia di dolore ed estrasse la pistola. Il gesto era patetico, ma la minaccia concreta. « Ho ucciso molti uomini ai miei tempi. Inevitabile, nel mio mestiere, ma spesso sgradevole. Non voglio ucciderla, ma lo farò se non ottempera alla mia richiesta. Mi lasci perdere. Se ne vada da questa casa. »

« Splendido. Lei dev'essere in contatto telepatico con Carlos. Mi uccide così lui vince tutto! » Jason avanzò di un passo, rendendosi conto di non essersi ancora mosso da quando era entrato. Vide gli occhi di Villiers spalancarsi; la pistola tremò. La minima pressione avrebbe fatto scattare il grilletto, mandando il proiettile a segno. A dispetto della follia del momento, la mano che impugnava la pistola non avrebbe tremato nello sparare. Se avesse sparato. Era il rischio che Bourne doveva correre. Senza Villiers non aveva speranze; il generale doveva capire. All'improvviso urlò: « Avanti! Spari. Mi uccida. Prenda gli ordini da Carlos! Lei è un soldato. Ha ricevuto degli ordini, li esegua ».

Il tremito aumentò, le nocche si sbiancarono mentre la canna della pistola saliva alla testa di Jason. Un attimo dopo udì un sussurro.

« Sono un soldato. Una persona me l'ha detto di recente, una persona che le è molto cara. » Villiers parlava a bassa voce. « Ha fatto vergognare un vecchio guerriero ricordandogli chi era... chi è stato. A quella donna era stato detto che ero un gigante e lo credeva, tanto che me lo disse. Aveva torto — Dio sa quanto avesse torto — ma ora ci proverò. » André Villiers abbassò l'arma. C'era dignità nella sua sottomissione. La dignità di un soldato. Di un gigante. « Cosa vuole che faccia? »

Jason riprese a respirare. « Costringa Carlos a inseguirmi. Ma non qui a Parigi e nemmeno in Francia. »

« Dove allora? »

Jason si assicurò la posizione. « Può farmi uscire dal paese? Devo dirle che i servizi di frontiera di tutta Europa hanno il mio nome e i miei dati segnaletici. »

« Per motivi sbagliati? »

« Per motivi sbagliati. »

« Le credo. Lo si può fare. Il Conseiller Militaire ne ha la possibilità e farà ciò che gli chiedo. »

« Con una falsa identità? Senza spiegare perché? »

« Basta la mia parola. Me la sono guadagnata. »

« Un'altra domanda. Si fida del suo aiutante? »

« Più di chiunque altro. »

« Gli affiderebbe la vita di un altro? Di una persona che lei giustamente ha detto mi è molto cara? »

« Certo. Ma perché vuole andarsene solo? »

« Devo farlo. Marie non mi lascerebbe mai. »

« Dovrà dirle qualcosa. »

« Lo farò. Le dirò che entro in clandestinità qui a Parigi, oppure a Bruxelles o ad Amsterdam. Città in cui Carlos agisce. Marie però deve allontanarsi; la nostra auto è stata scoperta a Montmartre. Gli uomini di Carlos stanno perlustrando tutte le strade, tutti gli appartamenti, tutti gli alberghi. Le dirò che io e lei, generale, ora lavoriamo insieme. Il suo aiutante la porterà in campagna, al sicuro. »

« E cosa succede se lei, Bourne, non dovesse tornare? »

Jason cercò di eliminare qualunque tremito nella voce. « Sull'aereo avrò tempo e scriverò tutto ciò che è successo, tutto ciò che... ricordo. Lo spedirò a lei, generale, e lei deciderà. Insieme a Marie. Marie ha detto che lei è un gigante. Decida per il meglio. La protegga. »

« Ha la mia parola. Nessuno le farà male. »

« È tutto quel che chiedo. »

Villiers gettò la pistola sul letto mandandola a cadere tra le gambe nude della moglie morta. Fu preso da un accesso di tosse, si riprese. « Passiamo al concreto, mio giovane lupacchiotto » disse, recuperando l'autorità. « Qual è la sua strategia? »

« Tanto per cominciare, diciamo che lei è in uno stato di shock. Lei è come un automa che cammina al buio seguendo istruzioni che non può capire ma alle quali obbedisce. »

« Non è una situazione lontana dalla realtà, non le pare? » lo interruppe Villiers. « Ma cosa pensa di ottenere da questo mio stato? »

« Tutto quel che lei sa — che lei ricorda — è che un uomo è entrato in casa sua durante l'incendio e l'ha colpito col calcio di una pistola; è svenuto. Quando ha ripreso i sensi ha trovato sua moglie morta e, accanto, un biglietto. È stato il biglietto che le ha fatto perdere la ragione. »

« E cosa ci sarà scritto sul biglietto? » chiese cauto il generale.

« La verità » spiegò Jason. « Una verità che lei non permetterà a nessuno di sapere. Quel che sua moglie era per Carlos, quel che Carlos era per lei. L'assassino che ha scritto il biglietto ha lasciato anche un numero di telefono, dicendo che lei avrebbe dovuto confermare il testo. Una volta fatto questo lei potrà distruggere il biglietto e denunciare l'assassinio. Ma, per il fatto di averle detto la verità, per aver ucciso la donna che in parte è stata responsabile della morte di suo figlio, vuole che lei consegni il messaggio. »

« A Carlos? »

« No, manderà un contatto. »

« Grazie al Cielo. Non credo che riuscirei a reggere sapendo che si tratti di lui. »

« Riceverà il messaggio. »

« Di che cosa si tratta? »

« Glielo scrivo: potrà darlo all'inviato. Deve essere esatto, sia per ciò che dice che per ciò che non dice. » Bourne guardò la morta, il collo tumefatto. « Ha dell'alcool per disinfettare? »

« È nell'armadietto dei medicinali. »

« Le dispiace portarmelo? Con un asciugamano, per favore. »

« Cosa intende fare? »

« Mettere le mani dove lei ha messo le sue. Per sicurezza, anche se non credo che nessuno le farà domande. Nel frattempo lei dovrà telefonare alla persona che mi può far uscire dal paese. I tempi sono importanti. Devo essere partito prima che lei telefoni al contatto di Carlos e molto prima che lei chiami la polizia. Farebbero sorvegliare gli aeroporti. »

« Posso differire fino all'alba. Ma non oltre. Dove vuole andare? »

« A New York. Le è possibile? Ho un passaporto a nome George Washburn. È un buon lavoro. »

« Il che facilita il mio. Le farò avere uno *status* diplomatico. Nessun controllo sia alla partenza che all'arrivo. »

« Sotto nazionalità inglese? Il passaporto è inglese. »

« È una facilitazione NATO. Uno dei canali di cui dispone il Conseiller Militaire; lei sarà membro di un gruppo angloamericano impegnato in negoziati di carattere militare. Vogliamo permetterle un rapido rientro negli Stati Uniti per ulteriori istruzioni. La procedura non è insolita e le farà superare in fretta i controlli di immigrazione. »

« Bene. Ho consultato gli orari. C'è un volo Air France alle sette per New York. »

« Lo prenderà. » Il vecchio tacque; non aveva concluso. Fece un passo verso Jason. « Perché New York? Come mai è così sicuro che Carlos lo seguirà a New York? »

« Due domande e due risposte diverse » disse Bourne. « Devo farlo arrivare nel posto in cui mi ha incastrato per aver ucciso quattro uomini e una donna che non conoscevo... uno di questi uomini mi era molto vicino, faceva parte di me, credo. »

« Non capisco. »

« Nemmeno io sono sicuro di capir bene. Non abbiamo tempo. Troverà tutto sul memoriale che scriverò in aereo. Devo dimostrare che *Carlos sapeva* della casa di New York dove quelle persone sono state uccise; devono capire. Lo sapeva. Mi creda. »

« Le credo. Passiamo alla seconda domanda. Perché dovrebbe venirle dietro? »

Jason guardò la donna morta sul letto. « Per istinto, forse. Ho ucciso l'unica persona alla quale tenesse. Se si fosse trattato della mia donna e Carlos l'avesse uccisa lo avrei seguito in capo al mondo, fino a quando non l'avessi trovato. »

« Può darsi che lui abbia più senso pratico. Mi pare che sia stato proprio questo l'argomento che lei ha usato con me. »

« Non c'è solo questo » rispose Jason, distogliendo gli occhi da Angélique Villiers. « Non ha niente da perdere e tutto da guadagnare. Nessuno è in grado di identificarlo, mentre lui mi conosce per avermi visto di persona. Però non sa qual è il mio stato mentale. Ha tagliato tutti i miei legami, mi ha isolato, mi ha trasformato in ciò che non avrei mai dovuto essere, forse ha avuto fin troppo successo; forse io sono impazzito. Dio sa se ammazzare sua moglie non è stato un atto di follia. Fino a che punto può arrivare la mia irrazionalità? Un pazzo è un uomo in preda al panico. Penserà che lo si può prendere. »

« La sua minaccia è irrazionale, monsieur Bourne. È possibile prendere anche lei? »

« Non lo so. So solo che non ho scelta. »

Dieci minuti erano trascorsi da quando aveva telefonato a Marie, le aveva mentito. Aveva sentito la remissività nella sua voce e capito cosa significava: aveva bisogno di tempo per pensarci. Non gli aveva creduto, ma credeva in lui; anche Marie non aveva scelta. E Jason non aveva potuto calmarle la sofferenza, non ne aveva avuto il tempo, non ne aveva. Ormai tutto era in moto: Villiers al piano di sotto telefonava a un numero d'emergenza del Conseiller Militaire francese, per fare in modo che un uomo con passaporto falso lasciasse Parigi nascondendosi dietro uno *status* diplomatico. In meno di tre ore sarebbe stato sull'altra sponda dell'Atlantico, avvicinandosi al giorno della sua esecuzione. Era questa la trappola. Era l'ultimo gesto irrazionale.

Bourne si alzò dalla scrivania, posò la penna e rilesse il biglietto. L'aveva scritto sulla carta da lettere della morta. Erano le parole che un vecchio annientato e confuso avrebbe letto al telefono a un contatto sconosciuto che gli avrebbe chiesto di poter avere il biglietto per consegnarlo a Ilich Ramirez Sanchez.

> Ho ammazzato la tua cagna e verrò dietro anche a te. Ci sono 71 strade nella giungla, una giungla fitta come quella di Tam Quan. Ma c'è un sentiero che non hai visto, una cassaforte in un sotterraneo che non conoscevi... proprio come non mi conoscevi il giorno in cui mi hanno giustiziato undici anni fa. Solo un altro uomo sapeva e l'hai ucciso. Non importa. Nella cassaforte ci sono documenti che mi assicurano la libertà. Pensavi che sarei diventato Cain senza protezione finale? Washington non oserà toccarmi! Mi pare giusto che, il giorno della morte di Bourne, Cain vada a prendere i documenti che gli assicurano una vita lunghissima. Tu hai marchiato Cain ed ora io marchio te. Tornerò e ti manderò a raggiungere la cagna.
>
> Delta.

Lasciò cadere il biglietto sulla scrivania e si avvicinò alla morta. L'alcool era evaporato, la gola tumefatta era pronta. Si chinò e allargò le dita, posandole dove altre dita avevano stretto.

34

Era una fredda mattina di marzo e la nebbia aveva preso il posto della pioggia notturna bagnando le guglie della chiesa di Levallois-Perret. Alcune vecchie che tornavano a casa dopo una notte passata a far pulizie nel centro della città si trascinavano dentro e fuori dai portoni di bronzo, con in mano rosari e libri di preghiere. Avevano concluso, o stavano per iniziare, le devozioni mattutine, poi sarebbe venuto un sonno prezioso prima di affrontare le fatiche quotidiane. Insieme alle vecchie c'erano anche uomini malmessi – in gran parte anziani – che si stringevano tra loro cercando il tepore della chiesa. Tenevano bottiglie infilate in tasca, con cui avrebbero cercato un oblio prezioso a un altro giorno di dura sopravvivenza.

Uno dei vecchi, tuttavia, non fluttuava con i movimenti catalettici degli altri. Aveva fretta. Sul viso solcato, smunto, c'era riluttanza, forse anche paura. Comunque salì senza incertezze la scalinata, superò il portale passando accanto al tremolio delle candele, andò diritto al primo confessionale, scostò la tenda e scivolò dentro.

« Angelus Domini... »

« L'hai portata? » sibilò, rabbiosa, la silhouette in abito talare dietro la grata.

« Sì. Me l'ha ficcata in mano. Sembrava in stato di incoscienza, piangeva. Mi ha detto di andarmene subito. Ha bruciato il biglietto che Cain gli ha lasciato e dice che, se si viene a sapere una sola parola, negherà tutto. » Il vecchio fece passare il foglio sotto la grata.

« Ha usato la sua carta da lettere... » Il sussurro si spezzò, l'ombra di una mano salì al capo. Dalla grata arrivò un lamento di dolore trattenuto.

« Voglio ricordati, Carlos, » implorò il mendicante « che il messaggero non risponde delle notizie che porta. Avrei potuto rifiutarmi di ascoltarlo, di portartelo. »

« D'accordo. Ma perché? Perché ha fatto una cosa del genere? »

« Lo si capisce dal biglietto. È impazzito. È stato spinto troppo oltre. Capita, Carlos. Un uomo in clandestinità, che non può più comunicare con i suoi controllori... nessuno gli conferma la missione iniziale. Da tutte e due le parti vogliono il suo cadavere. È stato spinto a un punto tale di tensione che non sa più chi è in realtà. »

« Lo sa... » C'era una nota di furia silenziosa nel sussurro, ora. « Firmandosi Delta mi dice che sa. Tutti e due sappiamo da dove viene. »

Il mendicante attese un attimo prima di rispondere. « Se è vero, per te è ancora pericoloso. Quelli di Washington non lo toccheranno. Forse non saranno disposti a riconoscerlo, ma questo basterà a richiamare i loro killer. Potrebbero persino essere costretti a garantirgli qualche privilegio, in cambio del silenzio. »

« I documenti di cui parla? »

« Sì. Ai vecchi tempi — a Berlino, a Praga, a Vienna — venivano chiamati "pagamenti definitivi", cioè saldi. Bourne usa il termine "protezione finale", una variazione minima. Allora si trattava di un accordo firmato tra il controllore e l'infiltrato, da usare nel caso la strategia venisse a crollare, il controllore venisse ucciso e l'agente non avesse altro modo per uscirne. Sono cose che a Novgorod non hai studiato; i sovietici non usano questo sistema. D'altra parte, i disertori sovietici li pretendevano. »

« Quindi l'accordo incriminava qualcuno. »

« In una certa misura sì. Generalmente nell'area di colui che veniva manipolato. Bisognava evitare situazioni imbarazzanti, perché possono distruggere una carriera. Del resto non è necessario che te lo spieghi: è una tecnica che tu hai usato brillantemente. »

« "Settantun strade nella giungla..." » lesse Carlos, imponendosi una calma gelida, « "una giungla fitta come quella di Tam Quan..." Questa volta l'esecuzione avverrà secondo i piani. Jason Bourne non uscirà vivo da questa Tam Quan. Qualunque sia il suo nome Cain morirà e, per quello che ha fatto, morirà anche Delta. Te lo prometto... Angélique. » L'incanto passò, la mente del killer passò a questioni pratiche. « Villiers sa quando Bourne se n'è andato da casa sua? »

« Non lo sapeva. Come ti ho detto era in stato di shock, proprio come quando mi ha telefonato. »

« Non importa. Tra un'ora cominciano i voli per gli Stati Uniti. Bourne ne prenderà uno. Arriverò a New York con lui e questa volta non lo mancherò. Troverà il mio coltello ad aspettarlo: ha la lama affilata come un rasoio. Gli scorticherò via la faccia. Gli americani riceveranno il loro Cain senza faccia! Così potranno dare a questo Bourne, a questo Delta, il nome che preferiscono. »

Sulla scrivania di Alexander Conklin squillava il telefono. Il trillo sommesso dava una strana enfasi al richiamo. Era il contatto diretto di Conklin con il computer e la banca dati. Non c'era nessuno in ufficio per rispondere alla chiamata.

Conklin entrò di fretta zoppicando. Non era abituato al bastone fornitogli allo SHAPE di Bruxelles la sera prima, quando aveva chiesto un aereo militare per farsi portare all'aeroporto militare di Andrews, nel Maryland. Gettò rabbioso il bastone all'altro capo della stanza e si precipitò sul telefono. Aveva gli occhi arrossati per la mancanza di sonno, il respiro corto: l'uomo responsabile della liquidazione della Treadstone era esausto. Si era messo in comunicazione via *scrambler* con una dozzina di settori delle operazioni clandestine — sia a Washington che oltremare — cercando di dipanare l'inferno delle ventiquattro ore precedenti. Aveva diffuso tutte le informazioni che era riuscito ad estrarre dalle documentazioni di tutte le stazioni d'Europa, aveva allertato agenti sull'asse Parigi-Londra-Amsterdam. Bourne era vivo e pericoloso; aveva cercato di uccidere il suo controllore di Washington, poteva essere dovunque, nel raggio di dieci ore di volo da Parigi. Tutti gli aeroporti e le stazioni ferroviarie dovevano essere sorvegliati, tutte le reti clandestine attivate. *Trovatelo! Uccidetelo!*

« Sì? » Conklin si sostenne alla scrivania prendendo la cornetta.

« Qui Computer, banco dodici » disse una voce maschile in tono efficiente. « Forse abbiamo qualche informazione, riguardante quel nome che ci ha dato quattro ore fa: Washburn. »

« Cos'è saltato fuori? »

« Un certo George P. Washburn ha superato stamattina dietro preavviso i controlli aeroportuali di New York. È arrivato con un volo dell'Air France. Washburn è un nome abbastanza comune; potrebbe essere semplicemente un influente uomo d'affari ma, siccome aveva lo *status* diplomatico NATO, abbiamo controllato al Dipartimento di Stato. Non hanno mai sentito parlare di lui. Nessun Washburn partecipa a negoziati NATO con il governo francese. »

« E allora come diavolo ha fatto a superare i controlli dietro preavviso? Chi lo ha fornito dello *status* diplomatico? »

« Abbiamo controllato a Parigi e non è stato facile. Evidentemente la faccenda è stata organizzata dal Conseiller Militaire. Fanno le cose di nascosto, quelli. »

« Il Conseiller? E chi gli dà il diritto di ordinare ai nostri di non fare controlli? »

« Non è questione di nostri o di loro. È semplicemente una cortesia del paese ospite e quello era un vettore francese. È un modo per ottenere un buon posto in un aereo completo. Incidentalmente Washburn non aveva nemmeno un passaporto americano, ma inglese. »

C'è un medico, un inglese che si chiama Washburn... Era lui! Era Delta, e il Conseiller Militaire lo aveva aiutato. Ma perché New York? Cosa sperava di trovare a New York? E chi a Parigi, nelle alte sfere, lo appoggiava? Cosa gli aveva detto? Oh, Cristo! *Quanto* gli aveva detto?

« A che ora è arrivato il volo? » chiese Conklin.

« Stamattina alle dieci e trentasette. Poco più di un'ora fa. »

« D'accordo » disse Conklin girando faticosamente intorno alla scrivania e mettendosi a sedere. « L'informazione l'hai comunicata, adesso voglio che sia cancellata dai nastri. Eliminala, insieme a tutto quello che mi hai detto. Chiaro? »

« Capito, signore. Eliminare. »

Conklin riappese. New York. *New York?* Non Washington, ma New York! A New York non c'era più nulla e Delta lo sapeva. Se dava la caccia a qualcuno della Treadstone – se dava la caccia a lui, Conklin – avrebbe preso un volo diretto per Washington. Cosa ci poteva essere a New York?

E perché Delta si era servito del nome di Washburn? Era come spedire un telegramma per informare della sua strategia. Sapeva che prima o poi avrebbero trovato il nome... poi... *dopo* aver superato i cancelli! Delta stava dicendo a quel che restava della Treadstone che trattava da una posizione di forza. Aveva la possibilità di rivelare e denunciare non solo l'operazione Treadstone, ma chissà quante altre cose. Come Cain aveva manipolato intere reti, stazioni d'ascolto e consolati che erano semplicemente posti di spionaggio elettronico... persino lo spettro sanguinoso della Medusa. I suoi collegamenti con il Conseiller Militaire dimostravano a che livello era arrivato. Inviava un segnale: se era entrato in un gruppo così ristretto di strateghi, niente poteva fermarlo. Maledizione, fermarlo da che cosa? Dove voleva arrivare? I milioni li aveva, poteva scomparire!

Conklin crollò il capo, ricordando. Fino a poco tempo prima avrebbe lasciato scomparire Delta: glielo aveva detto dodici ore prima, in quel cimitero. Un uomo poteva reggere solo fino a un certo punto e nessuno lo sapeva meglio di Alexander Conklin, un tempo uno dei migliori ufficiali attivi di tutti i servizi informazioni. Solo fino a un certo punto: dipendeva da quel che si era stati, da quel che la propria contorsione spingeva a diventare. Solo fino a un certo punto... Ma Delta non aveva fatto nulla per scomparire! Si era rifatto vivo con affermazioni folli, o richieste folli... tattiche incredibili che nessun agente esperto avrebbe mai preso in considerazione. Perché nessun uomo in possesso delle proprie facoltà mentali entrava in un campo minato circondato dai propri nemici, qualunque fossero le informazioni esplosive di cui disponeva, qualunque fosse il livello in cui era riuscito a penetrare. Nessuna possibilità di ricatto poteva spingerlo a tornare indietro...

Nessun uomo in possesso delle proprie facoltà mentali. Conklin si piegò leggermente sulla scrivania.

Non sono Cain. Non è mai esistito. Non sono mai stato Cain! Non sono stato a New York... è stato Carlos, non sono stato io, ma Carlos. Se stai parlando di quello che è successo nella 71ª Strada è stato lui. Lui è al corrente!

Delta però nella casa di arenaria marrone della 71ª Strada c'era stato. Erano rimaste le sue impronte: indice e medio della mano destra. E adesso era chiaro anche il mezzo di trasporto che aveva usato: Air France, copertura del Conseiller Militaire... Carlos non avrebbe potuto saperlo: questo era un fatto.

Di quando in quando mi ritornano in mente delle cose... facce, strade, edifici; visioni che non riesco a situare... posso ripetere a memoria migliaia di fatti sul conto di Carlos ma non so perché!

Conklin chiuse gli occhi. C'era una frase, una semplice frase in codice impiegata agli inizi della Treadstone. Qual era? Aveva a che fare con l'Operazione Medusa... *Cain sta per Charlie e Delta sta per Cain.* Ecco qual era. Cain sta per *Carlos.* Delta-Bourne era diventato proprio quel Cain che doveva fare da esca per Carlos.

Riaprì gli occhi. Jason Bourne doveva sostituire Ilich Ramirez Sanchez. Era questa la strategia della Treadstone Seventy-One, il pilastro fondamentale di tutta l'impresa, la parallasse che avrebbe fatto spostare Carlos portandolo nel mirino.

Bourne. Jason Bourne. Un uomo assolutamente sconosciuto, un nome rimasto sepolto più di dieci anni, un resto umano marcito nella giungla. Però era esistito; anche questo faceva parte della strategia.

Fece passare le cartelle che aveva sulla scrivania e trovò quella che cercava. Nessuna intestazione: solo un'iniziale e due numeri seguiti da una X in nero, il che significava che era l'unica a racchiudere le origini della Treadstone.

T-71 X. Nascita della Treadstone Seventy-One.

La aprì, aveva quasi paura di vedere quel che sapeva avrebbe trovato.

Data dell'esecuzione. Settore Tam Quan. 25 marzo...

Guardò il calendario sulla scrivania.

24 marzo.

« Oh, mio Dio » sussurrò, allungando una mano verso il telefono.

Il dottor Morris Panov superò la porta doppia del reparto psichiatrico al terzo piano del padiglione della Marina del Bethesda Hospital e si avvicinò al banco delle infermiere. Sorrise alla ragazza in uniforme che faceva passare una fila di schede sotto lo sguardo severo della caposala al suo fianco. Evidentemente la ragazza aveva sbagliato a sistemare una scheda e l'altra si impegnava perché una cosa del genere non si ripetesse più.

« Non farti ingannare dalla frusta di Annie » disse Panov alla ragazza, tutta rossa in viso. « Sotto quei suoi occhi gelidi e inumani batte un cuore di autentico granito. Anzi, a dir la verità, è scappata due settimane fa dal quinto piano, ma abbiamo paura di farlo sapere in giro. »

L'aiutoinfermiera ridacchiò; la caposala crollò il capo esasperata. Sulla scrivania dietro il banco squillò il telefono.

« Vuoi prenderla tu, cara? » disse Annie alla ragazza. L'aiutoinfermiera corse alla scrivania.

« Dottor Mo, » esclamò la caposala. « Come faccio a far entrar qualcosa in testa a queste benedette ragazze con lei in giro? »

« Con l'amore, cara Annie. Con l'amore. Comunque non buttar via la tua catena di bicicletta. »

« È proprio incorreggibile. Senta, come sta il suo paziente del 5-A? So che era preoccupato. »

« Sono ancora preoccupato. »

« Mi hanno detto che è rimasto in piedi tutta la notte. »

« Alla televisione davano un film alle tre di notte, volevo vederlo. »

« Non deve fare queste cose, dottor Mo, » disse la caposala, materna. « Lei è troppo giovane per morire qui dentro. »

« E forse troppo vecchio per evitarlo, Annie. Grazie, comunque. »

All'improvviso Panov e la caposala si resero conto che qualcuno cercava il dottore. La giovane infermiera, stava parlando nel circuito di comunicazione interno.

« Il dottor Panov, prego. Telefonata per... »

« Sono io il dottor Panov » disse sottovoce lo psichiatra alla ragazza. « Non vogliamo che nessuno lo sappia. In realtà la qui presente Annie Donovan è mia madre e viene dalla Polonia. Chi mi vuole? »

L'infermiera fissò ad occhi spalancati il tesserino sul camice bianco di Panov. « Un certo Alexander Conklin » rispose, sbattendo gli occhi.

« Eh? » Panov rimase sconcertato. Alex Conklin era stato suo paziente – sporadicamente – per cinque anni, finché tutti e due si erano trovati d'accordo sul fatto che Conklin più di così – vale a dire ben poco – non poteva migliorare. C'era tanta gente che stava male e per la quale si poteva fare ben poco. Doveva essere qualcosa di serio se Conklin lo chiamava in ospedale e non in studio. « Dove posso prenderla, Annie? »

« Numero uno » disse la capoinfermiera, indicando una stanza dall'altra parte dell'atrio. « È vuota, le faccio passare la telefonata. »

Panov si avviò sentendosi a disagio.

« Mi servono delle risposte rapide, Morris » disse Conklin, teso.

« Non sono bravo a dare risposte rapide, Alex. Perché non vieni a trovarmi questo pomeriggio? »

« Non si tratta di me, ma di un'altra persona. È un'emergenza Quattro-Zero. Mi serve aiuto. »

« Quattro-Zero? Fa' venire uno dei tuoi specialisti. Non ho mai chiesto l'autorizzazione a trattare questioni del genere. »

« Non posso. Questo ti dice quanto sia segreta la faccenda. »

« Allora è meglio che ne parli con Dio. »

« Morris, ti prego! Mi serve solo la conferma di certe possibilità, il resto riesco a metterlo insieme da solo. E non posso buttar via nemmeno cinque secondi. Può darsi che ci sia un uomo in giro pronto a sparare ai fantasmi, a chiunque crede che sia un fantasma. Ha già ammazzato gente in carne ed ossa, gente importante e non sono sicuro che se ne sia reso conto. Devi darmi una mano, devi darla a lui! »

« Se posso. Dimmi. »

« Supponi che un uomo si trovi in una situazione altamente instabile, di estrema tensione per un lungo periodo, il tutto nella clandestinità totale. La sua copertura è un'esca, cioè molto evidente, molto negativa, con uno sforzo costante per mantenere questa evidenza. Lo scopo è quello di far venire allo scoperto un bersaglio simile all'esca, convincendolo che l'esca è una minaccia, e facendolo quindi uscire allo scoperto... mi segui? »

« Per il momento sì » rispose Panov. « Dici che l'esca è costantemente sotto pressione per mantenere un profilo negativo e altamente evidente. L'ambiente qual è? »

« Il più violento che riesci a immaginare. »

« Per quanto tempo? »

« Tre anni. »

« Buon Dio! » esclamò lo psichiatra. « Mai uno stacco? »

« Mai, assolutamente. Ventiquattro ore al giorno, trecentosessantacinque giorni all'anno. Tre anni. A impersonare qualcuno che non è se stesso. »

« Maledetti imbecilli, quando imparerete? Persino i prigionieri nei peggiori campi di concentramento potevano essere se stessi, parlare ad altri che erano se stessi... » Panov si fermò, rendendosi conto che in quel che aveva appena detto forse c'era quello che Conklin voleva sapere. « Hai un problema di questo tipo, vero? »

« Non ne sono sicuro » rispose Conklin. « È una faccenda nebulosa, confusa, persino contraddittoria. Ecco cosa voglio chiederti: un uomo in queste circostanze potrebbe cominciare a... convincersi di essere l'esca, ad assumerne la personalità, ad assorbirne il dossier al punto da credere di essere quella persona? »

« La risposta è così evidente che mi meraviglio che me lo domandi. Certo che può. Ed è anche probabile. È uno sforzo insopportabile e prolungato che può venire sostenuto solo se la convinzione entra a far parte della realtà quotidiana. È come un attore sempre sul palcoscenico in una commedia che non finisce mai. Un giorno dopo l'altro, una notte dopo l'altra. » Il dottore tacque di nuovo. « Ma non è questa, la tua domanda, vero? » chiese.

« No » rispose Conklin. « Vado un passo più avanti. Al di là dell'esca. È una cosa che devo fare, dato che è l'unica che ha senso. »

« Un minuto » lo interruppe asciutto Panov. « Meglio che ti fermi qui, perché non ho nessuna intenzione di confermare una diagnosi alla cieca. Soprattutto viste le conclusioni che ne vuoi tirar fuori. Niente da fare, amico. Ti darebbe una licenza di cui non voglio essere responsabile... con o senza onorario. »

« Come fai a sapere quali conclusioni voglio tirarne fuori? » chiese l'uomo della CIA.

« Perché io i libri li ho letti e tu non sei molto acuto. Mi stai descrivendo un caso classico di schizofrenia paranoide con personalità multipla. Non è semplicemente il tuo uomo che assume il ruolo di specchietto per le allodole, ma è lo specchietto per le allodole che trasferisce la sua identità nella persona che deve stanare.

Nel bersaglio. È questa la conclusione che ne vuoi tirar fuori, Alex. Mi stai dicendo che il tuo uomo è in realtà tre persone: se stesso, lo specchietto per le allodole e il bersaglio. E ti ripeto che non c'è niente da fare, amico. Non sono disposto a confermare niente del genere senza una perizia approfondita. Altrimenti ti darei dei diritti che non hai: tre motivi per spedirlo all'altro mondo. Niente da fare! »

« Non ti sto chiedendo di confermare nulla! Voglio solo sapere se è possibile. Cristo santo, Morris, c'è un uomo con delle capacità letali che se ne va in giro con una pistola, ammazzando gente che sostiene di non conoscere, gente con cui ha lavorato per tre anni. Nega di essersi trovato in un certo posto e in un certo momento quando le sue impronte digitali dimostrano che invece c'è stato. Dice che ha delle visioni: volti che non riesce a identificare, nomi che ha sentito ma che non sa dove. Sostiene di non essere mai stato lo specchietto per le allodole mentre invece lo era! E lo è ancora! È possibile? Voglio sapere solo questo. È possibile che lo stress, tutto quel tempo e le pressioni quotidiane lo abbiano ridotto a pezzi? In tre pezzi? »

Panov trattenne un attimo il respiro. « È possibile » disse a bassa voce. « Se sono esatti i fatti di cui mi parli, è possibile. Dico solo questo, perché potrebbero esserci moltissime altre possibilità. »

« Grazie. » Una pausa. « Un'ultima domanda. Diciamo che c'è una data — un certo giorno di un certo mese — che nel finto dossier, cioè nel dossier dello specchietto per le allodole, è significativa. »

« Devi essere più preciso. »

« Lo sarò. È la data in cui è stato ucciso l'uomo la cui identità è diventata quella dello specchietto delle allodole. »

« Quindi, ovviamente, non fa parte del dossier di lavoro, anche se il tuo uomo lo sa. Ho capito bene? »

« Sì, lo sapeva. Diciamo che era sul posto. Se ne ricorderebbe? »

« Non come specchietto per le allodole. »

« E con le altre due personalità? »

« Nell'ipotesi che anche il bersaglio lo sapesse, o che l'avesse comunicato durante la sostituzione di personalità, sì. »

« C'è anche un posto in cui è stata concepita la strategia, e in cui è stato creato lo specchietto per le allodole. Se il nostro uomo si trovasse nelle vicinanze, e se quella tale data fosse vicina, verrebbe attratto verso quel posto? La cosa affiorerebbe e diventerebbe importante per lui? »

« Lo diventerebbe se venisse associata al posto in cui l'altra persona è morta. Perché è là che è nato lo specchietto per le allodole: è possibile. Dipenderebbe dalla personalità che aveva in quel momento. »

« E nell'ipotesi che fosse il bersaglio? »

« E che conoscesse il posto? »

« Sì, perché un'altra delle sue personalità doveva conoscerlo. »

« E allora ne sarebbe attratto. Si tratterebbe di un impulso inconscio. »

« Perché? »

« Per uccidere lo specchietto per le allodole. Ucciderebbe chiunque, ma l'obiettivo principale sarebbe lo specchietto. Cioè se stesso. »

Alexander Conklin posò la cornetta. Sentiva un tremito al piede mancante e i suoi pensieri erano così intricati che fu costretto a chiudere di nuovo gli occhi per trovare il capo della matassa. A Parigi, nel cimitero, si era sbagliato... aveva voluto uccidere un uomo in base a motivazioni errate, dato che quelle giuste erano al di là della sua comprensione. Aveva a che fare con un pazzo, con una persona la cui malattia risultava inspiegabile pensando a vent'anni di addestramento, non lo era pensando alle sofferenze e alle perdite, alle interminabili ondate di violenza... tutte finite in niente... in realtà nessuno sapeva niente. Nulla aveva senso. Oggi si prendeva in trappola un Carlos, lo si uccideva, e un altro prendeva il suo posto. Perché facevamo cose del genere... David?

David. Finalmente pronuncio il tuo nome. Una volta eravamo amici, David... Delta. Conoscevo tua moglie e i tuoi bambini. Abbiamo bevuto e cenato qualche volta assieme quando ci trovavamo nelle stazioni sperdute in Asia. Tu eri il miglior funzionario di tutto l'Oriente e tutti lo sapevano. Stavi per diventare la chiave della nuova politica, quella che aspettava dietro l'angolo pronta a uscire. E poi è successa quella cosa. La morte dal cielo, sul Mekong. Hai cambiato bandiera, David. Tutti noi avevamo perduto, ma solo uno di noi è diventato Delta. Nell'Operazione Medusa. Non ti conoscevo tanto bene — bevendo e cenando un paio di volte assieme non si diventa amici stretti — ma alcuni di noi diventarono delle belve. Anche tu, Delta.

E adesso devi morire. Nessuno può permettersi di lasciarti vivere. Nessuno di noi.

« Ci lasci soli, per favore » disse il generale Villiers sedendosi di fronte a Marie Saint Jacques. Si trovavano in un caffè di Montmartre. L'aiutante annuì e sedette a un tavolo a qualche metro dal loro; se ne sarebbe anche andato, ma era di guardia. Il generale, esausto, fissò Marie. « Perché ha insistito per farmi venire qui? Volevo che lei si allontanasse da Parigi. Gli ho dato la mia parola. »

« Via da Parigi, lontano dalla gara » disse Marie, commossa dall'espressione distrutta di Villiers. « Mi spiace. Non voglio essere un ulteriore peso per lei. Ho sentito le notizie alla radio. »

« Un inferno » osservò Villiers, sollevando il bicchiere di brandy che l'aiutante gli aveva ordinato. « Tre ore dalla polizia, a recitare una menzogna terribile, condannando un uomo per un delitto di cui sono l'unico responsabile. »

« La descrizione che ha dato di lui era precisa, stranamente precisa. Nessuno potrebbe non riconoscerlo. »

« È stato lui stesso a fornirmela. Sedeva davanti allo specchio di mia moglie dicendomi cosa dovevo dire, guardandosi con un'espressione stranissima. Ha detto che questo era l'unico modo. Carlos si sarebbe convinto solo se io fossi andato dalla polizia, scatenando la caccia all'uomo. Ovviamente aveva ragione. »

« È vero, aveva ragione, » consentì Marie « ma adesso non si trova né a Parigi, né a Bruxelles, né ad Amsterdam. »

« Mi scusi? »

« Voglio che mi dica dov'è andato. »

« Gliel'ha detto lui stesso. »

« Mi ha mentito. »

« Come fa ad esserne certa? »

« Perché lo so quando mi dice la verità. Vede, generale, tutti e due vogliamo sentire, sapere la verità. »

« Tutti e due...? Temo di non capire. »

« Ero convinta che non avrebbe capito e sicura che non gliene avesse parlato. Quando mi ha mentito al telefono, esitando sulle cose che diceva, sapendo che sapevo che non erano vere, non riuscivo a capire. Solo quando ho sentito le notizie alla radio ho messo le cose insieme. Ce n'era un'altra oltre a quella che riguardava lei. Quella descrizione... così completa, esatta fino alla cicatrice sulla tempia. Allora ho capito. Non aveva la minima intenzione di rimanere a Parigi e nemmeno nel raggio di qualche centinaio di chilometri. Andava lontano – dove quella descrizione non contava molto – dove avrebbe attirato Carlos per consegnarlo a quelli con i quali aveva l'accordo. Ho ragione? »

Villiers posò il bicchiere. « Gli ho dato la mia parola. Lei deve venir portata in campagna in un posto sicuro. Non capisco cosa sta dicendo. »

« E allora cercherò di essere più chiara » disse Marie, sporgendosi in avanti. « L'altra notizia, che evidentemente lei non ha sentito perché era ancora dalla polizia, è questa: stamattina, in un cimitero dalle parti di Rambouillet sono stati trovati due uomini uccisi. A colpi d'arma da fuoco. Uno era un killer conosciuto uscito da Saint-Gervais. L'altro un ex agente del servizio informazioni americano che viveva a Parigi, un personaggio molto controverso che aveva ucciso un giornalista nel Vietnam e al quale era stata offerta la scelta tra le dimissioni dall'esercito e la corte marziale. »

« Mi sta dicendo che c'è un rapporto tra questi due incidenti? »

« Jason ha ricevuto istruzioni dall'ambasciata americana di andare ieri notte in quel cimitero per incontrare un uomo arrivato in volo da Washington. »

« *Washington?* »

« Sì. Aveva stretto un accordo con un gruppo ristretto del servizio informazioni americano. Ieri notte hanno cercato di ucciderlo; sono convinti che devono ucciderlo. »

« Buon Dio, ma perché? »

« Perché non si possono più fidare di lui. Non sanno cos'ha fatto o dov'è stato per un lungo periodo di tempo, e lui non è in grado di dirglielo. » Una breve pausa. Marie chiuse gli occhi. « Non sa chi è. Non sa chi sono loro; e l'uomo di Washington aveva assunto quei due per ucciderlo. Non ha voluto ascoltarlo: pensano che li abbia traditi, che lui abbia rubato milioni di dollari e abbia ucciso persone di cui non ha mai sentito parlare. Non è vero. Ma lui non è nemmeno in grado di dare risposte plausibili. È un uomo che ha solo frammenti di memoria e ciascuno di questi frammenti lo accusa. È vittima di un'amnesia quasi totale. »

Sul viso segnato di Villiers si era fermata un'espressione attonita; negli occhi, al ricordo, apparve un'espressione addolorata. « "Per i motivi sbagliati..." Una frase che mi ha detto. "Hanno uomini dappertutto... gli ordini sono di uccidermi a vista. Mi danno la caccia uomini che non conosco e che non vedo. Per i motivi sbagliati." »

« Per i motivi sbagliati » fece eco Marie, allungando una mano e toccandogli il braccio. « Ed hanno effettivamente uomini dappertutto che hanno ricevuto l'ordine di ucciderlo a vista. Lo aspettano dovunque vada. »

« Come fanno a sapere dov'è andato? »

« Sarà lui a dirglielo. Fa parte della sua strategia. E quando glielo dirà, lo uccideranno. Sta entrando nella sua stessa trappola. »

Villiers tacque per alcuni lunghi istanti, sopraffatto dalla colpa. « Dio onnipotente, cos'ho fatto? » disse alla fine in un sussurro.

« Quello che le sembrava giusto. Ne era convinto. Non deve biasimarsi. Né deve biasimare lui. Davvero. »

« Mi ha detto che intendeva scrivere tutto quel che gli era successo, tutto quel che ricordava... Come dev'essergli stato difficile dire quella frase! Non posso aspettare quella lettera, mademoiselle. Non possiamo aspettare. Devo sapere tutto quel che lei mi può dire, immediatamente. »

« Cosa intende fare? »

« Voglio andare all'ambasciata americana. Parlerò all'ambasciatore. Immediatamente. Mi dica tutto. »

Marie Saint Jacques ritirò lentamente la mano lasciandosi andare contro lo schienale del separé, appoggiando i capelli rosso-scuri al divisorio. Gli occhi vagavano lontani, annebbiati dalle lacrime. « Mi ha detto che la sua vita è cominciata in un'isoletta del Mediterraneo che si chiama Ile de Port Noir... »

Il segretario di Stato entrò rabbioso nell'ufficio del direttore delle Operazioni Consolari, il settore del Dipartimento di Stato incaricato delle attività clandestine. Attraversò a grandi passi la stanza e si fermò davanti alla scrivania del direttore, allibito, che si alzò con una espressione insieme scandalizzata e timorosa.

« Signor segretario?... non ho ricevuto nessun messaggio dal suo ufficio. Sarei venuto immediatamente da lei. »

Il segretario di Stato sbatté un taccuino giallo sulla scrivania. Sulla prima pagina, scritta a pennarello con calligrafia decisa, c'era una colonna di sei parole.

BOURNE

DELTA

MEDUSA

CAIN

CARLOS

TREADSTONE

« Cos'è questa storia? » chiese il segretario di Stato. « Cosa diavolo è? »

Il direttore delle Operazioni Consolari si chinò sulla scrivania. « Non saprei, signore. Ovviamente, si tratta di nomi. Uno è la lettera D nel codice alfabetico delle trasmissioni, poi vedo un riferimento all'Operazione Medusa, che è tuttora segreta, anche se ne ho sentito parlare. E suppongo che "Carlos" si riferisca al killer; mi piacerebbe saperne di più sul suo conto. Ma per quanto riguarda "Bourne", o "Cain", o "Treadstone" non so assolutamente nulla. »

« E allora venga nel mio ufficio e ascolti la registrazione di una conversazione che ho appena avuto con Parigi, così saprà tutto! » esplose il segretario di Stato. « Ci sono cose straordinarie su quel nastro, compresi alcuni omicidi a Ottawa e a Parigi, e certi stranissimi maneggi del nostro primo segretario di rue Montaigne con un tizio della CIA. Ci sono anche menzogne spudorate ad alcuni governi stranieri, ai nostri servizi d'informazione e ai giornali europei... senza che noi del Dipartimento di Stato ne sapessimo niente né avessimo dato il consenso! Ci troviamo davanti a una frode che ha diffuso informazioni fasulle in più paesi di quel che mi va di pensare.

Stiamo facendo arrivare qui, sotto copertura diplomatica, una donna canadese, un'economista del governo di Ottawa ricercata per certi omicidi avvenuti a Zurigo. Siamo costretti a dare asilo a una ricercata, a infrangere la legge... perché se quella donna dice la verità, ci troviamo con il culo preso in una tagliola! Voglio sapere cosa è successo. Annulli qualsiasi appuntamento... Lei passerà tutto il giorno e tutta la notte per disseppellire questa maledetta faccenda. C'è un uomo che se ne va in giro senza sapere chi è con in testa più notizie segrete di dieci computer del servizio informazioni! »

Era mezzanotte passata quando il direttore delle Operazioni Consolari, esausto, riuscì a trovare il collegamento. Per poco non gli era sfuggito. Il Primo segretario dell'ambasciata di Parigi, minacciato di licenziamento sui due piedi, gli aveva dato il nome di Alexander Conklin. Conklin però era introvabile. Era tornato da Bruxelles su un jet militare il mattino ma aveva firmato l'uscita da Langley all'1.22 del pomeriggio, senza lasciare numeri di telefono — nemmeno un numero d'emergenza — dove lo si potesse trovare. Da quel che il direttore era venuto a sapere sul suo conto, questa era un'omissione straordinaria. L'uomo della CIA era comunemente conosciuto come "cacciatore di squali", vale a dire dirigeva in tutto il mondo le strategie individuali relative a questioni di diserzione e di tradimento. Nelle varie stazioni c'erano troppe persone che potevano aver bisogno della sua approvazione o della sua disapprovazione in qualsiasi momento. Non era logico che, per dodici ore, Conklin tagliasse tutti i ponti. Era anche insolito il fatto che dal registro delle sue telefonate fossero state cancellate le pagine che si riferivano agli ultimi due giorni. Nella CIA esistevano regole molto severe sotto questo aspetto. La parola d'ordine della nuova gestione era che ogni cosa andava registrata e spiegata. Comunque, il direttore delle Operazioni Consolari era venuto a sapere una cosa: Conklin era stato aggregato all'Operazione Medusa.

Minacciando le rappresaglie del Dipartimento di Stato aveva richiesto l'ascolto in circuito chiuso dei registri di Conklin relativi alle ultime cinque settimane. L'agenzia, malvolentieri, glieli aveva trasmessi e il direttore era rimasto due ore davanti a uno schermo televisivo dopo aver ordinato agli operatori di Langley di continuare a far girare il nastro fino a quando non avesse detto loro di smettere.

Nel computer erano stati immessi ottantasei schemi logici e nessuno aveva ottenuto risposta. A questo punto il direttore era passato agli schemi probabili. C'era un generale dell'esercito che non aveva preso in considerazione a causa dell'antipatia, ben conosciuta, che aveva verso la CIA. Conklin però una settimana prima gli aveva telefonato due volte nello spazio di dodici minuti. Il direttore si era messo in contatto con le sue fonti al Pentagono e aveva trovato quel che cercava: l'Operazione Medusa.

Il brigadier generale Irwin Arthur Crawford, ufficiale in servizio attivo responsabile della banca dati del Servizio informazioni militari, ex comandante di unità a Saigon, addetto alle operazioni clandestine... e ancora segrete. *Operazione Medusa.*

Il direttore prese il telefono della sala riunioni che non passava attraverso il centralino e formò il numero di casa del generale, a Fairfax; Crawford rispose al quarto squillo. Il direttore spiegò chi era e chiese al generale di richiamarlo al Dipartimento di Stato passando per la verifica.

« Perché vuole che segua questa procedura? »

« Riguarda una questione che passa sotto l'intestazione di Treadstone. »

« La richiamo. »

La telefonata arrivò diciotto secondi dopo e nei due minuti successivi, il direttore espose a grandi linee le informazioni in possesso del Dipartimento di Stato.

« Tutte le cose che mi ha detto le sappiamo » disse il generale. « Fin dall'inizio c'è stato un comitato di controllo, e già una settimana dopo il Presidente veniva informato a grandi linee della strategia dell'operazione. Il nostro obiettivo garantiva la procedura, può starne sicuro. »

« Vorrei che lei riuscisse a convincermi di questo » replicò il direttore. « Ci sono rapporti con quella faccenda di una settimana fa a New York? Elliot Stevens... quel maggiore Webb e David Abbott? Una faccenda i cui particolari sono stati, diciamo così, notevolmente alterati? »

« Lei è al corrente delle alterazioni? »

« Sono il capo delle Operazioni Consolari, generale. »

« Già. Dovrebbe essere al corrente... Stevens non era sposato; i parenti degli altri hanno capito. Era preferibile farlo passare come omicidio a scopo di rapina. La risposta è affermativa. »

« Vedo... il vostro Bourne è arrivato a New York ieri mattina. »

« Lo so. Cioè Conklin ed io siamo al corrente. Siamo noi gli eredi della Treadstone. »

« Lei si è tenuto in contatto con Conklin? »

« L'ho sentito l'ultima volta oggi pomeriggio all'una. Una telefonata non registrata. In tutta franchezza è stato lui a insistere. »

« Da Langley se ne è andato. Non ha lasciato un numero dove lo si possa raggiungere. »

« So anche questo. Non ci provi. Con tutti i dovuti rispetti, dica al Segretario di lasciar perdere. E lasci perdere anche lei. Non fatevi coinvolgere. »

« Siamo già coinvolti, generale. La canadese è in arrivo con copertura diplomatica. »

« Per l'amor del Cielo, ma perché? »

« Siamo stati costretti; ci ha costretti lei. »

« Allora tenetela isolata. È necessario! È lei il nostro elemento decisivo, la prenderemo in carico noi. »

« Credo che sia meglio che si spieghi. »

« Abbiamo a che fare con un pazzo. Un caso di schizofrenia multipla. Se solo gli saltasse in mente, potrebbe far fuori una dozzina di innocenti senza sapere perché. »

« Come fate a saperlo? »

« Perché ha già ucciso. Quel massacro a New York – è stato lui. Ha ucciso Stevens, il Monaco, Webb – soprattutto Webb – e due altre persone di cui lei non ha mai sentito parlare. Adesso abbiamo capito. Non era responsabile, ma questo non cambia nulla. Lo lasci a noi. Lo lasci a Conklin. »

« Chi, Bourne? »

« Sì. Abbiamo delle prove. Le impronte digitali. Ce l'ha confermato l'FBI. È stato lui. »

« Vuol dire che il vostro uomo avrebbe lasciato delle impronte? »

« Proprio così. »

« Non avrebbe potuto » disse l'uomo del Dipartimento di Stato in tono definitivo.

« Cosa? »

« Mi dica, come siete arrivati a concludere che è pazzo? Questa sua schizofrenia multipla, o come diavolo la chiamate? »

« Conklin ha parlato con uno psichiatra – uno dei migliori – un'autorità nel campo dei crolli nervosi da stress. Gli ha delineato la situazione... una situazione brutale. Il dottore ha confermato i nostri sospetti. Anzi, i sospetti di Conklin. »

« Li ha *confermati*? » chiese il direttore, allibito.

« Sì. »

« Basandosi su quel che gli ha detto Conklin? Su quel che Conklin pensava di sapere? »

« Non ci sono altre spiegazioni. Lo lasci a noi. È un problema nostro. »

« Lei è un maledetto imbecille, generale. Avrebbe dovuto rimanersene attaccato alla sua banca dati, o magari a un'artiglieria più primitiva. »

« Lei mi offende. »

« Può anche offendersi se vuole. Se lei ha fatto quel che penso, può darsi che non le rimarrà altro da fare. »

« Si spieghi » disse Crawford, aspro.

« Voi non avete a che fare con un pazzo. Avete a che fare con un uomo affetto da *amnesia*, un uomo che da mesi cerca di sapere chi è e da dove viene. E dalla telefonata registrata in nostro possesso, possiamo capire che ha cercato di dirvelo... ha cercato di dirlo a Conklin, il quale non ha voluto assolutamente dargli retta. Nessuno di voi ha voluto dargli retta... avete spedito un uomo in clandestinità per tre anni – tre anni – per far saltar fuori Carlos, e quando la strategia è andata a pezzi, avete subito pensato al peggio. »

« Amnesia?... No, lei si sbaglia! Ho parlato a Conklin... Lei non capisce; tutti e due conoscevamo... »

« Non voglio sentire il suo nome! » interruppe il direttore delle Operazioni Consolari.

Il generale tacque. « Tutti e due conoscevamo... Bourne... anni fa. Immagino che lei sappia dove l'abbiamo conosciuto. Il nome l'ha fatto lei poco fa. Era l'uomo più strano che avessi mai incontrato, quello che più di tutti si avvicinava alla paranoia. Accettava delle missioni così rischiose che nessun individuo sano di mente avrebbe mai accettato. E non chiedeva mai nulla in cambio. Era pieno di odio. »

« E questo, dieci anni dopo, lo fa diventare candidato all'ospedale psichiatrico? »

« Sette anni dopo » corresse Crawford. « Ho cercato di impedire che venisse scelto per la Treadstone. Ma il Monaco diceva che era il migliore di tutti. In termini di capacità non potevo discutere. Comunque, le mie obiezioni le ho manifestate. Psicologicamente era sul filo del rasoio e sapevamo perché. È stato dimostrato che avevo ragione. »

« Lei non ha ragione per niente, generale. Lei si ritroverà con quel suo culo di ferro per terra. Perché il Monaco aveva ragione. Il vostro uomo è il migliore, con o senza memoria. Sta tirandosi dietro Carlos per consegnarvelo dritto davanti alla porta di casa. Cioè ve lo consegnerà, a meno che voi prima non lo ammazziate. » L'ansito strozzato del generale era proprio quello che il direttore temeva di sentire. Proseguì. « Lei non è in grado di contattare Conklin, vero? » chiese.

« No. »

« È entrato in clandestinità, vero? Ha perso i suoi contatti, ha spedito i pagamenti attraverso tre o quattro persone tra loro sconosciute, rendendo impossibile risalire alla fonte, eliminando ogni possibile collegamento con l'agenzia e la Treadstone. E adesso ci sono dei personaggi che Conklin non conosce, che non riconoscerebbe nemmeno se questi lo rapinassero, con la fotografia di Bourne in mano. Non mi parli di plotoni di esecuzione. Voi ne avete già allineato uno, ma non sapete dov'è. Però c'è: ci sono una mezza dozzina di fucili pronti a sparare appena vedono il condannato. È questa la sceneggiatura, no? »

« Non pretenderà che le risponda. »

« Non ce n'è bisogno. Sono il capo delle Operazioni Consolari; ne ho già viste di cose del genere. Comunque, su una cosa aveva ragione, generale. Il problema è vostro; vi ritrovate la palla in campo. Noi non ci lasceremo coinvolgere. Questo è ciò che ho raccomandato al Segretario di Stato. Il Dipartimento di Stato non può permettersi di sapere chi siete. Può considerare questa telefonata non registrata. »

« Capito. »

« Mi spiace » disse il direttore, sincero, avvertendo l'impotenza nella voce del generale. « Capita a tutti ogni tanto di esplodere. »

« Sì. L'abbiamo imparato ai tempi dell'Operazione Medusa. Cosa intendete fare della ragazza? »

« Per il momento non sappiamo cosa fare di voi, generale. »

« Questo è facile. Procederemo; inutile fare valutazioni congiunte. Niente. Riguardo alla donna la scagioneremo delle accuse di Zurigo. »

« Glielo diremo. Potrebbe servire. Andremo in giro dappertutto a scusarci; cercheremo di metterla tranquilla con un indennizzo molto consistente. »

« Ma siete sicuri? » lo interruppe Crawford.

« Dell'indennizzo? »

« No, dell'amnesia. Ne siete sicuri? »

« Ho ascoltato quel nastro almeno venti volte, ho sentito la sua voce: mai stato tanto sicuro in vita mia. Incidentalmente, la ragazza è arrivata diverse ore fa. Adesso è all'Hotel Pierre sotto sorveglianza. La faremo venire a Washington domani mattina, quando avremo deciso cosa fare. »

« Un attimo! » Il generale aveva alzato la voce. « Non domani mattina! È già qui... può farmi avere il permesso di incontrarla? »

« Non è il caso che lei si scavi una fossa ancora più profonda, generale. Meno nomi sa quella donna, tanto meglio è. Era con Bourne quando lui ha chiamato l'ambasciata; sapeva del Primo segretario e ormai, probabilmente, anche di Conklin. Può darsi che l'unico a cadere sia Conklin. Lei se ne tenga fuori. »

« Mi ha appena detto che la palla è nel mio campo. »

« Non in questo modo. Lei è una persona come si deve, generale, e anch'io. Siamo professionisti. »

« No, non mi ha capito! Abbiamo sì delle fotografie, ma potrebbero essere inutili. Sono vecchie di tre anni e Bourne è cambiato — drasticamente. Ecco perché c'è Conklin sul posto — anche se non so dove sia. È l'unico che l'ha visto, ma era di notte e pioveva. La canadese potrebbe essere l'unica possibilità che ci rimane. È stata insieme a lui, ha vissuto con lui settimane e settimane. Lo conosce. Può darsi che sia in grado di riconoscerlo prima di chiunque altro. »

« Non capisco. »

« Parlerò chiaro. Tra i molti, moltissimi talenti di Bourne c'è la capacità di cambiare aspetto, di nascondersi in una folla, in un campo o tra gli alberi... di trovarsi in un posto senza che nessuno lo veda. Se le cose stanno come lei dice non se ne ricorderà, ma nella Medusa gli avevamo dato un soprannome. I suoi uomini dicevano che era... un camaleonte. »

« È il vostro Cain, generale. »

« Era il nostro Delta. Nessuno era come lui. Ecco perché la ragazza può esserci d'aiuto. Ora. Mi faccia avere l'autorizzazione! Mi faccia parlare con lei. »

« Darle l'autorizzazione significa darle un riconoscimento, generale. Non credo che possiamo farlo. »

« Per l'amor del Cielo, ma se ha appena detto che siamo persone come si deve! Possiamo salvargli la vita. Forse. Se quella donna fosse con me e se riuscissimo a trovarlo potremmo tirarlo fuori da quel posto! »

« Da quel posto? Mi sta dicendo che sa esattamente dove andrà? »

« Sì. »

« E come mai? »

« Perché non andrebbe in nessun altro posto. »

« E tra quanto tempo? » chiese incredulo il direttore delle Operazioni Consolari. « Lei sa quando andrà in quel posto? »

« Sì. Oggi. È la data della sua esecuzione. »

35

Il taxi puntava in direzione est, sulla 71ª Strada, chiuso in una fila di auto che avanzavano a singhiozzo, paraurti contro paraurti. Erano le 8.45 del mattino, il movimento dell'ora di punta era, come al solito, una contraddizione in termini: il contrario del movimento.

Bourne si rannicchiò nell'angolo del sedile posteriore osservando la strada alberata da sotto la tesa del cappello. Portava un paio di occhiali da sole. Ci era già stato in questa strada; le immagini erano indelebili. Aveva percorso quei marciapiedi, visto le porte d'ingresso e le facciate coperte d'edera, così insolite a New York, ma così in sintonia con il carattere della strada. Aveva già guardato in alto e visto i terrazzi fioriti, paragonandoli a un grazioso giardino a qualche isolato di distanza, verso il parco, sul quale si aprivano le due eleganti porte-finestre di una stanza ampia... e complicata. La stanza era in un edificio alto e stretto di pietra marrone con una colonna alta quattro piani di finestre all'inglese. Finestre dai vetri spessi che rifrangevano la luce in bagliori impercettibili di rosso e d'azzurro. Vetri antichi, forse, vetri ornamentali... vetri a prova di proiettile. Una casa di arenaria dove si entrava salendo alcuni gradini. Erano gradini strani, insoliti: ciascuno era formato da una griglia nera messa, così sembrava, per evitare di scivolare sulla neve o sul ghiaccio... mentre il peso di chi saliva faceva scattare all'interno dei dispositivi elettronici.

Jason conosceva la casa, sapeva che si stavano avvicinando. Le pulsazioni nel petto accelerarono, arrivati all'altezza dell'isolato. Da un momento all'altro l'avrebbe vista e, mentre serrava le mani per arrestare il tremito, si rese conto perché a Parc Monceau aveva provato una sensazione analoga. Il piccolo quartiere di Parigi era molto simile a questo breve tratto dell'Upper East Side. Se non fosse stato per qualche casa mal tenuta o per qualche scala cadente, avrebbero potuto essere identici.

Ripensò ad André Villiers. Sulle pagine di un taccuino acquistato frettolosamente all'aeroporto Charles De Gaulle aveva scritto tutto quel che ricordava da quando si era risvegliato privo di memoria. Dal momento in cui aveva aperto gli occhi in una stanzetta umida di Ile de Port Noir, passando per le spaventose rivelazioni di Marsiglia, Zurigo e di Parigi... specialmente di Parigi, dove lo spettro del mantello di un assassino gli era caduto sulle spalle e dove gli era apparso chiaro che aveva tutte le capacità di un assassino. Era una confessione, una confessione schiacciante, dato che non sapeva spiegare ciò di cui parlava. Ma era la verità, nei termini in cui lui la conosceva, una verità che l'avrebbe discolpato più dopo la sua morte che prima. Nelle mani di André Villiers, sarebbe stata usata nel modo migliore; il generale avrebbe preso le decisioni giuste sul conto di Marie Saint Jacques. Il saperlo gli dava la libertà di cui ora aveva bisogno. Aveva chiuso i fogli in una busta e li aveva spediti dall'aeroporto Kennedy. Sarebbero arrivati a Parigi quando lui ormai sarebbe stato vivo oppure sarebbe morto; avrebbe ucciso Carlos o Carlos avrebbe ucciso lui. Da qualche parte, in quella strada, un uomo dalle spalle possenti lo avrebbe seguito. Era l'unica cosa di cui era assolutamente sicuro: al suo posto avrebbe fatto lo stesso. Da qualche parte in quella strada...

Eccola! Era proprio lì e il sole del mattino si rifletteva sulla porta verniciata di nero, sulla maniglia d'ottone, passando attraverso gli spessi vetri delle finestre che salivano una sopra l'altra come una colonna luccicante blu-rossastra, accentuando lo splendore del vetro, ma non la resistenza all'impatto di proiettili ad alto potenziale e di armi di grosso calibro. Si trovava lì per ragioni che non sapeva definire; aveva gli occhi pieni di lacrime e un nodo alla gola. Provava la sensazione incredibile di essere tornato in un luogo che era parte di lui, proprio come il suo corpo o quel che gli rimaneva della mente. Non era casa sua; non c'era conforto, non c'era serenità nell'osservare quell'elegante residenza dell'East Side. Qualcos'altro però c'era: la sensazione prepotente del ritorno. Era tornato all'inizio, dove c'erano state la partenza e la creazione, la notte nera e l'alba. E stava succedendo qualcosa. Serrò con più forza il polso, cercando disperatamente di controllare l'impulso quasi irresistibile di balzar fuori dal taxi e di correre verso quella mostruosa struttura silenziosa di pietra irregolare e di vetro blu. Sentiva la voglia di salire di corsa i gradini e di picchiare il pugno contro la robusta porta nera.

Fatemi entrare! Sono qui! Dovete farmi entrare! Non capite?

SONO TORNATO ALLA BASE!

Le visioni gli si accavallavano davanti agli occhi. Rumori discordanti gli assalivano le orecchie, fitte lancinanti gli esplodevano alle tempie. Si trovava in una stanza buia — in *quella* stanza — e fissava su uno schermo altre immagini che apparivano e scomparivano in una successione rapida, abbacinante.

Chi è quello? In fretta. Ci hai messo troppo! Sei morto. Dov'è questa strada? Cosa significa per te? Chi ci hai incontrato? Cosa? Bene. Sta' sulle cose semplici; di' il meno possibile. Questo è un elenco: otto nomi. Quali sono i contatti? In fretta! Eccone un altro. Metodi di assassinio. I tuoi quali sono?... No, no, no! Delta farebbe così, non Cain! Non sei Delta, non sei te stesso! Sei Cain. Sei un uomo che si chiama Bourne, Jason Bourne! Sei tornato indietro. Riprovaci. Concentrati! Dimentica tutto il resto! Spazza via il passato. Per te non deve esistere. Sei solo ciò che sei diventato qui.

Sul viso gli scendevano rivoli di sudore, accecandolo. Piantò le dita nel polso cercando di espellere dalla mente dolore, rumore, lampi di luce. Aveva scritto a Carlos dicendo che tornava per recuperare dei documenti nascosti, la sua "protezione finale". Mentre scriveva il termine gli era parso poco significativo; era stato sul punto di cancellarlo: voleva dare una motivazione più solida al ritorno a New York. L'istinto però gli aveva detto di lasciarlo così com'era; in qualche modo faceva parte del suo passato. Ora capiva. La sua identità si nascondeva in quella casa. La sua identità. E che Carlos lo inseguisse o meno doveva scoprirla. Assolutamente!

Era improvvisamente impazzito! Scosse violentemente il capo avanti e indietro cercando di arrestare l'impulso irresistibile di far cessare gli urli che sentiva intorno a sé — urli che erano suoi... la sua voce. *Lascia perdere Carlos. Dimentica la trappola. Entra in quella casa! È lì che tutto è cominciato!*

Era macabra, l'ironia della situazione. Non c'era nessuna protezione in quella casa. Solo la spiegazione finale. Riguardava solo lui ma, senza Carlos, non aveva significato. Quelli che gli davano la caccia lo sapevano e non ne tenevano conto; per questo motivo lo volevano morto. Ma era così vicino... doveva trovarla. Era lì dentro.

Sollevò lo sguardo; il tassista lo scrutava attraverso lo specchietto retrovisore. « Emicrania » disse Jason asciutto. « Faccia il giro dell'isolato e torni qui. Sono arrivato in anticipo all'appuntamento. Le dico dove fermarsi. »

« I soldi sono suoi, signore. »

La casa di arenaria era ormai alle loro spalle; l'avevano superata in fretta, approfittando di un'apertura nel traffico. Bourne si voltò e la guardò dal finestrino posteriore. L'attacco stava passando, visioni e rumori si affievolivano; rimaneva solo il dolore, ma sapeva che anche quello sarebbe diminuito. I minuti precedenti erano stati un'esperienza straordinaria. Erano state sconvolte le priorità, un impulso irresistibile aveva schiacciato la razionalità, tanto potente era stata la pressione di ciò che non conosceva che per qualche istante aveva quasi perso il controllo di sé. Doveva rivedere la casa, studiarla. Aveva tutta la giornata per elaborare e mettere a punto strategia e tattica per la notte; ci voleva però un secondo esame per valutare con più calma la situazione. Durante il giorno sarebbe arrivata altra gente, avrebbe potuto apprezzare meglio i particolari. Il camaleonte che c'era in lui sarebbe entrato in azione.

Un quarto d'ora dopo si rese conto che tutte le prospettive precedenti erano sconvolte. Improvvisamente la situazione era cambiata di netto; il traffico intorno all'isolato era ancora più lento, portando un altro elemento di incertezza. Un camion dei traslochi s'era fermato di fronte alla casa. Intorno, alcuni uomini in tuta fumavano e bevevano caffè aspettando di cominciare a lavorare. La pesante porta nera era aperta e un uomo in giubbotto verde, con il marchio della ditta sul taschino sinistro era fermo nell'atrio con un taccuino in mano. Stavano smantellando la Treadstone! Qualche ora ancora e sarebbe rimasto solo l'involucro! Impossibile! Dovevano fermarsi!

Jason si chinò verso il tassista con i soldi in mano. Il dolore al capo era scomparso, era pronto a mettersi in movimento. Doveva mettersi in contatto con Conklin a Washington. Subito, non più tardi quando i pezzi sulla scacchiera sarebbero ormai stati sistemati. Conklin doveva bloccare il trasloco! La sua strategia si basava sul buio... come sempre. Il raggio di una torcia prima in un vicolo, poi in un altro, quindi sulla facciata buia e sulle finestre. Con un'orchestrazione precisa, con passaggi rapidi da una posizione all'altra. Un assassino si sarebbe sentito attirato di notte verso un edificio di pietra. Di *notte*. Sarebbe accaduto di notte! Non ora! Scese dal taxi.

« Ehi, signore! » gli gridò il tassista dal finestrino aperto.

Jason si chinò. « Cosa c'è? »

« Volevo ringraziarla. Mi ha dato... »

Uno schiocco. Sopra la spalla! Seguito da una specie di colpo di tosse: un grido rimasto inarticolato. Bourne fissò il tassista, il rivolo di sangue che gli scendeva dall'orecchio. Era morto, colpito da un proiettile destinato a lui, un proiettile sparato da una delle tante finestre che si affacciavano sulla strada.

Jason si lasciò cadere a terra, sentì altri due ronzii uno dopo l'altro; il primo si piantò nella fiancata del taxi, il secondo fece esplodere l'asfalto. Incredibile! L'avevano identificato ancor prima che la caccia iniziasse! Carlos era già appostato! Lui in persona, o uno dei suoi uomini, avevano preso posizione in alto, a una finestra o su un tetto, da dove si poteva tenere sotto controllo tutta la strada. Era una follia: facilissimo ammazzare qualcuno che non c'entrava: sarebbe arrivata la polizia, avrebbero bloccato la strada; un'eventuale controtrappola sarebbe fallita. E Carlos non era matto! Non aveva senso. D'altra parte Bourne non aveva tempo di riflettere; doveva tirarsi fuori dalla trappola, dalla controtrappola. Doveva riuscire a telefonare. Carlos era sul posto. Alle porte della Treadstone! Se l'era tirato dietro. Ci era riuscito! Era la sua prova!

Balzò in piedi e partì di corsa, scansando i gruppi di pedoni. All'incrocio girò a destra; la cabina del telefono era a pochi metri, ma rappresentava un bersaglio. Non poteva usarla.

Sul lato opposto della strada c'era una rosticceria con una piccola insegna rettangolare sulla porta: TELEFONO. Scese dal marciapiedi e riprese a correre scansando le automobili.

« La CIA, signore, è fondamentalmente un'organizzazione per la raccolta di fatti » disse in tono condiscendente l'uomo all'altro capo della linea. « Il genere di attività di cui lei sta parlando solo in casi molto rari fa parte del nostro lavoro e, in tutta franchezza, è stato ingigantito sproporzionatamente da film e da scrittori male informati. »

« Maledizione, mi stia a sentire! » disse Jason, con una mano a coppa sul microfono per riuscire a farsi sentire tra la folla della rosticceria. « Mi dica semplicemente dov'è Conklin. È un caso di emergenza! »

« Gliel'hanno già detto nel suo ufficio, signore. Mr. Conklin è partito ieri pomeriggio e ritornerà alla fine della settimana. Poiché lei sostiene di conoscere Mr. Conklin saprà della mutilazione che ha subìto in servizio. Spesso si assenta per delle terapie... »

« Ma la smetta! L'ho visto a Parigi, due sere fa. Era arrivato in volo da Washington per incontrarsi con me. »

« Per quanto riguarda questo particolare » lo interruppe l'uomo di Langley « abbiamo già controllato quando lei è stato messo in contatto con il suo ufficio. È più di un anno che Mr. Conklin non va all'estero. »

« E allora hanno sepolto la cosa! C'era, a Parigi! Voi volete delle parole in codice » disse Bourne disperatamente. « Non le ho. Ma qualcuno che lavora con Conklin riconoscerà queste: Medusa, Delta, Cain... Treadstone! Qualcuno deve conoscerle per forza! »

« E invece nessuno le conosce, gliel'hanno detto. »

« Me l'ha detto qualcuno che non è al corrente. Ci dev'essere per forza qualcuno che sa!... »

« Mi spiace. Vorrei poter... »

« Non riappenda! » C'era un'altra via; avrebbe preferito non seguirla, ma era l'unica che gli rimaneva. « Cinque o sei minuti fa, sono sceso da un taxi nella Settantunesima Strada. Sono stato identificato e qualcuno ha cercato di eliminarmi. »

« Di... eliminarla? »

« Sì. Il tassista mi ha detto qualcosa e mi sono chinato per ascoltarlo. Questo movimento mi ha salvato la vita, ma il tassista è morto con una pallottola in testa. È la verità e so che avete la possibilità di accertarvene. Probabilmente sul posto ci saranno ormai cinque o sei auto della polizia. Controllate. »

Ci fu un breve silenzio all'altro capo della linea. « Dato che lei ha chiesto di Mr. Conklin – o per lo meno ha fatto il suo nome – controllerò. A che numero posso richiamarla? »

« Rimango in linea. Telefono con una carta di credito internazionale, emessa in Francia, a nome Chamford. »

« Chamford? Ma lei ha detto... »

« *Per favore!* »

« Rimanga in linea. »

L'attesa fu intollerabile e resa ancora più difficile da un ebreo hassidico che lo fissava con uno sguardo di fuoco, alcune monetine in una mano e un panino nell'altra e la barba arruffata piena di briciole. Un minuto dopo l'uomo di Langley tornò all'apparecchio. L'irritazione aveva sostituito la disponibilità.

« Penso che la conversazione sia ormai conclusa, Mr. Bourne, o Chamford, o come preferisce chiamarsi. Abbiamo contattato la polizia di New York; nella Settantunesima Strada non è avvenuto nessun incidente del tipo da lei descritto. E aveva ragione: abbiamo davvero la possibilità di accertarcene. La avviso che telefonate come la sua possono costituire reato e sono passibili di pene severe. Buongiorno, signore. »

Bourne sentì un clic e la linea s'interruppe. Rimase a fissare il disco, incredulo. Da mesi a Washington lo cercavano e volevano ucciderlo a causa del suo silenzio, per loro incomprensibile. E adesso che si era presentato, – dopo aver portato a termine l'incarico assegnatogli – veniva trattato così. Continuavano a non volergli dar retta! Quell'uomo però lo era stato a sentire ed era tornato all'apparecchio per negare una morte avvenuta solo pochi minuti prima. Impossibile... assurdo. Il tassista era morto. Era morto davvero.

Jason posò la cornetta, tentato di scappare di corsa dalla rosticceria affollata. Invece si diresse con calma verso la porta, scusandosi con la gente in coda davanti alla cassa e tenendo d'occhio la vetrina e la gente sul marciapiedi. Una volta fuori, si tolse il soprabito e sostituì gli occhiali da sole con quelli dalla montatura di tartaruga. Piccoli cambiamenti, ma per il momento potevano bastare. Ma dov'era diretto non sarebbe stato a lungo. Attraversò in fretta l'incrocio della Settantunesima.

Sull'angolo opposto si mescolò con un gruppo di pedoni in attesa del verde. Guardò verso sinistra nascondendo il mento nel colletto. Il traffico procedeva ma il taxi era scomparso. Era stato asportato con precisione chirurgica, come un organo malato estratto dall'organismo per riportare le funzioni vitali alla normalità. Dimostrava la precisione di un maestro dell'assassinio, che sapeva esattamente quando intervenire, rapidamente, con il bisturi.

Bourne si voltò e si diresse verso sud. Doveva trovare un negozio, cambiar pelle. Il camaleonte non poteva aspettare.

Marie Saint Jacques, di fronte al brigadier generale Irwin Arthur Crawford, nell'appartamento del Pierre Hotel era fuori di sé. « Non avete voluto dargli retta! » lo accusò. « Nessuno di voi gli ha voluto dar retta. Sapete quello che gli avete fatto? »

« Anche troppo bene » rispose il generale; la scusa era nelle parole, non nella voce. « Posso solo ripeterle ciò che le ho già detto. Non sapevamo a cosa dar retta. La differenza tra apparenza e realtà era al di là della nostra comprensione e, evidentemente, al di là anche della sua. Se nemmeno lui capiva, perché avremmo dovuto capire noi? »

« Sono sette mesi che, per usare le sue parole, cerca di riconciliare apparenza e realtà! E tutto quel che siete stati capaci di fare è stato spedire qualcuno a ucciderlo! Ha cercato di dirvelo. Ma che gente siete, voi? »

« Siamo imperfetti, miss Saint Jacques. Imperfetti ma onesti, credo. Ecco perché sono qui. Adesso ormai non rimane più molto tempo e voglio salvarlo se posso, se possiamo. »

« Dio, lei mi dà la nausea! » Marie si fermò, scosse il capo e proseguì a bassa voce: « Sa che farò tutto ciò che mi chiede. Riesce a contattare questo Conklin? ».

« Senz'altro. Mi metterò sui gradini di quella casa finché non potrà far altro che venire da me. D'altra parte, forse non è solo di lui che dobbiamo preoccuparci. »

« Di Carlos? »

« Forse anche di altri. »

« Cosa intende dire? »

« Glielo spiego per strada. Ora la nostra principale preoccupazione — l'unica — è trovare Delta. »

« Jason? »

« Sì. L'uomo che lei chiama Jason Bourne. »

« Era uno dei vostri fin dall'inizio, vero? » volle sapere Marie. « Non aveva bisogno di cambiar vita, non lo faceva per soldi né per ottenere qualche perdono in cambio? »

« Infatti. Le diremo tutto a tempo debito: non è questo il momento. Ho preso accordi perché lei si trovi in un'auto del servizio di Stato senza contrassegni, nelle vicinanze della casa. Le daremo un binocolo; lei lo conosce meglio di tutti. Forse riuscirà a vederlo. Me lo auguro proprio. »

Marie andò in fretta all'armadio e prese il cappotto. « Una sera mi ha detto che era un camaleonte... »

« Se ne ricordava? » la interruppe Crawford.

« Di che cosa? »

« Niente. Aveva la dote di entrare ed uscire da situazioni difficili senza farsi vedere. Tutto qui. »

« Un momento! » Marie si avvicinò al generale guardandolo fisso. « Mi dice che dobbiamo trovare Jason, ma c'è un modo migliore. Facciamo venire lui da noi. Da me. Mi metterò io sui gradini di quella casa. Mi vedrà, mi farà dire qualcosa! »

« Così di bersagli ce ne saranno due invece di uno? »

« Lei non conosce il suo uomo, generale. Ho detto "mi farà dire qualcosa". Manderà qualcuno, darà dei soldi a un uomo o a una donna trovati per strada perché mi portino un messaggio. Lo conosco. Farà così. Questo è il modo più sicuro. »

« Non posso permetterlo. »

«Perché no? Tutte le altre volte vi siete comportati da stupidi! Avete agito alla cieca! Fate almeno una cosa intelligente. »

« Non posso. La sua proposta potrebbe persino risolvere dei problemi di cui lei non è al corrente. Ma non posso. »

« Mi spieghi perché. »

« Se Delta ha ragione, se Carlos lo ha seguito e si trova in quella strada, lei correrebbe un rischio troppo grosso. Carlos la riconoscerebbe dato che ha una sua fotografia e la ucciderebbe. »

« Sono disposta a correre il rischio. »

« Io no. Mi piacerebbe pensare di parlare a nome del mio governo, dicendole una cosa del genere. »

« In tutta franchezza non credo che lei parli a nome del suo governo. »

« Questo non la riguarda. Vogliamo andare, prego? »

« Servizi Generali » intonò una centralinista annoiata.

« Mister J. Petrocelli, per favore » disse Alexander Conklin con voce tesa, asciugandosi il sudore con una mano. Era alla finestra. « È urgente! »

« Hanno tutti fretta... » la frase s'interruppe sostituita da un ronzio sordo.

« Qui Petrocelli, ufficio movimento. »

« Ma che cosa state facendo? » esplose l'uomo della CIA, usando l'aggressività come arma calcolata.

Un attimo di silenzio. « In questo momento sto ascoltando un fesso che mi ha fatto una domanda scema. »

« Bene, continui ad ascoltare. Mi chiamo Conklin, Central Intelligence Agency, autorizzazione Quattro-Zero. Capisce cosa vuol dire? »

« Sono dieci anni che non capisco un bel niente di quello che dite. »

« Bene, quello che le dirò adesso è meglio che lo capisca. Mi ci è voluta quasi un'ora, maledizione, ma sono riuscito a trovare il responsabile di una ditta di traslochi qui a New York. Mi ha detto che aveva un ordine firmato da lei per portar via tutti i mobili da una casa della Settantunesima Strada. Al 139, per la precisione. »

« Già. Me lo ricordo. Cosa c'è che non va? »

« Chi vi ha dato l'ordine? Questo è territorio nostro. La settimana scorsa abbiamo portato via le nostre apparecchiature, ma non abbiamo — ripeto: non abbiamo — richiesto ulteriori attività. »

« Un momento » disse il burocrate. « L'ho visto quell'ordine. Voglio dire: l'ho letto prima di firmarlo. L'ordine arrivava direttamente da Langley con richiesta di evasione urgente. »

« Da Langley? »

« Un attimo che glielo dico. Ne ho una copia in evidenza; è qui sulla scrivania. » Conklin sentì un fruscio di carte. Quindi Petrocelli tornò in linea. « Eccolo qui, Conklin. Vada a rompersi le corna con i suoi controlli amministrativi. »

« Non sapevano cosa stavano facendo. Annulli l'ordine. Chiami la ditta di traslochi e gli dica di filare! Immediatamente! »

« Mister Conklin, mi faccia avere una richiesta scritta urgente prima delle tre del pomeriggio, e potrebbe darsi – dico solo potrebbe – che venga evasa domani. Rimetteremo tutto a posto. »

« Rimetterete tutto a posto? »

« Proprio così. Voi ci dite di portar via e noi portiamo via. Ci dite di rimettere tutto a posto e noi rimettiamo tutto a posto. Abbiamo una prassi e delle procedure, proprio come voi. »

« Quell'attrezzatura – tutto – era in affitto! Non era – *non è* – un'operazione dell'Agenzia. »

« E allora perché mi telefona? Lei cosa c'entra? »

« Non ho tempo di spiegarle. Si limiti a far andar via quegli uomini. Telefoni a New York e li faccia andar via! Questi sono ordini Quattro-Zero! »

« Senta, Conklin, tutti e due sappiamo che lei può ottenere quello che vuole se io ricevo quel che mi serve. Segua le procedure. Renda legittima la cosa. »

« Non posso coinvolgere l'Agenzia! »

« E non coinvolgerà neanche me. »

« Quella gente se ne deve andare! Le sto dicendo... » S'interruppe, lo sguardo fisso sulla casa di arenaria dall'altra parte della strada. Un uomo alto con un cappotto scuro era fermo in cima ai gradini. Lo vide voltarsi e rimanere immobile davanti alla porta aperta. Era Crawford. Ma cosa stava facendo lì? Era pazzo! Era un bersaglio fisso; poteva far saltare la trappola!

Conklin riappese.

Si rivolse a un uomo robusto in piedi a un paio di metri da lui davanti alla finestra accanto. L'uomo impugnava con le grosse mani un fucile, con il mirino a cannocchiale. Conklin non sapeva come si chiamava e non voleva saperlo. Aveva pagato abbastanza per non doversene preoccupare.

« Lo vedi quel tipo col cappotto nero in piedi davanti alla porta? »

« Lo vedo. Non è quello che cerchiamo, è troppo vecchio. »

« Va' là e digli che c'è qui uno zoppo che gli vuole parlare. »

Bourne uscì dal negozio di abiti usati della 3ª Avenue fermandosi di fronte alla vetrina sporca per vedersi. Il berretto di maglia nera gli copriva metà della fronte; il giubbotto militare, spiegazzato e rattoppato, era diverse taglie più grande della sua; la camicia scozzese di flanella, i calzoni kaki e gli scarponi da lavoro dalla spessa suola di gomma e dalla punta arrotondata completavano l'insieme di un uomo robusto, tardo, che nel fisico cominciava a mostrare le conseguenze di una vita di fatica, pronto però ad accettare l'inevitabilità di un lavoro pesante, compensato alla fine con qualche lattina di birra dopo una giornata di noia.

Avrebbe anche trovato la camminata adatta al suo aspetto. Gli era già servita in altre occasioni. Chissà dove. Ma prima doveva fare una telefonata. Vide una cabina verso la fine dell'isolato. Vi si diresse, irrigidendo automaticamente le gambe, posando con decisione i piedi sul marciapiedi, un po' ingobbito, con le mani curve, le dita aperte da anni e anni di fatica. L'espressione ottusa e immobile gli sarebbe venuta dopo. Nella cabina c'era un elenco telefonico consunto, appeso a una catenella. Cercò e infine compose un numero.

« Traslochi e magazzini Belkins » rispose una centralinista da qualche parte nel Bronx.

« Mi chiamo Johnson » disse Jason con impazienza ma in tono gentile. « Temo di avere un problema e spero che lei possa aiutarmi a risolverlo. »

« Farò il possibile, signore. Di che cosa si tratta? »

« Stavo andando a casa di un amico nella 71ª Strada – un amico morto di recente, purtroppo – per prendere un oggetto che gli avevo prestato. Quando sono arrivato ho trovato il vostro furgone. È estremamente imbarazzante, ma credo che i vostri uomini stiano portando via una cosa di mia proprietà. Posso parlare con qualcuno? »

« Dovrebbe parlare con lo spedizioniere, signore. »

« Può dirmene il nome, per favore? »

« Sicuro. Murray. Murray Schumach. Glielo passo. »

Ci fu un ronzio sulla linea preceduto da due scatti.

« Pronto! »

« Mister Schumach? »

« In persona. »

Bourne ripeté la sua storia imbarazzante. « Naturalmente posso sempre far scrivere una lettera dall'avvocato, ma l'oggetto in questione è di poco valore... »

« Cos'è? »

« Una canna da pesca. Non è costosa, però il mulinello è un modello vecchio, di quelli che non s'ingarbugliano ogni cinque minuti. »

« Già, capisco cosa vuol dire. Vado anch'io a pescare dalle parti di Sheepshead Bay. Non li fanno più i mulinelli come una volta... »

« È proprio così, mister Schumach. So esattamente dove il mio amico la teneva. »

« Oh, diavolo... una canna da pesca. Vada là e parli con un tizio che si chiama Dugan, è lui che dirige lo sgombero. Gli dica che le ho detto che può prenderla; però dovrà firmare una ricevuta. Se per caso fa casino, gli dica di chiamarmi da un telefono esterno, perché nella casa l'hanno già staccato. »

« Okay. La ringrazio moltissimo, mister Schumach. »

« Cristo, quel posto è una rottura di coglioni, oggi! »

« Come ha detto, scusi? »

« Niente. Ci ha chiamato un fregnone per dirci di filar via di là. Ed è un lavoro sicuro, pagamento in contanti e garantito. Ma le sembra possibile? »

Carlos. A Jason sembrava del tutto possibile.

« Non mi pare possibile, mister Schumach. »

« Be', buona pesca » concluse l'uomo della Belkins.

Bourne s'incamminò lungo la 71ª Strada in direzione di Lexington Avenue. Tre isolati dopo trovò quel che cercava: un negozio di residuati militari. Entrò.

Otto minuti dopo usciva con quattro coperte marroni arrotolate e sei grosse cinghie di tela con fibbie di metallo. Nelle tasche del giubbotto militare aveva due torce luminose stradali. Le aveva viste sul banco e gli avevano liberato immagini al di là della memoria, immagini che risalivano a un'epoca in cui le torce avevano un senso e uno scopo. Gettò cinghie e coperte sulla spalla sinistra e si avviò verso la Settantunesima. Il camaleonte stava per entrare nella giungla, una giungla fitta come quella dimenticata di Tam Quan.

Erano le 10.48 quando arrivò all'angolo dell'isolato che custodiva i segreti della Treadstone Seventy-One. Tornava all'inizio, al suo inizio, e la paura che provava non era paura di danni fisici. A questi era preparato, i muscoli erano pronti. Ginocchia e piedi, mani e gomiti erano armi, gli occhi sensori d'allarme pronti a inviare segnali che li avrebbero messi in azione. Era di un tipo più profondo, la sua paura. Stava per entrare nel luogo in cui era nato ed era terrorizzato al pensiero di quel che avrebbe potuto trovare, ricordare.

Piantala! C'è solo la trappola. Cain sta per Charlie e Delta sta per Cain!

L'ora di punta era passata e il traffico era calato nettamente; nella strada aleggiava la calma del mattino. I pedoni camminavano tranquilli, senza fretta; le auto superavano senza difficoltà il furgone: i colpi rabbiosi di clacson erano sostituiti da brevi smorfie di irritazione. Jason attraversò con il verde passando sul marciapiedi della Treadstone. L'alta casa di arenaria era a una cinquantina di metri. Reggendo cinghie e coperte, un manovale tardo e già un po' stanco s'incamminò verso la casa alle spalle di una coppia elegante.

Arrivò davanti alla scala mentre due uomini muscolosi, uno nero l'altro bianco, facevano uscire dalla porta un'arpa imballata. Bourne si fermò.

« Ehi! Dov'è Dugan? » chiese ad alta voce, un po' inceppato, con un accento ruvido.

« E dove cazzo credi che sia? » rispose il bianco, guardandosi intorno. « Seduto in qualche poltrona del cazzo. »

« È intronato, ecco cos'è. Cosa c'hai lì? »

« Mi manda Schumach » disse Jason. « Voleva un altro uomo qui, dice che magari 'sta roba vi viene buona. Mi ha detto di portarla. »

« Murray il terribile » esclamò ridendo il nero. « Sei nuovo amico? Mica ti ho mai visto. Vieni dal gabbio? »

« Già. »

« Porta quella merda dal dirigente, » grugnì Joey, scendendo, « che lui gli trova un'*allocazione*. Cosa te ne pare, Pete? *Allocazione*: ti piace? »

« Da morire, Joey. Sei un dizionario sputato. »

Bourne salì i gradini rosso-bruni passando accanto ai due uomini. Entrò, vide la scala a destra e, davanti a sé, il lungo corridoio che portava a una porta a una decina di metri di distanza. Era salito almeno mille volte lungo quella scala, migliaia di volte era passato per quel corridoio. Era tornato e si sentì sopraffatto da un senso di terrore. Affrontò il corridoio buio; vedeva in fondo fasci di luce entrare da una coppia di porte finestre. Si avvicinava alla stanza dove Cain era nato. In quella stanza. Si aggrappò alle cinghie che portava in spalla e cercò di bloccare il tremito.

Marie, sul sedile posteriore della berlina blindata del servizio di Stato, con un binocolo sugli occhi, si piegò in avanti. Era successo qualcosa; non sapeva bene cosa, ma poteva immaginarlo. Un uomo basso e robusto era passato di fronte alla scala della casa di arenaria alcuni minuti prima, aveva rallentato il passo all'altezza del generale ed evidentemente gli aveva detto qualcosa. Poi aveva proseguito e pochi secondi dopo Crawford gli si era accodato.

Avevano trovato Conklin.

Se era vero quel che diceva il generale, avevano fatto un piccolo passo. C'erano lì intorno degli assassini a pagamento, assunti per uccidere un uomo... in base a motivi del tutto errati. Oh Dio, come li odiava tutti; personaggi stupidi, senza cervello. Giocavano con la vita degli altri. Sapevano così poco, credendo di sapere così tanto.

Non avevano voluto ascoltare! Si erano rifiutati di ascoltare finché ormai non era troppo tardi e, anche allora, con un'aria di sopportazione, nient'affatto convinti di aver torto, pensando ancora che la situazione fosse quella che si erano immaginata. I guai venivano dalla cecità, le menzogne dalla testardaggine e dall'imbarazzo.

Marie mise a fuoco il binocolo. Un uomo della Belkins era arrivato in fondo alla scala con delle coperte e delle cinghie in spalla, camminando dietro una coppia anziana, evidentemente abitanti del quartiere usciti per una passeggiata. L'uomo con il giaccone militare e il berretto di maglia nero si era fermato; parlava agli altri due manovali che stavano facendo uscire dalla porta un oggetto triangolare.

C'era qualcosa... qualcosa di strano; non vedeva il viso dell'ultimo arrivato, ma c'era qualcosa nel collo, nella forma del capo... di cosa si trattava? L'uomo affrontò i gradini. Si muoveva faticosamente, era già stanco ancor prima di cominciare a lavorare... aveva un'aria sudicia. Marie abbassò il binocolo; era troppo ansiosa, troppo pronta a veder cose dove non c'erano.

Oh Dio, Jason, amore mio. Dove sei? Vieni da me. Fatti trovare. Non lasciarmi con questi uomini ciechi e ottusi. Non lasciare che ti stacchino da me.

Dov'era Crawford? Le aveva promesso di tenerla informata di ogni particolare, di ogni mossa. Marie era stata schietta. Non si fidava di lui, non si fidava di nessuno di loro; non aveva la minima fiducia nella loro intelligenza. Le aveva promesso... dov'era ora?

Si rivolse all'autista. « Per favore, può abbassare il finestrino? Si soffoca qui dentro. »

« Spiacente, signorina » rispose il militare in borghese. « Comunque metto in azione l'aria condizionata. »

Vetri e sportelli erano controllati da pulsanti sul cruscotto e solo il conducente poteva azionarli. Si trovava in una tomba di vetro e di metallo in una strada alberata, sotto il sole.

« Non credo una sola parola! » disse Conklin, zoppicando rabbioso verso la finestra. « Non credo una sola maledetta parola! »

« Perché non vuoi crederci, Alex » ribatté Crawford. « Questa soluzione ti è molto più facile. È già operativa ed è molto più semplice. »

« Tu il nastro non l'hai sentito. E non hai sentito neanche Villiers! »

« Ho sentito la donna e mi è bastato. Dice che non abbiamo voluto ascoltare... che tu non hai voluto ascoltare. »

« E allora mente! » Conklin si girò faticosamente. « Cristo, sicuro che mente! Perché non dovrebbe? È la sua donna. Farebbe qualunque cosa per staccarlo dall'amo. »

« Ti sbagli e lo sai. Il fatto che lui sia qui dimostra che ti sbagli e dimostra che mi sono sbagliato anch'io ad accettare quello che dicevi. »

Conklin respirava pesantemente; la destra, stretta al bastone, gli tremava. « Forse... forse potremmo, forse... » Non terminò la frase; guardò Crawford con un'espressione di impotenza.

« Forse potremmo portare a termine la tua soluzione? » chiese a bassa voce il generale. « Sei stanco, Alex. Da diversi giorni non dormi; sei esausto. Credo di non aver sentito. »

L'uomo della CIA scosse il capo; aveva gli occhi chiusi, il viso rifletteva il disgusto che provava. « No, non hai sentito niente perché io non ho detto niente. Vorrei solo sapere da dove diavolo cominciare. »

« Lo so io » disse Crawford, andando alla porta e aprendola. « Venga dentro, per favore. »

Un uomo robusto entrò e lanciò una rapida occhiata al fucile appoggiato al muro. Guardò i due uomini, valutandoli. « Che c'è? »

« L'esercitazione è sospesa » disse Crawford. « Penso che dovrebbe averlo capito. »

« Quale esercitazione? Sono stato assunto per proteggerlo. » Guardò Alex. « Vuol dire che non ha più bisogno di protezione, signore? »

« Sai benissimo quel che vogliamo dire » intervenne Conklin. « Tutti gli accordi sono annullati. »

« Quali accordi? Non so di nessun accordo. I termini del mio lavoro sono chiarissimi. Io sono qui per proteggerlo, signore. »

« Bene, ottimo » disse Crawford. « E adesso dobbiamo sapere chi altri c'è in giro a proteggerlo. »

« Chi altri dove? »

« Fuori da questa stanza, da questo appartamento. In altre stanze, in strada, magari in qualche auto. Dobbiamo sapere. »

L'uomo andò a prendere il fucile. « Temo che voi signori abbiate capito male. Sono stato assunto individualmente. Se qualcun altro è stato assunto, io non lo so. »

« Ma li conosci! Devi conoscerli! » urlò Conklin. « Chi sono? Dove sono? »

« Non ne ho la minima idea... signore. » Il killer compassato aveva posato il fucile nell'incavo del braccio destro, con la canna puntata verso il pavimento. Lo sollevò di cinque centimetri — non di più —

con un movimento appena percettibile. « Se non avete più bisogno dei miei servizi, me ne vado. »

« Non può raggiungerli? » lo interruppe il generale. « Paghiamo generosamente. »

« Sono già stato pagato generosamente, signore. Non sarebbe giusto accettare soldi per un compito che non posso svolgere. Ed è inutile portare avanti questo. »

« C'è in gioco la vita di un uomo, là fuori » urlò Conklin.

« Lo stesso vale per la mia » disse il killer, andando verso la porta e sollevando il fucile. « Addio, signori. » Uscì.

« Cristo! » ruggì Alex, tornando alla finestra e picchiettando il bastone contro il calorifero. « E adesso cosa facciamo? »

« Tanto per cominciare, sbarazzati dell'impresa di traslochi. Non so che parte abbia nella tua strategia, ma adesso è solo una complicazione. »

« Non posso. Ci ho provato. Io non c'entro. L'ufficio controlli amministrativi ha ricevuto le nostre carte quando abbiamo fatto portare via le apparecchiature. Hanno visto che chiudevamo una sede e hanno detto ai servizi generali di sgombrare. »

« E a tutta velocità » disse Crawford annuendo. « Per quelle apparecchiature aveva firmato il Monaco; la sua dichiarazione libera l'Agenzia. Rimane nel suo schedario. »

« Andrebbe tutto bene se avessimo ventiquattro ore. Non sappiamo neanche se abbiamo ventiquattro minuti. »

« Comunque ci servono ancora. Ci sarà un'inchiesta del Senato. A porte chiuse, spero... Fa' bloccare la strada. »

« Cosa? »

« Mi hai sentito: fa' bloccare la strada! Chiama la polizia, digli di bloccare tutti gli accessi! »

« Attraverso l'Agenzia? Qui siamo in patria. »

« E allora lo farò io. Attraverso il Pentagono, persino attraverso lo Stato maggiore generale, se necessario. Ce ne andiamo in giro a trovar pretesti quando ce l'abbiamo proprio davanti agli occhi! Fa' sgombrare la strada, isolala, fa' arrivare un camion con un altoparlante. Metti quella donna al microfono! Lasciale dire tutto quel che vuole, lasciala gridare. Aveva ragione, lei! Andrà da lei! »

« Ma ti rendi conto di quel che stai dicendo? » esclamò Conklin. « Ne verranno un sacco di problemi. Giornali, televisione, radio. Verrà tutto alla luce. »

« Lo so » rispose il brigadiere. « E so anche quello che combinerà quella donna se questa storia va a finir male. Potrebbe farlo ugualmente, comunque vadano le cose, ma preferisco lo stesso cercare di salvare un uomo che non mi piaceva e che non approvavo. Comunque, una volta avevo del rispetto per lui e adesso credo di averne ancora di più. »

« E per quanto riguarda l'altro uomo? Se c'è davvero Carlos là fuori, sarebbe come fargli ponti d'oro. Gli apriresti la via della fuga. »

« Carlos non l'abbiamo creato noi. Invece abbiamo creato Cain e l'abbiamo usato male. Gli abbiamo rubato la mente e la memoria. Sono cose che gli dobbiamo. Va' giù e parla alla donna. Io intanto comincio a telefonare. »

Bourne entrò nella biblioteca, rischiarata dal sole che entrava dalle ampie ed eleganti porte-finestre. Dietro i vetri si vedeva il muraglione del giardino... e, intorno a sé, una serie di oggetti che gli era doloroso guardare; li conosceva e nello stesso tempo non li conosceva. Erano frammenti di sogni... sogni che però erano materiali, si potevano toccare, usare. C'era un lungo tavolo a parete dove si versava il whisky, c'erano poltrone di pelle dove ci si sedeva a discorrere, scaffali per libri e altri oggetti – oggetti nascosti – che apparivano premendo dei pulsanti. Era la stanza dov'era nato un mito, un mito che aveva imperversato nell'Asia sudorientale per poi esplodere in Europa.

Vide un lungo rigonfiamento tubolare sul soffitto e si ritrovò ancora una volta nell'oscurità, un'oscurità seguita da lampi di luce, da immagini su uno schermo, da voci che gli urlavano nelle orecchie.

Chi è quello? In fretta. Ci hai messo troppo! Sei morto. Dov'è questa strada? Cosa significa per te? Chi ci hai incontrato?... Metodi di assassinio. I tuoi quali sono? No!... non sei Delta, non sei te stesso!... Sei solo ciò che sei diventato qui!

« Ehi! E tu chi diavolo sei? » La domanda era stata urlata da un uomo grosso, dal viso arrossato, seduto in una poltrona accanto alla porta, con un taccuino sulle ginocchia. Jason gli era passato accanto senza accorgersene.

« Dugan? » chiese Bourne.

« Già. »

« Mi manda Schumach. Dice che ti serve un altro uomo. »

« E per che cosa? Ne ho già cinque e 'sto posto del cazzo è così stretto che quasi non ci si passa. Stanno dando i numeri. »

« Non lo so. So solo che Schumach mi ha detto di venire qui. Mi ha detto di portare questa roba. » Lasciò cadere coperte e cinghie sul pavimento.

« Murray manda della roba in più? Questa sì che è nuova! »

« Non... »

« Lo so, lo so! Ti manda Schumach. Lo chiederò a Schumach. »

« Niente da fare. Dice di dirti che andava a Sheepshead. Torna nel pomeriggio. »

« Ah, che trovata! Lui se ne va a pescare e lascia qui me nella merda... Sei nuovo: uscito dal gabbio? »

« Già. »

« Quel Murray è la fine del mondo. Mi serviva proprio un altro imbranato. Prima due morti in piedi che fanno i furbi e adesso quattro imbranati. »

« Vuoi che comincio da qui? Posso cominciare da qui. »

« No, testa di cazzo! Gli imbranati partono dalla cima, mi hai sentito. Più su, *capito*? »

« Già. Capito. » Jason si chinò per prendere coperte e cinghie.

« Lasciala qui quella roba... non te ne fai niente. Va' su all'ultimo piano e parti dai mobili. Prendi i più pesanti e non voglio stare a sentire cazzate sindacali. »

Bourne percorse il pianerottolo del primo piano e salì lungo la scala che portava al secondo come attratto da una forza magnetica incomprensibile. Veniva spinto verso un'altra stanza, una stanza dove aveva provato il conforto dell'isolamento e la frustrazione della solitudine. Il ballatoio del secondo piano era buio: nessuna luce accesa, niente finestre. Si fermò un attimo in silenzio. Qual era la stanza? C'erano tre porte, due sulla sinistra, una sulla destra. Andò lentamente verso la seconda a sinistra, a malapena visibile nell'oscurità. Era quella: da lì venivano i pensieri... i ricordi che lo opprimevano, che lo facevano soffrire. Luce solare e il fetore del fiume della giungla... ululato di macchine in cielo, urla umane a terra. *Dio, che male!*

Posò la mano sulla maniglia, spinse e aprì. Buio ma non completo. Una finestrella si apriva sulla parete di fronte, coperta da una tenda nera che però lasciava entrare un po' di luce. Vedeva la sottile lama di sole, così affilata che quasi non riusciva a penetrare. Andò verso la finestra.

Un raschio nel buio! Piroettò su se stesso, terrorizzato dagli scherzi che la mente gli faceva. Non era uno scherzo! Ci fu un brevissimo riflesso nell'aria, luce che rimbalzava sull'acciaio.

Una coltellata gli arrivò fulminea all'altezza del viso.

« Mi piacerebbe vederlo morto per quello che ha fatto » disse Marie fissando Conklin. « E il fatto di rendermene conto mi disgusta. »

« Allora non ho più niente da dirle » rispose l'uomo della CIA, zoppicando verso il generale. « Avreste potuto prendere altre decisioni. Questo vale sia per lui che per lei. »

« Davvero? E da dove doveva cominciare? Quando quell'uomo ha cercato di ammazzarlo a Marsiglia? Quando gli davano la caccia a Zurigo? Quando gli hanno sparato addosso a Parigi? E tutto il tempo senza sapere perché. Cosa doveva fare? »

« Venire all'aperto! Venire all'aperto, maledizione! »

« L'ha fatto. E lei ha tentato di ucciderlo! »

« Ma c'era lei con lui. Lei la memoria ce l'ha. »

« Nell'ipotesi che avessi saputo dove andare, lei mi avrebbe dato retta? »

Conklin la fissò a sua volta. « Non lo so » rispose, poi si rivolse a Crawford: « Come vanno le cose? ».

« Washington richiama entro dieci minuti. »

« Ma cosa sta succedendo? »

« Non so se ti va di saperlo. C'è problema di competenze. È una questione di prevaricazione del governo federale nei confronti delle leggi statali e municipali. Bisogna ottenere l'autorizzazione. »

« Cristo! »

« Guarda! » Il generale si affacciò alla finestra. « Il camion se ne sta andando. »

« Qualcuno ci è riuscito » disse Conklin.

« Chi? »

« Adesso vedo. » L'uomo della CIA andò al telefono. Sul tavolo c'erano dei foglietti di carta con dei numeri scarabocchiati frettolosamente. Ne scelse uno e formò un numero. « Mi passi Schumach... per favore... Schumach? Sono Conklin, della Central Intelligence. Chi vi ha dato l'ordine? »

La voce dello spedizioniere si sentì in tutta la stanza. « Che ordine? La pianti di rompermi le scatole! Quel lavoro lo stiamo facendo e lo finiamo. Francamente penso che lei sia un rompi... »

Conklin buttò giù il telefono. « Cristo... oh, Cristo! » Riprese la cornetta con la mano scossa da un tremito. Compose un altro numero dopo aver consultato un altro foglietto. « Datemi Petrocelli. Ufficio movimento » ordinò. « Petrocelli? Sono ancora Conklin. »

« Cosa è successo? »

« Non ho tempo. Mi stia a sentire. Chi ha firmato la richiesta urgente dei controlli amministrativi? »

« Cosa vuol dire chi l'ha firmata? Il grande capo che le firma sempre. McGivern. »

Conklin sbiancò. « Proprio quello che temevo » sussurrò, abbassando la cornetta. Si rivolse a Crawford. « L'ordine per i servizi amministrativi è stato firmato da un uomo andato in pensione due settimane fa. »

« Carlos... »

« Oh, Dio! » urlò Marie. « Quel tipo con le coperte e le cinghie! Aveva un certo modo di tenere la testa un po' piegata verso destra. Era lui! Quando gli fa male la testa la tiene piegata verso destra. Era Jason! È dentro quella casa! »

Alexander Conklin tornò alla finestra e guardò la porta nera sul lato opposto della strada. Era chiusa.

La mano! La pelle... Gli occhi neri nella lama di luce. *Carlos!*

Bourne tirò di scatto indietro la testa mentre la lama affilata come un rasoio gli tagliava la pelle sotto il mento. Il sangue sprizzò sulla mano che impugnava il coltello. Mollò un calcio con il piede destro, colpendo alla rotula l'aggressore invisibile, poi piroettò su se stesso e gli piantò il calcagno sinistro nel basso ventre. Carlos si mosse, la lama uscì di nuovo dal buio, diretta allo stomaco. Jason balzò in aria, abbassò di scatto le braccia a polsi incrociati e bloccando il braccio scuro che prolungava il coltello. Piegò le dita riunendo le mani, afferrando l'avambraccio all'altezza del collo insanguinato e tirando poi di lato. Il coltello gli lacerò il giubbotto militare e la pelle del torace. Spinse il braccio in basso, torcendo il polso e gettandosi con una spallata addosso all'assassino. Infine diede di nuovo uno strattone mentre Carlos, perso l'equilibrio, cadeva di fianco con il braccio disarticolato.

Jason sentì il rumore metallico del coltello sul pavimento. Si gettò verso il punto in cui l'aveva sentito cadere e, contemporaneamente, allungò una mano verso la pistola alla cintola. L'arma rimase impigliata; rotolò sul pavimento, ma non abbastanza in fretta. Un tacco d'acciaio lo colpì alla tempia, fitte di dolore gli dardeggiarono in tutto il corpo. Continuò a rotolare sempre più rapido finché non finì contro la parete. Si rimise sulle ginocchia tenendosi rannicchiato, cercando di distinguere qualcosa nell'oscurità quasi totale. Vide una mano nella lama di luce. Le si gettò addosso con le mani a clava, la afferrò, la torse all'indietro spezzando il polso. Un urlo riempì la stanza.

Un urlo e lo schiocco letale di una pistola. Bourne sentì una lama di ghiaccio penetrargli nel petto, il proiettile si era conficcato vicino alla scapola. Si accucciò e balzò di nuovo in avanti schiacciando l'assassino contro lo spigolo di un mobile. Carlos balzò lontano; seguirono due rapidi spari, alla cieca. Jason si gettò a sinistra liberando la pistola, mirando verso i rumori nell'oscurità. Sparò: due esplosioni assordanti, inutili. Sentì lo schianto della porta che si chiudeva; Carlos si era messo al riparo sul pianerottolo.

Cercando di riempir d'aria i polmoni Bourne si trascinò verso la porta. L'istinto gli ordinò di tenersi scostato e di colpire il battente in basso con un pugno. Una serie di colpi di un'automatica mandarono il legno a pezzi, gettando frantumi in tutta la stanza. Un attimo dopo Jason puntò la pistola e sparò obliquamente attraverso la porta; risposero altri spari. Bourne rotolò mettendosi fuori tiro, schiacciando la schiena contro la parete. Quando la raffica finì, sparò di nuovo. Due uomini si trovavano a pochi centimetri di distanza l'uno dall'altro, vogliosi di uccidersi. *Cain sta per Charlie e Delta sta per Cain. Prendi Carlos. Intrappolalo. Uccidilo!*

Jason sentì uno scalpiccio poi lo schianto del legno del corrimano: un uomo stava scendendo di corsa la scala. Era Carlos. Il maiale aveva bisogno di aiuto: era ferito. Bourne si pulì il viso e la gola dal sangue e si arrestò davanti ai rottami della porta. La aprì ed uscì sul ballatoio angusto, con la pistola puntata. Faticosamente arrivò ai gradini. All'improvviso udì qualcuno gridare di sotto.

« Ehi amico, cosa diavolo stai facendo? Pete! Pete! »

Due schiocchi metallici riempirono l'aria.

« Joey! *Joey!* »

Un altro schiocco, uno solo, seguito dal tonfo di un corpo.

« Gesù! Gesù! Madre di...! »

Ancora due schiocchi metallici seguiti da un grido gutturale di morte. Un terzo uomo era stato ucciso.

Cos'aveva detto quel terzo uomo? *Prima due morti in piedi che fanno i furbi e adesso quattro imbranati.* Il trasloco era un'azione di Carlos! Il killer era venuto con due soldati: i primi tre imbranati usciti dal gabbio. Tre uomini armati, mentre lui era solo e aveva una sola pistola. L'avevano messo con le spalle al muro all'ultimo piano. Carlos però era ancora in casa. *Dentro.* Se fosse riuscito ad uscire sarebbe stato Carlos a trovarsi con le spalle al muro!

C'era una finestra in fondo al pianerottolo, oscurata da una tenda nera. Jason si avvicinò barcollando, incespicando, tenendosi il collo e serrando la spalla al corpo per attutire il dolore. Strappò la tenda; la finestra era piccola, la luce penetrava attraverso grosse lastre prismatiche dai riflessi rossi e azzurri. Il vetro era infrangibile, il telaio inamovibile: impossibile romperla. Guardò giù verso la strada. Il furgone dei traslochi era scomparso: qualcuno doveva averlo portato via... uno degli uomini di Carlos! Quindi erano rimasti in due. E lui era in alto. Era sempre vantaggioso trovarsi in alto.

Con una smorfia, tenendosi piegato, si avvicinò alla prima porta a sinistra, di fronte ai gradini. Aprì ed entrò. Si trovava in una normalissima camera da letto: lampade, mobili pesanti, quadri alle pareti. Afferrò l'abat-jour più vicino, strappò il filo dalla presa a muro e lo portò fuori. Lo sollevò sopra il capo e lo gettò nella tromba delle scale, arretrando quando sentì lo schianto dei vetri rotti in basso. Un'altra raffica, i proiettili si piantarono nel soffitto, provocando uno squarcio nell'intonaco. Jason lanciò un urlo che terminò in un lamento prolungato, disperato, seguito dal silenzio. Si spostò in fondo alla ringhiera. Rimase in attesa. Silenzio.

C'era riuscito: udì uno scalpiccio lento, cauto; il killer si trovava sul pianerottolo del primo piano. I passi si fecero più vicini, un'ombra leggera apparve sulla parete buia. *Ora.* Bourne balzò dal nascondiglio e sparò quattro colpi rapidissimi verso la figura umana sulla scala; quattro fori sanguinosi apparvero all'altezza del collo del bersaglio. Il killer girò su se stesso con un ruggito di rabbia e di dolore, gettò il capo all'indietro e precipitò giù per la scala rimanendo immobile a braccia e gambe spalancate sugli ultimi tre gradini. Teneva ancora in mano un mitragliatore con una cinghia a tracolla e il calcio di metallo.

Ora. Si buttò giù per le scale tenendosi al corrimano per mantenere l'equilibrio. Non poteva perdere un attimo, forse non l'avrebbe ritrovato più. Se voleva arrivare al primo piano, doveva farlo ora, subito dopo la morte del soldato. Capì che era solo un soldato, non Carlos, mentre lo superava con un balzo: era alto e aveva la pelle chiara, quasi bianca; i lineamenti erano nord-europei, non latini.

Attraversò di corsa il ballatoio del primo piano cercando una zona buia, accostato alla parete. Si fermò e rimase in ascolto. Sentì un rumore secco, raschiante, brevissimo, al piano di sotto. Ora sapeva. L'assassino era al pianterreno. E il rumore non era voluto; non era abbastanza forte o abbastanza prolungato per indicare una trappola. Carlos era ferito: la rotula fratturata o il polso spezzato potevano disorientarlo tanto da fargli urtare un mobile o fargli strisciare l'arma contro il muro: una momentanea perdita di equilibrio, proprio come capitava a Bourne. Era tutto quello che gli serviva sapere.

Si accucciò e tornò verso la scala, accanto al cadavere accasciato sui gradini. Doveva fermarsi un attimo; aveva perso troppo sangue, le forze gli mancavano. Cercò di premere la lacerazione alla gola con il colletto, per arrestare almeno un po' l'emorragia. Un tentativo futile: per non morire doveva uscire da quella casa, dal luogo dove era nato Cain. Riprese fiato, allungò la mano e prese il mitragliatore al morto.

Stava per morire ed era pronto. *Prendi Carlos. Intrappolalo... Uccidilo!* Non poteva farcela, non poteva uscire, lo sapeva. Il tempo non era a suo favore. Sarebbe morto prima, di emorragia. La fine era anche l'inizio: Cain stava per Carlos e Delta stava per Cain. Rimaneva solo una domanda: chi era Delta? Non importava. Se l'era lasciata alle spalle; presto sarebbe venuto il buio, un buio pacifico, senza violenza... si sarebbe liberato dall'interrogativo.

E con la sua morte anche Marie sarebbe stata libera, il suo amore sarebbe stato libero. Avrebbero pensato a lei delle persone oneste, guidate da un uomo onesto di Parigi. Nei prossimi minuti, pensò Jason controllando silenziosamente il caricatore del mitra, avrebbe mantenuto la promessa che gli aveva fatto, avrebbe soddisfatto l'accordo stretto con degli uomini che non conosceva. Così avrebbe dato loro la prova. Jason Bourne era morto quello stesso giorno, tanti anni prima; sarebbe morto di nuovo portando però con sé Carlos.

Si allungò sul pavimento e strisciò, tenendosi sui gomiti, verso la scala. Si sentiva addosso l'odore del sangue: un odore dolciastro che gli riempiva le narici, informandolo di un dato pratico: gli rimaneva poco tempo. Arrivò al primo gradino, si rialzò sulle ginocchia, e infilò una mano in tasca per prendere una delle torce da segnalazione comperate nel negozio di Lexington Avenue. Ora sapeva perché aveva sentito l'impulso irresistibile di comprarle. Era ritornato in quella Tam Quan dimenticata, di cui ricordava solo i lampi di luce accecanti. Le aveva associate a quei suoi frammenti di memoria: avrebbero illuminato di nuovo la giungla.

Liberò la spoletta dall'alloggiamento nella torcia, prese la miccia tra i denti e la spezzò lasciandone un paio di centimetri. Dall'altra tasca prese un accendino di plastica. Strinse insieme accendino e torcia nella sinistra. Poi piantò il calcio del mitra sotto l'ascella destra, premendolo contro la giacca intrisa di sangue. Era saldo. Allungò le gambe e, come un serpente, si lasciò scivolare lungo l'ultima rampa di scale, strisciando la schiena contro il muro.

Arrivò a metà. Silenzio, buio, tutte le luci spente... luci? *Luce?* E il sole che aveva visto nell'atrio solo qualche minuto prima? Entrava da due porte-finestre in fondo alla stanza – quella stanza – in fondo al corridoio; ora invece c'era solo buio. La porta era chiusa; anche l'unica altra porta del corridoio era chiusa, solo un filo di luce usciva da sotto il battente. Carlos voleva farlo scegliere. Dietro quale porta? Oppure la sua strategia era più raffinata? Era nascosto nell'atrio, al buio?

Avvertì una fitta lancinante alla scapola, seguita da uno sbocco di sangue che gli bagnò la camicia. Un altro avvertimento: gli rimaneva pochissimo tempo.

Si appoggiò alla parete, puntando il mitra sui paletti del corrimano, mirando verso il corridoio buio. *Ora!* Premette il grilletto. La raffica fece saltare i paletti, la ringhiera cadde e i proiettili si schiacciarono contro i muri e sulla porta. Lasciò partire un'altra scarica mandando tutto in pezzi, sotto. Un lampadario di vetro andò in frantumi sul pavimento; il sibilo modulato dei proiettili di rimbalzo riempì l'aria. E poi – *luce!* Una luce accecante che accendeva la giungla, illuminando tronchi e pareti di foglie, rivelando i sentieri nascosti e i corridoi di mogano. Dappertutto fetore di morte e di giungla; era di nuovo lì.

Almanac a Delta. Almanac a Delta. Abbandonate, abbandonate!

Mai. Non adesso, alla fine.

Si rialzò con la schiena appoggiata al muro, la torcia nella sinistra, il mitra che sussultava nella destra. Si gettò nel sottobosco — il tappeto — spalancando la porta davanti a sé con un calcio, mandando in frantumi cornici d'argento e trofei, facendoli volare per aria. Tra gli alberi. Si fermò: non c'era nessuno in quella stanza elegante e tranquilla. Non c'era nessuno sul sentiero nella giungla.

Si voltò e tornò nell'atrio, punteggiando le pareti con una raffica prolungata. Nessuno.

La porta in fondo al corridoio. Dietro c'era la stanza dov'era nato Cain, dove sarebbe morto. Ma non da solo.

Passò la torcia nella destra, e infilò l'altra mano in tasca per prendere la seconda. Ripeté le operazioni, lasciando però questa volta solo pochi millimetri di miccia. La toccò con la prima torcia; il lampo di luce fu così intenso che gli fece male agli occhi. Muovendosi con difficoltà e tenendo le due torce nella sinistra, gli occhi socchiusi, a malapena in equilibrio si avvicinò alla porta.

Era aperta, una piccola fessura scendeva parallela al battente, dalla parte della serratura. L'assassino lo invitava a entrare, ma Jason, guardando la porta, seppe d'istinto una cosa che Carlos non sapeva. Apparteneva al passato, alla stanza dov'era nato Cain. Abbassò il braccio destro stringendo il mitragliatore tra l'avambraccio e il fianco, poi afferrò la maniglia.

Ora. Aprì la porta di una quindicina di centimetri e gettò dentro le torce. La raffica di uno Sten echeggiò nella stanza, in tutta la casa, ripetuta da migliaia di echi, mentre una pioggia di proiettili si piantava nella lastra di piombo accoppiata a una d'acciaio nascosta nel legno della porta.

La raffica finì, l'ultimo caricatore era vuoto. *Ora.* Bourne riportò velocissimo il dito sul grilletto, diede una spallata alla porta e si gettò dentro, sparando tutto intorno a sé mentre roteava sul pavimento aiutandosi con le gambe. Arrivarono degli spari di rimando e Jason puntò l'arma nella direzione da dove erano partiti. Un ruggito infuriato salì nel buio; Bourne capì all'improvviso che i tendaggi erano stati chiusi per impedire alla luce di entrare. E allora come mai tanta luce... una luce ancor più intensa del bagliore accecante delle torce? Era insopportabile, gli esplodeva in testa, gli provocava fitte lancinanti alle tempie.

Lo schermo! Il grande schermo era calato dall'alloggiamento cilindrico nel soffitto e arrivava fino al pavimento; la superficie di argento luccicante era uno scudo al calor bianco di fuoco gelido. Si gettò sotto il grande tavolo a muro per proteggersi dietro un paravento di rame; si risollevò e tirò di nuovo il grilletto lasciando partire un'altra scarica, l'ultima. Aveva consumato l'ultimo caricatore. Lanciò l'arma impugnandola per il calcio verso la figura umana in tuta bianca e sciarpa di seta dello stesso colore. La sciarpa gli era caduta dal viso.

Quella faccia! La conosceva! L'aveva già vista! Dove... Dove? A Marsiglia? Sì... No! A Zurigo? A Parigi? Sì e no! E in quel momento ebbe la percezione che quel viso lo conoscevano in molti, non solo lui. Ma chi era? Da dove veniva? Come per tante altre cose, lo sapeva e non lo sapeva. Però quel viso lo conosceva! Solo il nome non riusciva a trovare!

Tornò a rialzarsi, tenendosi al riparo dietro il pesante paravento di rame. Due spari... tre; il secondo proiettile gli lacerò la carne dell'avambraccio sinistro. Impugnò l'automatica, gli rimanevano tre colpi. Uno doveva colpire il bersaglio: Carlos. Doveva pagare un debito contratto a Parigi, rispettare un accordo: con la morte dell'assassino il suo amore sarebbe stato più al sicuro. Prese l'accendino di plastica, lo accese e lo mise sotto uno straccio appeso a un gancio. Il tessuto prese fuoco; lo afferrò e lo scagliò verso destra gettandosi contemporaneamente dall'altra parte. Carlos sparò allo straccio fiammeggiante, proprio mentre Bourne, in ginocchio, puntava e sparava due volte.

La figura umana si curvò ma non cadde. Si rannicchiò, poi balzò in avanti come una pantera a braccia tese. Jason capì cosa stava facendo. L'assassino si era aggrappato al bordo dello schermo argenteo, strappandolo dai ganci metallici nel soffitto e tirandolo giù con tutto il suo peso.

Bourne se lo vide venire addosso; gli impediva di vedere, gli allontanava ogni altra cosa dalla mente. Urlò mentre la superficie d'argento fluttuava sopra di lui; lo terrorizzava più di Carlos o di chiunque altro al mondo. Era in preda al panico, era infuriato, la mente gli andava in frantumi; davanti agli occhi apparivano e scomparivano visioni, voci roche gli urlavano nelle orecchie. Puntò e sparò al velo terribile. Mentre, con un gesto frenetico, cercava d'allontanare il ruvido tessuto argenteo. Capì. Aveva sparato il suo ultimo colpo, l'*ultimo*. Proprio come il leggendario Cain, Carlos riconosceva sia a colpo d'occhio che dal rumore tutte le armi. Aveva contato gli spari.

L'assassino si chinò sopra di lui puntandogli l'automatica alla testa. « È la tua esecuzione, Delta. Nel giorno stabilito. Per tutto quello che hai fatto. »

Bourne inarcò la schiena, rotolando disperatamente a destra; per lo meno non sarebbe morto da fermo! Il rumore degli spari rimbombò nella stanza ancora illuminata da una luce accecante, aghi ardenti gli trapassarono il collo, le gambe, salendo fino al petto.

All'improvviso gli spari cessarono; udì in lontananza violenti rumori ripetuti: legno e acciaio che venivano fatti a pezzi; gli schianti erano sempre più forti, più insistenti. Un ultimo fracasso assordante nel corridoio, seguito da urla di uomini, da un rumore di passi in corsa e – più lontano nel mondo esterno, invisibile – il lamento insistente delle sirene.

« Qui! È qui dentro! » urlò Carlos.

Era una follia! L'assassino indirizzava i soccorritori verso di lui, da lui! Ragione e follia coincidevano, tutto era assurdo!

La porta venne spalancata violentemente da un uomo alto con un cappotto nero; c'era un altro con lui, ma Jason non riusciva a vederlo. La nebbia gli offuscava gli occhi, forme e rumori diventavano sempre più indistinti, incerti. Rotolava nello spazio. Lontano... lontano.

E a questo punto vide l'unica cosa che non avrebbe voluto vedere. Un paio di spalle rigide che si muovevano sciolte su un torace affusolato uscì di corsa dalla biblioteca scomparendo nella luce fievole del corridoio. *Carlos*. Le sue grida avevano aperto la trappola!

Nel caos, aveva giocato i soccorritori. Scappava!

« Carlos... » Bourne sapeva che non lo sentivano; dalla gola ferita gli usciva solo un sussurro. Riprovò, costringendosi a far uscire la voce dal diaframma. « È lui. È... Carlos! »

Seguirono confusione, comandi urlati inutilmente, ordini accettati con costernazione. Riuscì a mettere a fuoco una figura. Un uomo gli si avvicinava zoppicando, lo stesso che aveva tentato di ucciderlo nel cimitero. Tutto era perduto! Jason si trascinò verso la torcia abbacinante. L'afferrò come se fosse un'arma, puntandola contro l'uomo con il bastone.

« Avanti! Vieni avanti! Più vicino, bastardo! Ti brucio gli occhi! Pensi di uccidermi ma non ce la farai! Ti ammazzo io! Ti brucio gli occhi! »

« No, Delta » disse lo zoppo con un tremito nella voce. « Sono io. Sono Conklin. Mi sbagliavo. »

La torcia gli bruciava le mani, gli occhi!... *Follia. Era in mezzo agli scoppi, scoppi assordanti, che accecavano, sottolineati dagli stridori laceranti che seguivano ogni esplosione.*

La giungla. Tam Quan. Il fetore umido, caldo, era dappertutto, ma ce l'avevano fatta; avevano preso il campo base!

Uno scoppio a sinistra; l'aveva visto! Una gabbia di bambù stac-

cata da terra, sospesa tra due alberi. L'uomo dentro si muoveva. Era vivo! Vai da lui, liberalo!

Un grido da destra. Ansimando, tossendo per il fumo, un uomo si allontanava zoppicando verso la boscaglia con un fucile in mano. Era lui: vedeva i capelli biondi, si era rotto un piede durante un lancio. Quel bastardo! Un lurido mascalzone che si era addestrato con loro, aveva studiato con loro le mappe, aveva volato con loro verso il Nord. E per tutto il tempo non aveva fatto che montare la trappola contro di loro! Un traditore munito di radio che aveva detto al nemico il punto esatto in cui guardare in quella giungla impenetrabile che era Tam Quan.

Era Bourne! Jason Bourne. Traditore, rifiuto.

Prendilo! Impediscigli di raggiungere gli altri. Uccidilo! È tuo nemico. Spara!

Non era caduto! La testa, che aveva mandato a pezzi, era ancora lì. Gli veniva incontro! Cosa stava succedendo! Follia. Tam Quan...

« Vieni con noi » disse la sagoma umana zoppicante, uscendo dalla giungla per entrare in quel che restava della stanza. Di quella stanza. « Non siamo tuoi nemici. Vieni con noi. »

« State lontani da me! » Bourne si gettò al riparo dietro lo schermo caduto. Era il suo rifugio, il suo sudario. La coperta di un neonato. « Tu, sei mio nemico! Vi faccio fuori tutti! Me ne frego, non importa! Sono Delta! Avete capito? Cain sta per Charlie e Delta sta per Cain! Cosa volete ancora da me? Esistevo e non esistevo! Esisto e non esisto! Bastardi. Bastardi! Avanti, più vicino! »

Un'altra voce più profonda, più calma meno insistente. « Fate venire lei. Portatela qui. »

Fuori, le sirene raggiunsero il massimo, poi tacquero. Calò l'oscurità, le onde sospinsero Jason nel cielo notturno per poi farlo ricadere, tuffandolo in un abisso d'acqua e di violenza. Stava entrando in un'eternità di memoria, di cose ricordate... imponderabili. Un'esplosione riempì il cielo, un diadema di luce salì sull'acqua nera. Poi udì una voce parlare dalle nubi, riempire la terra.

« Jason, amore mio. Dammi la mano. Stringila, Jason. Stringila forte, caro. »

Con il buio venne la pace.

Epilogo

Il brigadier generale Crawford posò la cartelletta accanto a sé sul divano. « Non mi serve » disse a Marie Saint Jacques di fronte a lui su una sedia. « L'ho letta e riletta per cercare di capire dove abbiamo sbagliato. »

« Vi siete permessi di fare delle supposizioni quando nessuno avrebbe potuto farne » disse la terza persona nella suite dell'albergo, il dottor Morris Panov, psichiatra. Era in piedi vicino alla finestra, dalla quale entrava la luce del mattino. Il volto, inespressivo, rimaneva in ombra. « Vi ho permesso di fare delle supposizioni, ed è un errore che mi porterò dietro per tutta la vita. »

« Sono passate quasi due settimane, ormai » disse Marie impaziente. « Vorrei sapere i particolari. Credo di averne diritto. »

« È vero. È una forma di alienazione mentale che viene detta *clearance.* »

« Una forma di alienazione mentale » ripeté Panov.

« Poi c'è la protezione » disse Crawford. « Di questo sono io il responsabile. Dovrà proseguire per molto tempo. »

« Protezione? » Marie aggrottò le sopracciglia.

« Ci arriviamo tra un attimo » spiegò il generale lanciando una occhiata a Panov. « È di importanza vitale, secondo tutti i punti di vista. Ne siamo tutti convinti. »

« La prego! Jason... chi è? »

« Si chiama David Webb. Era un diplomatico di carriera, specialista in problemi dell'Estremo Oriente. Fino al suo distacco del governo cinque anni fa. »

« Distacco? »

« Dimissioni date di comune accordo. La sua partecipazione all'Operazione Medusa gli impediva di far carriera al Dipartimento di Stato. Il soprannome Delta aveva una brutta fama e troppa gente era al corrente che era quello di Webb. I personaggi di quel tipo raramente vengono bene accolti ai tavoli delle conferenze. E credo che sia un bene. Con la loro presenza si riaprirebbero ferite viscerali. »

« Ha fatto tutto quello che dicono? Nella Medusa? »

« Sì. C'ero anch'io. Ha fatto tutto quello che dicono. »

« Difficile crederlo » osservò Marie.

« Aveva perduto qualcosa a cui teneva moltissimo e non riusciva ad accettarlo. Poteva solo sfogarsi con la violenza. »

« Che cosa aveva perduto? »

« La famiglia. Sua moglie era thailandese, avevano due bambini, un maschio e una femmina. Era di servizio a Phnom Penh e abitava nei dintorni della città, sulla sponda del Mekong. Una domenica pomeriggio, mentre la moglie e i bambini erano sul pontile della loro casa, un aeroplano isolato fece un giro sopra la casa e si gettò in picchiata lasciando cadere due bombe e devastando tutta la zona. Quando Webb arrivò al fiume, il pontile non esisteva più. Moglie e bambini galleggiavano nel fiume, massacrati. »

« Oh Dio » sussurrò Marie. « Di che nazionalità era l'aereo? »

« Non lo si è mai saputo. Hanoi rifiutò la responsabilità, Saigon disse che non era nostro. Lei ricorderà che la Cambogia allora era neutrale e nessuno era disposto ad assumersi responsabilità del genere. Webb doveva cancellare il ricordo con la violenza. Andò a Saigon e si arruolò nell'Operazione Medusa dove fu addestrato. Prestò la sua intelligenza e la sua preparazione a un'operazione estremamente brutale. Divenne Delta. »

« Fu allora che incontrò d'Anjou? »

« Sì: qualche tempo dopo, quando Delta era ormai famoso. Lo spionaggio nordvietnamita aveva messo una forte taglia sulla sua testa e non è un segreto che tra i nostri erano in molti a sperare che i vietnamiti lo prendessero. Poi Hanoi scoprì che il fratello minore di Webb era ufficiale a Saigon. Studiarono Delta e vennero a sapere che esisteva un legame molto stretto tra i due fratelli. Decisero di montare una trappola, dato che non avevano niente da perdere. Rapirono il tenente Gordon Webb e lo portarono al Nord; poi mandarono un informatore vietcong a dire che Gordon era prigioniero nel settore di Tam Quan. Delta abboccò all'amo. Insieme all'informatore – che faceva il doppio gioco – riunì una squadra di medusani che conoscevano la zona e decise di partire in una notte in cui le condizioni meteorologiche erano impossibili. Della squadra faceva parte anche d'Anjou e un altro che Webb non conosceva: un bianco pagato da Hanoi, un esperto di radiotrasmissioni capace di montare al buio una radio ad alta frequenza. E fu proprio quello che fece, tradendo così la posizione della squadra. Webb riuscì ad uscire dalla trappola e a trovare il fratello. Trovò anche l'agente doppiogiochista e il bianco. Il vietnamita riuscì a mettersi in salvo nella giungla, il bianco non ce la fece. Delta lo giustiziò sul posto. »

« E quell'uomo chi era? » Marie non toglieva gli occhi di dosso al generale.

« Jason Bourne. Un medusano di Sidney, in Australia: trafficante di armi, di stupefacenti e di schiavi in tutta l'Asia sudorientale; un violento con un passato criminale, capace però di portare a termine missioni difficili, se lo pagavano abbastanza. Era nell'interesse dell'Operazione Medusa seppellire le circostanze della sua morte, quindi venne classificato come disperso in azione. Anni dopo, quando nacque la Treadstone e venne chiamato Webb, fu lui stesso a scegliere il nome dell'uomo che lo aveva tradito: Bourne. Anche per dare più autenticità all'operazione. »

« E dov'era, quando venne richiamato per la Treadstone? » chiese Marie. « Cosa faceva? »

« Insegnava in un piccolo college del New Hampshire. Conduceva una vita isolata – autodistruttiva secondo qualcuno. » Crawford riprese la cartelletta. « Questi sono i fatti essenziali, miss Saint Jacques. Il dottor Panov, che ha detto chiaramente che la mia presenza non è necessaria, chiarirà altri aspetti della questione. C'è comunque un ultimo particolare sul quale non debbono sorgere equivoci. È un ordine che viene direttamente dalla Casa Bianca. »

« La protezione » disse Marie.

« Sì. Dovunque vada, qualunque identità assuma, anche se dovesse trovare una copertura molto efficace, dovrà venire sorvegliato notte e giorno. Per tutto il tempo che sarà necessario... anche se non dovesse succedere mai. »

« Si spieghi per favore. »

« È l'unica persona ad aver visto Carlos. Conosce la sua identità, ma l'ha sepolta nella mente: fa parte di un passato dimenticato. Da quel che dice, sappiamo che Carlos è una persona molto conosciuta: un personaggio di spicco di qualche governo, dei mezzi di comunicazione di massa, oppure un esponente del mondo bancario internazionale. Questo è in accordo con la teoria più accettata. Il fatto è che un giorno Webb questa identità potrebbe ricordarla. Sappiamo che lei ha parlato diverse volte con il dottor Panov. Sono convinto che confermerà quel che le dico. »

Marie si rivolse allo psichiatra. « È vero, Morris? »

« È possibile » disse Panov.

Crawford se ne andò e Marie versò il caffè per tutti e due. Panov si accomodò sul divano dove si era seduto Crawford.

« È ancora caldo » disse sorridendo. « Crawford doveva essere tutto sudato, comprese le sue famose chiappe. Aveva tutto il diritto di esserlo, come tutti loro. »

« Cosa succederà? »

« Niente. Assolutamente niente finché non gli dirò che possono cominciare. E per quel che ne so potrebbero volerci mesi, magari un paio d'anni. Non cominceranno finché non è pronto. »

« Pronto a che cosa? »

« Alle domande. E a vedere le fotografie: volumi e volumi di fotografie. Stanno compilando un'enciclopedia fotografica basata sulla descrizione approssimativa che lui ha dato. Non farti illusioni: un giorno dovrà cominciare. Lui lo vuole e lo vogliamo tutti noi. Carlos va preso e non ho nessuna intenzione di ricattarli e di tenerli bloccati. Troppa gente ha dato troppe cose; anche lui ha dato troppo. Ma in questo momento lui — la sua testa — viene prima di ogni altra considerazione. »

« Era quello che intendevo. Cosa gli succederà? »

Panov posò la tazzina del caffè. « Per il momento non sono sicuro. Ho troppo rispetto per la mente umana per servirti minestroni di psicologia: ce ne sono già troppi in giro, nelle mani sbagliate. Ho partecipato a tutte le riunioni — ho insistito per partecipare — e ho parlato con i neurochirurghi e gli strizzacervelli. È vero che potremmo procedere con il bisturi e raggiungere i centri danneggiati, riducendo l'ansia, dandogli una specie di pace. Forse riusciremmo persino a riportarlo ad essere quello che era. Ma non è questa la pace che lui desidera... E inoltre c'è un rischio molto maggiore. Potremmo asportare troppo, spazzar via le cose che ha scoperto... e che continuerà a scoprire. Un po' alla volta. Col tempo. »

« Col tempo? »

« Sì, ne sono convinto. Perché ormai un certo schema è stabilito. C'è la crescita, il dolore del riconoscimento e l'eccitazione della scoperta. Ti dice qualcosa questo? »

Marie guardò gli occhi scuri, affaticati di Panov. Erano illuminati. « A tutti noi dice qualcosa. »

« Proprio così. In un certo senso è un microcosmo di noi tutti. Voglio dire tutti noi cerchiamo di scoprire chi diavolo siamo, non credi? »

Marie si affacciò alla finestra del cottage che dava sull'acqua. Dietro si allungavano le dune; il posto era circondato da un reticolato e da sentinelle; ogni quindici metri un uomo armato. Lo vedeva giù alla spiaggia, a qualche centinaio di metri; lanciava conchiglie sulla superficie dell'acqua e le osservava rimbalzare sulle onde che lambivano la riva. Quelle due settimane gli avevano fatto bene. Le cicatrici erano ancora evidenti, ma si era rimesso, fisicamente era di nuovo in forma. Aveva ancora gli incubi e di quando in quando, di giorno, gli ritornavano i dolori, ma in forma meno intensa. Cominciava ad accettare la situazione, aveva ripreso a ridere. Panov non si era sbagliato. Le cose erano in movimento: le visioni diventavano più distinte, trovava significati dove prima non ne vedeva.

Anche adesso gli stava succedendo qualcosa! Oh Dio, di cosa si trattava? Si era gettato in acqua e si agitava qua e là, gridando. Poi lo vide all'improvviso balzare in piedi e correre verso la spiaggia saltando sopra le onde. In lontananza, accanto al filo spinato, una sentinella si voltò sollevando di scatto il fucile, prendendo la trasmittente appesa alla cintura.

Lo vide correre sulla sabbia bagnata verso casa, tenendosi curvo, ondeggiando, calcando furiosamente i piedi nella sabbia morbida. Cosa stava succedendo?

Marie rimase raggelata, pronta al momento che un giorno sapeva sarebbe arrivato, preparata a sentire degli spari.

Entrò correndo dalla porta, ansimando, senza fiato. La guardò: Marie non gli aveva mai visto lo sguardo tanto limpido. Parlò sottovoce, così piano che quasi non riuscì a sentirlo. Ma lo sentì.

« Mi chiamo David... »

Marie gli andò lentamente incontro.

« Ciao, David » disse.

SOMMARIO

Finito di stampare nel mese di aprile 1989
dalla RCS Rizzoli Libri S.p.A. - Via A. Scarsellini, 17 - 20161 Milano

Printed in Italy

BIBLIOTECA UNIVERSALE RIZZOLI
Ultimi volumi pubblicati

658. Jeanne Bourin, *La camera delle signore*
pp. 448

659. Gaspare Barbiellini Amidei, *La riscoperta di Dio*
pp. 136

660. Giovanni Mosca, *Racconti sospesi in aria*
pp. 144

661. Carlo Cassola, *Il superstite*
pp. 192

662. Gennaro Ciaburri, *Cucina vegetariana*
pp. 192

663. Peter Maas, *Made in America*
pp. 304

664. Giovannino Guareschi, *Il decimo clandestino*
pp. 224

665. Franco Enna, *L'ultima chance*
pp. 208

666. Charles M. Schulz, *Scimmiottino d'oro*
pp. 128

667. Brunella Gasperini, *L'estate dei bisbigli*
pp. 176

668. P. D. James, *La torre nera*
pp. 336

669. Mario Vargas Llosa, *Pantaleón e le visitatrici*
Introduzione di Rosalba Campra
pp. 304

670. Elio Vittorini, *Conversazione in Sicilia*
Illustrazioni di Renato Guttuso
Introduzione e note di Giovanni Falaschi
pp. 384

671. Janet Dailey, *Il pascolo dei Calder*
pp. 458

672. Francesca Duranti, *La casa sul lago della luna*
pp. 192

673. Marguerite Yourcenar, *Novelle orientali*
pp. 144

674. I libri di Harold Robbins: Sam Stewart, *Blue Sky*
pp. 288

675. Heywood Gould, *Bronx, 41° distretto di polizia*
pp. 416

676. Olivia Mattiuzzi, *I tarocchi*
Disegni di Agata Benedetti
pp. 272

677. Barry Reed, *Il verdetto*
pp. 320

678. Carlo Castellaneta, *Una città per due*
Con illustrazioni
pp. 176

679. Nantas Salvalaggio, *Piumini da cipria*
pp. 192

680. Giuseppe Marotta, *L'oro di Napoli*
pp. 272

681. Régine Deforges, *La bicicletta blu*
pp. 448

682. *Guida ai ristoranti tipici regionali*
A cura di Federico Umberto d'Amato
Prefazione di Mario Soldati
pp. 288

683. Charles M. Schulz, *Una strana squadra*
pp. 128

684. Aldo Santini, *Nuvolari*
pp. 304

685. I libri di Harold Robbins: Michael Donovan, *L'ultima moneta*
pp. 300

686. Maria Venturi, *Storia d'amore*
pp. 256

687. Robert Kimmel Smith, *La casa di Jane*
pp. 384

688. Enrico Baj, *Impariamo la pittura*
Con illustrazioni
pp. 304

689. Gerald Green, *La stirpe di Ippocrate*
pp. 480

690. Mario Soldati, *L'architetto*
pp. 174

691. Giancarlo Lunati, *Una cronaca*
Introduzione di Giorgio Luti
Con una nota di Giancarlo Vigorelli
pp. 240

692. Charles M. Sheldon, *Sui Suoi passi*
Introduzione di Carlo Bo
pp. 320

693. Ida Magli, *Gesù di Nazaret*
pp. 208

694. Robin Cook, *Febbre*
pp. 400

695. Fabrizio Ferragni - Raffaello Masci, *Laurea: istruzioni per l'uso*
Introduzione di Cesare Romiti
pp. 400

696. Martin Gray, *In nome dei miei*
Testo raccolto da Max Gallo
pp. 528

697. Carlo Cassola, *Ultima frontiera*
Introduzione di Ernesto Balducci
pp. 352

698. Lino Sardos Albertini, *Esiste l'aldilà*
Presentazioni di Padre Pasquale Magni
e di Paola Giovetti
pp. 192

699. Giovannino Guareschi, *Lo spumarino pallido*
pp. 230

700. P. Rousselet-Blanc, *Il veterinario in casa*
pp. 272

701. W. Somerset Maugham, *La luna e sei soldi*
Introduzione di Piero Sanavio
pp. 272

702. Brunella Gasperini, *Rosso di sera*
pp. 256

703. Georgette Heyer, *Frederica*
pp. 468

704. Maria Fagyas, *La fabbricante di vedove*
pp. 272

705. Harold H. Bloomfield, *Come trovare l'amore e essere felici*
pp. 240

706. Giorgio Montefoschi, *La felicità coniugale*
pp. 284

707. Anya Seton, *La turchese*
pp. 458

708. Josette Lyon, *Tutto sugli alimenti*
A cura di Paola Varani
pp. 304

709. Charles M. Schulz, *Elementare, Woodstock*
pp. 128

710. Earl Mindell, *La bibbia delle vitamine*
pp. 384

711. Giovanni Arpino, *Il fratello italiano*
pp. 176

712. Alfred Hitchcock, *I maghi del brivido.*
13 racconti del mistero scelti per voi da Hitchcock
pp. 282

713. Pierre-Jean Remy, *Orient-Express*
pp. 448

714. Georgette Heyer, *Una ragazza per bene*
pp. 448

715. Fulco Pratesi, *I Cavalieri della Grande Laguna*
disegni dell'autore
pp. 264

716. Montanelli - Cervi, *Storia d'Italia*
L'Italia della guerra civile
11 illustrazioni
pp. 176

717. Norma Klein, *Il gioco degli amanti*
pp. 416

718. Carlo Cassola, *L'amore tanto per fare*
pp. 192

719. Daphe Du Maurier, *Non sarò più giovane*
pp. 340

720. Michele L. Straniero, *Don Bosco rivelato*
pp. 202

721. Ugo Pirro, *Per scrivere un film*
pp. 240

722. Jessica Stirling, *Il negozio dell'antiquario*
pp. 584

723. Vanna de Angelis, *L'avventuriera*
pp. 370

724. Alfeo Zanette, *Azzeccatredici*
pp. 218

725. Michele Prisco, *Gli eredi del vento*
pp. 544

726. Silvio Valseschini, *Come comportarsi con i figli*
pp. 268

727. Montanelli-Cervi, *Storia d'Italia*
L'Italia della liberazione
11 illustrazioni
pp. 272

728. Charles M. Schulz, *No, tu no!*
pp. 128

729. Giorgio Scerbanenco, *Anime senza cielo*
pp. 336

730. Nantas Salvalaggio, *Fuga da Venezia*
pp. 254

731. Leslie Waller, *Al di là dei sogni*
pp. 436

733. Mary Westmacott (Agatha Christie), *Il pane del gigante*
pp. 428

734. Carlos Castaneda, *Il fuoco dal profondo*
pp. 320

735. Giuseppe Berto, *Oh, Serafina!*
pp. 146

736. Marilyn French, *Cuori*
pp. 504

737. Aleksandr Kuprin, *La fossa*
Introduzione di Giovanna Spendel
pp. 376

738. Vera, *Il nuovo Annabella in cucina*
Disegni di Agata Benedetti
pp. 422

739. Charles M. Schulz, *Sei zero*
pp. 128

740. Anna Bartolini, *Dimagrisci mangiando*
pp. 336

741. Matizia Maroni Lumbroso (a cura di), *Giochi descritti e illustrati dai bambini delle regioni d'Italia*
Con una nota di Giampaolo Dossena
pp. 432

742. Theodore Isaac Rubin, *Vincere l'indecisione*
pp. 240

743. Achille Campanile, *Tragedie in due battute*
pp. 208

744. Livia De Stefani, *La stella Assenzio*
Introduzione di Ruggero Guarini
pp.192